清代少數民族
文學家族詩集叢刊

第一輯

法式善文學家族詩集

【清】法式善 等撰

多洛肯 點校

上

上海古籍出版社

西北民族大學2015年中央高校基本科研業務費（2015ZJ002）成果

國家社科基金重大項目"元明清蒙漢文學交融文獻整理與研究"（16ZDA176）階段性成果

甘肅省人文社科重點研究基地"西北少數民族文學研究中心"系列成果

整理前言

一

按照古人的説法，族是湊、聚的意思，同姓子孫，生相親愛，死相哀痛，時常聚會，所以叫族（參見班固《白虎通德論》卷八《宗族》）。家族以家庭爲基礎，指的是同一個男性祖先的子孫，即使已經分居、異財、各爨，形成了許多個體家庭，但是還世代相聚在一起，按照一定的規範，以血緣關係爲紐帶結合成爲一種特殊的社會組織形式。家族是組成古代中國國家機制的細胞，是傳統社會的基礎和支撐力量。

文學家族從魏晉時期開始出現，一直延續到近代，是中國古代文學史上的一種特殊的、極具研究意義的文學現象，是在師友聲氣、政治之外的另一種文學創作的共同體。文學世家的研究，已成爲文學界和史學界共同關注的熱點，成果蔚爲大觀。縱觀近百年來的研究成果，清代家族文化研究仍主要集中於江南地區與中原腹地的漢族高門大姓。代表作如潘光旦的《明清兩代嘉興的望族》，製作了嘉興91個望族的血係分圖、血緣網絡圖、世澤流衍圖，將嘉興一府七縣望族的血緣與姻親關係進行了系統梳理。吴仁安《明清時期上海地區的著姓望族》對上海地區300餘家著姓望族的世系及形成的歷史原因、發展演變及其社會影響等進行了考察。江慶柏《明清蘇南望族文化研究》分析蘇南望族與家族教育、科舉、藏書、文獻整理、文化活動等諸方面的關係。羅時進《地域·家族·文學——清代江南詩文研究》、凌郁之《蘇州文化世家與清代文學》、朱麗霞《清代松江府望族與文學研究》分別以系統梳理與個案探析的方式，對蘇州、松江等江南地區的世家大族進行剖析。徐雁平《清代世家與文學傳承》則以重要問題研究與家族個案研究相結合的手法，探究清代漢族世家文學傳統的衍生、繼承與發揚。

而作爲中國歷史上第二個由少數民族建立的全國政權，清代統治者對八旗、對各地的回族、對南方地區的少數民族，採取了不少促進社會經濟發展的措施，爲民族地區儒學的傳播打下了一定基礎。清代少數民族文學家族是在各民族文化交融的背景下形成壯大的。漢文化尤其儒家文化與少數民族文化交融激蕩，少數民族文化對儒家文化的價值認同以及多民族文化的互攝交融，形成了我國多民族文化發展的格局。

清代少數民族文學家族作爲英賢家族群體，以其巨大的文學創造力和傳承力，用文字記錄行知，以文學方式展現社會風貌，其影響輻射範圍激蕩邊疆、聲聞中華。清代少數民族文學家族充分呈現出悠久的地域文化色彩，凸顯了濃郁新奇的民族特色。清代少數民族文學家族的研究意義，在於深度挖掘清代少數民族文學家族文學創作文本和生態環境的闡釋意義，層層深入清代少數民族文學家族存在方式和關照格局的背後價值。

近年來，少數民族文學家族开始进入研究者的考察视綫，成爲古代文學領域新的學術增長點，出現了一批研究清代少數民族文學家族的論文。如陳友康《古代少數民族的家族文學現象》論及白族趙氏、納西族桑氏兩個文學家族。李小鳳《回族文學家族述略》粗略梳理了明清時期的回族文學家族，並淺析了回族文學家族產生的原因。王德明《清代壯族文人文學家族的特點及其意義》、《論上林張氏家族的文學創作》兩文對清代壯族文學家族進行了一定的梳理與論析。多洛肯、安海燕《清代壯族文學家族及其詩文創作》對清代壯族文家族中的作家、詩文作品進行全面考察,指出壯族家族文學在地域上分佈不平衡,並將其與同時代的滿族家族文學、蒙古八旗家族文學、雲貴少數民族家族文學(主要是白族、彝族、納西族)進行比較研究。米彥青《清代邊疆重臣和瑛家族的唐詩接受》與《清代中期蒙古族家族文學與文學家族》兩篇論文,對清代蒙古族文學家族尤其和瑛家族進行了較爲系統的考察和探析。全面考察八旗蒙古文學家族文學活動的論文有多洛肯的《清代八旗蒙古文學家族漢語文詩文創作述論》和《清代後期蒙古文學家族漢文詩文創作述論》。涉及滿族家族文學的僅有多洛肯、吳偉的《清後期滿族文學家族及其詩文創作初探》和《清代滿族文學家族文學創作叙略》,二文立足文獻,對清代後期45家和整個清代出現的80家文學家族進行了全面考察與評述。

  我們要深入地考察梳理清代少數民族文學家族文學創作的基本情況,摸清現存詩文別集的存佚情況、流佈現況。清代少數民族文學家族的文學創作繁興突出的表徵是一門風雅。一門風雅反映出清代少數民族文學家族内部文人化的聚合狀態。清人詩文集浩如煙海,少數民族文學家族成員創作作品分散庋藏各地,有不少還是未經刊印的稿本、鈔本,有些刻本僅存孤本。對這筆文化遺產進行調查、摸底,爲防文獻散佚,必須將之進一步輯録、整理。這些文學作品蕴涵著豐富的歷史文化信息,是我國古代文學重要組成部分。

  據對現有相關文獻資料的調研摸底,清代滿族文學世家有80家,家族詩文家270人,存詩人數238人,别集總數360部,散佚115部;回族文學世家14家,家族詩文家53人,存詩人數34人,别集總數91部,散佚25部;蒙古族文學世家10家,家族詩文家31人,存詩人數10人,别集總數44部,散佚5部;壯族文學世家11家,家族詩文家33人,存詩人數16人,别集總數28部,散佚18部;白族5家,家族詩文家18人,存詩人數18人,别集總數26部,散佚15部;彝族4家,家族詩文家14人,存詩人數11人,别集總數9部,散佚3部;納西族3家,家族詩文家11人,存詩人數11人,別集總數13部,散佚3部;布依族1家,家族詩文家3人,存詩人數3人,別集總數6部,未散佚。摸清家底,爲深入考察清代少數民族文學家族文學創作狀況奠定了堅實的文獻基礎。編纂一部清代少數民族文學家族詩文總集,並做相應學術研究,這是一項重要的基礎工程。

二

法式善(1753—1813)原名運昌,字開文,號時帆,又號梧門、陶廬、詩龕、小西涯居士。蒙古伍堯氏,祖籍察哈爾,内務府正黄旗人。乾隆四十五年(1780)進士。後敕改名"法式善",即滿語"奮勉有爲"之意。歷任翰林院檢討、國子監司業、詹事府左右春坊庶子、侍講學士、侍讀學士、《四庫全書》分校、《永樂大典》館提調官、文淵閣校理、實録館纂修、《熙朝雅頌集》總辦等,誥授中憲大夫。

法式善是清代乾嘉年間最著名的蒙古族漢文詩人和詩歌理論家。其主盟詩壇三十年,"一時壇坫之盛,幾與倉山南北相望云"(黄安濤《時帆先生小傳》,《真有益齋文編》卷八)。正如程拜理於《存素堂文集序》中評價:"時帆先生爲藝林宗匠,名滿天下。"法式善一生的著述頗豐,編著有《清秘述聞》、《槐廳載筆》、《陶廬雜録》、《同館賦鈔》、《同館試律匯鈔》等;詩集有《存素堂詩初集》、《存素堂詩二集》、《存素堂詩稿》(又名《詩龕詠物詩》);文集有《存素堂文集》、《存素堂文續集》;詩話有《梧門詩話》和《八旗詩話》,皆流傳於世。

《清秘述聞》十六卷,記録了清順治二年(1645)至嘉慶四年(1799)之間的每年考官、考題與考生的姓名、籍貫,以及各省學校官員的姓名、籍貫、出身、任職時間等。有嘉慶四年刻本,國家圖書館、南京圖書館等館有藏。《槐廳載筆》二十卷,分類輯録清代官書及各家撰著中有關科考的文獻。有嘉慶年間刻本,國家圖書館、南京圖書館等館有藏。《陶廬雜録》六卷,記録了明清兩代的典章制度、風土人情、社會政治經濟以及書目、歷史數據等。有嘉慶二十二年刻本,國家圖書館有藏。

法式善的詩集有《存素堂詩集録存》二十四卷,收乾隆四十五年至嘉慶十一年所作詩二千零三十七首;《存素堂詩二集》八卷,收嘉慶十二年至十七年間所作詩九百一十首;《存素堂續集》,收詩人逝世當年(1813)元月至六月間的詩作六十四首;《存素堂詩稿》,共收詠物詩二百四十首。

法式善的詩歌享有很高的聲譽。陸元鋐在《青芙蓉閣詩話》評價説:"法時帆學士詩能用短,不能用長。五言多王孟門庭中語,清遠絶俗,未易問津。"王豫《群雅集》評價道:"詩清醇雅正,力洗淫哇,堪爲後學津梁。"符葆森《國朝正雅集》載洪亮吉評價云:"先生性極平易,而所爲詩則清峭刻削,幽微宕往,無一語旁沿前人及描摹大家名家諸習氣。"阮亨《瀛舟筆談》云:"法梧門先生式善,今之韋蘇州、孟襄陽也。萬人如海之中,處之翛然,凭閣據几,日以吟詠爲事……五古清瘦堅蒼,又辟一境。"

法式善文集有《存素堂文集》和《存素堂文續集》。《存素堂文集》共收文五十六篇作品,分爲論、考、辨、序、跋、書、書後、例言、傳、行狀、墓表、墓誌銘、碑文、記、銘等十六類。法式善的散文創作涉獵的内容較爲豐富。論説文識見宏卓,自成一家言。傳狀碑板則夾敘夾議,文情并茂。序跋文及其記事小品或評論文壇名流佳作,或描摹景物,鋪敘人事,以益博聞聰聽,體各有别而篇篇言之有物,章法嫻熟,運筆周詳。趙懷玉在《存素堂文集序》中評價:"讀之則氣疏以達,言醇而肆,意則主於表彰前哲,獎成後進居多,學士詩近王韋,文則爲歐曾之亞。"楊芳燦在《存素堂文集序》中稱讚曰:"其文情之往復也,令人意移而深遠;其文氣之和緩也,令人躁釋而矜平。采章皆正色而無駁雜,音調皆正聲而無奇。"

5

法式善詩文版本有：《存素堂詩初集錄存》二十四卷，嘉慶十二年王埴刊於湖北德安官署，國家圖書館、天津圖書館等館有藏，中國科學院圖書館藏法式善題記本。《存素堂詩二集》八卷，嘉慶十七年王埴刊於湖北德安，國家圖書館有藏。《存素堂續集》一卷，嘉慶十八年王埴刊於湖北德安，國家圖書館有藏。另嘉慶二十一年阮元刊《存素堂詩續集錄存》九卷，實爲合編王埴所刊八卷本與一卷本而成，并對少量詩作略有删改。《存素堂詩稿》二卷，亦爲嘉慶間王埴刊刻，國家圖書館、遼寧圖書館等館有藏。國家圖書館藏《詩龕詩稿》不分卷（王懿榮跋），係法式善於乾隆五十七年所抄錄的部分詩作，且見於刊本詩集。《存素堂文集》四卷，嘉慶十二年程邦瑞刊刻於揚州，國家圖書館、中國科學院圖書館等館有藏。《存素堂文續集》四卷之前二卷亦爲程氏於同年刊刻，國家圖書館有藏。國家圖書館另藏《存素堂文續集》稿本，僅存卷二、卷四。上海古籍出版社影印出版的《清代詩文集彙編》所收《存素堂文續集》，即據該稿本補配卷四。

　　此外，法式善還是一位傑出的詩歌理論家，其文學批評作品有《梧門詩話》和《八旗詩話》。其中，臺灣圖書館藏《梧門詩話》十六卷本稿本。國家圖書館藏十二卷本稿本，惜僅存卷一至七及卷十二。另國家圖書館藏民國間抄本十二卷。《八旗詩話》現僅存稿本一卷，藏於國家圖書館。

　　法式善家族一門四代都崇尚漢文學，皆有詩作傳世。其父廣順（1734—1794），字熙若，號秀峰，蒙古正黃旗人。乾隆二十五年舉庚辰鄉試，任內務府銀庫六品庫掌，敕授承德郎，官至織染局司庫。乾隆五十九年卒，誥授中議大夫。《熙朝雅頌集》卷八十三收錄其《贈僧》、《夜步》、《即目》、《晚坐》、《秋晚玉泉山即事二首》六首詩。其子法式善《八旗詩話》評價曰："其詩淡遠幽秀，似韋柳集中語，通禪悟。"

　　法式善母端静閒人是乾隆年間的一位女詩人，本姓韓，原屬漢軍八旗人。聰明夙慧，五歲即喜讀書，尤好覽古今忠臣烈女之事，十三歲通經史，十九歲出閣。中年喜静坐焚香、瀹茗，自號端静閒人。法式善幼年讀書，因家貧無力聘師，韓氏即親任教讀，并爲典當衣物購買善本十三經及字典諸書，嚴加教習。端静閒人於乾隆三十九年因患肺疾病殁。

　　端静閒人才華横溢，她於家務之暇，亦不廢吟詠，其所作詩詞如《詠盆中松樹》、《雁字》詩等，頗有氣節，"閨閣争相傳頌焉"（完顔惲珠《國朝閨秀正始集》）。其詩作今多散佚，《熙朝雅頌集》收其詩十一首。法式善收拾其遺詩，得其律三十首，七絶一首，編爲一卷刊行，名《帶緑草堂遺詩》，於乾隆六十年刊行一册（據《販書偶記》卷十八）；另有嘉慶二年刻本，現藏於中國國家圖書館。

　　法式善嗣孫來秀，也是清代一位著名詩人。來秀，字子俊，又作紫葰，號鑒吾，蒙古正黄旗人。道光三十年進士。歷官山東曹州知府。喜讀史書。撰有《塢葉亭詠史詩集》四卷，取自漢至明二百三十人，各賦七言截句一首，編集問世。雖論古人之事蹟，猶見一己之性情。其間瑕瑜互見，而爲史評數據，其價值不容貶低。集後附題詞及《塢葉亭花木雜詠》。今存同治十二年河南塢葉亭刻本，存於國家圖書館、南京圖書館等館。另撰《望江南詞》，清末刻本，共收録四十闋詞，包括風土人情篇二十二闋、釣遊舊跡篇十八闋，國家圖書館有藏。

　　另外，來秀之妻妙蓮保，字錦香，河帥完顔慶之女，著有《賜綺閣詩草》。《名媛詩話》著録此集，惜未見傳世。還曾編輯《國朝閨秀正始續集》。

　　此次校點共收法式善家族三位成員的詩集五種。
　　端静閒人《帶緑草堂遺詩》，以中國國家圖書館藏嘉慶二年刻本爲底本。

法式善的詩集：

1.《存素堂詩稿》二卷，以國家圖書館藏清嘉慶十二年王塽刻本爲底本。

2.《存素堂詩初集錄存》二十四卷，以中國社會科學院所藏有法式善題記的嘉慶十二年王塽刻本爲底本。

3.《存素堂詩二集》八卷、《存素堂詩續集》一卷，以國家圖書館藏清嘉慶間王塽刻本爲底本。

來秀《埽葉亭詠史詩集》四卷附題詞及《埽葉亭花木雜詠》，以國家圖書館藏同治十二年河南埽葉亭刻本爲底本。《望江南詞》一册，以國家圖書館藏清末刻本爲底本。

目　　録

整理前言 …………………………………………………… 1

存素堂詩初集錄存

題記 …………………………………………… 王　墉　3
存素堂詩初集序 ……………………………… 袁　枚　5
序 ……………………………………………… 吳錫麒　7
序 ……………………………………………… 洪亮吉　9
序 ……………………………………………… 楊芳燦　11
存素堂詩初集原序 ………………………………………… 13
像贊 ………………………… 吳　鼒　鮑桂星　吳嵩梁　15
存素堂詩初集錄存總目 …………………………………… 17

存素堂詩初集錄存卷一 …………………………………… 19
　庚子
　　始春遊昆明湖 ……………………………………… 19
　　訪邱介村福慶不值 ………………………………… 19
　　張雨村溥止宿草堂 ………………………………… 19
　　移居 ………………………………………………… 20
　　吳蘿村德化夜話 …………………………………… 20

1

宿順義縣東郊 ……………………………………… 20

辛丑

次菊溪<small>百齡</small>編修韻 ………………………………… 20
前湖 ……………………………………………… 21
次樹堂<small>德昌</small>侍講西苑下直即日韻 ……………… 21
壽安寺<small>即卧佛寺</small> ………………………………… 21
退谷 ……………………………………………… 21
櫻桃溝 …………………………………………… 22
香山道中 ………………………………………… 22
菊溪移居怡園奉柬 ……………………………… 22
贈李處士 ………………………………………… 22
廣慈庵示僧<small>徹明</small> …………………………………… 23
送姜孝廉<small>中存</small> ……………………………………… 23
秋日雜詠 ………………………………………… 23

壬寅

萬泉莊 …………………………………………… 24
白石橋 …………………………………………… 24
萬壽寺 …………………………………………… 24
昌運宮 …………………………………………… 25
青龍橋 …………………………………………… 25
大有莊 …………………………………………… 25
清梵寺 …………………………………………… 25
善綠庵 …………………………………………… 26
曉發釣魚臺 ……………………………………… 26
黃新莊 …………………………………………… 26
留犢村 …………………………………………… 26
賈島墓 …………………………………………… 27

目 録

督亢陂 …………………………………………… 27
樓桑村 …………………………………………… 27
酈村 ……………………………………………… 28
黄金臺 …………………………………………… 28
易水 ……………………………………………… 28

癸卯
遊西山宿潭柘岫雲寺 …………………………… 28
瀛洲亭雜詠 ……………………………………… 29
欽頒太學大成殿周彝器歌有序 ………………… 29
秋曉登山 ………………………………………… 30

甲辰
遊西山宿秘魔崖 ………………………………… 30
村夜 ……………………………………………… 31
除暑日作 ………………………………………… 31
中秋後七日邀同丁蔚岡榮祚方碧岑煒許秋巖兆椿顔酌山崇溈
吳樸園鼎雯程東冶炎初頤園彭齡郭謙齋在逵由長河至極樂
寺茗話 …………………………………………… 32

丙午
自題溪橋詩思圖 ………………………………… 32
山店題壁 ………………………………………… 32
白瀑寺 …………………………………………… 32
題程東冶侍讀所藏王鷗白摹惲南田《一竹齋圖》詩冊後用
南田韻 …………………………………………… 33
題徐立亭準檢討松鶴圖 ………………………… 33
偶題 ……………………………………………… 33

丁未
兇觥歸趙歌和翁覃溪方綱先生有序 …………… 33

3

雨聲 …………………………………………………… 34

蛩聲 …………………………………………………… 34

葉聲 …………………………………………………… 34

水聲 …………………………………………………… 35

鐘聲 …………………………………………………… 35

雲影 …………………………………………………… 35

簾影 …………………………………………………… 35

宿古北口 ……………………………………………… 35

贈在師 ………………………………………………… 36

戊申

煦齋_{英和}公子招同王正亭_{坦修}侍講謝薌泉_{振定}編修蕭雲巢_{大經}學博豐臺看芍藥 ………………………… 36

薌泉編修自豐臺歸得詩六十韻翌日見投次韻 …… 36

次煦齋豐臺看花韻 …………………………………… 37

六月三日邀薌泉雲巢煦齋長河曉行看荷花遂至極樂寺 … 38

瑞光寺 ………………………………………………… 38

薌泉遊極樂寺之次日復得詩五十韻屬和 ………… 38

雨後納涼 ……………………………………………… 39

送謝薌泉編修主試江南 ……………………………… 39

立秋前一日再遊極樂寺看荷有懷薌泉 …………… 40

立秋日淨業湖作 ……………………………………… 40

秋夜獨坐 ……………………………………………… 40

雨後遊極樂寺贈誠上人 ……………………………… 40

立秋後三日偕徐鏡秋_鑑檢討遊極樂寺 …………… 40

懷薌泉 ………………………………………………… 41

暮村 …………………………………………………… 41

禪堂用柳柳州韻 ……………………………………… 41

目　錄

園林晚霽用韋蘇州韻 …………………………… 41
閑齋對雨用韋蘇州韻 …………………………… 41
見菊花有感 ……………………………………… 42
招同初頤園編修極樂寺探菊范叔度鏊方葆崖維甸二同年
　　不至 ………………………………………… 42
勺亭 ……………………………………………… 42
偶述 ……………………………………………… 42
送劉青垣躍雲侍郎校書盛京兼懷景堂福保少京兆 … 42
韋約軒謙恒中丞秋林講易圖先生時官祭酒 ……… 43
薌泉計日至都天氣寒甚晨起奉憶 ………………… 43
阮吾山葵生司寇以一詠軒詩見貽秋夜展讀題後 … 43
慰友人 …………………………………………… 43
吳穀人錫麒編修題詩拙作後次韻 ………………… 44
施小鐵朝幹侍御爲亡友砥峰漢柱作傳感賦 ……… 44
嘉平九日鄒曉屏炳泰招同竹坪吉善秦端崖潮小飲 … 44
秦端崖司業招同竹坪曉屏兩祭酒時泉䚹學士暨令兄
　　漪園泉編修集延綠草堂 …………………… 44
薌泉編修招飲 …………………………………… 45
冬夜幽居 ………………………………………… 45
廣慈庵在然上人約同人午齋時時泉庶子典蜀試厚圃德生
　　檢討典黔試回 ……………………………… 45
冬夜展閱吳穀人點定拙集書後 …………………… 45
邁人長闓郎中以行役詩屬校 ……………………… 46
除夕 ……………………………………………… 46

存素堂詩初集錄存卷二
　己酉
　　元日 ………………………………………… 47

5

春懷次韻	47
李濂村佶孝廉夜話	47
廣慈庵步月贈在然上人	48
人日至大有莊憩佛寺	48
寄邱介村	48
侯芝亭岱毓孝廉赴粵海	48
題《常理齋愛吟草》，君名紀，瀋陽人，剿金川殉節	48
春曉偶題	49
溪上	49
題畫	49
極樂寺勺亭野望	49
上元前二日雪後，煦齋招同謝薌泉、陳每田士雅、蕭雲巢、李蓮石峰飲蘂香書屋	50
題裕軒圖繇布學士枝巢遺詩	50
答友	50
同陸璞堂伯琨學士程東冶侍讀江秋史德量編修集許秋巖秋水閣	50
清明後五日偕菊溪侍御鏡秋檢討邁人郎中東郊作	51
携幼女遊野寺晚歸	51
西村	51
鄒曉屏祭酒貽詩册	51
過王鑑溪綺書學正賜硯齋	51
同人見賞篇末二語輒衍其意	52
李石農鑾宣同年夜話	52
柬施小鐵太常	52
病起偶題	52
病後訪菊溪侍御不遇	52

目　錄

糊窗	53
食粥	53
李石農移居蕭寺訪之不值，寺蓋余廿年前讀書處也	53
初冬早起	53
鐘定	54
題林比玉采蕈卷，卷後有程夢陽詩跋	54
題己未鴻博崇效寺看梅詩册_{有序}	54
題褚筠心_{廷璋}學士西域詩册後	55
曉出	55
紅澗溝	55
程立峰_{明懷}大令貽袁子才_枚太史詩集	55
題《小倉山房詩集》	56

庚戌

續題勺湖草堂圖_{有序}	56
贈筠圃_{玉棟}明府	56
偕友人遊極樂寺有懷前遊諸君子	57
僧舍偶題	57
謝達齋_{玉德}侍郎贈馬	57
秋日感懷	57
偕潘巽堂_{紹觀}劉葦塘_{大鱓}曾賓谷_燠何蘭士_{道生}遊北山諸寺	57
灤平僧寓爲朱春山_{瑞椿}孝廉題畫	58
冶亭_{鐵保}侍郎自灤陽寄懷姜度香_晟侍郎詩盛推達齋侍郎畫并及鄙詩，次冶亭韻兼呈達齋	58
和何蘭士喜雨詩	58
牛欄山	59
密雲縣	59

黍谷山 ··· 59
石嶺子 ··· 59
穆家峪 ··· 60
芹菜嶺 ··· 60
白河澗溝 ·· 60
新開嶺 ··· 60
南天門 ··· 61
攬勝軒 ··· 61
古北口 ··· 61
兩間房 ··· 61
常山峪 ··· 62
青石梁 ··· 62
黃土坎 ··· 62
喀喇河屯 ·· 62
廣仁嶺 ··· 63
白檀山 ··· 63
紅螺山 ··· 63
九松山 ··· 63
北石槽 ··· 64
南石槽 ··· 64
青石梁道中 ·· 64
常山峪大雨宿程也園振甲舍人幕中 ························ 64
贈程立峰明慗明府 ··· 64
送祝芷塘德麟侍御 ··· 65
中秋晚出德勝門宿澄懷園 ····································· 65
澄懷園與汪雲壑如洋修撰程、蘭翹昌期編修夜話 ············ 65
訪金筠莊應琦舍人不值 ··· 66

目 録

宿永壽庵 …………………………………………… 66
送蕭雲巢歸楚 ……………………………………… 66
送萬秋田化成明經歸省 …………………………… 66
答王夢樓文治前輩 ………………………………… 66
答趙雲松翼觀察 …………………………………… 67
與許香巖兆桂談詩秋水閣歸途奉寄兼懷秋巖 …… 67
贈吳生季遊方南 …………………………………… 67
寄泰庵和寧方伯 …………………………………… 67
寄吉林王生延蘭 …………………………………… 68
重陽前二日王芸圃循過訪不值行將就丞倅送之 … 68
徐鏡秋檢討招同玉亭伯麟詹事菊溪侍御飲垂蔭軒 … 68
贈同學 ……………………………………………… 68
許香巖過訪不值 …………………………………… 68
方石歌爲冶亭侍郎賦有序 ………………………… 69
酬王少林嵩高司馬時官河西務 …………………… 69
寶晉齋硯山歌和覃溪先生 ………………………… 69
阮吾山侍郎秋雨停樽圖有序 ……………………… 70
王少林學圃晚香圖 ………………………………… 70
冬曉招程立峰州牧集詩龕 ………………………… 71
贈詹玉淵炯 ………………………………………… 71
王少林示詠雪詩 …………………………………… 71
雪後冶亭侍郎招同菊溪侍御芝巖文寧編修暨閬峰玉保閣學
　集石經堂和冶亭韻即效其體 …………………… 71
深冬過王鑑溪賜硯齋 ……………………………… 72
和吳淵穎《題錢舜舉〈張麗華侍女汲井圖〉》 …… 72
答袁子才前輩 ……………………………………… 72

存素堂詩初集錄存卷三 …………………………… 73
　辛亥
　　正月八日廣慈庵用壁間韻 ………………………… 73
　　正月十二日汪雲壑修撰招同陸璞堂學士、江秋史侍御、
　　　程蘭翹編修小集 ………………………………… 73
　　送陸鎮堂師延樞赴絳縣任 ……………………………… 73
　　送劉梧岡曙同年令江南 …………………………… 74
　　夏夜懷李石農比部 ………………………………… 74
　　送徐鏡秋檢討出宰江南 …………………………… 74
　　寄懷山莊扈從諸遊好 ……………………………… 75
　　　冶亭侍郎 ……………………………………… 75
　　　玉亭宮詹 ……………………………………… 75
　　　何蘭士員外 …………………………………… 75
　　　周勉齋元鼎郎中 ……………………………… 75
　　憶感舊詩七首 ……………………………………… 75
　　　曹地山先生 …………………………………… 75
　　　德定圃先生 …………………………………… 76
　　　許石泉兆棠編修 ……………………………… 76
　　　常月阡森孝廉 ………………………………… 76
　　　陸鎮堂先生 …………………………………… 76
　　　袁子才前輩 …………………………………… 76
　　　英煦齋秀才 …………………………………… 77
　　秋日田園雜詠同汪雲壑作 ………………………… 77
　　贈阮方浦 …………………………………………… 78
　　寄懷劉杏垞泗道 …………………………………… 78
　　贈王雪村元梅同年 ………………………………… 78
　　七月四日邀同人飯於詩龕出西直門看荷花至極樂寺 …… 78

目　錄

讀洪稚存亮吉編修詩集 …………………………………… 79
贈夢禪居士瑛寶 ……………………………………………… 80
寄暢園尋石詩爲羅介人允紹賦 …………………………… 80
八月八日同羅兩峰、趙味辛、張船山、何蘭士集洪稚存編
　　修巻葹閣 ………………………………………………… 80
王少林太守以詩集委勘 …………………………………… 81
中秋後三日陶然亭同年雅集 ……………………………… 81
題翁覃溪先生摹王漁洋、徐東癡墨蹟後有序 ………… 81
閒居 ………………………………………………………… 82
讀王鐵夫芑孫孝廉楞伽山房近詩 ……………………… 82
重遊萬泉莊 ………………………………………………… 83
秋閒 ………………………………………………………… 83
題楞伽山人寒館雜詩後 …………………………………… 83
作詩話屬同人廣爲採録 …………………………………… 84
和張水屋道渥遊西山詩 …………………………………… 84
秋暮浄業湖待月 …………………………………………… 84
洪稚存編修以鮒鮎軒少作見示題效其體 ……………… 85
王鐵夫孝廉寫詩册見貽，用册中贈何蘭士韻奉謝 …… 86
集何蘭士方雪齋觀羅兩峰聘曹友梅鋭張水屋作畫 …… 86
王葑亭友亮給諫過訪不值留詩而去 …………………… 87
長至前四日招同人集詩龕消寒，羅兩峰、曹友梅、張水屋
　　各作一圖率題 ………………………………………… 87
爲曹定軒錫齡侍御題傅青主及壽眉書畫卷 …………… 87
毛心浦哲明府貽同年武虚谷億大令書賦贈兼寄虚谷 … 87
答何蘭士 …………………………………………………… 88
王鐵夫校勘拙集跋以詩謝之即效其體 ………………… 88

11

存素堂詩初集錄存卷四 ………………………………… 89
　壬子
　　正月八日秦小峴瀛侍讀招同龔海峰景瀚明府、王惕甫孝廉、
　　何蘭士水部集吳蓬齋中 ……………………………… 89
　　橫山丙舍篇爲小峴作 …………………………………… 89
　　魏春松成憲比部過訪詩龕貽長歌賦答 ………………… 90
　　自題詩龕圖 ……………………………………………… 90
　　讀六如居士集適曹定軒侍御示獨樂園手蹟因書後 …… 90
　　傅竹莊玉書明府偕徐立亭檢討過訪不值留詩訂看花之約
　　　次韻 …………………………………………………… 91
　　題劉崧嵐大觀明府詩草後即送之官奉天 ……………… 91
　　吳南畇甸華同年自歙縣寄書至報之 …………………… 91
　　清明後二日李菊坪瀚舍人招飲不赴 …………………… 92
　　羅兩峰登岱圖 …………………………………………… 92
　　陸杉石元鉽儀部赴瀠陽校書羅兩峰繪圖同人賦詩 …… 92
　　馮鷺庭集梧編修新購田山薑侍郎秋泛圖屬題 ………… 93
　　冶亭侍郎招同釣魚臺看花暮抵極樂寺 ………………… 93
　　傅竹莊明府邀同徐立亭檢討陶然亭小酌 ……………… 93
　　雨過 ……………………………………………………… 93
　　四月十三日洪稚存、趙味辛、張船山集古藤書屋看藤花
　　　………………………………………………………… 94
　　題畫 ……………………………………………………… 94
　　讀書四首 ………………………………………………… 94
　　倪嘉樹課孫圖 …………………………………………… 95
　　招兩峰瀛洲亭作畫 ……………………………………… 95
　　乞食 ……………………………………………………… 96
　　立秋後一日招同人積水潭看荷花 ……………………… 96

目　録

積水潭看荷歸兩峰留宿詩龕 …… 96
題葉琴柯_{紹楏}舍人詩集 …… 96
和翁覃溪先生見懷之作時督學山左 …… 96
吳蘭雪_{嵩梁}上舍過訪不值留秦淮春泛諸詩屬勘定 …… 97
十一月十六日吳蘭雪留宿詩龕 …… 97
翁覃溪先生葺小石帆亭於學使署因賤號適符拓石題詩見
　寄次韻 …… 97
香蘇草堂詩爲蘭雪作 …… 98

癸丑
燈夕招文芝巖洗馬、蔣礪堂_{攸銛}編修小集礪堂郎席賦詩
　次韻 …… 98
武虛谷同年歸里札來索題虛谷圖 …… 98
板橋 …… 99
新田雜詠爲吳蘭雪題_{十首錄四} …… 99
　柘塘 …… 99
　牛坳 …… 99
　烟隴 …… 99
　稻田 …… 99
答劉笛樓_{念拔}司馬併訂潞河之遊 …… 99
四月一日陶然亭會己亥同年疊辛亥韻 …… 100
洪稚存編修黔中寄書至并示入黔詩 …… 100
柬王惕甫孝廉時寄居何蘭士宅 …… 101
送唐陶山_{仲冕}之官江南 …… 101
畫牡丹 …… 101
八月一日舉子志感_{有序} …… 101
送泰小峴觀察浙江 …… 102
送史漁村_{致光}修撰出守大理 …… 102

13

王葑亭招同何蘭士、王惕甫、徐朗齋_嵩、胡黃海_{翔雲}集尺
　五園 …………………………………………………………… 103
秋夜抵順義訪縣令張臨川_{懷泗}同年 ………………………… 103
柬張船山_{問陶} ………………………………………………… 103
懷羅兩峰山人 ………………………………………………… 103
張水屋過訪 …………………………………………………… 103
許秋巖侍御出滇産竹實餉客和蔣礪堂編修韻 ……………… 104
吳種芝_{貽詠}庶常餉潛山笋 …………………………………… 104
送林樾亭_{喬蔭}之任廣寧 ……………………………………… 104
冶亭侍郎招同翁覃溪先生平寬夫_恕宫詹、余秋室_集中允、
　吳穀人編修、文芝巖洗馬集石經堂觀歐陽公所藏南唐
　官硯 …………………………………………………………… 105
王春堂_墉效力樞曹耽文墨示秋林諸詩且委贄焉喜而賦贈
　…………………………………………………………………… 106
歲暮瑶華道人貽詩至次韻 …………………………………… 106

存素堂詩初集錄存卷五 ……………………………………… 107
　甲寅
題畫 …………………………………………………………… 107
伊雲林_{朝棟}光禄梅花書屋落成 ……………………………… 107
楊先生作詩龕圖，筆墨超雋，恍置余江村烟水間，題三
　絕句 …………………………………………………………… 107
題江秋史侍御詩龕圖_{有序} …………………………………… 108
正月晦日周東屏_{興岱}閣學招同戴可亭_{均元}德厚圃宋小坡_湘
　三侍御洪書舟_{其紳}比部小集寓齋 ………………………… 108
畫松 …………………………………………………………… 109
趙味辛_{懷玉}移居古藤書屋 …………………………………… 109
新城道中 ……………………………………………………… 109

目　錄

- 盧溝橋 …… 109
- 房山道中 …… 110
- 丁家窪 …… 110
- 羊頭岡訪高尚書墓 …… 110
- 楊青驛 …… 110
- 桃花口望西淀 …… 110
- 海光寺 …… 111
- 丁字沽 …… 111
- 水西莊 …… 111
- 普度庵 …… 111
- 黃村道中 …… 112
- 自楊村至蔡村堤行 …… 112
- 黃花店 …… 112
- 桐柏村 …… 112
- 王葑亭給諫邀遊二閘兩峰山人作春泛圖 …… 112
- 送許秋巖太守之官江南 …… 113
- 題秦端崖司業寒梅著花未詩意卷子 …… 113
- 余兩茊太學皆遇雨乞夢禪居士作槐雨圖 …… 113
- 送張水屋州判入蜀 …… 114
- 題劉松嵐玉磬山房詩後 …… 114
- 慶亭積善大令出麗川奇豐額中丞乞菊詩冊索題即次原韻兼寄中丞 …… 114
- 龍潭 …… 115
- 蘆中 …… 115
- 夕坐 …… 115
- 紅螺山 …… 115
- 老君堂 …… 115

水南……116

乙卯

再會己亥同年於陶然亭重刊齒録……116
題毛心浦大令詩後兼寄洪稚存、武虚谷……117
送胡果泉克家同年觀察惠潮……117
夢禪居士爲煦齋太史寫"山雨欲來風滿樓"詩意……118
贈郭祥伯麐……118
贈蔣伯生因培……118
題李墨莊鼎元編修登岱詩後……118
太學示諸生四首……119
畫眉山……120
再題槐雨圖……120
東方葆崖鹽使……120
傳箋吟爲蔣最峰和賦……120
送郭祥伯罷京兆試歸里……121
題蔣伯生胥江雅集圖後叩送其歸里……121
汪刺史本直修元遺山墓俾其後人耕讀墓側詩以紀事……121
題元明人畫卷……122
   黄子久春林遠岫……122
   王叔明花溪漁隱……122
   倪元鎮漁莊秋色……122
   陳惟允溪山秋霽……123
   王孟端湖山佳趣……123
   沈石田柳州烟艇……123
   唐子畏水亭午翠……123
   文徵仲郭西閒泛……123
   陳白石烟巒疊嶂……124

目　　錄

　　錢叔寶溪山深秀 ································· 124
　　陸叔平溪山餘靄 ································· 124
　　觀蔣最峰學正畫竹 ······························· 124

存素堂詩初集錄存卷六 ··························· 125

　丙辰
　　題隨園梅花册用張船山檢討韻 ····················· 125
　　李載園_{符清}明府札來索題集前詩偶不記憶爲重賦此 ····· 125
　　送王惕甫歸里就官廣文 ··························· 126
　　修竹讀書畫扇 ··································· 126
　　村行 ··· 126
　　魏春松比部示西苑校書諸詩 ······················· 126
　　曾賓谷運使寄《邗上題襟集》至 ··················· 127
　　柬雨窗_{阿林保}運使 ······························· 127
　　送桂未谷_馥出宰滇南 ····························· 128
　　送吳山尊_鼒孝廉之山左 ··························· 128
　　贈劉松嵐兼寄吳蘭雪 ····························· 129
　　七月七日吳穀人前輩招同桂未谷、洪稚存、趙味辛、伊墨
　　　卿_{秉綬}、張船山、何蘭士集澄懷園清涼界，時未谷將之
　　　永昌 ··· 129
　　立秋後一日甘西園_{立猷}侍御招王葑亭、謝薌泉、宋雲墅_{鳴琦}
　　　金園看殘荷感賦 ······························· 130
　　壬子歲趙味辛舍人出恭毅公_{世德}詩册五律三首及聞舍人
　　　述公出處宦蹟與前說不合改賦此詩 ··············· 130
　　閒居 ··· 130
　　秋雨淨業湖上 ··································· 131
　　秋夕寄懷孫淵如_{星衍}觀察 ························· 131
　　八月上丁邀馬秋藥_{履泰}、何蘭士、顧容堂_{王霖}、笪經齋_{立樞}、

17

黃宗易_{恩長}、周霽原_{廷棻}、飲胙 ……	131
暮秋孫河道中 ……	131
密雲縣書店壁 ……	132
投宿山村 ……	132
補題冶亭聞峰聯床聽雨圖後 ……	132
爲周齋原題畫 ……	133
題戴菔塘_璐太常籐陰雜記 ……	133

丁巳

送吳穀人侍講南歸 ……	133
送鮑雅堂_{之鍾}郎中南歸 ……	133
送程也園主事歸歙 ……	134
爲程禹山_{虞卿}秀才題鐵侍郎贈詩册後 ……	134
題余貞女女貞花篇後 ……	134
題盛明經_本畫竹 ……	134
題顏運生_{崇槼}聽泉圖 ……	135
題運生石門藤塢圖 ……	135
黃小松_易別駕自山左寄詩龕圖至 ……	135
雨後蟬聲 ……	135
立秋日同人集極樂寺國花堂小飲 ……	136
立秋後三日重遊積水潭 ……	136
送顏運生之任興化 ……	136
章石樓_{學濂}、郭虛堂_{立誠}兩大令邀同裘可亭_{行簡}比部、沈舫西_岷水部、盛孟巖_{惇崇}侍御、費西塘_{錫章}農部積水潭看荷 ……	137
柬盛甫山_{惇大}舍人灤陽乞作詩龕圖 ……	137
賈秀齋_崧秋日過訪 ……	137
有客二章寄懷吳竹橋_{蔚光} ……	138

目　録

陪鐵冶亭侍郎裴子光_謙編修、何蘭士員外、黃杏江_冶主事
　　遊楊月峰_潭主事半畝園，讀壁上菊溪少甫倡和詩用韻
　　……………………………………………………… 138
顧晴沙_{光旭}觀察選梁溪詩鈔買素齋綜其遺稿爲塚紀以詩
　　……………………………………………………… 139
題郎葰溪_{汝琛}學正詩册 ……………………………… 139
筦繩齋孝廉寫詩龕圖見貽 …………………………… 139
金手山_{學蓮}出近著商定 ……………………………… 140
曾賓谷轉運寄六月二十一日集平山堂拜歐陽文忠生日
　　詩至 ……………………………………………… 140
西溪漁隱圖詩爲曾賓谷轉運賦 ……………………… 141
曹定軒前輩招同人集紫雲山房石琢堂_{韞玉}修撰即席有作
　　定軒次韻見示依韻 ……………………………… 141

丁巳

送韓鼎臣_調上舍回里 ………………………………… 142
余秋室學士許作詩龕圖詩以促之 …………………… 142
譚古愚_{尚忠}侍郎招同百菊溪少京兆小飲 …………… 142
八月二十二日任畏齋_{承恩}提督招同洪稚存編修、何蘭士
　　員外遊山 ………………………………………… 143
由南海甸歷青龍橋至寶藏寺_{寺原名蒼雪庵} …………… 143
觀泉 …………………………………………………… 143
讀鄂剛烈壁上詩 ……………………………………… 144
清河道中 ……………………………………………… 144
重宿北石槽農家不寐 ………………………………… 144
石槽店中同蔣霽園_{日綸}童梧岡_{鳳三}二先生夜話 …… 144
西涯詩_{有序} …………………………………………… 145
題馮玉圃_培給諫種竹圖 ……………………………… 145

19

王夢樓前輩寄詩翰至 …… 146
暮秋懷鮑雅堂郎中 …… 146
題王春堂家庭話別詩圖 …… 146
馬秋藥郎中寫山水樹石十二幀見貽 …… 147
陳伯恭_{崇本}祭酒和余西涯詩次韻 …… 147
哭汪鹿園_{如藻}觀察 …… 147
曾賓谷運使寄題詩龕圖詩至 …… 148
蔣湘帆_衡用油紙摹李文正手蹟老人孫仲和珍藏因予有西
　涯之作重臨一本見貽用文正韻賦詩 …… 148
步楊柳灣尋文正故居君不得愍湖邊諸寺仍用前韻 …… 148
慶亭大令邀同人看菊聽琴坐客皆有詩，余遲未作，復有魚
　鹿之惠賦謝 …… 148
蔣最峰指畫 …… 149

戊午

馬秋藥、李石農、伊墨卿訪余不值，見案頭王生_{堂開}文奇賞
　之喜賦邀三君同作 …… 149
章石樓大令招同人小飲 …… 150
洪稚存編修乞假回里賦贈 …… 150
趙偉堂_帥大令過訪不值適將餞余秋室學士、洪稚存編修、
　趙味辛舍人兼約張船山檢討、何蘭士郎中為詩酒之會
　并邀大令先之以詩 …… 150
趙子克_某松陰散步圖 …… 151
四月九日曹定軒侍御邀陪翁覃溪先生及王蓮府_{宗誠}編修
　泛舟二閘 …… 151
五月八日吳少甫_{樹萱}吏部邀同人公餞沈舫西、盛孟巖兩侍
　御陳梅垞_{萬全}侍讀曹雲浦_{師曾}通參灤陽之行 …… 151
束阿雨窗 …… 152

目　錄

　　懷伊墨卿比部灤陽 …………………………… 152
存素堂詩初集錄存卷七 ……………………… 153
　戊午
　　柬夢禪居士 …………………………………… 153
　　送李石農觀察浙東 …………………………… 153
　　馮湘巖兆岣郭謙齋邀諸同年陶然亭讌集余侵晨往二君皆
　　　未至 ………………………………………… 154
　　自嘲 …………………………………………… 154
　　和西涯雜詠十二首用原韻 …………………… 154
　　　海子 ………………………………………… 154
　　　西山 ………………………………………… 154
　　　響閘 ………………………………………… 154
　　　慈恩寺 ……………………………………… 154
　　　飲馬池 ……………………………………… 155
　　　楊柳灣 ……………………………………… 155
　　　鐘鼓樓 ……………………………………… 155
　　　桔槔亭 ……………………………………… 155
　　　稻田 ………………………………………… 155
　　　蓮池 ………………………………………… 155
　　　菜園 ………………………………………… 155
　　　廣福觀 ……………………………………… 155
　　續西涯雜詠十二首 …………………………… 156
　　　積水潭 ……………………………………… 156
　　　匯通祠 ……………………………………… 156
　　　十刹海 ……………………………………… 156
　　　淨業湖 ……………………………………… 156
　　　李公橋 ……………………………………… 156

松樹街 …………………………………………… 156
慈因禪院 ………………………………………… 156
鰕葉亭 …………………………………………… 156
慧果寺 …………………………………………… 157
豐泰庵 …………………………………………… 157
清水橋 …………………………………………… 157
詩龕 ……………………………………………… 157
題謝薌泉金焦小草 ………………………………… 157
題冶亭侍郎鏡中小影 ……………………………… 157
既題前詩復讀覃溪先生作輒衍其意 ……………… 158
六月九日招同人集西涯舊址 ……………………… 158
爲阿雨窗題羅兩峰、黃約領輩合作城東訪友圖和雨窗韻
 ………………………………………………… 159
趙偉堂大令之官安肅出種菘圖乞詩 ……………… 159
周載軒厚轅編修新搆艤藤書屋落成 ……………… 159
寄曾賓谷運使有序 ………………………………… 160
章石樓晚過詩龕示西涯詩依韻 …………………… 160
周載軒得余詩推許過當感愧賦此 ………………… 161
曹儷生振鏞少詹事過訪貽詩賦報即送其典試楚北 … 161
自題移竹圖有序 …………………………………… 161
送羅兩峰歸揚州 …………………………………… 163
蔣香杜棻、于野莘同訪詩龕出錢辛楣大昕詹事所署梅石心
  知圖并題句見貽 ……………………………… 163
蔣蔣山徵蔚寄雨窗讀史諸詩 ……………………… 164
送王春堂屯牧德安 ………………………………… 164
題宋梅生儀部梅花背面小影 ……………………… 164
胡蕙麓遜、郭虛堂兩大令飯彌勒院,出西直門,遊極樂大

目 録

慧諸寺,訪畏吾村李文正墓,歸詣詩龕備叙端末詩以
紀事 ································· 165
九月二十日由畏吾村至大慧寺拜西涯先生墓 ········· 165
和胡蕙麓大令訪西涯先生墓詩 ················ 166
慶亭別業看菊同翁覃溪先生 ················· 166
上翁覃溪先生用山谷上東坡詩韻 ··············· 166
謝蘇潭_{啓昆}方伯由浙中爲覃溪先生作西涯圖附以詩先生
和之余亦繼作 ······················· 167
寄陳桂堂_{延慶}太守 ······················· 167
大雪晨起戲柬仲梧_{鳳林}孝廉 ··················· 167

存素堂詩初集録存卷八 ···················· 169
己未
　送金手山南旋 ························ 169
　春雪初霽謝蘇潭方伯過訪歸寄新詩次韻 ··········· 169
　題夢月圖 ·························· 170
　訪極樂寺僧不值 ······················ 170
　錢梅溪_泳畫蘭見貽作詩以報 ················· 170
　贈曾賓谷運使 ······················· 170
　訪孫少迂_銓孝廉茶話許作詩龕圖賦詩先之 ·········· 171
　賓谷運使既和西涯園詩并示《邗上題襟諸集》跋後 ····· 171
　竹醉日訪船山太史不值遇雨話朱野雲_{鶴年}齋中 ······· 171
　秋藥許爲作詩龕圖久未聞命敦索之以無從着筆爲詞賦柬
　　 ····························· 172
　小西涯晚步 ························· 172
　寄題方薰、奚岡畫陳潨水_{希濂}舊廬圖 ············· 173
　詩龕十二像 ························· 173
　　陶彭澤 ························· 173

23

李供奉 ……………………………………… 173
　　杜拾遺 ……………………………………… 174
　　韓昌黎 ……………………………………… 174
　　白香山 ……………………………………… 174
　　王右丞 ……………………………………… 174
　　孟山人 ……………………………………… 174
　　韋蘇州 ……………………………………… 174
　　柳柳州 ……………………………………… 175
　　蘇東坡 ……………………………………… 175
　　黃山谷 ……………………………………… 175
　　李西涯 ……………………………………… 175
馬秋藥有詠萬壽寺松詩,朱野雲愛其句,繪松鐫石乞余題後 ……………………………………… 175
詩龕論畫詩_{有序} ……………………………… 176
　　朱山人_{鶴年} …………………………………… 176
　　顧處士_{鶴慶} …………………………………… 176
　　笪孝廉_{立樞} …………………………………… 176
　　朱山人_木 …………………………………… 176
　　吳翰林_蕭 …………………………………… 177
　　宋孝廉_{葆淳} …………………………………… 177
　　夢禪居士_{瑛寶} ………………………………… 177
　　羅山人_聘 …………………………………… 177
　　江侍御_{德量} …………………………………… 177
　　玉撫軍_德 …………………………………… 177
　　馬侍御_{履泰} …………………………………… 177
　　孫孝廉_銓 …………………………………… 178
　　姚山人_{景濂} …………………………………… 178

目 錄

萬大令承紀 …………………………………… 178
張檢討問陶 …………………………………… 178
顧主事王霖 …………………………………… 178
張通判道渥 …………………………………… 178
王山人霖 ……………………………………… 179
吳孝廉烜 ……………………………………… 179
關學士槐 ……………………………………… 179
萬明經上遴 …………………………………… 179
曹指揮鋭 ……………………………………… 179
周山人淦 ……………………………………… 179
倪山人璨 ……………………………………… 179
王山人州元 …………………………………… 180
蔡主事本俊 …………………………………… 180
張山人賜寧 …………………………………… 180
潘縣尉大琨 …………………………………… 180
吳處士文徵 …………………………………… 180
盛中翰惇大 …………………………………… 180
繆處士頌 ……………………………………… 181
高山人玉階 …………………………………… 181
黃上舍恩長 …………………………………… 181
余學士集 ……………………………………… 181
黃刺史易 ……………………………………… 181
蔣學正和 ……………………………………… 181
王孝廉學浩 …………………………………… 181
陳進士詩庭 …………………………………… 182
王處士靖 ……………………………………… 182
邵秀才聖藝 …………………………………… 182

宛平令胡蕙麓以隔院荷香册子屬題 …… 182
鮑覺生桂星太史貽詩龕歌奉贈 …… 182
不浪舟畫卷 …… 183
題羅兩峰爲何湘雪易畫蘭時二君皆下世 …… 183
自淨業湖移居鐘鼓樓四首有序 …… 183
移居後乞同人作畫 …… 184
重陽日余榜所居曰"陶廬"，李青琅托恩多太守惠菊及酒至，余未之報也，詩來作此以答兼呈陳念齋上理同年，時念齋客青琅齋中亦有詩見示 …… 185
題思元道人《婁香軒集》後 …… 185
寄題江南友人采菊圖 …… 185
不寐 …… 186
偶題 …… 186
送魯鹿芸世延之官安徽兼寄曾賓谷運使 …… 186
思元道人寫竹見貽 …… 187
贈王春野蔚宗兼懷王述庵昶侍郎 …… 187
續論畫詩 …… 187
　錢大令維喬 …… 187
　陳太守淏 …… 187
　馮助教桂芬 …… 188
　袁山人沛 …… 188
　陳山人嵩 …… 188
寄李寧圃延敬觀察 …… 188
弔羅兩峰山人 …… 188
訪杜梅溪群玉于蕭寺已赴任去作此代柬 …… 188
題思元道人畫册 …… 189
題海寧查懷忠世官南廬詩鈔後 …… 189

目　錄

存素堂詩初集録存卷九 …………………………………… 191
　庚申
　　上朱石君_珪先生 ………………………………………… 191
　　初春新浦道中同曹秀才_{華閣}作 …………………………… 192
　　莫韻亭_{瞻菉}侍郎邀同夢禪居士小酌觀夢禪作畫即題其畫
　　　鷹後 ……………………………………………………… 192
　　柬朱素人 …………………………………………………… 192
　　顧叕庵_{鶴慶}、郭原庵_麐邀同人小集 ………………………… 193
　　莫韻亭侍郎賦驛柳詩甚佳，余倩顧叕庵作驛柳圖 ……… 193
　　夢中得春催十四字醒足成之，既索鮑雅堂汪杏江_{學金}和詩
　　　并倩顧叕庵作圖 ………………………………………… 193
　　謝薌泉同年授禮部主事賦紀恩詩屬和，余既違其請作此
　　　以報 ……………………………………………………… 193
　　喜鎮堂師抵京有期同覃溪先生作 ………………………… 194
　　且園十二詠 ………………………………………………… 194
　　　小山 ……………………………………………………… 194
　　　石笋峰 …………………………………………………… 194
　　　錫光樓 …………………………………………………… 195
　　　烟雲室 …………………………………………………… 195
　　　存素堂 …………………………………………………… 195
　　　陶廬 ……………………………………………………… 195
　　　詩龕 ……………………………………………………… 195
　　　小西涯 …………………………………………………… 195
　　　彴西書屋 ………………………………………………… 195
　　　有竹居 …………………………………………………… 195
　　　石舸 ……………………………………………………… 195
　　　來紫軒 …………………………………………………… 196

27

克勒馬歌次覃溪先生韻 ………………………………… 196
柬張山公石 …………………………………………… 196
喜劉敏齋瑤至都 ………………………………………… 197
掩關 …………………………………………………… 197
清明日宿村寺 …………………………………………… 197
吳種之比部偕令子春麓太史廣枚移居小西涯 ……… 198
李青琅欲借榻城北僧寺就余說詩兼約陳念齋、顧歿庵同作
　…………………………………………………… 198
題舒白香夢蘭和陶詩後即送其歸靖安 ……………… 198
次汪杏江招同人柏林寺看花用東坡送參寥韻邀諸君子遊
　極樂寺 …………………………………………… 199
重葺古墨齋落成胡蕙麓大令邀同人小集 …………… 199
輓武虛谷 ……………………………………………… 200
重建古墨齋歌 …………………………………………… 200
韓旭亭是升邀同程蓉江薩棟吳種之小飲 …………… 201
喜雨歌次朱石君先生韻 ……………………………… 201
史館與王僭嶠蘇編修話舊有懷王惕甫學博 ……………… 201
王惕甫學博以薄荷團扇侑詩見貽 …………………… 202
獨直史館戲柬汪杏江侍讀、劉金門鳳誥學士是日考試差 … 202
於莫韻亭侍郎箑頭讀許秋巖太守詩 ………………… 202
吳竹橋同年書來道及諸郎君成立能以筆墨業其家且述近
　日得舊畫數種藉以自遣，有蕭然自得之致 ……… 203
題黃左田鉞畫三江葒尾圖 …………………………… 203
梅花溪上圖為錢立群題 ……………………………… 204
直史館呈石君先生 …………………………………… 204
雨中祝簡田塈太史暨郎君仁泉崧三秀才以詩龕圖詩見貽
　…………………………………………………… 205

目　錄

陳雲伯_{文述}自浙中寄畫至 ………………………… 205
寄郭祥伯 …………………………………………… 205
文信國琴歌次朱石君先生韻 ……………………… 206
答陶鳧香_梁吳中寄詩 …………………………… 206
題張鑑庵_{丙震}梅柳江村圖即送之嚴州太守任 …… 206
六月九日李西涯誕辰鮑雅堂、汪杏江、謝薌泉、趙味辛、
　張船山、周西麋_{宗杭}集詩龕 ……………………… 207
祝簡田太史次拙韻并約登得雨樓看荷 …………… 207
立秋前二日同鮑雅堂、吳穀人、汪杏江、趙味辛、張船山集
　謝薌泉知恥齋迎秋 ……………………………… 208
李載園過訪詩龕不值 ……………………………… 208
張水屋自蜀中寄詩集至首章即懷余之作感賦 …… 208
驛柳詩四首次張船山檢討韻 ……………………… 209
謁圖裕軒、曹慕堂二先生祠 ……………………… 210

存素堂詩初集錄存卷十 ………………………… 211

庚申

硯齋_{西成}許以所藏桑梓前輩詩集借鈔 …………… 211
速鮑雅堂題詩龕圖兼訊拈花寺齋期 ……………… 211
六月晦日李青琅招同吳穀人、鮑雅堂、汪杏江、顧彀庵小
　集晚過具園 ……………………………………… 212
七夕汪杏江招同吳穀人、鮑雅堂、謝薌泉、趙味辛、張船山
　芥室小集分賦洗車雨 …………………………… 212
吳穀人前輩勘定拙詩并許爲序 …………………… 212
送何蘭士出守九江 ………………………………… 213
以拙文質趙味辛舍人且訂西山之遊 ……………… 214
七月十四日百祥庵老衲導余拜西涯墓 …………… 214
贈曹復堂_善 ……………………………………… 214

贈周省齋明球明經 …… 215
送陶蔚齋象炳司馬 …… 215
同胡印渚登蔣氏平臺望淨業湖 …… 216
思元道人畫蘭竹見貽 …… 216
八月九日胡蕙麓太令邀同謝蔎泉侍御出西直門憩松泉寺
　　相西涯墓址，蕙麓獨往西山視木石謀爲公創祠，余因偕
　　蔎泉至極樂寺復過大慧寺盤桓竟日 …… 216
讀書秋樹根圖 …… 217
題姚春木椿長江萬里圖記後 …… 217
題亦舟盧 …… 217
樂雲道人以雪月書窗小玉印見貽 …… 218
書思元道人風雨遊記後 …… 218
九月三日曉出阜城門慈悲院早飯卜葬之便遊山 …… 218
芭蕉村道中 …… 219
望石徑山 …… 219
渡桑乾河 …… 219
由奉福寺度羅睺嶺晚至潭柘寺宿 …… 219
琦玕亭 …… 220
晨起過紫竹院 …… 220
少師靜室 …… 220
龍潭 …… 220
蓮池 …… 220
青蛇 …… 221
延清閣晨粥 …… 221
度馬鞍山至慧聚寺 …… 221
戒壇古松歌 …… 221
登千佛閣 …… 222

目　錄

遊化陽洞登極樂峰回憩慧聚寺出花梨坎宿奉福寺……… 222
由奉福寺渡河過皇姑寺抵翠微山三山庵久坐歷大悲寺至
　龍泉庵……………………………………………………… 222
龍泉庵啜茶果畢遊香界寺………………………………… 223
寶珠洞………………………………………………………… 223
龍泉庵孤亭據松泉之上同人聚飲抵夜吳穀人侍讀有詩
　次韻………………………………………………………… 223
翠微山晚步…………………………………………………… 223
宿龍泉庵呈同行諸君……………………………………… 223
曉起吳穀人、汪杏江再和前韻疊韻報之……………… 224
秘魔厓………………………………………………………… 224
慈壽寺………………………………………………………… 224
摩訶庵………………………………………………………… 224
出山別盈科上人……………………………………………… 225
留贈潭柘寺月朗禪師……………………………………… 225
立冬日趙味辛約同吳穀人、鮑雅堂、汪杏江、謝薌泉、
　張船山、戴金溪敦元亦有生齋消寒即席次味辛韻……… 225
韓旭亭居粤東時具尊南補瓢老人香山梅花嶼空月軒諸詩
　并錄陳需齋汝楫徵士記文冠首王椒畦舉浩孝廉作圖余綴
　詩紙尾……………………………………………………… 225
夜間雨雪甚大晨起胡蕙麓大令邀遊極樂寺候翁覃溪先生
　及吳穀人、趙味辛、張船山皆不至禪榻話舊抵暮始歸
　……………………………………………………………… 226
偕吳穀人、汪杏江、謝薌泉、趙味辛、張船山、姚春木於鮑
　雅堂齋中消寒分賦飲中八仙拈得汝陽王璡……………… 226
題關山覓句圖送莫韻亭侍郎奉使瀋陽…………………… 226
夢禪居士仿香光卷子………………………………………… 227

31

王子卿澤孝廉作詩龕圖索詩爲報 …… 227
消寒集吳穀人庶子有正味齋題葛洪移居圖 …… 227
消寒集汪杏江芥室題華嚴世界圖 …… 227
緩步 …… 228
燈下讀楊蓉裳芳燦農部《芙蓉山館詩集》 …… 228
吳穀人、汪杏江、鮑雅堂、謝薌泉、趙味辛、張船山、姚春木集詩龕消寒題新篁百石圖分用唐宋金元人題圖七古詩韻，余拈得元遺山《題范寬秦川圖》 …… 228
臘月十九日集汪杏江芥室拜蘇公生日即爲消寒曾用東坡八首韻 …… 229
除夕顧毅庵畫祭酒圖見貽即題幀上 …… 230

存素堂詩初集錄存卷十一 …… 231

辛酉

元旦試筆 …… 231
朱閒泉壬自杭州寄詩龕圖至己未除夕前一日作也 …… 231
贈孫少白琪布衣 …… 231
答孫鑑之延明經 …… 232
贈胡香海森大令 …… 232
答吳竹橋 …… 232
題白石翁移竹圖後 …… 233
上元後一日雪鮑雅堂喬梓招同汪杏江喬梓暨令姪覺生小集 …… 233
阮芸臺元中丞寄叚二端、《經籍籑詁》一部 …… 233
偶作 …… 234
春雪後招同人小集詩龕用韓旭亭和東坡韻 …… 234
韓旭亭遊西山歸仿其宗人立方洗馬故事作圖徵詩 …… 234
贈盛藕塘植麒上舍 …… 235

目 錄

寄懷汪劍潭_{端光}司馬 ………………………… 235
唐容齋_{廣樸}自莫寶齋_晉學使署至京述學使意存問感賦
　………………………………………………… 235
久不接初頤園同年耗 ……………………………… 236
鄭青墅_{光議}大令以大集見示 ……………………… 236
寄懷陳師山_{鍾琛}觀察 ……………………………… 236
熊謙山_枚侍郎示詩龕圖歌賦答 ………………… 237
謝蘇潭中丞札來索詩 ……………………………… 237
送李舒園_{元滬}之任清泉 …………………………… 237
寄衡山令范青子_鶴同年 …………………………… 238
李舒圓赴清泉任寄秦小峴廉訪 …………………… 238
徐朗齋_{鑅慶}寄玉山閣文集至 ……………………… 239
屠笏巖_紳過訪 ……………………………………… 239
袁雙榕_{翊文}訪劉松嵐於寧遠州署旋都，出遼東壯遊圖松嵐
　既書五十韻余亦續作 …………………………… 239
和蘇東坡并引 ……………………………………… 240
久不接唐陶山明府書寄問 ………………………… 240
余夢至一山，四面皆水，松竹雜植，猿鶴相聞，與穀人、
　味辛談長生術抵掌賦詩，醒後頗記憶之邀二君同作
　………………………………………………… 240
得徐鏡秋粵東札 …………………………………… 241
寄懷王穀塍_{宗炎}同年 ……………………………… 241
二月十一日胡蕙麓大令邀陪翁覃溪先生暨諸同人極樂寺
　早飯抵畏吾村勘懷麓堂廢址 …………………… 242
盛甫山舍人詩畫皆有逸趣懶不爲人作，余有求必以詩易，
　舍人索余詩喜賦 ………………………………… 242
汪遲雲_{日章}參議和顧歿庵看畫詩同賦 …………… 242

永壽庵……243

烟郊……243

東留村……243

虹橋……243

桃花寺……244

望盤山作歌贈蘭亭_{德慶員外}_{員外官盤山總管}……244

曉行薊州道中……244

送趙味辛赴青州司馬任……244

杜梅溪大令與吳竹橋芍藥詩倡和成卷梅溪出示兼索題女史屈宛仙畫……245

吳竹橋寄詩至次韻……246

杜梅溪疊韻見貽依和……246

觀亭巡撫_{海成}園中聽粵東周生_某彈琴……246

送汪杏江庶子養疴旋里……246

立夏後二日時雨初霽邀同人晨出西直門憩極樂寺抵萬泉莊遊長河諸寺……247

先同人抵極樂寺柬謝薌泉同年……247

寄徐雪坪_{開德}……248

雨後同人集鄒蓮浦_{文瑛}水部一經齋看藤花……248

四月四日陶然亭重會己亥同年率成三詩并懷未與會者……248

師荔扉_範大令過訪言及敝廬即十年前寓齋感賦……249

存素堂詩初集錄存卷十二……251

辛酉

胡香海大令以仇十洲桓伊吹笛圖乞詩……251

蔣藕船_{知讓}同年出尊甫心餘先生攜二子遊廬山圖屬題……251

目　録

雨後同周西麋、顧歿庵、李青琅曁兒子桂馨由三汊口抵
　極樂寺 ·········· 252
吳柳門_{文炳}明經過訪 ·········· 252
周卣封_{啓魯}進士擬就廣文詩以堅之 ·········· 252
樂蓮裳_{官譜}寄書至 ·········· 252
懷萬廉山_{承紀}大令時間居曾運使署中 ·········· 253
吳蘭雪孝廉春闈報罷留宿詩龕 ·········· 253
集謝薌泉有耻齋消暑分賦蟬 ·········· 253
答汪艾塘_庚太史 ·········· 253
伊墨卿太守自惠州寄尊甫雲林詩鈔 ·········· 254
久不接周蕎原大令音問 ·········· 254
寄答徐山民_{達源} ·········· 254
得吳南鄉_{文徵}濟寧書兼寄且園十二景圖册 ·········· 255
集吳穀人有正味齋消暑題吳元瑜陶潛夏居圖 ·········· 255
雨中懷蔣藕船 ·········· 255
六月十二日涪翁生辰吳山尊太史招集藤花吟社消暑 ·········· 256
題夢禪居士指頭畫 ·········· 256
西涯晚眺次韻 ·········· 257
陳石士_{用光}庶常玉方_{希祖}比部招同人小集即席詠茶菇 ·········· 257
射雕行 ·········· 257
送胡香海之羅源任 ·········· 258
姚伯昂_{元之}孝廉爲畫靖節以下至西涯十二人像 ·········· 258
題吳柳門家山圖 ·········· 258
送韓旭亭歸里 ·········· 259
吳穀人祭酒南歸題顧歿庵松柏圖贈行 ·········· 259
伯昂過訪 ·········· 259
奚鐵生自浙中寄詩龕圖至 ·········· 260

題畫 …………………………………………… 260
　　松梅 ………………………………………… 260
　　松竹 ………………………………………… 260
九日李墨莊主事楊蓉裳員外招同人集陶然亭 ………… 260
題奚鐵生畫 …………………………………… 261
題西涯先生像後 ……………………………… 261
重經西涯訪汪瑟庵廷珍學士新居 ……………… 261
陳仲魚鱣徵君過訪詩以贈之即書其尚友圖後 ……… 262
秦良玉錦袍歌 ………………………………… 262
蘭雪信宿詩龕適有以賓谷生子來告者賦詩寄賀兼調蘭雪
………………………………………………… 262
訪煦齋侍郎於樂賢堂長話語及顧寧人《郡國利病書》，
　　勸煦齋購之 ………………………………… 263
張船山爲趙穆亭承杰畫木石秋色 ……………… 263
池上篇送張徵君炯歸里 ………………………… 264
董文恪爲宣城張芸野翁畫西阪草堂圖 ………… 264
紀陳石士太史慈母姚宜人事 …………………… 264
送周西糜歸里 ………………………………… 265
贈鮑曇原桂槇 ………………………………… 265
郊行 …………………………………………… 265
夢禪畫石 ……………………………………… 266
杜梅溪貽江南故人書并示蔣藕船房山近耗 …… 266
客至 …………………………………………… 266
不寐 …………………………………………… 266
招吳蘭雪 ……………………………………… 267
題朱野雲畫 …………………………………… 267
金粟道人像歌 ………………………………… 267

目　錄

耕漁子像歌 … 268

臘月十八日壽楊蓉裳員外 … 268

香山道中 … 269

聽仲梧彈琴 … 269

臘月十九日石士齋中同蓉裳船山王方鍾溪希曾拜東坡
　生辰船山畫公像石士更乞爲山谷畫像因論及二公詩
　… 269

存素堂詩初集錄存卷十三 … 271

壬戌

題黃文節公石刻像後有序 … 271

李墨莊自琉球歸出泛槎圖索詩 … 271

題畫 … 272

哭鮑雅堂郎中 … 272

二十六科長松圖爲朱石君尚書賦 … 272

柬和泰庵中丞 … 273

送顧羿庵歸里 … 273

贈郭生賢瑚 … 274

項道存紳孝廉介吳蘭雪畫詩龕圖見貽 … 274

贈陳一亭森 … 274

雲川閣詩爲徐舍人賦 … 274

憶西山舊遊書寄韓旭亭、吳穀人、汪杏江、趙味辛、
　蔣香杜、姚春木 … 275

春草 … 275

答冶亭漕師兼寄黃心盦承增程禹山 … 276

思元道人以臨摹諸帖見貽并示遊香山臥佛寺詩次韻 … 276

題張船山畫梅送銀槎回里 … 277

柬趙琴士紹祖 … 277

37

答張寄槎學仁 …… 277
朱素人畫扇 …… 278
弢庵南歸寫墨竹見貽 …… 278
四月朔日偕張船山檢討、蔡生甫之定、狄次公夢松兩編修陳雪香庶子集英煦齋司農賜園 …… 279
題孫子瀟原湘雙紅豆詞後 …… 279
題孫子瀟孝廉天真閣詩集 …… 279
西涯晚步 …… 280
送洪孟慈飴孫還里 …… 280
何蘭士至都 …… 280
題朱野雲擬陶詩屋 …… 280
余方編校官書適李滄雲鑅京兆邀同韻亭侍郎蓉裳員外墨莊主事野雲春波兩畫師集少摩山室，因余携所橅南薰殿諸像至野雲春波遂具紙爭寫同人賦詩紀事 …… 281
題文徵仲畫 …… 281
五月二十八日諸同人張宴於正乙祠爲賀虛齋賢智侍御、祁鶴皋韻士、楊蓉裳二農部、謝薌泉祠部暨余作五十生日薌泉即日成五古四章余效其體 …… 281
六月九日同人拜西涯墓畢飯於極樂寺朱石君尚書後至 …… 282
再和石君尚書韻 …… 283
柬王熙甫寧煇侍御兼示子文祖昌秀才乞石桐少鶴詩集 …… 283
西涯晚眺 …… 284
晚晴 …… 284
夜坐 …… 284
午睡 …… 284

目　錄

存素堂詩初集錄存卷十四 ·················· 285
　壬戌
　　奉校八旗人詩集意有所屬輒爲題詠不專論詩也得詩
　　　五十首 ······································· 285
　　　恭壽堂集　鎭國愨厚公 ················ 285
　　　紫瑷巖詩集　愼靖郡王 ················ 285
　　　王池生稿　紅蘭道人蘊端 ··········· 285
　　　紫幢軒詩集　香嵒居士文昭 ········ 286
　　　白燕棲稿　問亭將軍博爾都 ········ 286
　　　曉亭詩集　曉亭侍郎塞爾赫 ········ 286
　　　詩瓢　樗仙將軍書誠 ··················· 286
　　　嵩山集　嵩山將軍永憲 ··············· 286
　　　延芬室詩集　臞仙將軍承忠 ········ 286
　　　月山詩集　宗室恒仁 ··················· 286
　　　懋齋詩集　四松堂詩集　宗室敦敏、敦誠 287
　　　北海集　麒閣參政鄂貌圖 ············ 287
　　　忠貞集　觀公總督忠貞公范承謨 · 287
　　　通志堂詩鈔　容若侍衛性德 ········ 287
　　　益戒堂集　凱切總憲文端公揆敘 · 287
　　　葛莊詩集　在園按察劉廷璣 ········ 287
　　　棟亭詩集　子清通政曹寅 ············ 288
　　　與梅堂詩集　儼若大令佟世思 ···· 288
　　　味和堂詩集　章之尚書文良公高其倬 288
　　　守素堂詩集　若璞尚書蔡珽 ········ 288
　　　西林遺稿　毅庵中堂文端公鄂爾泰 288
　　　蘭雪堂詩集　蕉園觀察岳禮 ········ 288
　　　倚松閣詩集　松如侍郎德齡 ········ 288

39

南堂詩集　南堂總督施世綸 ………………… 289
溯源堂詩集　岸亭中書賽音布 ………………… 289
尹文端公詩集　元長中堂文端公尹繼善 ……… 289
夢堂詩稿　竹井中堂文蘭公英廉 ……………… 289
虛亭遺稿　虛亭尚書剛烈公鄂容安 …………… 289
退思齋詩集　景庵侍郎介福 …………………… 289
親雅齋詩集　有亭侍郎雙慶 …………………… 290
誤庵詩鈔　誤庵筆帖式卓奇圖 ………………… 290
道腴堂詩集　冠亭大令鮑鉁 …………………… 290
樗亭詩鈔　魯望將軍薩哈岱 …………………… 290
陶人心語　俊公監督唐英 ……………………… 290
睫巢集　眉山徵君李鍇 ………………………… 290
居白室詩集　石閭布衣陳景元 ………………… 290
雷溪草堂詩集　九盈居士長海 ………………… 291
自我集　拙庵老人明泰 ………………………… 291
補亭遺稿　補亭尚書友恭公觀保 ……………… 291
樂賢堂詩集　定圃尚書文莊公德保 …………… 291
蘭藻堂詩集　雲亭大令舒瞻 …………………… 291
雲川詩稿　洛耆大令顧邦英 …………………… 291
大谷山堂詩集　午塘侍郎夢麟 ………………… 292
枝巢詩草　裕軒學士圖輅布 …………………… 292
海愚詩鈔　子穎運使朱孝純 …………………… 292
酌雅齋詩集　贊侯侍郎福增格 ………………… 292
嘯崖詩存　道淵巡檢甘運源 …………………… 292
枕石齋集　蒼巖佐領汪松 ……………………… 292
謙益堂詩集　雲臣孝廉賈虞龍 ………………… 293
石經堂詩集　閩峰侍郎玉保 …………………… 293

目　録

王春波至京爲余橅古聖賢像 …………………… 293
奉答汲修世子兼謝搜採時賢諸詩集 …………… 293
吳衣園_{裕德}約遊盤山 ………………………… 294
陳曼生_{鴻壽}招同人陶然亭雅集 ………………… 294
哭袁雙榕 ………………………………………… 294
樂雲道人招同人集水閣小酌 …………………… 295
諸客半散余以雨留復成此詩 …………………… 295
三君詠 …………………………………………… 295
　舒鐵雲_位 ……………………………………… 295
　王仲瞿_曇 ……………………………………… 295
　孫子瀟 ………………………………………… 296
靜默齋 …………………………………………… 296
曉出東郊_{因迎鑾先行二日便遊田盤} …………… 296
宿枕漱山房和衣園題壁韻 ……………………… 296
望盤山用薌泉韻 ………………………………… 297
由感化寺至千像寺 ……………………………… 297
自枕漱山房抵古中盤慧因寺 …………………… 297
少林寺 …………………………………………… 297
東甘澗 …………………………………………… 298
西甘澗 …………………………………………… 298
萬松寺 …………………………………………… 298
暮抵天城寺歸宿枕漱山房 ……………………… 298
再入山遊東竺庵 ………………………………… 299
上方寺 …………………………………………… 299
至雲罩寺登掛月峰憩舍利塔眺紫蓋自來諸勝 … 299
遊盤谷寺訪拙庵遺跡再經東西甘澗天城歸宿枕漱山房
　……………………………………………………… 299

41

由天城萬松越嶺抵青峰寺 …… 300
法藏寺 …… 300
由雙峰寺出西峪歸飯寓齋 …… 300
別枕漱山房 …… 300
待莫韻亭侍郎僧寮久不至用壁間韻 …… 301
和韻亭重宿僧寮韻 …… 301
仰止樓爲賈素齋題 …… 301
合江樓和素齋 …… 301
山中早起 …… 302

存素堂詩初集錄存卷十五 …… 303

壬戌

寄槎吟爲張秀才賦 …… 303
何竹圃_榕乞詩許以畫報戲贈 …… 303
贈鮑鴻起_{文達}兼懷顧子餘 …… 303
宿接葉亭得詩三首呈衣園并索載軒墨莊薌泉簾堂船山
　　山尊同作 …… 304
吳白庵_照自大庾寄畫竹至 …… 304
杜海溪大令寄示近詩 …… 305
朱青立_{昂之}許寫詩龕圖 …… 305
送王子文秀才遊衡山兼懷清泉李舒園明府 …… 305
祭詩詩和素齋 …… 306
訪陳旭峰_{之綱}助教先之以詩兼懷徐后山_崑員外、馬秋藥
　　給諫 …… 306
宋蘭巖_燿明府貽六安茶 …… 306
送陳石士編修旋里 …… 307
題雍正丙午順天鄉試錄後_{有序} …… 307
楊蓉裳貽骨種羊帽沿 …… 308

目　錄

僧寮聽雪 …………………………………… 308
劉松嵐州署闢新園作詩寄示答之 ………… 308
松嵐代王子文刊秋水集喜而賦此 ………… 309
答顧叒庵兼懷張寄槎、王柳村_豫、舒鐵雲、王仲瞿、孫子瀟
　………………………………………………… 309
久不接南中朋舊音耗寄懷束旭亭、穀人、竹橋、杏江、
　稚存、惕甫、小峴、蘭雪、香杜、祥伯、春木、手山兼示
　味辛劍潭曁硯農_{元娘}蘭士昆仲 …………… 309
溪上 ………………………………………… 310
寒夜 ………………………………………… 310
歲暮 ………………………………………… 311
春來 ………………………………………… 311
緩步 ………………………………………… 311
閉門 ………………………………………… 311
鐘聲 ………………………………………… 311
有談湖湘之勝者紀之以詩 ………………… 312
臘八日訪仲梧元圃 ………………………… 312
路經西涯題寄仲梧 ………………………… 312
王春波爲李墨莊畫峨眉山圖 ……………… 312
題畫 ………………………………………… 313
聽仲梧彈琴夜歸賦此 ……………………… 313

癸亥

王淵花鳥 …………………………………… 313
唐寅江深草閣 ……………………………… 314
周之冕花卉 ………………………………… 314
夜坐 ………………………………………… 314
飲酒和丁春水_{學川}韻 ……………………… 314

吟詩和丁春水韻 …………………………………… 315
祭硯篇爲野雲山人賦 ……………………………… 315
松嵐州牧以西園落成詩示余既和寄矣，野雲山人愛之寫
　圖乞余書前詩更爲賦此 ………………………… 315
溪上 ………………………………………………… 316
韓城相公歸里奉次留別原韻 ……………………… 316
閏四月四日邀同人極樂寺看花春寒尚重花多未開詩以
　催之 ……………………………………………… 316
初五日極樂寺會己亥同年 ………………………… 317
三朱山人歌 ………………………………………… 317
爲鄭勉齋敏行侍御題畫 …………………………… 317
次韻贈丁春水 ……………………………………… 318
次韻贈婁夕陽承澐 ………………………………… 318
再用前韻自贈 ……………………………………… 318
新晴 ………………………………………………… 318
晚坐 ………………………………………………… 318
松間 ………………………………………………… 319
巖居 ………………………………………………… 319
訪友 ………………………………………………… 319
漁翁 ………………………………………………… 319
草堂 ………………………………………………… 319
西園 ………………………………………………… 320
觀碁 ………………………………………………… 320
清明日婁夕陽丁春水同作 ………………………… 320
村晚 ………………………………………………… 320
題畫 ………………………………………………… 320
溪行 ………………………………………………… 321

目　録

存素堂詩初集録存卷十六 …………………………… 323
  癸亥
    送李松雲_{堯棟}太守之任徐州 …………………… 323
    題朱青立畫 ……………………………………… 323
    春雨 ……………………………………………… 323
    雨晴尋春 ………………………………………… 324
    答何蘭士朱野雲 ………………………………… 324
    出紅石口抵黑龍潭 ……………………………… 324
    山黑龍潭至大覺寺 ……………………………… 324
    宿大覺寺和謝薌泉韻 …………………………… 325
    入山贈碧天禪師 ………………………………… 325
    紅石口早行 ……………………………………… 325
    法雲寺 …………………………………………… 326
    領要亭晚坐和壁間韻 …………………………… 326
    鸜鵒谷 …………………………………………… 326
    桃花峪 …………………………………………… 326
    白鹿巖 …………………………………………… 327
    隆恩寺 …………………………………………… 327
    唐陶山州牧抵京 ………………………………… 327
    邀陶山遊西山 …………………………………… 328
    題劉榮黼畫蘭卷 ………………………………… 328
    偕唐陶山、謝薌泉、楊蓉裳、吳山尊、何蘭士、朱野雲由
      極樂寺抵李文正公墓下作 …………………… 328
    西涯小集餞陶山之任海州蘭士野雲即席作圖余爲題後
      ………………………………………………… 329
    五月四日爲謝薌泉生日前一夕賦 ……………… 329
    讀樊學齋文集 …………………………………… 329

45

雨過 …………………………………… 330
夜坐 …………………………………… 330
畫魚 …………………………………… 330
廣慈庵晚坐 …………………………… 330
懷遠詩六十四首 ……………………… 331
　翁覃溪學士 ………………………… 331
　許秋巖觀察 ………………………… 331
　洪稚存編修 ………………………… 331
　王惕甫典簿 ………………………… 331
　吳蘭雪博士 ………………………… 331
　吳穀人祭酒 ………………………… 332
　趙味辛司馬 ………………………… 332
　汪劍潭司馬 ………………………… 332
　李石農觀察 ………………………… 332
　汪杏江庶子 ………………………… 332
　王述庵侍郎 ………………………… 333
　鐵冶亭撫軍 ………………………… 333
　曾賓穀運使 ………………………… 333
　玉達齋制軍 ………………………… 333
　阮芸臺撫軍 ………………………… 333
　秦小峴廉訪 ………………………… 334
　韓旭亭丈暨令子桂舲對廉訪 ……… 334
　劉松嵐觀察 ………………………… 334
　李松雲太守 ………………………… 334
　李載園州牧 ………………………… 334
　吳竹橋太史 ………………………… 335
　徐鏡秋太史 ………………………… 335

目 録

汪瑟庵學士 …………………………………… 335
蔣最峰學正 …………………………………… 335
唐陶山州牧 …………………………………… 335
李舒園明府 …………………………………… 336
杜海溪大令 …………………………………… 336
蔣秋竹_{知節}孝廉藕船大令 ………………… 336
郭祥伯秀才 …………………………………… 336
金手山秀才 …………………………………… 336
張莫樓_彤觀察 ……………………………… 337
張蘭渚_{師誠}方伯 …………………………… 337
孫淵如觀察 …………………………………… 337
張水屋州判 …………………………………… 337
楊荔裳_揆方伯 ……………………………… 337
陳春嘘_昶大令 ……………………………… 338
石琢堂觀察 …………………………………… 338
桂未谷大令 …………………………………… 338
顏運生大令 …………………………………… 338
錢梅溪上舍 …………………………………… 338
李書年觀察 …………………………………… 339
魏春松觀察 …………………………………… 339
趙渭川_{希璜}太守 …………………………… 339
馮魚山_{敏昌}比部 …………………………… 339
凌仲子_{廷堪}廣文 …………………………… 339
黃東塢_旭大令 ……………………………… 340
吳白庵廣文暨令兄退庵孝廉 ………………… 340
舒鐵雲孝廉 …………………………………… 340
師荔扉大令 …………………………………… 340

孫子瀟孝廉……………………………………………… 340

　　劉金門學士……………………………………………… 341

　　鄭青埜大令……………………………………………… 341

　　黃心盦山人……………………………………………… 341

　　趙偉堂大令……………………………………………… 341

　　樂蓮裳孝廉……………………………………………… 341

　　胡黃海廣文……………………………………………… 342

　　賈素齋布衣……………………………………………… 342

　　劉芙初嗣綰孝廉………………………………………… 342

　　呂叔訥星垣廣文………………………………………… 342

　　王仲瞿孝廉……………………………………………… 342

　　王春堂屯牧……………………………………………… 343

　　姚春木上舍……………………………………………… 343

　　蔣香杜孝廉……………………………………………… 343

　　顧弢庵秀才……………………………………………… 343

存素堂詩初集錄存卷十七………………………………… 345

　癸亥

　　樂遊詩…………………………………………………… 345

　　　謝薌泉儀部…………………………………………… 345

　　　何蘭士太守…………………………………………… 345

　　　何硯農民部…………………………………………… 345

　　　英煦齋侍郎…………………………………………… 346

　　　吳衣園編修…………………………………………… 346

　　　周載軒侍御…………………………………………… 346

　　　張船山檢討…………………………………………… 346

　　　楊蓉裳戶部…………………………………………… 346

　　　吳山尊侍讀…………………………………………… 347

目 録

李墨莊主事 …………………………………… 347
李滄雲京兆 …………………………………… 347
王儕嶠侍御 …………………………………… 347
瑛夢禪居士 …………………………………… 347
朱野雲山人 …………………………………… 348
陳石士編修暨令姪王方主事雪香學士 ……… 348
初頤園侍郎 …………………………………… 348
莫韻亭侍郎 …………………………………… 348
鳳仲梧孝廉 …………………………………… 348
玉元圃_寧員外 ……………………………… 349
張雨巖_森太守 ……………………………… 349
李漁衫_{懿曾}明經 …………………………… 349
曹定軒給諫 …………………………………… 349
馬秋藥光祿 …………………………………… 349
劉澄齋_{錫五}侍讀 …………………………… 350
葉雲素_{繼雲}舍人 …………………………… 350
盛甫山舍人 …………………………………… 350
曹儷笙通政 …………………………………… 350
譚蘭楣_{光祥}儀部 …………………………… 350
王春波山人 …………………………………… 351
胡雪蕉_{永煥}水部 …………………………… 351
吳玉松_雲編修 ……………………………… 351
蔡生甫編修 …………………………………… 351
涂淪莊_{以輴}主事 …………………………… 351
陳旭峰助教 …………………………………… 352
胡蕙麓大令 …………………………………… 352
陳雲伯孝廉 …………………………………… 352

同人集極樂寺胡雪蕉贈詩依韻	352
極樂寺和韻	353
慧聚寺拜裕軒、曹慕堂二先生祠	353
陳原舒雪蕉圖爲胡水部賦	353
歎逝詩二十首	353
袁子才太史	353
羅兩峯山人	354
汪雲壑贊善	354
江秋史侍御	354
程蘭翹學士	354
武虛谷大令	354
許石泉編修	354
鮑雅堂郎中	354
徐閬齋州牧	355
邵二雲晉涵學士	355
陸僕堂廉訪	355
王蔚亭太僕	355
范叔度太僕	355
李鳧塘驥元中允	355
李介夫如筠編修	356
龔海峰太守	356
王夢樓太守	356
陳花農琪詹事	356
周霽原太令	356
袁雙榕大令	356
劉松嵐過訪不值留示新詩和韻	357
宣和罵研歌	357

目　錄

范文正公石琴歌	357
陸放翁藏東坡硯歌	358
石琴室聽泉	358
題陶然亭雅集圖送陳竹士基	358
次樓村道中因卜葬地	359
入孤山口	359
接待庵小憩	359
發汗嶺	359
雲梯	360
兜率寺	360
止宿文殊院	360
觀音堂	360
摘星陀	361
雲水洞	361
華嚴龕	361
一斗泉	361
中院尋天開寺遺碑	362
歸宿懷德草堂	362
雲居寺	362
小西天石經堂	362
別懷德草堂留贈劉潛夫玉衡秀才兼示徐竹厓夢陳進士閆致堂孝廉	363
發次樓村歷花梨坎抵戒臺宿	363
由戒壇抵潭拓寺	363
猗玗亭新竹	364
方丈院殘桂	364
潭柘午齋罷紆道西峰寺小憩仍宿戒臺	364

答韓桂舲_對廉訪 …… 364
抵戒臺重謁裕軒、慕堂兩先生祠堂 …… 365
朱野雲畫小西天 …… 365

存素堂詩初集錄存卷十八 …… 367
癸亥
　趙象庵_鉽話雨山房看菊 …… 367
　亦粟僧閉户三年詩以示之 …… 367
　朱辛田_{滋年}自江南乞余序其詩作此以報 …… 368
　東軒圖_{有序} …… 368
　東軒圖詩成見幀尾有楊蓉裳截句一章戲效其體 …… 369
　曾賓谷運使抵都 …… 369
　胡果泉觀察自粵東至 …… 369
　讀張古愚_{敦仁}刺史題畫詩 …… 369
　張念陵_晛大令屢訪不值作此招飲 …… 370
　王惕甫寄淵雅堂編年詩至 …… 370
　哭吳竹橋同年 …… 370
　題丁春水江帆圖 …… 371
　芝圃_{先福}方伯寄書并其家集至 …… 371
　冬夜讀敬庵_{德敏}詩 …… 371
　索敬庵畫詩龕圖 …… 372
　靜默寺訪玉達齋制軍 …… 372
　時還讀書齋飲杏酪同仲梧元圃 …… 373
　仲梧讀余西山詩招同夜話 …… 373
　寄懷王述庵侍郎 …… 373
　極樂寺晚坐 …… 374
　初顧園侍郎由滇旋都出壬戌歲除日重遊龍泉觀看梅詩索
　　和此韻 …… 374

目 錄

題張念陵龍門觀瀑長卷送之東湖 …… 375
馬秋藥爲其甥鎖成畫讀未見書齋圖并繫以詩乞和 …… 375
鞠見南純德刺史自江西至都貽近刻竹垞集并許購書 …… 375
李右農觀察抵都 …… 376
壽楊蓉裳員外并寄荔裳方伯 …… 376
歲暮懷人雜詠二十首有序 …… 376
  鮑覺生中允 …… 376
  朱滄湄文翰主事 …… 377
  阿雨窗撫軍 …… 377
  伊墨卿太守 …… 377
  錢南園灃副使 …… 377
  王熙甫侍御 …… 377
  王子文秀才 …… 377
  周西麋明經 …… 378
  方鐵船元鵾水部 …… 378
  洪桐生梧太守 …… 378
  玉聞峰侍郎 …… 378
  吳个園徵休孝廉 …… 378
  吳柳門鳳白鷺孝廉昆弟 …… 378
  許香巖封君 …… 379
  王野梅堂開孝廉 …… 379
  方葆厓撫軍 …… 379
  金蘭畦光悌廉訪 …… 379
  黃小松刺史 …… 379
  葉琴柯學使 …… 379
  李小松鈞簡學使 …… 380
閒居 …… 380

擁衾 …… 380
話山同仲梧 …… 380
曉起 …… 380
歲晚 …… 381
挣關 …… 381
晚景 …… 381
思梅 …… 381
採藥 …… 381
不寐 …… 382
殘僧 …… 382
就火 …… 382
小病 …… 382
憶山 …… 382
窨花 …… 383
贈雁 …… 383
燈下 …… 383
送寒 …… 383
北園 …… 383
守歲 …… 384
朱素人移居圖歌 …… 384
奚鐵生畫山水歌 …… 384
坡公生日同人集何氏方雪齋用公集李委吹笛詩分韻得飛界二字 …… 385
立春日陳石士編修冒雪過訪贈家刻數種,并云茶菇一函入羹甚香洌,檢之則峨眉茶也,賦詩爲謝且索茶菇 …… 385

存素堂詩初集錄存卷十九 …… 387
　甲子
　　伯玉亭撫軍寄書稱述舊事兼以近詩委勘拉雜書此以報

目　録

………………………………………………………………… 387
顧子餘畫山水 ………………………………………………… 388
宋芝山松石圖 ………………………………………………… 388
朱野雲畫山水 ………………………………………………… 388
孫少迂畫卷 …………………………………………………… 389
朱素人畫山水 ………………………………………………… 389
馬秋藥畫山水 ………………………………………………… 389
張船山畫山水 ………………………………………………… 390
陳詩庭畫山水 ………………………………………………… 390
吳南薌畫卷 …………………………………………………… 390
王春波畫山水 ………………………………………………… 390
顧容堂畫卷 …………………………………………………… 391
吳退庵畫卷 …………………………………………………… 391
題姚之麟爲陶怡雲渙悅畫雲山圖 …………………………… 391
生日雜感正月十七日 ………………………………………… 391
袁蘇亭文楑白雲南詩寄劄至 ………………………………… 393
白石橋 ………………………………………………………… 393
陳曼生詩龕圖歌 ……………………………………………… 393
朱青立詩龕圖歌 ……………………………………………… 393
張南華鵬翀畫山水 …………………………………………… 394
奚鐵生畫 ……………………………………………………… 394
次伯玉亭示諸牧令詩韻 ……………………………………… 394
笪繩齋畫山水 ………………………………………………… 395
笪繩齋仿閔貞畫 ……………………………………………… 396
王春波仿沈石田卷 …………………………………………… 396
萬廉山寫山谷今作梅花樹下僧詩意 ………………………… 396
題華亭汪墨莊鯤桃花潭水集後即送其歸 …………………… 396

55

萬廉山詩龕圖 ·············· 397
蔡研田_{本俊}畫山水 ·············· 397
題王椒畦畫 ·············· 397
邵雲巢_玘詩龕圖 ·············· 398
高泖漁_{玉階}詩龕圖 ·············· 398
吳山尊詩龕圖 ·············· 398
送盛藕塘之官德安司馬 ·············· 398
孫淵如觀察重涖沛上,魏春松贈句云"義陵湯冢考原真,
　　行部重來歷澤春。別有蒼生迎馬首,揭碑人與賣書人",
　　張船山補爲圖賦詩申其意 ·············· 399
題查伯葵_揆孝廉詩集 ·············· 399

存素堂詩初集錄存卷二十 ·············· 401
甲子
題羅兩峰畫梅爲陳雪香學士賦 ·············· 401
思元道人園中十詠 ·············· 401
　　螺旋臺 ·············· 401
　　眺松亭 ·············· 401
　　丁字廊 ·············· 401
　　樊學齋 ·············· 402
　　笋石 ·············· 402
　　葦橋 ·············· 402
　　舊樹 ·············· 402
　　井亭 ·············· 402
　　松棚 ·············· 402
　　月墀 ·············· 402
哭程申伯_{維岳}同年 ·············· 402
陶然亭接孫子瀟寄書并和余三君詠即席報之 ·············· 403

目　録

六月一日胡蕙麓招陪翁覃溪先生宛平署中早飯，先生出
　　拜文廟詩屬和次韻 ………………………………… 403
送李載園回任題朱野雲畫載書圖後 …………………… 403
答韓旭亭 ………………………………………………… 404
答顧藕怡_{仙根} …………………………………………… 404
張蘭渚方伯抵都 ………………………………………… 404
送方茶山_體出守 ………………………………………… 405
哭楊荔裳方伯 …………………………………………… 405
贈嚴麗生_{擧淦}兼寄張水屋譚子受蜀中 ………………… 405
《熙朝雅頌集》題後 …………………………………… 406
徵修《熙朝雅頌集續編》再賦一詩 …………………… 406
西涯晚步 ………………………………………………… 407
讀汪積山寒燈絮語示兒子桂馨 ………………………… 407
哭丁郁玆_{履端} …………………………………………… 408
石墨齋詩和覃溪先生_{有序} ……………………………… 408
德勝門外看荷花 ………………………………………… 409
山中 ……………………………………………………… 409
偕佟秋帆_{明誠}何蘭士訪李謙齋_{吉升}于橋灣別墅 ……… 409
橋灣即景同伊墨卿、何蘭士、朱野雲 ………………… 409
止宿橋灣別墅 …………………………………………… 409
橋灣十景 ………………………………………………… 410
　　天橋 ………………………………………………… 410
　　柳堰 ………………………………………………… 410
　　萬綠堂 ……………………………………………… 410
　　心遠閣 ……………………………………………… 410
　　生秋舫 ……………………………………………… 410
　　荷風榭 ……………………………………………… 410

57

蟻亭 ·· 411
葦間廬 ·· 411
月湖 ·· 411
釣磯 ·· 411
彈琴圖爲唐鏡海鑑作 ·· 411
題船山畫 ··· 411
呂叔訥教論寄白雲草堂集至侑以長札題其集後且奉懷也
·· 412
贈汪研薌吴昉 ·· 412
菇霽堂繪常十年前以詩集寄余未有報也，適其鄉人張雨
匪聖韶道霽堂垂念鄙人甚殷賦贈 ··························· 412
寄南中同學 ·· 413
尺五莊招李廉訪長森朱楝觀察不至即席柬同年諸君 ······ 413
送伯玉亭制軍滇南 ··· 413

存素堂詩初集錄存卷二十一 ································ 415

甲子

次冶亭中丞見懷韻 ··· 415
懷先芝圃方伯 ·· 415
王惕甫寄新刻文集至 ·· 416
重陽前一日汪研薌招同人棗花寺探菊 ······················ 416
菊既未花朱野雲欲景即作圖，張船山以無酒爲悵再賦
此章 ·· 417
研薌再以同字韵索詩 ·· 417
題王荃心運河待閘圖 ·· 417
贈瞿菊亭頔 ·· 417
題思元道人畫竹 ·· 418
題朱野雲畫寄潘厚甫仁司馬時司馬訂北由之遊 ············ 418

58

目錄

哭杜海溪 …………………………………………… 418
題華嵒没骨山水 …………………………………… 419
題宋人贈行畫卷用卷中胡舜臣詩韻 ……………… 419
冬夜題王蓬心太守摹北苑瀟湘圖 ………………… 419
瑤華道人貽畫 ……………………………………… 419
題魯山_{木仕驥}木明府扇頭自書格言爲陳石士編修作 …… 420
雪後吳荷屋_{榮光}編修邀同鮑覺生中允、李雲華_翃、吳美
　存_{其彥}兩編修朱孝廉_涂小集 ………………………… 420
編次《詞林典故》留宿翰林院呈同事諸公 ………… 420
翰林院十詠 ………………………………………… 421
　登瀛門 …………………………………………… 421
　劉井 ……………………………………………… 421
　柯亭 ……………………………………………… 421
　敬一亭 …………………………………………… 421
　原心亭 …………………………………………… 421
　清秘堂 …………………………………………… 422
　寳善亭 …………………………………………… 422
　瀛洲亭 …………………………………………… 422
　成樂軒 …………………………………………… 422
　狀元廳 …………………………………………… 422
夢遊盤山得句醒足成之 …………………………… 422

乙丑

元旦試筆 …………………………………………… 423
正月十七日張船山招同人集蜚鴻延壽草堂爲余作生日
　賦詩各以其字爲韻 ……………………………… 423
李松圃_{秉禮}郎中寄韋廬近詩至 ……………………… 423
孟麗堂_{覲乙}山人寫余詩意成卷 …………………… 424

59

孫春甫蘭枝舍人招同人集春酒堂用查梅史詩句分韻拈得
　　如字…………………………………………………… 424
查伯葵、屠琴塢各以詩集見貽 …………………………… 424
送何蘭士太守之寧夏 ……………………………………… 424
胡蕙麓蔚州書至述桑乾河泪書帖一籨 …………………… 425
贈一粟師 …………………………………………………… 425
萬壽寺晤冶亭制府話舊 …………………………………… 426
夢禪居士畫香雪山莊圖爲吳柳門題 ……………………… 426
萬壽寺 ……………………………………………………… 426
夢中遊山得大星掠鬢邊飛鳥度脚底句醒足成之 ………… 427
寄懷洪稚存編修 …………………………………………… 427
桐陰詩思圖賦贈彭石夫壽山秀才 ………………………… 427

存素堂詩初集錄存卷二十二 ……………………………… 429

乙丑

陶然亭雨集 ………………………………………………… 429
日夕雨止 …………………………………………………… 429
題黃小松潋水圖爲陳孝廉希濂賦 ………………………… 429
書桂未谷大令札後 ………………………………………… 430
香巖寺小憩 ………………………………………………… 430
乘月出德勝門 ……………………………………………… 430
大樹庵 ……………………………………………………… 430
淨業湖和彭石夫韻 ………………………………………… 430
大覺寺 ……………………………………………………… 431
幽村 ………………………………………………………… 431
書吳蘭雪詩後 ……………………………………………… 431
同蘭雪夜話 ………………………………………………… 431
慰蘭雪 ……………………………………………………… 431

目　録

小病 …………………………………………… 432
柬吴蘭雪 ……………………………………… 432
補輯康熙己未詞科掌録寄阮芸臺撫軍 ……… 432
書《敬業堂集》中山尼詩後應覃溪先生命 … 432
孫雨卿肅元畫山水 …………………………… 433
新柳和韻 ……………………………………… 433
朱聞泉畫山水 ………………………………… 434
雨後 …………………………………………… 434
清梵寺 ………………………………………… 434
汪池雲方伯贈扇 ……………………………… 434
再題中山尼詩後 ……………………………… 434
睡起 …………………………………………… 435
雨過 …………………………………………… 435
東坡黄州小像 ………………………………… 435
雪城轉餉詩孫子瀟屬賦 ……………………… 435
静嘯山房詩爲陳晴巖傳經賦 ………………… 436
和蘭雪夜出三轉橋踏月遂至十刹海觀荷之作 … 436
偕陶季壽章漁歐陽碉東紹洛彭石夫三汊河看荷用吴蘭雪韻
　　　　　　　　　　　　　　　　　　　 … 436
和蘭雪題錢南園御史畫馬 …………………… 437
題蘭雪詩後 …………………………………… 437
既和蘭雪玩月看荷之章雨中復成此詩戲柬 … 438
熱極適得快雨 ………………………………… 438
題蘭雪雨中看月詩後 ………………………… 438
和蘭雪三汊河雨中看花之作 ………………… 439
且園雨中作歌貽蘭雪 ………………………… 439
思元道人招同蘭雪小集 ……………………… 439

和陶季壽出德勝門看荷花歌 …………………… 440

浄業湖有感 …………………………………… 440

待月浄業湖 …………………………………… 441

積水潭 ………………………………………… 441

張船山爲王竹嶼_{鳳生}畫江聲帆影之閣圖，吴蘭雪賦詩感而
　有作 ………………………………………… 441

酬陶季壽 ……………………………………… 442

酬歐陽磵東過訪貽西涯詩 ……………………… 442

鶴意似聽詩蘭雪爲余題夢禪畫扇句也，項道存孝廉爲補
　圖屬余賦詩 ………………………………… 443

贈王潤亭_彬明府 ……………………………… 443

寄題龍山慈孝堂 ……………………………… 443

息隱園五詠 …………………………………… 443

　　鏡清幛碧之軒 …………………………… 443

　　樹芝館 …………………………………… 444

　　吟青閣 …………………………………… 444

　　欹屋 ……………………………………… 444

　　竹風蕉雨之居 …………………………… 444

岳鄂王遺硯歌 ………………………………… 444

贈先芝圃方伯 ………………………………… 445

秋雨夜坐 ……………………………………… 445

明祭酒陳文定公畫像歌 ………………………… 445

題黃左田爲王子卿所作畫 ……………………… 446

廣慈庵同己亭_{英貴}太守夜話 …………………… 446

書吴蘭雪題錢南園畫馬歌後 …………………… 446

答李怡庵_{如枚}權使 …………………………… 447

約鮑樹堂_{勛茂}小飲_{適携王惕甫書至} ………………… 447

目　録

題萬廉山梅花即寄廉山索畫 …………………………… 447
送仰山_{鍾昌}之貴州兼懷尊甫耐園_{伊湯安}觀察 ………… 448
瑤華道人竹趣圖歌_{時爲道人校定詩集許作畫見酬} ……… 448
送英己亭還酉陽州任_{己亭太守衛} …………………… 448
高枕 ……………………………………………………… 449
憶舊 ……………………………………………………… 449
送別 ……………………………………………………… 449
西涯 ……………………………………………………… 449
晚渚 ……………………………………………………… 449
獨立 ……………………………………………………… 450
月橋 ……………………………………………………… 450
秋寺 ……………………………………………………… 450
空谷 ……………………………………………………… 450
山夕 ……………………………………………………… 450
送友人還蜀 ……………………………………………… 451
書竹泉詩後 ……………………………………………… 451
南唐澄心堂冰玉琴歌 …………………………………… 451
訪蓮龕_{繼昌}夜話時蘭雪留宿齋中因讀近詩 …………… 452
陶季壽約同人小集江亭 ………………………………… 452
江亭即事 ………………………………………………… 452
後竹趣圖歌 ……………………………………………… 452
和周希甫_{有聲}太守見贈 ……………………………… 453
題合作詩龕圖_{有序} …………………………………… 453
八月初九日掃墓諸同人約遊湯泉明陵一帶期而不至惟定
　軒給諫偕往 …………………………………………… 453
薊丘 ……………………………………………………… 454
清河道中 ………………………………………………… 454

湯泉 ··· 454

聖泉寺在小湯山 ······································ 454

法雲寺在昌平城東南邴村 ····························· 455

天壽寺 ·· 455

望居庸山不至 ·· 455

燕平書院 ·· 456

狄梁公祠余曾著《梁公論》 ····························· 456

劉諫議祠 ·· 456

沙河舊名鞏華城 ·· 456

贈昌平牧戴懷谷 ······································· 457

周載軒給諫出彈琴畫卷索詩 ······················ 457

唐伯虎寒林高士圖 ··································· 457

同人集韻亭侍郎齋中余以雨阻留宿 ············ 458

再題寒林高士圖 ······································· 458

九月初八日止宿秋隱山房答吳蘭雪 ··········· 458

重陽日五更即起由太平莊抵翠微山甫曙 ······· 459

三山庵次吳蘭雪韻 ··································· 459

隱寂寺次蘭雪韻 ······································ 459

龍泉庵次蘭雪韻 ······································· 460

香界寺 ·· 460

寶珠洞 ·· 460

次和蘭雪半幅精廬月中聞笛 ····················· 461

宿三山庵半幅精廬看月 ···························· 461

初十日五更即起雨聲不止曉晴始歸 ············ 461

是日李春湖宗瀚學士招同人看菊余與蘭雪由翠微山冒雨
　趨赴余獨留宿 ···································· 462

存素堂詩初集錄存卷二十三 ……463

乙丑

季壽以李太守尺五莊圖索詩用季壽卷中和東坡送劉道
　原韻 …… 463
曉行盧溝柬蘭雪 …… 463
次蘭雪博士用東坡微雪南溪小酌韻同煦齋侍郎 …… 464
再用前韻寄蘭雪 …… 464
題畫山水 …… 464
題煦齋侍郎紀夢篇即書夢禪畫卷後 …… 464
題毛周花卉册 …… 465
再題紀夢篇畫卷後 …… 465
送楊雪帆_{懋恬}觀察之任蕪湖 …… 465
先月樓歌應雲悅道人命 …… 466
即席應雲悅道人教 …… 466
仇十洲湖亭消暑圖歌 …… 466
寄黃心盦 …… 467
先月樓和韻 …… 467
送董午橋_{榮緯} …… 467
臘八日葉琴柯招飲留宿齋中剪燭賦此 …… 468
倪米樓自南中以吳南薌畫乞詩郭頻伽已先著墨作此奉懷
　兼寄南薌頻伽 …… 468
畫鶴 …… 469
臧孝子和貴詩 …… 469
答喻東白_{宗崙} …… 469
瑤華道人以盆梅侑畫見貽畫亦梅花也感其意賦詩 …… 469
蓮花博士歌_{有序} …… 470

丙寅

元日過積水潭 …… 470

初春即事 …… 470

居閒 …… 471

春來 …… 471

春曉行海甸道中 …… 471

贈陳晴崖 …… 471

正月十七日陶季壽以余生日邀同秦小峴、謝薌泉、楊蓉裳、吳蘭雪、陳石士集趙象庵蔗山園看梅李壽爲詩次韻 …… 471

戲柬吳蘭雪再疊前韻 時蘭雪留宿敝齋，促其校同人詩集。 …… 472

鄰人失火翌日蘭雪過問因訂遊淨業湖三疊前韻 …… 472

唐寅溪山亭子卷 …… 473

秦小峴太常約同人作東坡生日越月補以詩 …… 473

題韓桂舲方伯《還讀齋集》後 …… 473

贈傅醫 …… 474

秦小峴招同謝薌泉、楊蓉裳、蔡式齋、陳石士、陶季壽集崇效寺看花次韻 …… 474

寺中晚飯歸途有作 …… 474

清明後一日出德勝門由三汊口抵海淀 …… 474

過帶緑草堂舊居有感 …… 475

紫雲新院贈趙象庵 …… 475

蒼雪庵 …… 475

妙因寺峰頂 …… 475

景泰陵杏花 …… 476

普覺寺 …… 476

齋房看竹次蘭雪韻 …… 476

目　　録

退谷 …………………………………………………… 476
櫻桃溝石上聽泉 ……………………………………… 477
五華寺 ………………………………………………… 477
石璕寺 ………………………………………………… 477
松堂 …………………………………………………… 477
香山道中 ……………………………………………… 478
步裂帛湖堤抵昆明湖 ………………………………… 478
西方寺 ………………………………………………… 478
由堤上歷界湖桑苧玉帶諸橋至鏡橋而返得詩二首 … 478
遊玉泉歸柬蘭雪兼寄薌泉、季壽 …………………… 479
即事 …………………………………………………… 479
記所見 ………………………………………………… 479
陶季壽招遊憫忠寺至江亭小酌 ……………………… 480
題季壽紀遊詩後兼柬薌泉、蘭雪 …………………… 480
陶季壽招陪秦小峴、謝薌泉、劉澄齋、楊蓉裳、張船山、
　趙象庵、吳蘭雪、陳石士、葉仁甫、陶怡雲至憫忠寺遂
　遊崇效寺，余獨憩龍泉寺同抵江亭午飯得詩三首 … 480
清秘堂記所見 ………………………………………… 481
湖樓秋思卷子爲王海村作 …………………………… 481
畫樵 …………………………………………………… 481
題吳節母傳後 ………………………………………… 481
書覃溪先生題法源八詠石刻詩後 …………………… 482
送趙幽亭同岐大令出宰安溪 ………………………… 482
三月晦日晨起訪鮑樹堂侍御泛舟潞河 ……………… 482
是日葉琴柯侍御過訪不值留詩而去次韻 …………… 483

存素堂詩初集錄存卷二十四 …………………………… 485
　丙寅
　　王蓬心太守爲查映山給諫畫聽雨樓圖 …………… 485

67

答周聽雲鍔太守并寄西涯年譜 …………………… 485
肅武親王墓前古松歌 …………………………… 486
由肅王墓抵那氏園小飲入城仍集肅邸南園 ………… 486
阿雨窗林保中丞寄示修祀瀶泉紀事詩題後兼懷韓桂舲
　方伯 ……………………………………… 487
聽雨樓即景 ……………………………………… 487
答福蘭泉慶中丞 ………………………………… 487
朱野雲自江南來言今春遊焦山與墨卿憑眺謂不得與覃溪
　先生及余偕爲憾,覃溪先生賦詩,余亦同作索野雲畫金
　焦圖兼懷墨卿 …………………………………… 488
答覃溪先生 ……………………………………… 488
寄伊墨卿 ………………………………………… 488
綠淨園感賦一詩贈舒桂舫德恒 …………………… 489
再贈桂舫 ………………………………………… 489
冶亭書來奉答二律 ……………………………… 489
和小峴大京兆移居詩四疊前韻 …………………… 489
贈梁石川德謙州牧 ……………………………… 490
野園詩爲明鏡溪善作 …………………………… 490
贈嚴香甫鈺 ……………………………………… 490
題嚴香甫畫册十二首 …………………………… 491
贈黃穀原原均 …………………………………… 492
六月六日秦小峴招同人積水潭看荷花余不果赴 …… 492
積水潭即事 ……………………………………… 493
陪劉金門侍郎、秦小峴京兆、陳伯恭太常、施琴泉學士、
　查小山郎中、吳蘭雪博士、黃穀原山人積水潭看荷花
　歸憩海氏園抵詩龕小飲 ………………………… 493
六月九日拜西涯墓二首 ………………………… 494

目　録

答張舸齋	494
書徐直生_{寅亮}侍御艾湖春泛卷子後	494
嚴香府詩龕圖	495
黃穀原詩龕圖	495
吳八磚詩龕圖	495
合作詩龕畫會卷子	496
滙通祠	496
文五峰畫上海顧氏園亭冊	496
玉泫館	496
薔薇幕	497
漱玉泉	497
春雨亭	497
滌煩磯	497
續元閣	497
静龕	498
月榭	498
潛虯	498
瑩心亭	498
晴暉樓	498
化雲峰	499
雪舫	499
玉澗	499
石梁	499
訪徐浣梧道人不值留紙乞畫詩龕圖	499
寄酬張寶嚴_鋆	500
蘭韻山房詩贈盧蔗香_{擇元}明經	500
送于益亭_{裕德}同年之楚雄太守任	500

69

爲吳子野大冀題黃穀原畫兼示孟麗堂 …………………… 501
黃瀞懷鑑雲泉圖 ……………………………………………… 501
福蘭泉中丞次韻見酬再疊前韻 ……………………………… 501
天空山和韻 …………………………………………………… 502
哭何蘭士太守 ………………………………………………… 502
題初侍郎陳翁傳後 …………………………………………… 502
八月廿四日樊學齋道人招同謝薌泉、徐星伯松遊大覺寺
　過海甸別墅小憩 …………………………………………… 503
黑龍潭觀泉 …………………………………………………… 503
大覺寺憩雲軒晚坐 …………………………………………… 503
領要亭 ………………………………………………………… 503
尋明水院遺址不得 …………………………………………… 504
勝果寺 ………………………………………………………… 504
望城子山未至 ………………………………………………… 504
八月廿八日拜漁洋先生生日於蘇齋即題秋林讀書圖後
　……………………………………………………………… 504
再用汪鈍翁葉訒庵二先生韻 ………………………………… 505
秦小峴夢中得句云"旛風導我入花徑，山月照人開竹房"。
　次日偕吳蘭雪遊極樂寺，謂似余作因衍爲七古二章，
　時重陽前一日 ……………………………………………… 505
再用前句成二小詩題寺壁 …………………………………… 506
九日冒雨訪吳蘭雪 …………………………………………… 506
黃穀原小西涯雜憶畫册爲彭石夫題有序 …………………… 506
　坡市典琴 …………………………………………………… 506
　僧寮課讀 …………………………………………………… 507
　河津待渡 …………………………………………………… 507
　岱麓停車 …………………………………………………… 507

目　録

春明夯艫 …………………………………… 507
詩龕問字 …………………………………… 507
葦塘垂釣 …………………………………… 508
梧館聽鐘 …………………………………… 508
韻蘭草堂圖爲周生笠賦 …………………… 508
樊學齋道人招遊大覺寺後屢以五言相示且多見懷感賦
　………………………………………… 508
積大令乞菊於毓吏部不得而致憾余賦詩調停之兼柬趙
　舍人 …………………………………… 509
哭陸鎮堂師 ………………………………… 509
秋夜 ………………………………………… 509
重陽日雨燈下作 …………………………… 510
瑤華道人許作詩龕圖擬賦詩速之適以詠菊新篇見貽
　次韻 …………………………………… 510
答友人近況 ………………………………… 510
吾拙一章效東野體 ………………………… 511
張少白宜尊欲爲詩龕圖審其義而後命筆詩以述意 … 511
乞徐浣梧畫松 ……………………………… 511
瑤華道人作詩龕圖侑以詩次韻奉酬 ……… 511
朱野雲畫茅齋獨坐圖爲周肅夫賦 ………… 512
汪浣雲水部爲畫詩龕圖侑以詩賦謝 ……… 512
柬吳蘭雪 …………………………………… 513
柬陶琴坨 …………………………………… 513
冬日 ………………………………………… 513
冬夜 ………………………………………… 513
冬曉望翠微山 ……………………………… 513
贈徐浣梧 …………………………………… 514

史館偶作 …………………………………………… 514
樊學齋中作 ………………………………………… 514
贈鄧介齋守和 ……………………………………… 514
大覺寺晚坐 ………………………………………… 515
冬曉訪蔣爰亭予蒲侍郎即贈 ……………………… 515
西涯曉晴 …………………………………………… 515
讀張司業詩 ………………………………………… 516
讀賈長江詩 ………………………………………… 516
讀主客圖懷李松圃松嵐 …………………………… 516
贈李春湖學士 ……………………………………… 516
程素齋邦瑞請刻拙集詩以辭之 …………………… 516
贈陳晴巖 …………………………………………… 517
贈蔣香杜 …………………………………………… 517
遣悶 ………………………………………………… 517
僧寺晚步 …………………………………………… 517
示鄧介齋近況 ……………………………………… 518
採藥 ………………………………………………… 518
曉起 ………………………………………………… 518
飯罷 ………………………………………………… 518
禮烈親王骹箭歌 …………………………………… 518
跋 ……………………………………………… 彭壽山 521
跋 ……………………………………………… 王　墉 523

存素堂詩二集・續集

序 ……………………………………………… 劉錫五 527
序 ……………………………………………… 李世治 529

目　錄

序 …………………………………… 汪正鋆　531
序 …………………………………… 鮑桂星　533
序 …………………………………… 王　墉　535
序 …………………………………… 阮　元　537
存素堂詩二集總目 ………………………… 539
存素堂詩二集卷一 ………………………… 541
　戊辰
　　題九疑山圖後 ………………………… 541
　　立春日雪寄單雪樵 …………………… 541
　　費西墉給諫奉使琉球 ………………… 541
　　黃木廠 ………………………………… 542
　　題秦小峴侍郎寄張菊溪制府書册後 … 542
　　樊學齋主人以素册書新詩見示并命綴句 … 542
　　題畫 …………………………………… 543
　　李春塢分孝廉過訪乞題其母氏節錄并商輯黔詩始末拉雜
　　　書之即代弁言 ……………………… 543
　　客有感其兄者寫圖寄意爲題 ………… 543
　　偕張少伊步陶然亭 …………………… 543
　　獨尋龍泉寺 …………………………… 544
　　紅螺山訪范公墓 ……………………… 544
　　送黃穀原官楚 ………………………… 544
　　吳子野屬題黃穀原仿石田翁畫時穀原之官黃州并寄示之
　　　 ………………………………………… 544
　　再題黃穀原畫 ………………………… 545
　　寄贈盧崑山洪瑚明經 ………………… 545
　　爲友人題飲酒讀史長卷 ……………… 545
　　贈吳孝廉以南 ………………………… 546

73

聞先芝圃方伯抵都有日因用寄題詩龕圖韻奉懷……… 546
再題萬輞岡詩龕第二圖仍用光芝圃題寄韻……… 546
余悼亡後尋葬地於北山回適單雪樵寄詩至因用其韻寄之
　……… 547
約劉芙初嗣綰陶鳬香梁二庶常修補及見録先之以詩 547
小集樊學齋觀高侍郎戲墨即題張仙槎畫後……… 547
菊溪制府重拜山東臬使之命自西苑枉過敘舊聞煦齋侍郎
　再直機庭喜賦即送菊溪并柬煦齋……… 548
奉次陳鍾溪侍郎教習庶吉士紀恩詩韻兼以感舊……… 548
宋芷灣編修典試黔中欲贈以詩而芷灣行矣，因寄福中丞
　蘭泉札率書二章於後即寄編修并柬中丞……… 549
書局歸訪悦性大師池荷尚未全放詩以催之……… 549
約悦性清晨看花且訂早齋……… 549
約同人看荷花有不識蹊徑者詒之以詩……… 550
爲朱白泉觀察朱爾賡額題其僧服小照……… 550
拜李文正公墓……… 550
國花堂坐雨……… 550
題朋舊詩册……… 551
　瑶華道人暑雨中寫成，多三十年前舊作……… 551
　英煦齋院掌自桃花寺行幄挑燈寫寄至京……… 551
　錢裴山方伯卷中俱典試蜀中所作……… 551
　孫平叔編修籤題《海棠巢詩草》……… 551
久雨不寐……… 551
雨晴夜坐……… 552
雨後答譚蘭楣兼寄吴蘭雪……… 552
德厚圃太守憶四十年前讀書杭城梅花廬舊事倩鄭山
　人士芳作圖余爲補詩……… 552

目　録

湯山道中晚行 …………………………………… 552
送陳碩士典試中州 ……………………………… 553
西涯晚秋 ………………………………………… 553
積雨 ……………………………………………… 553
贈吳勛庵 ………………………………………… 553
送查梅史之官皖江 ……………………………… 554
爲蘭雪姬人綠春題畫蘭册後 …………………… 554
哭徐鏡秋同年 …………………………………… 554
瑛夢禪詩龕圖遺卷仿倪雲林查二瞻筆意 ……… 555
秋藥、蘭士、泇坡、野雲合作詩龕圖 ………… 555
何蘭士、朱野雲、馬秋藥合作詩龕圖 ………… 555
黃穀原詩龕圖 …………………………………… 556
嚴香府詩龕圖 …………………………………… 556
野雲、青立、素人合作畫卷 …………………… 556
滌齋、素人、野雲、穀原、香府合作詩龕圖摹奚鐵生 …… 556
吳八磚詩龕圖 …………………………………… 557
張賓巖詩龕圖 …………………………………… 557
檢閱笪繩齋詩龕圖卷慨然賦詩兼憶題圖諸知好 …… 557
筠圃藏書甚富,身後散佚殆盡,偶觀覃溪先生摹阮翁遺墨
　感觸讀易樓舊事愴然賦此 ………………… 558
再題蘇齋縮本蘭亭後兼寄朱野雲揚州 ………… 558
錢辛楣前輩寄梅石心知卷閱十年矣,久欲跋一詩而未能
　也,秋夜題此以當懷人 …………………… 559
憶癸亥年方雪齋作坡公生日同人作詩成册,今蘭士歿已
　二載,秋燈展閱悵觸題後 ………………… 559
黃安與孝廉安濤過訪出友漁齋家集見贈,并乞題馴鹿莊卷
　子侑以新句集序圖記,皆老友郭君之筆感觸成詩 …… 559

讀嘉善黃退庵<small>凱鈞</small>友漁齋近詩題後 …………… 560
謝李曉江大令<small>祥鳳</small>畫玉延秋館卷子并乞畫竹 ………… 560
曉行 …………………………………………… 561
小憩馬廠寺中遂由紅石口止宿牛房村耕餘課讀草堂 …… 561
羊房大廟 ……………………………………… 561
入山尋地不得悵然而返飯於田家 ………………… 561
和氏園林 ……………………………………… 562
牛房觀音寺 …………………………………… 562
九月六日秦小峴侍郎招陪翁覃溪先生暨吳蘭雪、劉芙初、
　陶季壽補作新城王文簡公生日五更驟雨恐不果行 …… 562
雨稍止竟赴小峴之約 …………………………… 562
李邁仁同年留飯晚歸 …………………………… 563
爲友人題畫二首 ………………………………… 563
　柏悦圖 …………………………………… 563
　竹安圖 …………………………………… 563
答河南撫軍清平階 ……………………………… 563
朱白泉觀察寄郵程日記至題後 …………………… 564
送陶季壽歸里 ………………………………… 564
奉校唐人文集寄示芸臺、淵如、蓉裳、琴士諸朋好 …… 565
朱文正、紀文達、彭文勤三公手蹟合卷 ……………… 565
主園詩爲程素齋賦 ……………………………… 565
題項孝廉水墨畫卷 ……………………………… 566
洪忠宣手植柏歌爲介亭編修賦 …………………… 566
五鼓起赴蘇齋作坡公生日適杭湖風水洞拓得蘇題姓字
　四楷蹟同賦 ……………………………… 566
楊舟畫册詩爲吳子野賦 ………………………… 567
　老梅殘竹 ………………………………… 567

目　録

菊徑蜻蜓 …………………………………… 567

雪店夸驢 …………………………………… 567

秋栅聞雀 …………………………………… 567

春禽擇木 …………………………………… 567

立春後二日曉村即事 ……………………… 567

題王春堂貞女詩後 ………………………… 568

存素堂詩二集卷二

己巳

秋園小景沈壬海孝廉_{嘉春}繪圖屬題 ……… 569

送菊溪制府赴粤兼懷桂舲巡撫 …………… 569

題友人攀桂圖 ……………………………… 570

憶山 ………………………………………… 570

養病 ………………………………………… 571

每夜不能寐輒思作詩 ……………………… 571

病中偶題 …………………………………… 571

晚至山寺 …………………………………… 571

病中客至 …………………………………… 571

枕上聽泉 …………………………………… 572

黑龍潭 ……………………………………… 572

寄戒臺寺僧臨遠 …………………………… 572

約辛春巖夜話時寓宛平縣署 ……………… 572

小憩田家遂送至大覺寺 …………………… 572

贈山僧 ……………………………………… 573

靈鷲庵僧話 ………………………………… 573

村晚 ………………………………………… 573

日暮投舊寺不得路爲花木所掩 …………… 573

贈樂蓮裳 …………………………………… 573

奉寄福蘭泉兼呈許秋巖兩倉場	574
病起	574
徙倚	574
贈陳大令平伯均	575
元圃侍郎憂歸余適抱病不能往唁詩以代束	575
題畫贈陳孝廉鎣	575
階平撫軍寄詩至病中未及答也小愈感觸舊遊作此以報	575
贈吳薆亭孝廉	576
溢海和尚約上中峰	576
單雪樵寄詩信至答之	576
憶吳穀人	576
憶趙味辛	577
題張三丰像	577
謝曹麗生華閣同往勘地	577
曉過拈花寺題贈體師	577
以黃瘦瓢山人畫魏公簪金帶圍圖壽煦齋侍郎四十，時煦齋典會試始撤闈感舊懷人輒跋幀尾	578
聽雨	578
寄旌德朱宋卿則璟	578
王柳村寄群雅集至謝以詩	579
書錢梅溪《讀史便覽》後	579
兩三年前贈單雪樵一詩見和至十用原韻偶爾檢視感其情之長也再用韻	579
爲錢梅溪題其尊甫養竹山房詩	580
吳仲圭墨竹歌	580
題文五峰畫《上海顧氏園林册》	580

沈石田《漁莊村店圖》歌 …………………………… 581
董思翁《寒林遠岫圖》歌 …………………………… 581
哭謝薌泉同年 ……………………………………… 582
屠琴塢舊屋説詩圖 ………………………………… 582
小檀欒室讀書圖 …………………………………… 583
徐次山德瑞孝廉聽詩圖 …………………………… 583
夢中得搴霞十字醒足成之 ………………………… 583
雨中屠孟昭招同劉芙初、董琴南、吳蘭雪、黃霽青安濤小集
　擬遊錢藹人儀吉寓園，適戴金溪敦元至而大雨驟臨冒雨
　同往。藹人出茶瓜餉客，觀雨久坐，孟昭欲爲畫記之因
　賦此詩 ………………………………………… 584
約劉芙初、吳蘭雪、屠琴塢、董琴南、錢衎石、黃霽青齋梅
　麓彥槐悦公禪房看荷花先之以詩即寄悦公 …… 584
秦小峴侍郎見余招諸君看荷花詩，以余未及奉招勝稱蓉
　湖荷花以傲余戲答并次其韻 …………………… 585
次秦小峴侍郎潞河舟行韻 ………………………… 585
再邀陳石士、胡書農、孫平叔、徐星伯、陳範川、鍾仰山諸
　君月下看荷花用前韻 …………………………… 585
小峴侍郎寄書有怪余見嘲語作詩答之卜期過訪 …… 586
湖上晚行偶作短歌索蘭雪和 ……………………… 586
送吳小坡歸里 ……………………………………… 587
立秋後一日陳鍾溪侍郎過訪不值久坐荒亭茶瓜而去 … 587
答鍾溪論詩復題簡尾 ……………………………… 587
蘭雪和詩至再用韻呈小峴侍郎并示蘭雪 ………… 587
吳雲樵學使過訪預約津門歸看菊小飲作詩爲券即送其行
　且託代覓鄉試錄諸書 …………………………… 588
邀平叔、書農、星伯、範川、芙初諸同事校悦公禪房

釋典	588
尋幽	588
洪介亭編修以所藏康熙丙申春諸君子元福宮看花詩卷屬題	589
石門看月詩和仲餘侍郎韻	589
張少伊餽山藥至	589
李薌甫芸甫昆季招赴畫會因宿借綠山房	590
借綠山房諸畫師爲余合寫玉延秋館卷子頃刻而就題詩於後以誌佳會	590
陳石士、胡書農、孫平叔、陳範川、徐星伯五編修招集陶然亭	590
曉晴赴五君子之招作詩爲謝兼呈陳鍾溪侍郎、翁宜泉、譚蘭楣二郎中、吴蘭雪博士、席子遠、姚伯昂二編修、屠琴塢大令	591
約陳鍾溪侍郎赴白雲觀訪道藏諸書	591
吴子野餽鮮蟹雞卵，余素戒殺，辭蟹而謝之詩	591
盛甫山舍人招同馬秋藥太常、朱滄湄比部、吴蘭雪博士、朱野雲山人小集	592
陳石士見姚伯昂藏其師姬傳先生手蹟，屬錢梅溪鈎勒上石以原稿裝卷自藏，乞余詩爲券因寄伯昂梅溪	592
蘭雪許以姬人綠春畫蘭册見貽今且三年矣，余屢索之詭言未獲題詩，及見有餽余蘋婆果者索其半日將以畫蘭報也，既而邈然因戲以短歌	593
爲朱野雲題畫	593
又題野雲畫	593
朱野雲山人邀同金蘭畦尚書、汪東序太僕、馬秋藥太常小集擬陶詩屋即席有作	593

目　録

李藹甫芸甫昆季餽栗謝以詩 …………………………… 594
題贈程定甫_{贊寧}編修 …………………………………… 594
屠琴塢將爲縣令題其墨筆山水畫 …………………… 594
十六畫人歌 ……………………………………………… 595
李恒堂_{錫恭}侍講以其祖父遠像繪册屬題 …………… 596
余二十年前爲吳蘭雪題圖有"滿地皆梅花，何處著明月"
　句，同年朱滄湄典陝試移此二語識龔海峰程墨尾，河間
　紀文敏公見之傳爲佳話，今既爲子野駕部署樓額，遂改
　前詩爲佇月樓詞 …………………………………… 596
輓洪雅存編修 ………………………………………… 596
重陽前一日藹甫芸甫餽菊 …………………………… 597
再贈藹甫芸甫 ………………………………………… 597
偶述 …………………………………………………… 597
題蔣爰亭侍郎秋闈校士圖 …………………………… 597
文待詔雪霽山行小景 ………………………………… 598
文待詔碧巘閒話小景 ………………………………… 598
次徐蘊士孝廉元韻 …………………………………… 598
懷先芝圃巡撫 ………………………………………… 598
喜衛輝府太守王儕嶠卓薦入都 ……………………… 599
題蔣元亭先生靜觀圖 ………………………………… 599
守經堂爲元庭同年題畫 ……………………………… 599
魯孝子歌 ……………………………………………… 599
湯雨生騎尉屬題秋江罷釣小景册中佳篇甚多，陳石士編
　修意義稍別附聲綴句且贈別焉 …………………… 600
吳蘭雪席上晤江頡雲送共南歸 ……………………… 600
送屠琴塢之官即題其雙藤老屋圖後 ………………… 600
昌溪村八景爲吳子野賦 ……………………………… 601

沙墩垂釣 …………………………………………… 601
九嶺茶歌 …………………………………………… 601
新橋秋月 …………………………………………… 601
竹林夜讀 …………………………………………… 601
石屋梅花 …………………………………………… 601
船麓楓林 …………………………………………… 602
山寺曉鐘 …………………………………………… 602
西山積雪 …………………………………………… 602
爲大覺寺僧題畫六首 ……………………………… 602
爲靈鷲庵僧題畫六首 ……………………………… 603
柬陳鐘溪侍郎 ……………………………………… 603
柬張少伊索山藥 …………………………………… 604
仁圃丈德元邀同朱習之少僕過廣積寺齋飯 ……… 604
送陳稽亭歸里即題其桂門圖後 …………………… 604
謝張少伊贈山藥 …………………………………… 605
題佇月樓畫會册爲吴子野 ………………………… 605
題曹夔音仿趙文敏樂志圖爲程子蕭筌賦 ………… 605
諸城劉文正公扇頭楷書前人蟲豸詩二十四首敬跋於後
  …………………………………………………… 606
文正公書前人蟲豸五言絶句廿四章前已闕其二,且魚螃
  蝦水族也,不可雜入蟲豸蝌蚪蛙屬,蚱蜢螽斯屬不必複
  見并删之,更爲補益得詩二十八首 ……………… 606
  蟬 ………………………………………………… 606
  蝶 ………………………………………………… 606
  蜻蜓 ……………………………………………… 606
  螳螂 ……………………………………………… 607
  螽斯 ……………………………………………… 607

目　錄

絡緯	607
蜂	607
果蠃	607
蠅	607
蚊	607
蠛蠓	607
螢	607
蛾	608
螻蛄	608
蜣螂	608
蝙蝠	608
叩頭蟲	608
蟻	608
蚯蚓	608
蛙	608
蝸牛	608
天牛蟲	609
蟬	609
蜘蛛	609
促織	609
守宮	609
蝗	609
虱	609
次女於歸宗室雲壻即日侍其翁赴四川都統署作詩勖之	609
乞諸畫師仿趙承旨樂志卷爲合作孫學齋圖	610
學士柏詩爲王春堂賦	610

存素堂詩二集卷三 …………………………………… 611
庚午
　汪均之劄來索近詩賦此爲贈 …………………… 611
　蜀中搢紳先生多有以尺索見問者既各牘答之復作此詩
　　……………………………………………………… 611
　初春偶題 ………………………………………… 612
　生日書懷 ………………………………………… 612
　七家詩龕圖歌 …………………………………… 613
　　畢蕉麓高士 …………………………………… 613
　　張桂巖州判 …………………………………… 613
　　楊蘊山山人 …………………………………… 614
　　朱滌齋山人 …………………………………… 614
　　徐浣梧道士 …………………………………… 614
　　楊琴山山人 …………………………………… 615
　　陳蓑晴山人 …………………………………… 615
　褚石珊畫蟲豸圖詩 凡二十八種 ………………… 615
　題石珊畫栗子山藥百合 ………………………… 616
　再題扇頭竹梧雞冠花雄雞二絕句 ……………… 616
　送屠琴塢令儀徵 ………………………………… 616
　寄泰州姜桐軒 …………………………………… 617
　李山人以夢禪居士指寫東坡詩意遺墨屬題 …… 617
　大覺寺偶題 ……………………………………… 617
　且園月下有懷 …………………………………… 618
　菊隱中書歌爲趙象庵賦 ………………………… 618
　補題壁上易州崔廷幹臨沈石田自畫像 ………… 618
　快閣篇爲慈溪盛隱君賦 ………………………… 618
　詩獎詩十六首和汪星石 ………………………… 619

目　錄

分門戶 …………………………………… 619

別唐宋 …………………………………… 619

填故實 …………………………………… 619

習俚俗 …………………………………… 619

押險韻 …………………………………… 620

集成句 …………………………………… 620

黜穢艷 …………………………………… 620

立條教 …………………………………… 620

狗聲病 …………………………………… 621

假高古 …………………………………… 621

僞窮愁 …………………………………… 621

務關繫 …………………………………… 621

多忌諱 …………………………………… 621

襲句調 …………………………………… 622

喜冗長 …………………………………… 622

好壘韻 …………………………………… 622

蘇叔黨《斜川集》 ……………………………… 622

辛幼安《稼軒集》 ……………………………… 623

尤延之《梁谿集》 ……………………………… 623

陸生自吳門來京介愓甫札謁余翌日以詩見懷用韻答之
　………………………………………………… 623

去年遊龍泉寺歸晚宿野雲齋中，野雲挑燈摹玉山草堂以當玉延秋館也。次日倩秋藥、甫山、芸甫蕲甫、琴山、雨生、子野、麗堂、淥晴、滌齋十君補之，茲裝卷成爲作十一畫人歌 …………………………………… 624

朱滌齋爲寫二十八蟲子扇頭作歌謝之 ……… 624

秦小峴侍郎詩來問病約同李石農茶話，余病不克往用韻

85

謝之兼寄石農	624
單雪橋自白門寄藥侑以詩至	625
謝張鐵耕山人 并贈石印	625
奉柬雪橋兼贈鐵耕	625
懷顧子餘	625
白陽山人墨筆花卉送觀生閣藏弄識以詩 有序	626
李石農廉訪過余長話翌日寄玉延秋館詩至如數報之	626
讀陰符	627
讀鬻子	627
讀晏子	627
讀公孫龍子	628
讀鶡冠子	628
讀墨子	628
讀子華子	628
煦齋先生嘗以校文秘旨見示,因命兒子桂馨識之不忘感舊作歌奉贈	629
徐次山孝廉舉譚龍録相質且以三昧神韻爲難解作歌示之	629
京口行贈王柳村兼寄鄒十員外用黿无咎集中苕霅行韻	630
張舸齋夕庵自京口寄詩畫至,因念亡友鮑雅堂語愴然感懷,用放翁集中登樓七古韻乞舸齋夕庵同作	630
病中閱畢焦麓寫寄玉延秋館二圖,神氣頓覺清爽,忽憶洪稚存之歿不勝人琴之感,蓋此圖稚存轉爲緘寄也。因用遺山集中寄答辛敬之韻托儲石珊寄呈焦麓更乞新畫	631
單雪樵和余五疊詩韻至,余才劣不克更疊矣,適閱東坡集	

目　錄

用寄喬太博詩韻郵贈 …………………………… 631
吳雲海佇月樓成落之以詩 ………………………… 631
煦齋少司農命書天啓三年小斧歌於圖舊作既逸更賦此詩
　………………………………………………… 632
汪均之公子得東坡定惠院寓居月夜偶出墨蹟，倩黃穀原
　補圖札來徵詩即用夜字韻奉寄 ………………… 632
汪星石記事圖歌 …………………………………… 633
香泉篇 ……………………………………………… 633
題朋舊尺牘後 已往之人 …………………………… 633
　袁子才太史 ……………………………………… 633
　朱文正公 ………………………………………… 634
　紀文達公 ………………………………………… 634
　彭文勤公 ………………………………………… 634
　錢辛楣少詹 ……………………………………… 634
　王述庵侍郎 ……………………………………… 634
　王夢樓太守 ……………………………………… 635
　劉青垣侍郎 ……………………………………… 635
　秦端崖司業 ……………………………………… 635
　陸鎮堂先生 ……………………………………… 635
　鮑雅堂郎中 ……………………………………… 635
　瑛夢禪居士 ……………………………………… 636
　汪雲壑修撰 ……………………………………… 636
　江秋史侍御 ……………………………………… 636
　程蘭翹學士 ……………………………………… 636
　吳竹橋儀部 ……………………………………… 636
　吳少甫觀察 ……………………………………… 637
　武虛谷大令 ……………………………………… 637

謝薌泉侍御 ……………………………… 637
　　錢湘舲閣學 ……………………………… 637
　　洪稚存編修 ……………………………… 637
　　何蘭士太守 ……………………………… 638
　　陳春淑副憲 ……………………………… 638
　　馮魚山比部 ……………………………… 638
存素堂詩二集卷四 ……………………………… 639
　庚午
　　題唐名賢小集詩_{有序} ………………… 639
　　　魏徵集 ………………………………… 639
　　　顏籀集 ………………………………… 639
　　　岑文本集 ……………………………… 640
　　　虞世南集 ……………………………… 640
　　　上官儀集 ……………………………… 640
　　　褚遂良集 ……………………………… 640
　　　宋之問集 ……………………………… 640
　　　蘇頲集 ………………………………… 641
　　　張鷟集 ………………………………… 641
　　　姚崇集 ………………………………… 641
　　　宋璟集 ………………………………… 641
　　　賈至集 ………………………………… 641
　　　李嶠集 ………………………………… 642
　　　韓休集 ………………………………… 642
　　　孫逖集 ………………………………… 642
　　　張廷珪集 ……………………………… 642
　　　劉知幾集 ……………………………… 642
　　　敬括集 ………………………………… 643

目　録

郭子儀集 …………………………… 643

李吉甫集 …………………………… 643

崔融集 ……………………………… 643

崔祐甫集 …………………………… 643

梁肅集 ……………………………… 644

常袞集 ……………………………… 644

崔損集 ……………………………… 644

任華集 ……………………………… 644

齊映集 ……………………………… 644

白敏中集 …………………………… 645

馮宿集 ……………………………… 645

封敖集 ……………………………… 645

李程集 ……………………………… 645

于邵集 ……………………………… 645

楊炎集 ……………………………… 646

李絳集 ……………………………… 646

潘炎集 ……………………………… 646

李翰集 ……………………………… 646

韓翃集 ……………………………… 646

柳冕集 ……………………………… 647

令狐楚集 …………………………… 647

裴度集 ……………………………… 647

楊於陵集 …………………………… 647

高郢集 ……………………………… 647

杜佑集 ……………………………… 648

牛僧孺集 …………………………… 648

符載集 ……………………………… 648

王涯集 …………………………………………… 648
賈餗集 …………………………………………… 648
舒元輿集 ………………………………………… 649
陸宸集 …………………………………………… 649
員半千集 ………………………………………… 649
賀知章集 ………………………………………… 649
任華集 …………………………………………… 649
嚴郢集 …………………………………………… 649
穆員集 …………………………………………… 650
張仲素集 ………………………………………… 650
蔣防集 …………………………………………… 650
薛逢集 …………………………………………… 650
王榮集 …………………………………………… 650
葉法善集 ………………………………………… 650
僧元奘集 ………………………………………… 650

題交遊尺牘後_{現在之人} …………………………… 651
　瑤華道人 …………………………………… 651
　思元道人 …………………………………… 651
　翁覃溪先生 ………………………………… 651
　趙甌北觀察 ………………………………… 651
　姚姬傳郎中 ………………………………… 651
　許秋巖漕帥 ………………………………… 652
　百菊溪制府 ………………………………… 652
　吳穀人祭酒 ………………………………… 652
　李墨莊兵部 ………………………………… 652
　鐵冶亭尚書 ………………………………… 652
　秦小峴侍郎 ………………………………… 653

目　録

初頤園侍郎 ………………………… 653
曹儷笙尚書 ………………………… 653
秦易堂洗馬 ………………………… 653
劉澄齋太守 ………………………… 653
孫淵如觀察 ………………………… 654
馬秋藥太常 ………………………… 654
汪瑟庵閣學 ………………………… 654
阮芸臺巡撫 ………………………… 654
石琢堂廉訪 ………………………… 654
張船山侍御 ………………………… 655
陳鍾溪侍郎 ………………………… 655
英煦齋侍郎 ………………………… 655
伊墨卿太守 ………………………… 655
李石農廉訪 ………………………… 655
李松圃封翁 ………………………… 656
趙味辛刺史 ………………………… 656
劉松嵐觀察 ………………………… 656
汪劍潭司馬 ………………………… 656
楊蓉裳員外 ………………………… 656
吴山尊學士 ………………………… 657
陳石士編修 ………………………… 657
劉芙初編修 ………………………… 657
屠琴塢大令 ………………………… 657
王惕甫典簿 ………………………… 657
吴蘭雪博士 ………………………… 658
樂蓮裳孝廉 ………………………… 658
查梅史大令 ………………………… 658

趙琴士秀才 ……………………………………… 658
郭儷伽秀才 ……………………………………… 658
姚春木上舍 ……………………………………… 659
汪均之公子 ……………………………………… 659
讀陳思王集 ………………………………………… 659
讀阮嗣宗集 ………………………………………… 659
讀嵇叔夜集 ………………………………………… 659
讀陸士衡集 ………………………………………… 660
讀謝康樂集 ………………………………………… 660
讀鮑明遠集 ………………………………………… 660
讀庾子山集 ………………………………………… 660
讀陰常侍集 ………………………………………… 661
讀謝宣城集 ………………………………………… 661
讀梁武帝集 ………………………………………… 661
讀梁簡文帝集 ……………………………………… 661
讀沈休文集 ………………………………………… 662
讀江文通集 ………………………………………… 662
讀何水部集 ………………………………………… 662
讀劉長史集 ………………………………………… 662
讀陳後主集 ………………………………………… 663
讀徐孝穆集 ………………………………………… 663
《欒城集》有所居六首，坡翁父子胥和焉，余肖爲之而不復依其所詠 ……………………………………… 663
病中唐陶山刺史過訪 ……………………………… 664
汪均之公子偕令弟奐之赴京兆試同過詩龕值雨留飯因訂遊大覺寺 …………………………………… 664
黃穀原爲汪奐之公子畫雨窗懷舊小景心盦題句最佳出示

索句 …… 665
汪均之奐之應試成均詩以送之感舊書懷率成八首 …… 665
招均之奐之小集吳子野、辛春巖適至郎留長話時病初愈
…… 666

存素堂詩二集卷五 …… 667

庚午

唐陶山刺史易余掃葉軒名憶軒取老子心憶則樂語作歌
…… 667
陳季方菊花卷 …… 667
陳季方畫竹卷 …… 668
錢梅溪畫 …… 668
船上篇送辛春巖歸里 …… 668
題汪奐之雙桐軒懷舊詩後 …… 669
靈隱書藏歌 并序 …… 669
題雷塘庵主小像次翁覃溪先生韻 …… 669
病小愈過佇月樓訪醫，主人以秦司寇、張太守看花詩索
　和，司寇詩中有憶余之句遂次韻 …… 670
佇月樓獨坐偶憶秦侍郎再疊前韻奉寄 …… 670
佇月樓三疊張船山韻君時出守萊州 …… 670
送汪均之奐之昆季京兆報罷出都 …… 670
玉元圃侍郎自西藏歸畫倚樹望雲圖寄意自題小詩甚精索
　和效其體 …… 671
病中雜憶 …… 671
病起曹定軒給諫、朱習之少僕、朱滄湄户部、何緩齋比部、
　言臯雲太守分日約余觴飯京師諺語所謂起病也，賦詩
　以謝 …… 686
曹定軒前輩七十壽辰同人咸祝，以詩子以病未作兹賤來

敦索賦此 …… 686
哭朱習之太僕同年 …… 687
題陳洪綬没骨芭蕉石 …… 687
金蘭畦尚書、方葆巖總督余庚子同年也，今秋兒子桂馨獲
　雋又得與兩公子稱同年，李松雲前輩極稱之爰作是詩
　…… 687
方葆巖制府乞恩歸養俞詔允行同人詠歌其事 …… 688
介文夫人以桂馨獲雋畫桂花見賀，附杏花一幀煦齋兼綴
　跋語爰題小詩三首于紙尾求朱静齋<small>理</small>陳鍾溪和之并呈
　煦齋 …… 688
題奚鐵生雲海圖爲吴兵部賦 …… 689
題楊生梅花松樹卷送嚴就山<small>而寬</small>出宰秦中 …… 689
病中祭詩借崇效寺所藏拙庵紅杏青松卷留觀數日題詩
　…… 689
劉松嵐遊華山得詩題曰"行篋集"，楊蓉裳作序誤"篋"爲
　"脚"題詩以識 …… 690

存素堂詩二集卷六 …… 691

辛未

阮芸臺侍講以朱野雲山人種樹萬柳堂邀余往遊兼録去冬
　萬柳堂詩見示依韻 …… 691
題萬柳堂祖餞圖奉送秦小峴侍郎歸梁溪即用立春日讌集
　原韻 …… 692
題漁洋、竹垞、初白三先生紅杏青松圖詩後示兒子桂馨
　…… 692
兩峰畫竹二首 …… 693
管夫人遺硯圖歌和英煦齋侍郎 …… 693
王春艇<small>光彦</small>孝廉畫詩龕圖見寄并次余題西涯圖舊作韻

目　録

題幀 …………………………………………………… 694
補題張雪鴻敔畫莫愁湖舊册 ……………………… 694
和吳菊君枌自贈韻 ………………………………… 695
看山讀畫樓歌爲周菊塍行孝廉賦 ………………… 695
再題明十九人詠白繡球花詩卷 …………………… 695
梯雲草堂爲吳菊君賦 ……………………………… 696
再題周菊塍畫卷有懷王述庵侍郎 ………………… 696
徐畫堂志晉農部過訪不值留七律二章賦答 ……… 696
阮芸臺侍郎偕朱野雲山人補種柳樹於拈花寺 …… 696
顧劍峰日新書來言秦曉峰維嶽觀察曁弟瑤圃維巖明經築藏
　詩塢於黃鶴樓下喜而賦此 ……………………… 697
唐介亭璉寄書畫至謝以詩 ………………………… 697
阮芸臺侍講於寒食節遊萬柳堂夜宿寺中，翌日清明看花
　柳有作，余畏寒未往次韻 ……………………… 698
畫眉山同劉芙初作 ………………………………… 698
宿大覺寺 …………………………………………… 699
憩雲軒聽泉 ………………………………………… 699
清水院殘碑 ………………………………………… 699
領要亭 ……………………………………………… 699
塔院看杏花 ………………………………………… 700
尋香水院遺址 ……………………………………… 700
何緩齋天衢比部藏文休承爲王百穀畫半偈庵圖眞蹟疏秀
　可愛，朱山人文新臨成而未署款，余既爲詩龕矣裝池後
　綴以詩 …………………………………………… 700
阮芸臺侍郎拜朱文正公墓於二老莊紆道西山招余同往
　………………………………………………………… 700
摩訶庵 ……………………………………………… 701

95

慈壽寺 … 701
栗園莊 … 701
倚松齋 … 701
猗玗亭 … 702
延青閣 … 702
少師靜室 … 702
觀音洞 … 702
由羅睺嶺南折入戒壇 … 703
徘徊松間久不能去 … 703
出山口憩村寺 … 703
潘予亭孝廉_{慶齡}汲綆圖 … 703
爲陳受笙_均孝廉題畫，時甫偕阮芸臺侍郎拜朱文正公墓
  回即次芸臺韻 … 704
蜀鏡詞爲陳受笙賦 … 704
益齋太僕_{巴哈布}招同查篆仙淳太常曹雲浦_{師曾}副憲看海棠
  即事有作 … 704
讀查梅史爲胡秋白_{元杲}孝廉題小檀欒室文暨郭頻伽詩感
  舊賦此 … 705
奉還唐陶山宋搨圭峰碑帖寄懷四詩即題帖後 … 705
邵君遠_{淵耀}寄書至侑以近作一章率筆奉答 … 706
朱白泉觀察自粵東抵京 … 706
聶蓉峰_{銑敏}編修近光堂經進稿後即以奉懷 … 706
朱松喬同年_{蘭聲}飲酒圖 … 706
菊溪尚書平海投贈集題後 … 707
埽葉亭圖歌_{有序} … 707
張寶巖_崟畫江南風景十二册令兄舸齋_鉉各題詩寄余和之
  … 708

麥壠	708
果林	708
蘭墅	708
櫻徑	708
茶山	708
桑田	708
蔬圃	708
菱塘	709
荳棚	709
菊籬	709
荻浦	709
稻畦	709

夢禪畫鶴 …… 709
介文夫人梅花 …… 709
續之侍御西琅珂小像 …… 710
奉和蔣丹林祥墀祭酒紀恩詩 …… 710
梅林觀燊假歸盤山約遊病中答以詩兼示言皋雲朝標王云亭二子 …… 710
束閣偉堂善慶太史乞作六十壽文 …… 711
九月七日赴王觀察州昆季之招途中口占 …… 711
夢禪居士爲蔣南樵予蒲侍郎畫像遺筆 …… 711
黼齋員外倭克精額。齋中看菊 …… 712
答王春堂古詩三首 …… 712
題吳雲海畫册 …… 713

存素堂詩二集卷七 …… 715
壬申
六十初度諸君子合作埽葉亭圖各贈詩一首 …… 715

王雲泉	715
高泖漁	715
黃東塢	715
朱野雲	715
吳南薌	716
馬蘭谷_棟	716
陳渌晴	716
六十生日自警	716
晨起雪	716
西續之給諫病中借本草	717
言皋雲太守招飲余固不能飲也，允其請而謝以詩	717
汪均之貽蓮子桂元并自書詩龕畫記至病中未報兹謝以詩	717
前七家詩龕圖册_{顧子餘、萬廉山、張船山、吳南薌、高泖漁、朱閒泉、徐西澗}	718
後七家詩龕圖册_{顧子餘、瑛夢禪、朱素人、孫少迂、吳南薌、笪繩齊、高泖漁}	718
張水屋詩龕消暑圖_{作於乾隆癸丑年}	719
黃小松詩龕圖_{作於嘉慶丙辰年。}	719
陳韻林處士詩松間小影	719
埽葉亭圖歌_{有序}	719
馮璞齋_{舉淳}爲余録舊詩於軸册	720
吳南薌自山東至爲余作畫送其出都	720
茹古香_棻閣學以娑羅葉册書舊詩見貽	721
題葉仁甫編修詩集	721
疊韻酬古香閣學	721
訊徐山民待詔近況	722

目　録

董東山尚書仿古畫册三首 …………………… 722
　　謝葵邱擬巨然長卷 …………………… 722
　　李營邱寒山古木 ……………………… 722
　　宋石門江村清夏圖 …………………… 722
故居杏花 …………………………………… 723
題朱玉存_琦編修小萬卷齋詩集 ………… 723
詠明李文正公始末用曹定軒給諫韻 ……… 723
曹定軒給諫凡四繪戒壇二先生祠圖，余皆有句更賦識
　　歲月焉，時嘉慶十七年二月廿八日 ………… 724
貽陶季壽大令 ……………………………… 724
午窗偶題 …………………………………… 724
拈花寺 ……………………………………… 724
由陶廬移榻我聞室 ………………………… 725
韓雲溪_{三泰}孝廉登岱圖 …………………… 725
奉送多祝山大令王雲泉縣尉同時之官中江兼懷方友堂
　　方伯東麓嚴都統親家末章懷諸知好 ……… 725
午睡適友人書至 …………………………… 726
奉懷汪均之奐之昆季兼求物色《石倉詩選》并乞蓮子龍
　　眼肉 ………………………………… 726
王楷堂比部_{廷紹}邀過澹香齋 ……………… 727
購庚午辛未鄉會各房同門卷藏之恐兒子不克守也題詩
　　爲勖 ………………………………… 727
嘉慶庚午順天鄉試齒錄、辛未會試齒錄刊成題後勖兒子
　　敬謹弆藏 …………………………… 728
再題禮部所刊會試錄登科錄後 …………… 728
寄懷吳淦崖太守、詹湘亭大令兼示及門王春堂守禦、
　　孫一泉太守楚北 …………………… 728

摩訶庵三十二體《金剛經》題後 … 729
書覃溪先生石刻《金剛經》後庋藏諸寺以識歲月且冀其勿
　失也 … 729
欲往東山先期齋宿我聞室用坡公岐亭詩韻 … 730
雅髻山瞻禮 … 730
宿河南村黃氏 … 730
田家後圃晚眺 … 730
讀畫齋南宋群賢小集三十二冊 … 731
讀《元詩癸集》 … 731
讀《明詩綜》 … 731
讀《冶南五先生集》 … 731
讀知不足齋叢書 … 732
讀冠山書院義學碑文題後 … 732
補題庚午順天鄉試錄勗兒子桂馨藏弄 … 732
聶藻庭肇奎太翁輓詩 … 733
李松甫元配曹夫人輓詩 … 733
黑龍潭 … 733
勝水塘 … 733
周家巷 … 734
大覺寺 … 734
響堂訪友 … 734
乘輿夜歸大覺止宿 … 734
命兒子宿大覺寺養痾憶山中景況示以詩 … 735
閱胡虔四庫書存目題後 … 736
吳退庵畫梧門圖顧容堂改之閱十年補題 … 736
答熊兩溟進士偶有所憶即雜錄之以寄 … 737
夜坐 … 738

丫髻山王姥姥祠 ………………………………… 738
謝王子卿畫 …………………………………… 738
再題子卿畫 …………………………………… 738
題汪均之畫記後 并序 …………………………… 739
自慈因寺步楊柳灘抵净業湖 …………………… 742

存素堂詩二集卷八 ……………………………… 745
壬申
偕西續之黃門携琴詣雙寺月下鼓之夜分始歸 … 745
言皋雲太守同年招同桂兒女壻飲餘芳園舊址望尺五莊未入小憩崇效寺訂遊紫竹院看荷花，翌日在衍法寺候之竟日未至 …………………………… 745
屢以積食成疾晚飯後同西續之黃門步至靈鷲庵聽黃門彈琴 ………………………………… 746
晨起出西直門飯廣善寺遊環溪別墅 …………… 746
晨起偶題 ……………………………………… 747
黃賁生郁章之官沙河乞朱野雲畫餞別圖，余適至野雲齋題詩其上 …………………………… 747
寄東麓巖都統兼懷方有堂方伯 ………………… 747
李小松大京兆貽五古依韻謝之 ………………… 748
訪悦公禪房遂看荷花 …………………………… 748
二老話舊圖應翁覃溪先生命 …………………… 749
病中所見 ……………………………………… 749
吴蘭雪書來答詩二首 …………………………… 750
福蘭泉尚書爲余畫埽葉亭圖謝以詩 …………… 750
乞葉筠潭編修購史館遺籍 ……………………… 750
酬蔣秋吟詩編修畫埽葉亭圖 …………………… 751
酬關午亭炳水部畫埽葉亭圖 …………………… 751

臥病經旬朋舊慰問謝以詩 …… 751
幽居 …… 752
淨業湖秋晚偶述 …… 752
又新堂詩爲王春田賦 …… 752
芹泉孝廉約遊慧聚寺留宿寺中即贈芹泉并質臨遠 …… 753
至慧聚寺贈臨遠師 …… 753
午後越羅睺嶺抵潭柘訪永壽禪師抵暮始歸 …… 753
棲宿臨遠師禪龕 …… 753
張雨巖_森觀察屬題彰德郡署葵花石盆銘墨本册後 …… 754
寄嚴觀察_烺於蘭州 …… 754
中秋訪悅性師 …… 754
蔣東橋同年入傳國史喜而賦此 …… 754
汪瀚雲彈琴圖 …… 755
次王子卿侍御綠山草堂讌集韻兼呈汪浣雲儀部、葉筠潭、陳石士、魯服齋、蔣秋吟四太史、黃左田宮庶 …… 755
九月十七日偕恒緝亭、華香亭、世心蔣及兒子桂馨遊西山寺院一帶，宿三山庵看月小飲用和安室壁間韻同作 …… 756
九月十一日汪瀚雲儀部齋中同王子卿、陳石士、葉筠潭、蔣秋吟賞菊，儀部繪圖成詩次韻 …… 756
繡齋員外約同趙象庵看菊是日有事不克至先一日獨往員外留飲，余以齋期留詩而去殊悵悵也 …… 757
題畫 …… 757
聞鐵冶亭將自西域抵京豫作是詩 …… 757
喜笪繩齊將偕冶亭至 …… 758
張心淵解元_深摹老蓮畫倪迂師子林調冰圖謝以詩 …… 758
家藏董文恪公《秋山霽色圖》，南齋諸公歷有題識敬賦詩

目　錄

跋尾 …………………………………………………… 758
王春堂自德安刻《存素堂詩二集》至謝以詩 ………… 759
酬吳鳳白代刊時文 …………………………………… 759
廣積禪房汪瀚雲、王子卿西續之彈琴作畫余題此詩 …… 759
茶話樊學齋主人以新刻全集并自臨詒晉齋詩帖惠贈，
　　歸家展讀敬賦一詩以當跋識 …………………… 760
奉贈葉雲素暨郎君東鄉時有丹藥之乞 ……………… 760
題明弘治癸丑科會試録 ……………………………… 760
順治壬辰、乙未、戊戌三科進士履歷舊槧本三册 …… 761
冬至月初八日王子卿侍御招同黃左田學士、汪瀚雲儀部、
　　查簡庵宮贊、葉芸潭、蔣秋吟兩編修集心虛妙室消寒，
　　諸君皆欲留余止宿作此奉告 …………………… 761
蔣秋吟編修出先人所藏杭大宗、厲樊榭二先生詩稿見示
　　題後 ……………………………………………… 762
訪葉雲素喬梓不值留詩達意徘徊久之意有未盡再賦 … 762
樊學齋主人雪中惠貽珍饈侑以詩奉謝 ……………… 762
鐵冶亭尚書於役回疆，客無從者，笪孝廉繩齋毅然隨行，
　　其於師友之義、山水之情有異於人人者，因爲賦詩兼訒
　　尚書 ……………………………………………… 762
寄竟成師 ……………………………………………… 763
葉芸潭編修招同黃左田學士、王子卿、汪瀚雲二侍御、
　　查簡庵宮贊、陳碩士、蔣秋吟兩編修消寒，余携順治
　　壬辰、乙未、戊戌三科進士履歷邀諸君題詩 …… 763
寄方式亭楷明府 ……………………………………… 764
再題阮亭家藏三科小録後 …………………………… 764
歲暮有懷那東甫尚書親家感舊攄情話無倫次 ……… 764

103

存素堂續集一卷 ……………………………………… 765
 癸酉
  靈鷲庵元旦 ………………………………………… 765
  張心淵解元摹唐子畏《竹西清話圖》題於靈鷲庵中 …… 765
  送永心庵_銘之官沁陽 ……………………………… 766
  接伊墨卿札答之以詩 ……………………………… 766
  春夕懷人三十二首 ………………………………… 766
  顧子餘自江南畫埽葉亭圖至率題十韻 …………… 771
  十六日偶書 ………………………………………… 771
  十七日生日感懷 …………………………………… 771
  李石農觀察乞題二橫卷 …………………………… 772
   龍湫圖 ………………………………………… 772
   幾生修到圖 …………………………………… 772
  李蘭卿舍人_{彥章}薇垣歸娶圖_{華冠仿史溧陽本} ……… 772
  續懷人詩十六首 …………………………………… 773

存素堂詩稿

存素堂詩稿 ………………………………………… 779
 詠物詩一百二十首_{有序} …………………………… 779
  日 …………………………………………………… 779
  月 …………………………………………………… 779
  星 …………………………………………………… 779
  風 …………………………………………………… 780
  雲 …………………………………………………… 780
  烟 …………………………………………………… 780
  露 …………………………………………………… 780

目　錄

霧 …………………………………… 780
雨 …………………………………… 780
雪 …………………………………… 780
山 …………………………………… 781
石 …………………………………… 781
原 …………………………………… 781
野 …………………………………… 781
槍 …………………………………… 781
鞍 …………………………………… 781
鞭 …………………………………… 782
醫 …………………………………… 782
卜 …………………………………… 782
畫 …………………………………… 782
算 …………………………………… 782
堂 …………………………………… 782
臺 …………………………………… 782
厨 …………………………………… 783
竃 …………………………………… 783
針 …………………………………… 783
網 …………………………………… 783
陶 …………………………………… 783
冶 …………………………………… 783
春 …………………………………… 784
詩 …………………………………… 784
賦 …………………………………… 784
書 …………………………………… 784
檄 …………………………………… 784

紙	784
筆	784
硯	785
墨	785
劍	785
刀	785
箭	785
彈	785
弩	786
旗	786
旌	786
戈	786
鼓	786
弓	786
琴	786
瑟	787
琵琶	787
箏	787
簫	787
笙	787
笛	787
歌	788
舞	788
珠	788
玉	788
金	788
銀	788

目 録

錢	788
錦	789
羅	789
綾	789
素	789
布	789
舟	789
車	790
床	790
席	790
帷	790
簾	790
屏	790
被	790
鑑	791
扇	791
燭	791
酒	791
蘭	791
菊	791
竹	792
藤	792
萱	792
茅	792
荷	792
萍	792
菱	792

瓜	793
松	793
桂	793
槐	793
柳	793
桐	793
桃	794
李	794
梨	794
梅	794
橘	794
鳳	794
鶴	794
烏	795
鵲	795
雁	795
鳧	795
鶯	795
雉	795
燕	796
雀	796
龍	796
麟	796
象	796
馬	796
牛	796
豹	797

熊 ……………………………………………	797
鹿 ……………………………………………	797
羊 ……………………………………………	797
兔 ……………………………………………	797
跋 ……………………………………… 吳省欽	799
存素堂詩稿 ……………………………………	801
續詠物詩一百二十首_{有序} …………………	801
雷 …………………………………………	801
電 …………………………………………	801
霜 …………………………………………	801
虹 …………………………………………	802
霞 …………………………………………	802
村 …………………………………………	802
洞 …………………………………………	802
谷 …………………………………………	802
澗 …………………………………………	802
鐸 …………………………………………	802
磬 …………………………………………	803
箴 …………………………………………	803
銘 …………………………………………	803
戟 …………………………………………	803
田 …………………………………………	803
道 …………………………………………	803
海 …………………………………………	804
江 …………………………………………	804
河 …………………………………………	804
洛 …………………………………………	804

城	804
門	804
市	804
井	805
宅	805
池	805
樓	805
橋	805
經	805
史	806
薪	806
炭	806
絲	806
綿	806
印	806
綬	806
冠	807
帶	807
裘	807
履	807
韤	807
衫	807
氈	808
枕	808
杖	808
鑪	808
釵	808

目　録

案 ·· 808
笈 ·· 808
篋 ·· 809
籠 ·· 809
鼎 ·· 809
盤 ·· 809
樽 ·· 809
鉢 ·· 809
甌 ·· 810
甕 ·· 810
箸 ·· 810
篙 ·· 810
帆 ·· 810
粥 ·· 810
糝 ·· 810
茶 ·· 811
羹 ·· 811
餳 ·· 811
油 ·· 811
稻 ·· 811
麥 ·· 811
葵 ·· 812
豆 ·· 812
葱 ·· 812
菘 ·· 812
柿 ·· 812
棗 ·· 812

杏	812
蕉	813
蒲	813
苔	813
蓼	813
蒿	813
葛	813
艾	814
桑	814
榆	814
椒	814
楓	814
椿	814
榕	814
槲	815
檀	815
鵠	815
鵬	815
鷹	815
鶋	815
雞	816
鳩	816
鷺	816
鷗	816
虎	816
狐	816
猿	816

貂	817
鼠	817
驢	817
駝	817
狗	817
豬	817
蛇	818
龜	818
蚌	818
蟹	818
蝦	818
蟬	818
蝶	818
蜂	819
蠅	819
蚊	819
螢	819
蟻	819
蛙	819
蟫	820
跋 ………… 施朝幹	821

帶緑草堂遺詩

帶緑草堂遺詩	825
雁字三十首次韻	825
詠盆中松樹	829

跋 …………………………………………	法式善	831
述 …………………………………………	法式善	833
韓太夫人行狀 …………………………………	法式善	835
附廣順詩六首 …………………………………		837
夜步 ………………………………………		837
即目 ………………………………………		837
贈僧 ………………………………………		837
晚坐 ………………………………………		837
秋晚玉泉山即事 …………………………		838

埽葉亭詠史詩

埽葉亭詠史詩序 ………………………………	滌樓宗	841
埽葉亭詠史詩序 ………………………………	貢 瑛	843
埽葉亭詠史詩序 ………………………………	尹耕雲	845
埽葉亭詠史詩序 ………………………………	張葆謙	847
埽葉亭詠史詩序 ………………………………	呂慎修	849
埽葉亭詠史詩序 ………………………………	蕭晉榮	851
埽葉亭詠史詩序 ………………………………	楊彦修	853
埽葉亭詠史詩卷一 ……………………………		855
前漢		
楚伯王 ……………………………………		855
漢高祖 ……………………………………		855
蕭酇侯 ……………………………………		855
張留侯 ……………………………………		856
淮陰侯 ……………………………………		856
范亞父 ……………………………………		856

目　録

呂高后 …………………………… 857
周絳侯 …………………………… 857
王丞相 …………………………… 857
賈太傅 …………………………… 857
飛將軍 …………………………… 858
司馬長卿 ………………………… 858
董江都 …………………………… 858
漢武帝 …………………………… 859
公孫丞相 ………………………… 859
李少卿 …………………………… 859
蘇子卿 …………………………… 860
司馬子長 ………………………… 860
朱翁子 …………………………… 860
史將軍 …………………………… 860
董聖卿 …………………………… 861
揚子雲 …………………………… 861

後漢

光武帝 …………………………… 861
鄧高密 …………………………… 862
馮陽夏 …………………………… 862
賈膠東 …………………………… 862
來君叔 …………………………… 863
岑君然 …………………………… 863
馬伏波 …………………………… 864
郭細侯 …………………………… 864
嚴子陵 …………………………… 864
賈景伯 …………………………… 865

鄭康成 …………………………………… 865
寒伯奇 …………………………………… 865
梁伯鸞 …………………………………… 866
袁司徒 …………………………………… 866
楊太尉 …………………………………… 867
班定遠 …………………………………… 867
皇甫太尉 ………………………………… 867
董仲穎 …………………………………… 868
班大家 …………………………………… 868
蔡文姬 …………………………………… 868
孔文舉 …………………………………… 869

三國

魏武帝 …………………………………… 869
昭烈帝 …………………………………… 870
孫夫人 …………………………………… 870
周公瑾 …………………………………… 870
武侯 ……………………………………… 871
荀文若 …………………………………… 871
呂奉先 …………………………………… 871
劉景升 …………………………………… 872
張桓侯 …………………………………… 872
禰正平 …………………………………… 872

埽葉亭詠史詩卷二 ……………………… 874

晉

晉元帝 …………………………………… 874
晉懷帝 …………………………………… 874
孝武帝 …………………………………… 875

目　録

羊太傅 …………………………………… 875
杜當陽 …………………………………… 875
衛太保 …………………………………… 876
張司空 …………………………………… 876
嵇叔夜 …………………………………… 877
劉伯倫 …………………………………… 877
祖豫州 …………………………………… 877
王文獻 …………………………………… 878
陶長沙 …………………………………… 878
温始安 …………………………………… 879
郭景純 …………………………………… 879
葛稚川 …………………………………… 879
謝太傅 …………………………………… 880
謝獻武 …………………………………… 880
王右軍 …………………………………… 881
陶元亮 …………………………………… 881
桓元子 …………………………………… 882
張季鷹 …………………………………… 882
左太沖 …………………………………… 882

南北朝

宋武帝 …………………………………… 883
檀江州 …………………………………… 883
齊和帝 …………………………………… 884
曹子震 …………………………………… 884
沈休文 …………………………………… 884
江文通 …………………………………… 885
任彦昇 …………………………………… 885

昭明太子 …… 886
茹法珍 …… 886
陳後主 …… 886
隋煬帝 …… 887
史將軍 …… 887
何博士 …… 888
楊處道 …… 888
賀柱國 …… 888
宣華夫人 …… 889

唐

唐太宗 …… 889
李司徒 …… 890
房太尉 …… 890
魏司空 …… 890
李太史 …… 891
武皇后 …… 891
張昌宗 …… 891
狄梁公 …… 892
白太傅 …… 892
姚太保 …… 892
張曲江 …… 893
楊貴妃 …… 893
唐肅宗 …… 894
賀季真 …… 894
顏忠節 …… 894
張睢陽 …… 895
郭汾陽 …… 895

目　錄

段太尉 …………………………………… 896

李西平 …………………………………… 896

馬莊武 …………………………………… 896

杜子美 …………………………………… 897

孟襄陽 …………………………………… 897

崔員外 …………………………………… 897

渾忠武 …………………………………… 898

吳貞潔 …………………………………… 898

陸宣公 …………………………………… 898

元微之 …………………………………… 899

顔魯公 …………………………………… 899

裴晉公 …………………………………… 900

韓文公 …………………………………… 900

埽葉亭詠史詩卷三 …………………………………… 901

五代

梁太祖 …………………………………… 901

唐明宗 …………………………………… 901

莊皇后 …………………………………… 902

王子明 …………………………………… 902

漢高祖 …………………………………… 902

桑國僑 …………………………………… 903

景航川 …………………………………… 903

馮可道 …………………………………… 904

宋

宋藝祖 …………………………………… 904

范太傅 …………………………………… 904

趙忠獻 …………………………………… 905

曹武惠 …………………………………… 905
吕太保 …………………………………… 905
張司徒 …………………………………… 906
王太尉 …………………………………… 906
寇萊公 …………………………………… 907
韓魏公 …………………………………… 907
富鄭公 …………………………………… 907
歐陽文忠 ………………………………… 908
范文正 …………………………………… 908
司馬溫公 ………………………………… 909
王介甫 …………………………………… 909
蘇學士 …………………………………… 909
陳希夷 …………………………………… 910
林和靖 …………………………………… 910
米元章 …………………………………… 910
賀方回 …………………………………… 911
邵康節 …………………………………… 911
黃魯直 …………………………………… 911
舒御史 …………………………………… 912
李忠愍 …………………………………… 912
宗留守 …………………………………… 912
韓靳王 …………………………………… 913
岳鄂王 …………………………………… 913
趙忠簡 …………………………………… 913
秦會之 …………………………………… 914
蔡光長 …………………………………… 914
种少保 …………………………………… 914

目　録

和中侍 …………………………………… 915

朱彥明 …………………………………… 915

李忠定 …………………………………… 916

文信國 …………………………………… 916

陳與權 …………………………………… 917

賈師憲 …………………………………… 917

范尚書 …………………………………… 918

王刺史 …………………………………… 918

辛忠敏 …………………………………… 919

杜殿院 …………………………………… 919

陳文敏 …………………………………… 919

陸放翁 …………………………………… 920

家處士 …………………………………… 920

謝皋羽 …………………………………… 921

柳耆卿 …………………………………… 921

李易安 …………………………………… 922

張少保 …………………………………… 922

謝君直 …………………………………… 923

陸丞相 …………………………………… 923

留夢炎 …………………………………… 924

埽葉亭詠史詩卷四 ………………… 925

元

元世祖 …………………………………… 925

脱太師 …………………………………… 925

慶丞相 …………………………………… 926

速忠襄 …………………………………… 926

薩給諫 …………………………………… 926

趙文敏 …………………………………… 927
明
　　明太祖 …………………………………… 927
　　王保保 …………………………………… 927
　　徐中山 …………………………………… 928
　　常開平 …………………………………… 928
　　建文帝 …………………………………… 928
　　方文正 …………………………………… 929
　　姚恭靖 …………………………………… 929
　　曾襄敏 …………………………………… 930
　　楊文貞 …………………………………… 930
　　楊文敏 …………………………………… 930
　　楊文定 …………………………………… 931
　　王文端 …………………………………… 931
　　于忠肅 …………………………………… 932
　　張太傅 …………………………………… 932
　　李參議 …………………………………… 933
　　張太守 …………………………………… 933
　　戚少保 …………………………………… 933
　　楊忠愍 …………………………………… 934
　　方文端 …………………………………… 934
　　嚴惟中 …………………………………… 935
　　呂侍郎 …………………………………… 935
　　董文敏 …………………………………… 935
　　郝給諫 …………………………………… 936
　　盧忠烈 …………………………………… 936
　　楊太傅 …………………………………… 937

目 錄

黃相國 …………………………………… 937

周忠武 …………………………………… 938

秦夫人 …………………………………… 938

史閣部 …………………………………… 939

高少師 …………………………………… 939

姜尚書 …………………………………… 940

馬士英 …………………………………… 940

阮大鋮 …………………………………… 941

楊龍友 …………………………………… 941

左崑山 …………………………………… 941

黃靖南 …………………………………… 942

高興平 …………………………………… 942

袁侍郎 …………………………………… 943

邵司馬 …………………………………… 943

汪文烈 …………………………………… 944

高翔漢 …………………………………… 944

周文節 …………………………………… 945

王忠愨 …………………………………… 945

莊烈帝 …………………………………… 946

福王 ……………………………………… 946

埽葉亭詠史詩題詞 ……………………… 949

  丁卯季春東笙湯鋐拜題 ………………… 949

  己巳九秋曉筠薛成榮拜題 ……………… 949

  辛未初春子經楊彥修拜題 ……………… 950

  辛未季春謹齋呂慎修拜題 ……………… 950

  辛未初冬近堂杜信義拜題 ……………… 950

  壬申端陽敬生陳學灝拜題 ……………… 950

壬申季夏璧橋朱大鏞拜題 …… 950
壬申季冬子猷宮國勛拜題 …… 951
壬申除夕根齋王繼志拜題 …… 951
壬申除夕隸猗張礪修拜題 …… 951
癸酉人日虎卿鄭雲官拜題 …… 951
癸酉上元節蓬史蔣珣拜題 …… 951
癸酉初春蕙生吳文海拜題 …… 952
癸酉仲春牧皋張葆謙拜題 …… 952
癸酉仲春少雲丁秉夑拜題 …… 952
癸酉仲春詠庚許伸望拜題 …… 952
癸酉花朝日漁賓路璜拜題 …… 952
癸酉季春簫九彭鳳高拜題 …… 953
癸酉季春士和孟國鎂拜題 …… 953
癸酉孟夏雲樵孔廣電拜題 …… 953

塌葉亭花木雜詠

塌葉亭花木雜詠 …… 957
  松 …… 957
  柏 …… 957
  槐 …… 957
  楓 …… 957
  竹 …… 958
  桐 …… 958
  冬青 …… 958
  芭蕉 …… 958
  斑竹 …… 958

目　録

竹笋 …………………………………… 959
薜荔 …………………………………… 959
葡萄 …………………………………… 959
榆錢 …………………………………… 959
藤蘿 …………………………………… 959
牡丹 …………………………………… 960
芍藥 …………………………………… 960
梅花 …………………………………… 960
杏花 …………………………………… 960
紫薇 …………………………………… 960
桃花 …………………………………… 961
海棠 …………………………………… 961
荷花 …………………………………… 961
水仙 …………………………………… 961
鳳仙 …………………………………… 961
菊花 …………………………………… 962
雞冠 …………………………………… 962
槐花 …………………………………… 962
菜花 …………………………………… 962
棉花 …………………………………… 962
荷珠 …………………………………… 963
竹粉 …………………………………… 963
松釵 …………………………………… 963
荷錢 …………………………………… 963
雪花 …………………………………… 963
臘梅 …………………………………… 964
花影 …………………………………… 964

柳絮 …………………………………………… 964
　　落花 …………………………………………… 964
　　落葉 …………………………………………… 964
　　枯木 …………………………………………… 965
題記 ……………………………………………… 967

望江南詞

望江南詞 …………………………………………… 971
　　風土人情 ……………………………………… 971
　　釣遊舊跡 ……………………………………… 973
跋 ………………………………………………… 977
跋 ………………………………………………… 979
跋 ………………………………………………… 981
詩題 ……………………………………………… 983
附來秀詩七首 …………………………………… 985
　　詠史 …………………………………………… 985
　　秋日雜詠 ……………………………………… 985
　　佛峪山亭題壁 ………………………………… 985
　　招遠道中 ……………………………………… 986
　　重陽齊河感懷 ………………………………… 986
　　登蓬萊閣 ……………………………………… 986
　　秋怨 …………………………………………… 986

存素堂詩初集錄存

(清)法式善 撰

題　　記

　　存素堂詩七千餘首,茲錄存者,吴蘭雪、查梅史選本也,彭石夫寄自京師,受業弟子王墉校刊於湖北德安官署,時嘉慶丁卯孟夏。

存素堂詩初集序

　　凡人工一技，雖承蜩畫筴，必有獨至之思、專精之詣，然後可以永其名於天地間。詩之爲道，殆有甚焉。陳後山每登吟榻，嬰兒雞犬都寄外家；孟浩然落盡眉毫；王維走入醋甕。其溺苦若是，何哉？蓋不能吐棄一切，惟詩之自歸，則亦不能縋險鑿幽而探取其微旨。然而猶有人之天存焉，其人之天有詩，自能妙萬物而爲言；其人之天無詩，雖勤之而無益，調之而無味。削桐可以成琴瑟，磨瓴其能成劍也哉？

　　唐人詩曰："吟詩好似成仙骨，骨裏無詩莫浪吟。"時帆先生，天先與之詩骨而後生者也。故其耽詩若性命然，有詩龕焉與之坐臥，有詩友焉與之唱酬，有詩話焉抒其見聞識解。其篤嗜也，不以三公易一句；其深造也，能以萬象入端倪。荀子曰："不獨則不誠，不誠則不形。"先生之於詩如此，其獨且誠也。宜其形諸筆端，自成馨逸，佽然淵其志，和其情，繽乎其猶模繡也。蒙以詩二册寄余校勘作序。枚老矣，其能以將盡之年，序先生未盡之詩乎？然讀先生此日之詩，可以知先生他年之詩，兼可以知先生之爲人於詩之外。何也？言爲心聲，詩又言之至精者也。試觀漢、魏、三唐，以迄兩宋、元、明，凡以詩鳴者，大率君子多，僉人少。方知聖人立教，以詩爲先，其效可覩矣。且心善則虛，虛則受。昔薛道衡有所綴文，必使顏瘤捃摭疵病。古傳人大抵如斯。枚敢不抑心，所謂危亦以告耶。其應去應存，都已加墨，而即書此一意，以弁諸卷首。

　　　　　　乾隆癸丑四月既望錢塘袁枚拜撰，時年七十有六

序

夫羚羊掛角,滄浪託之微言;明月前身,表聖標其雋旨。探詩人之奧,窺作者之藩,莫不冥契圓靈,旁通定慧。是以兜率天上神遊白公,聖壽寺中夢迎坡老。夙根不昧,妙悟自生。逸興遄飛,清詞兔發。飄飄乎蟬蛻五濁,鶴鳴九皋矣。

吾嘗於今之稱詩者,得二人焉:一爲遂寧張檢討船山,其一則時帆祭酒也。船山華實布濩,風雲并驅,濁酒助其新瀾,奇書屑其古涕。奏扶婁之技,變化若神;載姑蔑之旗,文采必霸。運智慧刃,樹精進幢,所謂師子吼也。時帆吐納因心,溫柔在誦,戢香英靈之集,掞張主客之圖。涼月來尋,資清乎竹柏;鮮雲往被,輔潤乎苔岑。傳無盡燈,宣廣長舌,所謂天樂聲也。二君者,所詣各殊,所稟則一。又幸同官禁近,遭遇昌期,讀未見之書,進太平之頌。每當香烟袖出,蓮炬籠歸。時翫晚花,或摘新葉。梅炎藻夏,宜歌乎南風;玉壺買春,適來乎舊雨。鏗天得句,擲地成聲。余亦未嘗不荏二國之載書,通兩家之騎驛也。

顧時帆與余交最久,而爲詩又甚勤。隱侯製賦,恒以相要;陳思受言,因而立改。蓋以風雅爲性命,視箴規若藥石,故其篇什尤富,淬厲益精。嘗出其《存素堂詩集》,屬余序之。觀其醞釀群籍,黼黻性靈;清而能腴,刻而不露。咀英陶謝之圃,躡履王孟之堂。落木無陰,歸羽明其片雪;空山畢静,響泉戛其一琴。能使躁氣悉平,凡心盡滌。非夫餐沆瀣之味,抱雲霞之姿者,烏足語夫斯乎。惜余偃蹇風塵,蕭條楮墨。感素心之與共，愧弱腕之不靈。譬之望姑射之居，企化人之宇。僅能彷彿，有間神明。願質之船山，庶乎龍象蹴踏之場，華嚴香火之會。前因可證，慧業同參；解脫黏徽，透發微妙。銅鉢一響，天花四飛，回首靈山，翕然相視而笑也。

　　　　　嘉慶五年秋八月中浣同館弟吳錫麒拜撰

序

一代之興，必有碩德偉望起於輦轂之下，官侍從，歷陟通顯，周知國家掌故，詩文外復能著書滿家，以潤飾鴻業，歌詠太平，如唐杜岐公佑、明李少師東陽者，庶幾其人焉。少師雖家茶陵，然其先世則以戍籍居京師，與生輦轂下無異也。若予所見，則今之國子祭酒法時帆先生殆其人矣。

先生二十外即通籍，官翰林，回翔禁近者及三十年，作爲詩文，三館士皆競録之以爲楷式。先生又愛才如命，見善若不及。所居淨業湖側，距黃瓦墻僅數武，賓客過從外，即鍵户著書。所撰《清秘述聞》、《槐廳載筆》數十卷，詳悉本朝故事，該博審諦。人有疑，輒咨先生，先生必條分縷析答之，不以貴賤殊，不以識不識異也。先生性極平易，而所爲詩，則清峭刻削，幽微宕往，無一語旁沿前人及描摩名家大家諸氣習。較《懷麓堂集》，似又可别立一幟，不多讓也。

予爲詞館後進，承先生不棄，前後唱酬者五年。今予以弟喪乞假歸，先生曰：君知我最深，序非君不可。余因曰：先生之所居，李西涯之舊宅也。先生采擇之博，論斷之精，杜君卿之能事也。然則他日撰述益多，位望益通顯，本學識以見諸施行者，視二公又豈多讓，詩文特其餘事耳。余行急，請即録是言以爲序。

嘉慶三年春二月同館後學洪亮吉謹序

序

蓋聞懸黎結録,非山林之珍;逸鵠潛虯,豈池篆之玩。是以通方之才罕覯,異量之美難兼。自古文貞文人,儒林學士,詩吟仙露,辭挹業雲,執制誥之杓魁,標著作之準的。非不周張黼繡,調郜莖英。然而極胸涌中之思,終尟事外之致。藝苑所傳,類皆然矣。

梧門先生六籍綎鎔,萬流淵鏡;早預承明之選,得讀中秘之書。博聞不矜,探夫物始;聰聽無闋,識厥音初。揚雲靈節之銘,終軍奇木之對,賈逵神雀之頌,班固寶鼎之歌,俱足以潤色皇猷,軒鬐帝載。遂乃職司太學,秩峻清卿。龍勺犧尊,習環林之禮;蟲書蚓篆,摹獵碣之文。鳩採典墳,古訓胥經寫定;麇興孝秀,士類藉其獎成。宜乎發揮霄翰,吐納瓊音,使邢魏推工,常楊讓美也。而先生則表夷曠之雅度,抱清迥之明心,忘情於榮辱之羅,證悟於損益之卦。司州逸興,時好林澤之遊;幼輿高風,別具丘壑之性。信并介於往籍,均貴賤於條風。積水一潭,狎波間之鷗鷺;清琴三疊,招海上之蜻蜓。雖紆青絨,不異荷衣;縱在朱門,如遊蓬戶。其職業也如彼,其懷抱也又如此。信可宏長風流,增益標勝者歟。故其爲詩也,幽愜山志,淡契仙心,濯魄冰壺,浣腸珠澤。美瑆之輝自照,靜雲之陰不移。振瑤韻於寥天,接琚談於曠代。巖松林菊,彭澤之憺詞也;海月石華,康樂之逸調也。香茅文杏,摩詰之雅製也;疏雨微雲,襄陽之俊語也。至若春潮帶雨,秋浦生風,則又兼左司之恬適,柳州之疏峭焉。桃花流水,靈源自通;桂樹小山,清夢長往。夫乃歘采真建德之國,以心搆難以迹求也;姑射化人之姿,在神合不在貌似也。

  芳燦與先生,測交既證前因,嗜古亦同素尚。一編著録,曾邀月旦之評;千里貽書,夙有風期之遲。兹來京國,遂託心知,猥以詩篇,屬爲論次。欲破拘方之見,敢陳連犿之詞。俾知謝公寢處,自有山澤間儀;逸少襟情,時作濠梁上想。又何待雲裝解襡,烟駕辭金,始詠《招隱》之詩,著《遺榮》之賦也哉。

        嘉慶八年六月既望金匱楊芳燦序

存素堂詩初集原序

余自十二歲即喜聲詩，屬草秘不敢使塾師知。十六歲肄業宮學，雖頗有作，亦未存稿。其存者，皆故友常月阡手爲抄錄。月阡死，其稿亦亡。乾隆四十五年庚子入詞館，專攻應制體，適性陶情之作寥寥焉。厥後提調書局，入侍講筵，交遊漸廣，酬答遂多。癸丑歲，檢篋中凡得三千餘首，吾友程蘭翹、王惕甫皆爲甄綜之，彙鈔兩大册，寄袁簡齋前輩審定，簡齋著墨卷首，頗有裁汰。洪稚存編修又加校勘，存者尚有千餘篇。其後，汪雲壑同年掌教蓮池書院，合前後諸鈔本皆携往，許爲編次作序。余屢以書促之，雲壑但求緩期。及雲壑補官來京師，余過城南，深宵對塌，挑燈款語，每言及此，雲壑以謂：商定文字，不可草草，當平心靜氣出之。不特有以報足下，且使天下後世，無議我二人爲也。其矜重如此。閱兩月，雲壑遂以病殁。嗚乎！雲壑死，余詩不傳矣。詢其家人，云：雲壑在床枕間猶把余詩，呻吟唱歎。及倉卒易簀，兩大册不知所往。此造物者爲余匿其短，未可知也。

嘉慶元年丙辰，余官祭酒，今户部主事新城涂君官助教，善書工詩，余一詩成，輒就君徵和。君亦喜余詩，因取余向所已廢之稿塗乙莫辨者，以意推測，手寫成編。余亦間出記憶短章附益之。起庚子，訖丙辰，鈔爲十卷。前此蘭翹、惕甫、簡齋、稚存、雲壑所點竄欣賞諸長篇，多不在其中。因念余詩無足深惜，而生平知好或已死或遠別，而手墨盡歸零落，可傷也已。丁巳以後，乃每年錄爲一册，手自排次。雖榛蕪菅雜，有待芟除，要可無失。孔子曰：及其老也，戒之在得。

余明歲行年五十，德業未進，徒此結習，沾沾未忘。其於老而戒得之旨，能不蘴然乎。雖然，失者不可復得，得者又豈可復失耶？吾亦適吾情已爾。得也，失也，其或幸而卒傳於後也，與其不幸而終已無傳於後也，皆天也，而豈吾之所敢知也。

時嘉慶六年辛酉重陽日

像　贊

其道足以霖雨發生，而不爲人爵所縛。其學足以衣被士林，而不以時名自牿。偉哉造物乎！工於位置，斯人老其身於文學之官，俾得昌其文於著述。有吳生者，識公最早，知公最熟，公亦許其知言，而以畫像贊屬。嘉慶癸亥日次，折木寒雪初霽，几案如沐，吳生滌硯吮豪，墨其右曰：松石意遠，詩畫氣華。名山任重，不謀其家。爲宋東坡，爲明西涯。公論頷之，謂我非悖。

同館後進淮南吳嵩題

宦退如鷸，學進比年。邊腹有畫，衍口不錢。空山古林，其意浩然。猗歟先生！洵矣可傳。

館後進鮑桂星題

其心皎然，如月於秋。其氣盎然，如雲於春。不榮不悴，中有真我者。存文章山水，亦假寄焉。況世緣之擾擾，又何足少累其蕭散之神耶？

蘭雪吳嵩梁題

存素堂詩初集錄存總目

第 一 卷　庚子正月至戊申十二月　古近體詩百九首
第 二 卷　己酉正月至庚戌十二月　古近體詩百十四首
第 三 卷　辛亥正月至十二月　古近體詩八十七首
第 四 卷　壬子正月至癸丑十二月　古近體詩七十五首
第 五 卷　甲寅正月至乙卯十二月　古近體詩八十首
第 六 卷　丙辰正月至戊午五月　古近體詩百六首
第 七 卷　戊午六月至十二月　古近體詩七十八首
第 八 卷　己未正月至十二月　古近體詩百五首
第 九 卷　庚申正月至六月　古近體詩六十九首
第 十 卷　庚申七月至十二月　古近體詩七十三首
第十一卷　辛酉正月至四月　古近體詩七十五首
第十二卷　辛酉五月至十二月　古近體詩七十六首
第十三卷　壬戌正月至七月　古近體詩五十一首
第十四卷　壬戌八月至九月　古近體詩八十六首
第十五卷　壬戌十月至癸亥二月　古近體詩六十九首
第十六卷　癸亥二月至六月　古近體詩九十七首
第十七卷　癸亥七月至八月　古近體詩九十四首
第十八卷　癸亥九月至十二月　古近體詩八十三首

第 十 九 卷　甲子正月至四月　古近體詩五十首
第 二 十 卷　甲子五月至八月　古近體詩六十二首
第二十一卷　甲子九月至乙丑三月　古近體詩五十六首
第二十二卷　乙丑四月至九月　古近體詩百十八首
第二十三卷　乙丑十月至丙寅三月　古近體詩七十四首
第二十四卷　丙寅四月至十二月　古近體詩百五十首

存素堂詩初集錄存卷一

庚子

始春遊昆明湖

春波平不流,孤棹寒烟下。初旭入空林,饑鳥噪平野。殘雪露松梢,斜陽動蓬顆。傍城四五家,冷翠撲檐瓦。村醪何處沽?一角山如寫。

訪邱介村_{福慶}不值

積雨那堪人獨坐,幽齋尚有竹相依。故交別久移樽好,老樹秋深見葉稀。雲去不妨留半榻,月來仍自掩雙扉。書籤茗碗蕭條甚,誰遣孤鴻向客飛。

張雨村_溥止宿草堂

種花十載住西岡,幾度尋詩過草堂。水氣忽然空北渚,客愁容易到斜陽。千家燈火新樓閣,萬里秋風古戰場。知有并州詠史句,迎門先與問奚囊。

移　　居

　　草自青青夢自空，玉川擬住落城中。燈深茅屋有時雨，舟泊柳塘無盡風。貧後相依憐老鶴，愁來何處盼歸鴻。陳平原是干時器，隘巷誰期轍迹通。

吳蘿村_{德化}夜話

　　柴門經雨綠苔香，倒屐迎君過草堂。十載知名黃叔度，一朝握手蔡中郎。青蟲抱葉情原苦，白鶴依人氣自昂。愧我詩才非謝朓，風琴同詠夜清涼。

宿順義縣東郊

　　驅車入古縣，落日下荒原。松子鼠捎落，草橋鴉踏翻。潭空時見月，屋小不成村。何處射雕好，寒雲掩薊門。

辛丑

次菊溪_{百齡}編修韻

　　水氣上衣綠，野風吹草香。故人重握手，佳日獨登堂。雲影澹花港，鳥聲清竹房。壞琴持換酒，松子滿空床。

前　　湖

暝色濛濛萬樹齊，春陰只在畫橋西。隔湖望斷歸雅影，清磬一聲山月低。

次樹堂_{德昌}侍講西苑下直即日韻

又見西堂日影斜，兩三小吏抱書譁。野雲荒店客沽酒，疏雨短橋人賣花。種柳何須陶令宅，看桃仍憶杜陵家。翰林下直無他事，一路尋詩踏軟沙。

壽安寺_{即卧佛寺}

碧桃花開鶯亂飛，老僧采藥猶未歸。僧未歸，看山色，去年殘雪消未得。我來坐愛春巖青，晚村行踏松陰黑。一勺飲寒泉，江湖放浪知何年。不見萬樹經秋枝葉改，枒槎賸有娑羅在，寺樓新月如相待。

退　　谷

梨花滿山浮白雲，花耶雲耶杳莫分。侍郎衰病猶好事，曳杖時就孤亭醺。飛鳥自掠松頂去，丁丁斧聲響何處。酒醉不知風雨來，詩成合有江山助。老年筆墨隨縱橫，夢中說夢題春明。殘書萬卷沒烟草，斜陽半谷聞啼鶯。

櫻桃溝

夕陽明遠山,殘紅滴水内。水紋暈櫻桃,玲瓏光瑣碎。我從谷口出,眉鬢染寒黛。曲折歷數阪,始與孤亭對。乍疑楓樹林,經霜逞醉態。又似糝丹砂,塗抹峰腹背。筐筥恨未携,攀折恐不逮。春禽罷幽哢,僧厨松子碓。

香山道中

榆槐陰上天,雲霞光入水。數鷗殘照明,一牛杏花倚。山光引我行,迤邐不知里。藉草憩甎時,幽鳥催客起。遠岫圍作屏,層巖列爲几。芙蓉幾萬朵,凌空忽青紫。偶逢採樵人,疑是赤松子。

菊溪移居怡園奉柬

短短迴廊小小山,藥欄周匝竹門關。欲尋枯木寒冰夢,只在疏簾清簟間。

贈李處士

如君足跡半天下,六十歸來未是遲。石屋睡醒前夜酒,秋軒花落一聲棋。村翁笑問長生術,學士爭傳晚歲詩。指點南山談往事,此心惟與白雲期。

廣慈庵示僧徹明

濛濛山翠隔林微,古刹香清晝掩屏。石鉢無雲龍自臥,松關有月鶴初歸。僧龕火爲傳燈爇,佛髻花常化雨飛。默向摩尼尋秘鑰,不須是是更非非。

送姜孝廉中存

本是歸鄉客,翻成越國身。山村花釀酒,水館鳥呼人。詩味閒時永,交情老去真。入門踏荒徑,松菊滿園新。

秋 日 雜 詠

昨宵池上水,今日池中冰。水胡動以盪,冰胡堅且凝。冰水皆不知,時至候自徵。妙理析清機,小除積大乘。魚潛自濊濊,狐疑自兢兢。春風適然來,吹出綠數層。欣欣遇即目,汍汍波又興。

老菊盆中荒,枯竹燈前瘦。簾疏風易入,窗虛月先透。聊當容膝安,不覺誅茅陋。念彼華屋居,土木衣綈繡。堂皇列旗旄,出入變昏晝。外觀常有耀,內省寧無疚。道人坐空山,一笑雲出岫。

驅車出北門,我馬抑何劣。瞻彼軼塵者,揚鞭去何瞥。而我至山椒,迤邐造嶄嵲。彼車竟不來,中道驚銜橛。力小慎幾微,氣矜易摧折。人間有飛黃,吾不改吾轍。

壬寅

萬泉莊

北風吹不枯,積雪融漸綠。水烟與空色,遠近湛林木。閒方羨白鷗,健早愧黃犢。行行石橋南,忽見酒人屋。幽曠我天性,遂欲此卜築。晴沙聚迤邐,細淙流泂洑。草堂一燈孤,詩夢三杯續。月魄起夜窺,雲鬢卧朝矚。簪紱不累人,心跡滌塵俗。前事悵已往,來日悲太促。且坐清泉尾,涼月手自掬。任爾百鳥喧,掩門聽飛瀑。

白石橋

雪液松根流,烟水溪頭濺。瀉入杏花西,斜陽紅一片。近河三五家,生計魚鰕賤。我爲看花來,瞥逢松竹健。無心隨白雲,蕭然入僧院。山色餐未飽,經聲聽已倦。欲逐林鴉歸,回頭溪月戀。

萬壽寺

假山起巍峨,有巖復有洞。石庵黑無月,寒燈夜不凍。松櫟風中喧,春氣微微送。白雲何處來,爲補山之空。趺跏坐片時,心已異凡衆。却笑古神仙,徒自狡獪弄。黃粱飯又熟,神仙亦是夢。窗外桃花開,枝頭幽鳥哢。

昌運宮

老檜青上天,樹底賸白日。日影忽西沉,檜陰墻外直。當年種樹時,此樹無人恤。誰知萬金錢,付彼千荆棘。檜也老猶在,遊者出每憶。我來坐其下,頓覺塵俗失。千年鶴又歸,彷復舊相識。一聞吟嘯聲,雲中長歎息。

青龍橋

天恐四山影,渾成翠一片。截之以橫流,曲折使各見。清泉迸古石,青碧滙爲淀。長橋亘厥中,蜿蜒倚晴甸。過橋水聲大,況有春風扇。一隻蝴蝶飛,杏花滿僧院。

大有莊

草香及水香,沁人腸腹內。渴飲南山泉,饑餐北峰黛。遂令詩人胸,不着纖塵穢。草堂誰所闢,幽潔殊可愛。虛沙漲石根,殘竹倚花背。晨窗弄紙筆,午市售魚菜。夕月照前溪,松林黑無礙。

清梵寺

烟翠散平蕪,春聲閟古刹。辨此山水音,安用鐘磬軋。聖賢時自鞭,塵垢願長刷。安禪夢亦清,踏石脚防滑。月綠林意空,天碧村影齾。行遠乏車航,懷人託詩札。坐閱燈滅明,還聆鳥嘲哳。夜深聽微雨,冷冷花外戛。

善　緑　庵

　　滿厨蒲笋香,一院松柏氣。況當春雨罷,寒緑四山既。老僧具鉢飯,中乃有詩味。誰説文字禪,淡泊不足貴。至理在眼前,辭多翻覺費。胸中生意足,慨然念百卉。

曉　發　釣　魚　臺

　　雪色罨墻陰,日華薄林幹。春鱗跳輕冰,野鷗立古岸。柳色緑初齊,桃花紅已半。炊烟牛背分,人語漁艇亂。隴雲漸漸沉,溪流稍稍漫。把鋤愧木能,振衣時自歎。淡懷企巖阿,塵事苦羈絆。何當掛布帆,尋僧下江漢。

黄　新　莊

　　山色蒼然來,天光益平遠。郊行未百里,意適頓忘返。柳陰馬初秣,松根客思偃。春風野店涼,細雨孤村晚。飲酒量苦薄,吟詩句苦蹇。戴星起束裝,隴頭已耕墾。

留　犢　村

　　雨聲先上柳,春寒不到麥。黯淡古斥堠,卧牛猶有迹。三五把鋤人,日午睡寒石。我行留犢村,暫作聽鶯客。酹酒尋荒祠,題詩付破壁。古人惠政貽,大半始阡陌。

賈島墓

衆多嗤輕狂,我獨憐[一]淪謫。生爲西峪僧,死作東野客。世無韓吏部,一坏誰愛惜。歸鳥噪夕陽,杏花明古驛。涓滴薦寒泉,想見君詩格。

【校記】

[一]"憐",法式善題記作"感"。

督亢陂

敢取督亢田,去作秦王餌。捐軀誠慷慨,胡乃昧機事。徒令行路人,爲墮數行淚。側聞裴延儁,修復古廢棄。溉田百萬畝,至今猶樂利。寂寞月池頭,但賸瓦礫積[一]。森森武遂水,濛濛范陽翠。誰奪鷗鷺居,闢爲秔稻地。歲收數石糧,勝看千荷菱。

【校記】

[一]"但賸瓦礫積",題記作"一任瓦礫畀"。

樓桑村

誰移黃初統,章武去繼漢。陳壽《三國志》,不書阿瞞叛。我過樓桑村,臺榭已朽爛。掬泉洗斷碑,剔蘚覓殘翰。前列庭筠記,後續郝經贊。鴻詞示喬皇,健筆寫精悍。林屋耿斜照,跬步餘清歎。風雲色愁鬱,燕雀聲悽惋。關心歲豐稔,麥田殘雪看。

酈村

纔賞樓桑花,又聽酈亭雨。鞍馬勞至今,漁樵閒自古。過訪道元居,荒葭隔烟浦。閉門著書處,雲木歷可數。我喜讀水經,殘缺擬輯補。安能設兒席,一堂共仰俯。

黃金臺

馬行獨鹿山,雲漫昭王臺。千金禮賢士,作意尊郭隗。辛衍與樂毅,絡繹茲臺來。王計已詭甚,國步誠艱哉。遂令數君子,甘心蒙塵埃。臺成有人慶,臺廢無人哀。我欲陟臺顛,烟翠空蒿萊。

易水

涿水繞自東,淶水環其南。大風吹高歌,聲撼蛟龍潭。至今嗚咽水,夜半猶悲酣。漁釣不敢至,兩岸花毿毿。

癸卯

遊西山宿潭柘岫雲寺

柘老潭空今古成,龍泉庵倘艷春明。枯僧性定能忘臘,野寺遊多不記名。雨響半天雲有態,水流雙澗草無情。桃花紅間梨花白,到此啼鶯盡好聲。

長天短草綠難齊，山入斜陽路漸迷。笑我未離支骨馬，伴君來聽放生雞。孤村買酒真無價，深谷逢花却有題。還是腐儒餐易好，野蔬帶露摘前溪。

山青斷續樹枒槎，步過危橋路更斜。石磴梯來成鳥道，松烟缺處見人家。高樓月滿一聲磬，小閣風疏四面花。雪葉曬乾堆處處，夜深撥火自煎茶。

瀛洲亭雜詠

燕子聲多雨隔簾，銜泥故向舊巢添。神仙撿點長生籙，坐老頭廳換一籤。

日到花磚影故遲，春寒天上不能知。爲搜奇字歸來晚，立馬斜陽且賦詩。

欽頒太學大成殿周彝器歌有序

癸卯秋，法式善官國子監司業，得窺範銅十器，秘府珍藏，先朝法物，希世寶也。先是，大興翁公方綱爲司業，與今司業無錫鄒公炳泰皆作歌詩，以紀其盛。不揣固陋，竊附嗣音，并令畫工仿原頒圖冊摹成副本，恪謹弆藏，爲考古一助云。

星雲糺縵羅璇霄，奎文煜煜垂斗杓。岐周法物歸太學，寶氣翕集光搖搖。後聖道重尊孔子，前聖志在從姬朝。惟聖乃能識聖意，心之所契神爲調。範銅彝器藏內府，三千年後重宣昭。己丑詔薦大成殿，上春春吉燔脺膋。相通一脈接洙泗，爰監二代參虞陶。槐街春永日薆薆,戟門人静風蕭蕭。摩抄流覽考古制,重輕高下縱橫標。首山采銅康侯作,鑄成寶鼎華紋雕。犧尊之製以象合,淡綠渲染烟痕翹。二卣詩雲盛秬鬯,内言或取言無斁。六壺八壺詳聘禮,連環兩耳銀錯腰。用祈眉壽召仲籃,蟠螭通體中斯枵。太師小子師望簋,夔紋仿佛春巖苕。爵者雀也爲器小,有流有鍪丹鉛燒。黽魚繚繞太繁縟,素洗一洗澆風澆。象山製罍雷電互,靈霆欲起雲濛濛。觚哉觚哉具棱角,虯紋盤屈銅花飄。沉埋歷劫發光怪,搜剔苔蘚煩漁樵。河濱之陶荆山鑄,精芒黯淡灰塵消。陋儒泥古矜臆説,箋疏款識紛嘵嘵。小臣生幸際文治,趨蹌國學陪仙僚。辟雍新復鎬京典,窮經稽古榮圜橋。朱欄蜿蜒護石鼓,好音寧復來飛鴞。石鼓設戟門内,舊有雀巢櫺上。近商之同官,以朱欄護之。鄙詩未能讚美善,爰倩畫手摹生綃。不惟其工惟其肖,庶幾神物真精饒。流傳萬本貽萬世,博古圖外增新條。尊藏用戒百職事,千秋俎豆同無佻。

秋曉登山

山空曉色寒,秀蠹一峰細,清庵耿孤夢,虚籟生晚霽。苔净露石根,霜寒脱秋蒂。五步十松杉,層翠萬蘿薜。搴衣躡危磴,回首天如翳。落葉塵外飛,閒雲眼前逝。遥聽採樵聲,丁丁在烟際。

甲辰

遊西山宿秘魔崖

曉出西直門,一雨山如沐。亭館生新涼,林樾含净綠。波文平不流,花意静而淑。郊行四十里,僧寮上初旭。松濤瀉地來,爐烟墮欄角。浮屠七級圓,倒影壓山麓。高泉樹杪飛,遠向峰腰束。趺坐證空明,古佛自幽獨。

幽夢滌寒潭,孤情聳晨岫。忽聞草露香,涓涓滴衣袖。萬樹鬱嵯峨,一徑入深秀[一]。日脚不落地,峰陰森白晝。人鳥俱無聲,四山松籟奏。三里始出林,巖際天光透。

凹凸陰晴殊,豐碑蘚花膩。溉以清浄泉,隱約露文字。文字果何爲,功德讚閻寺。著語非不工,無乃貢諛媚。我性嗜圖籍,原爲關清閟。採藥入白雲,回首失寒翠。

【校記】

［一］"秀",題記作"森"。

村　夜

臨流築茅屋,野色不須扃。鹿飲一溪斷,魚翻孤艇腥。村烟連水暗,鬼火出林青。山月四更吐,老漁殘夢醒。

除暑日作

殘暑憐猶在,新涼已漸生。入秋詩亦健,見月眼初明。樹散雲陰薄,天空石氣清。板橋烟渚外,又聽晚鐘聲。

中秋後七日邀同丁蔚岡榮祚方碧岑煒許秋巖兆椿顏酌山崇溈吴樸園鼎雯程東冶炎初頤園彭齡郭謙齋在遠由長河至極樂寺茗話

烟外樓臺樹外村，沙堤宛轉接松門。孤亭過雨疏花氣，斷港流雲没石根。窗裏移山成畫藁，詩中著句澹秋痕。耽幽更有東萊客，載取寒香翠滿盆。初頤園歸時，乞僧人山翠花一盆，車載而去。

丙午

自題溪橋詩思圖

那有溪橋那有詩，孤山空寫水雲姿。竭來得意忘言坐，便是天空月朗時。杓西老屋久傾頹，石浄雲根長綠苔。却有江湖掛瓢客，竹窗衝雨説詩來。

山店題壁

月氣出花氣，水聲穿樹聲。尋詩詩不見，獨向磵陰行。

白瀑寺

一庵春水外，紅杏與青梧。鐘響客初定，鳥鳴山不孤。酒懷長此放，詩夢近來無。雲岫貧難買，看花過月湖。

題程東冶侍讀所藏王甌白摹惲南田《一竹齋圖》詩册後用南田韻

一筆自清絶，蕭蕭留至今。飄零秋扇影，珍重古人心。涼意酬孤客，烟痕淡遠林。山陽數行淚，風笛有遺音。南田真蹟，阮蕓村先生貽，東冶先生亡，圖亦失。

題徐立亭準檢討松鶴圖

科頭倚樹根，一徑茶烟濕。天風海上吹，忽送浮嵐入。先生坐無語，低頭拾松粒。拍手招鶴前，爲我負詩笈。余亦松間人，每借松爲笠。倘逢孤鶴來，出門時一揖。

偶題

荷葉無花葦葉昏，板橋石路宛江村。孤螢莫訴年來怨，秋雨秋風客閉門。

丁未

兒觥歸趙歌和翁覃溪方綱先生有序

明檢討趙用賢劾張居正奪情，廷杖放歸，庶子許國鎸兒觥贈行。後觥爲曲阜顏氏所藏。覃溪先生視學西江，致書顏氏，乞以觥歸檢討五世孫某。先生作歌屬和。

兕觥何物神扶持,二百餘載精華滋。什襲藏之東山陲,歸趙謀出西江湄。憶昔贈行都門時,文羊一角森黄支。星霜剥蝕頻遷移,真香不減遭逢奇。竹垞題句江湖馳,息廬序記非余欺。黄陳付受忠誠遺,綿歷歲月傳來兹。覃溪先生深於詩,片語考訂同龜蓍。銘字摹榜蘇齋楣,日光墨彩紛陸離。五世賢孫雙鬢絲,曰觥聚散天工爲。何人慰我窮年悲,不憚千里烟波隨。秋風一棹匡廬追,入門稽首涕交頤。力求先生爲之詞,作忠作孝先生宜。先生於義烏容辭,慨然諾復茫然思。厚紙細字歌淋漓,衡齋嗜古非耽奇。玩物喪志儒先規,文房遇眼夔龍彝。百年血氣稽可知,此觥恨不清門貽。趙叟對客空長噫,萬珠貝莫酬思私。聊播佳話千秋垂,余聞主善無常師。此紙自是長安碑,摹揭恐有天風吹。他年親訪南軒帷,登堂一再詢厄匜。觥乎猶凜冰霜姿,賓筵斟之還酌之,酒花漾緑雲生漪。

雨　　聲

驟響翻檐際,清泠到枕旁。聽從梧竹館,送入茇荷鄉。極浦客争渡,小樓人對床。獨慚蘇玉局,聽雨轉蒼茫。

蛩　　聲

余亦耽吟客,言愁汝最工。辨從人語外,清到月明中。草短秋無際,亭孤夢與空。幾回拈險韻,畢竟愧雕蟲。

葉　　聲

颯沓不知處,蕭蕭幾樹秋。荒村雅共語,寒隴水兼流。響入尋山屐,寒生賣酒樓。那堪敧枕聽,風雨五更頭。

水　聲

任爾奔騰極,塵埃一點無。澹懷宜我共,清韻更誰俱。白石寒泉外,秋江畫舫孤。小詩參繪事,妙境待倪迂。

鐘　聲

寒烟斷孤寺,聲與夢何期。入夜了無寐,使人空所思。詩成禪榻上,酒醒客船時。有覺發深省,還吟齊己詩。

雲　影

去住本無定,因風巖壑間。秋生簾外雨,澹入畫中山。流水不知處,天光相與間。世方容我懶,似爾太幽閒。

簾　影

悄悄搴難得,濛濛卷未能。月移寒不定,風漾細無層。誤觸憐雙燕,孤垂共一燈。夕罏烟尚在,留取暗香凝。

宿古北口

長歌出關塞,行役敢辭勞。地冷千泉咽,天空萬木號。炊烟含雪重,獵火挾風高。野老衝寒至,殷勤贈布袍。

贈在師

欲向西山去,惟消半日程。飽他蔬筍味,老我水雲情。鷗外人來往,花間鶴送迎。野僧嗜文墨,佳句費商評。

戊申

煦齋英和公子招同王正亭坦修侍講謝薌泉振定編修蕭雲巢大經學博豐臺看芍藥

十里豐臺路,城南一徑斜。人皆閒似水,詩更艷於花。山影柳門隔,鳥聲松院嘩。倚樽徵故事,逸興寄烟霞。清華推謝朓,綺麗屬王筠。爛醉詩無敵,雲巢詩:"玉堂自有新詩草,爛醉高歌笑酒狂。"將離筆有神。煦齋次余絕句詩:"欲折將離比顏色,花容得似曼殊無。"搜尋金帶句,慚愧玉堂人。誰續維揚譜,花前結勝因。

薌泉編修自豐臺歸得詩六十韻翌日見投次韻

未築林中廬,暫稅林下鞅。硯北蓄遙情,城南發孤想。諸客氣觥觥,使我心儻儻。及茲花事繁,不惜光塵枉。逶迤蘆荻村,轆轆檟榆輞。具此腐儒餐,雜彼田家饟。況味託烟霞,蕭疏遠塵坱。十里綠到門,萬頃紅覆壤。新陰接桑柘,遠韻遙篠簜。天晴魚曝鱗,波平鴨引吭。脫略謝羈束,芒角出憤癢。鷟翔會嶽峙,鯨鏗際溟廣。既飯青玉精,要唉黃金穎。雖許勝遊暢,勿廢忠言讜。石錯尚砥礪,朋簪肯標榜。名士負嶔崎,名花映炯晃。愛士如愛花,聞名首輒仰。破扉古藜補,曲徑稚松杖。品第列籤牌,護持加旛幌。連畦委宿雲,泫瀧吸晨沆。綽約疑拖紳,低斜未脫襁。莊嚴擁佛髻,飄忽曳仙氅。不從廣陵種,獨向豐臺長。早絕薜蘿緣,遂荷軒冕賞。野人頗居奇,詞場互推獎。憶昔西河生,落拓更流蕩。才雄消礧砢,氣俠任慨慷。佳句誦今茲,美人記疇曩。種樹跡渺茫,買花意悽惘。前賢逐雲散,悲歌臨風怳。怊悵有遺音,徘徊誰繼響。問天首重搔,登城臂斯攘。二句用謝氏事。況復芍藥詩,君家最遒上。咀華乃陸離,摘藻複條昶。無酒謀諸婦,有詩壓吾黨。汩汩勢湧泉,挃挃工結網。立言雅包括,徵實亦清朗。富貴如浮雲,百年寄來往。胡然而崔巍,胡然而瀇瀁。果能不溺志,萬事等運掌。浮沉喻芥舟,幽僻問桂莽。頃刻幻態呈,須彌清福享。說餅借蓬門,鬭茗憩茅廠。石磬聲激揚,繡幢影暄蕩。所憩賣花翁舉家長齋禮佛累世矣。方知色即空,頓悟一而兩。悅耳捐絲竹,入手鄙金鏹。旁道戒皈依,勝果無摹倣。我輩固業儒,平居端趨嚮。泥絮沾豈然,水乳融差仿。隨時結花緣,即境償詩帑。醉鄉樂陶陶,香國春益益。刻畫旖旎姿,現露旃檀像。洞雷震蟄蠖,天風吹胙蠁。躐屐尚支持,揮毫殊勉強。葦塘狎鷺鷗,柳陰薦脡鮝。起舞詎聞雞,參禪恒縛象。振君芙蓉裳,迴君沙裳槳。握手聊漆膠,披臆消翳曀。安得扛龍文,光燄騰萬丈。

次煦齋豐臺看花韻

昨宵微雨浥輕塵,今日濃雲壓翠闉。地僻自應遊客少,官閒始得看花頻。詩非著意成佳句,天若留香作好春。修到華嚴尋法界,同參須結箇中人。

六月三日邀薌泉雲巢煦齋長河曉行看荷花遂至極樂寺

出郭荷暗薰,到門柳駢矗。略彴亘橫波,長堤界斷洑。露氣著葛衣,天光豁林麓。難期賓從賢,況際風日淑。客至不參禪,僧枯已如木。亭虛體自涼,水流心弗逐。殘夢破蜩螗,閒雲曠梟鷲。穉笋迸石階,古蘚繡茅屋。芭蕉委地陰,葡萄當牖覆。檜老紛蕭蕭,松園濤謖謖。秘監留詩篇,將軍餘畫幅。美景現須彌,勝遊期信宿。東華十丈塵,金門一囊菽。形摧路坎坷,氣折車轣轆。何如初地佳,更藉遠公築。雖乏打漿翁,尚携持盖僕。礙帽懸藤低,粘屐軟草馥。竹爐茶可潑,香厨蕈初熟。消君魂礧胸,飽我藜藿腹。自居淡蕩人,略享清淨福。開窗看西山,萬朵芙蓉簇。

瑞　光　寺

客從雲磴下,驚起白鵬飛。坐石花垂帽,穿林翠濕衣。前溪疏雨過,隔水夕陽微。不辨來時路,青楓動作圍。

薌泉遊極樂寺之次日復得詩五十韻屬和

好學遊亦佳,近義言可復。原約五月望日往遊,以雲巢應科試改期。天日騁容與,酬應謝昏夙。柴門依斷峰,魚網曬曲澳。濛濛翠撲衣,淰淰波生縠。長柄宕芙蕖,連畦展荏菽。秀色誠悅心,晴光更娛目。縹緲湧珠宮,岩巉控玉麓。樾靜覺蟬吟,漚圓識魚伏。幽偏地數弓,蕩滌愁千斛。老僧頗超脫,有客皆清淑。沿塗樹蕭森,入門花芬馥。浮生半日閒,諸天無量福。苦淡茶半甌,平遠畫一幅。不讀貝葉經,不識祇陀屋,護法現優曇,佳卉各成族。蕉閣蔭層層,松房籟謖謖。午烟藥竈欹,甲煎瓦鑪郁。山厨旨蓄多,盤餐羅笋簌。酒場雖寂寥,詩境未瑟縮。狂搜髭屢撚,冥索額頻蹙。甘苦變俄頃,訕誚任僮僕。鮮如出水英,峭如懸崖瀑。如山轉圓石,如水戰迴洑。選句誠倔强,臨文貴端肅。意到筆隨之,履險趾不跟。山氣夕轉佳,微雲蕩殘燠。雙丫露遥巘,一發儼新沐。柳岸潆淳泓,稻田滋霡霂。止酒什和陶,酌水味思陸。醉禪野狐嗤,妙趣閒鷗逐。人生天地間,順逆隨化育。誰能工藻繪,枉自弄機軸。巍巍孰登堂,惴惴若臨谷。同心諧臭味,孤芳媚幽獨。無佛更無仙,胡諂複胡瀆。庶占缶其盈,或免餗之覆。心兵韜淬厲,詞鍔露芒鏃。後望正蒼茫,前修逝忽倏。晚菘脆可餐,涼泉洌堪掬。玲瓏雪湖藕,璀璨點籬菊。魚游樂可知,鶴夢睡初熟。床頭頗蓬蓬,劍端休矗矗。人慚阮籍達,文謝枚皋速。君當浮大白,我未歌獨漉。曰詩不宜耽,於酒寧可黷。君視杯脫手,竟類車脫轂。一斗每百篇,藉糟還枕麯。茂叔常愛蓮,子猷常愛竹。亡羊等爲一,呼雉莫争六。君如袖君手,吾且捫吾腹。

雨後納涼

庭院蘚花斑,粼粼水一灣。雨催涼早到,秋與客同閒。斜日隱城角,亂蛩吟草間。竹陰忽疏淺,半面露西山。

送謝薌泉編修主試江南

如此江山如此官,此行報稱本來難。知君自識荆州璞,得士應彈貢禹冠。一代文章關氣運,六朝樓閣半林巒。寄聲南國青衫客,今日歐蘇共主壇。正主考爲胡豫堂先生,余與薌泉皆出先生門。

立秋前一日再遊極樂寺看荷有懷薌泉

愛看芙蓉曉日紅，一層香裹一層風。花光似比去年艷，文筆慚無前輩雄。小謝不來誰句好，大江此去定詩工。尋常五色休迷眼，知爾胸中障礙空。

立秋日淨業湖作

傍湖聊散步，散步即清遊。況有尋詩客，同登賣酒樓。鸂鶒惟愛水，蝴蝶不知秋。連日風兼雨，芙蓉墜粉稠。

秋夜獨坐

斷橋雲沒處，老屋月明時。秋影浩無際，客懷空所思。静忘蟲語鬧，寒到雁聲遲。一縷茶烟裊，垂簾自課詩。

雨後遊極樂寺贈誠上人

徑滑新支石上笻，寺門全被碧苔封。兩三竿竹自秋色，千萬疊山皆雨容。詩卷涼生禪榻早，茶爐香散佛花濃。煩君倒瀉天河水，一洗人間芥蒂胸。亭後嵌石作飛瀑。

立秋後三日偕徐鏡秋鑑檢討遊極樂寺

疏柳澹成烟，荷花出水鮮。殘棋斷秋夢，孤磬破詩禪。松晚綠將雨，竹新涼在泉。斜陽千萬樹，一樹一吟蟬。

懷薌泉

江南多白蘋,君已到江潯。余夢共秋水,相思惟故人。官真清到骨,_{用薌泉贈句}詩漸等於身。萬事閒中過,朝朝把釣綸。

暮村

風定響黃葉,一村橫暮山。人來秋草外,醉臥夕陽間。鷗鷺偶相見,牛羊時自還。兒童驚客到,拍手白雲灣。

禪堂用柳柳州韻

入門頓無暑,一庵古月白。竹榻支南榮,坐老讀書客。靈區蕩空明,理境秋毫析。還聞定遠鐘,萬感此中寂。

園林晚霽用韋蘇州韻

殘照落虛館,雨氣荒田園。蟬從晚枝墮,鳥向高林翻。幽襟契湍瀨,逸興託琴樽。委形取愉悅,無事勞心魂。暝色侵我衣,好山當在門。

閑齋對雨用韋蘇州韻

幽居世事隔,秋雨霏朝朝。水禽立沙渚,淨綠靄烟條。虛室坐莊白,端憂閒自消。向夕移竹燈,颯颯迴涼飆。

見菊花有感

隔橋尚殘水,壓帽已新霜。陌上草俱白,籬邊菊正黄。秋園惟汝在,寒葉爲誰香。待寄南枝到,相於伴北堂。

招同初頤園編修極樂寺探菊
范叔度鏊方葆崖維旬二同年不至

籬花有意爲君開,昨晚山僧冒雨來。採菊客多携酒至,過溪入却棹船回。貪吟海外新詩卷,時叔度、葆崖自臺灣軍營歸。忍負城西舊酒杯。明日松陰選茶果,暫時清話我追陪。

勺　　亭

一勺自天地,此亭秋更閒。花隨僧意放,雲共佛光還。入夜或留月,隔墻時露山。洗心誰藉爾,溪水聽潺湲。

偶　　述

秋已催人老,況當幽恨催。夕陽蟬語急,寒雨雁聲來。望遠共明月,寄人遲老梅。林鳥知待哺,風外響何哀。

送劉青垣躍雲侍郎校書
盛京兼懷景堂福保少京兆

秩宗自是文章伯,京兆曾陪供奉班。學使重來遊閬苑,故人相見話廬山。青垣前歲任江西學使。弓刀行色思盤馬,風雪吟詩記入關。編集不須題出塞,校書仍在五雲間。

韋約軒謙恒中丞秋林講易圖先生時官祭酒

説是康成舊草廬,研朱滴露廿年居。三千弟子半名士,七十老人猶讀書。山水性情經濟在,秀才習氣宰官餘。秋庭一片槐花影,老筆凌空健不如。

薌泉計日至都天氣寒甚晨起奉憶

與君避暑宿山寺,今已晚涼生角巾。千里歸來仍酒客,百年傳有幾詩人。受霜竹葉難爲綠,傲雪花枝早得春。重看禪房舊題句,碧紗籠處墨猶新。

阮吾山葵生司寇以一詠軒詩見貽秋夜展讀題後

侍郎真好古,山客不干名。無術辭貧賤,有詩存性情。菊花如此淡,孤月爲誰清。落葉響檐際,一燈相對明。

慰　友　人

山水乃君志,玉琴時一彈。家貧尚慷慨,宦久益艱難。馬識路方遠,鷗知天欲寒。且來花下坐,月照酒杯寬。

吴榖人_{錫麒}編修題詩拙作後次韻

西園看竹我先回，松閣涼生月下杯。料理鷗盟浮水去，安排驢背過橋來。入秋詩漸因禪悟，耐冷花偏待雪催。白舫青蓮仍舊夢，十年三度訪金臺。

施小鐵_{朝幹}侍御爲亡友砥峰_{漢柱}作傳感賦

吾道斯人託，偏慳没世名。才堪報知己，拙亦足生平。廿載交心在，中途撒手行。知君[一]不諛墓，聞笛愴餘情。

身誤青衿否，情傷白髮何。參禪成佛早，折福讀書多。詩意秋同苦，文心死不磨。篋中餘故紙，半爾手摩挲。

【校記】
[一]"知君"，題記作"奇文"。

嘉平九日鄒曉屏_{炳泰}招同竹坪_{吉善}秦端崖_潮小飲

芳讌歸何晚，高談興轉幽。詩尋江寺夢，燈上酒家樓。淡月閃鴉背，寒雲生馬頭。不知徐庾筆，可慣寫閒愁。

秦端崖司業招同竹坪曉屏兩祭酒時泉_{圖敏}學士暨令兄漪園_泉編修集延綠草堂

言踐看花約，城南舊草堂。故人多老輩，深巷漸斜陽。竹外見山色,詩中餘酒香。燈青不須剪,自有月華涼。

坐久忘官冷,情真覺禮疏。寒花春得早,池草夢迴初。把酒皆名士,排籤半異書。橋門策歸騎,隔水一招余。

薌泉編修招飲

湖海夢何如,風來紙閣疏。詩人例耽酒,病客不工書。寒日淡將夕,冬花香一爐。暝烟歸路晚,已是上燈初。

冬夜幽居

梵響沈孤寺,燈花爆短檠。酒邊風不到,詩後雪初晴。入室有蟲語,過橋無馬聲。寒香在梅竹,與結歲寒盟。

廣慈庵在然上人約同人午齋時時泉庶子典蜀試厚圃_{德生}檢討典黔試回

破除戒律是詩狂,蒲笋年來滋味長。白石寒山誰食蜜,高齋永夜且焚香。僧移竹竈烹殘雪,雀戀松陰喚夕陽。黔蜀使星歸萬里,鬖絲禪榻共清涼。

冬夜展閱吳穀人點定拙集書後

抗懷百年來,誰與真作者。浙右朱與查,前後主詩社。西泠十子中,如樊謝亦寡。往往囿方隅,才能不可假。先生最後出,行空騁天馬。取徑絕依傍,敷詞屏掃撦。有時乘酒酣,萬言一揮灑。茫茫古與今，此筆扶大雅。

賤子如秋蜩，寒林發細響。得意文詞間，取快若搔癢。顧將去瑕垢，能弗藉劃磢。堂堂匠石門，應求無標榜。誘掖具苦心，不妨過推獎。其實分量殊，似啻霄與壤。抑聞古人云，取法貴乎上。窗虛燈影孤，巷短溪聲爽。投我一卷詩，字字珠璣晃。讀罷清沁心，天際春風盎。

邁人長闇郎中以行役詩屬校

吾黨多詩人，君其傑出者。示我行役篇，洋洋復灑灑。淡月牖間懸，秋泉沙際瀉。長風折樹梢，新霜點檐瓦。我方擁鼻吟，自恨應求寡。詎其未言妙，君已傾懷寫。不遇九方歅，漫誇千里馬。

除　　夕

萬事豫爲地，一心深信天。貧愁隨臘盡，詩氣得春先。兒女聚深夜，梅花香隔年。幾行紅燭影，高照北堂前。

存素堂詩初集錄存卷二

己酉

元　日

靈雀噪檐際，唐花紅牖間。春光無遠近，詩味此蕭閒。積雪下新水，淡雲橫舊山。屠蘇香不淺，況喜撏松關。

春懷次韻

誰與破清怨，小樓人寂寥。離心悲遠道，歸夢戀深宵。雪隱鳥鳴樹，水流春過橋。隔溪看柳色，綠到最寒條。

李濂村佶孝廉夜話

劍術老無用，酒人貧愈尊。共驚雙鬢改，相對一燈昏。明月亦送客，幽溪自繞門。雪蘇枯草凍，是否去年痕。

廣慈庵步月贈在然上人

百瘵汝皆歷,老猶耽苦吟。鐘聲催客醒,詩意與寒深。一院朦惟月,兩人清到心。梅花應笑我,何日過江尋。

人日至大有莊憩佛寺

亭午始炊飯,老僧能耐貧。孤村人日酒,高樹佛堂春。冰啄鳥聲碎,雲皺山影新。過橋踏寒綠,一樣畫圖身。

寄邱介村

醉後枕書眠,桃花略彴邊。松間移白石,竹底聽幽泉。一別夢如水,十年人似烟。回思理雙槳,同泛潞河船。

侯芝亭(岱毓)孝廉赴粵海

寶劍鶴何處,奇文休再誇。可憐人似雨,此去宦為家。海傴春無瘴,關清夜不譁。有詩煩驛使,為我寄梅花。

題《常理齋愛吟草》,君名紀,瀋陽人,剿金川殉節

何事溺君志,獨於詩愛吟。孤忠情不滅,幽恨寫何深。馬上悲橫劍,燈前坐撫琴。空庭淡斜月,一字一秋心。

天地重奇節,丈夫留浩歌。魂歸遼海壯,詩比蜀山多。戰壘雲生色,崖碑血不磨。浣花人未死,延爾草堂過。

春曉偶題

東風料峭雪成泥,乳燕低飛認畫題。曉日上窗春睡足,桃花紅過板橋西。

溪　　上

孤磬一聲落,閒鷗無數翻。官貧詩漸富,春冷酒頻温。柳色綠侵袂,桃花紅到門。莫嫌境幽僻,石屋勝江村。

題　　畫

花外夕陽遲,漁翁收網時。撈蝦春水岸,挑菜白雲祠。明月忽然上,放船何所之。笑他竿到手,兩鬢已如絲。

極樂寺勺亭野望

衆鳥破空去,一庵相與孤。籬邊牛自返,墻外竹誰[一]扶。桐老數花在,松凋[二]千鬣無。海棠開滿院,村店酒重沽。

【校記】

[一]"誰",題記作"新"。

[二]"凋",題記作"高"。

上元前二日雪後，煦齋招同謝薌泉、陳每田士雅、蕭雲巢、李蓮石峰飲聚香書屋

微雪難作花，晴雲不成縷。雪晴雲欲銷，山角日初吐。嘉此素心人，招邀輒三五。詎待三百杯，庭陰巳卓午。爐烟活火然，茶香浮石乳。心恬外垢滌，才弱餘力努。意到互悲樂，詩成無今古。清譙舍管絃，詞場設旗鼓。或筆矯如龍，或氣猛如虎。或如別鵠吟，或如迴鸞舞。要皆情性真，翛然寄仰俯。今日天氣寒，輕陰低萬户。冷翠盎竹欄，淺紅逗梅塢。誰克張一軍，吾將託強弩。惟有酒人狂，高歌酹清酤。

題裕軒圖轄布學士枝巢遺詩

西郭有松門，殘雲抱石根。垞餘新草竹，龕設舊琴樽。官冷惟師友，禪空到子孫。學士無嗣。猶留詩一卷，讀罷夜燈昏。

答　　友

詩到能工大是難，幾人執戟幾登壇。近來一事差堪信，不遣鉛華上筆端。

同陸璞堂伯琨學士程東冶侍讀江秋史德量編修集許秋巖秋水閣

芍藥樽前曾結社，海棠風又到清明。誰憐夜雨瀟湘客，坐聽春簷鳥雀聲。呼酒恰逢新月上，看花忽憶故園晴。西郊粥鼓尋僧寺，匹馬

夕陽無限情。令弟石泉編修每退直同行,今已下世矣。

清明後五日偕菊溪侍御鏡秋檢討邁人郎中東郊作

那得勞生便息機,眼前風景莫相違。漁莊隔水市聲遠,佛閣下簾山影微。花中春寒仍淺暈,鳥窺日上始高飛。溪烟斷處炊烟接,曬網家家白板扉。

携幼女遊野寺晚歸

我愛閉門坐,尋春偶出城。鶯花好天氣,兒女亦人情。對酒逢場戲,題詩信筆成。倚亭援綠綺,彈作水仙聲。

西　　村

一入西村路,花多踏作泥。春禽飛上下,野水隔東西。石崦家家好,雲堂處處迷。倦依禪榻睡,日午不聞雞。

鄒曉屏祭酒貽詩册

槐市一溪隔,說經時過余。正愁前夜雨,忽接故人書。南浦新詩卷,西山舊草廬。天聲振禪榻,塵味久消除。

過王鑑溪綺書學正賜硯齋

城南半秋水,夕陽隱葭荽。每欲訪幽人,浩蕩江湖感。題詩託微尚,闖幽吾豈敢。細草寒泉香,疏花夕陽淡。歸來月在衣,抱向空庭攬。

同人見賞篇末二語輒衍其意

抱月置空庭,月更清於我。靜夜耿孤光,我來月下坐。暗露上衣重,微風出花妥。人生閒最難,我閒今已頗。展卷復欣然,不求甚解可。

李石農鑾宣同年夜話

紙閣静愔愔,天光清可尋。詩搜隔年句,菊澹一秋陰。對坐却無語,相知唯有心。堦前兩松樹,霜雪不能侵。

柬施小鐵太常

名士有天真,幽齋無俗塵。蒼茫千古事,躑躅百年身。才大難論福,官高不救貧。世方重清節,莫竟作詩人。

病起偶題

小病藥浮甌,清貧錢上叉。壯心悲櫪馬,寒色動林鴉。尚喜睡無夢,不知香在花。寺樓一聲磬,端坐誦南華。

病後訪菊溪侍御不遇

無多清興病餘增,蕭散聊隨退院僧。疲馬易迷三里霧,冬心同凛一條冰。花如耐冷春常在，詩不求工我未能。回首空林落黃葉，月華隔水澹寒燈。

糊　　窗

爲掃塵埃净，須先罅隙防。日華温不散，風力峭何妨。補後更無空，静中時有光。只緣一層隔，山翠看微茫。

食　　粥

修到神仙後，方餐蕹與蔬。不愁衣典盡，最好飯香餘。松葉燒多少，梅花嚼不如。雖然乏清俸，羞唱食無魚。

李石農移居蕭寺訪之不值，寺蓋余廿年前讀書處也

記得招提路，雙門獨樹依。磨牛陳迹在，雪爪舊痕非。詩夢斷難續，茶烟低不飛。狂吟自清苦，慳爾碧紗圍。

碑字摩挲慣，瓶花問訊纔。十年僧半去，一笑我重來。隔苑仍高柳，侵衣賸古苔。慈恩春雨足，紅杏爲君開。

初冬早起

鵲噪月猶在，葉乾天欲晴。勞人起中夜，山寺已鐘聲。林外厨烟濕，溪邊積水明。有懷[一]班定遠，垂老立功名。

【校記】

［一］"有懷"，題記作"笑他"。

鐘　　定

有懷無可説，鐘定一燈深。夢斷前村雨，春歸昨夜林。寒依新火坐，醉擁破書吟。屋角多蛛網，年來怕理琴。

題林比玉采蓴卷，卷後有程夢陽詩跋

雲卧青山柳卧湖，幽情寫入采蓴圖。羹香酒熟秋燈剪，只少松江尺半鱸。

生死秦淮未肯歸，落花不共片帆飛。墊巾樓下淒涼月，獨照松圓老布衣。

題己未鴻博崇效寺看梅詩册 有序

册内題詩爲己未鴻博平湖陸義山、徐勝力、任丘龐雪崖、東明袁杜少、長洲馮芳寅、山陽李公凱六人手蹟，惟望江龍雪樓詩缺佚。余讀書廣慈庵千佛殿，敗簏中撿出裝成，題小詩三章。

當時文酒擅風流，官冷僧閒與唱酬。卷尾恨遺龍檢討，殘縑尋徧棗花樓。

同年同會城西寺，雪北香南宛一家。己未詞科盡名士，前身修已到梅花。

不見花開又百年,荒庭老樹半寒烟。鐙昏酒冷蕭蕭雨,説著前遊總惘然。

題褚筠心廷璋學士西域詩册後

中禁揮毫三十年,人間片紙足流傳。而今白髮紅燈畔,猶擁殘書自在眠。

城南短巷菜花香,黄葉聲中話夕陽。未必書生昧邊事,英雄雖老戀沙場。

曉　出

曉月未出林,清光馬前至。忽聞讀書聲,飄過湖邊寺。人生勞如何,城外山猶睡。

紅澗溝

行盡西溪路,蘆荒別有村。數峰花外掩,殘月霧中昏。風定響禪板,飯香開瓦盆。丹砂何日就,吾早閉蓬門。

程立峰明愫大令貽袁子才枚太史詩集

夢裏悟前因,相逢笑語親。愛才真過我,下筆不猶人。好事老彌篤,有書官未貧。分來梅柳句,千里見江村。

題《小倉山房詩集》

萬事看如水,一情生作春。公卿多後輩,湖海此幽人。筆陣橫今古,詞鋒怖鬼神。粗才莫輕詆,斯世有誰倫。

庚戌

續題勻湖草堂圖_{有序}

丁未冬,阮吾山侍郎以圖命題。余賦五言二章,未及書諸卷也。兹令嗣方浦鍾琦屬補錄卷後,距侍郎没又二年矣,感慨係之,更賦二詩。

冒雪尋詩過草廬,侍郎風味秀才如。清齋景況吾能說,三尺梅花萬卷書。

聞笛山陽果斷腸,詩情畫意兩蒼茫。柴門鶴去無人守,秋水一陂空夕陽。

贈筠圃_{玉棟}明府

頻年自懺癖難除,我亦前生是蠹魚。忽見先生開笑口,一官贏得十車書。

萬卷真伺萬户侯,百城擁向海東頭。自從崑圃藏書後,此地巋然讀易樓。_{君藏書處。}

偕友人遊極樂寺有懷前遊諸君子

曲巷迴橋路幾灣,清泉危石水潺潺。兩三竿竹桃花外,六七年詩貝葉間。有酒佐君傷白髮,無錢許我買青山。前遊賓客飄零甚,江北江南半未還。

僧舍偶題

閉户遠塵垢,攤書見性情。一蟬秋自語,殘月夜初明。雲斷忽峰出,水流剛潤平。鐘殘了清夢,枕上又詩成。

謝達齋玉德侍郎贈馬

忽枉名駒贈,西風匹練過。馳驅天路近,朋舊塞垣多。古寺秋同巷,斜陽草一坡。生平感知己,萬里更如何。

秋日感懷

驟雨忽平砌,好風剛下簾。山深秋氣覺,衣薄客愁添。疏磬出林隙,野花齊屋檐。醇醪吾不愛,清苦一心恬。

偕潘巽堂紹觀劉葦塘大戁曾賓谷燠何蘭士道生遊北山諸寺

沙軟且閒步,秋佳時樂群。霞蒸林外雨,風皺塔邊雲。馴鹿依僧睡,涼蟬報客聞。綠陰剛半樹,又被遠山分。

灤平僧寓爲朱春山瑞椿孝廉題畫

　　風雨瀟瀟晝掩關，塞垣鎮日對青山。僧堂又起江湖夢，置我溪雲竹石間。

　　天然一幅輞川圖，萬樹桃花尺半鱸。九十九峰青不斷，老僧指說永安湖。

冶亭鐵保侍郎自灤陽寄懷姜度香晟侍郎詩盛推達齋侍郎畫并及鄙詩，次冶亭韻兼呈達齋

　　朝暾出海扶桑紅，神仙樓閣虛無中。浮雲淨掃塞垣闊，千山削出秋芙蓉。書窗無事弄禿筆，沙磧有客盤弱弓。書生不合比鵝鸛，奮臂直欲追羆熊。槲林榛徑積苔蘚，延緣石磴攀蒼穹。山靈爲我闢險奧，徑絕倏與天門通。置身已覺樞斗近，九州一氣青濛濛。憶昔讀書鍵雙戶，瓦燈紙帳春風融。良朋三五快抵掌，砥礪時藉他山攻。今來塞上寄古寺，粥魚齋鼓儕吟筒。萬峰高處一回首，下界萬丈垂長虹。人生百年貴適意，何必苦語如秋蟲。十洲三島本烏有，昔年童稚今成翁。名山經世各有願，詩情畫旨三人同。

和何蘭士喜雨詩

　　殘暑消荷渚，夕涼生柳門。蛟龍挾海至，鳥雀向林翻。萬葉空山響，孤亭白晝昏。賣花翁早至，青紫種閒軒。

牛欄山

仙人跨牛去,牛欄空在望。平林日氣收,遠天雲影釀。我乘薄笨車,轉轉峰頭向。雷雨須更作,白沙三尺漲。樵夫烟翠中,拍手山歌唱。何日息塵勞,來看桃花放。

密雲縣

潮河繞縣南,白河亘縣東。曹軍昔駐此,辛苦烏桓攻。至今戰場沙,血跡斑斑紅。夜深撼客夢,金鼓猶錚鏦。秋林一葉飄,梵放流雲中。聞說初月亭,尚有前朝松。

黍谷山

北風吹凛冽,五穀寒不生。鄒子爾何術,天地爲之更。想由人事和,萬竅回春聲。我來田隴間,禾黍多雙莖。翠崦不可上,廢磴盤榛荊。掬水數游魚,側耳聆流鶯。槐陰午不涼,且傍高雲行。

石嶺子

每石必抱雲,雲多覺山少。山居不擇地,往往傍飛鳥。瓜田晚涼近,豆棚秋雨小。田租有日完,詩債無時了。乳鹿卧青苔,游魚聚紅蓼。勿謝耰鋤勞,遠勝車馬擾。

穆家峪

穆家留古墟,前明苦征戰。草根雨漬青,石樓燒已變。夕陽廢瓦明,遠風涼葉扇。荒雞叫暮烟,老牛卧佛殿。耕田爾其勞,行役吾敢倦。晚飯竹光中,蔬笋亦可薦。歸鳥投寒村,我行尚郊甸。

芹菜嶺

松櫟閉行路,天半茅檐拴。老翁年七十,砍柴村市賣。婆娑向馬頭,獻芹述佳話。雲當冬雪深,麋鹿多下岩。田家禁私殺,捆載奉官廨。又於秋水生,打魚沙上曬。留以款佳賓,那便抵酒債。石田不可耕,樓畝但薉稗。嗚呼此瘠土,風俗殊不壞。

白河澗溝

只此涓滴水,萬古石穿破。秋雨偶戛之,空林鐘磬作。一峰有一色,彼此不相涴。忽飛片月來,寒玉帶雲唾。此如史遷筆,閒中出頓挫。身恐逐鶴飛,長抱松根卧。

新開嶺

不聞遣五丁,已許馳萬馬。風搖鈴鐸語,終日此山下。崩雲響頹壁,古雪埋殘瓦。雷燒老楊樹,空腔谽然閜。寒僧穴作屋,烟翠小蘭若。楓青雜柿紫,不復施丹赭。一卷法華經,孤燈夜深寫。悠悠行路人,誰是知僧者。

南 天 門

萬水匯關下,不可不一束。又恐束之急,峰岫特屈曲。赤虬排牖户,青鳥翔旗纛。太行乃肩胝,昆侖亦手足。潮河西北來,日日山脚浴。倍覺芙蓉花,顏色絢朝旭。騎馬我獨看,飛鳥不敢逐。恍惚五嶽外,神靈此繫屬。以之限中外,勝朝太局促。

攬 勝 軒

岧嶤攬勝軒,可望不可即。但覺高低峰,到此都一色。兹山開闢初,千榛與萬棘。自後兵革興,防邊昧遠識。不辨巖谷奇,翻嫌途徑仄。中外今一家,車軌混南北。却嗤利病書,爲費許筆墨。

古 北 口

巖巖古重鎮,今特門户耳。可笑秦皇恩,棄此作邊鄙。萬骨土中埋,一城天外起。山川亦晚達,遭逢殊自喜。關吏晝枕戈,客至每倒屣。北風吹鼓笳,西日照荆杞。將軍天上來,馬聲秋色裏。

兩 間 房

留此秦時松,掛彼太古月。青山從東來,宛轉氣一歇。空際放奇觀,陰森排萬笏。霜風催老馬,烟色逼蒼鶻。紅泉瀉秋澗,何處笙竽發。

常　山　峪

　　馬饑氣益驕,虎老情亦順。羨爾把鋤人,月下古松枕。泉聲淡塵慮,山影染鬖鬖。探幽願久託,鑿險力不任。身欲萬里行,心已涼綠沁。翻悔前遊詩,倉促落筆迅。

青　石　梁

　　寒青天所餘,滴入石髓内。楚越定無此,萬古鎮秋塞。前峰插似箭,後峰落如碓。滑防馬足折,碾恐車輪碎。斜陽猶在衣,穿林天忽昧。長繩輓我腰,健夫推我背。傴僂檜櫟間,綠放新月對。霜葉吐新紅,風林散古黛。行行臻絕頂,畏難笑同輩。可知學道人,有進不有退。

黄　土　坎

　　朝過青石梁,暮登黄土坎。林綠濕敝衣,山聲摇醉膽。石菌肥可茹,井花紅入覽。樹頭鵜鶘鳴,轉增客悽慘。柴門坐老婦,土坐瓦燈闇。殷勤勸止宿,前途防虎窖。吾自就涼月,繫馬蘋婆噉。

喀　喇　河　屯

　　秋色愴無際,蜿蜒幾萬里。聚而爲村邑,熙皞從兹始。詎知關外民,耕鑿百年矣。高柳撼斜日,晚山鬬青紫。焉得萬竿竹,種此陂塘裏。却笑僕夫癡,提筐拾榛子。

廣仁嶺

百貨載以來,一牛喘未息。我攀蘿薜上,百磴不嫌直。孤亭峙天半,瞭如鳥展翼。林中路尚明,墻陰天已黑。斜風折松梢,屋角生月色。山蟲工苦吟,夜涼睡不得。

白檀山

夜渡濕餘河,朝行白檀州。諸峰迎我來,寒色壓馬頭。阿瞞雖建功,實足爲漢羞。徒留漢時月,耿耿城東樓。山花依舊紅,山泉無停流。惟有山中人,對月生新愁。山中愁何事,服田無黃牛。語君愁且捐,一飽胡多求。

紅螺山

頹樓倚舊山,敗瓦埋荒草。大都與中都,興廢何足道。雄師擁十萬,天魔不能保。徒留紅杏花,春風開自好。殷勤語殘衲,花落勿輕掃。

九松山

兹山鮮依傍,況復林木繁。九松舉成數,餘皆松弟昆。老鶴時一至,涼蟬不敢喧。車行此憩息,每坐松前軒。縈縈古荊蔓,稜稜殘石根。梯雲更踰澗,百折山中村。松風上衣涼,松綠生醅渾。如對古丈人,揖讓香山門。征馬饑且鳴,歸鴉暝欲翻。

北石槽

新秋兩三捆,衰楊八九樹。村翁帶月歸,活魚溪上捕。石菌綠上衣,土花紅到屐。謝翁意殷勤,網罟匪所慕。栗顆低颺風,棗叢輕滴露。童子倚牛背,一竿打無數。餐飽更睡足,秋山我能賦。

南石槽

出門星在天,回頭四山失。馬上續詩夢,蕭疏難下筆。月魄濯溪寒,霜色蓄林密。年豐百貨賤,民和群盜匿。野僧踏白雲,酒人醉紅日。萬物苟得所,藏身詎無術。良田與異書,二者買不必。

青石梁道中

此是何年雨,猶飛百道泉。柴門淹虎跡,石壁洗蝸涎。野店秋無月,荒山樹不烟。佛堂耿寒夢,拈出畫中禪。

常山峪大雨宿程也園振甲舍人幕中

露柏與霜桐,丹黃各不同。馬驕山色裏,人老雨聲中。宿酒污繩榻,新涼入角弓。幾回搜好句,剔盡燭花紅。

贈程立峰明愫明府

水乳性本異,針芥勢亦懸。會合乃有時,不知誰使然。君涉漢水浜,我歷恒山巔。天風吹邂逅,頓悟三生前。見時殊落落,別後中拳拳。寄我兩函書,語摯情纏綿。金鐵有正色,琴瑟無繁絃。聞君擅政要,靜以攝其全。採華務求實,飲水當酌泉。聞君擅章句,取精糟粕蠲。甘雨鮮怒響,皎月無凝烟。先生淡泊人,縣令而神仙。晚香薦寒菊,酌酒秋籬邊。萬事自有分,請自安吾天。

送祝芷塘德麟侍御

中歲乞閒身,君原非隱淪。晚香憶籬菊,疏雨夢湖蒓。鷗鳥知憐侶,文章不救貧。林邊伴袁枚趙翼,謳詠太平春。

山亦喜君至,數峰青異常。野雲閒白晝,秋水易斜陽。對佛飲休醉,賣文錢自香。東華塵土味,一自入山忘。

舊蹟東南勝,殘碑字畫訛。山中閒日少,貧後好詩多。鷗不厭蘆荻,鶴惟貪薜蘿。江風吹又起,春渚喜無波。

中秋晚出德勝門宿澄懷園

月比去年好,秋從今夜分。塔明山寺火,橋瀹野溪雲。酒氣竹間出,磬聲松際聞。數峰青不斷,涼露白紛紛。

澄懷園與汪雲壑如洋修撰程、蘭翹昌期編修夜話

客不與秋期,秋來客早知。燈光連水濕,蟲語吐風遲。星斗近依榻,竹梧清沁脾。無猜羨鷗鷺,三兩浴平池。

訪金筠莊應琦舍人不值

白鷺沿沙浴,文魚傍石游。愛詩真是癖,得侶復何求。烟水迷深巷,疏林掩畫樓。欲尋雲外寺,隔浦喚漁舟。

宿永壽庵

踏雪入孤村,鴻泥認尚存。酒寒漸蟲語,鐘歇忽鴉翻。花缺月移檻,竹深風打門。有懷前度侶,聚散不堪論。

送蕭雲巢歸楚

秋水綠無地,秋風涼入帆。故鄉有蘭茝,一路況松杉。樹缺煩重補,花繁待細芟。有懷著書客,辛苦守經函。謂陳每田。

送萬秋田化成明經歸省

五嶽遊未盡,如何返故鄉。相思但秋水,此去爲高堂。露重芷花白,烟寒楓葉香。昨年戟門側,搨蘚步槐廊。

答王夢樓文治前輩

天欲厚公福,一官升復沉。才名傾海外,筆法接山陰。白髮蕭蕭在,青山處處尋。江湖作詩話,花氣澹禪心。

答趙雲松﹝翼﹞觀察

吏治海南盛,詩才甌北強。山林屬耆舊,館閣重文章。下筆有袁蔣子才、心餘,讀書無漢唐。過江諸老在,公絕似襄陽。

與許香巖﹝兆桂﹞談詩秋水閣歸途奉寄兼懷秋巖

健筆健於駿,閒情閒似鷗。天偏慳一第,詩可抵千秋。短巷日方夕,空庭花自幽。草蟲吟不歇,相與爾賡酬。

天外亦秋水,閣中生暮雲。故人情脉脉,落葉響紛紛。破壁蝸盤蘚,殘書蠹避蕓。歸時涉烟澤,白髮話斜曛。

贈吳生季遊﹝方南﹞

短巷復深巷,說詩來柳溪。秋風疏磬響,落日板橋西。劍氣酒邊直,雁聲天外低。比鄰頻送酒,爛醉菊花畦。

寄泰庵﹝和寧﹞方伯

宛轉碧幢影,會來秋水廬。猿啼巴雨外,馬踏塞雲初。酒半休看劍,花間且讀書。少年舊狂態,老去可能除。

寄吉林王生廷蘭

萬樹秋生早,經年信到稀。書聲砂磧冷,花影石城微。虎老抱山睡,鼠饑衝雪飛。知君耽索句,盡日掩柴扉。

重陽前二日王芸圃循
過訪不值行將就丞倅送之

隔巷踏黃葉,到門風雨遭。秋方如客冷,官不比詩高。廡下餐須飽,春邊志已牢。多情贈瓊佩,莫阻海門濤。

徐鏡秋檢討招同玉亭伯麟
詹事菊溪侍御飲垂蔭軒

同是蕭疏客,看茲冷淡花。知秋定江雁,避月或林鴉。天迴三星直,燈昏萬竹斜。酒闌聽人語,多半爲詩譁。

贈 同 學

憶昔讀書日,世緣君已空。人皆憐酒困,我獨羨詩工。積水天然綠,秋花別樣紅。相逢蘆荻外,白髮老漁翁。

許香巖過訪不值

疏柳不留客,野溪空自涼。蠻知守庭戶,雁早度衡陽。詩入秋逾健,花開晚更香。登高如有賦,珍重貯奚囊。

方石歌爲冶亭侍郎賦 有序

余東軒舊置石一方，橫三尺，縱六寸，狀如床，堅潔如玉，侍郎乞去，以詩媵之。

太華峰頭一片石，斧鑿猶留五丁跡，置我東軒頗愛惜。侍郎嗜石如嗜詩，謂石奇抵君詩奇，石可轉也君其貽。吾聞米顛輒興起，書畫舫開虹月紫，侍郎情性乃如此。厥方孚矩堅孚金，雲根黯淡苔花深，生平未改瑩明心。寒菊清泉相掩映，淡月涼天精彩迸，瘦骨崚崚峭而正。交道一日期百年，崢嶸萬古芙蓉巔，尚無似此石可遷。

酬王少林 嵩高 司馬時官河西務

黃葉蕭蕭打瓦屋，自汲寒泉寫秋菊。菊花如人淡不俗，挑燈不厭百回讀。先生登第三十年，詩成往往江湖傳。百里之才何有焉，爲貧而仕時則然。日暮空山青未了，天風忽送浮嵐渺。寒林不敢儕凡鳥，長波萬里輕鷗矯。小桃紅斷村烟孤，漁人曬網春陽晡。短篷小泊丁字沽，看十三本梅花圖。少林家藏本。

寶晉齋硯山歌和覃溪先生

媧皇鍊餘兩片石，神物乃受神人鞭。襄陽米老獲雙璧，留貽溯自南唐年。至寶無獨必有偶，交輝互映非偶然。一庵初葺一山去，五十五峰何有焉。香花夜放甘露寺，片雲青失虹月船。收藏秘府不可見，茲硯幾逐星霜遷。其一復歸薛道祖，哦詩歎息顛覆顛。江南秋色出層碧，筆想安得精神全。古藤書屋共欣賞，詩傳世上石亦傳。是一是二未深辨,山耶硯耶徒拘牽。致令觀者起疑竇,明珠魚目同媸妍。覃溪學士慎考覈,硯山山硯工言詮。以米名齋志向往,對石灑墨情纏綿。移來秀石置几席,層巖雨過春娟娟。明星一點鸛鴿眼,空水欲滴蟾蜍涎。夜深剪燭翠明滅,天晴滌墨波洄漩。此身直擬到海嶽,天風浩浩吹寒烟。千言一洗竹垞誤,百年重和漁洋篇。世倘好事更搜索,九華壺嶺謀珠聯。老人空洞忽笑語,吾將下拜吾齋前。

阮吾山侍郎秋雨停樽圖 有序

乾隆辛巳秋八月,侍郎抱炊臼之戚,董東亭取潘黃門語意為寫是圖,今侍郎下世又三年矣。

詩人自古憂思多,蕭蕭涼雨秋如何,人生幾舉金叵羅。況際驚鸞與別鶴,相思紅豆三更約,黃門語更何人託。侍郎好客工詞章,當年斗酒誰為藏,梧桐百尺秋陰涼。詩耶畫耶今已矣,廿載風烟存片紙,身死應知名不死。我與先生情性同,哀蟬落葉難為工,笛聲愴絕山陽風。展圖不厭千回看,雲深三尺行人斷,夜殘酒冷鐘聲亂。

王少林學圃晚香圖

生平不愛看花早,潦倒春風貧亦好。東園花事開草草。晚香之意將毋同,秋英黯淡涼雲中,梧桐雨雜芭蕉風。徙倚空庭烟一縷,霜厭楓林更菘圃,黃葉村中真樂土。君廬聞說多梅花,十三本樹孤山家,逢人何必冬心誇。獨我耽幽百事置,月明時傍東籬睡,冰雪侵人曾不避。開繰一笑題新詩,此意問花花未知,迢迢烟水空相思。

冬曉招程立峰州牧集詩龕

山色入城青忽紫,雪凍溪頭雲不起。寺樓粥鼓猶未止,先生款步荒齋矣。君舉賢書余未生,同年錯被江湖稱。《隨園詩話》謂余爲君同年。登科登第皆虛榮,寒山珍重冰霜盟。酒懷那及詩懷好,與君恨不相逢早,詩源我欲從君討。明湖二月湖生波,尺書欲寄春鱗多,桃花紅奈先生何。

贈詹玉淵_炯

磨墨磨人卅載心,硯田愛惜好光陰。日高猶抱梅花睡,不問門前雪淺深。

王少林示詠雪詩

山色凍如睡,村烟低欲靡。滿階折竹聲,碎入梅花裏。夢往羅浮間,赤足涉江水。手捉兩蝴蝶,自言是鳳子。醒猶臥石龕,飯熟人未起。

雪後冶亭侍郎招同菊溪侍御芝巖_{文寧}編修暨閬峰_{玉保}閣學集石經堂和冶亭韻即效其體

東華人款西華閽,十里五里朝陽遲。積雪深埋萬竹尾,凍雲亂撲雙槐檐。侍郎古雕更今潤,讀書毋乃忘傷廉。不薄新雨愛舊雨,北風寒勒春風簾。眉山主人蓬山客,大蘇小蘇齊掀髯。文光鬱勃星斗動,詩情浩蕩江湖兼。綠酒澆胸性情見,紅燈照鬢年華淹。孤桐詎必學幽蕙,東鰈何苦謀西鶼。一物各懷一物智,太華不棄遊塵纖。鼓鐘既備待絲竹,醢醢欲薦資梅鹽。主人大笑客無語,鬪韻隨手珠璣拈。書室晴烟散朽蠹,城樓塞色淒冰蟾。歸來茅舍且高卧,冬花破蕾秋菘醃。

深冬過王鑑溪賜硯齋

香醪獨酌興何如,老去詩狂總未除。柳得春遲原耐冷,梅開花少莫嫌疏。嬌兒放學求分果,少婦偷閒代檢書。門外雪深君不問,蕭蕭白髮卧蓬廬。

和吴淵穎《題錢舜舉〈張麗華侍女汲井圖〉》

芙蓉檻外梧桐樹,故宮容易秋風度。美人何事汲雲漿,綆繫銀床朝復暮。綺閣曾温荳蔻湯,香溪誰盥薔薇露。璧月瓊枝艷一時,丹砂難得紅顏駐。船頭鐵甲鼓聲哀,簾角金瓶花影妬。曉夢猶傳醉裏歌,鬢雲一縷縈蘭炷。至今枯甃冽寒泉,宮鴉啼罷華林誤。南埭空聞夜雨聲,轆轤不轉蟾蜍吐。

答袁子才前輩

名著入山前,入山三十年。看人多白眼,閱世少朱絃。食色從吾好,文章讓爾傳。書生重名教,慎勿學神仙。

存素堂詩初集録存卷三

辛亥

正月八日廣慈庵用壁間韻

閒既不如僧，靜復與佛別。步入旃檀林，更著何言說。瓶花一笑拈，階草青欲茁。蒼蒼古松下，猶有去年雪。

正月十二日汪雲壑修撰招同陸璞堂學士、江秋史侍御、程蘭翹編修小集

萬里新持節，雲壑新自滇使回。三年暫啓樽。斜陽下山背，春雪在城根。書卷買無市，佛花香到門。君寓與長椿寺相向，舊有書市。相期借禪榻，好句爲重論。

送陸鎮堂師廷樞赴絳縣任

小別亦難遣，好官今易爲。栽花新雨後，扳薤早春時。雞且牛刀割，鳩方鳳閣辭。時善方改官。老桐仍自好，人去碧陰移。曩受業於古桐書屋。

送劉梧罔曙同年令江南

朱霞十丈仙人洞,彴西愛作江南夢。山靈有意招先生,天風廿日扁舟送。先生好客兼好詩,瓦卮傾倒城南陂。百城擁讀苦未足,百里待治將奚爲。孝弟力田功不薄,不尊人爵尊天爵。寒雨池塘夢青草,暄風畫閣看紅藥。散衙無事拈吟毫,竹燈板屋風颼颼。課民耕種課兒誦,先生固已忘其勞。而我相思隔千里,欲寄貂襜憑一紙。安得人生比鴻鵠,朝舉山青暮山紫。酌酒勸君君莫猜,白駒逝矣朱顏催。男兒墮地志弧矢,臨別可憐何爲哉。

夏夜懷李石農比部

睡覺聞草香,幽居月不到。啓户清風來,高樹一蟬噪。心虛納萬理,境静領諸妙。忽念金石人,愧乏瓊瑤報。夜短鐘響繁,雨餘溪影曜。槐葉積空階,緑濕無人掃。

送徐鏡秋檢討出宰江南

秀才應鄉舉,輒云作令美。乃其入翰林,棄令如敝屣。先生登賢書,年未三十耳。浮雲變蒼白,拾芥綴青紫。出入承明廬,卓哉賢太史。檢校三館書,不賣官庫紙。權衡三湘士,臣心白如水。美譽動公卿,清節聞天子。有守當有爲,優學必優仕。詞臣百七人,君首承顧指。讀書從兹終,讀律從兹始。憶昔庚子春,偕君成進士。疑義每互析,修途期共履。相與不參商,相資如礪砥。琴清濁同絃,車遲速共軌。十載蓬山棲,一夜天風起。我乘退飛鷁,君騎逆河鯉。縈悴豈殊心,升沉鮮定理。勉哉各努力,可愕亦可喜。得登循良傳,折腰復何恥。曩恨無所紓,今責不容已。士苟效一能,官胡小百里。他時宰天下,何嘗佛如是。

寄懷山莊扈從諸遊好

冶亭侍郎

西崦雲深處,南榮月上時。蕭疏見情性,筆墨出風姿。人擬龍頭重,書嫌雁足遲。彎弓射麋鹿,磨墨寫新詩。

玉亭官詹

橐筆出天關,刀明弓又彎。官閒須縱酒,秋近最宜山。草碧螢孤照,沙黃雁自還。先飛嘲笨雀,回首憶清班。余與君同侍直語。

何蘭士員外

望月倚欄干,君今月獨看。酒知因病減,詩不入秋寒。蛩語山堂寂,棋聲佛屋殘。疲驢休再跨,記否墮吟鞍。皆庚戌舊事。

周勉齋元鼎郎中

記得灤陽路,家家山對門。芙蓉青到枕,楊柳綠無村。墨氣秋堂暗,君善篆書。茶烟土竈昏。市聲空浩浩,趺坐養聞根。君耳聾。

憶感舊詩七首

曹地山先生

我命公默持,我詩公朗誦。樹旛穉花護,剾雪凍菱種。負笈拜後堂,撰杖日陪從。片語偶垂誡,蓄爲一生用。相期在力行,不獨文章重。庚子闈中,余卷中而復失,公竭晝夜之力搜索,始獲雋。

德定圃先生

立朝五十年,相盡天下士。顧予駑鈍姿,謬以騏驥擬。少年許上書,後堂容曳履。小草處蹊潤,居然等桃李。吁嗟梁木頽,飄泊吾已矣。

許石泉兆棠編修

君所蓄於心,無不脱諸口。於世爲畸人,在我實諍友。奈何倚天劍,弗爲世間有。飆揚鏡垢積,弦折弓馳久。獨學德日隳,誰與商不朽。

常月阡森孝廉

病馬長途困,饑鶴秋柵閉。幽蟲語斷墙,衰草掩空砌。豪華易蹭蹬,臨風日横涕。跣足荒山中,長揖侣松桂。寧同木石頑,不共綺紈敝。

陸鎮堂先生

百川日東流,一星晨不滅。道義時自凜,章句固不屑。馬性易長往,鶴情難衆悦。芳蘭保凍荄,孤松矜晚節。春風亦[一]時有,師[二]胡獨冰雪。

【校記】

[一]"亦",題記作"坐"。
[二]"師",題記作"心"。

袁子才前輩

我讀君萬言,君吟我五字。年年雁北來,手書時一寄。入山三十年,料理梅花地[一]。種樹恐太多,誤作烟中寺。漁樵悵幽阻,只有詩僧至。

【校記】

［一］"地",題記作"事"。

英煦齋秀才

摳衣拜君堂,君年及我半。十三善弓矢,十五工詞翰。援筆賦春花,君詩比花爛。美玉借石攻,志士利金斷。懿哉管鮑交,莫僅孔李看。

秋日田園雜詠同汪雲塾作

冷月比詩骨,秋水如道心。薄酒酌田父,微風吹素襟。石上聽鳴泉,淙淙響玉琴。廣厦需結構,何如高樹林。炎氛自兹息,樂境真可尋。

既不如農勞,又不及農拙。羨彼霑體足,勝我爭口舌。何時入南山,荷鋤鋤春雪。種瓜脆可餐,挿泉清可啜。安門不用窗,到處皆明月。

蕭蕭蘆荻花,而與秋影分。處晦斂根荄,時至皆欣欣。無情烟與草,無迹水與雲。東皇暘晨曦,西岡生夕曛。富貴不可保,及身修令聞。

有苗必有莠,有粟必有秕。君子與小人,相反實相似。苟弗辨厥微,毫釐即千里。去取慎又慎,仁者良有以。非種倘不鋤,嘉禾長靡靡。

人愛畫中山,我愛山中畫。濃淡無定姿,瀟灑有餘態。取斯較倪黃,從無一筆敗。綠波春塘瀲,紅葉秋陽曬。俯仰安一生,得價亦不賣。

鷗見我不猜,魚見我不畏。江湖豈不寬,尺波已足慰。日夕草木光,澹作烟霞氣。但能簑笠將,何必綺羅衣。珍重蕨與薇,此中有真味。

荷鋤入南山，豈不望苗秀。播種要有術，須先辨菽豆。清露壓條繁，薄曦隔籬透。纍纍府稊供，採採盤飧侑。若謂足飾觀，曷早事交繡。

薄田鮮厚償，不如多蒔竹。此君雖清寒，出土便雲矗。灌溉詎勞心，蕭疏欣悅目。清陰半畝涼，苦瘦不苦俗。桃李炫新妝，春去俱碌碌。

贈阮方浦

梧竹蕭蕭草結廬，誰思蓴菜與鱸魚。人生歲月閒中足，不愛科名易讀書。

寄懷劉杏坨_{泗道}

水綠不生鬢，花紅方照顏。每逢新月上，便擬故人還。病裏聞清磬，愁中見遠山。憶從投筆去，草閣更蕭閒。

贈王雪村_{元梅}同年

我醉非關酒，君才豈但詩。十年不相見，此恨有誰知。竹老自寒色，雲高無定姿。盧溝看曉月，好是早秋時。

七月四日邀同人飯於詩龕出西直門看荷花至極樂寺

鷗尚有浮沉，人豈無聚散。真朋惠然來，幽情愜情旦。溪流息市塵，秋雨遲晨爨。言出西直門，心閒耳目換。薄曦山觜移，荒草城根斷。亭亭君子花，可愛不可玩。出水香自存，受風影弗亂。承露碧玉盤,拔泥青鐵幹。一一招良友,隨我登彼岸。願言素心客,盡作此花看。

讀書憂患多,作詩才力薄。且叩旃檀林,厥寺名極樂。十畝歡喜園,三間清涼閣。田荒香稻熟,圃老秋瓜嚼。僧至不驚魚,客來莫彈雀。舉頭雲忽飛,對面花自落。神定萬慮忘,境寬一心約。私蠲物垢阻,內腴外華削。款語告諸君,勿竟戀丘壑。亟望施霖雨,民和物咸苦。

樂境既難常,秋日又苦短。園荒山影積,秋入蟬聲緩。坐石苔涴衣,看雲酒覆盌。談禪休逞機,說鬼姑任誕。人生志道義,忠告攄悃款。處安思處危,履險若履坦。冷霧斷鷗汀,敗葉埋鹿瞳。渾然忘物我,生氣胸中滿。藕花折一枝,幽齋清夜伴。遲他楓與菊,吾意已衰懶。

讀洪稚存_{亮吉}編修詩集

萬物弗自見,託之於文章。我語如子語,子腸非我腸。追金爲花卉,顏色豈不光。置諸盆盎中,詎及蘭芷芳。藜莧較魚肉,滋味難相當。魚肉而餒敗,人則藜莧嘗。

賊盜掠人財,尚且有刑辟。何況爲通儒,靦顏攘載籍。晨霞自舒卷,暮雲忽深碧。東月揚海頭,西陽抑山脊。兩大景常新,四時境屢易。膠柱與刻舟,一生勤無益。

山平則無岫,水平則無波。馳驟怒馬擅,意態饑鷹多。酒生糟粕中,糟粕酒殊科。金生砂礫中,砂礫金或訛。我生古人後,古人安可過。不如坐一室，垢刮光潛磨。

立政體尚寬，作詩境取窄。叢垢晦玄機，幽情滅塵迹。言探驪龍珠，弱者弗堪役。不入虎穴內，虎子焉能獲。艱難歷彌出，道理窮乃闢。持此精進心，風雨空山夕。

贈夢禪居士瑛寶

名與利都謝，老兼貧奈何。雲烟借驅使，縑素日摩挲。此筆入秋健，人心同墨磨。青山誰贈爾，好句閉門多。

君弟皆余舊，論文三十年。故人疏似雨，秋寺冷無烟。二十年前與令弟慢庭讀書處。對酒渾如夢，拈花即是禪。梧桐青未改，庭月幾回圓。

寄暢園尋石詩爲羅介人允紹賦

石骨瘦於客，秋心涼到詩。茶香風過院，花落水平池。採藥雲歸早，彈琴月上遲。名園待名士，莫任住顯鸕。

八月八日同羅兩峰、趙味辛、張船山、何蘭士集洪稚存編修菴蓰閣

疏影動林樾，淺涼生夕陰。冷花紅不得，誰與識秋心。

主人是詩佛，七客皆詩仙。落葉一庭滿，孤螢殊可憐。

王少林太守以詩集委勘

聞說蓬來頂,中有萬丈桑。重陰挹北斗,萬影移東陽。子筆匪是筆,巨刃摩天揚。斫却葉與枝,終古騰清光。

君固以詩豪,勍敵謂逢我。力爭恐難下,智取又不可。江寒宿淥淨,樹古微花妥。神遇弗形遇,我詩似君頗。

中秋後三日陶然亭同年雅集

秋色一亭迥,客懷生酒杯。數公交契久,十載唱酬纔。雲斷雁長叫,官閒鷗莫猜。疏林踏黃葉,不爲看花來。

湖海夢安託,酒場情最真。開門揖白鶴,舉網得紅鱗。楊柳冷無色,蒹葭秋在人。平生重知己,晚節擬松筠。

去日迅如此,秋花開不濃。草荒蟲自語,酒冷客相逢。暝色倦飛鳥,小樓遲暮鐘。歸途明月好,且倚看山節。

物各待時動,余心殊不然。秋深花滿寺,水足葦成田。一院塔鈴語,隔城村樹烟。任人作圖畫,詩話續年年。

題翁覃溪先生摹王漁洋、徐東癡墨蹟後有序

筠圃大令藏邊仲子詩稿一冊,即漁洋先生所訂之《睡足軒詩》也,前有東癡手記并漁洋跋語。覃溪先生既題詩於原冊,復摹二帙,以一贈余。

幽軒睡足雨沾衣,七十老人饘粥違。賸有歌聲振巖谷,山青不了負薪歸。

歷城好句感新城,零軸殘編有性情。若滅隱君數行字,野風吹不響天聲。

誰分兩宋與三唐,我奉蘇齋一瓣香。拈出秋詩寫禪榻,直從神韻識漁洋。

文字因緣勝寑丘,東癡貧又似南洲。梧桐院落疏疏雨,石墨香分讀易樓。

閒　　居

近寺聽鐘便,臨流學釣工。巷通秋水碧,樹漏夕陽紅。防病殷求艾,醫貧且種菘。涼蟬殷勸客,煩惱一時空。

讀王鐵夫芑孫孝廉楞伽山房近詩

亦是人間語,塵埃一點無。曠懷小天地,佳句滿江湖。入夜雁聲苦,到秋山影孤。櫻桃風味好,慎勿戀伊蒲。韓城相國爲孝廉題櫻桃館額。

取我秋花句,余近有"淡花開不濃"句,爲孝廉所賞。較君孤月詞。君近贈琢堂,有"月自孤清雨自疏"之句。情懷各無賴,風雨輒相思。苔尚綠雙屐,菊剛黃半籬。到門認秋水,隔水是茅茨。

黃葉閉秋院,青山生暮寒。茶烟虛石竈,墨氣出花欄。貧賤交心易,文章造命難。詩成在驢背,及爾未爲官。

豈但酒謀婦,併能詩佐君。房中結鷗侶,世上重鵝群。搖筆柳飛雪,下簾蘆破雲。慚余老妻拙,畫紙不成文。

重遊萬泉莊

萬樹已秋色,一蟬猶苦吟。流來西澗水,冷到酒人心。歸雁沙邊去,夕陽花外沉。前遊渺陳迹,壁上舊詩尋。

秋閒

雨晴松滴翠,衣袂暗生涼。觸石雲猶懶,穿花水亦香。漁樵久相習,簪紱忽然忘。林際暝鴉噪,山公酒興長。

題楞伽山人塞館雜詩後

不是盟鷗放鴨人,年年烏帽抗黃塵。綠何瘦甚香桃骨,六度梨花錯過春。

雲自行空月自涼,楞伽山色木犀香。長安盼到櫻桃熟,茶笋依然戀故鄉。

抱雲宿在小西溝,枕上題詩馬上謳。記得去年山寺雨,夜來我亦夢封侯。余去歲寓灤陽山寺。

蕎麥花開荷芰空,車行渾在水雲中。塞垣草木吾都識,寫入君詩便爾工。

作詩話屬同人廣爲採錄

未敢論風雅,還期理性情。何人憐舊雨,一代說新城。凡物不相掩,入秋皆有聲。寥寥百年內,吾輩幾崢嶸。

亦有婦孺語,都成典重詞。紅魚寄書懶,黃葉打門遲。草隔談經院,林空賣酒旗。客來恨秋水,小犬吠東籬。

木葉空庭掃,烏絲故紙斜。酒寒秋士句,笛撅野人家。風定鵲爭樹,日晴蜂採花。幽居塵事少,留客有茶瓜。

盼到菊花放,只愁人取租。一天秋氣味,半枕睡工夫。滅燭待松月,煮茶支竹爐。過橋驢背稳,到處索詩逋。

和張水屋_{道渥}遊西山詩

望去翠無門,踏之雲有級。山僧欲掩扉,客隨孤鶴入。

濕雲浥佛龕,石乳滴茶竈。夜深門不開,水與秋俱到。

秋暮淨業湖待月

緩步出柴門,天光隔橋潝。溪雲沒酒樓,林露滴茶籠。秋水忽無烟,紅蓼一枝動。

鷺鷥眠猶未,蟋蟀鳴不止。山頭生片霞,激射波心紫。迸起二寸魚,裂開一尺水。

獨坐空亭中,林風吹獵獵。草根一陣香,飛入兩蝴蝶。童子起撲之,乃知是黃葉。

一湖水氣空,四面月波凍。但期宿垢蠲,不畏薄寒中。僧雛亂打鐘,驚破老漁夢。

摳衣踏蘚花,滿頭壓星斗。溪行忽有阻,傴僂來醉叟。攘臂欲扶持,枕湖一僵柳。

書聲出破廬,花氣隱寒戶。心入夜轉清,茫茫念今古。此時富貴家,酒酣正歌舞。

洪稚存編修以鮒鮚軒少作見示題效其體

月已落,燈忽明。巷柝止,寺鐘鳴。讀君詩,識君情。路十里,隔一城,思君不見心怦怦。填滿萬古胸,豎起一枝筆。風雨有時來,鬼神為之慄。生平愛惜親與友,萬卷詩書一樽酒。四溟五嶽都贈言,寂寞春墟伴花柳,青蓮久已死青丘。亦陳人眼前,數子非君隣。人間只有孫星衍,地下空悲黃景仁。坐我詩龕中,為我續詩話。帶經堂與靜志居,壓倒隨園詩世界。霜花悅君目,露水潤君腸,結成奇字堅復蒼。君十三歲負奇氣,我十三歲不識字。七卷詩編鮒鮚軒,請題一詩思附驥。

王鐵夫孝廉寫詩冊見貽，用冊中贈何蘭士韻奉謝

培塿學泰山，溝澮宗溟海。境界雖不同，貌遺神自在。是水皆瀠洄，曰石即碨磊。外觀不可恃，中貴有所宰。春來萬樹花，生氣鬱光彩。豈知霜雪時，孤芳默相待。

作詩不錘煉，出語難老蒼。作詩過錘煉，傳世弗久長。嶺嶠豹文蔚，雲表鴻儀翔。清廟百寶具，洞庭廣樂張。華美非不充，究須善衡量。斤削重魯宋，遷地胡能良。

矯矯鐵夫雄，而愛蘭士逸。落葉一龕詩，生花兩枝筆。揮掉風雨中，著紙氣蒼寶。下詢及駑駘，研朱加品騭。力似分五丁，光皆乞太乙。奇才不易覯，誰與判得失。

集何蘭士方雪齊觀羅兩峰聘曹友梅銳張水屋作畫

有客畫屋，有客畫樹，有客畫山有客賦。山橫雲，樹橫霧，屋中隱隱星斗布。不是若耶溪，疑至輞川路。瓜皮艇子亦何有，茅茨隔水三間露。夕陽紅斂春明城，人聲不聞聞筆聲。酒氣入墨墨氣出，高堂四壁烟雲生。恨我題詩鮮妙旨，千言萬言浮詞耳。誰能滌我塊壘胸，試乞天河一滴水。又恐蛟龍來併此，攫之去好詩或可。招此數君重爲題，山耶樹耶屋耶雲耶霧耶不知處。

王葑亭友亮給諫過訪不值留詩而去

溪樹凍無色，水烟吹有痕。梅花故人句，積雪城南村。窗日紅憐字，山雲白到門。杜陵漫誇詡，如水素心論。

長至前四日招同人集詩龕消寒，羅兩峰、曹友梅、張水屋各作一圖率題

鴉尾剪日城樓紅，馬頭逆掉寒林風，詩人屨滿詩龕中。萬種愁懷一笑遣，世間幾輩俗能免，今日相逢興不淺。放筆各寫胸中奇，林烟不動斜陽移，酒香忽勒梅花枝。倚墻都欲參活筆，攝來海上青霞色，一夜天風指間出。蕭蕭者樹慘慘雲，遠山近山城頭分，落葉打窗聲欲聞。三人俱擅絕人技，當場那肯尹邢避。噫吁嘻，人生何者非遊戲。

爲曹定軒錫齡侍御題傅青主及壽眉書畫卷

父子蹣跚共苦辛，黃冠白袷走風塵。崛圍山色餐能飽，偏是擔書賣藥人。

小傅毫端亦老蒼，一龕紅過幾秋霜。誰知身後零星墨，猶作雲烟繞太行。

毛心浦哲明府貽同年武虛谷憶大令書賦贈兼寄虛谷

北風裂窗户，其氣肅且清。剖讀古人書，如陟泰嶽行。泰嶽高難

攀,孤鶴時一鳴。萬感人懷寂,獨餘金石聲。此聲不輕發,窅然抒悃誠。誰與戞寒竹,剪剪燈花明。

吾聞作吏法,有如治文章。動外極夫變,静内主其常。作詩必鮑謝,爲政期龔黄。不自我作古,而傍入户墻。江漢娜細流,日月容近光。二子人中豪,出宰民之望。徒以風騷論,豈止雄大梁。

答何蘭士

江上采蘭苕,風前馭鷲鶴。不有車笠綠,難踐水雲彴。寒香何處尋,澹入梅花閣。詩人聚三五,人生貧最樂。

王鐵夫校勘拙集跋以詩謝之即效其體

讀書寡儔侣,出門無傍依。執手强言笑,心事誠多違。多違遂難合,豈其知我希。面諛取容悦,旋踵輒刺譏。刺譏猶淺耳,顛倒是與非。矯然離群立,自揣態奮飛。奮飛視鴻鵠,遠舉辭朝饑。氣肅天宇澄,霜重暄風微。

自悔仕宦早,讀書未窮源。惟賴善取友,直諒與多聞。多聞世或有,直諒何可言。胸懷苟瀟灑,世以狂民論。狂民抱古疾,至性詩書敦。己所歷境界,而欲人人臻。人人詎臻此,視厥趨向存。極千變萬化,非一户一門。

存素堂詩初集録存卷四

壬子

正月八日秦小峴瀛侍讀招同龔海峰景瀚明府、王惕甫孝廉、何蘭士水部集吳蓬齋中

我生未睹江南天,桃花阻絶孤蓬烟,卧遊輒想吳門船。同心三五雲龍友,瓦爐初煖屠蘇酒,黃虀開甕一招手。簾波不動斜陽紅,半窗濕翠春濛濛,仿佛坐我湖山中。芙蓉萬朶净於洗,檐頭淰淰春雲起,白鷳飛入鷗群矣。貂裘笑比漁人簔,酒酣驅墨如驅波,筆力所到傾江河。風裂紙聲一枝艣,蕭蕭敗葉空中舞,主人語客聽春雨。

横山丙舍篇爲小峴作

君本至性人,華膴非所慕。惓惓胸膈間,突兀横山路。横山路蜿蜒,中有先人墓。秋渚瀉紅泉,晨烟散高樹。自君直樞庭,四載未由赴。畫師寫作圖,乘暇自爲句。君年已四十,君心猶稚孺。春風江上來,渺渺白雲度。濕翠落吳篷,涉自即良晤。方塘種蓮花,清陰覆鷗鷺。他年歸去來,一簑兩芒屨。我當訪故人,空山踏烟露。

魏春松成憲比部過訪詩龕貽長歌賦答

孤月照顏色，幽花存性情。柴門醒鶴夢，烟水結鷗盟。春雪嶺頭積，夕陽樓外明。詩龕留好句，肝膈爲余傾。

富貴浮雲視，何爲耽苦吟。儼然千古事，最緊兩人心。燈火春城聚，梅花古巷深。蕭疏託微契，匪是愛山林。

自題詩龕圖

溪烟凍欲無，林香寒不絶。有時明月來，照我松根雪。

差喜讀有書，莫厭食無肉。春水三尺明，桃花可以粥。

詩不在詩中，佛當求佛外。静坐彌勒龕，悠然有深會。

讀六如居士集適曹定軒侍御示獨樂園手蹟因書後

江左風流擅一時，玉樓金塿少年詩。老來隨意書襟袖，錯被人呼是乞兒。

枝指生工作記文，兩家書畫要平分。金閶舊日尋詩處，萬樹桃花一塢雲。

傅竹莊玉書明府偕徐立亭檢討過訪不值留詩訂看花之約次韻

萬樹桃花爛初日，春水平添一湖碧。枯禪坐破彌勒龕，東風染徧垂楊質。生平不識鷫鸘裘，讀書一日消千愁。樹桑總要五畝宅，吹笙誰構三層樓。天風忽轉神仙轂，看詩之例同看竹。我無好句播江湖，君有深情寄幽獨。言者心聲千古事，傳人一代凡幾輩。人人皆有真性情，皮毛伐盡精神在。長安三月遊人多，金鞭繡帽花前過。我爲無心求富貴，牡丹時節仍蹉跎。

題劉崧嵐大觀明府詩草後即送之官奉天

之子未相覿，好詩嘗一吟。此時太古月，照見梅花林。萬里蠻江路，千秋大雅音。清泠石床句，爲爾寫冬心。

我有數知己，宦遊遼海東。詩隨春雨散，人去塞門雄。雙影柳邊綠，夕陽花外紅。長安暫沽酒，莫負海棠風。

吳南昀甸華同年自歙縣寄書至報之

春水吹魚到，桃花上字紅。十年人事改，三月酒杯空。自笑嵇康懶，誰憐范叔窮。開函感君意，山翠濕濛濛。

見說黃山路，春雲隱縣門。松花吹不去，竹月照來昏。寺僧剔碑蘚，漁莊開酒樽。好官不閒暇，農事正殷繁。來書有"距黃山百里，未獲一至"之語。

清明後二日李菊坪瀚舍人招飲不赴

短札兼詩寫,春陰隔水看。清明剛兩日,芳草不知寒。雲影都疑畫,花光半在欄。酒香客易散,好未棟風殘。

羅兩峰登岱圖

紅日墮巖脚,青旻小如豆。星斗摩有聲,雲霞吹不皺。步天豈無梯,罡風斷白晝。誰折芙蓉根,貯向女媧袖。

境險造以心,孤懷自延佇。居高易爲力,處晦難命侶。山上一寸雲,城中三尺雨。獨立松花中,看碑悄無語。

陸杉石元鉉儀部赴灤陽校書 羅兩峰繪圖同人賦詩

驅車出北門,言就灤陽去。馬前桃放花,馬後柳飛絮。君喜鍵戶者,茲頗艱行路。奉詔勘秘書,適慰看山素。墨汁携一壺,灑向雲深處。沙黃捕魚灣,杏紅賣酒舖。好山常在門,幽鳥不離樹。榛梏經雪肥,蘑菇胃蘚吐。滿院畫眉聲,似共梁燕語。峰隱樵歌稀,烟深牧笛度。夫君善詠言,對此生遙慕。朋友六七人,況復際春暮。拄笏面青山,芙蓉插無數。中間一刹古,前歲我曾寓。佛樓竄野狐,經函閉殘蠹。慚愧壁閒詩,曾否紗籠護。

馮鷺庭(集梧)編修新購田山薑侍郎秋泛圖屬題

暖波碧瀉春明城,畫船簫鼓斜陽晴。白魚腥入黃花魤,田郎酒好詩更好。當時詞客心傾倒,墻根轉眼山薑老。百年烟水空蒼茫,墨花黯淡餘古香,蕭蕭蘆葦秋雲涼。東南民力紆公念,下筆何心侈文讌,箋耶銘耶視此絹。鷺庭嗜古山薑傳,殘縑購自讀畫樓,玉堂散直矜風流,莎軟風晴潞河堰。白塔紅橋不知遠,寒驢躑躅春堤晚。

冶亭侍郎招同釣魚臺看花暮抵極樂寺

欲雨不雨春陰低,棟花風糝桃花泥。三里湖光斷山影,萬條柳色橫酒旗。白石橋通極樂寺,一蝶尋香先馬至。毘盧殿上佛無言,海棠樹底僧酣睡。

傅竹莊明府邀同徐立亭檢討陶然亭小酌

南雲北雲隔萬里,新雨舊雨聯一紙。(君偕立亭過訪詩龕不值,留長歌一章。)願與彌勒坐同龕,前生誰是詩弟子。柳眼不如人眼青,桃花水漫蘆花汀。鷗群鷺侶天成就,他日相逢記此亭。

雨　　過

忽訝石橋沒,春陰花外多。偶飄數點雨,驟長一池波。沙店客沽酒,柳陰人曬簑。青笻寄山寺,烟際聽樵歌。

四月十三日洪稚存、趙味辛、張船山集古藤書屋看藤花

言尋竹垞宅,曲巷深而窈。海波寺遺址,寒烟沒翠篠。惟有古藤花,千枝萬枝繞。挫折幾風霜,凌空猶矯矯。百年曝書地,曾此集朋僚。詩成某也佳,花神必諳曉。賞花如諸君,不同俗客嬲。酒氣與天碧,春星吐林小。此花更百年,人與花同杳。佛樓聽暝鐘,斜陽數歸鳥。

題　畫

我亦喜簑笠,素心今已違。青山何處好,茅屋看人歸。松葉帶雲綠,稻花含雨肥。田家有真樂,慎勿去荆扉。

讀書四首

讀書如蓄貨,一室靡不有。瑰奇產崴阿,幽怪發淵藪。當其求莫致,豈惜跋涉走。一旦聚眼前,美者忽焉醜。人情罕見珍,炫異難持久。布帛與錦繡,即物理可剖。六經天地心,諸史古今紐。浩氣決江河,精光拚星斗。但期鑄洪爐,毋至覆醬瓿。良買宜深藏,良士貴善守。

讀書如樹木,不可求驟長。始焉勤灌溉,繼之計修廣。植諸空山中,日來而月往。露葉既暢茂,烟條漸蒼莽。此理木不知,木乃遂其養。我讀古人書,輒作古人想。掩卷了無得,心中時怏怏。忽然古明月,照見天懷朗。前境所造非,後境改觀儻。困頓老奇材,大匠斧

斤賞。

　　讀書如行路,歷險毋惶惑。安保萬里程,中間無欹仄。自古志士心,往往傷壅塞。況乎路有歧,尤易隱蟊賊。誘我復攻我,厥術誠莫測。所貴擅通才,更負兼人力。高山惟仰止,半途勿休息。手扶大雅輪,心戒虛車飾。要從實地行,直造光明域。卓哉孔孟有,不爲黃老得。

　　讀書如將兵,當先講紀律。理獲心乃安,時至險莫恤。將軍掃群寇,勢若風雨疾。寸鐵能殺人,彼百我則一。即云將軍才,有得豈無失。不聞易所云,師貞丈人吉。意氣震山岳,徒手入虎穴。古人書弗多,讀之容易畢。後來著作家,千言萬言出。樹義不制勝,不如不開帙。

倪嘉樹課孫圖

　　我頗嗜讀書,而無孫與子。但聞讀書聲,心中輒爲喜。此景與此情,不圖遇諸紙。瞥見古梅花,偃蹇如佳士。村荒雪壓廬,月明香在水。此福修幾世,吾將入山矣。

招兩峰瀛洲亭作畫

　　屈指登瀛洲,轉盼十年矣。天風引輛去,孤舟沒復起。縹緲十八仙,迢遞三千水。我雖遭遷謫,閒曠殊自喜。玉堂清晝長,左右列圖史。五嶽十洲烟,蒼茫惟俯視。平生湖海心,舒捲入片紙。傳寫到人間,登瀛路如此。

乞食

秋聲不能已，一一入愁來。寒驟驚微雨，青多入暗苔。百年新舊夢，萬感淺深杯。乞食終無益，誰爲濟困才。

立秋後一日招同人積水潭看荷花

高樹障殘暑，孤閣停斜曛。一潭積水光，花與秋不分。維時適高會，我友皆能文。有如江上雨，感此湖中雲。坐見紅蜻蜓，飛入白鷺群。三寸五寸魚，跳波聲欲聞。偶此耳目洽，涼意殊可欣。晚風忽蕭瑟，暝色生青旻。徘徊數歸鳥，天末徒紛紛。

積水潭看荷歸兩峰留宿詩龕

萬事一揮手，兩人皆釣徒。涼蟬添夜永，秋鶴入雲孤。短竹綠留檻，晚荷紅在湖。雨聲催客起，爲寫對床圖。

題葉琴柯_{紹楏}舍人詩集

思綺吟紅豆，官清對紫薇。夜蛩聲易苦，秋鶴影難肥。剪燭坐寒雨，開樽看落暉。板橋殘柳外，得句倍依依。

和翁覃溪先生見懷之作時督學山左

端範堂前柳，依稀往日青。重來尋舊雨，老輩比晨星。快讀蘇齋句，如遊歷下亭。開緘石帆字，好夢記曾經。

吳蘭雪_{嵩梁}上舍過訪不值留秦淮春泛諸詩屬勘定

我聞吳生名，梅花香嫵媚。初從羅兩峰處見君梅花詩。我見吳生面，蓮花風引至。近晤君於積水潭。清才世有幾，把臂良不易。吟嘯積水潭，翛然鷗鷺致。過我松樹街，天寒葉滿地。梅花與蓮花，詩境君能備。暮雪凌幽芳，初日照清麗。如此好秀才，屢挫京兆試。看爾秦淮圖，大有扁舟思。春水三月波，才子六朝淚。花月追前遊，溪山寫新翠。吹笛小姑祠，何人許同醉。

十一月十六日吳蘭雪留宿詩龕

松樹街前松樹無，瞑鴉溪柳兩三株。衝寒不用瓜皮艇，明月上橋人下驢。

湖船撅笛倚吳鬟，禪榻詩情此最閒。萬樹梅花一天雪，去年今夜宿孤山。君見贈詩："去年今夜西湖棹，曾訪孤山處士家。"

天下幾人詩得髓，百年相望兩吳生。漁洋已恨蓮洋死，香薷蘇齋最有情。

翁覃溪先生葺小石帆亭於學使署因賤號適符拓石題詩見寄次韻

石帆兩字尚書遺，小築新亭又一時。霜樹看多秋入夢，塵龕掃淨墨生漪。礿西有客拈花笑，池北何年槖筆隨。又恐山陰人返棹，蘭坡兩字費猜疑。山陰周蘭坡學士別號石帆。

香蘇草堂詩爲蘭雪作

寒流不出山，冷冷激幽石。童子啓柴門，但見溪雲白。

詩思生空堂，冷翠積林樾。滿地皆梅花，何處著明月。

癸丑

燈夕招文芝巖洗馬、蔣礪堂攸銛編修小集礪堂郎席賦詩次韻

獨學恨無友，鳥鳴知早春。萬燈紅散市，一水綠成隣。酒助冷官熱，詩聊舊雨新。溪山雲幾疊，惆悵問津人。

武虛谷同年歸里札來索題虛谷圖

集益必由虛，上善當若谷。先生繪此圖，銘心在幽獨。草草就一官，頗悔出山速。蕭然歸故里，將欲伴樵牧。多藏幾卷書，多種幾竿竹。客至可以餐，客去可以讀。人生如閒雲，去住奚不足。旨哉老氏言，知榮而守辱。我更願先生，莫著金石錄。高臥嵩雲中，春田抱黃犢。倘遇問字人，穩坐花間屋。庶幾屐齒痕，不染川上綠。

板　　橋

去歲尋詩句,曾親到板橋。今來趁疏雨,又好折烟條。眼底春誰管,年前雪未消。清寒吾尚慣,不用酒頻澆。

新田雜詠爲吴蘭雪題 十首録四

柘　　塘

佳樹交午陰,方塘湛寒碧。細雨不歸來,落花深一尺。

牛　　坳

松花與梅花,落地香風碑。前村人未還,笛聲在牛背。

烟　　隴

欲尋梅花香,不在梅花裏。空山寂無人,月明一溪水。

稻　　田

晚稻今已收,村居亦多暇。卧聽田水流,直到前溪瀉。

答劉笛樓 念拔 司馬併訂潞河之遊

未共把吟卮,曾吟洱海詩。梅花一枝寄,春水隔年思。開舫有書畫,侑尊無竹絲。布帆容我掛,荷葉最圓時。

四月一日陶然亭會己亥同年疊辛亥韻

記否十三載，江亭初舉杯。_{辛亥秋會同年於此。}官閒招客又，春冷放花纔。氣味依然合，姓名休共猜。_{余榜名運昌，奉旨改今名。}渚鳧與灘鶴，同籍桂山來。

小錄重繙徧，鬚眉記不真。長風顛塞馬，疏雨滯江鱗。柳色綠橫酒，杏花紅趁人。秋竿經雪後，添出許多筠。

雲過地常濕，春歸花自濃。相思湖海隔，一笑寺門逢。燕認年前壘，鷗醒水外鐘。異時圖洛社，倩補幾枝筇。

此地幽偏甚，登臨豈偶然。夕陽淡林木，春水灌陂田。名畫參詩諦，_{兩峰爲繪圖。}清樽伴佛烟。蘭亭幾觴詠，總說永和年。

洪稚存編修黔中寄書至并示入黔詩

寄我黔陽書，字字沁肺腑。新詩雄且傑，寧止紀方土。堂堂忠孝詞，自寫甘與苦。處貴弗忘賤，此情不愧古。前年鳳闕下，説詩猛如虎。極樂寺探花，净業湖坐雨。往往乘酒酣，奇氣胸臆吐。時搴大將旗，一振軍門鼓。天風若送君，春波綠南浦。何以慰相思，袖中字朽腐。

結交有淺深，識君已一紀。行路有遠近，隔君已萬里。胡爲贈答言，懇款骨肉比。天峰極蒼莽，精神接尺咫。想君掀髯時，快論天下士。某某人瑰奇，某某氣清綺。白雲紅樹間，小吏出片紙。寫出懷人句,句句樂府擬。我昨夢見君,坐我寒竹裏。仰面視白雲,低頭注秋水。

柬王惕甫孝廉時寄居何蘭士宅

王郎與何郎,皆我性命友。兩人比隣居,此樂世何有。我時析疑義,就君坐談久。今後款君扉,隔墻當送酒。涼不借層葦,綠定分高柳。我住松樹街,喬柯半衰朽。新植兩梧桐,圓陰剛半畝。放出明月光,照見支離叟。良朋惠然至,莓苔不嫌厚。

送唐陶山仲冕之官江南

極目見飛鳥,因之念故人。酌君一杯酒,此去江南春。詩夢圓秋柳,官廨近白蘋。撫琴先月上,松閣照璘珣。

畫　牡　丹

天下真花獨牡丹,歐陽修語。笑他房琯劇酸寒。芙蓉野甚戎葵俗,芍藥還當近侍看。

八月一日舉子志感有序

乾隆癸丑八月辛酉朔日辰加未,桂馨生。越三日,作湯餅,邀諸君飲於詩龕,諸君亦樂余之有子也。越九日,復相與張樂治具,觴予於陶然亭。是日學士大夫會者三十餘人,皆天下賢傑知名士。以予之無似而又得子也晚,如桂馨者,未知其能成立否,而辱諸君相與之厚,則誠有不可忘者。期間如惕甫孝廉、船山太史又皆伉儷能文,以所作書畫合卷裝以贈予,因并錄予詩于後，使桂馨異日知海內賢豪長者，相期於繼袿中者若是，則思所以自勉宜何如。

藐予承二祧，怵惕念宗祀。同產雖三人，一亡兩無子。予德薄固然，先人報寧爾。今茲八月朔，秉燭中夜起。生子蓋常事，歡言動閭里。上慰老人心，下逮病妻喜。妻病八年矣，聞妾舉子，遽扶病起視。予時無可言，呼僕懸弧矢。今歲予四十，碌碌百無似。艱難已屢嘗，疏庸頗自揣。此子若成人，將無乃父比。立身孝弟先，識字憂患始。即弗作奇人，當免爲俗士。菊花老圃香，蘭草秋江美。林風振我衣，山雲映階紫。點筆示同人，非敢寧馨侈。願遲四十年，教兒檢此紙。

送秦小峴觀察浙江

身寄薇花省，情移竹樹林。年來我同味，此去孰知音。春酒吳篷冷，吳篷，小峴齋名。紅魚越水深。西湖有明月，照見故人心。

愛我䈉西路，蓮花開滿池。來尋秋鷺侶，爲誦野鸇詩。野鸇，江南詩僧，小峴爲予誦其佳句。宦味貧常好，文心苦不辭。夜深理吟卷，莫忘秀才時。

送史漁村致光修撰出守大理

志不在溫飽，好官誠易爲。文章三殿重，名姓百蠻知。柳暗離亭酒，梅新驛路詩。一拳寄蒼石，藉爾砥瑕疵。大理產佳石。

王荺亭招同何蘭士、王惕甫、徐朗齋_嵩、胡黃海_{翔雲}集尺五園

竹與天爭綠,花同水一香。入門無遠近,極目但蒼涼。湖海身安托,窮通迹早忘。不須主人問,鷗鷺滿池塘。

秋夜抵順義訪縣令張臨川_{懷泗}同年

地曠孤城遠,林荒匹馬經。沙連村月白,山到縣門青。寶劍燈前看,古琴花外聽。幾行竹枝寫,古峽溯空舲。

柬張船山_{問陶}

玉堂散直瓦燈欹,雪緊風淒酒滿卮。零落梅花全不管,閉門偸寫畫眉詩。

懷羅兩峰山人

愁絕一身安,城南蕭寺寒。可憐明月夜,不在故鄉看。竈已茶烟斷,墻初石墨乾。雪中蕉葉好,畫向紙頭難。

張水屋過訪

我愛騎驢客,衝寒過板橋。關心爾何事,言採梅花條。粥鼓雪前落,酒旗林外招。漁郎不相識,指是北山樵。

許秋巖侍御出滇產竹實餉客和蔣礪堂編修韻

我無鳳凰德,愛養梧桐木。綠陰疏曠中,補種數竿竹。蕭蕭微雨來,頗足娛耳目。惟恨饑難驅,對君每捧腹。忽傳秋水閣,開樽聚朋族。帶雪斫湖魚,敲冰煮山鹿。碧蒸酴醾酒,紅煮桃花粥。童子報主人,瓦鼎竹實熟。寄從點蒼山,採自賨簹谷。清虛氣不散,萬里仍相逐。沁入脾肺間,遠勝葰苓服。我病近廿年,拈毫十指縮。桂精不可得,松肪亦已黷。飽此洱海珍,勿藥喜可上。殷勤告先生,霜條分一束。雜植梧門側,清風生謖謖。腐儒計藜藿,豈必尋黃獨。

吳種芝貽詠庶常餉潛山笋

我生嗜食笋,北地少修竹。空參玉板禪,從事每枵腹。梅花紅入庵,松葉綠圍屋。吁嗟寒士胸,原應餐苜蓿。太史憐老饕,籜龍餉一束。清風生徐徐,冷雲來矗矗。滋味淡彌旨,勝彼花豬肉。維笋產江南,晚者潛山麓。來札云:笋產浙江為早,江西次之,潛山最晚,而味特勝。托根較眾殊,一陂烟水獨。物勝自云貴,安論遲與速。冬心老益堅,晚節寒更馥。濯濯春前枝,僅足娛耳目。

送林樾亭喬蔭之任廣寧

先生著作才,今乃為縣令。縣令官不高,而得親百姓。道德有歸宿,文章驗實行。從此斗以南,絃歌聲可聽。君弟職太史,香海前輩。才雄筆姿橫。昔典浙江試,得人稱最盛。至今一瓣香,得其味者正。吳穀人為香海所得士,著《有正味齋集》。君如古時月,相遇無弗鏡。才技

一一呈，我爲多士請。湯湯端溪水，對之心不競。端人近可求，端石安足慶。<small>端溪隸茲邑。</small>

冶亭侍郎招同翁覃溪先生平寬夫<small>恕</small>宮詹、余秋室<small>集</small>中允、吳穀人編修、文芝巖洗馬集石經堂觀歐陽公所藏南唐官硯

<small>硯背鐫字云：此硯用之二十年矣。當南唐有國時，於歙州造研。務選工之善者，命以九品之服，有俸廩之給，號硯務官。歲爲官造硯有數，其研四方而平淺者，官研也，其石尤精，製作亦不類今工之侈窳。此硯得自今王舍人原叔，原叔家不知爲佳研也，兒子輩棄置之。余初得之亦不知爲南唐物，近有江南人季老者見之，淒然曰："此故國物也。"因具道其所以然，遂始寶惜之。其貶夷陵也，折其一角。皇佑三年辛卯，龍圖閣直學士歐陽修記。</small>

龍尾山頭石髓裂，鴛鴦寺主風情絕。歙州自有李少微，二十六峰秋欲歇。澄心堂紙製作精，研務新銜奉勅行。芙蓉溪上遂多事，研背猶鐫歐史記。一旦江南不能有，金葉格書全覆瓿。民間爭買鋪殿花，宣城散盡諸葛尋。此硯曾否供御前，飄零轉從隨風烟。龍圖學士歐陽子，畫舫齋中棄幾年。琴臺金石皆爲傳，六一中間無此硯。夷陵回首記摧殘，數行銘字餘深眷。秋聲賦罷一燈紅，五代遺文點竄中。少年畫荻悲孤賤，文起昌黎硯有功。東峨侍郎喜文字，雅負廬陵集古志。神物況有天相之，昨夜六丁攫而至。石經堂上快收藏，他日還携政事堂。寫我國家大制誥，位爾糺縵星雲旁。吁嗟萬物各有主，磨墨磨人兩辛苦。不逢真識物不奇，土蝕苔侵等甓瓿。皇祐年中始見珍，後來閱歷幾何人。不登著錄身無藉，埋沒人間八百春。

王春堂_墉效力樞曹耽文墨示秋林諸詩且委贄焉喜而賦贈

詩非以力求，厥理由境悟。王子美才略，讀書識時務。雖嘗事戎馬，兜鍪非所慕。世間豪俠兒，輕喜復易怒。動言挾刀筆，磨盾草露布。血氣安可恃，道心貴有素。西風起秋園，新涼散庭樹。覽物感榮悴，撫膺審去住。石氣冒雲生，天光出林晤。髭斷定數莖，缽催凡幾度。耳聞黃葉聲，目見青山路。寄語此中人，莫爲烟霞誤。

歲暮瑤華道人貽詩至次韻

歲暮人事繁，而我甘淡泊。惟此文字緣，不能遽擯却。辱承清芬襲，素心欣有託。梅花明月村，柳樹春風郭。我蓄無絃琴，終年弗手菩。厥德自愔愔，相與慰寂寞。忽遇仙客至，爲我一再搏。草出感秋氣，細響殊可怍。自聽鸞鳳聲，塞儉境忽拓。

門前淨業湖，春風已吹綠。時把青竹竿，鯉魚一尺足。白鷗不避人，自向沙邊浴。年年二三月，桃花紅過屋。對此詩不工，無乃湖之辱。因寫溪橋圖，予舊有《溪橋詩思圖》。當作清異錄。雖已得大凡，要未滿所欲。擲筆向天外，萬象入冥矚。柴門了無涉，爲湖洗塵俗。

存素堂詩初集錄存卷五

甲寅

題　　畫

頹陽艷寒綠，長江渺孤艇。白雲濕不飛，但掠秋兼頂。萬樹青插天，一帆迅於馬。借問烟波中，何如蘆簾下。

伊雲林_{朝棟}光祿梅花書屋落成

氣味苟不合，相對若無有。所以古梅花，與世多不偶。惟遇讀書客，託心乃永久。清風忽然來，明月落吾手。茫茫空山中，將與古人友。攀條雪滿衣，掃花苔上帚。秋巖雲自飛，柴門鶴孤守。先生謝簪紱，吟哦未絕口。舉盞問梅花，我詩花知否。

楊先生作詩龕圖，筆墨超雋，恍置余江村烟水間，題三絕句

春風江上來，吹我畫中住。不必真似我，乃得我之趣。

有山便不孤,有竹便不俗。三日不開門,春雨一湖綠。

雲隱打魚船,橋通買酒路。桃花隨意紅,何必一千樹。

題江秋史侍御詩龕圖有序

憶乙巳歲,秋史爲作《詩龕圖》,且曰:"此筆前人筆,一時落墨,頗有興會。子耽幽務閒,不妨以身就畫。"余感其意,藏諸篋笥,今十年矣。秋史物化,展玩遺跡,不勝人琴之感,憮然賦詩。

詩出我胸中,而來天地外。但弗行迹求,自然遠塵壒。山音激水音,竹籟出松籟。侍御固靜者,悠然與此會。取境託幽閒,繁褥都刪汰。意得遂相忘,不似亦無害。如何優曇花,頃刻現芳藹。又令海上仙,人間施狡獪。

人死畫不死,畫比人長久。當共下筆時,此意何嘗有。始知一藝精,即可名山壽。侍御死猶生,精神能不朽。懸我虛堂中,夜半寒溪吼。巖竹簌簌香,林鳥怡怡友。就水拾殘花,水流香在手。何必待春風,綠我門前柳。

正月晦日周東屛興岱閣學招同戴可亭均元德厚圃宋小坡澍三侍御洪書舟其紳比部小集寓齋

高雲薄寒斂,微雨春樹沐。凍釋東園花,綠展南簷竹。心閒道同遠,官清筆不縟。何必明月來,始能照幽獨。

畫　　松

我聞山中人，年年採琥珀。白雲不上天，往往成怪石。鳥鳴谷轉幽，水流澗空碧。松花深一尺，春閒泰時迹。

趙味辛懷玉移居古藤書屋

同在春風中，物各有所託。人事難預期，自開還自落。昕茲古藤樹，轉眼判今昨。憶昔詩酒盛，名士此開閣。清宵明月上，長夜高歌作。聚散本無常，萬事等秋籥。獨羨此藤花，不愁霜雪惡。更賴賢主人，爲花與僮約。柔枝切勿傷，疏枝緩厥縛。盎然元氣足，精光四照灼。晨霞絢東嶺，夕雲下北郭。舍人研丹砂，自來花下酌。借問海上居，可識此中樂。

新　城　道　中

獨鹿山前過，一牛雲外耕。日暄花氣重，風曳柳條輕。望遠春愁黯，臨流塵夢清。溪橋已陳迹，客尚說新城。

盧　溝　橋

車驅拱極城，西來水聲大。黃沙捲紫塞，萬古此激汰。東來料峭風，漫空起埃壒。橋南一鉤月，宛轉浴寒瀨。碧松古廟中，紅杏春山外。入店漫沽酒，先自解襟帶。勞勞塵網羈，奔走多無奈。往者掩黃壚，來者樹丹旆。幾輩支全局，賢傑原可賴。

房山道中

房山美在中,如何以貌取。塵沙既滿目,石寶未由覿。瞥見芙蓉花,風中自吞吐。青紫渺無定,濃纖皆可數。林空散佛香,巖靜滴天乳。何日棲盤陀,飽聽玉塘雨。

丁家窪

恍御雲霞行,失足墮寒翠。鳥飛不能上,回翔日西墜。却聞林外鐘,飄來水南寺。怪問賣菜翁,春雪尚滿地。村晴有幾日,杏花紅下睡。

羊頭岡訪高尚書墓

餓鷗作鬼號,野狐遇人立。不見牧羊者,群羊散原隰。松風送月高,石氣上衣濕。殘碑何處尋,雲磴幾千級。

楊青驛

水南烟自飛,水北雪仍在。我來楊青驛,寒條倚磊嵬。漁翁堤上歸,煮酒沙月待。去年秋水漲,魚價增一倍。日卧蒹葭霜,坐令老夫怠。今歲春較遲,山容凍未改。竹竿長把手,卧石吾何悔。

桃花口望西淀

春山無遠近,到處皆桃花。携酒坐花間,醉眼空天葩。昨晚樓上月,蕩漾天邊霞。畫手苦描摹,真意安能加。萬緑濃一村,寫出漁翁家。魚網曬斜陽,但響烟中叉。醉飽了餘生,誰復桃源誇。

海 光 寺

春雨散林塘,寒烟積城郭。海雲帶初日,川緑上佛閣。時際洋船至,金錢恣揮霍。都由性命輕,遂致家室薄。深夜聽鐘磬,旅客感飄泊。行行水東西,轉轉花開落。

丁 字 沽

幽窈丁字沽,烟水一川足。南樓艷綺羅,北館繁箏筑。幽人閉柴扉,春草滿庭緑。却煩賣書客,登堂奇字鬻。正愁旅費艱,看竹漫食肉。萬卷且貯胸,不啜桃花粥。

水 西 莊

揚州玲瓏館,天津水西莊。風流綿百年,朋友來遠方。我聞顧阿瑛,上築玉山堂。彈箏復摘阮,轉眼荆榛場。查氏子孫賢,桃李春風長。飲酒更讀書,瀟灑江湖忘。

普 度 庵

我方棲雲堂,徹夜聽松濤。山中鐘磬喧,水外星辰高。白鴿棲香花,黃犢犁東皋。進退各有時,行藏隨所遭。空廊覆殘日,僧約看山桃。

黃村道中

沙痕映黃日,杏花紅一半。柳根臥斷橋,春水嚙不爛。江南載酒船,昨宵已抵岸。老翁賒殘酒,坐聽幽禽喚。魚蝦散晚市,微風腥過閈。村女剛十齡,客來學執爨。

自楊村至蔡村堤行

江湖路渺茫,烟雨昏入夢。津淀十日宿,河聲千里送。出網活鯉魚,春雪不能凍。羹湯水鄉便,酒至飲須痛。

黃花店

菊素盛南方,北地近繁衍。此花性孤冷,野處乃稱善。高堂廣廈間,無乃傷裁剪。古店當春時,荒涼秋色昞。數枝桃杏花,烟水寄深淺。誰知爛漫開,已上幽棲選。何必定東籬,醉吟謝纓冕。

桐柏村

一桐值五金,一柏值千錢。居民鬻斗糧,不能一樹遷。想昔豪富家,闢地修林泉。適以佳木名,千古思風烟。不聞麥黍豐,三年餘一年。騎鶴上揚州,爭以鞭烏犍。

王葑亭給諫邀遊二閘兩峰山人作春泛圖

船行春水中,人在青天上。微雨適然來,野懷殊逸曠。憶昔田侍郎,曾此扁舟放。寫作秋泛圖,一時誇跌巖。黃門老詩伯,乃與山薑抗。勝日選良侶,涼雲入佳釀。長纜青驢牽,短蓬白鷗颺。兩岸紅桃花,逶迤灑人向。江南老畫師,不甘前事讓。潑墨猶未終,春波一紙漾。

送許秋巖太守之官江南

維天眷有才,鉅細必徧試。翰林清要領,御史風憲異。下馬書千言,上馬馳萬彎。中間持玉尺,得士胥英異。卓卓曾實谷,與王,蔚亭。文章兼政事。此去江以南,先生釣遊地。某花種某園,某詩寫某寺。暇玩古風月,静究今幣利。作孝即作忠,尊甫曾落江南令牧三十年。是仙而是吏。負笈訪隱君,倉山時一至。清風生竹篠,白水澹荷芰。定有春空雲,染君衣上翠。

題秦端崖司業寒梅著花未詩意卷子

天下愛梅人,不止君與我。看詩如看花,而我關心頗。君昔宿孤山,萬花開帖妥。自入春明城,縞衣失婀娜。相逢瓦盆下,凍紅三兩朵。月上山館不,鶴守柴門可。林風昨夜吹,送到江頭舸。暗香著何處,寒雲空淡沱。但憑筆底春,寫出一枝嚲。遂令孤潔士,見花增磊砢。彌勒龕許同,余亦有《寒林圖》。維摩禪未果。我願掃古苔,就公石邊坐。

余兩莅太學皆遇雨乞夢禪居士作槐雨圖

前度入槐門,涼雨濕衫袖。今來雨復然,綠雲忽奔溜。甘霖潤廣除,清風散永晝。落花染地黃,不見古苔繡。荏苒十三年,蒼條仍鬱茂。而我鬓髮鬖，生徒謁非舊。光陰不可挽，曩哲何由觀。煩君寫作圖，懸置詩龕右。老梧生陰森，斜竹增逸秀。引取天河水，滌我生平陋。倘有笙簧音，玪琮紙上奏。

送張水屋州判入蜀

秋雨不可止，一尊催客行。聽猿過巫峽，策蹇下秦城。畫益清蒼色，詩增激楚聲。出門西向笑，早視此官輕。

題劉松嵐玉磬山房詩後

寫出古今怨，得來天地清。十年偏遠宦，五字獨長城。花滿石溪路，秋寒玉磬聲。梧桐疏雨夜，百感爲君生。

慶亭_{積善}大令出麗川_{奇豐額}中丞乞菊詩册索題即次原韻兼寄中丞

兩家秋興託吟箋，野菊移來老圃邊。晚節香多開府日，清詞寫滿大羅天。憶陪鷗侶剛三月，遲聽鶯聲更十年。己丑歲二月，余肄業咸安官學，中丞時亦肄業官學，旋即登第。風雨滿城花自好，看花人那似從前。

舊事商量不繫舟，新詩吟徧五湖秋。青山送客原佳話，白髮歸田郎素侯。大令林下已六七年矣，日以彈琴養菊爲娛。我輩詩因知己作，此花天爲使君留。吳門不比陶彭澤，二月春風滿甕頭。

龍潭

龍潭深不測，清絕翠微端。孤月有時白，西風今日寒。猿吟秋葉破，鹿飲石泉乾。忽報前村雨，樵夫雲外看。

蘆中

霜兼林葉下，山裏乍寒天。僧臥青松底，余愁碧草先。鸕鶿争日氣，蝙蝠避秋烟。莫漫稱漁父，蘆中乏酒錢。

夕坐

一夕塔鈴語，澹雲生石根。衣衫秋綠重，燈火月黃昏。孤雁辭烟渚，寒蛩泣壁門。斷霞天外墜，無數暮鴉翻。

紅螺山

秋影隨長川，飛來短几前。人從雲外立，樓向水中懸。風打磬聲碎，月移幡影偏。老僧甘寂寞，抱石日高眠。

老君堂

秋雨響紛紛，烟中路不分。鐘聲自天落，人語隔溪聞。石氣肥山藥，泉香冷澗芹。道人年八十，日踏嶺頭雲。

水　南

　　一片秋山影，風吹落水南。擬從綠松頂，小築白雲庵。天與林泉福，僧將藜藿甘。蒲團雖不大，塵世擾何堪。

乙卯

再會己亥同年於陶然亭重刊齒錄

　　應舉仕宦初，結契文章本。遭逢勢難齊，風義要無損。浮雲身聚散，聽雨意肫懇。昔年忝同薦，著籍列近遠。桂枝分東堂，蘭臭合九畹。前歲始爲會，僅一共餐飯。詔恩重開科，射策來蓬苑。看花及此時，芳春未畹晚。

　　人生取卿相，一笑尋常事。讀書諒有爲，諸君各何志。謂不負科名，區區豈文字。進士盛有唐，寥落登科記。考亭與信國，遺冊居然識。悠悠思古情，臨風屢延企。願保松柏心，莫渝金石意。名姓共流傳，千秋吾有寄。

　　勝託在目前，物態皆無有。亭皋鳥鳴歇，林薄花開久。新雨年添苔，疏雲不遮柳。風光果無私，得失偶先後。濟濟諸賢豪，心事期不朽。出者瑞巖廊，處亦樂田畝。用舍皆有真，孔顏兩無負。陶然復陶然，飲此杯中酒。

　　好風吹春來，綠我庭前樹。世壽鮮百年，嘉會能幾度。方員舉鴻鵠,浩蕩盟鷗鷺。性分誠不同,各自有旨趣。郊亭設尊罍,肴核但樸素。古人尚真率,此意知弗誤。情話接新懽,賦詩答良晤。山色忽蒼然,歸鴉噪日暮。

題毛心浦大令詩後兼寄洪稚存、武虛谷

官清那得更詩清,好句真疑欬唾成。自是神仙施狡獪,天風吹下玉琴聲。

山外桃花花外山,大令遊山近句。在官詎比在山閒。却緣訪問溪頭雨,貪傍春雲不肯還。

黔南謂稚存。趙北詩編集,愧我秋蟲嗣響難。差喜槐門無筒事,摩挲鎮日石經看。

文章原足擅千秋,華髮星星老未休。才子洛中誰比數,宋黃州後武青州。虛谷官博山令。

送胡果泉克家同年觀察惠潮

庚子捷春官,君時年最少。西曹十六載,明刑以弼教。昨歲典秋試,文星炳粤嶠。波偃止水平,翳鷗白日耀。今際榴花開,復膺五雲詔。天南皆嚴疆,惠潮屬海徼。重農兼重商,治民先治盜。書生識大計,凡事持體要。仍若操文衡,濃淡均可好。嗜欲苟不偏,萬物胥受照。惟其是而已,何必一一校。相感有性天,毋徒飾刑貌。彼哉詭與異,又貴亟攻剽。在文曰不醇,在人曰不肖。君今去萬里,何言堪慰勞。政事吾未嫻,請以文章告。

夢禪居士爲煦齋太史寫 "山雨欲來風滿樓"詩意

萬象不可測,況乃風雨妙。筆摻造化權,摹寫一一到。江嵐腕底奔,林烟空際繞。此時人無聲,但有哀猿叫。誰令出峽船,泊此蘆磧釣。倏忽又飛去,茫茫雲一嶠。高梧青欲浮,涼松綠可拗。亟收樽與罍,恐取蛟龍鬧。

贈郭祥伯_麐

君從山中來,踏破槐花影。掃榻城西偏,蕭然塵事屛。思君不能見,使我心耿耿。青衫逐隊來,飄泊如浮梗。兩試皆拔幟,橋門裏蹄駸。知人古所難,得君吾其幸。勉旃閉廬臥,無事廣造請。眠早食宜飽,讀書隨意領。清齋玩明月,北地防秋冷。

贈蔣伯生_{因培}

汶上多隱居,君胡此築宅。無乃東海波,激昂壯懷適。泰山復嵯峨,且晚雲生席。妙筆借發揮,奇情天與闢。摩挲石鼓罷,坐我秋堂夕。詩成寫贈我,字映梧門碧。君家浄業湖,蓮花一水隔。若欲作主人,我是樓中客。_{文肅公賜第在浄業湖側,與敝廬最近。}

題李墨莊_{鼎元}編修登岱詩後

吾慕古仙人,不在年壽永。愛其意所到,九宇烟霞騁。先生住蓬山,遐心時一逞。快兹泰嶽遊,涉想即成境。長松青接天,圓日紅匪嶺。履險氣乃攝，憑虛心自冷。身在雲中行，不見雲之影。出雲視萬物，歷歷眼前景。非綠託跡高，祇是回頭猛。金銀十二樓，縹緲現俄頃。何必峨眉巔，始有蓮花并。

太學示諸生四首

吾聞古太學，賢才國攸賴。方今天子聖，坐致四方泰。湖海來群英，橋門集藹藹。鼓篋談詩書，登壇搴旗斾。更願諸學人，努力求遠大。功名天所與，急近乃有害。道德須彌中，文章僅彪外。秋水南華篇，孔門所激汰。

富貴與貧賤，流水浮雲比。我還讀我書，人情本天理。既虞見異遷，尤戒畏難止。苟欲歷九州，必自鄉閭始。苟欲登太山，必自平地起。百穀秋乃成，真仙劫不死。西風撼庭樹，落葉不能已。松柏何青蒼，君子求諸已。

我昔官司業，行年未三十。今更越十年，一事鮮成立。復忝祭酒職，感極每於邑。惟持一寸心，因時為緩急。矩方而規圓，其權非我執。春風雖無私，安得人人給。倘有災眚生，能弗藥石及。揆諸醫者情，豈不願寧輯。

辟廱媲周鎬，制邁虞夏殷。蒼石甃古臺，白水滋香芹。好鳥時復鳴，喈喈樂其群。徘徊堂廡下，碑影明秋曛。磊落字勢恢，御墨霏氤氳。苔花不能蝕，古殿停風雲。諸生事校勘，名山搜典墳。亟持筆札來，錄此天上文。

畫眉山

朝行紅石口,暮宿畫眉山。屋向花中起,峰從水外彎。日斜牛自返,風定燕初還。禪板全無用,塵緣已盡刪。

再題槐雨圖

花黄舉子忙,弱歲熟此語。奮志就功業,慷慨誰能禦。趨蹌禮樂堂,頗能辨宫吕。慚乏時雨化,進旅復退旅。十年感今昔,萬樹成儕侶。柯聳雲裔高,葉繁露華湑。汝緑尚依然,吾鬢不如汝。

舊雨亦已遠,新雨何其殷。不見午陰清,但覺榮欣欣。散之浩蕩風,護以糺縵雲。高岡生梧桐,泮水采藻芹。物尚貴擇地,士寧昧樂群。歲月惜荏苒,學殖期精勤。煌煌説經字,上媲唐虞文。潛心事紬繹,勉矣聞所聞。

柬方葆崖鹽使

有才不擇官,隨事見經理。鹽官民生繫,衣食胥賴此。所難使者廉,君清已如水。清則恐其激,持平斯爲美。爲政苟閒暇,何必海鷗比。退衙釋巾舃,選地種菊杞。彈琴山月上,把酒池風起。世方待舟楫,勿僅飭簠簋。吾聞畿輔民,望君如歲矣。

傳籑吟爲蔣最峰和賦

敗葉西風裏,何人手澤尋。秋堂數行字,孝子百年心。湖海功名薄,文章寄託深。傳家此長物,一筆抵千金。

擅袖對風雨,十年天上書。<small>湘帆老人寫經十二年乃卒業,書今歸天上矣</small>。至今賸殘墨,猶得伴秋廬。湘浦帆曾掛,槐堂夢又疏。徘徊石經畔,校字獨慚余。

送郭祥伯罷京兆試歸里

文章事剽竊,漸致士習壞。理足必氣充,雖肆而不怪。君才雄江漢,渾灝窮九派。滌筆橋門水,側帽槐花廨。坐使風檐下,別開一境界。如何衝霄翮,翻致羽毛鎩。豪傑要有真,未可論成敗。載書歸山中,梅花開滿砦。行當野雲共,醉輒明月拜。造句敵騷問,毋僅寫凋瘵。梅花倘有知,必不笑君憊。

題蔣伯生胥江雅集圖後叩送其歸里

浮榮不可慕,真賞乃千古。若君抱至性,成敗何足數。此去梅花開,重聽胥江艣。徒倚寒碧中,但有猿鶴伍。一笑吹玉笛,未許吟太苦。明歲春風生,綠滿垂楊浦。跨驢入長安,爲我賦石鼓。

汪刺史<small>本直</small>修元遺山墓俾
其後人耕讀墓側詩以紀事

嘗讀金源詩,三復中州集。知人兼論世,不徒肄業及。維時風雅衰,滄海橫流急。遺山乃崛起,身障狂瀾立。我欲拜公靈,臨風一涕泣。

峨峨五花墳,榛莽掩碣石。初或亦已遠,何從訊遺跡。卓哉賢刺史,力衍詩人澤。幽泉發古香,荒苔散寒碧。至今野史亭,猶有讀書客。

薄田三十畝,茅屋八九間。荷鋤徂南陌,紅日暄東山。野草茁芃芃,好鳥鳴關關。時有吟嘯聲,樂此農力間。更當候明月,伴客松堂還。先生倘有知,應破鏡中顏。_{用遺山詩句。}

題元明人畫卷

黃子久春林遠岫

七十老人畫林岫,筆不落紙力已透。東風吹綠南湖波,搖搖萬葉春烟多。詩翁吟嘯在茅屋,山色隔墙動幽矚。心閒物障消已空,坐我寒翠溟濛中。桃花萬點曠初日,清磬分明花裏出。驚起林鴉無數飛,青山一髻閒雲歸。

王叔明花溪漁隱

雙橋柳絮邊,一水桃花外。燕子故飛飛,去來認寒瀨。_{文五峰臨幅自題有"柳絮桃花燕子飛"句。}老漁坐終日,臨流若有會。得魚固足喜,不得亦無害。水氣雜花氣,濛濛春雨大。炊烟澹沱中,那容著塵壒。白髮任蕭疏,一生不冠帶。

倪元鎮漁莊秋色

秋氣蕭然入筆墨,荻敗蘆荒都有色。三家五家楊柳國,水烟阻人行不得。短篷搖曳日西昃,鯉魚風起雲沙黑。老樹空崖自欹側,茅亭路遠黃葉塞。昨日溪南今溪北,日日捕魚誰之力。

陳惟允溪山秋霽

萬葉共一綠,暗秋生晚晴。時聞松樹梢,兩滴三兩聲。此時溪上人,豁然塵慮清。虹渴飲投澗,鷗涼飛近城。煮笋謀山妻,捕鯉煩漁兄。江湖自有樂,何事希簪纓。

王孟端湖山佳趣

有水便可樂,六月溪風寒草閣。有山便可住,種花十年便成樹。蘆芽笋芽俱入餐,竹葉松葉聲不乾。鎮日江頭把一竿,得魚賣錢婦子歡。睡醒忽見桃花開,冒雨倘有詩人來,莫教踏損門前苔。

沈石田柳州烟艇

山齋臥十年,夜夜看松月。孤艇野風吹,柳塘山雨歇。水綠涼上衣,清欲濯毛髮。回頭前路失,一村出林樾。

唐子畏水亭午翠

荒園究難居,自是水亭好。幽軒春睡足,極目憐芳草。想當昨夜雨,前村得氣早。午陽未落地,衆綠接晴昊。天光何處尋,松陰不可掃。選石素琴張,泠泠寫幽抱。

文徵仲郭西閒泛

鵝鴨隊隊穿葭葦,酒琖琴囊載船尾。打篙直欲凌滄波,世上閒人能有幾。斜陽紅斂山影明,雨聲初斷聞蟬聲。白雲與客同蕭散,飄飄隨過前溪行。擲筆忽然向天笑,此生只合老耕釣。老來轉欲乞丹砂,誤我一官是待詔。

陳白石烟巒疊嶂

看去千重萬重複,中却有起兼有伏。山人日高睡已熟,解衣磨墨寫山谷。突兀萬朵青芙蓉,磊磊落落毫端逢。幽居合在雲深處,手攜黃精與紅蕷,寒梅著花吾欲去。

錢叔寶溪山深秀

石笋參差平地起,蒲汀尾抱寒沙觜。短篷支起隨意看,朝山青更暮山紫。道人入山苦不深,棠梨花下眠春陰。粉粉白鳥橫江去,誰借禪堂撫石琴。

陸叔平溪山餘靄

歸鳥翔夕陽,涼蟬噪高樹。濕烟略彴斷,古苔磴碣護。言採溪上花,不辨山中路。樵子踏雲去,老僧倚橋住。但冀餐雲霞,詎惜冒風露。歸來坐茅屋,默憶足幽趣。

觀蔣最峰學正畫竹

世之畫竹人,但求與竹肖。蔣侯識竹性,取神不取貌。平居究六法,鑿破混沌竅。秋堂幽思騁,酒酣忽犬叫。墨瀋染巾衫,水烟動危阶。掃去槎枒痕,獨留孤月照。放筆出所有,何曾炫奇妙。觀者詫為異,蔣侯初不料。狂呼巨觥來,解衣發長嘯。我謂先生醉,蔣侯啞然笑。

存素堂詩初集錄存卷六

丙辰

題隨園梅花册用張船山檢討韻

風雪夜來多，携酒向何處。山空不見人，梅花七百樹。

李載園符清明府札來索題集前詩偶不記憶爲重賦此

我詩如敗葉，一任西風掃。君詩如幽蘭，亭亭出秋草。寧復重我言，只爲結交早。神交二十年，把臂輒傾倒。此中有性情，非止敦文藻。羅浮風雨幻，江水助深浩。但恐梅花孤，不愁明月老。大筆日抒寫，奇情天創造。鞍馬適壯懷，山川豁幽抱。我謂此餘事，不必過搜討。儒生負經濟，民心待浴澡。浮譽謝苟盡，蒼生命胥保。治民如治詩，官好勝歲好。堂上有絃歌，田間無旱澇。衍作太平謠，郵筒遞新藁。

送王惕甫歸里就官廣文

本是還鄉客,今成去國人。鷗波隨處好,燕壘隔年春。書畫一船滿,雲山十載新。兒童驚問訊,可是宰官身。

芳草堂前路,春風曳履來。花開親掃徑,月上對銜杯。句法商量熟,鐘聲斷續催。禁城閉魚鑰,往往趁燈回。

拂檻櫻桃熟,堆盤苜蓿香。青山買難必,紙帳睡何妨。心早看雲淡,身偏作字忙。不須居廡下,琴瑟久徜徉。

修竹讀書畫扇

人可一生不食肉,不可一日不見竹。人可一生不作官,不可一日書不看。綠雲蒲院風兼雨,來無今人往無古。吁嗟乎!有書便是福,有竹便非俗,君不見蘇東坡、黃山谷。

村　行

沽酒杏花西,寒鴉花上棲。夕陽剛轉樹,新漲已平堤。樵斧雲中響,酒旗風外低。牧童勸余歇,前路總春泥。

魏春松比部示西苑校書諸詩

讀書不讀律,有得必有失。讀律不讀書,千密必一疏。魏侯早歲工詞翰,大筆淋漓萬言貫。中年服政官秋曹,白雲堂上揮霜毫。天子雠書選仙吏，宰臣知君識奇字。文章政事一身兼，校字心同校事嚴。樓臺姽嫿雲霞麗，宮漏出花秋雨霽。梧桐樹下掃葉勤，楊柳堤邊敲韻細。我亦文淵校字曾，墨花點紙似秋蠅。蓬瀛舊侶今誰在，展卷懷人剪竹燈。丁未歲，余奉命校書文淵閣，同几硯者爲王詒堂、劉青垣、平寬夫、瑞芝軒、潘蘭公諸前輩。今或沒或在外，惟陸璞堂同年現官京師耳。

曾賓谷運使寄《邗上題襟集》至

梅花隔嶺紅，明月滿城白。清齋闃無事，三兩山中客。詩本心志和，酒乃民物澤。使君曠達流，搖筆詞絡繹。諸子出所長，而皆與道適。閒雲高樹招，好風修竹借。時聞幽泉聲，淙淙漱寒石。展卷猶未終，已覺我心獲。天末望故人，何以慰今夕。

昔歲居灤陽，說詩入山廟。古殿滅燈火，但有孤月照。果落任狐攀，鐘斷聞鬼嘯。吟哦松樹下，得句輒狂叫。爾時惟任誕，了不知其妙。歲月弦上矢，風雨催年少。良朋悵雲散，更誰識古調。定知雪舫開，此意君熟料。或可借尺素，千里接言笑。

柬雨窗阿林保運使

松與柏同性，蘭與蕙同味。葆沖空谷中，不受春風媚。使君抱古艷，翛然淡名位。胸貯武林雲，夢繞明湖翠。坐使漁樵流，不知公卿貴。海内懷才人，視君若大被。饑寒與痛癢，一一俾暢遂。顧君識見真，不容匪材廁。齒頰忽矜許，詩篇遙委寄。濯濯秋蓮花，烟水不能漬。知君蓄德深，慚我望道未。後會卜真率，前言託遊戲。

送桂未谷馥出宰滇南

　　我不解作書，辛苦講點畫。我不嗜飲酒，淹留奉觴醳。劉孝綽句。往往賢豪交，把臂輒懽懌。泰山氣瀹瀹，夫君才奕奕。軒昂一枝筆，奔走半生役。醉墨尤淋漓，興酣道大適。勢奪與利取，乃不受促迫。遂令廣文氈，坐老東魯客。草荒蝶亦寒，松矮鶴常瘠。白髮今蕭蕭，一官仍困戹。夜即萬餘里，烟瘴幾重隔。造物或忌才，私心頗愛惜。夫君曰不然，我有治民策。身外寡所求，身內多所獲。民安即我安，陶然百憂釋。況復此鄉里，前賢留手迹。荒榛敗棘中，於茲訪金石。舉杯天地寬，揮毫風雨劇。當有問字人，負笈拜前席。

送吴山尊鼒孝廉之山左

　　古藻據今情，奇文達至理。造物不言妙，君乃攝諸指。我有梧門圖，物外託微旨。人間瑰麗詞，題滿詩龕裏。拳拳一寸心，在彼不在此。曩過宗伯齋，見君畫梅紙。寫梅有我在，不爲梅所使。著語更灑然，梅花得知己。歸來輒相思，花開三度矣。昨歲君入都，公卿多倒屣。蓬門晝常扃，因君時一啓。宗伯開選樓，搜羅極富美。百年盛文物，一代振浮靡。君復識掌故，一一析傳紀。豈惟風雅倡，白山有詩史。先人遺著述，未敢誇桑梓。承君殷檢校，留置烏皮几。暑燈黯淡中，吟哦時未已。寒門寡勛業，傳家或即是。感激何可言，肉骨而生死。君今不得志，讀書返鄉里。瀹瀹泰嶽雲，森森明湖水。十丈秋蓮花，婀娜映日紫。蒲帆應飽曳，蓮花待君子。

贈劉松嵐兼寄吳蘭雪

劉郎詩澹冶,吳生句幽艷。皆我同調人,三年不得見。側聞湘花詞,江南傳寫徧。繡出石溪篇,脫手萬花絢。芳草別江渚,野雲散林旬。晞髮嗟太閒,謂蘭雪。彈琴亦已倦。松嵐久官縣尹。更有梧門客,懷人增眷戀。清風越遼海,澹香吹吳絹。茶烟濕不飛,庭樹綠忽變。依稀寒玉聲,泠泠響清院。又如空谷中,乍覿美人面。芳氣襲衣袂,可佩不可援。瘦吟樓已空,蕙風閣久羨。如何二妙辭,都入湘花卷。惆悵雪中人,低徊潭上讌。壬寅秋,余於積水潭集諸詩人看荷,繪圖分韻,蘭雪詩先就,今舉嘉讌,感觸前遊。藉此欲題襟,笑余誰捧硯。好花能幾枝,明月只一片。照我三人心,拳拳永相念。

七月七日吳穀人前輩招同桂未谷、洪稚存、趙味辛、伊墨卿秉綬、張船山、何蘭士集澄懷園清涼界,時未谷將之永昌

閉門就竹居,深怕接俗客。秋風颯然至,墮階梧葉碧。神仙展芳讌,瓊館敞瑤席。丹曦匿樓角,涼霧覆山脊。繞屋紅蓮花,不辨人行跡。一縷茶烟飛,精廬望猶隔。槐陰破窗補,草香空院積。開軒納衆賓,掃苔坐蒼石。酒氣忽騰雲,墨華灑滿宅。未谷酒酣作書。人生嘉曾難,胡爲悲遠適。百年祇須臾,萬里亦咫尺。身苟與物忘,心不爲形役。蟬噪鷗自閒,烏黑鵠仍白。富貴不可求,歲月要當惜。舉杯問青天,今夕是何夕。

立秋後一日甘西園立獻侍御招王葑亭、謝薌泉、宋雲墅鳴琦金園看殘荷感賦

積雨忽生苔,涼雲不離竹。孤亭倚岸欹,水氣上衣綠。

花開我未來,我來花已落。江南舊酒痕,今日相思各。薌泉在揚州有"酒痕紅到綠楊城"句,葑亭云江南人至今誦之。

扁舟淨業湖,秋夢迢迢遠。水石自清幽,江湖客不返。壬子招諸詩人積水潭小飲,亦立秋後一日也,今多不在。

壬子歲趙味辛舍人出恭毅公世德詩冊五律三首及聞舍人述公出處宦蹟與前說不合改賦此詩

昔讀蒼山文,知公性孤潔。今讀世德詩,知公情懇切。當其撫浙時,俗靡吏復劣。支手整紀網,苞苴咸杜絕。量闊恢滄溟,心清盟白雪。大臣識體要,安得人人悅。湖山看如畫,秉節僅九月。白雲紅樹間,裙屐風流歇。蒼生方待命,歌詠乃不屑。政府旗飄揚,錢塘水鳴咽。舍人公元孫,鄙懷久傾折。十年校秘書,四海交英傑。南宮試屢躓,閉戶安蹇拙。綸綍卜他年,斯言當不滅。項溶原序:我疆我理,茂今日之桑麻;爾公爾侯,卜他年之綸綍。

閒　　居

愧乏濟時術,隱憂何日伸。攤書爲遮眼,愛畫擬藏身。秋竹短於草,野花高過人。漁翁淡名利,江上坐垂綸。

秋雨淨業湖上

一雨便忘暑,況逢池館清。苔香花外寺,雲濕樹邊城。醜石最多致,野鷗偏有情。綠簑何處借,吾意欲躬耕。

秋夕寄懷孫淵如星衍觀察

大廈資梁棟,繁音節鐘鼓。俗敝賴整飭,吏驕貴鎮撫。使君工文章,胸自有千古。花開欣釋襟,松青坐揮麈。豈知偶談笑,悉中民疾苦。世重讀書人,匪直講訓詁。學術溯漢恭,功名念鄒魯。少年品風月,今宜作雷雨。

八月上丁邀馬秋藥履泰、何蘭士、顧容堂王霖、笪經齋立樞、黃宗易恩長、周霽原廷寀、飲胙

躅志拜嘉惠,凜茲非飯餘。先期招故人,坐我秋花廬。肴核戎勿備,義主談笑舒。既剸階下筍,還剪園中蔬。梧桐涼我琴,琅玕青我書。酒闌百蟲響,日落林風疏。誰其志溫飽,聊此聯襟裾。

暮秋孫河道中

誰取豐年景,毫皴入畫圖。泥新紅秫屋,酒益碧紗壺。婦老能驅犢,僧閒看浴鳧。重陽任風雨,不復怕催租。

密雲縣書店壁

白石橋雙控，黃泥屋兩間。柳斜還繫馬，墻矮不遮山。秋夢三年熟，甲寅、乙卯及今連歲宿此。塵心半日閒。田家樂豐稔，未識此巖關。

投宿山村

衰柳掩柴門，人家隔秋水。兩兩紅蜻蜓，飛入蘆花裏。

蒼然暮色來，四望山爲堞。炊烟林際生，童子燒松葉。

疏林隱遠山，秋聲在何處。僧扉夜不扃，白雲自來去。

補題冶亭閬峰聯床聽雨圖後

憶我交二君，今已廿年矣。其間聽雨日，歷歷可僂指。珂聲散玉堂，人稱三學士。趨蹌金馬門，同試銀光紙。聯騎官道邊，鬭韻僧房裏。余與二君同時爲學士，同充日講官，同被詔旨試殿上，同扈蹕行幄。蒼茫望古今，歌哭誓生死。南山㴸㴸雲，東海滔滔水。時勢有不同，人心無彼此。蒼生今待命，請從二君始。

巍巍石經堂，竹榻文南榮。秋花窈窕開，泫然涼露清。同堂坐怡怡，伯唱季也賡。家庭有至樂，不復求友生。方今政事堂，袞袞賢公卿。風雲際會奇，群推君弟兄。聽雨昔年事，作雨今日情。持以澤萬物，勿徒於虛名。吾將聳雙耳，傾聽時雨聲。

爲周齋原題畫

草青晝方永，花開春又至。此中自有詩，不必著一字。

題戴菔塘璐太常籐陰雜記

竹垞久荒圮，籐花今尚存。舊聞春晝續，細字月廊昏。城郭依稀是，詩篇仔細論。烏絲出懷袖，寒綠寫梧門。近採余詩入《雜記》中。

丁巳

送吳穀人侍講南歸

神仙住瀛洲，往來無定所。忽見桃花開，振衣遂霞舉。春湖一片水，布帆許容與。好山新畫圖，老梅舊儔侶。階前且種竹，笋茁美可茹。客來坐綠陰，長夏不受暑。偶當明月上，酒帶露華煮。童子剪蒿萊，野人餽魴鱮。詩成自和樂，事至無齟齬。清貧人所愁，先生但笑語。風跡與雲蹤，何必問出處。

送鮑雅堂之鐘郎中南歸

君自海門來，詩名噪日下。一官三十年，鬱鬱胡爲者。買帆歸故山，孤踪殊瀟灑。從此江南峰，秀色任抒寫。夏雨漲溪花，秋風掃竹瓦。紛紛門外事，與君不相假。吃笋宿禪堂，謀篇入吟社。江鄉大有人，何嫌應求寡。謂王夢樓。

送程也園主事歸歙

獻賦博一官,十年清譽仰。奔走幾萬里,豈敢告軼掌。偶然感小阮,謂蘭翹學士。不禁增淒惘。依依故山雲,旦暮觸夢想。陌上花忽開,檐前雨又響。遐思松檜間,白鶴任來往。物靜塵垢息,心遠天地廣。況有二頃田,晝耕兼夜紡。碧峰容掛笻,翠湖許打槳。但取自怡悅,不受人推獎。

爲程禹山_{虞卿}秀才題鐵侍郎贈詩册後

主司枋文章,舉子往委質。其實性情間,未必如膠漆。所以知己感,不在得與失。程生江南來,投我詩一帙。奇想天外結,逸氣行間出。爲言赴秋試,既獲旋復黜。拳拳念知己,涕泣指天日。細讀侍郎作,情景寫備悉。纏綿萬古思,慘澹一枝筆。寄語獨醒人,春風轉眼疾。冶亭侍郎原作有"天外雲如倦遊客,雨餘花似獨醒人"句云。

題余貞女女貞花篇後

既死文焉用,幽芳寒欲葩。山青骨可葬,雲冷夢無家。思苦詩偏好,燈昏字易斜。梁溪溪上月,猶照女貞花。

題盛明經_本畫竹

才子喜看花,高士愛寫竹。奇氣鬱胸中,磅礡解衣速。當其下筆時,或自嫌老禿。綠雲忽上階,清風已滿屋。懸我窗壁間,薄涼生畫簏。日坐對此君,不願更食肉。請問桃花源,何以貧簹谷。

我不工作書，頗好辨奇字。嘗於點畫間，窺測神所至。熟極自生巧，醇後方能肆。盛生精六法，畫竹有深意。何必着槎枒，秋心一竿寄。掃盡烟墨痕，寫出蕭閒致。不知何處風，吹我入寒翠。

題顏運生_{崇槼}聽泉圖

心定息塵喧，天遠淡秋碧。松風吹滿山，泠泠響白石。獨鳥空潭飛，古苔松墅積。有琴且勿彈，悄然坐深夕。

題運生石門藤塢圖

雲散芙蓉巖，花掩石門路。迷濛不見人，翠濕何年樹。斗覺樵徑風，暗襲衣上露。心跡兩翛然，長願山中住。

黃小松_易別駕自山左寄詩龕圖至

漁洋禪悅圖，畫者禹之鼎。借禪以喻詩，心光百年炯。余雖鈍根人，孤懷託清逈。天風吹紫虛，秋夢忽然醒。見月神契微，聽鐘意深警。此趣只自知，豈敢示公等。黃君寄我畫，落筆殊秀挺。中有我性情，詩龕寫孤影。新篁掩茅屋，夕波動烟艇。他年淨業湖，說詩惠然肯。

雨後蟬聲

爾亦畏炎熱，處高無遠聲。晚風疏雨過，衰柳一枝鳴。久坐躁俱釋，苦吟思忽清。蛙喧青草外，聒耳了無情。

立秋日同人集極樂寺國花堂小飲

世謂富貴人,乃登極樂界。豈知國花堂,我輩足清快。天公知客至,門外秋已屆。菱芰千花開,梧桐一葉敗。夜雨涼驟生,晨曦紅半砦。主賓十六人,性情各有派。或藉木參禪,或對石下拜。聽鐘驅睡魔,沁泉消酒瘵。亂蟬吟入詩,新篁寫作畫。要皆塵外踪,胸中無蒂芥。攀林比飛鳥,翻笑猿猱憊。山果落鏗然,露華斜日曬。飲食取適意,沈湎矧有戒。悠然天地廣,萬物弗吾隘。寫圖告來者,匪以志幽怪。

立秋後三日重遊積水潭

秋水一潭明,秋風五年隔。荷花依舊紅,看荷人非昔。聚散感百端,隙駒當共惜。際此雨初晴,況有同心客。晨曦掠波紅,遠岫壓城碧。入門鷗導人,過橋花作壁。林綠染鬚眉,露香濕巾舃。前詩紗未籠,蒼苔蝕翠石。酒痕尚宛然,黯淡涼陰積。勢位良不齊,所貴取意適。安能逐末流,事事為形役。舉杯便陶然,那復辨殽核。去留勿相強,烟外夕陽迫。坐待秋月朗,三里湖光白。

送顏運生之任興化

維揚好烟水,君去玉琴携。飽看鄭生_燮畫,苦吟任子_{大椿}詩。梅花江上見,明月夢中思。倘肯買書寄,不嫌秋舶遲。

章石樓_{學濂}、郭虛堂_{立誠}兩大令邀同裘可亭_{行簡}比部、沈舫西_崐水部、盛孟巖_{惇崇}侍御、費西塘_{錫章}農部積水潭看荷

芙蓉已自天然好,我比芙蓉更覺閒。難得諸公連騎至,居然此地狎鷗還。花光出水如中酒,秋氣移入不在山。倘許高林佇涼月,寺樓清曠儘追攀。

高槐疏柳萬蟬聲,五載重經讀舊盟。_{壬子秋曾集此。}棋劫敲殘涼夢醒,絃歌聽罷暮愁生。雨添秋水綠三里,雲掩夕陽紅半城。明歲荷花應更好,不知誰抱惜花情。

柬盛甫山_{惇大}舍人灤陽乞作詩龕圖

君今住山中,青山障如畫。欲乞君畫之,恐積隔年債。花間展君詩,_{積水潭孟巖示余。}清風故人屆。晝長筆札閒,旅館意不敗。我屋曰詩龕,秋陰綠滿砌。煩君寫作圖,無事論宗派。梧高竹要疏,門徑不妨隘。小花爭暄妍,老石恣幽怪。但過彷西來,別開一境界。月明松樹街,有客焚香拜。

賈秀齋_松秋日過訪

門徑半秋草,江湖多故人。來尋碧梧徑,同是白雲身。蟄語浩安託,鶴聲清有隣。知君負奇氣,未肯混風塵。

旨趣有同異,性情無古今。百年誰作者,一代幾知音。雲止樹間

綠,雨空塵外心。君如烟棹待,吾欲訪秋岑。

有客二章寄懷吳竹橋_{蔚光}

比來長安中,六月熱可怕。官閒早閉門,尚易消炎夏。所苦居近市,塵鞅不能謝。盥誦江南書,微言何蘊藉。寄情杳隱淪,北窗娛清暇。青山與白雲,欲買愁無價。妙哉君善忘,意得形輒化。墻東月初上,有客訪中夜。謂子瀟孝廉。

心安理自得,中熨無外疴。君性江湖宜,翩然寄雲舸。烟篷白雨涼,林屋秋花妥。偶然託吟嘯,詩中必有我。東南名士多,先生人望頗。冬心乃獨抱,自屬霜中筍。春草池塘生,有客西堂坐。謂令弟槐江。

陪鐵冶亭侍郎裴子光_謙編修、何蘭士員外、黄杏江_治主事遊楊月峰_潭主事半畝園,讀壁上菊溪少甫倡和詩用韻

我顛不如米,我迂不如瓚。但聞真率約,輒欲抒悃款。況有良朋招,秋園綠陰滿。轉眼市囂隔,摳衣躡雲館。花依石洞幽,草掩木彴短。老柳折風條,新竹捉霜簳。小雨過復晴,西山翠如盥。涼蟬噪夕陽,塵慮忽焉斷。

五嶽不可遊,雲山識我否。田盤近百里,登臨期屢負。幸茲室則邇,向往矧已久。浮屠謂因緣,吾意託諸偶。適然與之遇,此境遂吾有。月上臺可登,風來樓斯受。見水知魚樂,對松忘鶴守。深思妙趣得,此意不關酒。

外侈内必虧，君子窮本原。曲以致其奧，鬱以養其繁。茲地僅半畝，中有意匠存。頗似老畫師，咫尺千里論。烟嵐各盡態，秋色初無痕。忽聞水激聲，一洗箏琶喧。主人笑拈花，諸客皆無言。歸家三日思，疑入桃花源。

顧晴沙 光旭 觀察選梁溪詩鈔買素齋綜其遺稿爲塚紀以詩

歲暮事祭詩，創始唐賈島。梁溪盛風雅，詩塚誰所造。晴沙開選樓，群材歸斧藻。扶輪仗賈生，文章結永好。惠泉如碧玉，顧山青未掃。烟澄石貌孤，樹霽雲華縞。古人去我遠，心跡何由討。言者心之聲，聞聲或傾倒。嗜好每不同，春榮異冬槁。世人玩珠玉，轉瞬埋秋草。身沒則已焉，智者不能保。茲塚表萬古，神明託有道。九龍峰縈迴，五瀉水環抱。千里渺儔侶，詩龕月出皓。恨弗從勝遊，荷鐘霜林早。

題郎浜溪 汝琛 學正詩册

太行鬱奇氣，詩人多在官。歷指我交遊，往往工詞翰。子自汾水來，名譽滿長安。奉職涖橘門，四門慶彈冠。投我一卷詩，芳襲秋江蘭。高懷謝凡艷，逸情生古歡。繁音與緟響，無從犯筆端。近代吳天章，有此清與寒。詩易得皮毛，得髓良獨難。王溪水湯湯，王屋山盤盤。漁洋讀斯集，合作蓮洋觀。

笪繩齋孝廉寫詩龕圖見貽

閉門緬前哲，頗悉君家事。科名有出盛，矧子過人智。讀書具別裁,下筆擅奇致。萬彙殊高卑,一一工位置。坐我詩龕裏,忽然動幽思。潑墨寫作圖,無乃寄所寄。適然與我合,一笑成遊戲。野湖秋水明,晚花夕陽媚。悠然詩三昧,初不假文字。即以禪喻之,此爲第一義。

金手山_{學蓮}出近著商定

長洲王芑孫,性拙文固醇。狂直與世忤,而我交獨親。金生亦吳產,丰骨秋嶙峋。邂逅意殊洽,屢接情彌真。乾坤有清氣,得者難其人。子乃一枝筆,能掃千丈塵。出之若無意,覽者驚爲神。詭異既弗尚,藹然遊以春。長安居已久,鬱鬱傷賤貧。對酒忽嗚咽,涕淚霑裾巾。語子且勿悲,悲徒損子身。境遇有窮達,士氣無屈伸。苟得一知己,何必干簪紳。矧子所造車,出門途已遵。三復史遷詞,擇言尤雅馴。良材必就範,就範非因循。明歲槐花黃,隨衆來成均。奇字不可用,慎無效郭麐。郭麐亦吳人,乙卯歲兩試成均皆第一,圍中以奇字不售。

曾賓谷轉運寄六月二十一日集平山堂拜歐陽文忠生日詩至

荷花生日君生日,君後歐公七百年。猶是揚州二分月,長留慶曆一堂烟。詩存世上誰知者,官到江南始暢然。不必西溪託漁隱,蕭閒如此即神仙。

自抒懷抱賦秋聲,豪傑何曾不近情。白首難忘四君子,青山獨拜一先生。近世蘇公生日,人多祀之。歐公祀獨闕,君創爲此舉。歲華如水客將老,酒氣上天花自明。從此南豐香一瓣,年年湖閣篆烟縈。

西溪漁隱圖詩爲曾賓谷轉運賦

非有濟世才，難作出世想。西溪足幽棲，高人息塵鞅。終日把一竿，何事複復結網。

童子報春及，溪水門前綠。微雨桃花開，濕紅掩茅屋。月明犬吠聲，往往隔深竹。

雲隱梅花根，扁舟繫何處。寺鐘聽忽闌，前村天已曙。過橋便酒家，雲深不可去。

布帆江上明，青山何日買。陽羨願僅託，鑑湖乞終騃。且自睇烟波，霜天噉肥蟹。

曹定軒前輩招同人集紫雲山房石琢堂_{韞玉}修撰即席有作定軒次韻見示依韻

人趁新涼坐夕暉，蕭蕭梧竹掩雙扉。山光入畫秋先到，酒氣如雲客未歸。鴻爪却教蛛網護，鴉塗還怕雨絲霏。齋中存余舊作甚多，粘壁間者爲風雨剝蝕矣。梅花茅屋分明是，誰寫吾廬寄翠微。馬秋藥爲予題詩龕圖，有"梅花一樹鼻功德，茅屋三間心太平"句，先生愛之，倩余竹西蓽爲圖。

丁巳

送韓鼎臣調上舍回里

韓生擅文事，書法尤軼倫。我凡有著述，不敢輕示人。生常代揮灑，求者情斷斷。我髭斷已屢，生腕傷且頻。送生返故鄉，歷鹿摧車輪。謂生勿促剌，有田何憂貧。荷鋤太行巔，濯纓汾水濱。我將謝浮世，靜坐湖之漘。簑笠行自隨，垂釣蘋花春。聊以自娛樂，何心託隱淪。

余秋室學士許作詩龕圖詩以促之

先生著作家，詩畫其餘事。興到偶揮灑，往往寄所寄。求輒不可得，得者亦甚易。憶我詩龕圖，畫手凡三四。先生性高曠，用筆弗筆使。我家淨業湖，秋水多於地。過橋柳接天，見人鷗不避。清風僻巷多，涼月空庭遲。新竹暗香引，高梧古苔漬。此景隨情生，初不關作意。能澹無弗宜，惟疏乃有致。却恐區中人，詫爲寫山寺。

譚古愚尚忠侍郎招同百菊溪少京兆小飲

高齋蠲塵垢，清風生遠林。勢位雖不同，請觀苔與岑。春花與秋月，輾轉成古今。豈其百蠻語，不如倉庚吟。仁智具天性，山水生吾心。耳目適相合，燦然留色音。譬如空谷中，萬木時蕭森。靜者息群動，獨坐彈玉琴。但取自怡悅，涉世何須深。

大名走卒知，小心秀才儼。撫民既克勤，治家乃尚儉。坐我五簋傍，慚愧苾芬黍。午篆茶烟粗，淡香酒波瀲。長天孤雁翔，秋影涼蟾斂。廉隅方砥礪，光陰傷荏苒。黑白原難淆，瑕瑜詎相掩。先生折菊溪語。願從先生遊，凡事求自慊。

八月二十二日任畏齋承恩提督招同洪稚存編修、何蘭士員外遊山

出門冒涼月，秋色增曠衍。隔樹烟忽深，過橋路已轉。西風閃丹陽，村戶微茫辨。駕馬入林際，巾舄露光泫。主人雅好事，凌晨芳讌展。紅醞經夜溫，綠菘撥霜剪。呼童掃落葉，不許損苔蘚。同志聚處難，良約今始踐。前歲即有遊山之約。歲月不我留，凡事貴黽勉。西山許築廬，及早一庵選。

由南海甸歷青龍橋至寶藏寺 寺原名蒼雪庵

微雨洗氛垢，秋山愈秀整。穿林途徑紆，沿溪村巷永。言過青龍橋，窅然非人境。日睇白湖烟，化作雲萬頃。鞭絲漾樹外，却似孤帆影。我行蒼翠中，健步不能騁。山寺得小憩，午風吹忽冷。因思蒼雪庵，久矣塵事屏。繁華現目前，開窗京城塵市皆見。何事更端請。願與素心人，居高時警省。徒倚清泉旁，斜日下西嶺。

觀　泉

我聞玉泉名，未見玉泉水。何年蒼雪僧，剛自松根裏。白雲一夜飛，秋雨忽然止。居人飲一勺，往往天漿比。朝涵石氣清，暮瀉山光紫。豈知在山時，泠泠清若此。

讀鄂剛烈壁上詩

勛業炳寰宇,心清邃花竹。蕭閒山寺吟,慷慨沙場哭。鄂公負奇略,金石盟幽獨。松青月色寒,悲歌寫成幅。我藏公手蹟,凜凜生氣觸。余藏公手蹟最富,裝成兩鉅軸,名輩多爲題詠。忽睹秋山詩,拂塵拜且讀。清聲石上泉,淡影籬下菊。塵坌不相擾,榮利焉能黷。巖上雲一庵,是公舊修築。

清河道中

綠楊卷西風,紅橋亘東日。車行硌碟響,似間山鳥叱。溝水漾粼粼,林葉鳴瑟瑟。古井甃黃泥,新牆掩青秋。天寒馬益驕,年豐人漸寅。今歲秋霖多,菽豆幸皆實。剢計來春麥,濛濛預可必。農夫向余言,官租納已畢。指點茅檐下,醉叟扶又出。

重宿北石槽農家不寐

雲門石磴激飛泉,行盡陂陀路宛然。老樹相看仍百尺,秋山此別又三年。馬經古道馳驅易,人過中年感慨先。忽聽雞聲叫中夜,破窗殘月影娟娟。

石槽店中同蔣霽園[日綸]童梧岡[鳳三]二先生夜話

石匣峰頭握手親,玉堂舊事話猶新。秋山縱目如看畫,老輩談心勝飲醇。霜裏寒花增氣味,月中孤樹愈精神。人生何事悲離合,雲水同爲無定身。

西涯詩 有序

　　西涯即今之積水潭,在李文正舊宅西,故名,非別業也。余既辨李廣橋之誤,因繪西涯卷子,并摹文正像於幀首。

　　西涯我屢至,未暇考厥名。指爲積水潭,客至如登瀛。今歲看荷花,寫圖紀幽清。賦詩皆勝流,佳話傳春明。茶陵昔賜第,言在西南城。西涯乃別業,下直聊群英。不知公少日,矮屋三五楹。紅燈炯一樓,時聞讀書聲。老臣憂國深,家室心所輕。故宅竟不保,居人凡幾更。慈恩寺遺址,秋夢時迴縈。騎馬見林木,隱隱思生平。

　　路折李公橋,吾廬一水隔。楊柳綠依依,不見李公宅。枯樗亭已穨,清響落林隙。微風散稻田,斜月上松石。菜圃全荒涼,蓮花總幽僻。慘澹經壇花,照人猶深碧。李公社稷臣,杯酒非所適。揮涕白鷗前,散髪秋堂夕。竹林寄餘興,禪房時著屐。偶然出詩句,幽懷感今昔。鰕菜尚難具,平泉安足惜。惟有法華庵,空廊黃葉積。

　　客來訪西涯,扁舟艤湖口。指點城外山,問訊風中柳。我亦沿舊說,溪橋未深剖。看花年復年,鷗鳥笑人否。譬與名士居,不曾辨誰某。一旦識姓氏,翻悔尘失久。快讀西涯詩,西涯胸中有。文章驚一代,眉壽誇十友。翩然神其來,面目落吾手。紵衫與朱履,破櫺僧能守。風流漸銷歇,我恐西涯負。但期隨老漁,烟蓬賣菱藕。

題馮玉圃 培 給諫種竹圖

　　北方風土寒,種竹苦難長。但有一兩竿,已足遠塵坱。所以素心士，晨夕此君想。長安花最繁，先生常悒怏。下直取清暇，西園芝草莽。鶴馴不避人，翩然自來往。時和僮僕嬉，地靜林廬爽。空階雲乍來，小樓月不上。偶受午風吹，似聞秋雨響。何必希渭川，侈言千畝廣。獨立茅檐下，泠碧一天盎。

我亦疏放人，見竹輒心喜。閒階無雜花，秋竿老屋倚。年年五六月，綠陰流迤邐。世方怕炎熱，我意澹如水。惟乏灌溉術，時凜雪霜靡。公具養物心，種竹託言耳。燥濕審厥性，向背定所止。欲使枝葉蕃，必自根本始。功夫積漸加，不可旦暮企。忽聽春雷聲，籜龍一夜起。待時而後動，萬物皆如此。

王夢樓前輩寄詩翰至

我思快雨堂，拳拳三十載。每觀公著作，斐然仰丰采。青山杞菊荒，白髮文章在。清風來敝廬，好句傳湖海。秋堂明月高，字字招悱愷。詩情老更狂，禪心枯未改。畊田固可樂，識字夫何悔。一身比蜉蝣，萬事皆傀儡。久欲叩元關，寄語梅花待。

暮秋懷鮑雅堂郎中

時菊保晚節，高林生薄寒。苔院積眾綠，矧有秋竹竿。東月耿虛牖，南雲停遠巒。賞音既鮮覯，瑤琴姑勿彈。輟酒坐中夜，黃葉聲方乾。

題王春堂家庭話別詩圖

人子不遠遊，遠遊匪得已。出門復入門，妻賢心獨喜。老父身雖健，年逾七十矣。我在汝爲婦，我行汝爲子。泣涕賦成詩，至今留片紙。蔣侯補寫圖，圖爲蔣最峰補畫。流傳并女史。我生幸安樂，足未出鄉里。世間離別苦，不知乃如此。情溢筆墨外，字生毛髮裏。秋燈誦佳句，高樹寒鴉起。

馬秋藥郎中寫山水樹石十二幀見貽

君自寫性靈，何曾借山水。放筆出所得，意初不在紙。及成一境界，世乃歎觀止。低頭矮屋中，攤書不肯起。酒氣破牖去，白雲忽落几。生平與俗齟，會心輒復喜。促迫雖不受，興到烏可已。濛濛江上烟，容與詩龕裏。我亦漁者流，何日扁舟艤。倘許著釣竿，行當舊簑理。

陳伯恭崇本祭酒和余西涯詩次韻

未便茶陵比杜陵，老臣憂國賦詩曾。寺餘竹影僧都散，橋喚蕠光客不膺。鷗鳥無猜今尚在，文章有價爲誰增。舊聞日下重搜徧，敢對新荷證古藤。竹垞檢討《日下舊聞》引西涯事蹟多舛誤，余於看荷時論及之。

茶陵清望勝江陵，樂府新詩得未曾。老屋夜深蟲自語，破巢春入燕初膺。禪堂風雨何人共，詩話江湖幾輩增。城北城南乾竺古，棕鞋草笠一枝藤。

哭汪鹿園如藻觀察

我嗜葆沖詩，令弟雲壑修撰著《葆沖書屋詩》。見詩忘其死。匪竟能忘之，念有先生耳。先生復長逝，我哀烏可已。才大福難備，名存氣不靡。君家舊草堂，尚倚白雲裏。老石跡宛在，尊甫有《厚石齋詩集》，令叔有《桐石草堂詩集》行世。蒼然蘚花紫。年年二三月，綠滿一湖水。莫欹松楸寒，又看春草起。

曾賓谷運使寄題詩龕圖詩至

東風悄然至，綠我門前湖。寒雲勒衰柳，新月橫高梧。詩本在空際，龕又何有乎。但以禪喻之，一證心情孤。所以上乘禪，語言文字無。既落第二義，觸處皆支吾。君詩納衆有，取精遺其粗。眼前詩龕詩，不是詩龕圖。深思乃頓悟，詩龕如是失。

蔣湘帆衡用油紙摹李文正手蹟老人孫仲和珍藏因予有西涯之作重臨一本見貽用文正韻賦詩

蓮花紅到寺西頭，閣老當年結侶遊。萬竹自搖人已散，一鷗還立水偏流。心情祇許清樽侑，風景全憑好句收。料理殘縑真解事，眼前誰葺李公樓。

步楊柳灣尋文正故居君不得憩湖邊諸寺仍用前韻

綠楊尾接碧溪頭，三百年來幾勝遊。落葉聲多鐘不響，夕陽影淡水空流。兒時衫履人都識，老去功名史莫收。故宅有誰感興廢，春風又滿竹還樓。

慶亭大令邀同人看菊聽琴坐客皆有詩，余遲未作，復有魚鹿之惠賦謝

看菊與聽琴，得一即足樂。矧復能兼之，燈昏坐幽閣。夫子豪邁

流，而性極澹泊。十年朱紱棄，五畝秋園拓。天風散素襟，林月踐清約。高寒自矜尚，原不受纏縛。泠泠七條揆，置身恍丘壑。翻想東籬前，無絃果何託。

菊能醫我俗，琴可消我憂。朱輪聘九衢，強顏事公侯。與其爲歡笑，不如無應酬。三日閉門坐，佳趣悠然留。黃虀餘半甕，老饕生薄愁。忽有肥膌貺，七箸春香浮。倘肯携玉琴，登我竹間樓。雖乏傲霜花，盆梅臘雪稠。

蔣最峰指畫

指畫古不傳，傳於近代耳。且園高侍郎，凱亭傳居士。今能兼之者，厥維夢禪子。蔣侯江南來，蕭然挈行李。一樽與一硯，醉輒寫不已。揎袖瞪兩目，憑空出五指。左縈清風生，右拂白雲起。竹青與石翠，紛紛落鳥几。草木在巖壑，被君攬入紙。觀者但眄睞，訝爲鬼神使。我固識道妙，静安由知止。藝成與德成，總弗尚奇詭。萬變主一心，肢臂焉足恃。

戊午

馬秋藥、李石農、伊墨卿訪余不值，見案頭王生<small>堂開</small>文奇賞之喜賦邀三君同作

我宅松樹街，桃柳高於屋。青生籬落間，更有千竿竹。門閒燕自飛，石寒草猶縮。惟有紅白花，無言媚幽獨。主人偶外出，客來皆不速。愛我壁間詩，手捫更口讀。忽覩王生文，三客齊歎服。謂此希世

珍，子當韞諸櫝。我感三客言，心實瓊愧惡。譬如千里馬，不可相皮肉。自世無伯樂，真才困凡目。行當招王生，晨夕詩龕宿。同參文字禪，天風聽謖謖。

章石樓大令招同人小飲

君衙松樹南，我家松樹北。春風綠一街，詩成我先得。讀君西山詩，豁然開茅塞。俯仰苟無歉，木石皆有色。轉瞬荷滿湖，扁舟裛香國。春醪醉百壺，解衣尋古墨。_{宛平署貯雲麾碑東偏曰"古墨亭"。}

洪稚存編修乞假回里賦贈

方今稱詩家，不下數十輩。摹古厭拘攣，求新傷破碎。衆長子能賅，是由氣充內。遊覽山水篇，闌入三謝隊。懷人念今昨，論古鑒興廢。尤能出奇意，隱然寓忠誨。我交君八年，喜君無世態。看花騎必聯，得句床每對。有頌不忘規，寸衷私感佩。買帆忽南去，知君非引退。夕陽舊草堂，稻花新雨漑。石床葵扇宜，綠酒紅魚配。此樂不可極，慎勿終養晦。文章即事業，毋僅雄一代。

趙偉堂_帥大令過訪不值適將餞余秋室學士、洪稚存編修、趙味辛舍人兼約張船山檢討、何蘭士郎中爲詩酒之會并邀大令先之以詩

憶我科舉時，即聆君姓名。及今三十載，望重官猶輕。長安號人海，比户多公卿。君獨愛詩龕，停車叩柴荆。貽我舊著述，金石淵淵聲。李白水西句，曠代無人賡。君乃其流亞，敢與雄長爭。高迠大將壘，吾欲韜旗鉦。行當就松下，斟酌桃花觥。梧竹黯然綠，夕陽陰復

明。尚有數狂客，酣飲君無驚。千古事文章，四海皆弟兄。

趙子克_某松陰散步圖

我雖宅松街，却無一松樹。每見人畫松，輒想結茅住。君家蘆荻鄉，自饒水雲趣。何不招閒鷗，沙汀與朝暮。而乃就長松，盤桓託良晤。想當空谷中，十年守貞素。我亦怕熱人，清涼心所慕。往往劚茯苓，踏徧林中路。

四月九日曹定軒侍御邀陪翁覃溪先生及王蓮府_{宗誠}編修泛舟二閘

連日苦風霾，不敢出庭户。今晨浥郊陌，麥天含宿雨。下馬叩禪關，東嶺丹曦吐。虛堂鐘磬寂，清齋足笋脯。飯罷放船行，雲山隨意數。道重及諷論，情洽忘賓主。詩思託江湖，酒氣散林塢。橋頭驢卸鞍，烟際鷗刷羽。高塚葬貴人，亭欄分百渚。漁莊繚左右，缺處蘆葭補。穿碑書功德，留與過客覩。烜赫難百年，慨然念今古。歡樂戒無荒，流連非所取。歸來憩南榮，梧陰淡方午。

五月八日吳少甫_{樹萱}吏部邀同人公餞沈舫西、盛孟巖兩侍御陳梅垞_{萬全}侍讀曹雲浦_{師曾}通參瀼陽之行

荒佚古有戒，君子慎禮儀。然不求歡樂，又爲達者嗤。我友無他技，四海稱能詩。朋舊誼最篤，於我尤偲偲。開筵羅衆賓，翩翩鷺鶴姿。賤子忝侍坐，自愧非瓊枝。松間設茶竈，花下排酒巵。清響碎冰玉，小調翻瀾漪。_{周駕堂前輩即席有作。}簾雲綠森動，林日紅參差。坐

中四行客,詰旦輕裝治。小別詎云苔,執手心焉悲。礐峰樹若齊,武列波如脂。烏臺兩侍御,晨夕丹鉛隨。看山悟畫理,<small>孟巖精畫。</small>走馬撚吟髭。<small>舫西美髯。</small>侍讀工書法,酬應恐弗支。曹侯固健者,一臂能助資。收拾殘墨瀋,毋污灤陽池。留綴古紙尾,漫辨斜與歆。詩龕作珍祕,春篆縈孤絲。方擬六月間,荷花開滿陂。灑掃法華庵,供養李賓之。李公橋下水,照見人鬢眉。適際公誕辰,公神其來兹。自當携諸友,冒露摘水芝。兼採菱與藕,開襟近輕颸。灤陽四君子,臨風文藻披。寫句寄詩龕,莫被魚雁羈。濂溪雅愛蓮,定饒鷗鳥思。<small>駕堂蓮塘。</small>西涯花又開,李公知不知。

柬阿雨窗

君約我看山,秋雨阻行路。我約君看荷,扁舟滯寒霧。室邇人則遠,車笠輒不遇。我家李公橋,六月花如幕。李公昔釣遊,借物抒懷愫。慈恩與法華,觴詠凡幾度。今際公誕辰,盥薦香一炷。薄涼不上衣,深碧化爲露。幾見塵世客,蓮花世界住。君抱烟波情,倘肯逐鷗鷺。

懷伊墨卿比部灤陽

灤陽庚戌秋,不才侍講幃。僧院借兩椽,四面山光圍。秋陰不知午,綠暗苔花肥。掩關日哦詩,妙與塵事違。今子策駿馬,野風吹短衣。暫時辭白雲,永晝趨黃扉。寄亭可還在,樹是人全非。<small>庚戌,余爲達齋司寇署其樂陽寓曰"寄亭"。</small>峭壁我題句,漫漶蛛絲霏。君肯爲拂拭,倘趁巒月微。冒露攀寒藤,沿石穿紅薇。若聞山鬼嘯,定有蝙蝠飛。把火照嵐翠,莫伴樵子歸。錘峰與帽嶺,尚煩蝌蚪揮。

存素堂詩初集録存卷七

戊午

柬夢禪居士

君畫得自天,非以意揣爲。化機所感召,下筆烟波隨。或者謂倪迂,又指爲黃癡。豈識君胸中,泊然風生漪。松濤響大壑,石氣淪山肌。相對久忘言,智巧何由施。淡墨寫詩龕,竹樹青差差。不從禪境入,亦不求諸詩。此謂大解脱,妙手能空之。畫理我未喻,君固莫我欺。文後性情先,萬事當如斯。

送李石農觀察浙東

君昔棲吟廬,識君爲英豪。橐筆神武門,風雪仍青袍。時復宿詩龕,語苦心忉忉。我勸君勿憂,君筆銛如刀。偶然聽秋雨,對我歌離騷。忽忽二十年,我已枯禪逃。君官白雲司,宰相稱賢勞。銜命趨甌越,行見麾旌旄。不忘貧賤交,追敘曩嬉敖。知音豈其然,爨下琴材遭。君留別詩有"生平第一君知己,我本當年爨下材",自註云:余落拓春明,首加拂拭者,詩龕主人也。過橋楊柳短,倚户梧桐高。他年如過訪,記聽松街濤。

馮湘巖兆岣郭謙齋邀諸同年陶然亭讌集余侵晨往二君皆未至

炎暑不可犯，晨光動清慕。入門問主人，蕭然見鷗鷺。

烟火氣全無，風露味頗有。山頭日影斜，獨客坐已久。

自嘲

苔生前夜雨，花落一溪風。飲酒不求醉，看雲時欲空。年衰羞見馬，天遠喜聞鴻。鏡裏還相照，驚余已是翁。

和西涯雜詠十二首用原韻

海子

積水雖有派，潭與湖實通。欲和滄浪歌，不見滄浪船。

西山

世人愛青山，往往歎白首。我每趁朝爽，石上坐獨久。

響閘

春流靜無聲，烟緑一溪滿。偶逐白鷗行，雲掩石橋短。

慈恩寺

誰是百歲客，來看千年藤。佛在我心中，何必仍尋僧。

飲馬池

立馬背夕照，心事誰相憐。恐驚鷺鷥飛，去去休投錢。

楊柳灣

路折松樹街，蜿蜒細如線。楊柳綠到門，芙蓉紅上岸。

鐘鼓樓

自非督晨暮，夜半行者稀。秋蒹蔽潭口，打魚人未歸。

桔槔亭

桔槔已久懸，雲水空亭邊。惟有賣藕客，猶種花中田。

稻田

春雲溪上融，一雨便霑足。江南船未來，已報紅粳熟。

蓮池

清風振林翠，遂覺秋來早。蓮花世界居，超然淨熱惱。

菜園

灌園無乃拙，但數春雨聲。我亦淡泊人，菜根喫一生。

廣福觀

馬影出花外，人聲喧樹底。清磬響經壇，聽者隔秋水。

續西涯雜詠十二首
積水潭
何年積此水,浸潤春明城。西山一夜雨,萬柄荷花生。
匯通祠
甃石蓄春流,築堤洩秋潦。欲訪法華庵,晚蟬烟柳喋。
十刹海
梵宇儼號舍,而名十刹海。壇上石竹花,春風吹尚在。
淨業湖
但許人看花,不許人打魚。疇是淨業人,來此湖上居。
李公橋
既襯李廣名,藜光更無著。誰舉李公橋,補入景物略。
松樹街
僻巷澀蘚花,萬葉松濤啞。猶有古月痕,留我秋綠下。
慈因禪院
慈恩不可見,茲院題慈因。僧厨蒲笋香,飯後來儒紳。
鰕葉亭
水光綠半城,花影紅一埭。徜徉此亭中,何必買鰕葉。

慧果寺

佛閣聳溪頭，夜深燈火斷。時聞梵唄聲，清切語天半。

豐泰庵

門受蘆葦風，檐滴檜柏露。蕭然白髮僧，半生狎鷗鷺。

清水橋

略彴亙斜林，藕花烟外吐。只許説詩人，月下款我戶。

詩龕

心悅李公詩，居近李公第。但願公同龕，不願公同世。

題謝薌泉金焦小草

山是金焦好，梅花別有村。貧來詩不損，官去道仍尊。秋緑連雲起，江烟入酒昏。年年訪支遁，那是謝公墩。

題冶亭侍郎鏡中小影

既妨大光明，何容一塵滓。潭潭古明月，泠泠此秋水。

孤山老梅樹，幻作先生身。先生若不知，而曰存吾真。

虛堂寫清妙，老石現幽怪。我有米顛癖，一見輒下拜。

夜窗花氣浮，澄江雁影落。試問雁與花，可曾形迹著。

聽水證道心，看雲息塵鞅。不見磊落人，詎作遺世想。

操鑒十五年，士林抑灼見。願君持此心，百年恒不變。

既題前詩復讀覃溪先生作輒衍其意

老鐵梅花夢已奇，梅庵宗伯復徵詩。眼前誰是梅花主，雨雪空山又一時。

六月九日招同人集西涯舊址

藹藹湘南雲，依依城北樹。几筵雖弗備，肴核署已具。邀客祀茶陵，茶陵渺難晤。聊以藉清酤，望古申遐慕。沙徑一雨過，苔淺不碍步。哀蟬忽停響，山綠散為霧。出水紅芙蓉，迎人立烟渚。咫尺塵世間，導人惟鷗鷺。

我家松樹街，街東李公橋。沙石響清瀨，烟綠繁林條。傳聞李閣老，僧此衡門僑。慈恩與海印，遊覽方垂髫。厥後既貴顯，不忘陂水遙。時復借僧榻，朋舊相招邀。秋風振寒竹，白髮同蕭蕭。心事不可說，悲壯成歌謠。非果戀簪紱，無志儕漁樵。至今春溪流，猶作江聲搖。

風流兩縣尹，石樓、虛堂。趨蹌拜詩老。覃溪先生。古佛耦無猜，夢禪、兩峰。禪心託畫藥。誰鼓冰玉琴，松風吹浩浩。慶亭。解衣磅礴者，據石作狂草。治亭。餘輩名海宇，筆各雲烟掃。旨趣雖不同，要皆適於道。情文取真率，來去奚遲早。物貴任天動，春榮而冬槁。所以池上花，開謝年年好。

世間曠逸流，動謂江湖樂。豈識樂由心，形骸安能縛。苟鮮富貴念，何必侶猿鶴。謝彼塵垢擾，吾志自淡泊。客來永言笑，酒至暫斟酌。海子閱歲時，水流聲如昨。文沈昔繪圖，二老不可作。石田繪《移竹圖》，衡山繪《西涯圖》。安知百年後，此曾弗古若。

爲阿雨窗題羅兩峰、黃約領䗶合作城東訪友圖和雨窗韻

何必遠城市，草堂秋一邨。苔荒仍礙屐，竹短不遮門。老鶴避人立，新蟬冒雨喧。主賓各清妙，相對竟忘言。

旃檀林咫尺，把臂是何人。竹雨聽前夜，梅花悟後身。江東詩有格，謂兩峰。子久筆無塵。謂約領。夢覺畫禪室，焚香證宿因。

趙偉堂大令之官安肅出種菘圖乞詩

我讀謝公詩，輒思謝公里。君從宣城來，貽我十丈紙。乞寫詩龕句，蹇拙君獨喜。梧桐已深綠，芰荷風又起。高人跨蹇驢，來往隔秋水。須記短橋柳，斜插白雲裏。

君今官縣尹，當亟求安民。姦宄亦易除，要使歸忠淳。玉琴偶一彈，不若豳風陳。安邑鄉俗古，種菜能療貧。蓬勃萬菘葉，遠勝秋風蒓。助長君不爲，灌溉方循循。治菘小事耳，我望君治人。

周載軒厚轅編修新搆艤藤書屋落成

先生濟世材，而繫烟波思。對松愛雲濤，看竹懷風漪。瓦屋僅兩

間,繚以青藤枝。開窗片帆落,掩户孤篷欹。夕陽散春影,打槳林塘遲。先生每下直,倚樹撚吟髭。飲盡一斗酒,詠罷千篇詩。仰天忽狂笑,海上需何時。塵市苦湫隘,動言無臺池。所費二百緡,已足勝茅茨。荒木得嘉蔭,小草生新姿。昔年荊棘場,此日花盈墀。推茲經營方,大好舟楫治。慎勿託漁翁,爛醉秋江湄。

寄曾賓谷運使_{有序}

<small>六月九日邀同人於西涯舊址,爲李文正作生日,因憶賓谷亦於是月二十一日爲歐陽公作生日,蓋賓谷生僅後公兩日,且與公同鄉里。余第以居近西涯,搜討軼事,強附後塵,不亦慎乎!賦詩誌愧,兼寄賓谷。</small>

詩龕即西涯,屢考茲始定。慈恩寺不見,積水潭可證。當年荷花開,文正饒逸興。適爲公生日,公與荷花稱。於今三百年,樹遠山光凝。六月初九日,客來訪名勝。<small>翁覃溪先生以下凡四十餘人皆鄉士中知名者。</small>因憶廬陵翁,膏馥廣陵賸。江風吹夏涼,山月照人瑩。高筵客沈醉,野水花初靚。歐李兩生日,宛然前後乘。我喜搜舊吟,偶一識途徑。先生不我棄,題詩遠相贈。殘書及敗紙,亦弗覆瓶甑。<small>余刻《同館詩賦》,君甚寶重。</small>非敢擅作述,聊以心慮罄。悵望題襟館,晚烟生日暝。

章石樓晚過詩龕示西涯詩依韻

誰言宦海浩無涯,詩興年來似轉加。百感拚消今日酒,一生能看幾回花。雲低罨礿孤燈暗,風定疏簾淡墨斜。正是亂蟬喧樹底,不知清磬響誰家。

爐香字影悟前因,詩裏身原畫裏身。看竹定須青眼客,愛花偏是白頭人。故交零落關心甚,舊學商量寄慨頻。欲訪畏吾村遠近,僧廬殘碣已灰塵。

周載軒得余詩推許過當感愧賦此

作詩良獨難,讀詩亦不易。先生創此語,是有過人智。梅花何與詩,悠然見天地。萬卷熟胸中,清心發妙義。西江宗派圖,吾嘗取其意。性情無古今,體裁有真偽。當由涪翁語,上溯柴桑子。

曹儷生振鏞少詹事過訪貽詩賦報即送其典試楚北

我懷湘南人,君今湘北去。過訪小西涯,新涼際天曙。荷花盡出水,不辨鷗飛處。先生貪說詩,衣衫濕林露。

嵩山句飈舉,武林句霞蔚。少詹視學河南,主試浙江,皆有詩。茲作雲夢遊,筆挾雲夢氣。境界由心生,詩以變爲貴。然此皆餘事,溺之則無謂。使君持明鑑,辨別涇與渭。維楚固多材,要不同凡卉。所當加拂拭,莫惜精力費。

自題移竹圖有序

白石翁爲西涯作《移竹圖》,併西涯自書移竹種竹諸卷,今藏覃溪先生蘇齋。余既摹西涯圖,繆霽堂舍人爲寫照,吾壻吾兒僮僕附焉。夢禪居士見之,以爲肖,雜寫竹石其間。題曰《移竹圖》者,亦白石翁意也,詩以誌始末爾,上媲西涯,則吾豈敢。

西涯移竹圖,畫者沈石田。西涯自題詩,筆墨龍蛇騫。真跡藏蘇齋,幸未成雲烟。想昔過僧厨,蒲笋非參禪。湘江不能去,忍見新篁娟。當時憂國心,暫滌秋竿前。

慈恩寺已頹,誰問慈恩竹。惟有老柳條,春流染如沐。差喜玉泉水,左右抱我屋。詩龕百不堪,蕭寂宜花木。此君尤我稱,一雨千竿盡。始引清風來,漸納秋氣蓄。雖居廛市間,幽僻似巖谷。

短竹掩我門,長竹映我户。有時明月來,不必梅花補。萬綠成一天,時時響秋雨。與其檐下寄,何如墻外吐。循階與竹約,黽勉學老圃。物苟遂其生,弗惜餘力努。

吾壻屬貴冑,其性頗謹愿。坦腹修竹間,時時奇字獻。吾兒方六齡,貪書更強飯。不要汝才多,但要汝身健。東堂日未斜,西嶺雲初噴。抱甕雖未嫻,習勞由此勸。慧智存疢疾,功名出傭販。

有僕許與張,侍我年最久。許也困於病,張也困於酒。餘奴安足道,祇堪效奔走。顧老雖吳人,性不辨然否。但取能荷鋤,要不厭老醜。相期西涯西,種竹一千畝。

夢禪老居士,揎袖寫蒼石。下筆成獄獄,而無下筆跡。新涼天外來,澹我秋堂夕。竹烟與墨氣,入夜各深碧。致令問字人,認作楊雄宅。

繆九蘊至性,又復工文章。寫生偶為之,神妙争毫芒。移竹尋常事,示我經營方。貴賤無或越,心力如相將。作息胥恬熙,家室占寧康。不同晉七賢,藉竹舒清狂。

東坡與山谷,於竹皆有託。我非蘇黃比,而樂我之樂。竹處衆卉中,清姿殊淡泊。北風徹夜號,萬樹傷零落。惟我青琅玕,猗猗尚如昨。天寒心更堅,地窄情逾綽。寒翠蔭詩龕,百年與爾約。

送羅兩峰歸揚州

水雲君性情,乃久居京師。下筆靡不有,難救寒與饑。一庵苦僵臥,秋夢紫花之。_{兩峰別號花之寺僧。}買舟且歸去,豈止鱸魚思。譬如縛梅樹,宛轉登堂墀。幽艷條華貴,觀者生嗟咨。孤根返故山,烟雨空濛宜。蒼石共傴蹇,明月共委蛇。未屑侶桃李,顏色春風時。

昔訪竹井翁,雨窗覽君畫。時復詣蘇齋,知君詩有派。壽門嗟已死,誰償亦諧債。_{亦諧詩僧,壽門一生皆其供養也。}君挈濃墨汁,灑徧今世界。樽酒偶傳述,江湖已佳話。三至春明城,惟寫梅花賣。公卿願締交,君獨揖不拜。與我交雖遲,十年忘蒂芥。憶睡秋梧間,日高白髮曬。

我喜江南山,復喜江南樹。天公獨我慳,廿年託遐慕。猶幸藉君畫,虛堂作良晤。梅花障子間,瞥見山村路。因念昔交遊,今多江南住。清風隔天末,停雲感日暮。楓丹與菊黃,登高豈無賦。詩龕非禪棲,獨學增睠顧。又逢秋雁飛,載和城南句。_{兩峰前度南歸,覃溪先生送行,有"樽酒城南秋雁飛"句,世多傳之,至有畫爲圖者。}

蔣香杜_棠、于野莘同訪詩龕出錢辛楣_{大昕}詹事所署梅石心知圖并題句見貽

翩翩兩奇士,携手款我門。懷袖各有字,黯淡烏絲痕。讀罷但微

笑,欲辨忽忘言。貽我心知圖,蒼石梅花根。賤子樗櫟材,位置春風園。名章題絡繹,風雅探本原。詩龕結孤夢,香雪江南村。竹汀老居士,慰我平生魂。二客生無語,階下蟲聲喧。高梧綠仍縟,新棗紅初繁。爲許校奇字,灑掃筦中軒。

蔣蔣山_{徵蔚}寄雨窗讀史諸詩

人無好古心,萬事何由準。濟險負平日,出門乃絶軔。蕭蕭風雨來,秋夢寒初引。三杯綠已暗,一燈紅未泯。心空氣乃平,理至情忽忍。今懷昧昔旨,論斷必不允。設身以處之,始能曲折盡。溫柔敦厚遺,高唱殊蚤蜘。牆陰半覆蕉,階下全抽笋。三日不下樓,黃葉聲已緊。

送王春堂屯牧德安

得劉公一紙,賢於十部榮。劉公官都督,厥時方用兵。暇逸竟如此,毋乃昧重輕。君雖戎馬諳,職守仍書生。睥睨壯懷騁,嘯傲秋林清。匪甘託閒放,姑且陶性情。吾讀勝國詩,郭戚皆有聲。_{郭登、戚繼光。}折衝樽俎間,時復新詞縈。君出屯楚北,努力護群氓。威德宣且歌,好句吾重賡。

題宋梅生儀部梅花背面小影

我本北方產,不識梅花樹。但聽說梅花,中懷輒傾慕。因拈涪翁語,空山託禪悟。廿年冰雪心,稜稜呈絹素。秋藥庵題詩,人間傳好句。萬生氣嶔崎,畫梅得梅趣。知君蘊蓄深,面目弗刻露。但寫精神出,與梅相比附。烏帽抗黃塵,奔走長安路。春風雖得意,看花如隔霧。豈知偃蹇久，翻致根本固。祇自勵歲寒，勿直傷遲暮。

胡蕙麓遜、郭虛堂兩大令飯彌勒院，出西直門，遊極樂大慧諸寺，訪畏吾村李文正墓，歸詣詩龕備敘端末詩以紀事

人澹官轉閒，才高心自遠。聊譬叩禪關，蒲筍松下飯。落葉空廊深，秋林斜照晚。言訪畏吾村，白雲遮翠巘。殘碑積瓦礫，老衲語悽婉。古墓廢百年，荒草無人墾。子孫散江湖，牛羊牧壠阪。孤僧力孱弱，僅荷土一畚。年年二三月，雨細桃花堰。剪紙酹酒漿，聊以告疲蹇。二君聞愀然，望古增繾綣。歸途詣詩龕，向我述款墾。我家西涯傍，看荷每忘返。欲考軼亡事，老輩誰數典。當乞蘇齋叟，磨石書拓本。二大令欲委大慧寺僧修復文正墓，刊碑寺前。

九月二十日由畏吾村至大慧寺拜西涯先生墓

畏吾村迤東，巍峨大慧寺。土人稱大佛寺。寺右三墓場，二具銘與識。一為太監張墓，一為劉氏墓。土峰屹南向，巀嶪起平地。巋然斯墓在，曾否白狐睡。相傳文正父淳有善行，卜葬時，有老人告以白狐睡處吉，當即斯壤也。微茫荊榛中，尚隱冢三四。以《懷麓堂文》考之，當有五六冢，今存者，為西涯祖考墓，西涯墓址已畊作麥田矣。石爛松楸枯，何處尋碑記。吾讀懷麓文，遷祔敘詳備。饗堂雖莫存，規模見宏邃。吁嗟李文正，高才躋大位。身後子姓微，草澤久淪棄。蘆鹽弗克繼，《瓦釜漫紀》載：其家族姓漸微，至有以墓碑搗碎和鹽賣者。堂構焉能治。功業人不稱，衿重在文字。賢者責獨厚，此亦春秋義。我因居西涯，年年賞荷芰。慈恩及海印，一一皆考誌。詎惜踏黃葉，穿林別薜翠。笑煞白髮翁，邀余

坐茶肆。自言八十年，無人問此事。翁石姓，自言八十六歲矣，三世居畏吾村。

和胡蕙麓大令訪西涯先生墓詩

西涯宅廢水空存，又叩禪扉訪墓門。病衲斜陽剪榛莽，老狋秋雨嚙松根。僅留詩句傳湖海，無復鹺鹽計子孫。三百年來誰過問，暮鴉黃葉畏吾村。

慶亭別業看菊同翁覃溪先生

初冬百卉腓，侵曉霜濛濛。霜嚴我弗畏，驅馬旃檀宮。薄雲林頂綠，初日檐端紅。瓦盆列叢菊，隨意墻西東。如逢幽隱客，散髮空山中。名姓不煩問，塵跡一掃空。詩老善言詩，花與詩理通。有琴而無絃，面壁思陶公。齋中蓄古琴十六，而皆無絃，壁上懸陶公像。

世人矜種菊，方秋開滿籬。所嫌過矯揉，接以青蒿枝。縛束既太苦，紅紫炫詎宜。養菊有至道，智巧無從施。譬裁鴻文者，不假穿鑿之。但使真意在，顏色非所期。晚節倘能保，豈其傷暮遲。

上翁覃溪先生用山谷上東坡詩韻

無術悅賓客，低首名利場。伏潛事師友，妙理澄心光。從來詩書腴，遠勝膏粱香。所恨性樗散，萬卷陳東廊。年年偕秋士，目睇槐花黃。升沉苦不齊，滋味嗟同嘗。鴻鵠有遠志，詎委沙洲傍。道路本弗阻，毛羽胡輕傷。

琴師理徽軫,得趣措及聲。國醫療疢疾,著效葠與苓。我身非金石,焉保延修齡。日西而月東,惕然念浮生。達人閱身世,萬樹顧根蒂。往者去益遠,定弗自爲計。吾道有真僞,不敢混疑似。

謝蘇潭_{啓昆}方伯由浙中爲覃溪先生作西涯圖附以詩先生和之余亦繼作

西涯佳話共西湖,千里論心藉畫圖。種竹詩成諸客繼,尋鷗人去一亭孤。江山夜雨愁仍在,春雪盆梅迹併無。祇賸石田殘墨影,十分涼意託菰廬。

隙光亭子今無主,朱老查翁又不存。一片鴛鴦湖上夢,百年楊柳樹邊門。西江宗派何人接,北海文章一代尊。那得詩龕例詩境,聊憑勺水溯崑崙。

寄陳桂堂_{延慶}太守

出門雪氣萬,閉户吟魂孤。風吹米舫秋,綠瀉梧門梧。沅湘聽春雨,佳句傳江湖。奉母歸古華,不是思蓴鱸。打槳明月渚,宿釀茅亭沽。醉倒梅花下,此夢蘧蘧乎。水邊孝廉船,謂王惕甫。隔浦煩招呼。

大雪晨起戲柬仲梧_{鳳林}孝廉

老屋荒涼未足奇,冷宮原不耐朝饑。近來參透齋心法,蒙谷山中食蛤蜊。

存素堂詩初集錄存卷八

己未

送金手山南旋

跨驢訪我雪龕西，松樹蓮花取次題。九十日春半風雨，盧溝橋外柳萋萋。

此去江南春草多，桃花紅奈酒旗何。旃檀寺外朦朧月，照見愁人打槳過。

春雪初霽謝蘇潭方伯過訪歸寄新詩次韻

蘇潭健筆按蘇齋，格調雖殊旨趣諧。何待琴樽携栗里，早尋鷗鷺過松街。湖邊山影綠初瀉，雪外桃花紅半埋。難得使君愛幽僻，東坡訪後又西涯。

自古詩推詠史難，茶陵樂府播騷壇。如公能更開生面，此調何嘗肯不彈。秦漢文章延墜緒，東南財賦挽狂瀾。他年賜第西涯上，鰕菜香清忍獨餐。

題夢月圖

夢鹿理或然,夢蝶機誰發。忽然悟此身,前生是明月。參透真與幻,何物非我有。坐老梅花根,上有翠禽守。動盪雲之情,光明月之體。與其逐雲行,不如偕月啓。才人多好色,學士易逃禪。我無才與學,焉敢忘蹄筌。

訪極樂寺僧不值

有心塵慮删,策馬叩禪關。僧却買花去,日斜猶未還。任風吹果落,留客伴鷗閒。直待響魚鼓,余仍看碧山。

不是釣魚莊,溪橋宛水鄉。花隨人意淡,我較佛心涼。地浸樓臺影,庭熏草木香。眼明殘照裏,藉爾海雲光。

錢梅溪泳畫蘭見貽作詩以報

人愛籜石詩,我愛籜石畫。匪謂畫勝詩,世鮮擅此派。今乃見替人,湘烟秋不壞。全從隸法出,弗留一筆敗。自與塵塊遠,綠淨滴石砦。十年空谷中,無言足清快。春風雖噓及,詎肯長安賣。沅江望天末,澹影夕陽曬。惟遇同心人,停琴寫幽怪。

贈曾賓谷運使

連日送行客,苦吟無好詩。君今亦言別,令我重相思。松樹綠邊巷,萬花紅外陂。一龕兩人坐,同話住山時。

揚州騎鶴地，誰識使君勞。詩較平時瘦，官從此日高。憐才晨握髮，校字夜焚膏。莫漫西溪隱，絲綸望爾操。

訪孫少迂㲽孝廉茶話許作詩龕圖賦詩先之

我弗能作畫，而嘗究畫理。必先有性情，然後出腕指。意得衆乃忘，莫之使而使。人多嗤我迂，我亦秘厥旨。孫侯持道心，名世廿年矣。潦倒春明城，春風吹不起。賣文作活計，一貧乃至此。雨晴款君戶，苔暗綠浮几。夕陽剛下簾，激射東堂紫。心空人山宜，語妙談禪抵。許為寫詩龕，曰龕弗龕似。畫竹畫精神，畫石畫骨髓。筆涉竹石外，趣取竹石裏。我龕在何處，與詩相終始。君畫詩龕圖，不必求諸紙。

賓谷運使既和西涯園詩并示
《邗上題襟諸集》跋後

廬陵與茶陵，文采後先映。蜀岡暨西涯，過客咸起敬。每際荷花開，藉為兩公慶。願余少學問，遑復侈觴詠。偷閒弄文墨，出語戒優孟。慈恩寺久墟，懷麓堂易姓。舊時老柳條，搖向風中勁。詩龕昨夜雨，湖上綠初淨。快兹巾舄清，聊適魚鳥性。高望題襟館，東南一時盛。賓主各賢豪，詩品到仙聖。日暮感天末，一庵僧臥病。匪敢希東坡，二泉詩取證。

竹醉日訪船山太史不值
遇雨話朱野雲鶴年齋中

余性不能飲，而好交酒人。酒人亦難得，結契惟蒼筠。今日竹醉日,出門詣所親。太史酒樓去,門外空車塵。驟雨驅午熱,清風來比鄰。揖我坐蓬廬,意款詞尤真。中腴外弗澤,道富躬甘貧。搖動一枝筆,天地爲之春。維摩畫中禪,證以彌勒因。何以藉詩龕,寫出羼提身。碧梧要孤直,怪石須嶙峋。三間藏書樓,半面捕魚津。水涼夜深至,天綠林風振。參差萬竹中,一客垂烟綸。倚石對此君,勝飲醇酒醇。隔墻忽大笑,秋影留吾皴。謁船山。

秋藥許爲作詩龕圖久未聞命敦索之以無從着筆爲詞賦柬

人謂畫與詩,可以學而到。豈知無性情,雖學亦不妙。西湖秋藥庵,天爲詩人造。詩有未盡處,畫以宣其奧。忽自得之已,弗藉鬼神告。虛堂萬綠歇,清機道心召。流水日東下,圓月耿孤照。主人據案起,把筆向空笑。焚香參畫禪,閉門鑿詩竅。我家西涯西,待君寫幽陗。竹青與梧碧,無論肖不肖。位置我何地,憑君一心調。所願侶琴書,不然或耕釣。

小西涯晚步

斜日下樓閣,亂山城外紅。一雙碧蝴蝶,飛入藕花中。

柳絲千萬條,薄愁綰不住。一任東風吹,綠我門前樹。

塵埋懷麓堂,雲掩慈恩寺。借問馬上人,誰識前朝事。

我非佞佛者,姑以龕名詩。詩在我心中,問佛佛不知。

人所不到處，便有青草生。秋風吹已枯，春風吹又榮。

但聞搖艣聲，不見搖艣處。港口打魚船，已被風吹去。

笋剛半尺長，苔已一寸厚。松根踞醜石，久坐忘石醜。

寄題方薰、奚岡畫陳澂水_{希濂}舊廬圖

吾聞石蓮山，最擅越中秀。衢江流邐迤，澂水碧新縐。當年張志和，曾此烟波留。兹誰傍蘭苣，茅茨面溪搆。居久泊西湖，不忘家山舊。紫霞蒼雪間，猶聞鳴玉漱。方奚二處士，下筆寫雪竇。迴峰出遠勢，幽淙蓄急溜。草荒花自閒，田腴石愈瘦。長松與密竹，明月照不透。學使阮芸臺侍郎，昨邀我，垂簾坐清晝。品騭浙中畫，方奚實領袖。我亟脩竿牘，雁飛思弗就。方擬詩龕南，又捫青雨岫。余近作札寄謝藴山、秦小峴，乞方、奚二處士畫。孰知造物心，嫉人巧爲購。然詎儌余貪，而竟促人壽。趙味辛告余云：“方處士於今年二月謝世。”或者道路心，傳説涉悠繆。斯人倘在世，煩君寄聲候。海上抱琴客，甘心知者奏。雪壓冬花庵，寒梅幾枝茂。肯仿神樓圖，郵遞春明埭。

詩龕十二像

陶彭澤

彈琴不彈琴，飲酒非飲酒。籬下幾叢菊，門外五株柳。詩在天地間，適然爲我有。

李供奉

蓮花是化身，偶然師謝朓。落拓宮錦袍，激昂青雲表。擧杯笑明

月,一酌天門曉。

杜拾遺

天與愁苦辭,一吐忠受氣。風雅道不衰,草堂萬古貴。當時嚴山丞,可能同臭味。

韓昌黎

八代頹狂瀾,中流一砥柱。見到聖人聖,掃去腐儒腐。豈獨碑版文,卓哉照千古。

白香山

遠之雞林求,近之老嫗喜。一部長慶集,人情與物理。襲貌遺其神,儈父面目矣。

王右丞

有聲與無聲,二者相取資。箇中微妙處,不在畫與詩。天風激海月,此意何人知。

孟山人

不上比闕書,而歸鹿門嘯。詩成配輞川,輞川爲寫照。至今孟亭上,清風留咳笑。

韋蘇州

松風夏寒玉,稜稜冰雪概。逸情而高致,謝絕粉與黛。願留燕寢香,一瓣沁肝肺。

柳　柳　州

詩文敵韋韓,奇才老丘壑。身後薦荔椒,生前侶猿鶴。蠻烟瘴雨中,幽險一手鑿。

蘇　東　坡

抗直世莫容,忠愛天所許。槃槃宰相才,超超仙佛語。參透華嚴經,坦然出與處。

黃　山　谷

公常自題像,謂是有髮僧。將以不二法,而參無上乘。世却傳公貌,宛然王右丞。

李　西　涯

與君比隣居,結此曠代慕。朝廷顧命臣,深心維國步。孝宗靈有知,不責公阿附。

馬秋藥有詠萬壽寺松詩,朱野雲愛其句,繪松鐫石乞余題後

萬壽寺裏松,拔地三十丈。偶來坐其下,陰森不敢仰。韋偃嗟已死,誰能爲寫像。惟我朱山人,性如松倔强。下筆出奇氣,天地爲之廣。偶吟秋藥詩,遂作冬嶺想。寒烟覆僧牖,孤懷託草莽。位置虛堂中,涼月忽清朗。千年苔蘚侵,一朝烟墨養。夜深枝幹活,定有鶴來往。我欲彈玉琴,泠泠秋綠響。

詩龕論畫詩有序

十年以來,爲僕圖詩龕者,不下百家。畫日以多,思日以闐。凡夫山水之奇,卉木之秀,溪橋堂榭之清幽,風雨晦明之變幻,皆爲我有。借烟雲爲供養,所獲蓋已多矣。長夏畏暑,每一展閱,沉疴霍然。因選工裝之,或三五家,或十數家,彙爲一卷。前後次序無所容心,唯視紙之高下長短以爲位置。裝成,凡得四十家,人各係詩三韻。繼自今存亡聚散所不能免,以人寄詩,以詩存人,情有餘於畫之外者,詩龕云乎哉。

朱山人鶴年

下筆有秋氣,對坐來春風。獨至取富貴,先生術不工。蕭然身世忘,露白葭蒼中。

顧處士鶴慶

墨雖著紙中,筆欲出天外。氣力若弗使,精神與之會。王文治書暨鮑之鍾。詩,竟難君籠蓋。夢樓、雅堂皆君同邑,讚君不絕口。

筦孝廉立樞

君家科第盛,餘事丹青擅。魯公一枝筆,石田十尺絹。風雨坐西堂,竹梧秋欲絢。

朱山人木

觀其大落墨,人不覺其苦。豈知含毫時,鞭心獨及古。江上看梅花,隔年一枝補。

吴翰林 蕭

作文嘗千言,作畫僅數筆。知君刊浮華,一歸於簡質。欲添數竿竹,又恐秋氣出。

宋孝廉 葆淳

善辨周秦文,苦搜金石器。遂藉古陷筆,傳出幽邈意。即以畫師論,精能亦已至。

夢禪居士 瑛寶

是禪不是禪,明月入秋夢。偶爾性情寄,蕭然筆墨弄。匪肯臥空山,作意異凡衆。

羅山人 聘

壽門老弟子,頗能作小詩。畫偶託古人,往往神似之。生平所得力,全在梅花枝。

江侍御 德量

玉堂舊仙客,一生究畫理。此中有悟境,不爲古人使。何以圖詩龕,却仿虞宛沚。

玉撫軍 德

聽雨寄亭中,蘸墨寫秋綠。篋衍藏十年,山雲時欲觸。天台雁宕間,何日勝遊續。

馬侍御 履泰

詩理即畫理,輞川昔不言。君能冥悟之,坐老秋藥根。忽然向余説,月過江無痕。

孫孝廉銓

寢饋倪與黃,用長舍其短。騎馬春明城,飲酒蓬萊館。雖然侶神仙,宦情從此懶。

姚山人景濂

父子并作客,畫却門户別。豈其下筆工,便致謀生拙。净業湖蓮花,可比君孤潔。君父子俱客富春公邸,當子賞荷之日,爲余寫浄業湖景色。

萬大令承紀

前身我是僧,踏徧江干路。君以禪喻詩,寫出涪翁句。扃門闃無人,萬本梅花樹。君爲余寫山谷"今作梅花樹下僧"詩句意。

張檢討問陶

君於詩獨工,作畫本勉強。不過借酒力,一釋胸中痒。然我微窺之,時有山塵想。

顧主事王霖

前歲寫梧門,秋氣隨筆落。今復補筜石,一梅守一鶴。恐被海東人,認作清秘閣。

張通判道渥

戴笠跨寒驢,訪我松樹下。使酒墨氣出,誰是知君者。夜深雪打門,一龕擁爐寫。

王山人霖

十載瀟湘遊,山水識奇妙。兩寫西涯圖,特仿文待詔。粗枝與大葉,人所不能肖。

吳孝廉烜

昆季皆工詩,君畫稱作手。踏蘚叩梧門,坐忘樹石醜。放筆溪亭中,斜陽下高柳。

關學士槐

君從庾嶺來,梅花胸中熟。偶添峰數角,便作詩人屋。門外雪三尺,几上書幾束。關學士自粵使回,寫梅花雪景見贈,畫廣人賦於其幀。

萬明經上遴

手挈一壺墨,心忘十丈紙。潑向空庭中,須臾雲壑起。狂走出門去,大笑不能止。

曹指揮銳

能以自家筆,而寫他人心。一天風雨時,半榻竹柏音。昌其詩與書,有女名墨琴。

周山人淦

鐵簫吹一聲,林綠瀚然滴。用筆一塗抹,槎枒森雪壁。長安酒肆中,秋聲何處覓。

倪山人璨

疏篁水外烟,蒼石秋來影。玲瓏舊山館,草荒風日冷。浮家五湖去，可勝招提境。

王山人_{州元}

石谷梧石圖，頤園持贈我。辛楣老居士，千里心知頗。石谷孫畫石，置我梅花左。石谷《梧石圖》，初頤園所貽，錢辛楣前輩復倩山人作畫，署《梅石心知圖》見贈。山人，石谷孫也。

蔡主事_{本俊}

近日黃瘦瓢，自詡工閩派。君恐落窠臼，焉肯一筆懈。端士之所爲，從不涉險怪。

張山人_{賜寧}

粗紙更硬筆，慣寫森秀態。秋烟澹庭宇，露氣動花菜。一經君點染，木石皆可愛。

潘縣尉_{大琨}

下筆有生氣，何事取衰颯。俗塵掃果盡，詩且仙心雜。負笈衝寒雲，不嫌黃葉踏。

吳處士_{文徵}

篋裏泰山雲，胸中東海水。莽蒼赴腕下，不知誰所使。斯人竟窮餓，誰當援之起。處士在山左暮最久。

盛中翰_{惇大}

今年畫一樹，明年畫一石。致令冠蓋徒，裹足雲林宅。獨我詩龕中，往往得手跡。

繆處士 頌

人癡畫亦癡，其癡不可及。昨冬我出門，抱畫雪中立。酌酒邀君飲，君竟不肯入。

高山人 玉階

筆散澤蘭馥，人肖新篁影。徘徊秋樹底，忽焉奇思騁。世外青山間，壺中紅日永。

黃上舍 恩長

手掣蒼頡銘，就我秋燈繕。浪浪疏雨聲，滴響梧桐院。因之摹寒碧，鎸以紅泥硯。

余學士 集

特薦為翰林，文字是職業。何以四品俸，不能救窮乏。晨夕調丹鉛，而我用我法。

黃刺史 易

君筆得自己，適然與古契。縱觀山水奇，詳考鼎彝制。海上寫詩龕，真人想天際。

蔣學正 和

借酒罵世人，世人看不破。賣字作活計，半生困寒餓。知其詩畫趣，落落我一個。

王孝廉 學浩

君以淹博稱，畫有積卷氣。即其急就章，人亦競寶貴。月上盧溝橋,照見君歸未。

陳進士_{詩庭}

詹事致我書,謂君性恬靜。坐石聽幽泉,山夜秋懷永。愛書入骨憐,宦情久矣冷。_{君鐫小印曰"愛畫入骨髓"。}

王處士_靖

蹊徑熟胸中,青黃一筆掃。寺鐘打五更,剪燈續殘藁。獨得春夏氣,不肯留枯槁。

邵秀才_{聖藝}

竹橋自江南,寄我一峰秀。似出衡山派,林疏而石瘦。大抵詩人筆,清光紙背透。

宛平令胡蕙麓以隔院荷香册子屬題

水東花接水西堂,還是花香是水香。石墨氣涵秋影重,_{署中有"古墨齋"。}玉琴聲帶渚雲涼。好官況味清如此,君子交情澹不妨。我屋與湖一街隔,被人畫作白鷗莊。_{近為余作《詩龕圖》者,多寫荷花。}

鮑覺生_{桂星}太史貽詩龕歌奉贈

秋雨淋松街,泥綠二三里。趺坐新篁根,門外冷烟起。詩情鬱弗抒,蛩聲鳴不已。小犬望雲吠,有客投片紙。神仙瑰麗詞,吹墮茅巷裏。驟讀覺神阻,三復乃色喜。我詩果何在,我龕更何擬。若以禪喻之,猶是皮相耳。今日暮山青,明日暮山紫。知合不知離,優孟衣冠矣。君詩得自天,愛我固如此。行當掃苔徑,燒菌煮河鯉。酌酒梧桐下,與君論詩髓。東峰吐涼月,一片西涯水。

不浪舟畫卷

北人怕乘船,獨我愛泛宅。時帆亭東偏,復署石舫額。生平所矢志,隨境取寬適。然而閱歷久,有順即有逆。快讀玉亭文,名言我心獲。波瀾何處無,不必定海舶。今日御風人,明日覆舟客。平居誠艱險,忽爲名利迫。不如謝富貴,歸來娛泉石。天空月滿床,秋曠雲生席。鮑飯更酣睡,門外花自碧。如此遣餘年,勝註神仙籍。舟行與舟止,二者請君擇。

題羅兩峰爲何湘雪<small>易</small>畫蘭時二君皆下世

兩峰戀寒澤,下筆蘭味永。客歲宿西涯,剪燈寫秋影。孰意花之僧,一別塵世屏。湘雪遊橋門,石鼓詠俄頃。幽懷託楚騷,甘赴玉樓請。搔首思二君,使我淚如綆。忽覯九畹烟,結作碧雲冷。黃山霾已深,揚州月不靚。美人竟天外,香草徒心領。今日廉石齋,殘杯爲誰整。

自淨業湖移居鐘鼓樓四首<small>有序</small>

余家淨業湖之陽十年,有溪橋花木之勝,老屋數椽,足蔽風雨。且其地易植竹,六七月間綠蔭窗牖,暑風不到,固余之安土。同年徐太史作令粵東,舊宅一區,蒞鐘鼓樓西偏,先人祠宇及器物在焉,不可以嚮諸人,又不可以不擇人居。太史雅厚余,促余代守護。因念鐘鼓樓爲《西涯十二詠》之一,與淨業湖壤連脈接,況鷗鳥踪跡,隨風去來,宋玉之宅,庾信居之,亦適然耳。十年後,太史來都,則余當仍于桔橰亭、稻田一帶,就茅檐曝背,作識字耕田夫也。

卜居淨業湖，方今十二年。日飲蓮井綠，時踏松街烟。茶陵宅咫尺，細認慈恩磚。楊柳枕溪頭，李公橋巋然。緬想懷麓堂，雒誦西涯篇。一龕梧竹聲，春雨初娟娟。高卧北窗下，誠哉地不偏。棲息子及孫，廣廈奚求焉。

　　我友徐翰林，作令去南粵。孑然奉一身，萬里川水越。老屋父所貽，未敢竟淪沒。請我守舊廬，愛惜到林樾。更望先人祠，春秋祀弗闕。我聞心惻然，百年殊欸忽。得地藝花竹，有亭受風月。晨餐夕眠耳，何地不可歇。

　　家具雖寥寥，書籍檢頗有。車載更人擔，十日未斷手。行路肆嘲訕，此故不覆瓿。我亦莫能解，但覺心期久。三間讀書堂，環之以槐柳。廢園全治蔬，古甕多蓄酒。好待説詩人，入林疑義剖。

　　浮生如逆旅，何憎復何愛。春屆花生枝，雲行山有態。譬比鷗鳥踪，飄泊蒼海內。隨風為去來，終日無滯礙。烟波適性情，籠檻非所耐。行逐把鋤人，隴頭習灌溉。安穩茅檐底，紅日一窗對。

移居後乞同人作畫

　　平生嗜圖畫，甚於慕富貴。丹青絹素間，油然盎至味。世爭寫詩龕，惠而不嫌費。鷗鳥慣移家，樓臺則猶未。長槐雜高柳，三徑蓬蒿蔚。松街淨業湖，溪橋略髣髴。風烟借楮墨，作手一經緯。牛車載書籍，檻竹復籠卉。宿釀童子擔，留待醉仙尉。西堂初落筆，向晚茶聲沸。腕底走山色，毫端出秋氣。十日未必然，迫促又無謂。

重陽日余榜所居曰"陶廬",李青琅_{托恩多}**太守惠菊及酒至,余未之報也,詩來作此以答兼呈陳念齋**_{上理}**同年,時念齋客青琅齋中亦有詩見示**

今年節候遲,重陽菊未放。適我陶廬成,憑軒益惆悵。乃有素心人,踏蘚秋英覘。賞花興恐淺,佐之以家釀。我喜柴桑詩,摹擬總無常。自寫己性情,出語却閒曠。草間蟋蟀聲,何事取悲壯。地僻竹木荒,數石屹相向。部婁三十尺,西山欣在望。不必起樓臺,城雲翠如嶂。墨烟雜花氣,濛濛落紙上。

南昌陳解元,籜石詩弟子。襆被春明城,賣字沾沾喜。有時忍寒餓,三日炊烟止。亦復風雨感,吟聲出屋裏。長安富貴家,難得君片紙。今乃吐胸臆,千言賦未已。涼蟾低不下,空階白如水。黃葉吹滿天,清鐘樓上起。倘肯跨驢來,煩君說詩旨。

題思元道人《蔞香軒集》後

詩在天地間,人苦寫不出。閉門造奇句,往往真趣失。胸隔鬱至情,指腕施妙筆。幽花媚深壑,白雲依太室。相感兩無心,翕然與之一。道人慎交接,猥許我坦率。天風吹海音,雲爛娜嬺帙。開緘朱綠絢,欲讀先惴慄。豈知清妙處,更比山人逸。千古峨嵋月,照此冰雪質。石氣清一龕,彌勒恐非匹。

寄題江南友人采菊圖

近於詩龕旁,小築屋一間。榜之曰陶廬,幽人容往還。有客饋菊至，地隘秋花環。因誦柴桑詩，開門延故山。誰寫采菊圖，寄此情意間。江南隔千里，風雨時相關。清溪日夜流，秋近聲潺潺。君肯掇寒英，枝葉全須刪。清芬寄遠人，駐我丹砂顏。

不　　寐

不寐即奇病，苦吟無妙詩。清鐘一樓滿，黃葉半天吹。此響野風激，我心明月知。從人乞方藥，多恐少良醫。

偶　　題

一丈蒼松五尺墻，亭孤石瘦兩相當。城頭吹入青山影，紅蓼花邊秋雨涼。

送魯鹿芸世延之官安徽兼寄曾賓谷運使

憶子試禮部，忽忽十七年。角藝槐花廳，下筆迴風泉。余時閱子文，決子行無前。歲月去如駛，余髯驚皤然。子來快叙舊，坐擁仍青氈。奇文不足恃，寒餓多英賢。黃山萬松頂，縈拂匡廬烟。橐筆且裹墨，莫爲章句牽。彈琴玉梅下，晴雪花娟娟。

當年彝器詩，三館競傳誦。子顧謂少作，未足取世重。因述送行句，懇款復豪縱。乃不忘鄙人，愛我南豐共。君自述賓谷今歲出都時，猶以余邀僧寺看花賦詩之約未踐爲憾，故送賓谷詩即引用此事，而眷眷於鄙人，可感也。邗上題襟館，文酒曾賓從。想當花開時，詩成畢甄綜。還告曾先生，衙官有屈宋。

思元道人寫竹見貽

生平愛竹勝愛詩，見竹便有凌雲思。北風打窗黃葉響，竹亦低頭隨俛仰。敲門贈我青琅玕，秋玉森森壓紙寒。詩龕無花亦無酒，破書殘畫床頭有。瞥驚素壁龍蛇飛，剪燈孤坐茶香微。胸中槎枒久忘却，對此能無感寥落。昨年移竹西涯旁，夢禪筆掃秋湖光。茲爲此君寫清照，冷葉直根與我肖。不愁歲寒霜雪繁，東風早晚吹荒園。倘教灑墨作桃李，春在門前一溪水。

贈王春野蔚宗兼懷王述庵昶侍郎

述庵喜我文，謂可學曾王。屬我序其集，語拙意頗詳。君從述庵來，就我話草堂。袖出故人書，王惕甫札。稱君詞清鏘。翌日試禮部，一戰先同行。此豈足君重，重此鋒與鋩。春風顧盼間，三館槐花黃。橋門石鼓字，待君重評量。詩龕老梧竹，雪際猶青蒼。一滴墨壺汁，化作千雲涼。得皮及得髓，妙諦參漁洋。欲審屭提音，還叩蒲褐房。蒲褐山房，述庵先生著書處。

續論畫詩

錢大令維喬

竹初詩書畫，得一已足喜。我乃兼有之，無乃近奢侈。然而文字禪，不礙清虛旨。

陳太守淏

讀書化畦町，作畫脫窠臼。春明千萬峰，寫入一龕瘦。坐我秋雨中，鬚眉忽蒼秀。

馮助教桂芬

槐市冒秋雨，皴綠寫花葉。愛我詩龕詩，刻畫上蕉箑。偶當風日晴，展對石鼓帖。

袁山人沛

人能寫梧桐，不能寫疏雨。曠心弄寒綠，娟娟紙上舉。江南孤客來，看罷寂無語。

陳山人嵩

君涉江波來，賣畫十年矣。我欲還問君，詩從何處起。投筆君大笑，詩在梅花裏。

寄李寧圃廷敬觀察

善政不違俗，好官惟耐貧。勸君操此術，爲國救斯民。餘事詩書託，閒心竹石親。玉堂舊遊處，春水尚粼粼。

弔羅兩峰山人

江城野鶴飛，江館掩荊扉。甘抱梅花死，如尋明月歸。草堂蟲語歇，書卷墨香微。從此壽門句，五湖真賞稀。

訪杜梅溪群玉于蕭寺已赴任去作此代柬

君竟抱琴去，破庵空月明。我來踏黃葉，一路聽鐘聲。遙想放衙坐，還同退院清。雪霜漸繁緊，誰結歲寒盟。

題思元道人畫册

登樓春雪雜春烟，萬壑梅風悟畫禪。山翠自飛人悄立，水香不斷夢初圓。忍寒林下同餐勝，推醉花前一放顛。白玉闌干金屈戌，大家争賦小遊仙。

題海寧查懷忠世官南廬詩鈔後

一代詩名盛，恔奇敬業堂。翕然合唐宋，卓爾抗朱王。秀水、薪城。裔子多文秀，南廬擅老蒼。新篇與古帙，不斷此幽香。

漁洋官祭酒，屈指海寧誇。今我忝斯職，適君稱克家。春雲低石鼓，秋雨響槐花。百十年來事，休教搖落嗟。新城官祭酒，夏重、德尹、聲山三先生先後肄業太學，今南廬及其族人人和、有新，適符三人之數，亦佳話也。

存素堂詩初集錄存卷九

庚申

上朱石君珪先生

　　小草生空山,久已忘榮額。冰霜晚節勵,本根焉敢棄。春飈自天噓,巖谷陽和被。敗葉新露養,烟緑夕陽媚。乃知葑與菲,干霄本無意。一旦侶芷蘭,蕭疏殊有致。孤芳結幽賞,庶祛泥滓累。

　　維公今大匠,萬類受陶鑄。賤子謂劣材,亦獲奉趨步。仰見真性情,而無私喜怒。道存境每忘,形疏神乃固。人坐春風中,各得其所遇。天下諸大事,犁然方寸具。蒼生方託命,區區何足數。

　　溫柔敦厚教,孔氏所不廢。公詎詩爲重,詩微公幾晦。平生學道心,偶藉文以載。浩氣充塞之,卓然天地内。匪同章句儒,下筆博人愛。所以公立言,無意駕流輩。驅浮振靡功,不徒起八代。

　　雲翻與雨覆,俄頃現萬狀。惟有大智慧,乃能破塵障。公持清浄根,富貴貧賤忘。燃燈闇道中,初無人我相。然而夜行者,各各去機杖。沈灰濯外垢,發刀割内妄。直於色界中,靈蠢皆有貺。詩龕弗莊嚴，光明久不放。願借屋月力，拜公松閣上。禪耶即詩耶，一言定趨向。

初春新浦道中同曹秀才_{華閣}作

不羨江湖汗漫遊，笨車疲馬足尋幽。荒郊日落愁逢虎，野水春寒喜見鷗。柳綠未勻雲半掩，麥青初活雪仍留。僧雛也解趨南陌，貝葉香花空佛樓。

莫韻亭_{瞻菉}侍郎邀同夢禪居士小酌觀夢禪作畫即題其畫鷹後

虛堂悄下簾，不畏薄寒中。良朋集三五，偷閒筆墨弄。檐角日微紅，松根雪猶凍。夢禪老居士，揮毫愛奇縱。桃花及柳樹，頃刻出巖洞。忽然發奇想，四壁風雨鬨。蒼鷹來何時，深穩一枝矼。羽毛既愛惜，雄才敢自貢。卑樓斂光彩，坐聽幽禽哢。鷙氣久漸除，何心侶鳴鳳。侍郎仰天笑，手啓葡萄甕。人生僅百年，一年幾日空。且飲杯中酒，此醉竟須痛。窗外起春雲，濛濛紙上送。

柬朱素人

春明作畫家，不下數十輩。我識君較遲，君亦深自晦。昨年風雪中，就我一床對。冷酒澆熱腸，槎枒森百態。生平嚮道心，隱寄筆墨內。畫水惟畫聲，畫山不畫黛。一若腕所到，山水無窒礙。擬買田十畝，荷鋤種花菜。請看西涯西，春雲盆城背。_{時爲余做《西涯圖》。}

顧羨庵鶴慶、郭原庵塾邀同人小集

人生重朋友，何必時對面。一言苟契合，百年終不變。古來詩畫流，匪直技藝擅。其中必有得，充然自發現。二子與我交，喜無世俗見。微寒散庭陰，淺紅勒深院。酒氣吹上天，春雲凍成片。興至百憂釋，形忘萬事便。停杯不忍去，年華去如電。巷口日西斜，飛入兩歸燕。

莫韻亭侍郎賦驛柳詩甚佳，余倩顧羨庵作驛柳圖

人非仙佛流，孰能無嗜好。我生愛詩畫，頗能窺其妙。喪志古有誡，竟被筆墨繞。快讀驛柳句，遂欲為寫照。荒村秋無人，老樹夕陽弔。淒涼感客心，騎馬年年到。圖成掛東壁，烟際一蟬噪。

夢中得春催十四字醒足成之，既索鮑雅堂汪杏江舉金和詩并倩顧羨庵作圖

寥闊江城縱遠眸，開樽兀兀不知愁。夢中境。春催萬樹綠成水，天逼一峰青入樓。鐵石心偏能作佛，烟霞氣究礙封侯。夢中詩境清虛甚，且畫長圖當臥遊。

謝薌泉同年授禮部主事賦紀恩詩屬和，余既違其請作此以報

讀君紀恩詩，輾轉淚潸然。我受恩最重，才拙詞不妍。每欲述始

末，筆墨無由宣。又苦押強韻，大將旗難搴。與君捷春官，星霜二十年。相看髮鬢間，白雲皆盈顛。報稱竟何有，默忖心悁悁。君昔奉使節，兩上吳江船。梗楠杞梓材，巖谷勤招延。繡衣跨驄馬，馳騁天橋邊。至今長安氓，猶凛焚如烟。<small>蘇泉官察院時，有焚車事，人多憚之。</small>我抱古文章，紅燭輝青氈。酬酢本疏懶，措置多拘牽。駑駘易顛躓，何怨何尤焉。上蒙聖人知，宥過垂矜憐。俾復棲蓬瀛，緩步翔花磚。橐筆承明廬，永晝調丹鉛。朝廷諸經制，次第排年編。平生迂闊見，對此一一捐。君亦典邦禮，考古需精研。宗伯大著作，手筆推許燕。以心許國家，職業視所專。何必赴沙場，親持戈與鋋。有酒且斟酌，勿使憂中煎。山桃及溪柳，隨意酬詩篇。曾當芍藥開，重訪城西偏。迷濛春雨中，佛院花娟娟。<small>戊中春與蘇泉賞花賦詩，城西諸名剎遊覽殆過。</small>

喜鎮堂師抵京有期同覃溪先生作

絳縣多年絳帳違，開緘計日倍依依。綠楊風起春先到，紅藥花開客緩歸。聽雨教誰分一榻，著書竟自掩雙扉。門生尚有侯芭在，問字城南坐夕暉。

且園十二詠

小　　山

茲山雖培塿，亦具向背勢。花氣澹春陰，坐待新雨霽。

石　筍　峰

海上風雨聲，壓此石腳底。大力負之出，稜稜見根柢。

錫　光　樓

釋典既疏略,酣睡佛光中。黃塵抗十丈,煩惱時一空。

烟　雲　室

有書弗能讀,莫若無書好。一燈借酒消,笑樂不知老。

存　素　堂

我本田間人,簪紱何心戀。虛堂貯明月,空天青一片。

陶　廬

秋菊瘦無影,一廬掛寒日。欲和陶公詩,愧乏坡仙筆。

詩　龕

有詩便有龕,何必著跡象。五城十二樓,皆作如是想。

小　西　涯

西涯萬楊柳,不綰西涯愁。年年綠如昔,蕭散春風樓。

約　西　書　屋

曳筇略約西,溪風撲衣冷。暗水明夕陽,一竿釣秋影。

有　竹　居

北地值寒竹,當作良友看。遑敢侈言多,臨風三兩竿。

石　輈

豈有石作輈,言其精潔耳。花氣薰午闌,搖搖坐春水。

來紫軒

丹陽初吐出，先暖庭前樹。桃花紅近人，倚闌且小住。

克勒馬歌次覃溪先生韻

驊騮翻海長瀾紅,雲旍風斾騂騂弓。銀槽金鎖示神駿,克勒馬騁天門東。維王翊運提戈櫓,錦衣繡帽蒼頭公。薩爾滸岡數大戰,奪壕摧楯真英雄。頃刻斫破十二壘,父子兄弟咸一衷。馬也與人同志氣,吉林厓擊恣橫衝。遂殪明兵二十萬,此馬所到王成功。振兵釋旅告天下,貂蟬實出兜鍪中。沛艾牽來感今昔,驚帆曾碎冰千重。忽雷駁飲明月底,酒香秘馥迴林松。側聽鼓聲響鈴閣,龍顱搖動歘生風。凌烟畫手補寫象,丁香叱撥桃花驄。汗血騰騰透紙背,兩耳尖聳思奔虹。移光趨影描不得,瓦爐暈紫胭脂融。角肉腹毛隱鱗甲,辨種識是滇池龍。稱力稱德古有訓,良驥報主惟精忠。韓樂徐。趙味辛。五言長城擬,我欲制勝偏師攻。蘇齋一似對韓幹,浣花魄力吟花驄。北林小兒怕仰視,赤將軍過雲濤從。幾回展卷兩目眩,想像斫陣斐芬峰。造物生才固不偶,是人是馬靈氣鍾。天潢毓秀篤騷雅,翰林沈醉摹神蹤。何不雕鏤播湖海,遠勝持勒驃石礱。英姿蹴踏筆難下,重賡強韻諧雙銅。去歲曾爲韓旭亭題船山所畫《克勒馬圖》。

束張山公石

詩情與畫理,兼之乃名雋。此身屢窮餓,所業益精進。瀰瀰清江水,泛濫君筆陣。畫宗李伯時,詩仿倪元鎮。秘玆沖淡旨,獨向本源濬。茅屋瓦燈滅,丹檻春花燼。一瓦古明月,沁人肺腑潤。雅意慕詩龕,毫素託介儐。笑我百無成,虛名湖海徇。行當閉雙扉,課童種蒿藪。君能載酒來，屐齒蒼苔印。

喜劉敏齋瑤至都

桐城多詩流，海峰猶健者。百氏恣泛濫，豪情自抒寫。君克傳家學，篤志親騷雅。京兆兩報罷，嗟哉直賞寡。夸驢出盧溝，黃山浮翠斝。再入春明城，訪我梧桐下。相對屢歎息，歲月如奔馬。惟當掩關坐，陳編終日把。文章雖小道，有真亦有假。花鳥足吟嘯，細瑣漫揣撦。綠漲西涯西，紅蓮萬枝哆。曳杖步柳陰，拈韻詠婭姹。天風散夜涼，不愁殘燭炧。

掩　關

但覺掩關卧，此心時一清。大風天外超，孤月枕邊明。俯仰感身世，饑寒累弟兄。長安花正好，獨我負春晴。

清明日宿村寺

形瘁神轉榮，官退詩乃進。積賤引咎薄，處高適意僅。散步城郭外，低首僧衲訊。屢提結遠慕，林木谽清瞬。疏紅杏庵窈，暗翠松寮潤。雲磴糾烟蘿，雨泉漱寒藪。孤磬響春永，殘燈燒夜燼。少年志勗業，凡事勵忠藎。野鷗究愛簡，駑馬時一奮。偲偲浮譽謝，凜凜晚節慎。庶幾清淨葆，隱約香火印。

吳種之比部偕令子春麓太史^{賡枚}移居小西涯

人指揚雄居，今爲庾信宅。門前萬楊柳，依依戀行客。百頃菡萏花，開向月中白。當日李茶陵，會此娛竹石。招搖邵與喬，樽酒論詩格。沈翁及文子，點筆寫寒碧。佳話播湖海，至今猶藉藉。君家喬與梓，大小兩詩伯。十載春明城，惆悵江鄉隔。烟水豁兩目，蝸廬不嫌窄。雪韭迸菜畦，風荇散魚柵。罍甕抱甃甓，書車驅絡繹。又見懷麓堂，重倚慈恩闕。宛坐吳蓬底，浪浪春雨夕。肯賡西涯篇，我來說舊跡。

李青琅欲借榻城北僧寺就余說詩兼約陳念齋、顧弢庵同作

少年薄功業，多難乃知悔。意氣重一時，人生無百載。惟有雲龍交，纏綿心不改。月滿春明城，濛濛宛湖海。聞君僦蕭寺，山僧茗椀待。我時闢北牖，鐘磬聲斯在。從此齋粥餘，聽雨懷人每。子昂詞鏗鏘，愷之筆磥砢。相得道益彰，真味託蘭茝。雅範援目綏，善行敦不息。志士恥名譽，才人惜光采。我當乘夏涼，夕陽花覆髮。曳杖松竹間，坐破石苔蕾。天酒分半瓢，滌蕩塵惊猥。

題舒白香^{夢蘭}和陶詩後即送其歸靖安

子瞻不羈才，追和淵明篇。用世抱隱憂，心苦詞纏綿。君挾一枝筆，攻陷陶蘇堅。憶昔官箴詩，讀罷情翛然。我時擬柴桑，意已忘蹄筌。停雲肆高詠，雪館孤燈圓。古今遙唱和，前後誰嫵妍。道味溢楮

墨,逸響鏗風泉。清曠自絕俗,一氣空中旋。縹緲匡廬峰,竹柏青娟娟。花氣四時永,春雨東林偏。君雖不飲酒,酒德君獨全。君雖不著書,書理君獨研。浸淫而酣適,糟粕胥棄捐。看魚至濠上,叱犢來中田。狂吟叫明月,高枕梅花眠。

次汪杏江招同人柏林寺看花用東坡送參寥韻邀諸君子遊極樂寺

山水澆肺腸,春堂坐亦冷。松柏被陽和,黝然抱孤穎。豈知文字禪,幽光寸田炳。出言契道蘊,陳腐化新警。天香散蒲褐,一切塵事屏。惟有檐前花,照眼出華靚。老僧與護持,寒泉汲古井。幽芳葆自固,宿垢去宜猛。風觸便生香,燈來遂留影。此理隨物具,物動理常靜。焉能離斯人,別有超妙境。城雲暗入樓,林月悄橫嶺。相期氣誼敦,不嫌情話永。選勝極樂場,吾方申後請。

重葺古墨齋落成胡蕙麓大令邀同人小集

衙外西涯水獨沿,壁間北海字重鐫。宛平今例詩人作,刺史詩應我輩傳。山色忽低雲影濕,苔痕不斷墨光圓。凋殘六礎今餘幾,丞相祠堂綠黯然。

古藤新竹碧交枝,小吏催鈔八詠詩。一代盛名真不負,_{謂覃溪先生}百年佳會最難期。雨蒸石氣霑衣重,天勒花光出檻遲。近說滿鞭聲亦歇,日傾濃墨搨殘碑。

輓 武 虛 谷

　　讀書難得通,作官難得好。官固不論高,書亦不嫌少。我友壯盛時,萬卷恣幽討。垂老益窮經,研苦枝葉掃。窺見古人心,不爲古人繞。一語抵千百,群疑頓了了。更聞君聽訟,民情辨及早。挺身護良禾,奮怒拔勁草。坐失上官意,遂註下下考。飄然返故鄉,踪跡託鷗鳥。朝采南山菌,暮茹東溪蓼。抗懷激風清,披襟對月皎。惟有石墨光,足以娛衰老。胡爲解脫速,超然謝塵表。君生人鮮知,君死世多曉。直聲達九重,榮名以爲寶。身死名不死,貞魂貫穹昊。況有子克家,允矣箕裘紹。

重建古墨齋歌

　　良鄉縣學雲麾碑,刓稜剷角柱礎爲。校官如此不識字,瓦礫雜處過問誰。宛平李侯三歎息,輦至官舍當楹楣。古墨齋扁敬美署,北海精氣千秋垂。瑶石作記重惋惜,鷗朱李董争題詩。唐故雲字認宛在,帝京景物猶留兹。大梁京兆宦橐重,盤盤四礎居然移。晨星寥落餘者二,何年昇向文山祠。香光摹入戲鴻帖,以訛傳訛疑傳疑。胡侯嗜古政多暇,松風吹緑茶甌漪。疏篁牖畔作人立,古藤幻出千花枝。侯也掉頭忽狂笑,自余復古余奚辭。蘇齋巋然靈光殿,瓣香況乃侯之師。勒石東壁墨飛舞,雲霞紅縵蟠蛟螭。三百六十有三字,李侯所得今倍之。天寶文物世有幾,賴侯寶護存如斯。琴堂突兀舊觀在,靈昌銜系何人知。尚煩日灌西涯水,勿令寒蘚昏煤滋。

韓旭亭是升邀同程蓉江蔭棟吳種之小飲

我歲始半百，精氣未衰老。掉臂少年場，每自增煩惱。譬如湘沅蘭，芳馥松柏繞。又如鷗與鷺，放浪烟波好。寒雲堆半山，曳杖來何早。黃塵天外颺，白髮尊前嫋。蕭然數君子，相期晚節保。殷勤不我棄，妙義恣幽討。嘯歌取適意，無事託深窈。地靜產名葩，天空縱飛鳥。強飲希薄醉，蕉葉何嘗小。

喜雨歌次朱石君先生韻

虞舜有道皋繇歌，君臣一德陰陽和。北方春雨恒不足，山雲欲起迴溪沙。昨歲雪大地氣濕，麥烟隴上猶吹波。聖主深宮念民瘼，微公爕理其伊那。赦罪屢下寬大詔，紛紛燕雀辭籠羅。狂直夭詔且旌獎，此人原不愧登科。葑菲未必資採擇，激勵士氣要足多。八表春風慰澤雁，九重新露濡關駝。夜淋甘澍聽清切，潤物奚待濯乎沱。落花不掃紅兩寸，曉鬟乍沐青如瑳。農夫簑袂殷抖擻，書生硯匣頻摩挲。黎民順則天亦喜，廊廟之志同林阿。下簾半日圖靜坐，溟濛香綠浮樽犧。

史館與王僑嶠蘇編修話舊有懷王惕甫學博

津門昔召試，二王名最顯。嶔崎擅異能，半生心跡舛。與我皆莫逆，道義時勸勉。一直承明廬，梅樹比寒蹇。春風活病葉，行見官職轉。史館接硯席，日夕聆清辯。一猶滯江鄉，伏案禿毫吮。填胸傲岸氣，海波共舒卷。愛我倍真切，竿牘寄忠謇。白雲江嶼飛，明月林屋昤。安能攜二君，樽罍酌茗荈。韭花露夕摘，菘菜霜天剪。猶憶方雪齋,挑燈興匪淺。高歌師古人,掉頭徵故典。酒酣寄悲笑,放誕時不免。事隔三五年,青山餘眺緬。餐飯幸未衰,努力前言踐。

王惕甫學博以薄荷團扇侑詩見貽

　　熱氣熾庭户,中腸正焦渴。故人遠寄書,白雲影天末。青青薄荷葉,經君親手割。更有兩團扇,千里幽思達。侑之以詩篇,筆墨迹全脫。恐我道力淺,當頭下棒喝。藥石雖苦口,肝膈頓敞豁。積垢爲掃除,清風雨腋活。披襟坐詩龕,一蟬林際聒。東軒過小雨,西山涼翠潑。不知江上烟,幾分潤蒲褐。謂述庵侍郎。

獨直史館戲柬汪杏江侍讀、劉金門_{鳳誥}學士_{是日考試差}

　　我以腕疾作,不能寫細字。有如戰敗將,交綏輒引退。然聞金鼓鳴,復思據鞍轡。二君飛將軍,文壇屢拔幟。昨聞汪倫病,流水託情思。三日未打包,老僧一庵睡。學士性疏懶,少飲便沉醉。夢裏哦詩聲,深夜攪松吹。放筆賦初日,借題抒己意。腰脚我尚健,奔走忘劬勩。虛堂闃無人,雙燕悄然至。來往綠陰底,呢喃訴何事。爲我破寂寥,或亦耽清閟。夕陽殿角斜,抱書散群吏。趁涼策馬歸,日極西山翠。

於莫韻亭侍郎笢頭讀許秋巖太守詩

　　談禪青友軒,笢頭見佳詩。古香沁肝肺,不矜態與姿。恍惚入深山,縈拂梅花枝。歸家望天末,觸我懷人思。淵淵秋水閣,一江阻隔之。回憶廿年事,石火光中馳。晨夕登君堂,風雨傾君卮。君家三昆季,皆我一字師。及今過城南,未免渴與饑。茗椀事歡笑,心迹無人知。君作郡十年,聲名溢京國。蒼藜果裨益,何必高官職。世間浮毀譽,原自不可測。本志能無失,此心終有得。蒼茫歷萬古,知白乃守黑。我今百舉廢,所事惟筆墨。又苦讀書少,浩氣未充塞。涼天荒草多,秋蟲吟唧唧。鐘歇月在林,夢見君顏色。聽罷飛鴻響,翹首滄洲憶。

吴竹橋同年書來道及諸郎君成立能以筆墨業其家且述近日得舊畫數種藉以自遣,有蕭然自得之致

我策薄笨車,史館爭迴翔。日隨諸英才,橐筆趨玉堂。低頭思舊侶,聚散能無傷。死者長已矣,謂雲墅、秋史、蘭翹諸君。生者天一方。功業我勿知,知子工文章。是得山水氣,以發詩書光。鍵戶二十年,衣袂雲水香。書來示近況,故人天末望。佳兒列三五,玉樹森成行。時參畫中禪,萬事娛清涼。放筆天地小,一醉身世忘。浮榮與外譽,不足縈君腸。惟有讀書鐙,夜深青燄長。我懶今愈甚,靦顏詞翰場。來歲瀛洲亭,摳衣待賢郎。

題黃左田鉞畫三江婪尾圖

附原記:鉞與趙苣溪睿榮、朱仰山嗣韓,同爲乾隆戊申科舉人。苣溪名在浙江榜尾,仰山江西榜尾,鉞江南榜尾,苣溪與鉞又同年庚戌進士,仰山亦以嘉慶己未通籍。庚申夏,苣溪將往吴,仰山亦請假,鉞方以薦來京師,而二君者遽別去,爰寫婪尾三朵,以誌離索之感,苣溪其藏之。

清秘述舊聞,搜羅苦未徧。榜首一一詳,餘頗闕記傳。豈知江上

花,婪尾九春絢。天姿富貴成,本性深穩見。空闌寂無人,芳氣閟深院。無言隨桃李,攀條荷清眷。從此風塵中,不復傷微賤。相期葆歲寒,晚節各研鍊。我固賞奇人,佳話聽不倦。移榻碧梧底,趁涼續殘卷。

梅花溪上圖爲錢立群題

前身非梅花,何來此溪上。形勞心自逸,夫君天所放。小小寫經樓,久坐地夷曠。鶴守門轉閑,鷗見人不讓。寒綠起遠林,幽香足春釀。過橋人影稀,墨氣一池漲。倪迂清閟閣,米顛書畫舫。詩龕隔千里,山頭明月望。

直史館呈石君先生

萬樹綠猶滴,一蟬吟不響。幽花媚夕陽,半庭秋氣養。永晝掩關坐,道心進日儻。史館課程緊,故人約同往。地迥得高寒,心適忘鞅掌。清風暑氣奪,靜懷塵慮攘。要知天上居,坐久地乃廣。所愧缺健筆,望古徒馳想。東塗與西抹,毫不着痛癢。庶挹北斗光,靈區欻開朗。

少苦乏師承,讀書務博覽。義理未融會,精采致抑撐。譬比無名花,嫣然空谷菭。自開還自謝,詎期世採攬。一旦侶蘭芷,相形傷藆萏。幸過擷芳人,結嗜到昌歜。晨滋軒露明,夜謝巖雲閣。樗散見本性,倔強夫何敢。心佩有道言,終身知己感。

齒毛在我身,未嘗須臾忘。及時自脫落,棄之如粃糠。能不滯於物,乃工御物方。樂意苟相關,隨境皆文章。數花開檐底,一鳥鳴其傍。熟聽聲喈喈，舊侶求皇皇。山頭雲影高，殿角風吹涼。神仙世上少，日月壺中長。飽讀孔壁書，典謨訓誥詳。滌茲謏陋胸，蹈彼皋夔颺。

雨中祝簡田_塾太史暨郎君仁泉_{崧三}秀才以詩龕圖詩見貽

詩龕茅屋耳，僅足蔽風雨。四海說詩人，圖成快先睹。東坡與斜川，好句絡繹補。寶劍贈知己，於義或有取。積霖花霧暝，睡起已晌午。蝸篆硯底蟠，蘚葉石縫努。遠青斂夕陰，殘鐘散餘暑。燈昏月不上，竹外雙螢吐。繞廊吟君詩，恍對君笑語。

陳雲伯_{文述}自浙中寄畫至

寄我一稜山，附以十行字。山清有別趣，字少具深意。我拙百無就，讀書抱微志。徵文更考獻，頗足資覩記。傳聞浙東西，典章一代備。阮公對圻臣，扶輪是其事。時和風教敦，新詩望頻寄。我將掃秋幀，白頭一庵睡。待君射策來，碧桃花下醉。

寄郭祥伯

颯然江上風，響我庭前竹。中有於邑字，覽罷為一哭。停絃望白雲，梅花偃寒麓。美人傷遲莫，君子慎幽獨。世無九方歅，老驥等凡畜。良玉待善價，詎肯輕出櫝。高舉謝塵鞅，秋風滿巖谷。名山未見書，年來當補讀。筆墨鬱奇氣，笋蕨香勝肉。有意長安花，吾當掃茅屋。

文信國琴歌次朱石君先生韻

大絃小絃聲同哀，妖波夜沸婺處台。百宮拜表祥曦殿，孤臣捧詔青原來。松陰月黑猿鶴嘯，竹燈黯淡風恢恢。秋泉不響綠桐澈，江潮無信亭皋摧。黃龍此時未入海，白雁一至臨安災。驅羊搏虎是何意，肝如鐵石聲如雷。君臣之恩以絃合，女蘿山鬼爭喧豗。絃非絃兮指非指，二十八字縣星魁。萬里壯懷倏淒斷，蒼厓白石空低徊。竹如意碎琴心死，玉帶生又殉西臺。汪水雲製無乃是，冰清雪罍隨殘罍。吁嗟乎！零丁洋詩取并讀，丞相豈非文武才。<small>近有議《琴刻詩》不佳，謂琴爲贗者。</small>

答陶凫香<small>梁</small>吴中寄詩

君昔叩我門，槐雨染階綠。題詩破壁間，我歸掃苔讀。乃君買船歸，日荷松楸哭。轉瞬今兩年，憚暑我掩屋。忽憑雁飛影，千里鷗波觸。良晤不可要，前夢怳如續。好士誠鄙懷，虛名乃折福。<small>凫香寄詩有"好士易招流輩忌，才名終荷聖人知"句。</small>買山笑無術，一廛早已卜。床頭三尺書，牆角百竿竹。涼月長依依，清風時謖謖。吾將侶漁翁，笠檐簑袂足。君倘訪溪上，可就葦間宿。

題張鑑庵<small>丙震</small>梅柳江村圖即送之嚴州太守任

別君六七年，顔貌愈清瘦。運籌佐戎幕，草檄萬言奏。歸來卧一庵，布袍換甲胄。宦橐雖蕭然，尚餘青半岫。朝雲苦相伴，坡老不孤陋。前江春雨生，後江春水皺。持向桐廬觀，此蠻而彼秀。

昔年阿文成,稱君好氣度。勢斂心志平,含融知有素。我時屢接席,未見輕喜怒。畫者微窺之,但爲寫旨趣。不取形似工,庶幾精神遇。屋南種梅花,屋北種柳樹。日日坐江頭,放眼看白鷺。

　　蘇齋辨金石,金世幾無兩。引君爲同調,君學蓋可想。我雖賦性拙,識字頗勉強。君從湘南來,岳麓刺船往。石上古蘚花,手拍已不響。終古明月照,一山白雲養。聞君所搨碑,字畫尚清朗。

　　我夢桐廬山,夢中殊不知。作詩得好句,一笑恍遇之。君今官此郡,江綠吹漪漪。瓶中賸殘墨,爲搨嚴陵碑。輕舠載烟客,魚菜款畫師。是山不是山,是詩不是詩。如此寫桐廬,乃足慰我思。

六月九日李西涯誕辰鮑雅堂、汪杏江、謝薌泉、趙味辛、張船山、周西麋_{宗杭}集詩龕

　　詩龕雖移居,繞居仍清溪。暑雨積三日,溪水時平堤。紅蓮高兩丈,挺身出青泥。年年六月初,賞花西涯西。釃酒壽李公,蒲笋雜黍雞。今歲禪侶來,入門故事稽。_{謂靜厓侍讀。}論事每平心,未肯輕訶詆。諸客感前會,零落增慘悽。生者烟樹隔,_{曹儷生、洪雅存、石琢堂、章石樓、顏運生、何蘭士、王惕甫、宋梅生、吳蘭雪、金手山諸君。}死者秋墳迷。_{羅兩峰、王葑亭、姚春漪。}我還語諸公,物我焉能齊。日暮散群雅,各就林間棲。李公墓已刻,麓堂詠重題。照人西涯花,潭影深鳧鷖。

祝簡田太史次拙韻并約登得雨樓看荷

　　先生過愛我,不覺忘我醜。豈知日偃蹇,老比西涯柳。亦時思振刷,萬慮紛結糾。開拓萬古胸,或藉幾朋友。騎馬湖上行,荷花識我

久。高樓未一登,深愧不飲酒。花應笑我俗,我欲向花剖。先生善排解,隔夜約詩叟。_{韓旭亭、徐后山}。岸風吹帽涼,苔綠上階厚。橋轉鷗導人,船艤客買藕。偷此半日閒,湖光竟我有。借問西涯花,種自西涯否。

立秋前二日同鮑雅堂、吳穀人、汪杏江、趙味辛、張船山集謝薌泉知恥齋迎秋

　　西涯修禊記前期,_{戊午立秋前二日,約同人於西涯賦詩。又到西涯折藕時}。出郭風光閒始覺,欲涼天氣病先知。井梧不肯傷搖落,驛柳無端賦別離。_{穀人、船山時賦《驛柳詩》甚工}。更約斜陽衰草外,秋墳掃罷詠新詩。_{薌泉撰募修西涯墓引}。

李載園過訪詩龕不值

　　年年接君書,如對君夜話。烏絲字未滅,南窗一燈掛。荒露洗荊扉,午風掃松廨。我友惠然來,詎肯嫌湫隘。貧家無長物,梧葉尚不壞。樹老花自醜,庭幽石逾怪。君負米老癖,入門必下拜。一朝促膝設,十年慰清快。咫尺净業湖,仙蓉列晚砦。衰柳斷堤邊,有人菱藕賣。同志約三五,努力償詩債。

張水屋自蜀中寄詩集至首章即懷余之作感賦

　　張顛居長安,賦性實倔強。乃我愛之甚,君亦獨我賞。匝月不數見,見輒心志爽。片語品詩畫,微妙世無兩。一筆半筆出,十日五日想。閉門寫性情,泠泠秋泉響。君還得自君,千古絕依仿。世徒詫神

速,君益增悒怏。騎驢走市肆,託醉寫骯髒。黃金隨手散,白髮盈頭長。一官逼君去,蜀道青天上。園蔬課僧藝,溪魚呼婢網。酒氣與墨氣,江風吹欲漭。君爲牢籠之,萬態隨俯仰。傍山築水屋,地隘心自廣。彈琴憶朋舊,賤子荷推獎。憶遊極樂寺,長嘯振林莽。丹楓及黃菊,粉本寫清朗。見花不見君,聞鷗悵孤往。行當圖君句,一一告吾黨。曉庭坐捫虱,此景可想像。集中有"庭鋪曉日坐捫虱,池濯春流婢釣魚"之句,余書楹帖寄贈。

驛柳詩四首次張船山檢討韻

山邊陰自水邊晴,此柳何心綰送迎。旅客流鶯徒伴語,衰年去馬怕留聲。月昏寒色黃無路,雨歇春烟綠在城。憔悴可憐猶古道,生平不識亞夫營。

當年感爾染宮衣,老樹婆娑已十圍。石室日高雅不睡,茅亭花暖燕仍歸。條會繫馬休輕折,絮倘沾泥莫更飛。詎少閒村耕釣侶,柴門沙瀨鎮相依。

濯從秋雨曬秋陽,那辨他鄉與故鄉。身世百年多過客,關河千里況飛霜。小橋流水思前渡,明歲春風是後場。草長鶯飛感興廢,烟絲露葉一行行。

貔貅十萬下荆州,鐵騎金風漫寫愁。老卒有人思報國,將軍一輩又封侯。斜陽孤館偏疏雨,衰草長堤未斷流。我不天涯感搖落,紙窗竹屋自吟秋。

謁圖裕軒、曹慕堂二先生祠

行到翠微頂,更無人語聞。姓名傳二老,色相證孤雲。暗壁蟾光納,虛巢鶴影分。商量秋圃句,清夢繞河汾。裕軒先生築野圃,種秋菜最佳;慕堂先生刻《河汾諸老詩集》。

存素堂詩初集録存卷十

庚申

硯齋西成許以所藏桑梓前輩詩集借鈔

君生將相門,而好弄文墨。山光補樹缺,好句從何得。硯齋得雨樓聯句云:洗出山光當樹缺。縱談百年事,浩落抒胸臆。君年才三十,乃如此博識。此殆具夙慧,毫不藉人力。及叩所誦習,百家多記憶。家貧書尚在,發篋弗我匿。嗚呼茲豪舉,大足徵學殖。鐵公開選樓,搜索徧京國。我嘗爲購訪,日昃不暇食。闡幽有同心,故紙共拂拭。豈果英爽憑,藉君啓鬱塞。存人幾謄句,勝活數命德。君子不望報,至理固罔忒。吾輩一舉動,但期慰淵默。涼天買濁醪,邀君過城北。水石生幽姿,松菊榮晚色。露重草亦香,月高林不黑。禪榻坐聽鐘,階蛩任啾唧。

速鮑雅堂題詩龕圖兼訊拈花寺齋期

参軍詞俊逸,下筆每矜重。佳會適相值,豪情時一縱。詩龕富竹石,光景易研綜。胡爲日閉門,清詞絕吟誦。豈果天籟發,不由人作用。當俟其自至,妙處心賞共。秋雨斷行客,蘚花綠無縫。葡萄亦已熟，蘑菇不須種。晚晴款蕭寺，老衲燒笋供。新詩頃刻成，佛堂了殘訟。

六月晦日李青琅招同吴穀人、鮑雅堂、汪杏江、顧弢庵小集晚過具園

炎氛如酷吏，中人逾斧鑽。積霖如貪夫，曾不計滿溢。北窗雖清涼，逃此竟無術。晨起踐良諾，檐頭掛紅日。微風習習生，暑氣一天失。始知秋意萌，山水孤烟出。閣軒況幽敞，花竹亦暇逸。頗怨鮑與汪，談禪坐芥室。松脯已飽餐，弗我饑腸卹。過午驅車來，入門呼酒疾。錢塘老詩伯，吴穀人。倚牆揮醉筆。斜陽轉疏林，草根吟蟋蟀。乘興訪具園，小景輞川匹。我是裴秀才，誰作王摩詰。

七夕汪杏江招同吴穀人、鮑雅堂、謝薌泉、趙味辛、張船山芥室小集分賦洗車雨

洗車雨，天上來。眼中淚，心裏灰。長橋宛宛雲門開，爾車不行胡爲哉。安得祝風吹雨行，銀河倒瀉玉壘城，洗車不如還洗兵。長安春雨貴如油，秋霖過多農夫愁。車上之塵盡少留，君不見，郎牽牛。

吴穀人前輩勘定拙詩并許爲序

我詩如清醨，君詩如醇醪。成就有高下，原本皆風騷。廿年步後塵，文讌陪翔翶。玉堂春晝閒，伴君親揮毫。烟水染衣綠，海棠花影高。青山何日買，白髮臨風搔。詩卷在天地，氣象空吾曹。瓦缶自戞擊，無意諧雲璈。詎期老鳳凰，翻喜寒蟲號。

微材荷獎勵，感激逾終身。溢分豈不慚，黽勉歸吾真。救人出水火，世遂稱其仁。文字重因緣，時或傷湮淪。鼓吹仗大雅，推挽傳千春。西湖秋雪庵，百頃烟波新。詩瓢及酒盌，不染人間塵。長安日徵逐，難療生平貧。三間打頭屋，風雨資吟呻。

我有百畝田，遠在北山北。性弗辨黍豆，地乃委荆棘。老僕買一牛，行將學稼穡。水風散晚涼，林月吐秋色。土竈燃松柴，酒漿翻頃刻。薄醉卧巖石，寒泉掬可得。狐狸不畏人，夜深嘯枕側。一鐘響斷續，百蟲吟啾唧。真詩隨物具，我祇寫胸臆。先生倘肯來，祇携半壺墨。千峰與萬峰，蔚作詩人國。

送何蘭士出守九江

太守方面官，九江衝要地。君受天子知，乃膺此重寄。人方引爲榮，而君益惴惴。書生百不諳，焉克任外吏。吾獨謂不然，斯正書生事。民心即我心，一室九州備。君家敦孝友，子弟氣和粹。書聲起外堂，羹水調中饋。琴瑟及壎箎，春風一一被。舉此加諸彼，何民不整治。

君性特清妙，山水秋夢繞。此行及吳越，一帆極幽窅。無窮登眺心，對兹可以了。潭底探吟龍，巖端躡飛鳥。望見香爐峰，烟重壓林表。庾樓風月多，陶宅松竹少。攬秀匪君事，救獎功不小。草青生意堂，靜對春鬢曉。

憶我與君交，忽忽十五年。身心藉培養，不徒文字緣。夜聽北郭鐘，朝采西涯蓮。沉醉鰕菜亭，抱石三日眠。掃葉蒼雪庵，倚樹聽流泉。我亦時訪君，老屋孤燈圓。長公愛結客，竹榻南榮懸。諸季皆友愛,翁也尤余賢。一旦遠別去,詎忍瞻君船。彈琴續詩話,焚香參畫禪。功業我則無,前途君勉旃。

以拙文質趙味辛舍人且訂西山之遊

文章無古今,惟其是而已。我久筆硯焚,見獵輒心喜。東塗與西抹,究未窺奧旨。世人好延譽,瑕疵孰肯止。先生我石交,攻錯他山比。秋鐙徹夜圓,雨聲響不止。佛堂清磬動,蟋蟀孤吟起。千古英雄氣,消磨都由此。君擬振衣去,搏風九萬里。我年四十九,殷殷鑽故紙。光陰行自惜,精力豈不揣。結習苦難忘,何心炫華美。積潦斷行客,閉門三日矣。君廬隱兼葭,渺渺隔秋水。蓄酒待重陽,西山殘照裏。飲君三百杯,菊黃及蟹紫。

七月十四日百祥庵老衲導余拜西涯墓

野寺雲際欹,孤村林外斷。山氣翠濛濛,秋影卓天半。下馬識殘碑,蘚澀字痕爛。老僧導我前,危橋荒草漫。摳衣涉行潦,足繭背浹汗。掃石蟋蟀唱,翦榛狐狸竄。敬告西涯翁,墓田復舊觀。造物誠忌才,身後猶遭難。幸逢賢宰官,<small>謂胡宛平</small>。定此一重案。始知顛倒中,天固有成算。湮淪三百年,照雪在一旦。公名自山斗,蜉蝣奚足憚。僧若解斯意,仰空發浩歎。夕陽屋角沉,牧童叱牛散。

贈曹復堂<small>善</small>

我不識古書,點書但粗辨。孫公自江南,遠寄鐘鼎篆。書中論時髦,生也稱冠冕。冒雨訪詩龕,策蹇踏溪蘚。墨起嶽雲重,風來湘扇展。碧石鐫赤字,日迷手空撚。<small>曾贈書扇石印</small>。秋堂淨如洗,竹石映婉變。病僕儼枯僧,守門仗黃犬。充盤乏梨栗,澆腸祇茗荈。君弗吝齒牙,娓娓精義闡。笑我懶廢久,時喜徵故典。江湖傳好句,二難增睇眄。時論及許香巖、秋巖昆仲。結交古所難,把臂緣不淺。城南僅十里,到門每多舛。睠彼清閟閣,圖坐秋鐙翦。謂蕭昆田、潘笠舟。飄然雲夢雲,西涯任舒卷。行當煩椽筆,手署麓堂扁。西涯祠成,擬請曹君書麓堂扁。

贈周省齋明球明經

昔我爲文章,頃刻萬言就。鬼神若忌才,兩腕病發驟。每際下筆時,十指成贅瘤。得意欲疾書,牽左更掣右。清興索然盡,落紙傷蕪陋。是使我不才,釁皆腕所搆。十年訪良醫,多方施補救。參苓竟無效,繼之以針灸。周君舉制科,學問天人究。岐黃特餘事,數語理説透。心正始筆正,此論豈悠謬。行當坐空齋,萬緣謝奔湊。依稀黑松底,一綫月光逗。得主則有常,百體聽奔走。他日登君堂,一覽湖湘秀。好句寫胸臆,磅礡揎衣袖。此筆天所與,此臂君所留。

送陶蔚齋象炳司馬

憶我官司業,時年方三十。君年二十餘,青袍黃鵠立。氣象既岸然,下筆絶沿襲。論文時契合,相見時一揖。別去八九載,橋門我再入。君復來司鐸,詩龕殷負笈。槐花滿地黃,秋雨天街濕。鵬飛九萬里,乃息百里邑。凛兹民社膺,皇皇如不及。念已亦百姓,百姓待已緝。一夫苟失所,此咎將誰執。松風響玉琴,三月盜氛戢。天子晉以官,疆吏需之急。君愈斂抑甚,撫躬惟感泣。前途君勉旃,必克大功集。心虛衆善歸,氣下百僚挹。

同胡印渚登蔣氏平臺望浄業湖

樂雖由心生,借境乃舒暢。名位身外物,對酒何須讓。春明百萬家,樓臺麗且壯。惟有浄業湖,水木頗幽曠。平臺三五間,插雲枕湖上。竹井籜石翁,曾此發高唱。我亦題詩屢,好景苦難狀。當場勍敵逢,捲旗焉敢抗。主人觀壁上,神采忽張王。湖烟入尊琖,綠微秋意釀。遠山一角孤,高柳天半放。歸雅趁夕陽,晚林任夷宕。造物詎有私,茲獨我輩貺。心間百憂寂,高懷謝塵障。鐘聲響蕭寺,燈火隔橋望。

思元道人畫蘭竹見貽

蘭草喻幽人,竹箭況正士。高齋寫贈我,陋質安足擬。暑濕益愁病,閉門種菊杞。地僻車塵少,朋舊阻秋水。苔砌百蟲閙,茶竈孤烟起。鐘聲響南樓,黃葉落不止。天上明月光,沁入肺肝裏。放筆畫蘭竹,蘭竹不在紙。湘雲江雨中,儵然遇彼美。塵垢爲掃除,參觀得妙理。願持清净根,耿介報知己。

八月九日胡蕙麓太令邀同謝薌泉侍御出西直門憇松泉寺相西涯墓址,蕙麓獨往西山視木石謀爲公創祠,余因偕薌泉至極樂寺復過大慧寺盤桓竟日

西風送敗葉,淒緊打馬首。青豆雜紅秋,糾結塞村口。荒田積秋潦,瀺瀺作泉吼。棄馬步高隴,寒綠散衰柳。小謝感舊遊,花竹別來

久。入寺不拜佛,據案先呼酒。清狂發薄醉,叱僧如叱狗。胡侯腰脚健,片刻西山走。丹霞繞衣袂,白雲隨腕肘。登岡度夕陽,高下胸中有。君子一舉動,凡事期不朽。我將把禿筆,大書曰某某。

讀書秋樹根圖

竟欲此間老,讀書何所求。青山黃葉路,高樹夕陽樓。一客坐無語,百蟲吟不休。松門守孤鶴,問字有人不。

題姚春木椿長江萬里圖記後

天荒石破青,地絕水吹綠。人心耿不死,湛然方寸燭。區宇一浮漚,古今幾轉軸。詩書鬱填胸,江山紛縱目。此筆鬼神秘,君乃操之獨。昏崖疾霆走,虛澗秋虹縮。五嶽力穿透,百怪隱憎伏。君却抽布帆,斜陽新酒漉。趁月撈魚蝦,冒霜翦松菊。耽幽出至性,詩龕愛尤酷。春明甫卸鞍,先問西涯竹。

君昔試橋門,逸氣翩飛鴻。伸紙疾揮灑,花雨吹濛濛。萬滴珍珠泉,一氣迴天風。我時眩五色,獲此心怡融。傳寫石鼓旁,三舍春燈紅。旦暮上騰躍,何事傷萍蓬。豈知世神物,動必摩蒼穹。渺瀰瀛洲波,斂息來從容。振衣白玉堂,矯首丹霞宮。俯視里巷兒,但作號寒蟲。

題亦舟盧

何必浮江湖,始許一帆剪。十丈秋烟中,扁舟繫清淺。墻脚隱紅蓼,石根漬寒蘚。風戛新篁聲,依約輕撓撚。林梢吐微月,涼影檐頭卷。爐香淡不波，花氣隔簾泣。蒼葭白露間，有客歌清沔。

樂雲道人以雪月書窗小玉印見貽

雪後見月月倍明，月下看雪雪有情。雪耶月耶兩無約，清光却射讀書閣。前身恨不爲梅花，稜稜傲骨埋春沙。壯心祇合詩中老，冷淡生涯差覺好。道人貽我靈山脂，寒雲黯淡青蟠螭。良工斧之更琢之，我將奉此志孤潔。萬古空山伴冰鐵，紙帳春風吹不裂。

書思元道人風雨遊記後

風雨從天來，文章自我作。興會所已到，妙語非雕鑿。往往山中人，始能具此樂。道人清懷騁，翩翩謝塵縛。西峰一片翠，野風吹欲落。蒻帽湖雲低，葛衣花氣薄。遠綠菰蔣瀿，新影榆槐拓。四山積烟霧，回首前路錯。冒險度危橋，禁寒坐草閣。燈光散苔影，濃墨苦難著。蕭疏祇數筆，逋峭見丘壑。內充外自足，神全形可畧。文潔復畫幽，引我到巖脚。滿塵落葉聲，彷彿來猿鶴。楓菊逞丹黄，我亦踐良約。

九月三日曉出阜城門慈悲院
早飯卜葬之便遊山

良侶不易得，好山欣共往。出郭剛半里，已聞槲葉響。寒蔬供僧厨，秋味愜心賞。秣馬還飯僕，都作出塵想。詩瓢及酒椀，芒鞵更藤杖。南嶺紅日卓，照見路如掌。

芭蕉村道中

悠悠三十載,重訪白雲隈。山色青如舊,鬢絲霜已催。深林古寺出,淺草夕陽來。禿筆知何用,名心亦漸灰。

望石徑山

峰缺樹益縱,樓破鐘尚打。細雲澹石色,微颸逗秋影。山水結臟腑,草木皆清警。果園沒荆蕪,佛塔聳西嶺。借問采樵人,玉泉可修整。明武宗微行至石徑山玉泉亭,經數日乃還。

渡桑乾河

沙漲氣漫漫,危橋跨急湍。野風吹水大,白日照人寒。荒草鷹平度,秋山馬細盤。回頭窈塵境,獨立蓼花灘。

由奉福寺度羅睺嶺晚至潭柘寺宿

秋山既入眼,舉趾忘勞苦。村烟與樹色,各挾奇情吐。殆已鬱之久,修容待我睹。萬綠不相奪,峰峰自媚嫵。孤鳥翠明滅,幽花紅仰俯。一路竹輿聲,伊雅似搖艣。招提我別久,會面成今古。蝙蝠出檐飛,蟋蟀向人語。佛堂一枝香,猶縈舊時縷。循竹步虛廊,濛濛翠如雨。

琦玗亭

入寺山忽低,閉門天亦換。四圍蒼玉色,詎厭百迴看。胸中塵俗氣,竹風爲吹散。衆綠妆一亭,日影不能亂。暗泉無急聲,白石浸已爛。山僧掃殘葉,勸客歇亭畔。

晨起過紫竹院

緩步青松坪,遂至紫竹院。風吹片雲墮,濃壓清涼殿。九朵芙蓉花,青蒼隱不見。老楓逞薄醉,作意霜姿炫。

少師靜室

俗慮時一空,欸聞水激壯。寒泉爾何事,出山百不讓。昔年姚少師,曾此寄閒曠。借問緇流中,幾人病虎相。

龍潭

泉從山下出,茲乃匯山頂。巖竇僅涓滴,演漾徧諸嶺。疑是龍所噴,膏澤施俄頃。洄洑復瀿蓄,終古蘿徑永。萬緣分一石,涼日散天影。秋痕破蘚花,霜氣聚楓瘦。濁酒澆熱腸,煩惱何時屛。亟來瀨幽淙,齒牙頓清泠。

蓮池

窮力陟東岡,散步造西谷。丹林隱一庵,疏風動叢竹。蓮花已斂蕚，池水含空緑。殘菰尚聚魚，幽草時引鹿。隔澗望佛廬，鱗鱗萬瓦簇。欲枕石頭眠，僧報飯已熟。

青　　蛇

昔聞二龍子，名著大小青。蜿蜒佛殿前，日聽僧誦經。願滿挾風雨，頃刻歸東溟。子孫毓繁衍，寄此秋泠泠。我循梵唄音，餐秀娑羅廳。風散石壇花，殿角猶餘腥。

延清閣晨粥

竹色迢遞來，緑糝粥盈内。清涼沁肺腸，無處留濁穢。輕霧解樹腰，薄曦轉山背。詩瓢儘空濶，滿貯西峰黛。一路吟哦聲，小犬隔林吠。

度馬鞍山至慧聚寺

望之秀蔚然，行矣窈窕極。突雲迸山脅，暗霞穿鳥翼。一路踏寒翠，日高幡影直。松柏散新緑，自留太古色。鐘磬敲逾静，鸛鶴喧不得。獨憐草根蟲，向陽吟唧唧。

戒壇古松歌

是誰削此蒼玉幹，萬古厓風吹不爛。陰森百丈寬十圍，鳳凰結巢胡不歸。九龍松。出土便作卧龍偃，鱗甲之而氣深穩。鋪雲貯月青濛濛，以手撼之聲靈瓏。卧龍松活動松。餘松皆是千年物，惟此三松尤鬱崛。蒼鼠啣子鶴守門，病衲曬日偎秋根。我來當頭覆寒緑，啜茗一甌香心腹。何年拔宅芙蓉巘,團蒲方丈秋燈圓。支離叟導諸君前,高吟狂飲休參禪,醉後便藉洪濤眠。

登千佛閣

秋聲萬葉聽未足,千佛閣頭秋藹矚。東林酣碧西林黃,樓臺倒影迴斜陽。石磴蘚濃立不穩,倦遊我欲隨鳥返。隔山一縷樵烟來,餘青繚自林中開。僧房簇簇若居井,我身却在萬松頂。梯雲百折客告饑,僧言松腳茯苓肥。

遊化陽洞登極樂峰回憇慧聚寺出花梨坎宿奉福寺

峰居萬山巔,洞出峰之脅。天驅碧蟾蜍,麗然匿巖峽。支頤噴古烟,晚林風恰恰。捨命探幽險,燎麻負鏨鍤。腰腳學虺蛇,聲音宛鵝鴨。初轉軸力猛,漸縋梯徑狹。陰風起地底,水聲當頭壓。平生仗忠信,到此亦心怯。攀蘿出深黑,坐與紅日狎。盧溝浮片綠,迢迢接寒硤。霜摧梨栗墮,知我餓兼之。歸途趁夕陽,苦茗容一呷。禪房榻已掃,新月雙梧夾。

由奉福寺渡河過皇姑寺抵翠微山三山庵久坐歷大悲寺至龍泉庵

欲遊翠微山,五更我先起。霜氣侵衣袂,四山欸已紫。車行犖確巾,秋夢冷如此。便過皇姑寺,殘碑殿廡圮。巍然賸破樓,孤立苔烟裏。亂石格馬足,鼈蹩行五里。叩門僧雛引,一軒宛舟艤。三日所歷境,遙遙皆可指。幽潔茲為最,規模稍隘耳。宛轉踏黃葉,得寺便欲止。回頭前境換,冷暖不移晷。誰撥玉琴聲,流出龍泉水。

龍泉庵啜茶果畢遊香界寺

僧知客已憊,蒸梨更煮棗。孤亭聊憇息,仍欲諸險造。招提插天半,石徑白雲繞。虛澗追渴猿,層巒侶飛鳥。豁然寒霧朗,樓臺出林表。天光徹廊廡,溪聲振松篠。從此車馬喧,不復清夢擾。

寶 珠 洞

行到翠微頂,翠微全在下。峭壁不洗濯,孤青自淡冶。山聲石上來,暮色天際寫。土竈然松柴,放出烟一把。

龍泉庵孤亭據松泉之上同人聚飲抵夜吳穀人侍讀有詩次韻

西山日在望,今夕始追歡。微月隱松色,秋泉生夜寒。江湖余獨遠,簪綬此偏難。消磬一聲響,佛烟吹石闌。

翠 微 山 晚 步

嵐翠萬山仍,秋雲此夕增。松間初見月,竹外又逢僧。凄切憑蟲語,光明放佛燈。生平鮮依傍,却仗一枝藤。

宿龍泉庵呈同行諸君

起聽龍泉聲,開門月滿地。風從松際來,吹落衣上翠。佛燈暗復明,僧藉黄葉睡。石屋吟詩聲,增我打包愧。卧雲豈不好,無術矢獨寐。諸君騁清懷,道心何所寄。酒氣散四山,丹楓先我醉。

曉起吴穀人、汪杏江再和前韻疊韻報之

兹山僅一宿,原爲再來地。豈知我胸中,轉蓄無窮翠。兼之黄葉聲,打門不能睡。挑燈續殘句,清妙殊有愧。殿上木魚響,倚松託薄寐。僧餉蔬果至,澹懷霜味寄。醇醪可弗嘗,山光飲已醉。

秘 魔 厓

漸聞流水聲,適有松風雜。瀚然秋一泓,菊杞香匼匝。欹帽秋花看,兜鞻夕陽踏。石几隱殘墨,滴滴巖翠沓。但具出塵想,奚必作僧衲。累我果何物,詩筒與畫楢。

慈 壽 寺

望見窣堵波,認是慈壽寺。荒荆翳殘瓦,寒苔澀斷字。九蓮不復花,猶傳夢中事。如何午時鐘,不響三摩地。徒合遊客來,松間謀一醉。紅桃開半山,我當策蹇至。

摩 訶 庵

鶴老慣守花,鳥倦思棲林。松檜雖殘醜,風過猶成音。白石净如拭,惜未携瑶琴。飄飄杖履間,猶帶西山陰。雙扉日緊閉,秋菊禪房深。我欲借僧榻,何日抽朝簪。

出山別盈科上人

松間一相別,净綠飲何年。馬亦戀山色,僧惟稱佛緣。白雲秋草路,黃葉夕陽天。彌勒一龕共,誰參玉版禪。

留贈潭柘寺月朗禪師

老僧一無事,抱石山齋眠。夢掃九峰翠,心清百道泉。潭閒坐終日,龍去記何年。偶爾拈花笑,真能破俗緣。

立冬日趙味辛約同吳穀人、鮑雅堂、汪杏江、謝薌泉、張船山、戴金溪敦元亦有生齋消寒即席次味辛韻

霜氣遠林蕭,寒葩色孤展。柳巷積潦衝,蘿軒荒蘚踐。遂覺溪上風,到此吹亦善。刻燭償宿逋,追呼終不免。境險造道深,心平出語淺。光景取現在,何事徵故典。遊興託北邙,嗟誰糗糧辨。味辛約遊北山。鐘聲斷春水,幡影指秋巘。塵俗釋無術,坐待山靈遣。在在有衝泬,勿笑漁翁洒。蒲芳更鯉肥,草堂濁醪餞。薄買陽羨田,清夢梅花蔵。

韓旭亭居粵東時具尊南補瓢老人香山梅花嶼空月軒諸詩并錄陳需齋汝楫徵士記文冠首王椒畦學浩孝廉作圖余綴詩紙尾

羅浮幻清夢,吹落香山岑。空月淡無着,滿地梅花陰。椒畦半甌

墨，寫出雲東心。石氣自然青，外垢奚中侵。松篠水烟閉，蔦蘿春雨深。湖光與樓影，尺幅供追尋。豈有天籟發，弗協風泉音。側聞補瓢翁，日撫無絃琴。

夜間雨雪甚大晨起胡蕙麓大令邀遊極樂寺候翁覃溪先生及吳穀人、趙味辛、張船山皆不至禪榻話舊抵暮始歸

雲聲續雨聲，山風隔夜送。林葉催鴉起，朋束促驢鞚。出郭投荒寺，初日松梢凍。老僧鐘磬廢，清晝杞菊弄。客久困塵鞅，暫來懷抱空。城頭雁飛滅，石根蟲語閧。寒緊萬竹淒，烟暝一鈴動。宛坐江蓬底，翦燭話詩夢。

偕吳穀人、汪杏江、謝薌泉、趙味辛、張船山、姚春木於鮑雅堂齋中消寒分賦飲中八仙拈得汝陽王璡

居高身益危，處熱心獨冷。迢迢花蕚樓，大被承恩永。友朋結褵賀，山水愛箕穎。黃塵抗烏帽，古月抱秋影。香螳浮樽遲，渴虹投澗猛。恨我非酒人，客中坐如瘦。猶得稱頑仙，霓裳詠俄頃。

題關山覓句圖送莫韻亭侍郎奉使瀋陽

君詩得自天，似不關閱歷。何況此行役，寵命山帝錫。霜月警清曉，奚事佳句溺。山光與海色，雪霽塵容滌。尹邢詎相掩，目成結幽覿。風從天上來，冷翠落松櫟。關頭青萬重，潾潾馬頭滴。殘夢續晴日，午亭黃葉激。倘逢金遼碑，清苔煩手剔。

夢禪居士仿香光卷子

好山何處無，妙筆不當有。偶然參畫禪，萬壑秋雲走。風霜老櫧櫪，烟翠飽菘韭。借問荷鋤人，梅花栽幾畝。

王子卿澤孝廉作詩龕圖索詩爲報

萬山收尺幅，烟綠着未滿。遠勢欲浮空，放筆嫌紙短。玆龕本湫隘，寫出極虛歛。凍雲皺幾層，青不礙篠簳。松柟石際寒，芭蕉雪中暖。嶽色恣冥搜，江風許密款。草木見天大，鷗鳥覺性散。豈有橐鑰在，吹噓到腑臟。春花北郭紅，騎驢來緩緩。

消寒集吳穀人庶子有正味齋題葛洪移居圖

先生愛山不愛官，先生煉心如煉丹。有妻有子詎違俗，忍饑忍寒吾意足。羅浮雨過香濛濛，四時不斷花青紅。婢理藥鐺僕礱甕，顛風出林月孤送。烏雞黃犬聲相聞，葛衣席帽團溪雲。我有薄田久荒殖，一髻青山買未得。十年飲水西涯清，隨人又聽鐘樓聲。卑官倘許乞勾漏，我亦飄然侶猿狖。

消寒集汪杏江芥室題華嚴世界圖

吾不通釋典，難下華嚴注。間嘗肄風詩，或弗礙禪悟。一無所依傍，自恐岐途誤。入彼門徑中，又怕爲禁錮。惟有大智慧，百年齊旦暮。非想非非想，頭頭是道路。古月明至今，春花紅幾度。空山日靜坐，歷歷悉其故。三界與四禪，淵然方寸具。萬感幻生滅，孤燈耿去住。達人隨遇安,何喜復何怒。天上驗有無,舌間説名數。究竟意云何,吾但了章句。

緩　　步

緩步不妨遠,獨行偏覺幽。斜陽下西嶺,清磬起南樓。萬葉綠相逼,一蟬吟未休。山厨香飯熟,飽喫復何求。

燈下讀楊蓉裳芳燦農部《芙蓉山館詩集》

大才兼眾妙,含咀味始出。瑰瑋詭貌爲,語不貴拾掇。襲取皮與毛,久且性情失。君詩得自天,稜稜一枝筆。六籍聽驅使,碑甸成聲律。世間散碎詞,偶然爲綜括。塵垢立湔被,精神頓振扙。萬朵芙蓉花,青山列秋日。隴頭梅細吟,關外馬屢秣。磨盾檄草就,彎弧錦袍奪。孤城百戰經,廿載情僞悉。春明告朋舊,僅此詩盈帙。髮鬢嗟蕭騷,文章驚老辣。豪氣未掃除,嘉會卜真率。特愧持箏琶,難驟合鐃鈸。苔岑釋同異,風水現活潑。雲鶴自高唱,寒蟲任噪聒。南樓起鐘鼓,北牖響松栝。敲冰磨墨丸,凍月催燭跋。

吳穀人、汪杏江、鮑雅堂、謝薌泉、趙味辛、張船山、姚春木集詩龕消寒題新篁百石圖分用唐宋金元人題圖七古詩韻,余拈得元遺山《題范寬秦川圖》

聽雨擁被秋燈前,檐撲蝙蝠盤蚰蜒。萬竹蕭森倚涼石,夢醒如坐瀟湘船。倪生運筆精神全,水墨着紙枝枝妍。更染芙蓉落几席,萬朵湧自崑崙巔。西涯綠暗湖光連，門前三里皆湖烟。潘侯愛我寫我照，天風吹影心悽然。濁穢坐使浼仙骨，欲騁霞步難軒軒。詩情浩蕩寄淮海，佳人遲暮悲趙燕。鵲巢鳩借奚不可，天地爲我留數椽。洗苔掃籜邀諸君，沙平路細銜溪雲。畫圖詩卷生平親，米顛未改愛石癖。坡老詎是食肉人，性之所近自成趣。桃源何必真避秦，彌勒同龕吾所聞。

臘月十九日集汪杏江芥室拜蘇公生日即爲消寒曾用東坡八首韻

我居净業湖，湖上多藜蒿。日夕涼露泫，採擷忘勤勞。回頭顧僕夫，畏難已潛逃。我循長松行，以鍤翻土膏。雖弗惜筋力，惟恐傷髮毛。加餐樂有餘，奚事求名高。

楊柳非佳木，清陰我自適。晚風吹青蒼，秋雲增蜜栗。香飯熟鉢中，過門不肯乞。饑餓忍暫時，半生得曠逸。我躬尚弗恤，何況問家室。綺霞西嶺沒，皎月東林出。一年復一年，光景總難必。

幽居許借棲，山光綠城背。入門先種竹，無病且鋤艾。閒招雲水儔，偶卜真率會。畦町謝古人，機杼出大塊。偶然發奇想，舉頭已天外。顧聞食蔬笋，必欲取精薈。一飲與一啄，中有因緣在。何須乘長風，坐噉江魚膾。

春明好風景，坡北可歷數。風定鐘鼓聲，波晴歐燕語。藕花與菱葉，錯雜烟中舉。更有老柳條，搓青垂萬縷。時來江南客，席帽藤杖拄。貪涼待新月，露氣濕如雨。迸起紅鯉魚，秉將綠楊筥。吹火理羹湯，水香猶帶土。客雖戀蓴鱸，此味或心許。

官清禄弗問,矧復田園荒。兒子方九齡,成立心相望。五十齒搖落,髮鬢已半蒼。炙背趁晴日,坐見圭緯昌。願爲信天翁,怕作觸藩羊。青天窈白雲,富貴久矣忘。

出語誠文飾,下筆去雕斵。久諳世險夷,但勿改忠慤。天地本無私,澗壑任冰雹。卑官乞勾漏,我非不願學。雄心苟有託,丹心徧五岳。自古真神仙,襟懷常犖犖。石青凍不死,松色雪逾渥。相期二三子,各守山一角。

春坊兩庶子,秋夢縈江村。鮑謝擅詩名,風流傳省垣。國士推張趙,尚書宰相孫。姚生後起彦,鼓篋來橋門。懷抱各自喻,肫然真意存。相見交勖勉,歡意託魚飧。蔦蘿施松柏,要當一氣諭。晚節克終保,豈不賴諸昆。

汪氏盛科名,三代五十年。愛客固家法,罔惜買酒錢。萬卷擁自足,寧復求良田。瓦燈澹紅燭,竹榻仍青氈。傷哉玉局翁,没世乃稱賢。我讀斜川集,氣象誠萬千。

除夕顧弢庵畫祭酒圖見貽即題幀上

北風獵獵城頭呼,門外索債聲同粗。我但閉門學賈島,星斗分光壓餕餘。排比日月從頭編,兔魚已得忘蹄筌。雖然敝帚千金享,嘔血斷髭幾奇想。人生快意祇有詩,推敲誰是韓退之。顧生工詩復工畫,忍餓長安從不賣。翛然往來惟詩龕,自出手眼彌勒參。爲寫長松及修竹,異書堆滿三間屋。山雲水月費雕鎪,肺腸瀝液傾芳妍。何若功成凱歌作,新樂府製凌烟閣。生也搖筆粲生花,吾亦好句輝雲霞。鬼神慎勿掣吾肘,吾酌鬼神漿與酒。

存素堂詩初集錄存卷十一

辛酉

元旦試筆

亦領神仙俸，不愁饑與寒。有年九州福，無事一家安。隴蜀干戈息，江湖歲月寬。勞深青鬢改，長葆此心丹。

朱閒泉_壬自杭州寄詩龕圖至己未除夕前一日作也

閒泉目向杭州住，却畫詩龕寄我來。正是祭詩前一日，春風吹信動江梅。

愷之新寫祭詩圖，著墨不多風格殊。爲告烟篷釣詩客，西泠那得比西湖。

贈孫少白_琪布衣

湘南雄傑才，十人我識九。君歷遊江淮，困頓風塵久。策蹇來長安,先訪西涯柳。胸填萬卷書,下筆靡不有。何至屢窮餓,殘年斷脯糗。我無薦賢力,坐視空引咎。識管抱微尚,説項未住口。誰與九方歆,虛心辨牝牡。勸君入衡岳,看雲日飲酒。飽讀有用書,上與古人友。

答孫鑑之_延明經

烏絲寫細字,翠蘭明丹髹。讀罷視相笑,膠漆情交投。君刺江南船,冒雨來盧溝。何以詩龕詩,一一君剔搜。生平不飲酒,燕市無歌謳。佳句偶爾得,落紙風生漚。愛重遂逾分,自顧殊增羞。君固有心人,下筆輒弗休。瓣香奉坡谷,樂府周秦儔。關隴盜賊平,計日韜戈矛。淋漓製鐃曲,宮徵諧鳴球。雍容步玉堂,看我朝簪抽。

贈胡香海_森大令

君是種梅人,復愛梅花寫。揚州月下看,臨去不能捨。兀兀來春明,夢中覯芳冶。君甫入都,即得姚公綬墨梅一軸。橫斜壓故紙,香氣吐荒野。君乃寵以詩,老梅愈嬌姹。我惟羨且妬,題句慚大雅。君詩追杜韓,弗窺唐以下。淵然有性情,詎屑事搯撦。借問邗上人,一代誰作者。

答吳竹橋

風雪上元夜,展君中秋書。書中及瑣屑,款款情思據。君有好兒郎,萬事可以疏。冬寒氣凜慄,不擾梅花廬。抱甕寒泉搜,負耒明月鋤。墻根迸新筍,溪尾來雙魚。一飽更無事,詩成惟笑呼。

我日趨史館，竟無刹那暇。形勞心頗逸，書生習氣化。静坐便有得，窮餓亦不怕。歸來深閉門，汰筆誠嘲罵。荒田止百畝，未能了婚嫁。奇書幾篋存，欲買却無價。竹樹極蕭疏，清陰最宜夏。軒屋取幽潔，可以十年借。近借徐鏡秋同年宅，約十年還之。

題白石翁移竹圖後

前身我是李賓之，立馬斜陽日賦詩。今向河橋望烟色，一陂春草幾黄鸝。

水流花放自年年，誰有閒情似石田。幾筆山光到秋竹，盟鷗射鴨晚涼天。

上元後一日雪鮑雅堂喬梓招同汪杏江喬梓暨令姪覺生小集

風鈴簾際語，月凍紙窗裂。曙鴉鳴未已，松梢啄殘雪。屐聲忽在門，故人素束拆。糇脯謀中饋，展作上元節。老驥久跧伏，雛鳳一行列。我似春江鷗，天性愛幽潔。酒痕雖浥衣，腹未沁辛洌。新詩纔脱口，真僞已區別。當仁例不讓，吐詞誠鯁噎。樓鐘催客歸，坐惜風花瞥。新泥踏滿街，市燈紅未滅。

阮芸臺元中丞寄段二端、《經籍籑詁》一部

冰雪隨冷官，十年裘未換。乃蒙憐范叔，遠寄錦繡段。中有纏綿心，江風吹不斷。復念我耽吟，經史資淹貫。枯腸力搜索，燈火恒夜半。清風千里來，春雲一階爛。擬盡典貂褕，抱甕萊園灌。

君今任封疆，何暇弄楮墨。吾聞古書生，厥功在社稷。操尺遂秉節，兩浙仰名德。人人皆飽暖，誰甘爲盜賊。補偏即救弊，大臣此其職。春風無所私，被物有餘力。結習或未忘，江山亦生色。

偶　　作

非是寡言笑，我懷人不知。春風吹柳色，湖水綠生漪。因共忘形友，長吟漫與詩。東坡和陶句，豈止妙文詞。

春雪後招同人小集詩龕用韓旭亭和東坡韻

三日未出門，湖水綠已長。誰是盟鷗人，冒寒盪孤槳。雪色積城背，草痕盎春壤。西山判袂昨，南軒日企仰。良會適然得，先期不能想。文章攬衆妙，烟墨匪獨饗。往往人所棄，我見輒心賞。天曠自成籟，山空時一響。詩龕雖荒陋，客至每抵掌。梨棗足盤盂，奚事大烹養。

韓旭亭遊西山歸仿其宗人立方洗馬故事作圖徵詩

遊山事常有，兹遊乃稱罕。難得十三人，各各詩筆悍。山靈解娛客，風日出晴暖。東老興尤豪，詩篋歸已滿。蒼茫感朋舊，白雲天末散。前輩不可追，故事君家纘。作圖紀登陟，索句吐懇款。或待桃花開，重爲洗酒椀。白髮與青山，總是風流伴。

贈盛藕塘 植麒 上舍

我於李賓之,曠代默相契。作文存厥真,知人兼論世。秋雨槐花黃,生也來角藝。灑灑數萬言,匪僅炫藻麗。余以李賓之論課多士,拔生文爲第一。落筆千丈強,中實能斷制。顛風屢鍛羽,此才竟淹滯。學問溟涬寬,執一則有弊。願君爲通儒,文章更經濟。

寄懷汪劍潭 端光 司馬

君本神仙姿,十年餐苜蓿。全家勾漏赴,丹砂倘盈谷。行見驂鸞客,縹緲桐山宿。胡爲鬱鬱久,慣作窮途哭。琴鶴典已盡,硯穿筆亦禿。妻孥屢告饑,先生一捧腹。

憶君出都日,我方寒閉門。未能造盧溝,作詩侑清樽。相憐遂相念,悽慘傷心魂。粵西山水佳,風俗古拙存。剪燈榕桂間,句法從頭論。及時保令德,遑計飽與溫。

兩郎卜成立,氣象果出衆。橋門昔蹁躚,人稱大小鳳。聞今益折節,不復矜吟弄。空山下鶴書,交柯玉堂貢。君仍渡黄河,沙暖寒驢控。重對詩盦竹,一聽春禽哢。

唐容齋 廣模 自莫寶齋 晉 學使署至京述學使意存問感賦

鳳凰鳴朝陽,世皆仰靈瑞。方其草澤棲,幾以凡鳥覷。君昔斂光采,我早識奇異。至人貴無名,君子乃不器。余官祭酒,以"君子不器"爲課題,學士舉首。嗣學士登上第,以此題爲先兆云云。方今制舉業,世推君獨至。我謂著作才,詞華特餘事。

不接汾陽書,忽忽將一年。唐生容齋款我門,致語情纏綿。謂君嗜朋盍,故舊尤拳拳。論文及燭跋,猶戀寒時氈。此念久弗渝,可以爲聖賢。太行不了青,繚繞槐街烟。

久不接初頤園同年耗

小別已二年,相隔復萬里。此在尋常交,眷念猶弗已。況君知我深,實自入官始。文章苦切磋,道義藉礪砥。同榜百六十,獨君躡雲起。洱海在天南,民俗夙知止。虛堂日高坐,氓庶咸就理。草木自榮瘁,春風何彼此。蠻雲深復深,無事斯爲美。大臣一舉動,人人測意旨。而我臥茅茨,操筆輒忘俚。一飽遑他求,逝者東流水。

鄭青墅光謨大令以大集見示

我讀青聖集,知君詩人裔。下筆取厚重,論史出斷制。生平忠愛志,擴向干戈際。書生坐蓬廬,瞭然睹萬世。自古除大害,不必剔小弊。盜賊亦人耳,人心可激勵。此理通諸詩,温柔消沴戾。妖星大風掃,青天明月霽。君當聽鐃鼓,鏗鏘凱歌繼。

寄懷陳師山鍾琛觀察

我公古循吏,矧復家學傳。綺歲登賢書,作令來幽燕。直聲動中禁,行卜儀鳳翩。豈意安籠池,徘徊四十年。至今嵩洛民,知公不愛錢。昨冬蒞京華,訪我城北偏。生平未謀面,一見遂留運。世味我久薄,朋友情猶牽。五嶽不能到,此意何人憐。端居出奇想,交盡一代賢。聚散總難必,風雨吟成篇。

熊謙山枚侍郎示詩龕圖歌賦答

宿霜散晴日,綠泥釀春潦。城南枉尺素,意真詞典奧。詩龕本無有,託名永吾好。公乃徵諸實,罕譬更深導。神山最縹緲,可望不可踏。豈可踏平地,堂室都能造。公雖喻言耳,我則奉忠告。司寇職平反,何暇寄嘯傲。結習未能忘,下筆氣排奡。蒼茫風雨感,慚愧瓊瑤報。

謝蘇潭中丞札來索詩

春風陋巷噓,積雪松根頓。草堂但荒雲,碧凍隔年蘚。共隱烏皮几,清談飫新筍。月上盧溝橋,回首詩龕晒。好句遞蘇齋,憐才忘貴顯。公出都有見寄詩。濰江水清駛,虞山峰宛轉。桂丹榕綠間,士知經術闡。公當闢轅門,禮樂恢邦典。浸假詩書氣,雍容化愚偭。公惟坐一室,筆墨自研吮。我前所寄書,緘篋可曾展。望公點竄之,中尚有訛舛。

送李舒園元澧之任清泉

聞說清泉縣,家家住翠微。月明無雁到,春暖便鶯飛。烟綠不粘屐,水香多上衣。最宜斜照裏,穩坐釣魚磯。

君今彈玉琴,聲在衡州陰。九面青山色,三年赤子心。要期化頑梗,不必詡登臨。如此稱循吏,方知經術深。

寄衡山令范青子㶉同年

范侯方髫齡,得句驚比鄰。石農李觀察鑾宣。時語我,此才今罕倫。芳蘭散幽澤,欲佩何由紉。豈知岳麓雲,歷劫猶輪囷。西涯一滴水,遠溯茶陵津。君識楚才多,當爲面命諄。詩教辨雅俗,慎勿淆僞真。

李舒圓赴清泉任寄秦小峴廉訪

君序及見錄,文派衍韓歐。此槀今未成,懷舊增赧羞。却仿顧阿英,玉山雅集修。比似耕漁子,徐良夫用意進一籌。巢民水繪園,好句同人投。間嘗竊取之,縑素鏴琳球。精神萃一時,義惟親切求。於我若無係,佳什無由收。起例雖甚嚴,積久且汗牛。要以人存詩,匪曰開選樓。君或艷其事,點筆疏源流。

杜公南岳詩,集中傑出者。若求氣體工,必致性情假。卓哉茶陵翁,雍容扶大雅。君今履其鄉,當爲設尊斝。徧告岳麓賢,公墓屋已瓦。年年六月九,祠門塞車馬。子規不復啼,老淚自盈把。生平忠愛心,一一詩中寫。我文匪定論,要自異捣搽。君肯序斯集,此事何妨哆。

李侯至性友,經史夙研究。千言人不了,彼能一語透。外貌鮮修飾,其中特娟秀。昔年贈友詩,頗糾作令謬。今已自作令,必克蒼黎救。君當掃閒軒,招使雅音奏。花竹澹心與,乾坤清氣留。瀟湘秋水生,斜月一林瘦。香草不在多,君子有餘臭。

徐朗齋鑠慶寄玉山閣文集至

讀書習戎馬，倥傯干戈地。生平所期許，未必即此事。轅門豎義旗，盜賊不敢至。想當藉詩書，積漸化險詖。文成玉山閣，取境極幽邃。甬東諸老輩，下筆無此粹。史館余四入，三長殊抱愧。手腕竟欲脫，日得數百字。洪稚存。王惕甫。天一方，一緘末由寄。濛濛雪堂春，千里渺烟翠。

屠笏巖紳過訪

知州升通判，此事前無聞。君畧不介意，看花兼看雲。眷驢過盧溝，長安來賣文。或得補一官，當亦君所欣。胸中萬卷書，奚能救困貧。昨冬訪詩龕，正值祭詩辰。滔滔口懸河，睥睨旁無人。青山久跌宕，白髮仍鮮新。胡弗勒一書，典章名物陳。倘藉遷固筆，力挽淳風淳。不然飲美酒，遠希葛天民。宦海原蒼茫，何必傷沉淪。

袁雙榕翊文訪劉松嵐於寧遠州署旋都，出遼東壯遊圖松嵐既書五十韻余亦續作

君從桂林來，衝此松間風。五年倏兩度，騁馬東天東。使墨如使劍，遠勢尤能工。借酒筆力出，一掃雲霧空。丈夫負奇氣，焉肯囚樊籠。冒雪出巖關，行李何匆匆。劉侯君所師，循吏而詩翁。贈君五百字，一串珠玲瓏。百里蒼生救，松嵐句。此語何樸忠。凡百厚責己，持論亦至公。吾詩乏藻采，又窘偏師攻。相期勿因循，意與劉侯同。牽連綴紙尾，藏君懷袖中。

和蘇東坡 并引

東坡四十九歲有《和太白紫極宮感秋詩》,蓋太白有"四十九歲非,一往不可復"句。今余又和東坡,才德不逮,情事略同,二賢其鑒我乎!

北地無梅花,繞屋種松竹。歲晚彌鮮新,寒綠滴可掬。延賞豈無人,歎息乃余獨。緬昔李與蘇,一代老名宿。知非四十九,行藏實自卜。我惟坐茅檐,春風一年復。誰能採玉芝,手撥白雲覆。忽報園中韭,午陽曬初熟。

久不接唐陶山明府書寄問

折柳去江南,吾詩可徵信。君榜下以知縣用,余題《聽鶯卷》,有"折柳春明城,攜向江南綠"句,後果得江南。黃河一道水,渺瀰阻芳訊。七見桃花開,捲簾雙燕進。春風何所私,霜雪盈我鬢。衰懶日益甚,閉門筆墨峻。蒼茫念朋舊,青雲各騰振。行當師耕夫,荷鋤明月趁。君乘五馬來,過橋雙柳認。

余夢至一山,四面皆水,松竹雜植,猿鶴相聞,與穀人、味辛談長生術抵掌賦詩,醒後頗記憶之邀二君同作

四面江聲一柱山,松濤竹籟鳥間關。厨中水火無生滅,壺外春秋任往還。掛樹野猿偷果悄,守門老鶴曬翎閒。神仙自愛清虛住,那肯隨人涉險艱。

得徐鏡秋粵東札

同第遂同館,而又同鄉井。升降每倚伏,銷鑠見骨鯁。賤子駑駘姿,伏櫪宜莫驂。君固冀北良,乃亦困簿領。茲或借長風,青雲起南嶺。富貴適然值,弗關人造請。我已榮辱忘,何必城市屏。安心苟有法,不在無人境。行事日益拙,作詩日益警。空言究何補,一笑忽自省。

我年四十九,君年五十二。橐筆趨金城,各抱經世志。相期廿載後,皋夔可立致。豈知天所為,有軒必有輊。淺深厚薄間,惟視人才智。君矜腰腳強,宦場稱健吏。後房一再索,得男非奇事。我髮已種種,蒲柳易頹頷。兒子方九齡,略辨爾雅字。擬俟五經熟,吾當一官棄。

君家老瓦屋,秋草年年荒。槐花及桑葉,掩映成青黃。我時際微月,倚樹攤繩床。飛出北山雲,片綠城頭翔。風約來虛亭,添我衾枕涼。忽憶珠江頭,夜靜春花香。浮樽綠蟻影,照鬢紅燭光。可念茅屋下,聽雨聲浪浪。人謂揚雄宅,庾信居相當。幽棲貞十年,無病貧何妨。

寄懷王穀塍宗炎同年

治吏範珉庶,治書陶秀美。蕭山毛西河,氣雄才跅弛。當時鴻博中,首當風一指。傷哉門下人,未能闡微旨。我友王夫子,篤志窮經史。自捷南官歸,足不出鄉里。生徒列北面,如坐春風裏。涵濡二十載,花開盡桃李。我亦循鱣堂,教胄十年矣。君肯抽一帆,北渡黃河水。我當掃桐軒，爲設烏皮几。生平未信書，煩君手校理。

二月十一日胡薫麓大令邀陪翁覃溪先生暨諸同入極樂寺早飯抵畏吾村勘懷麓堂廢址

春雲爲養花，三里覆寺垣。繞寺萬陂水，日上烟猶昏。丈人先我至，早歇林中轅。覃溪先生早至。花窖氣候幻，不寒亦不暄。暗香沁肺腸，坐久怡心魂。胡侯雅好事，花下開清樽。茶陵舊松楸，綠散畏吾村。紙灰三百年，不曾吹墓門。一時賢公卿，欲薦西涯蘩。行見懷麓堂，風雨三間存。我願學耕夫，荷鋤尋隴原。暮逐牛羊歸，朝同燕雀翻。佛堂鐘磬寂，草木皆忘言。

盛甫山舍人詩畫皆有逸趣懶不爲人作，余有求必以詩易，舍人索余詩喜賦

君畫日益精，吾詩曰益曠。欲以詩易畫，毋乃不自量。士爲知己死，此語匪過當。知君豈易言，筆墨天所放。靈氣借手出，掃去古今障。淵然足內美，弗學世花樣。一波與一折，水墨資醞釀。吾願秀色餐，脫換塵俗狀。置身松櫟間，蒼茫嵩華望。

汪遲雲日章參議和顧玈庵看畫詩同賦

吾不通畫理，而頗喻畫趣。兀兀五十年，未辨江南路。各山與大川，脩阻何由步。緣慳抑數奇，竟莫測其故。或因詩思刻，遂遭鬼神妬。靈境示幻相，往往畫中遇。卓犖金閨彥，天性嗜竹素。雲鄉嗟曠別，關心舊花樹。清光忽到眼，憑空得好句。顧生殊解事，登樓遂作賦。孫退谷。高江村。富收藏，零縑半朽蠹。借觀復待價，君所輯二書。

此理誰領悟。吾但喜吟弄,看畫如坐霧。期君二書成,藝林廣流布。秋燈佐掃葉,蒼蠅驥尾附。

永　壽　庵

隨月趨城偏,塔鈴響風際。高樹净如掃,秋堂雨新霽。前年此留宿,稚松一握細。今來憩松間,濃陰已覆砌。人驚鬢鬈改,我歎年華逝。行當滌心慮,瀟灑柴門閉。

烟　郊

人行十里外,早見炊烟碧。芭蕉響疏雨,秋店最幽僻。寒泥墮燕巢,殘花閉雞栅。遥看一山翠,滴從萬松柏。我欲踏翠行,溪雲幾重隔。安得謝鞍馬,陂陀事阡陌。

東　留　村

街頭刲白羊,陌上剪黄韭。誰携通州餅,消此薊州酒。我惟愛山色,古寺凭欄久。樹老花不多,石瘦致彌醜。山月送行客,依依出村口。照見柴門西,蒼苔一寸厚。

虹　橋

虹橋卧秋雨,秋雨新放晴。橋下水鳴咽,橋上人送迎。此水從何來,當年洗甲兵。至今斷刀頭,出土猶錚錚。白骨積沙撝,黄犢春田耕。農夫幸無事,曝背依南榮。

桃花寺

寺以桃花名,春色已可愛。況復一滴水,洄泬四山内。我行樹陰底,潑眼朣秋黛。想當二三月,十分出姿態。且倚奇石根,坐閲殘暑退。東峰月既上,西峰雲不礙。

望盤山作歌贈蘭亭_{德慶}員外_{員外官盤山總管}

騎馬夜出三河縣,我與盤山初對面。松風石氣空中旋,非烟非霧青相連。回頭不覺衣帽濕,春霧無聲天影襲。前峰低忽後峰高,東澗水流西澗遭。絶頂指是雲罩寺,雲耶寺耶一滴翠。我生好遊亦好閒,願喫香飯棲空山。羨君萬事不掛眼,白髮滿頭酒在琖。今昔蒼茫百感生,論詩論畫皆有情。自言三載盤山住,識盡山中花與樹。何必買帆去江淮,松可為屋石可齋。

曉行薊州道中

村雞不住鳴,殘月看猶在。春霧著荒柳,綠重黃已改。披衣問前路,故人炊飯待。老松倚石笑,招客涉雲海。客豈無雅懷,車馬奈煩殆。我今與松約,此行實慚悔。秋涼到客衣,謝絶人事猥。寒翠留幾峰,松平勿余紿。

送趙味辛赴青州司馬任

甘蔗海南植,牛乳薊北產。自然氣味投,詎人所料揀。獻賦試上等,君昔多白眼。賤子蒙青睞,春風託醴醆。忽忽二十年,握手增愧报。偃蹇荒澗柳，蕭疏雪不縮。幸未失舊業，一燈事述撰。屈宋作衙官，亦復持手版。

菇膏既苦肥，食骨復嫌硬。君能渾剛柔，交者久而敬。詎惟涉世熟，肫懇實天性。官不判崇卑，拜秩凜朝命。側聞恭毅公，流風與善政。凡事秉家法，清光百年映。世方出新意，花樣一時競。造物深忌才，慎勿名太盛。

昔年阿文成，愛君筆墨潔。欲薦直樞密，忌者肆詆訐。低首試禮闈，不肯通關節。鋒鋩雖屢挫，心自堅金鐵。陽春大地回，深澗無冰雪。幽谷蘭芷花，獨與桃李別。快慰南陔歡，且自東州悦。多謝金閨彥，慎勿怨蹉跌。

我自與君交，始治散體文。君力主雅正，弗事搜典墳。五城十二樓，何嘗輪奐紛。真氣自結構，隔絶人間氛。方謂一瓣香，可以時時薰。忽然天風來，吹君入青雲。稷下舊講堂，至今期會勤。廬陵曁眉山，卓卓治行聞。官閣松厨開，宿醱梅花醺。脱稿倘相贈，望遠情慇慇。

杜梅溪大令與吴竹橋芍藥詩倡和成卷梅溪出示兼索題女史屈宛仙畫

昨夜豐臺雨，街頭芍藥紅。過江傳好句，隔歲寫春風。詩裏人還在，塵中障已空。淡懷賡險韻，羡煞竹橋翁。

宛仙詩畫流，弄筆花間樓。杜老蕭疏極，一官隨白鷗。江山託吟嘯，風雨念朋儔。十里西涯路，偷閒半日留。

吳竹橋寄詩至次韻

雁飛會未阻江關，柳上春歸信已還。人過中年工苦語，花開三月慰衰顏。何妨酒少頻張譓，不願錢多日買山。小鳳飛來梧樹底，仙班惟賸我猶頑。望賢郎赴禮闈試也。

杜梅溪疊韻見貽依和

冒寒前歲訪禪關，黃葉聲多君早還。蒓菜頻年續鄉夢，桃花兩度換春顏。鷗邊雲氣釀新雨，驢上詩情戀故山。我亦瓣香杜陵叟，却難換骨是疏頑。

觀亭巡撫_{海成}園中聽粵東周生_某彈琴

此是何處梧桐根，斲以爲琴形渾渾，大絃小絃清且溫，道人生長羅浮村，吹氣猶帶梅花魂。書聲曾撼秋槐門，心中那有富貴存。指頭一動驚鳳鶱。世上箏琶何足論。主人與客俱無言，惟聞萬葉林間翻。

送汪杏江庶子養疴旋里

兩年違故山，柳色黯江關。樓靜月長滿，徑荒花亦閒。馬循溪路去，鶴識主人還。宦橐嫌詩富，老妻親手刪。

立夏後二日時雨初霽邀同人晨出西直門憩極樂寺抵萬泉莊遊長河諸寺

　　北方見山水，心目競森秀。草木抱城郭，一雨萬綠透。晴日苔磯明，遠風麥隴皺。言招江南客，載酒娛清晝。僧寮極幽窈，酒村殊荒陋。食肉勝食笋，此言或不謬。

　　我雖不飲酒，頗愛交酒人。鄙懷藉滌蕩，爛漫存天真。矧茲一代才，各負千秋身。相逢復相得，終歲難其辰。清風林外來，吹動波粼粼。好鳥適和鳴，何知戀餘春。

　　文士愛名譽，高人志澹泊。性情雖弗同，要都怕束縛。生長太平日，吾自具吾樂。停杯看鳥還，坐石待花落。委心任天運，何事費穿鑿。蕭然退院僧，安禪勝行脚。

　　天公愛佳客，特爲除塵土。農夫荷鋤笑，昨夜得好雨。客皆江湖人，聞言忭且舞。我飽太倉粟，慚無毫末補。快際風日清，賦詩義有取。諸君田間來，曷以報田祖。

先同人抵極樂寺柬謝薌泉同年

　　竹外山猶睡，橋邊寺已分。一鷗前導我，匹馬獨逢君。花隖半依水，佛龕惟臥雲。多時鐘磬寂，蝴蝶鬧紛紛。

寄徐雪坪開德

西江歸棹十三年，老去才名遠近傳。春水生時鷗導客，梅花開後雪盈巔。磨人磨墨兩無礙，參畫參詩總是禪。門外乞書閒不得，吳興夫婦自神仙。

雨後同人集鄒蓮浦文瑛水部一經齋看藤花

去歲看藤花，方當望雨時。驕陽炙紅霧，觀者神不怡。主人情特殷，枯腸搜不辭。聊以誌嘉會，慚愧稱風詩。今年好雨多，草木咸華滋。賓至皆名流，我亦操筆隨。老藤殊自矜，黯淡芳心持。桃李附炎熱，逢場逞容姿。藤也三兩花，夭矯雲中披。真香詎在多，能沁人心脾。門外看花客，多向豐臺馳。及問花何似，看花人弗知。君子審物理，勿被浮名欺。

四月四日陶然亭重會己亥同年率成三詩并懷未與會者

春過二十年，烟景仍娟好。人過二十年，髮鬢漸衰老。彰義門前柳，陶然亭畔草。青青弗改色，一雨塵都掃。我願隨諸君，趁閒事幽討。斜日下林遲，飛雁渡江早。神仙不可為，努力晚節保。

嘉會渺難追，兩度經九年。癸丑、乙卯曾兩會同年於陶然亭，極一時之盛。曠隔天一方，情愫何由宣。賤子鷦退飛，君等鶯喬遷。杏花開幾回，紅猶絢芳筵。生平慕勝侶，既往成風烟。縮地術何有，望雲眼徒穿。詩成雖漫與，佳話江湖傳。

君子重神交,異苔而同岑。相彼空山中,萬鳥啾啁音。各安其境遇,力至遂獨任。要知一物名,皆具精能心。月自東樓升,霞仍西閣沉。勉旃永終譽,後人方視今。

師荔扉範大令過訪言及敝廬即十年前寓齋感賦

南園不可見,君筆似南園。君與錢南園論詩最合,余方謀梓南園詩。句法商量後,文章古拙存。柳荒難繫馬,花放易開樽。一路看山色,春風又薊門。城北浩烟水,野鷗猶識君。槐高門徑掩,沙軟石橋分。萬里此相見,十年何所聞。浮名吾久愧,行欲事耕耘。

存素堂詩初集錄存卷十二

辛酉

胡香海大令以仇十洲桓伊吹笛圖乞詩

　　胡侯愛畫不愛錢,月明茅店風翛然。我來如上米家船,萬里江天忽到眼。誰據胡床敲玉板,春寒楊柳青溪淺。除是王郎抑謝公,歌者泣者皆英雄。使君於此何匆匆,不交一言客竟去。水龍吟罷蔣山曙,梅花落矣不知處。

蔣藕船知讓同年出尊甫心餘先生携二子遊廬山圖屬題

　　我昔登瀛洲,一識先生面。其時三郎君,皆以文章見。匡廬遊半日,詩篇積成卷。父子并神仙,風雨共筆硯。峽猿聲既淺,潭龍影忽旋。從此漱玉亭,墨光時掣電。事隔二十年,藉藉人稱羨。我悔問字遲,遺文補謄繕。近于書肆得先生遺稿一帙。邇幸交季子,聽泉南海淀。春明烟水處,遨遊都已徧。行將抱琴去,名花栽溝縣。但勿如在山,偃卧隨已便。可憶蒙頭時,梅花開滿堰。記中語。

雨後同周西麋、顧弢庵、李青琅暨兒子桂馨由三汊口抵極樂寺

水鳥破烟去,村居事事幽。用桂馨句。人間誰似我,雨小亦生秋。佛自具青眼,花原羞白頭。幾回覓歸路,却爲聽鐘留。

吴柳門文炳明經過訪

君過盧溝橋,阿兄眷驢去。衣塵尚未掃,訪我何匆遽。感君情意真,遂忘話言絮。士伏草澤間,最易招毁譽。豈知悠悠口,雌黃不足據。況復才俊流,必有江山助。此筆授從天,當以奇氣馭。我自師古人,莫爲古人御。往往好文章,得諸無意處。

周卣封啓魯進士擬就廣文詩以堅之

西涯雜詠句,一時和者衆。君篇擅老蒼,湖燈恣吟諷。豈知山中桐,又復引孤鳳。淮海諸青衿,望君歸騎控。點易梅花林,月明折酒甕。閒階秋蝶上,疏雨幽禽哢。廡下讀書聲,夜半竹窗送。

樂蓮裳官譜寄書至

樂生寄我書,披就明月覽。西江萬斛水,入紙增慘淡。頗聞秋試罷,殘衫漬埃窘。襆被尋故人,登樓理錦賮。胸中瑰奇氣,仍復寄鉛槧。舊聞與佳話,我嗜如昌歜。畏暑日閉門,高梧寒綠唵。晚涼循石溪,一亭出葭菼。缺墻閃螢火,斷岸避魚罧。因憶題襟客,燒燭賦菡萏。我友誠吟詩,謂王惕甫。清狂有誰撼。可惜樗園花,紫虣更紅糝。君醉倘作

歌,定能破鬼膽。魚緘加審重,要防烟水黠。_{前蒙惠奇詩札皆浮沉。}

懷萬廉山_{承紀}大令時間居曾運使署中

梅花樓萬山,魂爲君筆攝。寒影森一龕,月明不移屧。_{君爲余畫"今作梅花樹下僧"卷。}作令去江南,好音未一接。高睡花間堂,勝鼓烟中楫。選樓棄草苔,神經雜怪諜。使君別五色,取根捨枝葉。詩能抉骨髓,詞弗煩齒頰。君當據長几,百家都涉獵。華嚴最上乘,荒庵雪夢愜。_{君自號雪夢庵主。}秋雨濕繩床,殤魚莫彈鋏。

吳蘭雪孝廉春關報罷留宿詩龕

十載尚閒身,相逢倍愴神。題詩先贈我,賣字又依人。暑雨且尋竹,秋風休憶蒓。得魚有何羨,還自理烟綸。

集謝薌泉有恥齋消暑分賦蟬

又聽爾長鳴,原非訴不平。沙堤千萬樹,暑雨兩三聲。得氣肯趨熱,過枝仍飲清。涼飆雖未至,去住一身輕。

疏柳與長槐,柴門取次栽。若吟三疊罷,殘夢五更迴。風定鳥聲在,月明秋影來。螳螂伺烟漈,高處莫教猜。

答汪艾塘_庚太史

君翁老詩伯,竟爲詩所窮。人遂疑造物,作詩忌求工。豈知古才士,有塞必有通。君能讀父書,槖筆吟宸楓。江湖傳君詩,謂似東坡翁。敦修後進禮，踵門投刺恭。展卷益我感，懷舊心忡忡。挾此一枝筆，何堅不克攻。西涯烟草荒，我比號寒蟲。暑雨蘇病竹，夕照薰新桐。移榻傍苔石，坐君花氣中。惠然家集携，字掩孤燈紅。

伊墨卿太守自惠州寄尊甫雲林詩鈔

翁詩寄我讀，不遠數千里。我雖不敏悟，三復會厥旨。嶺南多名家，幾人得詩髓。今都襲皮毛，下筆取華綺。君常稟庭訓，力挽世風靡。顧君職太守，所重匪故紙。蒸然詩書氣，化民去卑鄙。百姓知愛上，不自百姓始。孝弟與力田，人人可以使。

聞君愛坡老，朝雲祠新築。此意殊可風，且足勵末俗。祠成何所薦，水仙與秋菊。坡老神其來，對此一捧腹。從此惠州民，百世享神福。我修西涯墳，重睹松楸綠。就石爲軒廊，因溪補花竹。百年打麥場，換作讀書屋。君肯榜祠額，大字寫懷麓。

久不接周霱原大令音問

不接龍川書，盼斷雁飛影。江天雲水濶，一別增酸耿。調琴尉化城，虛懷塵事屏。當道皆清官，蠻民不復獷。君但坐鎮之，中濟以寬猛。縣堂榜默化，我爲彥質請。宋周彥質守循，東坡榜其堂曰"默化"。新柳灈春塘，懶雲斂夕嶺。放葤趁月涼，栽花遲酒冷。細字三兩行，慰我相思永。

寄答徐山民達源

作詩不古人，末由識蹊徑。作詩必古人，於義爲贅瘿。三唐暨兩宋，議論紛靡定。豈知天無功，全以一心勝。我友郭頻伽，胸有寸珠瑩。筆掃古今障，秋山竹燈暝。君因郭交我，新詩遠持贈。惟惜誠齋集，覆瓿等墮甑。殷勤乞敘言，鄙夫恐不稱。楊氏踵蘇黃，實驂石湖乘。生面能獨開，天然廢飣餖。我詞弗雅馴，焉足資典證。感君纏綿情，遂欲肝膈罄。老馬愧知途，臨風悲蹭蹬。揮汗作報書，午槐綠陰凝。

得吳南鄉_{文徵}濟寧書兼寄且園十二景圖冊

酷暑雨尤甚，苦無退避法。海東書拆緘，城北畫開匣。中有清風生，泠然出斷峽。何來破空筆，咄咄倪黃壓。刻劃到微細，花苗及菜甲。烟疏兩行柳，水涼半池鴨。且園我暫棲，據此當豪劫。湖西買窪田，力儘菱藕插。秋潦積十畝，奚煩置堰牐。君欲上揚州，翩然與鶴狎。但愁梅花冷，祇有孤月洽。姑作畫圓觀，搖艫泛清霅。

集吳穀人有正味齋消暑題吳元瑜陶潛夏居圖

衆綠不相奪，萬山時一空。斜斜西嶺日，浩浩北窗風。松菊悠然見，琴書偶爾工。此中有情緼，不是信天翁。

避暑果何術，入山今最宜。涼生武功筆，澹絕柴桑詩。濠濮之間想，羲皇以上恩。敗荷仿崔白，世但賞丰姿。

長日掩雙扉，雲還鳥亦歸。堂開深柳隔，林静落花稀。吹面水風細，照書山月微。西涯浩烟景，吾欲買魚機。

雨中懷蔣藕船

青草年年江浦生，白頭相見轉多情。看花最好是三月，_{三月有看}

花之會。聽雨又愁交五更。酒病蘇當塵牘了,詩篇當恐宦囊輕。雨行疏柳金臺路,不斷秋來蟋蟀聲。

六月十二日涪翁生辰吳山尊太史招集藤花吟社消暑

涪翁詩嶔崎,原不在字句。生平雄傑氣,往往筆間遇。恨弗躬侍翁,一討詩中趣。前歲摹翁像,千載欣把晤。楊君今詩豪,與我有同慕。重摹因轉贈,古懷託縑素。今年暑雨大,十日不得住。新晴天氣佳,驅車宿約赴。適際翁生辰,太史奉香炷。楊君持像至,清齋几筵佈。詩老茅及吳,餘各擅詞賦。惟我稱下駟,藤陰忝飲胙。翁當元祐初,翱翔玉堂步。交遊得子瞻,自詡皋夔附。僅以文傳後,似與翁意忤。古來磊落才,時命每多故。遙睇修水居,白雲鬱江樹。

題夢禪居士指頭畫

林梢綠忽沈,港口紅微吐。沙汀雙鷺鷥,不知夜來雨。

山氣雜水氣,併入一村綠。林深草閣寒,六月秋已足。

老樹倚夕陽,孤亭益山背。黃葉被風掃,青山與我對。

百尺水晶簾,掛我秋樹底。石潭坐日夕,塵淙忽焉洗。

竹竿長在手,得魚非所期。秋生定何處,祇有蒹葭知。

西涯晚眺次韻

荷荻花殘柳滿津，波明沙凈石橋新。半城秋水荒於草，幾樹斜陽紅近人。寶劍垂腰期報國，奇文拄腹不醫貧。慈恩寺裏鐘聲響，驚起閒鷗去白蘋。

陳石士 用光 庶常玉方 希祖 比部招同人小集即席詠茶菇

吾聞古仙人，每飯餐靈芝。又開廬山中，石菌採充饑。或附松竹生，或緣溪澗滋。厥味甘且旨，肉食者不知。西江大小阮，玉樹森成枝。招客集閒軒，羅列樽與卮。茶菇制中饋，出餉詩人詩。客多江鄉來，蒓菜秋縈思。水花與園石，搖筆成異姿。我但守薑甕，終年臥茅茨。黃雞膾紫蘑，焉能日朵頤。一旦飽嘉蔬，光液流心脾。擬當艤小船，埽蘚蒼厓陲。春雨綠濛濛，倚樹拾雲蕤。舉綱得鮮魚，即於林下炊。更當糝爲羹，滑美香翻匙。隨地皆瀛洲，芝菌需何時。

射雕行

世間惟有弄筆苦，我願掉頭去學武。珊弓駿馬馳平沙，紫塞看徧秋園花。大風獵獵平原起，我馬向空鳴不已。一雕忽在雲中旋，馬蹄未到人心先。爾雕爾雕性太摯，虎狼側目鷹鸇忌。禍機已伏爾弗避，我終不忍傷此才。讓爾矯翼天山來，追逐狐兔清群埃。血戰歸田兩臂痛，腰間長箭全無用。敢矜百步穿楊中，高歌沉醉酒家樓。同輩少年皆封侯，我今不樂將何求。惟恨西南賊未滅，焉取偷閒告駑劣。一片酬恩肝膽熱，爭挽昔年五石弓，豪傑果出兜鍪中。君不見，將軍射雕亦射虎，朝平秦還暮平楚。

送胡香海之羅源任

聞説詩書氣，能消盜賊憂。此才今百里，餘事自千秋。天影廬山隔，江聲薊樹收。兩行紅荔影，分映石琴幽。

幾時得漁隱，結伴入西溪。蓴菜綠何處，桃花紅一堤。雨船詩夢穩，月寺酒盃携。洞口招余往，春風或不迷。

姚伯昂元之孝廉爲畫靖節以下至西涯十二人像

桐城二姚君，謂根重、世綸兩孝廉，皖江明經。與我皆舊知。昨年役磨勘，歉君文不羈。柴門辱過訪，快讀無聲詩。驚爲王輞川，又疑李伯時。古人不可見，名姓徒留遺。君生千載後，一一心摹追。筆墨妙生動，精采森鬚眉。懸我詩龕中，舒捲清風隨。誰謂一瓣香，邈然自我竂。樓灣萬楊柳，春水綠漪漪。殘荷萎西渚，新菊開東籬。君肯鷗波循，我當雞黍炊。

題吳柳門家山圖

我思住山中，日日飯烟翠。悠忽二十年，未能一官棄。雖棲塵市間，荒齋儼僧寺。每逢江南人，便問山居事。覽君家山圖，觸我扁舟思。白雲不上天，春水多於地。梅花正開時，客抱明月睡。松竹無塵容，雞犬有高致。

男子志四方，況君當盛年。讀書期用世，何事耽林泉。身跨盧溝驢，夢繞黃山烟。恍藉一枝筆，攬此千峰妍。某水與某丘，現出秋毫巔。目窮雲樹底，指點孤燈前。君本瀛洲人，須耕天上田。難兄及難弟，聽雨床重聯。

送韓旭亭歸里

青山喜客歸，膏沐出相見。十年手種花，到家開滿院。老鶴髮漸禿，野竹綠不變。神仙那得有，先生此足羨。臨溪築一樓，早梅與對面。新月悄入窗，白雲時凍硯。朝饑且勿問，但自理書卷。

向平願已畢，五嶽皆可登。郎君況多才，政蹟東南稱。腰脚又復健，謝彼笈與籝。日携兩童子，矯首青雲層。憶昨遊西山，濟勝余頗矜。及臻絕頂峰，步步需紅藤。翁特撒手行，來往如蒼鷹。從此涉江湖，到處窮崚嶒。淡嘗香鉢飯，閒話秋庵僧。夜船續詩夢，耿耿明漁燈。

吳穀人祭酒南歸題顧弢庵崧柏圖贈行

松風紙上吹，雲氣腕底送。南山一片青，袖歸北堂貢。顧生真畫癡，鉛粉不輕弄。三日緊閉門，濤飛嚴綠縱。中有纏綿心，欲藉楮墨頌。先生打槳去，書畫壓船重。萊衣舞拜日，此作屏風用。高置梅花間，祇許鶴陪從。

伯昂過訪

秋水半城荒，秋花媚夕陽。幽人踏黃葉，訪我彴西堂。鐘歇露蛩語，酒醒風篠香。不須催月上，庭院足清涼。

奚鐵生自浙中寄詩龕圖至

山水雖溺情,風騷却入骨。丹青借驅遣,筆墨見突兀。獨坐梅花林,清興偶然發。酒氣時上天,紅燈點白髮。剡藤僅三尺,萬里勢飄忽。石醜雲細皺,竹涼雨暗歇。中有飲泉人,手汲古明月。我非忘世流,對此念耕堡。浮家羨鷗鳥,寒烟日出没。

題　　畫
松　梅

野梅自分山中老,却與喬松共歲華。縱有千巖萬巖雪,春風一著便開花。

松　竹

性情標格兩相宜,一在山巔一水湄。不是此君太孤直,後凋同有歲寒時。

九日李墨莊主事楊蓉裳員外招同人集陶然亭

九日例登高,策馬城南徂。朋友胥素心,禮數戒勿拘。一亭屹佛閣,四面圍秋蘆。平生憂患多,至此空欲無。但覺數鷗鳥,瀟灑隨吾徒。泊然簪紱忘,極目思江湖。忽聞疏雨滴,響出西堂梧。半髻棲外山,頃刻青模糊。寒生菊幾叢,香黯酒百壺。頗恨意難盡,不知日易晡。鐘磬催我歸,殘鴉同覓途。

題奚鐵生畫

山風入夜息,鶴鳴亦不聞。秋陰妬明月,綠暗樓中雲。孤客夢乍醒,半枕涼濤分。玉琴尚未彈,流水聲何殷。天籟不終閟,靜者情多欣。行將抱石眠,遠此人間氛。

題西涯先生像後

我嘗校公集,因知公素志。近爲作年譜,搜羅及軼事。大抵公性情,和平而沖邃。在官五十年,保全皆善類。逆瑾覆網維,百計社稷庇。卓哉顧命臣,焉敢艱危避。奈何羅侍郎,門生倡清議。王瓊。陳洪謨。踵訛謬,顯與實錄異。韓文逐瑾之謀,《武宗寶錄》暨《明史》載焦芳洩其語,《雙溪雜記》《繼世紀聞》乃誣爲公。元真觀碑文,安知非作僞。嗚呼公致政,魚菜不能備。清操有如此,乃云徇祿位。此像藏閔氏,上有癸亥字。公年五十七,謹身殿初蒞。時和百司理,僚宰無猜忌。公早抱隱憂,鬱鬱不得意。蒼生四海望,藐兹一身寄。劉謝繼去國,幼主付誰侍。微公秉國鈞,楊韓將奚置。我過畏吾村,墓田久荒棄。日暮牛羊來,無復狐狸睡。公曾祖葬地爲白狐睡處,見《堯山堂外紀》。草堂葺三楹,四圍楊柳植。湫隘匪舊觀,幽潔抵山寺。燕許大手筆,擬作墓祠記。石君尚書許作碑記。孰更勒公像,一碑耿寒翠。

重經西涯訪汪瑟庵廷珍學士新居

秋水無人管,夕陽空自閒。鸕鶿飛作陣,楊柳綠成灣。極目餘芳草,抬頭見故山。欲延溪月入,且勿竹扉關。

陳仲魚鱣徵君過訪詩以贈之即書其尚友圖後

離群固可傷，泛交恐無當。君讀萬卷書，下筆老益壯。遥遥千載後，不敢古人讓。心小眼故大，時欲董賈抗。天地有正聲，造物無私貺。六經既陳迹，一心足醖釀。霜清月自明，風過波初漾。君方手一編，前古後今望。我雖寡學問，端居抱微尚。髯也飄然來，老屋秋相向。黄葉與白雲，坐久冷都忘。世稱君多聞，我更喜直諒。寒夜竹燈剪，幽懷倘能暢。

秦良玉錦袍歌

丈夫衣錦吁何人，文燦嗣昌皆大臣。鼓聲正奮甘掩袂，豈不貽笑將軍秦。將軍西川一女子，挺身願爲朝廷死。紅妝上陣白桿摇，三十萬兵平地起。天子臨軒襃厥忠，錦袍賜出明光宮。搴衣上馬提戈去，萬口嘖嘖稱英雄。六軍衝寒僵且仆，本兵袖手賊負固。將軍下令捐私財，此袍直欲江山護。賊中瞥見五花來，偃旗棄甲哭聲哀。男兒豈真不如女，神勇所向堅能摧。竹箇坪下陣雲黑，揮刀殺退十萬賊。可惜奇策不果行，坐使錦袍黯無色。零落於今二百年，殘縑賸綺人爭憐。舒捲臨風餘戰血，被服想見疆場前。調兵箸吊全無賴，再拜號跳毀冠帶。金印徒勞石砫齋，賊中誰敢窺旄斾。將軍往矣錦袍貽，此袍抵作將軍碑。寧南矯矯衣冠隊，名敗難同一土司。

蘭雪信宿詩龕適有以賓谷生子來告者賦詩寄賀兼調蘭雪

生兒豈奇事，乃獨於君喜。況君必有後，此可斷諸理。造物遲之久,田川爲鐘美。湯餅走衙官,歡聲徧閭里。一夕題襟館,好詩寫千紙。我方偕故人,聽鐘倦隱几。佳音客傳到,兩人同躍起。頓忘寒夜深,吮墨不容已。檢書徵典實,又恐乏義旨。得意遂疾書,相期汰浮靡。我兒方九齡,侍旁供驅使。方其墮地時,我已四十矣。成立那可必,頗知弄書史。君兒年差小,識字之無始。鼓篋長安來,一輩説孔李。兩翁謝簪紱,南北各秋水。可笑蘭雪生,時署天隨子。

訪煦齋侍郎於樂賢堂長話語及顧寧人《郡國利病書》,勸煦齋購之

年華日以增,朋舊日以少。疏懶既成性,矧爲筆墨擾。趁閒訪故人,入門見清篠。幾時不相接,萬竿出檐表。交深語無擇,坐久月已皎。偶然念今昔,愧比倦飛鳥。時復投林木,思欲霜翮矯。

君今爲大臣,翰墨特餘事。當自際遇惜,隱合蒼生意。作詩與飲酒,外務足捐棄。持盈古有誡,謹小斯爲智。淵然一心安,推之四海被。世任逞毀譽,君子素其位。不聞春秋例,賢者方責備。

郡國伏利病,爲政當周知。診脈録成方,詎足稱良醫。顧無指授法,臨藥將何師。卓哉亭林子,群籍一一治。習俗某淳澆,山川某險夷。孤燈坐深室,燦然遠近窺。吾身所繫重,言非一人私。胸中留此書,事來輒應之。萬物苟得所,衡泌吾樂饑。時至樂賢堂,切切還偲偲。

張船山爲趙穆亭承杰畫木石秋色

君家世工詩,山水氣獨厚。長安住幾年,江村自梅柳。縮地苦無術,光景胸中有。張顛足奇趣,使墨如使酒。頃刻西湖烟,紛紛落顛

手。日暮霜氣清,林葉寒日久。松石少亦佳,老態不嫌醜。作畫與作詩,總難脱窠臼。此境極荒寒,身疑在田畝。人是柴桑翁,路是輞川口。畫耶抑詩耶,展卷君自剖。

池上篇送張徵君炯歸里

春草年年綠,一亭池卜閒。著書消白日,買酒醉青山。奇字何人問,新詩隔歲删。長安花事了,又逐白雲還。

一樓松下偃,兩水屋邊圍。言採梅花去,相將白鶴歸。溪風上衣綠,山月吐林微。魴鯉隨時有,墻根笋正肥。

董文恪爲宣城張芸野翁畫西阪草堂圖

吾愛宣城詩,因愛宣城客。至今西阪堂,云是謝公宅。宛山更宛水,千古自深碧。霜氣入草木,秋心增日夕。高人此著書,坐久時脱幘。月上一松滿,風來萬竹隔。苔香冷襲衣,泉聲暗出石。破硯手親滌,殘縑心屢惜。富春董尚書,放筆寫幽僻。迢迢四十年,想見林棲迹。西涯有吾廬,對此感今昔。

紀陳石士太史慈母姚宜人事

良材當幼稺,養之貴得術。養之弗及知,甘苦受者悉。事過數十年,受者溯一一。太史産德門,傳家厚陰騭。玉堂清晝閒,母教向余述。時君方九齡,生母遽君失。宜人加顧復,何曾異己出。未寒先理衣,既飽又防疾。學塾不歸來,倚門看斜日。遂教隨阿兄,同弄生花筆。蹁躚繼入官,其忍忘恩恤。朝廷五品誥,再拜奉母室。母曰余何人，敢與嫡婦匹。況翁擅義方，成立汝輩必。母言有足風，吾爲紀厥實。

送周西糜歸里

績溪古勝地，川谷接蜒蜿。昔年蘇子由，曾此寫雲巘。君少與阿叔，人稱大小阮。著書石鏡岡，蕭閒塵世遠。鼓篋遊成均，叔也一官蹇。君復抱孤潔，掉頭故鄉返。憶昔揖槐堂，斜日話清婉。聯床接風雨，三年共餐飯。得失自在天，於君何增損。長夜手一編，坐對殘月偃。世方侈榮名，君獨務根本。歸趁春水生，溪上釣鯉鱔。白雲傍幽石，老圃花開晚。

贈鮑曇原桂楨

浩浩落落絕依傍，前古後今遠相望，物外逍遙齊得喪。夫君家住黃山村，白雲滿地秋無痕，騎馬三人長安門。愛惜殘縑與賸字，石鼓摩挲不忍棄，趁晴手自剔寒翠。北風獵獵雲漫漫，酒瓢詩卷繫驢鞍，幾回土窖梅花看。意興年來猶不淺，尋幽踏破西涯蘚，坐對梧陰向西轉。語言文字本來無，曷取今吾證故吾，魚日在水忘江湖。

郊　行

霜氣深四郊，騎馬就寒日。林中響敗葉，老翁坐捫虱。問翁村遠近，耳聾語難悉。秋水尚滿田，何處採新栗。

夢禪畫石

此老胸中蓄奇氣，不識人間富與貴。抱石眠雲四十年，青山畢竟買無錢。偶然乘興寫片石，筆間宛留太古迹。世人那得知其心，一縑但欲酬一金。

杜梅溪貽江南故人書并示蔣藕船房山近耗

踏雲跨仙鶴，身在大房山。半夜風兼雪，柴門醒未關。梅花獨余寄，江雁伴誰還。說是琴堂客，舊詩重手刪。

松底聽泉坐，高情託酒杯。一年又春去，百感入詩來。雪大逢人問，農收隔歲猜。田間莫吹笛，北地少梅開。

客至

荒圃竟何有，石根空自多。正愁晨雪大，忽報故人過。寒竹春微吐，山雲凍未和。柴扉且虛掩，新月散林柯。

不寐

月從溪上來，照我窗間梅。花自遠塵俗，未春先已開。香能襲詩卷，暖不借樽罍。凍雀疑天曙，無端倦客催。

招吳蘭雪

夢中把吟袂,去訪匡廬君。醒倚梅根坐,清歌孰與聞。古苔藏細雪,寒樹吐微雲。臘酒招同醉,商量賸藁焚。

題朱野雲畫

一松鳴未已,吹作萬松聲。此水流何處,前山月正明。梅花開滿谷,春雪積連城。心逐寒鐘去,悠然遠世情。

金粟道人像歌

玉山亭館今何有,玉山風流炙人口。可憐金粟託前身,隱君之意不在酒。少年結客姑蘇城,三十六橋秋月明。樵青收網榜歌唱,璚娘搶袖親調箏。一時賓客詩中虎,元鎮廉夫及伯雨。珍重玉鸞配鐵龍,水仙舟裏吟思苦。床頭摘阮復彈棋,贏得詩囊酒在卮。烽火隔江僅百里,平生歡笑倏成悲。武略將軍歸海上,彩衣金印天人樣。老翁醉詠秋棠花,夜闌秉燭餘戀壯。壙銘像贊寫高懷,藉草憑山便骨埋。遷徙臨濠死亦好,清魂如傍可詩齋。曠世增悽文待詔,生綃曲盡添毫妙。碧梧翠竹半荒蕪,桐帽棕鞋猶冷峭。我家舊住西涯西,十頃芙蓉三里溪。閒鷗野鷺參差見,畫槅詩瓢次第攜。幽姿摹出龕生色,相見當年樽盈側。吹笙擪笛奚足多,惟有豪情壓不得。野雲爲我圖耕漁,<small>朱野雲山人近爲余摹徐良夫像</small>峨冠儼服清且癯。異代相逢應一笑,天地何處非吾廬。

耕漁子像歌

玉山草堂翠浮几,清閟雲林落吾紙。世間萬事憑心生,眼中但少耕漁子。清修王立貌非常,徐理耕漁子,傳爲人清修玉立。峨冠儼服來蹌蹌。道衍《耕漁軒詩序》:徐良輔氏峨其冠,儼其服。我生未入光福里,曠世相感良夫良。野雲筆能奪造化,肖極翻令觀者訝。遂幽軒頹幾百年,草木精神縑素藉。曳杖翩翩鄧尉山,梅花樹底一身閒。朝驅黃犢桑麻外,暮逐白鷗烟水間。挑燈自寫金蘭集,道衍匆匆爲補輯。青丘北郭皆敗亡,滕爾廣文屹獨立。鳳琶鐵篴龍唇琴,檐花溪鳥都關心。顧豪倪俠徐樂道,三人臭味稱苔岑。武夷九曲寄歌嘯,看到青山詩絕妙。扶病猶携孤鶴遊,幽魂祇許秋猿弔。鐵崖道人醉不休,句曲外史那知愁。先生胸中殊了了,聲華於我如雲浮。豈料後人生企慕,直欲買金賈島鑄。白雲洞口倘相逢,黃葉村頭或重晤。我亦江湖多故人,屋梁月落寄詩頻。集成略仿金蘭例,不藉沙門作序文。

臘月十八日壽楊蓉裳員外

夫君似明月,照我白雲身。萬古一詩境,四時皆好春。青山何日買,老鶴此相親。他日尋漁父,滄洲結釣綸。

詩名擅崑體,生日早東坡。分酌紅梅酒,同吟白雪歌。小樓看月上,高樹得春多。更有《斜川集》,挑燈細細哦。

揮刀能殺賊,誰敢侮書生。馬上詩曾賦,鷗邊夢易成。難忘春草句,尚感塞鴻聲。榮辱忘都盡,關心蜀道平。

華山青萬丈，歷歷貯胸中。筆底精靈洩，人間垢慮空。成名君獨早，序齒我偏同。白髮登詞館，西堂與鈍翁。

香山道中

匹馬橋西路，空林雪有聲。牛羊村外細，燈火水邊明。有客松溪至，開門病衲迎。佛前不多語，惟篤歲寒盟。

聽仲梧彈琴

不是悲涼客，如何激楚多。美人怨遲暮，壯士感蹉跎。江上青峰見，林中白鶴過。未須刺船往，深恐涉風波。

臘月十九日石士齋中同蓉裳船山王方鍾溪希曾拜東坡生辰船山畫公像石士更乞爲山谷畫像因論及二公詩

大雪隔斷城南路，晨起雅聲噪晴樹。故人畏寒方掩廬，飲酒有時還讀書。爐香隱隱沉虛閣，我却登堂踐幽約。三杯手酌酹東坡，七百年華彈指過。峨眉秀色鍾吾友，謂船山。詩畫當今無對手。潑墨偶寫坡仙圖，坡仙飄灑隨吾徒。西江詩派定誰續，欲畫涪翁配玉局。學使新渡瞿塘來，極言蜀地多清才。張顚仰天忽大笑，坡谷吾皆識其妙。君等慎勿悮皮毛，謬之千里差釐毫。心境由來即詩境，世上紛紛賞形影。楊侯學詩三折肱，一聞此語深服膺。勸我歸家且高臥，下筆先須萬卷破。請看蘇州與柳州，不着一字得風流。胸中要自有依傍，匪是從人乞花樣。酒殘帳底梅花香，竹簾暮捲春雲光。

存素堂詩初集錄存卷十三

壬戌

題黃文節公石刻像後有序

嘉慶庚申十二月十九日,蘇齋拜東坡公生日,適得黃小松札,以蘇像冊屬摹文節像,坐中高玉階摹寄,覃溪先生書公自贊"似僧有髮,似俗無塵,作夢中夢,見身外身"四語於後,小松勒石徵詩。

蘇齋前歲拜坡公,雍容壁上瞻涪翁。刺史書來索翁像,高生寫出神采王。寒巖鐫字題款詳,涪翁精氣山同長。紙光墨影起寒絳,燈下摩挲遠懷觸。翁昔櫜筆偕坡仙,玉堂儔侶剛三年。端明學士忽出守,翁亦倉皇江上走。蘇公儋州翁黔州,題詩各寫生平憂。轉瞬已逾七百載,同堂二老風流在。明月忽破松陰來,鐘磬不響梅花開。山僧一瓢清酒薦,身外有身苦不見。翁今真箇夢中人,衣冠濯濯秋無塵。白雲畢竟歸何處,我欲從翁看雲去。

李墨莊自琉球歸出泛槎圖索詩

雲夢久填胸,大海從未涉。展圖氣先王,望洋心已攝。使君天上來，一槎小於葉。長風鼓厚力，中流自妥貼。蛟龍宛轉趨，星斗橫斜接。百靈默感孚，萬怪胥怖憎。此時使君心，但期王事協。塵緣倐已空，詩情澹方浹。世間章句儒，陳編事漁獵。榮辱紛厥中，出語同夢魘。覩兹妙明境，令我幽賞愜。前度遊瀛洲，憶曾隨步屜。故紙鑽不出，長年守史牒。老馬戀芻豆，久矣忘蹀躞。惟羨君此行，奇句歸滿篋。擬携松竹間，泠泠寒笛撅。人生貴適意，隨處有苕霅。

題　畫

窈彼青楓林，圍此白石屋。南山荷鋤歸，趁月把書讀。起聽秋蟲聲，泠泠在深竹。

哭鮑雅堂郎中

造物畀君才，君匪不善用。鬼神妬特工，顛倒肆簸弄。坐是一生窮，萬巷徒吟誦。名場四十年，時作夢中夢。詩篇寫性靈，不分唐與宋。袖草就我商，一燈風雨共。抒胸塵壒遠，脫口隱微中。前歲遊西山，恃強劣馬控。醇醪飲擅場，險韻鬭先衆。晚坐黃葉底，感秋抱餘痛。著書賸秃筆，買山乏清俸。毀譽任幻杳，死生付倥偬。有子雖克家，鍛羽傷孤鳳。周恤慚無術，徒以詩爲贈。遺編託何人，我願佐甄綜。

二十六科長松圖爲朱石君尚書賦

松在萬卉中，具有壽者相。人世祝嘏詞，遂舉松爲況。顧非貞固材，諛言了無當。卓哉南厓翁，歸然魯殿望。翰林重前輩，詎僅年齒尚。自公入瀛洲，二十六科放。朝廷尊宿儒，藝林奉宗匠。退食手一編,未改秀才樣。要知根木深,自然枝葉王。霜日閱幾時,冬春久矣忘。清陰蔭十畝,秀色表千嶂。薜蘿雖微物,臨風頗跌宕。方其生空山,孤根鮮依傍。吹落萬葉底,寒綠氣微颺。茯苓暨琥珀,豈不資醖釀。正直見本性,渾厚徵德量。大夫十八公,稱名殊誕妄。造物與終始,高蹤霄漢上。

柬和泰庵中丞

官職君屢遷,性情知未改。老來愈真率,別久想風彩。憶昔話蕭寺,手自調梅醢。酒殘日斂山,招呼明月待。得錢便買竹,謂足消鄙猥。招我聽寒籟,吟興清於苣。自君萬里行,索居十餘載。譬如駕扁舟,天風吹入海。忠信雖自矢,憂惑幾瀕殆。君詎不我念,雲峰隔崔嵬。今幸引手便,良藥救沉瘵。君亦善調攝,勿過恃磈磊。東魯近邦畿,百司防玩愒。倘欲籌殷阜,曷先起貧餒。大抵飽煖民,中無盜賊在。日對明湖水,豪情增幾倍。新詩肯細吟,舊約夫何悔。

送顧弢庵歸里

君從江南來,但挾一枝筆。如何五嶽雲,都自胸中溢。春明詩畫流,交口誇秀逸。君特斂抑甚,未肯矜藝術。道心重自持,百慮期得一。不及見古人,怦怦如有失。詩龕君最喜,挑燈時促膝。幽軒無客擾,秋陰坐寒日。奇文每示我,往往柳州匹。詩帶山水音,泠泠響清瑟。作畫致瀟灑,近頗講沈實。要須其自來,迫促不可必。疏狂緣是名,或且加妬嫉。低首試有司,既陟復被黜。春江水瀰瀰,歸去布帆疾。山中多白雲,與君性情暱。脫屣松桂間,柴門莫輕出。

贈郭生賢瑚

藝事造厥微，輒爲有識賞。萬楮日在手，捲舒一心往。問生操何術，生言夙善養。方其紛然投，胸中或悒怏。息機靜以理，所得非所想。選材既務精，備物須求廣。工夫積漸加，循途誠鹵莽。呼嗟有道言，可以諗吾黨。

項道存紳孝廉介吴蘭雪畫詩龕圖見貽

吾讀吳生詩，因之悟畫理。及觀項生畫，天機妙如此。吳生有神解，字都不着紙。五城十二樓，飄若凌雲起。每稱項生畫，妙處即詩旨。爲我圖詩龕，塵壒浄一洗。孤月寫澄潭，炯然方寸裏。我家浄業湖，門前半春水。桃花入釣船，斜陽一竿紫。兩生灑然來，槐陰踏芒屨。鷗鷺皆吾儕，何須赤松子。

贈陳一亭森

繪生術最苦，名世難其人。方今丹青流，自詡能傳真。形骸徒刻畫，取貌非取神。君踏江波來，滌盡胸中塵。但覺筆墨外，別有境界存。漫漫風雪天，寒山横我門。酒人醉驢背，詩夢消無痕。心手妙虛曠，寫出梅花魂。忽然有我在，空色從誰論。萬理具一心，久矣除嚚煩。春雨過前溪，落花滿閒軒。呼童洗古硯，爲我圖西園。

雲川閣詩爲徐舍人賦

好景隨在有，人苦自拋郤。男兒志萬里，豈能守丘壑。高情無已時，一縑欣有託。春明三面山，隱隱抱城郭。舍人騎馬行，獨念故鄉樂。晝長午夢醒，瞥見雲川閣。湖烟日上衣，林翠涼入酌。竹深二三里，孤舟夕陰泊。峰青斂遠天，日斜猶不落。漁歌與樵唱，隔浦聽隱約。須臾月滿地，招呼溪上鶴。水苔襲幽徑，山風吹畧彴。短草帶露香，中有長年藥。富貴不可求，神仙那得作。此境許來遊，早晚辨芒屩。移家住羅浮，視此更何若。

憶西山舊遊書寄韓旭亭、吳穀人、汪杏江、趙味辛、蔣香杜、姚春木

秋山別經年，依依隱在抱。奈何舊遊侶，飄零各遠道。春風滿巖谷，花氣薰晴昊。前村風雨過，一夜生芳草。詩境即心境，無事費搜討。笑我塵網攖，入山苦不早。羨彼簑笠客，湖海稱詩老。旭亭、穀人、靜厓。讀書貧未妨，香杜、春木。作吏閒亦好。味辛。惟歎鮑參軍，至死猶潦倒。家空百畝田，篋賸千篇藁。癡哉顧虎頭，髮庵。苦吟學賈島。賣畫竟買帆，愁來借筆掃。富貴不可求，聚散焉能保。幸有松竹聲，長年解煩惱。

春　　草

霜雪養根蒂，東風吹自青。石橋春雨細，苔徑夕陽暝。南浦人何在，西堂夢乍醒。桃花紅隔水，叉手候漁舲。

空山自榮瘁，寧復受人憐。極目忽千里，懷人又一年。陌頭吹作水，柳外澹成烟。翻覺幽居好，春來得氣先。

答冶亭漕師兼寄黃心盦承增程禹山

手開淮上書，心蕩金焦烟。中僅三百字，紙短辭纏綿。告我臘月尾，政簡僚佐賢。賡唱少虛日，動輒三五篇。噫嘻此藝事，詎公所宜專。藉以娛性情，屏絕紛華緣。乃知古重臣，白髮猶青氈。萬姓治安措，一身俯仰便。凍雲松葉稠，寒月江波煎。更有古梅花，瘦影宵翩翩。斫笋破階蘚，煮魚汲山泉。漁翁坐曬網，不避官長船。墨氣忽浮出，驚起蛟龍旋。殘縑付寺僧，勝釀布施錢。

程生我故人，黃君我神交。夢吟二客詩，醒乃音問渻。選樓書成卷，久欲從借鈔。高閣茲題襟，寒山同打包。黃、程同遊金、焦。新月橫寺前，奇字重推敲。詩律森軍門，斗酒分中庖。廣庭竹柏聲，風過嫌喧呶。忽傳春草句，賦徧江南郊。我日坐幽軒，綠上楊柳梢。偶然弄筆墨，自解還自嘲。客至翦園蔬，陋室無嘉肴。病衰益慵懶，時復書卷拋。

近今詩畫流，愛我亦已至。散髮江湖間，早識賤名字。襆被盧溝橋，詩龕先投刺。款賓無長物，西山一片翠。白鷗聚春潭，黃葉散秋寺。翰林雖散官，近頗勤職事。史館日西斜，緩緩策歸騎。低徊故紙堆，可憐蠹魚似。寒軒近鼓樓，燈炮那能睡。時方校八旗詩。公倘念舊遊，時時筆札寄。天空雁往來，遄待詩郵置。

思元道人以臨摹諸帖見貽 并示遊香山臥佛寺詩次韻

夢中見青山，醒來坐聞畫。春陰在高樹，令我想寒岫。打門好音寄,望雲詩思逗。細字森斜行,精神巧結搆。妙處不相師,獨能出硬瘦。新篇極幽陗,泠泠滴雪竇。松風未許雜,泉水何曾漱。好句天所具,適然待君就。傳播江湖間,可并金石壽。披吟病霍然,勝以木苓救。泚筆報嘉貺,匪敢險韻鬬。平臺花放遲,此詩羯鼓侑。

題張船山畫梅送銀槎回里

梅花在江南,家家許飽看。君自江南來,別梅揖野岸。春明住幾時,夢輒到梅畔。今歸鄧尉去,暗香浮酒幔。船山清曠人,詩筆夙精悍。近復愛寫生,百怪隱攝腕。借梅抒君意,槎枒出枝幹。平生冰雪心,莫爲榮枯換。

柬趙琴士 紹祖

耽書抱幽癖,君乃勝於我。殘碑與斷碣,搜討到蓬顆。脱巾拭蝸涎,照字借螢火。溟濛月落江,狼藉詩盈舸。巋然開選樓,萬卷橫席左。涇川富文獻,著録聞已夥。精血耗一生,奇才傷坎坷。豈不望後人,闡微及細瑣。推君敦厚心,維持世道頗。文戰偶不利,奚傷氣磊砢。春生古墨齋,梅花開幾朵。水烟澹容與,山光接鬢鬖。笑我騎馬行,軟塵日揚堁。下直但閉門,一燈擁書坐。幸有素心人,千里神交可。

答張寄槎 學仁

京口酒可飲,京口兵可用。_{晉桓溫語。}吾謂京口詩,尤堪藝林重。近披七客吟,_{近有鎮江《七家詩》之刻。}二客笑言共,_{謂子餘、鴻起。}梅花疏雨中,一紙江頭送。携就松間讀,隱隱續殘夢。想是三生前,同堂柔翰弄。不然胡知我,知我且異衆。聞君愛山水,無暇問饑凍。偶然得奇句,空山自號慟。天台雁宕間,背人時一誦。驚起水龍嘯,時招怪禽哶。

朱素人畫扇

宿雪初消綠半陂,有人橋上獨尋詩。春烟向夕猶寒色,好是桃花未放時。

弢庵南歸寫墨竹見貽

龍蛇深澗蟠,春雷驚陡起。回翔在空際,槎枒落滿紙。爲君有奇氣,乃赴君腕指。

古人寫竹法,筆筆皆中鋒,己意泯參差,墨影隨淡濃。君誠文與可,吾敢希坡翁。

我詩太蕭疏,宜爲人訕笑。君抱烟水癖,却識此君妙。胸中出所有,適然與之肖。

生長塵世中,不使一塵染。自留太古色,薄烟春夕斂。掃取寒梢聲,和雨成萬點。

君歸卧空山,與竹共寒瘦。十飯九不肉,山谷句。一天秋氣潄。茅亭月落時,梅花溪上覯。

莫謂千尋竹,世間那得有。吐出幾斗墨,費郤一樽酒。故人從此別,清風閟我久。

四月朔日偕張船山檢討、蔡生甫之定、狄次公夢松兩編修陳雪香庶子集英煦齋司農賜園

連日苦塵埃,清涼今既覯。況復玉堂暇,三五聚朋舊。白鳥飛近人,青山低入囿。蔬短幸可剪,魚鮮不妨瘦。林花夾岸明,酒樽隔牆侑。人生快意少,十事九不就。玆會雖偶然,天若巧爲湊。我本忘機人,愁來未嘗留。虛名實忝竊,循省增報疚。惟望北邙雲,吹向西疇皺。濛濛一夜雨,千邨萬邨透。牡丹我不問,麥氣可森秀。

題孫子瀟原湘雙紅豆詞後

有情乃有詩,此語吾深信。三復紅豆詞,錦字心相印。近日大江南,詩家門户峻。奇才不受範,萬言抒何迅。譬如遇大敵,頃刻列八陣。所以筆墨中,陰森見鋒刃。才氣君獨渾,倚聲細體認。五城十二樓,縹緲辨清瞬。梅花紙閣春,有人致芳訊。河上鴛鴦飛,房中琴瑟進。眼看絳雲樓,殘書賸灰燼。淒涼拂水莊,斜陽照蒿藋。留此一種花,陌上東風趁。結成記事珠,不爲插青鬢。

題孫子瀟孝廉天真閣詩集

一驢跨殘月,破篋賸新詩。不但白雲句,感君黃淡思。學君能幾筆,除我更誰知。翻悔從前懶,商量競病遲。

黃河限南北,空説寄書頻。兩卷天真閣,十年飄泊人。江梅如爾瘦,樓月爲誰新。祇有蘆簾下,推敲句法真。

西涯晚步

微雲剛壓六街塵，芳草斜陽辨未真。枸杞蘿摩俱不食，櫻桃芍藥偶相親。松陰坐久鬚眉綠，山色餐多肺腑春。惟有白鷗閒似我，沙汀晚立肯依人。

送洪孟慈飴孫還里

記踏西涯路，同看北郭山。君歸向翁語，我老益耽閒。心未隨時改，詩仍逐日刪。故人肯題字，抵話玉堂班。

何蘭士至都

自我與君別，未飲終日醉。春山兀兀青，閒抱白雲睡。望見君顏色，清風南池至。君胡未四十，亦復告勞瘁。乃知戒懼心，惟有賢者備。匡廬豈不好，萬古自寒翠。安能驅疲氓，飲泉聽松吹。不如學陶公，歸去琴書寄。朝揚彭澤帆，夕整靈石轡。長安一樽酒，重憶十年事。我齒較君長，未能謝塵累。扁舟何日買，望遠空墮淚。

題朱野雲擬陶詩屋

余方六七齡，母氏授陶詩。含咀四十年，厥味無由知。近效蘇子瞻，擬陶偶為之。柴桑好風景，那許塵中窺。我友朱埜雲，春明老畫師。意得筆墨先，取神不取姿。琴樽在北窗，松菊存東籬。古月入君簾，寒苔上君墀。我來叩荊扉，一龕秋夢移。新涼枕畔多，何必羲皇時。

余方編校官書適李滄雲㴱京兆邀同韻亭侍郎蓉裳員外墨莊主事野雲春波兩畫師集少摩山室，因余携所橅南熏殿諸像至野雲春波遂具紙爭寫同人賦詩紀事

連晨受詩困，解免悵無所。欣聞故人招，偷閒遣愁緒。畫稿天上得，藉以炫朋侶。入門客三五，詩筆健於虎。座中兩畫師，戒旦備佳楮。解囊出相示，技癢不可阻。但聞筆墨聲，虛堂絕人語。清森咫尺地，翩然接今古。主人有詩癖，婆娑忽起舞。莫老詩爲命，搖腕千言舉。借事發天趣，頃刻奇氣吐。墨莊師太白，蓉裳學杜甫。獨我筆力孱，作詩便愁苦。風沙十丈高，吹乾前夜雨。苔青及花碧，醞釀成薄署。低頭茅屋中，日與蠹魚伍。行當新竹長，睡足不知午。萬卷姑勿理，好詩吾重補。

題文徵仲畫

江南臘月春風多，梅花開徧山之阿。漁翁拍手唱漁歌，鄧尉楞伽吾未到。笠檐簑袂生平好，美酒鮮魚炊晚竈。此中有畫兼有詩，米家倪家吾不知，林烟江翠生差差。

五月二十八日諸同人張宴於正乙祠爲賀虛齋賢智侍御、祁鶴皋韻士、楊蓉裳二農部、謝薌泉祠部暨余作五十生日薌泉即日成五古四章余效其體

吾幼多疾病，五歲掖始行。六歲讀陶詩，句讀不能清。慈母抵嚴

師,誠兒保令名。碌碌五十年,一事茲無成。豈惟門閭愧,奚以慰友生。乃逐諸鴻儒,列席引巨觥。山人雜藻客,鼓瑟還吹笙。

百齡推上壽,吾已歷其半。未來不可知,既往深足惋。人當壯盛時,弱者氣亦悍。春秋六七十,精神漸散漫。四君稟同優,才華稱浩瀚。峨峨老成人,邦家作屛翰。吾方愧勞薪,猶復就炊爨。

玉堂職清暇,吾今忝四入。目昏手動搖,勉強負書笈。昨在瀛洲亭,雙燕翩然集。欲去似識我,芹泥旋復拾。忽憶廿年前,清秘我獨立。西北風雨來,海棠萬花濕。燕巢遭傾覆,我曾爲補葺。豈爾其儔侶,向我作悲泣。特我白頭人,不能爾周急。

槐陰古殿張,麥氣四郊展。新雨被物深,遠風出林淺。纏綿故人情,豈能一笑遣。恨我無酒腸,斟酌但茗荈。小謝詩先成,滔滔肆清辨。我方修官書,終日圖經闑。吟懷久鬱塞,敢不事硏吮。來日幸方長,晚節期共勉。功業未可必,尤悔庶幾免。

六月九日同人拜西涯墓畢飯
於極樂寺朱石君尚書後至

侵晨出郭門,言拜西涯墓。日斜猶未歸,國花堂小住。瀟灑南厓翁,乘涼選高樹。野鷺與閒鷗,怡然結良晤。古寺訪苔碑,荒村循草路。翠微<small>山名</small>。一片雲,催公寫新句。

萬鴉暝欲歸,一蟬吟不息。晴山帶雨容,熱泉蓄寒色。詩情夷宕生,畫意蒼茫得。老人與極豪,望古輒相憶。新城與宛平,謀此除榛棘。輾轉又百年,待公貞石勒。<small>先生許作紀勒石。</small>

再和石君尚書韻

　　北方有學者，往往生不偶。南厓繼西涯，前後兩作手。懷麓堂久圮，廢壠迷左右。尚書念先民，蒯榛躬獻卣。賦詩題祠壁，異代作談藪。扶衰更拯弱，風人旨敦厚。燕去三百年，春來重鼗瞽。賤子匪松柏，自分宜培塿。生平所期向，漫郎與聲叟。郤憶茶陵翁，殷勤圖十友。公五十七歲會十同年，繪像作記。今所傳者即此，藉以贖墓修祠，圖之所繫不淺也。九客像奚在，獨公留不朽。後此三百年，誰歟爲我壽。

　　念我與西涯，因緣誠不偶。搜討諸軼文，乃出我一手。謝瓶泉。胡蕙麓。良好事，築祠祇園右。池風舉葛袂，林露瀉瓦卣。新花媚夕陽，暗泉繞春藪。西山落遠翠，土脈玆獨厚。病瘳藥斯良，豨苓與馬勃。殖藩士斯善，嵩岱齊部塿。楊存一清。劉瑾。敗殄，旋轉賴李叟。蕭然退朝服，三五筆墨友。禪空鐘磬涼，身亡竹木朽。公有《西涯圖》，文徵仲畫。《慈恩寺移竹圖》，沈石田畫。幸籍盤陀篇，年年作公壽。

柬王熙甫寧焯侍御兼示子文祖昌秀才乞石桐少鶴詩集

　　石桐少鶴吾不識，千里春風輒相憶。熙甫子文皆奇人，獨於二客稱先民。乾坤清氣大小李，前無古人況餘子。我讀劉侯二客吟，泠泠如鼓松間琴。摩挲略嫌篇帙少，想到殘編與賸藁。忽傳秘笈新雕成，紙堅墨潤筆畫精。誠齋苦索東坡集，病眼望穿情太急。今古詞流嗜好同，蠹魚游泳紙堆中。二客地下應含笑，覆瓿免矣吾早料。月明展卷秋聲來，胸中鬱熱須臾開。

西涯晚眺

移竹慈恩事渺然，茶陵心跡有誰傳。蓮花池北雙橋直，松樹街東一徑偏。亭外鷗波妝入夢，相傳趙吳興宅近此。客來魚菜買無錢。騎驢踏徧西涯路，不見當年沈石田。

晚　晴

近樹滴殘響，遠山收暮雲。螢飛還自照，花落不曾聞。病後陰陽驗，閒中黑白分。勞生何日息，塵事太紛紛。

夜　坐

花外自晴陰，孤蛩任意吟。月光半湖淨，露氣一庭深。沽酒來朝事，彈琴此夜心。一風搖動處，早已覺幽禽。

午　睡

芭蕉聲裏坐，睡起日西斜。竹北渾疑水，槐南別有家。蟬枯猶抱葉，蝶卷不離花。物化閒中領，吾生未有涯。

存素堂詩初集錄存卷十四

壬戌

奉校八旗人詩集意有所屬輒爲題詠不專論詩也得詩五十首

恭壽堂集　鎮國愨厚公

寥寥十五篇,元氣渾中天。古曲何人識,清才一代傳。文章乘運早,豪傑感恩偏。《恭壽堂集》,常熟孫某所刻。獨詫漁洋老,稱名訛誤沿。《池北偶談》載公名國蕭。查《通考》公名高塞,今正之。

紫瓊巖詩集　慎靜郡王

山水音清妙,移歸富貴人。詩中能有我,酒外恐無賓。獨坐一心遠,間觀萬物春。花間孰酬酢,祇得李公麟。謂李夥青山人。

王池生稿　紅蘭道人薀端

東風居士集,強半學西崑。愛聽蓼汀雨,時開蘭室樽。性情從可見,寒瘦亦曾論。爲憶春郊句,花飛不著痕。主人《春郊晚眺》詩有"東風無力不飛花"句,問亭將軍見而賞之,時稱東風居士。

紫幢軒詩集 香嬰居士文昭

王孫因病廢,詩自病中恢。身付空山老,春從下筆回。隨州工短句,樂府擅清才。池北談文獻,唐人三昧推。

白燕樓稿 問亭將軍博爾都

將軍愛賓客,交接盡名流。派衍紅蘭室,情餘白燕樓。東皋蒔花竹,北海盛觥籌。往往秋蒹裹,簑衣伴釣舟。

曉亭詩集 曉亭侍郎塞爾赫

歸愚沈宗伯,不滿曉亭詩。盡取恢奇語,選樓删削之。此編採沉鬱,當日苦吟思。咫尺匡廬面,晤當秋霽時。

詩瓢 樗仙將軍書誠

幽燕詩筆悼,句短見才長。獨爾樗仙老,能參太白行。行空騰逸氣,掩卷发寒鋩。老去詩瓢裏,兼收蘇與黃。《詩瓢》,樗仙集名。

嵩山集 嵩山將軍永憲

淡濃皆有致,貧富總關愁。此是詩人筆,休從陳迹求。狂能見情性,老益愛林丘。秋水荒汀外,時時侶白鷗。

延芬室詩集 臞仙將軍承忠

殘稿三千首,披吟十日過。有時佳句出,還是少年多。老節師秋竹,澄懷對早荷。勺亭新雨後,筆勢最嵯峨。將軍詩極富,余盡十日之力爲披揀。

月山詩集 宗室恒仁

一丘復一壑,別自具神通。年少識奇字,身閒似野翁。天懷溯蘇白,兒輩有咸戎。明月前生悟,山居興不窮。

懋齋詩集　四松堂詩集 宗室敦敏、敦誠

白髮老兄弟,青山野性情。風騷不雕飾,骨格極崢嶸。直使鄙懷盡,能令秋思生。蕭然理杯酌,同結歲寒盟。

北海集 麒閣參政鄂貌圖

桂籍占遼東,平蠻馬上功。身行徧天下,句健出軍中。山色樽前落,刀光夢裏空。不聞唐一代,褒鄂賦詩工。

忠貞集 覲公總督忠貞公范承謨

一死已千古,遺詩誰所刪。如何職詞館,不許業名山。公館中酬唱詩,本集不載。咳唾九天上,風雲萬里間。即今傳賸墨,猶冠石渠班。《四庫》書列公集於梅村、愚山之後。

通志堂詩鈔 容若侍衛性德

侍中擅文墨,想是得天多。更藉賢師友,相於費琢磨。註經扶鄭孔,敲句敵陰何。笑煞憺園老,徒遭世詆訶。

益戒堂集 凱切總憲文端公揆敘

一生學初白,初白且師之。初白選庶吉士,公時為館師。涉筆自成趣,苦吟奚爾為。夢醒春草發,心曠野鷗知。相府堂堂地,山人驢任騎。

葛莊詩集 在園按察劉廷璣

一部劍南集,知君早貯胸。留心刪複沓,極力出清雄。書卷微嫌少,山川妙不窮。家家小兒女,團扇畫劉翁。

棟亭詩集　子清通政曹寅

奉詔梓唐詩，衙齋校勘之。一生精力在，千古典型貽。博取遂嚴棄，狂吟還苦思。請看華藻處，原不藉胭脂。

與梅堂詩集　儼若大令佟世思

下筆便離塵，寒梅悟夙因。愁來偏有句，宦後却長貧。春瘴一樓濕，蠻花隔水新。病中事研吮，咄咄逼前人。

味和堂詩集　章之尚書文良公高其倬

尚書歷臺省，偃蹇似寒儒。官貴身名薄，詩成氣象殊。江湖傳已徧，烟水味都無。近日倉山叟，推公大雅扶。

守素堂詩集　若璞尚書蔡珽

一生最心折，衹有味和堂。名與身同没，詩隨夢共涼。殘花開廢圃，乳燕認空梁。那有兒孫在，遺書託渺茫。公舊宅今爲刻字館。

西林遺稿　毅庵中堂文端公鄂爾泰

相公真作者，德與位俱尊。老更耽詩句，貧仍到子孫。賣田全種樹，留俸半開樽。南國客來説，春風亭尚存。

蘭雪堂詩集　蕉園觀察岳禮

我愛蕉園墨，殘縑到處尋。誰知詩筆妙，直與畫情深。澹澹水中月，泠泠松下琴。夜涼吟不歇，勝聽碉泉音。

倚松閣詩集　松如侍郎德齡

時於秋寺間，與僧同往還。不知身已貴，直是性能閒。跌宕非關酒,低徊爲入山。柳條攀折處,寫寄玉門關。

南堂詩集 _{南堂總督施世綸}

軼事驚兒女,傳公非鬼神。歌成人欲泣,令出物皆春。憂樂一生志,存亡百戰身。南堂詩具在,筆勢壓全閩。

溯源堂詩集 _{岸亭中書賽音布}

一代長城手,幽燕意氣豪。入山種花竹,上馬習弓刀。冷酒澆殘墨,清霜點敝袍。祇餘身後集,聲價久彌高。

尹文端公詩集 _{元長中堂文端公尹繼善}

讀詩如覿面,悱惻更纏綿。世許心如佛,吾稱句似仙。月桐俯幽石,霜篠濯清泉。此境何人喻,工夫到自然。

夢堂詩稿 _{竹井中堂文蘭公英廉}

每變必臻上,老來情益孤。力刊衆人有,語妙一時無。石破雷霆出,松高鸛鶴呼。壽門老居士,酬唱記西湖。

虛亭遺稿 _{虛亭尚書剛烈公鄂容安}

正氣餘天地,殘詩待我收。_{公子鄂岳舉公殘稿盡畀余。}高情五湖寄,奇句百神搜。馬䭿嗟來日,牛腰不可求。料應西海外,精魄大星留。_{出關以外之詩不可得矣。}

退思齋詩集 _{景庵侍郎介福}

無事取奇詭,自然金石諧。生徒徧天下,夫子尚清齋。花鳥都成趣,江天偶放懷。一官編一集,老去細安排。

親雅齋詩集　有亭侍郎雙慶

步伐從容甚,玉堂清興乘。胸撐黃海石,心炯白門燈。筆陣年年換,詩兵夜夜興。老來益瀟灑,載酒翠微登。

誤庵詩鈔　誤庵筆帖式卓奇圖

瀟灑一身外,除詩無與貪。晚花竹籬北,秋水石橋南。野性惟鷗狎,冬心衹佛諳。採風誠好事,惜未五車探。君輯《白山詩存》未竟業。

道腴堂詩集　冠亭大令鮑鉁

自宰吳興後,吟情逐日增。桑皋詠鹽筴,蕖館賦魚罾。詩話江湖播,叢談遠近徵。歸家理殘業,稗勺有人稱。君著《稗勺》,極簡核。

樗亭詩鈔　魯望將軍薩哈岱

紫禁簪毫久,黃門結客多。偶然酬應語,可按管絃歌。豪氣餘杯酒,幽懷生磵阿。老來悲壯思,一半付煙波。

陶人心語　俊公監督唐英

琵琶亭子上,追想樂天翁。今日南樓客,臨風又憶公。文章去枝葉,天地久虛空。自署陶人語,應知存養功。

睫巢集　眉山徵君李鍇

自分山中老,徵書一再來。隨雲偶飄去,伴鶴又飛回。五字平生力,千秋吾黨推。萬松青處宿,衹有野僧陪。

居白室詩集　石閭布衣陳景元

苦學似君稀,遼東一布衣。文章寧爾誤,時命偶相違。有弟凌雲手,旋仍鍛羽歸。可憐紫荊樹,飄泊任花飛。君弟景中曾試鴻博。

雷溪草堂詩集　九盉居士長海

一生愛秋色,築室傍雷溪。款客時煩鶴,留賓未殺雞。長城心獨往,短劍手頻攜。每訪雲山老,解衣雲壁題。

自我集　拙庵老人明泰

拙庵百事拙,却好筆通靈。身死無人問,園荒有客經。前生豈明月,同輩擬晨星。課讀尚書第,詩篇歎賸零。

補亭遺稿　補亭尚書友恭公觀保

筆下風霆勢,胸中湖海情。有時相感觸,即物發音聲。御札從容給,衢歌頃刻成。山容比僧瘦,琢句抑何精。公和御製有"山骨瘦於僧"句,一時傳稱。

樂賢堂詩集　定圃尚書文莊公德保

五典春闈試,門生列幾千。春風百城擁,白髮六經研。瀫語嫗都解,孤懷老益堅。嗟余愛知早,孤陋愧彭宣。

蘭藻堂詩集　雲亭大令舒瞻

羨君登第早,況復政多閒。識盡浙東士,吟完江左山。一官行處好,舊句老來刪。幾輩貧交在,年年清俸頒。

雲川詩稿　洛耆大令顧邦英

官職因詩折,蕭然解組歸。貧來方痛哭,金到又全揮。山水餐雖飽,賓朋老漸違。僧廬題柱句,今尚碧紗圍。

大谷山堂詩集 _{午塘侍郎夢麟}

優曇花偶現,三十便徂亡。詩到無人愛,才開萬古荒。性情儘疏放,筆墨極精良。衣鉢東南在,蘭泉最擅場。

枝巢詩草 _{裕軒學士圖轄布}

掃地焚香事,生平公不諳。愛吟黃葉句,老宿白雲庵。看竹到城北,訪僧來水南。至今精刹裹,遺墨寫清酣。

海愚詩鈔 _{子穎運使朱孝純}

近傳謫仙派,推是海愚翁。老得山川助,狂增魄力雄。王文治。姚鼐。欣把臂,何李不藏胸。羅隱江東死,殘詩委釣蓬。余於羅兩峰几上讀先生詩,今集中多佚之。

酌雅齋詩集 _{贊侯侍郎福增格}

松巖世家子,一味喜寒酸。倚劍空天地,謀篇損肺肝。平生惟好客,到老不知官。放權羅浮後,新詩日改觀。

嘯崖詩存 _{道淵巡檢甘運源}

作者踵相接,不如髯軼倫。得來清淑氣,掃去古今塵。此老偏無命,斯文信有真。千秋公論在,我豈貢諛人。

枕石齋集 _{蒼巖佐領汪松}

蒼巖友嘯巖,時輩比戎咸。餘子卑無論,老懷真不凡。瓶花香自淨,階草綠誰芟。甘老零星墨,鈔存貯錦函。君晚年詩,道淵點定者皆佳。

謙益堂詩集 _{雲臣孝廉賈虞龍}

身是平臺客,心空作者壇。人原同鶴野,命只比蟬寒。句僻無人愛,才雄獨我歎。北方詩峭悍,此卷足波瀾。

石經堂詩集 _{閬峰侍郎玉保}

黯黯石經堂,十年三徑荒。多愁即奇病,不笑是真狂。冷句山中憶,高官世上忘。江南春草綠,客夢繞池塘。_{冶亭先生今年有《春草》詩,江南和者甚衆。}

王春波至京爲余橅古聖賢像

君自白門來,亟索詩龕詩。三年不相見,我詩老無姿。因亦乞君畫,君畫一代師。胸貯江南青,手染春明漪。我方直南薰,奉詔縑素披。上溯羲軒世,下訖元明時。聖君與賢臣,真像羅在兹。畫手不署名,揣度畧可知。唐宋所臨橅,漢晉相留貽。下亦祇侯官,承旨金碧施。我時兩目眩,神蕩心交馳。泚筆摹一二,以識遭逢奇。恨此好筆墨,未令君見之。君忽振衣起,繼復嗒然思。粉本全畀余,余將古人追。三日不出門,空堂何所爲。但聞搖筆聲,聞者不敢窺。一一氣浮紙,六丁果爾隨。君技進乎道,猶屢遭凍饑。況我拙且病,偃蹇夫奚疑。且趁豆棚涼,高望撚吟髭。

奉答汲修世子兼謝搜採時賢諸詩集

世無好事人,文章奚以託。側聞西園中,藏書極浩博。凡百枵腹流,聞風輒踴躍。我生愛閉門,與世鮮酬酢。西山隔咫尺,天風每引鄀。忽傳青玉函,遠藉五雲落。澄懷鑒蒙昧,健筆掃孱弱。譬如賑窮乏,好施爲娛樂。豈望受者報,澤乃及轍涸。我方嘗鼎臠,鹹酸恣嗢噱。正恐沴戾乘,遂致疾病作。贈以長生方,侑之不死藥。登仙我未能,蠧魚亦揮霍。

吳衣園_{裕德}約遊盤山

余非山中人,而識山中趣。往往墟里烟,蒼茫夢中遇。故人山中來,就余索新句。因述秋色至,松風氣先吐。澹泊成詩境,微妙中禪悟。子肯從我遊,我當導前路。

青山買不到,休悔囊無錢。涉目偶成趣,何必我有焉。躡足巑岏中,倏忽同飛仙。上有太古月,下有不死泉。誰復如松石,長此青年年。松石有時盡,人心無時捐。

陳曼生_{鴻壽}招同人陶然亭雅集

姓名雖久知,顏色艱一覯。旅館塵未掃,輾轉詩龕覓。我方校蘿圖,余方奉校《蘿圖薈萃》。萬卷手重析。疏竹空滿園,鶴逃門户寂。偷閒三訪君,柴門亦虛擊。江亭羅衆賓,邀我浦笋喫。暑風不能到,荒汀散蘆荻。天爲鷺與鷗,塵境關幽闃。西山秋色暝,潑衣翠欲滴。新涼入酒杯,肺腸頓清滌。君才一世雄,前途貴奮激。雋語費抒軸,奇字苦搜剔。我將伴樵牧,晚村牛背笛。時展故人書,望雲想所歷。

哭袁雙榕

袁生幼工詩,劉侯_{松嵐}爲指授。書法亦師劉,往往出硬瘦。橋門昔肄業,拜我石鼓右。槐陰日酬倡,我詩每先就。月涼君告歸,詩草篋滿袖。瓦燈夜半明，揮灑風雨驟。余詩成，每倩君爲書寫。兩應京兆試，命奇文不售。茲將補一官，胡乃沉屙遘。尚書祿司農康。君故人，生死一力救。桐棺渺萬里，山鬼嘯層岫。清魂寄白雲，定不隨猿狖。惟惜錦囊句，飄零莫與購。秋暝望天末，花露泫寒秀。

樂雲道人招同人集水閣小酌

神仙有窟宅，那容塵客覬。翛然古梅花，前生冰雪滌。雲中舉手招，遂自忘疏逖。一時平臺客，各各蒙賞激。秋陰激遠空，石聲響殘滴。萬竹共一綠，蘚花不可剔。酒氣雜白雲，紛紛起峭壁。我慚蕉葉飲，詩思復枯寂。散步柳塘邊，洗耳聽風笛。

諸客半散余以雨留復成此詩

秋氣不能已，瀟瀟夜雨作。主人興轉豪，復理池上酌。清響綠竹調，幽懷山水託。世間塵俗事，至此都抛却。但覺詩與酒，人生最可樂。吾更進一解，勿爲詩酒縛。

三　君　詠

舒鐵雲位

空谷有佳人，十年不一見。相逢託水雲，別去成風霰。臨行仰視天，遺我詩一卷。中有萬古心，事窮道不變。登科易事耳，君胡久貧賤。哂彼幽蘭花，無言開滿院。

王仲瞿曇

豪傑爲文章，已是不得意。奇氣抑弗出，酬恩空墮淚。說劍示俠腸，談元託賓戲。有花須飽看，得山便酣睡。更願道心持，勿使天才逸。人間未見書，時時爲我寄。

孫　子　瀟

白雲遊在空，胡爲吐君口。明月生自海，胡爲出君手。想當落筆時，萬物皆我有。五城十二樓，誰復辨某某。一笑拈花枝，妙諦得諸偶。未必天真閣，獨師韋與柳。

静　默　齋

萬籟忽然止，瀟瀟竹有聲。林間微雨過，衣上薄涼生。黄蝶依花住，青蟲抱葉行。不知天地内，何事與相争。

曉出東郊 因迎鑾先行二日便遊田盤

閉門因病懶，敢與世緣違。出郭詩情遠，看山酒力微。晨光上鴉背，露氣在人衣。物理閒中覺，秋雲傍我飛。

宿枕漱山房和衣園題壁韻

村轉疑無路，雲中見數椽。我來秋宛在，久坐意悠然。溪月到樓上，籬花落枕前。客懷有何屬，且抱石頭眠。

愁來作詩易，老去結交難。獨爾青山色，偏容白髮看。石花連水綠，松葉到門寒。不有任安在，誰知楊仲桓。

望盤山用薌泉韻

昨年遊西山，爽氣軒客眉。今蒞薊州城，萬綠仍我隨。五朵芙蓉花，盤盤天際垂。是誰張翠屏，隔斷黃塵吹。當有古仙人，狡獪空中為。隱秀入骨髓，新黛生膚肌。力厚不旁貸，情孤無定姿。澹烟明鏡開，秋影疏簾披。安得荷鋤來，結屋山之陲。松下劚茯苓，勝採天台芝。

由感化寺至千像寺

名剎七十二，茲據山以東。千盤始到門，所幸車馬通。僧頗解人意，推窗納諸峰。指點來時路，倏忽迷前蹤。九華翠浮几，微雨洗新容。山靈厭俗客，我至山怡融。心知三十年，把袂今相逢。奇情那肯秘，秀色全填胸。斜陽送歸鳥，陰壑沉疏鐘。久坐饑渴忘，身恐化為松。

自枕漱山房抵古中盤慧因寺

丹曦射群峰，中透翠一窟。林風振客衣，山氣砭肌骨。回首崩屋失，舉步奔雲越。天半落人語，佛廬出突兀。細流慕儒素，導我訪碑碣。巖蘚幾迴剔，倚松看涼月。

少 林 寺

蒼翠轉眼非，丹黃隔林接。聒耳百草蟲，引人一秋蝶。僧言廢殿基，猶是晉時疊。興衰閱年代，料理難妥貼。門前蘋婆果，晚風吹獵獵。老樹盡無枝，新柯簇生葉。約客遲十年，重來肆登躡。

東甘澗

山中聞水聲，心已生歡喜。況復石笋青，都觸松根起。照人草木光，欲辨莫能指。秋影散四山，斜陽斂新紫。

西甘澗

秋水隨我行，白雲依依送。紆迴二三里，幽鳥破詩夢。佛香寒不爇，碑蘚綠無縫。楞嚴盡日繙，那能救饑凍。林翠浣僧衣，泉聲閉茶甕。忽聞天際喧，野鶴松梢鬨。

萬松寺

路僅三四里，境已千百換。斜磴聳雲中，危橋亙天半。怪松破石出，醜石壓松爛。斜陽忽西沉，暮烟歸路斷。忽有採樵人，遥遥隔溪喚。情同鳥雀閒，身逐牛羊散。回首舞劍臺，望古增浩歎。

暮抵天城寺歸宿枕漱山房

山風不刺人，但激萬葉響。行行路疑盡，豁然天開朗。窈杳寒翠中，殿閣闢幽敞。數峰峭倚天，不與衆峰仿。天欲遏抑之，奇情遂孤往。僧弗講菩提，沿溪拾栗橡。勸客宿東軒，暮烟歸徑莽。

再入山遊東竺庵

入山剛五里,別自有天地。極目無雜色,遠近惟一翠。宛轉到寺門,大有桃源意。石龕貪久坐,妙香似通鼻。清冷一滴水,味與塵世異。我欲結茅庵,紅日松陰睡。一拓烟霞胸,頓忘婚嫁累。

上 方 寺

山險僧不居,樹密鳥難到。樵夫斂斤斧,老松恣兀傲。生平讀奇書,必欲窮其奧。茲來執此意,危境故平造。陟高雲作梯,縋幽石壓帽。與夫色俱沮,賸有白猿導。

至雲罩寺登掛月峰憩舍利塔眺紫蓋自來諸勝

居高勢既危,造極心益悚。艱苦歷已盡,猶抱失足恐。茲寺萬山托,其塔三峰擁。我來值秋霽,山骨彌高聳。攀蘿奮前臂,披榛接後踵。百歇始到巔,無言神倍竦。北望盧龍水,海氣兼天湧。嶺側自迴互,石平猶擁腫。老僧苦衰病,汲泉不盈桶。循崖採杞菊,十日僅半籠。留客宿山房,待月出巃嵸。

遊盤谷寺訪拙庵遺跡再經東西甘澗天城歸宿枕漱山房

茲谷以盤名,有誰曰弗宜。何必援李愿,始增谷之奇。況我遊此寺,因訪拙公詩。拙公邈難見,圖畫松龕遺。語言文字禪,清曠想當時。僧雖廢筆墨,頗能安貧癡。講臺久荒涼,亭樹多傾欹。青溝昔日雲,出山有餘姿。流泉聲如昨,秋水空漣漪。夕陽轉嶺側,僮僕皆告饑。徑危路漸熟,境妙身忘疲。已過每依戀,未至仍猜疑。如溫隔夜書,處處供研思。

由天城萬松越嶺抵青峰寺

行行漸忘險,前途指每是。石雖不語言,頗自矜奇詭。誘客入勝處,却又危機起。天門在天上,望之輒欲止。回頭千萬仞,身已到雲裏。道心自堅定,靈境接尺咫。青峰是誰削,抑何瘦至此。

法　藏　寺

言尋法船石,遂憩法藏寺。石庵谽谺開,鳥飛不能至。中有盤龍松,隱留大古翠。想當有此山,此松與同植。風霆莫能撓,孤情任放恣。夭矯本天性,詰曲出奇致。老僧燒松花,茶烟一縷遲。諦視僕從人,喘定口猶哆。

由雙峰寺出西峪歸飯寓齋

雙鬟隱秋霾,側觀猶掩面。山靈喜客至,膏沐使相見。諸峰閱歷多,心祝川容變。開此一境界,兩目爲震眩。人生貴適意,何感復何戀。良朋世有幾,名山賞難偏。秋夢壓孤枕,浮青落几硯。

別枕潄山房

拚忍三日饑,入山事幽討。稔知山中居,定比人間好。雞肥百不如,飯熟時最早。梨栗隨處有,魚蝦賤於草。午陽秋花曬,晨風敗葉掃。萬緑孤亭妝，千峰一村抱。況有未見書，足以娛衰老。洒然竟歸去，多恐被山惱。且倩王叔明，爲畫三盤藥。王春波許畫《盤山圖》。

待莫韻亭侍郎僧寮久不至用壁間韻

病起詩仍瘦，年衰筆不靈。髮誰催我白，山自任他青。斜日雙屏掩，秋蛩隔歲聽。松風真解事，塵夢爲吹醒。

和韻亭重宿僧寮韻

松葉不聞響，綠陰吹石欄。去年今日客，獨我又來看。宿酒新開甕，秋菘早上盤。歸途悵無月，星斗照人寒。

仰止樓爲賈素齋題

西涯既殂謝，門生胥倍之。獨有二泉翁，莫肯忘其師。東林舊講堂，傳是龜山遺。讀書勵明德，千古心相期。轉瞬三百年，高蹤不可知。賈生抱幽契，灑掃尋荒祠。高山苦難至，向往心在茲。古月白茫茫，衰草青差差。我生古人後，望古生嗟咨。春風空滿樓，我至當何時。低回懷麓堂，日詠西涯詩。

合江樓和素齋

雙江不斷流，孤月終古照。當年蘇子瞻，曾此騁筆妙。後來游覽者，登樓發長嘯。萬里青衫客，橫空白鶴弔。秋雲墮一片，涼石坐危陟。問君何事爾，無言但微笑。

山中早起

　　三日山中住，山中路不分。石根連屋起，松響隔溪聞。掃地留殘月，推窗放懶雲。偶然風過徑，秋果落紛紛。

存素堂詩初集錄存卷十五

壬戌

寄槎吟爲張秀才賦

說到江湖人，我便躍然起。況子天機妙，一心寄烟水。京口耆舊傳，足以補國史。詩採三百家，刪修繼正始。高臥梅花林，月明四山紫。破簫信口吹，殘書隨手理。釣篷風暗送，泊入寒蒹裏。鶴聲雜櫓聲，一夜聽不止。明晨招顧癡，子餘。青溪畫三里。

何竹圃榕乞詩許以畫報戲贈

半生癖吟詩，能得幾筆妙。癡狂時慰藉，仰天出悲笑。詎料海上人，竟許我同調。暗室閉秋陰，破月寄危陼。奇詭自矜尚，不應世徵召。偶然讀我詩，擲筆肆酣叫。一畫換一詩，饑渴庶幾療。我詩久飄泊，僅等覆瓿料。感君意氣豪，遂爾忘觥觓。

贈鮑鴻起文達兼懷顧子餘

憶昔接大阮，蕭然松下鶴。小阮出谷鶯，遷喬一枝託。天衢踏明月，携詩過畧彴。參軍繼騷雅，餘子擅述作。海門最後出，正聲諧管籥。君性恃豪宕，所學復贍博。奇氣鬱之久，一發遂蟠礴。相期道義砥，從此勢利削。細吟京口詩，自慚酒力薄。顧生_{子餘}書不來，癡狂想如昨。

宿接葉亭得詩三首呈衣園并索載軒墨莊薌泉簾堂船山山尊同作

　　殘雲歸徑阻，淡月高林上。酒杯偶到手，詩情遂孤往。好官或勉致，良朋實難強。年年此佳會，不獲得三兩。青山隨在有，黃葉接時響。孤枕落遠夢，一亭天地廣。

　　孤亭已百年，萬葉爭一綠。當年初白翁，襆被曾此宿。秋懷我不淺，醉眼逢寒菊。主人愛我詩，留我住詩屋。搜句愁枯腸，數典愧枵腹。沒語自深至，庶幾免塵俗。

　　一時座上賓，各各天下才。當年朱_{竹垞}。與湯，_{西厓}。曾幾芳筵開。詩成取怡悅，今昔休輕猜。雲影冷不動，夜氣生酒杯。老樹勢突兀，白月中徘徊。吾當券一驢，日踏秋陰來。

吳白庵_照自大庾寄畫竹至

　　蘭雪句幽艷，白庵思清奧。都能不落紙，放筆從空造。我識蘭雪初，翩翩年最少。轉盼十五載，長安仍潦倒。白庵一官老，無復春明到。憶曾託阿兄，殷勤寄墨妙。_{君詩曾由令兄寄示}携就明月底，展卷肆歌嘯。野情與狂態，千里相感召。賈生海上來，解囊蒼玉照。時當雨新霽，萬籟秋堂鬧。斜行綴紙尾，竟許我同調。白庵一生拙，得無阿所好。修途自加勉，虛聲恐致誚。我拙與君等，開函應大笑。古驛得梅花，北使一枝報。

杜海溪大令寄示近詩

讀君危苦詞，動我喜歡色。邑宰盡如君，九州皆樂國。官亦百姓耳，適然居此職。一粟與一絲，全出百姓力。袖手無以報，即已傷吾德。何況朘削之，驅而爲盜賊。君於筆楮外，曾無一物得。忍饑出秀句，衝寒試殘墨。清風是故人，明月爲舊職。畿南無梅樹，賞雪坐深默。但期春麥熟，醉倒桃花側。

朱青立昂之許寫詩龕圖

古今一畫境，人苦寫不出。中歷數千年，費却幾枝筆。朱生有畫癖，蕭然坐石室。置身畫之外，畫理斯無窒。江天渺萬里，落紙風雨疾。山青與水碧，生氣指間溢。不作出水觀，閒君操何術。

石田暨徵仲，皆作西涯圖。茶陵讀書樓，轉眼全荒蕪。詩龕即其地，春水仍平湖。門前載酒客，多半烟波徒。點綴入丹青，傳寫忘爲吾。君肯寫君意，胸早詩龕無。空階秋雨聲，瀟瀟生竹梧。

送王子文秀才遊衡山兼懷清泉李舒園明府

昔年杜子美，載詠衡山詩。生平雄傑氣，兩詩具見之。君於嗜詩外，掉頭百不知。今從塞上歸，章句增瑰奇。秀色餐未足，買棹湘江湄。我亦癖山水，無術謝絏羈。內府衡山圖，今秋曾手披。今秋奉校《蘿圖薈萃》。但覺浮來烟，縹緲無定姿。千巖納宿雲，萬色生晨曦。計君履其地，正際春融時。朱鳥鏡中翔，王女窗間窺。側聞清泉李，作令如作師。兩年不相見，佳句未我貽。峰頭值回雁，煩寄梅花枝。

祭詩詩和素齋

祭詩我寫圖，不過孤情寄。門風君家擅，瘦句剔新字。歲寒具酒脯，千古此情淚。詩從肺腑出，肺腑方寸地。梅花不成林，破月荒庭墜。山寒色初斂，野鶴松間睡。門外催詩客，燈昏猶屢至。爐香燒未殘，詩人已沉醉。

訪陳旭峰_{之綱}助教先之以詩兼懷徐后山_昆員外、馬秋藥給諫

黃葉吹滿庭，僮懶積未掃。君乘薄笨車，訪我來何早。君詩取適意，力主去煩惱。使筆極奔放，知君不衰老。松筠重晚節，奚以歲寒保。

隔巷招徐陵，_{后山}。比鄰呼馬遠。_{秋藥}。狂談儘荒怪，妙畫取漪婉。我偷半日閒，行將步莎阪。不飲菊籬酒，要餐松閣飯。一官久不遷，於君何增損。

宋蘭嚴_耀明府貽六安茶

才名遜東坡，嗜茶有同癖。七碗雖不堪，頭網頗知惜。食肉方持誡，蒔菊聊取適。故人情味永，屢展秋苔屐。萬葉春烟濛，林陰煩手摘。粗材那辯此，但解澆胸隔。清泉涸山池，竹爐炊廢宅。松柴餘幾把，活火撥霜夕。涓滴西涯水，用以濯詩魄。夢迴瓦銚響，眼破磁甌

碧。註經與作譜,徒爲筆墨役。療渴倘著功,一餅願仍借。

送陳石士編修旋里

我文師廬陵,我詩祖柴桑。浸淫三十年,未敢云升堂。君於二家學,甘苦胥親嘗。前歲登瀛洲,揖讓柯亭旁。苔岑本一氣,形迹能相忘。風雨肆嘲謔,文字同商量。置我莊嶽間,當有換骨方。豈料烟波入,時時思故鄉。掛帆期迫促,對酒心彷徨。鷗孤悵失侶,柳老愁無行。青山萬里色,來往胸中長。詎得仿葛洪,乞令匡廬陽。萬杉懸層巘,數梅指修廊。欲讀萬卷書,先儲十載糧。仙砂可弗庸,甘菊貯滿囊。君乘白鶴來,三日松林翔。丹文與綠字,一一窺端詳。

題雍正丙午順天鄉試錄後 有序

余輯《清秘述聞》,積三十年而後成,中缺四科同考官姓名,致書十五省學院,復於每科會試公車抵京,展轉咨詢。三五年來,吳江陳芝房學正毓咸寄康熙丙戌會試錄至,中州藩司方保㾗維甸寄康熙己丑會試錄至,新安令杜梅溪群玉寄康熙壬戌會試錄至,遂得陸續補梓。惟兹錄闕如,直隸各學官徧訪不獲。一日,宿吳衣園前輩接葉亭語及,翌日持一册至,即此書也。披閲一過,如獲異寶,賦詩以紀。

紹興暨寶佑,兩傳登科錄。朱子與信國,前後姓名熟。清秘述舊聞,詎取炫流俗。亦謂備典常,一代彰癉屬。搜索三十年,幾番窮龜卜。九州訊已徧,四錄末由續。姑蘇更洛陽,近各尺書辱。兹錄梓京兆,滄海遺珠獨。遲遲今又久,接葉亭留宿。太史博群籍,甄綜到殘幅。開編指示我,蕩心遂豁目。譬如亢旱久,大雨轉溝瀆。又如遊名山,娬嫵前峰矚。生平抱缺陷,頃刻爲補足。古人重陰德,事微尤所最。倬彼女媧功，區區一卷綠。

楊蓉裳貽骨種羊帽沿

昨讀《舊唐書》，心異拂菻羊。骨種與穀種，究莫書端詳。鐘鼓振以起，胎卵反其當。物但貴適用，奚事多評量。峨峨冠蓋流，置爾貂蟬行。破帽二十年，絮敗行自傷。舉彈亦偶爾，豈料遥王陽。素絲耿遠懷，烏雲敗曉涼。挾琴事或雅，換酒毋乃狂。柳禿菊漸衰，漠漠秋原荒。誰與方山子，行獵盧龍疆。

僧寮聽雪

寺深惟有樹，入夜益孤清。松葉偶然響，樓禽時一驚。隔窗猜月上，歸院少僧行。侵早開門看，誰知雪滿城。

劉松嵐州署闢新園作詩寄示答之

近聞關以東，民和由歲稔。長官日無事，高齋足幽寢。五畝搆新園，三年節俸廩。山容見姽嫿，松陰坐清凜。石青浮差差，雲白吹淰淰。塞垣霜雪早，魚潛更鶴潒。耽閒君閉户，賞奇客伏枕。抗懷讀古書，卑禮獎寒品。賣花傭到門，問字人接衽。菘韭妙及時，葵菽不失饎。杖履帶草香，襟袖餘墨瀋。固是示别裁，要自擅異稟。我久困衰病，萬事付懶噤。歷境輒忘棄，下筆少研審。故交零落多，晚景頽唐甚。感君意興豪，敢以詩相諗。

松嵐代王子文刊秋水集喜而賦此

　　仲則與少鶴，詩集君梓行。士林感高義，二子死猶生。傳聞王秋水，跋涉寧遠征。想當負笈來，足痹還肩頰。君時坐西園，佳句無人賡。留客宿南軒，逞意摧強勍。閒軒坐兩月，侯也中懷傾。王生落拓人，富貴非所爭。胸中鬱奇氣，發而爲音聲。當途知者鮮，生益傷孤惸。侯謂救生急，莫若成生名。薄薄一寸紙，款款千載情。生昨過我廬，忍餓仍長鳴。方欲挾詩筒，樸被遊南衡。殷勤祝劉侯，早樹湖湘旌。

答顧弢庵兼懷張寄槎、王柳村豫、舒鐵雲、王仲瞿、孫子瀟

　　成名天所忌，抱道貴自適。心與世相忘，乃不爲形役。書來叙離別，知屢遭困陋。來書所云。自古情至語，中必無色澤。君家江之渭，尚有先人宅。種竹是良圖，看山果長策。偶爾新詩成，寄我秋堂夕。昔年看花侶，半作聽猿客。西涯一片雲，恨有黃河隔。時藉明月光，照見長安陌。魚雁不可恃，風雨將奚責。

久不接南中朋舊音耗寄懷束旭亭、穀人、竹橋、杏江、稚存、惕甫、小峴、蘭雪、香杜、祥伯、春木、手山兼示味辛劍潭暨硯農元煐蘭士昆仲

　　詩龕讌遊人，十年半零落。諸君退以義，江鄉欣有託。而我鬱鬱

久，饑寒況促迫。苦吟類寒蟲，怯舞比病鶴。去歲暑雨多，秋水浸溪彴。遂致西涯花，今歲亦寂寞。謝薌泉。張船山。屢窮困，李墨莊。楊蓉裳。志澹泊。惟有周駕堂。與吳，山尊。酒狂尚如昨。青山跌宕仍，白髮侵尋各。諸君日高臥，無事勞腰脚。老梅一冬看，鮮魚每飯嚼。尋幽借釣篷，搖搖遠城郭。詩成寄京國，剪燭煩裁削。新漲阻寒浦，雙鯉字抛却。夢中聞打門，黃葉聲又錯。

二何硯農、蘭士。以憂歸，暫屏人間事。春明偶一來，文讌絕不至。趙味辛。汪劍潭。持手板，鞠跽非其意。經年杳音問，想皆作循吏。我獨騎疲馬，日日走街肆。入直南薰殿，得盡窺中秘。前古逮後今，九天復十地。圖畫所到處，綜括成文字。深悔記誦少，對此背芒刺。疑難欲質問，雲山付瞻企。槐陰午日長，酷暑那敢避。鑽研如蠹魚，萬卷泳游恣。恐僅故紙繙，弗克典章備。尚望直諒友，異聞一簡寄。郡國利病書，顧炎武撰。三才圖會志。王圻撰。他日茲編成，兩字總兒戲。顧書浩博賅洽，惜後無驤綜之者；王書則幾兒戲矣。

溪　　上

雪殘旋作雨，溪上午晴時。柳暖春先覺，鷗閒冷不知。夕陽數峰見，芳草一年思。歸路逢漁父，殷勤勸酒卮。

寒　　夜

畏寒深閉戶，排悶淺吟詩。客臥有高枕，鳥棲無定枝。家貧書尚擁，病退藥猶施。忽聽雙扉響，山人約賭棋。

歲　暮

不知歲云暮，何事最相關。馬老漸忘瘦，鶴饑時得閒。竹聲寒作雪，雲勢鬱成山。怪底忘生滅，適從僧話還。

春　來

春來客不知，河柳綠差差。白髮欺人老，青山入夢遲。校書聊自遣，彈劍欲何爲。又見東塘月，依依檐際垂。

緩　步

閣迥曉來登，寒雲歷幾層。林空還墜葉，溪響不成冰。天外飛無鳥，烟中坐有僧。翠微最高處，策杖我猶能。

閉　門

但有梅花看，何妨長閉門。地偏車馬少，春近雪霜溫。老賸書藏簏，貧餘酒在樽。説詩三兩客，往往坐燈昏。

鐘　聲

鐘聲息群籟，酒力入新詩。吟苦愁偏遠，神清睡獨遲。前身明月悟，心事水仙知。憔悴溪邊柳，春來綠幾枝。

有談湖湘之勝者紀之以詩

山水綠雖淺，東南勝頗聞。遥情都寄月，懶意偶同雲。中秘圖書校，湖湘道路分。託言採香草，去訪洞庭君。

臘八日訪仲梧元圃

粥香憶隔年，琴響聽泠然。詩味與之永，禪心時一圓。慣同梅作伴，只有月相憐。兩岸西涯柳，先春已着烟。

路經西涯題寄仲梧

石橋向西轉，一寺隱高林。蘚積寒塘路，松留古殿陰。碑欹誰繫馬，鐘罷不鳴禽。白石翁題字，何人骨雪尋。

王春波爲李墨莊畫峨眉山圖

金陵王郎好手筆，畫山山髓能抉出。乘興偶寫峨眉圖，虛堂俟忽雲模糊。諦視林巒青可數，石詭樹奇增媚嫵。天風直向峰頂來，吹側水墊千株梅。老僧炊飯坐屋角，花香撲鼻心不覺。有客當年此浪遊，自言六月身披裘。曉日佛樓紅十丈，揎袖題詩神采王。自從索米來長安，低頭未得芙蓉看。王郎不惜三尺絹，恨江劍閣參差見。我亦有志名山棲，高曠如此何年躋。春雪濛濛作寒綠，短夢初醒剪殘燭。恍惚身到峨眉巔，泠然落枕鐘聲圓。

題　　畫

南田筆法參倪迂，畫師近復稱三朱。野雲、素人、青立。蒼古當推夢禪老，盛甫山。馬秋藥。張船山。王春波。筆都好。何郎蘭士。詩工畫不工，三年不見神鬼通。手持畫册索我句，且告劉生知畫趣。廿年放浪徂徠顛，跨驢歸踏梅花烟。書卷琴囊位置妥，廊廟江湖無不可。我亦人間好事人，購書蓄畫家長貧。一時畫手爭相識，我詩能爲畫出力。

聽仲梧彈琴夜歸賦此

彈琴不知琴在手，此聲直爲天地有。萬物相遭皆偶然，非桐非指還非絃。我來適値明月上，一寸清光萬里蕩。主人愛客憐客癡，不談經濟惟談詩。窗外蕭蕭木葉下，簷禽瑟縮猿啼饑。燈花黯淡作寒綠，竹爐焙火松風吹。豈但富貴比雲幻，神仙不死終何爲。一盂香粥一碗茗，丹砂石鼎無心窺。鍾期蔡邕長已矣，請問今日知音誰。主人推琴客無語，溪上雲深歸路阻。

癸亥

王淵花鳥

黃筌花鳥世罕見，淵也師之妙獨擅。錢塘江上春雨時，草閣垂簾寫束絹。玉堂旣遇趙承旨，下筆不從紙上起。石闌日暖午風和，豪門爭邀王若水。王郎自吐胸中奇，後人愛重非所期。五百年落謝公手，城南飛騎催題詩。我知萬事皆雲烟，東塗西抹顛復顛。詩成正恐世傳播，夢中不意逢王淵。

唐寅江深草閣

晚涼入白雲，情露滴高樹。濛濛水氣中，不辯江上路。但期醉吟客，携琴和新句。徒倚石橋側，窺入兩三鷺。唐生放逐後，動輒與世忤。散髮秋草廬，好詩不敢賦。胸中沉鬱氣，往往畫中遇。同時石田翁，獨擅林壑趣。生乃敢抗行，尹邢得無妬。此筆師李唐，頗放見樸素。無意作姿態，恣態益呈露。江南我未至，覬此生遥慕。高懸破壁間，日望扁舟渡。

周之冕花卉

胸中奇氣消不得，筆力往往借酒力。世人那得知其心，但詫狂生工奮激。怪哉吳士周服卿，殘衫破帽人嫚輕。片紙流傳入中禁，長安價重豪門爭。道復叔平長已矣，此筆遂歸少谷子。吳縑展向晴窗看，一陣東風吹欲起。

夜　　坐

樓頭鐘不打，枕上夢何遲。饑鼠喧空壁，昏鴉怯晚枝。春寒頻喚酒，語澹不成詩。忽憶江南客，三年怨別離。

飲酒和丁春水_{擧川}韻

酒人有別趣，歲盡不知愁。破屋一樽在，長城五字留。風催梅吐氣，雪折柳低頭。還是閉門好，草堂諸事幽。

吟詩和丁春水韻

却病還須酒，消愁只有詩。一年春最好，無事老相宜。江柳逢人問，河魚隔歲思。西涯訪吟侶，誰是李賓之。

祭硯篇爲野雲山人賦

以硯爲田者，四海豈獨子。拳拳報本心，仿古修禋祀。寒家酒醴薄，無事侈籩簋。梅花插滿瓶，濯之清泉水。硯神固有靈，三獻神斯喜。終年受君磨，隱然藉礱砥。毫禿更墨殘，鐵亦穿破矣。感君憐舊侶，不忍遽葉毀。更當出餘力，佐君寫萬紙。吁嗟古石友，感切未逾此。我年行五十，無田種菊杞。倚硯作生活，衰鈍貽爾恥。偶際新詩成，挑燈狂草起。心血嘔幾升，硯兮實終始。祭詩祭硯同，余有《祭詩圖》。詩龕畫龕比，余有詩龕，君亦作畫龕。願合兩家圖，雜置一龕裏。又恐豪邁流，笑把酸寒揩。

松嵐州牧以西園落成詩示余既和寄矣，野雲山人愛之寫圖乞余書前詩更爲賦此

西園我未到，風景却能説。袁生翊文嘗宿此，寫圖記離別。生亡圖亦亡，念輒中心結。聞君除蕪穢，務使纖塵絕。堂室動洒掃，一如束身潔。心苦物力省，中恬外緣滅。青山借遠勢，開窗萬岫列。城角落清笳，松梢響殘雪。晚閣夕陽明，高天歸鳥悦。坐令淡蕩人，富貴有不屑。使君題成詩，筆筆參畫訣。怪哉朱山人，詩中三昧泄。神仙丹九轉，國醫肱三折。詩畫皆技耳，中自有巧拙。此畫與此詩，費

盡幾斗血。

溪　　上

春到柳邊早，綠從溪上分。無烟不成雨，有水即生雲。老馬問誰繫，曉鶯時未聞。過橋訪禪侶，閒話坐斜曛。

韓城相公歸里奉次留別原韻

天眷深同主眷深，狀元宰相又山林。廣庭大木留心擇，老圃秋花任意簪。健筆勢分雲日色，雄文調協鳳鸞音。歸田不比陶彭澤，蕭散柴門託醉吟。

老臣不敢說忘機，晚節由來惜寸暉。某水某丘猶歷歷，一琴一鶴也依依。入林且聽雙鳩語，款闕仍歌四牡騑。九老香山續佳會，補圖誰是陸採微。

閏四月四日邀同人極樂寺看花
春寒尚重花多未開詩以催之

杏花畏春寒，閏月猶未放。我欲詩催之，恐花與詩抗。特招數鉅手，花間決一仗。各欲騁吟懷，無暇較酒量。花雖不語言，已具輪服狀。頗肯出姿態，翩然一枝向。我本孤冷人，久矣榮寵忘。索句岑寂境，心地得高曠。花時看固佳，未開氣寶王。恐到爛漫時，翻增人惆悵。夕陽山外明，澹雲空際漾。官柳綠河橋，晴色十里望。溟濛烟水中，城郭江南樣。

初五日極樂寺會己亥同年

京師會同年，往往在正月。會必有鼓樂，藉以宣愉悦。兹時屆春半，選勝取幽潔。城西國花堂，萬柳春城接。年年燕子飛，我來杏下歌。看到夕陽時，不忍與花別。今年氣候遲，二月猶雨雪。朝官職事勤，期會難豫決。休沐幸有暇，敢惜芳樽設。水寒尚在衣，林綠已上葉。看花必紅紫，芳菲太漏泄。天心醖釀深，遲之不輕發。叉手步空廊，吾自安蹇拙。

三朱山人歌

千才百藝羅京都，畫手一時稱三朱。詩龕雅興無時無，山人墨客來于于。青立品格如青梧，作畫不與作隸殊。捫之點畫鋒稜俱，野雲嗜潔今倪迂。爲我數寫雲林圖，高張素壁疑可呼。素人瀟灑怕東拘，三年兩年不抹塗。興到鉅幅成須臾，皆喜訪我城北隅。芒鞋竹杖溪頭徂，過橋不倩兒童扶。我已先貯墨一壺，束絹三尺南榮鋪。入室沉香燒在爐，人聲寂寞筆聲粗。西山一角青模糊，起視桐陰猶未晡。

爲鄭勉齋 敏行 侍御題畫

高雲不落地，净綠濕層林。白日松濤喧，時復鳴幽禽。坐令澹蕩人，懷此山水音。敷奏豈無具，温飽非初心。諫草雖日焚，抱膝耽孤吟。何時選佳石，就子彈瑶琴。笑我太迂拙，坐老梧桐陰。

次韻贈丁春水

萬事偷閒好，奇才忍餓難。春愁江路遠，詩夢草堂寬。燕不憎花晚，魚原忘水寒。似聞持節使，今日有歐韓。擬薦春水於冶亭、芸臺兩中丞幕中。

次韻贈婁夕陽 承澐

歲月回頭失，壯遊如此難。老仍詩筆健，貧祇酒杯寬。萬樹春烟重，一庵山月寒。君才方賈島，我獨愧稱韓。君有"紅走夕陽波"句，余易爲"上"字，遂有"婁夕陽"之目。

再用前韻自贈

百年已强半，五嶽徧遊難。心定功名薄，官清進退寬。石休嫌醜怪，竹自任荒寒。却媿摳衣客，登堂道識韓。

新　晴

夢裏驚寒雨，蕭蕭亂竹聲。詩從天外得，愁向病中生。濁酒遠携至，奇書剛寫成。捲簾問童子，溪上可新晴。

晚　坐

客愁消酒半，暝色暗燈初。細雨含沙重，春雲壓水虛。頻看遊子劍，時把故人書。聞説城西雪，今年沒草廬。

松　間

三日松間住，行行阻斷蹊。杏花微雨後，僧屋小橋西。樹老春無色，山深鳥不啼。登高縱遊目，一片草萋萋。

巖　居

嵌空好巖岫，古木半杈枒。秋水浮來石，春陰散作花。夕陽明柳色，新綠暗蒲芽。欲訪漁翁去，無心問酒家。

訪　友

村近炊烟見，天空木葉聞。山依樓背起，水到寺前分。竹密時聽雨，松高不受雲。穿林訪支遁，誤入鷺絲群。

漁　翁

漁翁不知路，日逐水東流。入夜侶明月，多年狎白鷗。開樽便期醉，吹笛忽生愁。從此篷窗底，時防歲及秋。

草　堂

草堂日無事，翰墨即生涯。寫竹筆雙下，哦松手入叉。繩床支近水，茗椀置依花。藜藿吾方飽，城頭數暮鴉。

西園

誰及西園草，春回便爾青。引人來極浦，送客到長亭。細雨寒烟在，斜陽古道經。官橋看柳色，新綠隔漁汀。

觀碁

袖手固然好，平心大是難。先幾誰了了，前路總漫漫。不肯出奇計，如何成壯觀。無言甘寂寞，方寸少波瀾。

清明日婁夕陽丁春水同作

杏花風信到清明，一路炊烟接禁城。衣綠隔年疑柳色，酒醒何處是鶯聲。過江草又逢春雨，垂老人多愛晚晴。溪上碧桃待催放，座中好句孰先成。

村晚

芍藥花時置酒樽，野人三兩候籬門。鷺絲也愛斜陽好，淺水寒沙負薄暄。

題畫

半放桃花似野梅，石橋春水一時開。詩人畢竟緣何事，每到斜陽獨自來。

溪　行

　　聞説前村花已開，溪行怕誤滑蒼苔。青筇慣識斜陽路，携向棠梨深處來。

存素堂詩初集錄存卷十六

癸亥

送李松雲堯棟太守之任徐州

又到莫愁湖,湖山識客無。民思賢太守,官軍舊師儒。白髮誠難遣,黃河尚易圖。板輿得親侍,匪直戀蒓鱸。

題朱青立畫

竹外是桃花,漁家復酒家。孤舟聽風雨,晚市賣魚蝦。雲起前村失,山橫去路差。小樓容我住,不事乞丹砂。

春雨

移床對春雨,衣袂漸生寒。屋背花全放,溪頭水忽寬。小樓欹枕聽,午夜捲簾看。菜價明朝減,貧家得飽餐。

雨晴尋春

何處尋芳好,花邊更柳邊。白雲寒到水,青草暖生烟。古道春沙濕,孤村夕照偏。農夫聚三兩,飯罷話豐年。

答何蘭士朱野雲

如此好風景,出門何所之。愁來但欹枕,春去不吟詩。鳥自憐人拙,花寧惱客癡。徘徊偃松下,叉手看彈棋。

出紅石口抵黑龍潭

殘星没遠天,澹霞吐春水。一角畫眉山,媯嫮長林裏。路出紅石口,行行且十里。晴飆捲地來,朱閣凌空起。中有神龍宅,萬民沐靈祉。我來拜宇下,清波絶塵滓。一魚來蜿蜒,非魴亦非鯉。僧言此即龍,遇者生歡喜。我本落拓人,久自甘弇鄙。豈其冥漠中,明神特垂視。顧我負奢願,不僅爲一己。麥隴青復黃,幸澤誠殷矣。甘霖沛崇朝,立殲蟊賊死。我當隨農夫,田間事耒耜。

山黑龍潭至大覺寺

路轉畫眉山,一村灣復灣。人家松樹底,酒旆夕陽間。牛揀碧陰卧,燕衝微雨還。道人灌園罷,叉手藥畦閒。

恨未携琴至,空聞流水聲。古人不相見,山月此時明。松老僧同瘦,竹陰天自晴。烟簑恐無分,徒抱著書情。

愛古賴吾儕，殘碑手自揩。石香借泉漱，笋稚任花埋。廚積含霜葉，爐燒帶蘚柴。丹砂不須煉，梨棗略安排。

憶自經秋雨，廊欹竹樹蕪。花開幾人到，春去一詩無。雲氣連村暗，山聲入夜粗。牡丹紅處屋，遲我十年租。

宿大覺寺和謝薌泉韻

誰指寒梅是後身，旃檀信宿悟前因。山中見月愁先忘，老去看花意倍親。萬事不堪一回首，同時竟得兩閒人。破窗半夜溟濛雨，明日溪頭看趂塵。

入山贈碧天禪師

山路不知遠，白雲隨我深。泉聲滌塵夢，花氣澹禪心。櫻笋此時好，猿狙何處尋。同來古松下，坐看日西沉。

紅石口早行

侵曉出春城，殘月城頭掛。濛濛隔岸花，妙筆不能畫。花片紅成泥，時惹幽禽啼。酒家問何處，指在雲峰西。

長柳拖烟搖婀娜，襯出芙蓉青萬朵。樓丹屋碧閣黎家，不種桑麻但種花。石橋板橋踏幾徧，山影溪光千百變。林深綠重曙猶昏，行到塔頂日初見。

法雲寺

日上青龍橋,雲斷金山口。破砦多野花,孤村少美酒。櫻桃已丹杏子黃,夾道十里聞酸香。短竹森森剛過墻,綠陰遠近生微涼。匹馬繫寺門,老僧向客揖。蝙蝠檐際飛,鷺絲池上立。樓頭風過清磬鳴,隔窗送到山泉聲。怒濤一片山松頂,撲滅佛前燈火影。

領要亭晚坐和壁間韻

野花不辯名,紅紫都可愛。樵夫行白雲,折取一枝戴。我生不能酒,山色飲已醉。待月踞松頂,聽泉坐竹背。仙鶴忽長嘯,滴落滿身翠。童子呼不起,酣抱石頭睡。

鸕鶿谷

鸕鶿已飛去,春水猶送影。我隨飛鳥來,不覺踰烟嶺。石苔綠一天,土花紅半井。危澗躍身過,回頭悔力猛。設使計較生,焉能奇妙領。松陰五畝寬,日午坐猶泠。

桃花峪

峪以花得名,我來花已謝。萬葉水陰共,一村山綠借。雲中雞犬聲,時時見茅舍。亦有白髮翁,柳陰牛背跨。望見塵市人,欲語每驚詫。翁喜麥將熟,不復辯春夏。陌頭幾回醉,村酒無重價。約翁明歲春,趁雨花開乍。松柴肯為燒,筍脯行當炙。移榻明月中,看花住三夜。

白 鹿 巖

山中積烟霧，日午氣始晴。芙蓉千萬朵，是誰斧鑿成。仙人騎白鹿，來往巖際行。靈砂偶落地，蒼檜凌空生。盤旋幾千尺，鬱此風霆聲。怪禽喑不叫，流泉激以鳴。誰携玉琴來，寫此泉石清。老饕厭沖舉，但解餐笋櫻。

隆 恩 寺

地氣鬱獨厚，山色窈孤凜。燕都遊覽志，述此原詳審。西溪三日雪，老鶴不知潔。軒畔古梅樹，一枝稱神品。江南騎驢客，繞樹時噆唫。我來訪遺蹟，掃蘚涼泉飲。僧雛半癡聾，無復梅花稔。或當殘臘時，石龕借一枕。

唐陶山州牧抵京

南岳悵未遊，西涯欣屢至。不見茶陵翁，陶山實同志。潦倒翰林官，蕭散滄江吏。一別輒十年，時落懷人淚。昨聞君優擢，狂喜夜不寐。却爲梅花留，雪帆寒浦遲。閉門適養疴，日倚孤松睡。僮子報君來，猶疑夢中事。白髮各在鬢，青雲略無意。細詠桃花詩，君修桃花仙館并刻《六如居士集》。載展衡山記。重鑴宋陳田夫《南岳總勝集》。淒涼萬古情，艱苦一心寄。我亦抱殘經，借榻慈恩寺。風滅佛爐火，霜折僧竹翠。惟有積水潭，年年薦荷芰。

邀陶山遊西山

心胸欲開拓，境界須閱歷。蒼莽九土烟，咫尺無田覷。君行半天下，振衣寒綠剔。我年與君等，終歲伏槽櫪。駑駘夫誰怨，何日謝鶼靮。西山近郭門，夕陽萬松櫟。佛廬春發花，野水秋生荻。石怪寫不出，泉幽聽愈激。茲當櫻桃熟，約君去飽喫。蘚磴赤雙足，水來任蕩滌。燈昏響疏磬，月明撼涼笛。窗外芭蕉聲，蕭蕭似雨滴。借問江南客，此景何處覓。

題劉榮黼畫蘭卷

幽人寫幽草，作意取荒寒。秋影空山裏，月明君獨看。

偶從林外求知者，竹太蕭疏梅太野。祇有瀟湘最冷雲，夕堂向爾襟衫寫。

偕唐陶山、謝薌泉、楊蓉裳、吳山尊、何蘭士、朱野雲由極樂寺抵李文正公墓下作

風微不惹塵，林淺却藏寺。鷺絲破烟飛，雪外一重翠。墻陰轆轤宛轉鳴，新蟬學語猶低聲。鐘磬不響爐烟清，僧雛樓背偷山櫻。我來掃石坐，巾舄映皆綠。士花紅上衣，初陽升佛屋。官閒都有江湖思，多情誰是李賓之。石廩諸峰渺難見，萬樹松濤閟一殿。

西涯小集餞陶山之任海州蘭士野雲即席作圖余爲題後

約君遊海子，西涯舊名海子。君向海州行。待種花園郭，先隨鶴入城。海州產鶴。一帆雲外數，百感酒邊生。白石翁誰是，詩成及畫成。沈石田爲茶陵作《西涯圖》。

藕花香不語，紅上客衣來。石畔榻重掃，鷗邊門自開。漫驚頭上雪，且盡手中杯。問訊官塘柳，何如野店梅。

櫻桃紅幾度，又到送君時。寺廢誰移竹，西涯有《移竹圖》。吾衰怕詠詩。新蟬噪風急，病蝶出花遲。魚菜無錢買，由他食肉嗤。

聞說橫塘路，桃花繞墓門。請移三兩樹，分種畏吾村。春雨人孤往，青山價莫論。鴻飛定何日，要認雪泥痕。

五月四日爲謝薌泉生日前一夕賦

石榴花下初三月，照見君家畫閣杯。老樹又看春葉改，貧官最怕節錢催。遊山略具平生屐，詠藥能消幾許才。報道葡萄新結子，先生笑口忽然開。

讀樊學齋文集

奇文無他巧，惟在說理透。況論古人事，尤忌語遷就。堂堂樊學齋，春雨萬蔬秀。主人退食暇，疏簾澹清晝。政書暨稗史，反復日研究。古人去我遠,不幸留鐏漏。勉强附和之,何以懲悠謬。片言折其衷,力挽習俗狃。菩薩心慈悲,風霆筆馳驟。盥手施丹鉛,焚香辨句讀。韓碑與柳雅,猶嫌大刻鏤。天然去斧痕,一氣妙結搆。推敲豈弗擅,恐人誚寒瘦。

雨　過

殘滴尚響竹,夕陽紅在梧。落花鋪徑蒲,熱客到門無。蝸細盤衣上,蛙涼隔水呼。居然城市裏,畫出野村圖。

夜　坐

暑氣散林莽,清光生座隅。草間百蟲語,花外一螢孤。多病藥頻蓄,無錢山不租。瓦燈蛾撲滅,明月滿床鋪。

畫　魚

蘆葦聲繁秋水急,大魚掀波作人立。捷鰭擺尾龍門來,九天駘蕩風雲開。辨族非魴亦非鯶,得意扶搖九萬舉。今春撒網隨漁翁,斜陽掩映千鱗紅。我忽觀之慘不樂,腹飽安忍彼湯鑊。老饕寧甘三日饑,悠然縱爾遊溟池。何人畫此有生氣,妙處丹青不多費。天陰高掛素壁頭,水烟江影橫空流。任公往矣誰汝鈎,慎勿飛去吞人舟。

廣慈庵晚坐

山色城頭暝,雲陰殿角齊。綠生蒲褐重,凉入葛巾低。螢照自清夜,蟬吟無定棲。登仙吾不願,何事藉提攜。

懷遠詩六十四首

翁覃溪學士

博學高文重當代,諛墓之錢從不愛。即今病臥東山巔,破窗風雨仍青氈。議論古今少所可,憐才未肯徑遺我。苦憶說詩蘇米齋,夕陽容易移秋槐。

許秋巖觀察

登堂中饋親調羹,進城每逐昏鴉聲。淮上書來詞悱惻,萬古傷心幾行墨。東南所患民其魚,君早飽讀河渠書。豈獨文章救衰靡,黃河清同一笑矣。

洪稚存編修

衝寒一騎凌邊霜,歸來萬里詩壓裝。豈有才高不畏死,愚戇都由讀書起。世詫文成酒助多,一枝大筆青天摩。海外奇山遊亦徧,詩是古人題創昆。

王惕甫典簿

厨下時復炊烟絶,堂上歌聲出深雪。公卿動色才名誇,至今猶未簪宮花。歸舟搖向鷗波去,紙帳蘆簾讀書處。登樓北望黃金臺,萬馬都逐秋風來。

吳蘭雪博士

其人如蘭心比雪,幽香萬古性情結。六朝麗句今芟除,孤鶴守扉聞讀書。寒夜苦吟却誰見,弓衣傳繡新詩徧。瘦羊畢竟不可餐,好山湖上騎驢看。

吳穀人祭酒

相逢但見先生笑,却寫新愁成絕調。廊廟何曾異江湖,寵辱胸中一點無。朝宿吳山暮越水,浮家閱盡東南美。松下哦詩今幾年,月明醉聽秋濤圓。前年同宿翠微山,就松月間賦詩。

趙味辛司馬

周旋中規折中矩,閉門索句心獨苦。尚書情節詎敢忘,一生悔不登玉堂。白髮青州老從事,磨滅填胸五千字。手板傴僂謁上官,路旁誰作詩人看。

汪劍潭司馬

瀟灑不似寰中人,一枝筆掃千秋塵。掉鞅詞場三十載,少年結習老頗悔。槐市賣字心焉傷,爲貧又復監官倉。藏書盡付兩兒子,君請冥情百姓理。謂兩郎君全泰、全德也。

李石農觀察

長安過夏棲僧房,鬻書賣畫謀春糧。門前幾輩問奇字,騷擾先生夜不睡。春風吹上紅綾筵,宮花報捷酬無錢。天台雁蕩茲遊熟,書來猶問西涯竹。

汪杏江庶子

出山入山胡不深,白雲來往真無心。四梵神通我未見,六道輪迴倏馳電。野梅花下邀山妻,遠勝踏雪詩僧携。月笛烟莎世有幾,老翁春醉沙塘尾。用楊樸事。

王述庵侍郎

少年操筆政事堂,晚歲參禪蒲褐房。九州豪傑都結識,蠻烟瘴雨皆文章。黃金到手刊書用,白髮盈頭尚豪縱。可惜徵來湖海詩,挑燈日聽門生誦。

鐵冶亭撫軍

玉皇香案兩仙吏,并馬瀠陽訪秋寺。即今衣鉢傳有人,門下門生總清秘。泰山雲氣春飛揚,文星下奪明湖光。誰取中州集手訂,梅花開徧惟情堂。

曾賓穀運使

梅花陰薄山吐月,官閣吟聲時未歇。十年飽看蜀岡雲,一竿夢釣西溪雪。王揚州後盧揚州,誰能一字一縑酬。題襟館大亦如舟,孤寒八百來從遊。

玉達齋制軍

南舟北車幾萬里,百家九流供驅使。旌旆無聲官閣嚴,河寇東南不敢起。憶前灑墨寄亭間,寫盡瀠陽千疊山。年華如水誰能挽,我亦蕭蕭髯髮斑。

阮芸臺撫軍

經濟文章妙兼擅,求諸古人不數見。海風萬里吹樓船,破賊歸來滌詩硯。一榻舊同秋史齋,秦權漢布親摩揩。故人墳上已秋草,零縑未使塵沙埋。余藏江秋史遺詩,君輯《淮海英靈集》爲錄存之。

秦小峴廉訪

吳蓬款客聽春雨,筆聲搖動健於艫。越水湘水遊十年,一帆歸去老漁伍。結習難忘文字禪,茶鐺藥竈筆床連。好是有詩頻寄我,墨痕猶濕春江烟。

韓旭亭丈暨令子桂舲對廉訪

清比梅花瘦比鶴,一枝筆從九天落。兒輩才名四海知,老人猶自安貧約。爲看紅葉西山西,穿林曾不青筇携。飄然已逐野雲返,我尚尋詩未過溪。偕遊潭柘龍潭,翁步履最捷。

劉松嵐觀察

四海知君我最早,一官未免傷潦倒。只有耽詩性不移,收盡人間未完稿。没齒感恩誰得知,孤寒生恨識君遲。才人心血江山色,都被先生袯襫之。

李松雲太守

髫年文筆世已重,黃堂慣作青山夢。吳江花草泰岳松,費却先生幾清俸。海棠時節住僧房,笋蕨延賓願未償。官清那有梅花贈,漫與詩篇驛遞將。君約僧廬看海棠,未果。

李載園州牧

桃花水漫西沽村,騎馬遇我天津門。夕陽却趁喚潮退,醉墨寫向春烟昏。前身君是老梅樹,偃蹇猶堪見風度。填胸南海古波清,老去筆頭泫秋露。

吳竹橋太史

一生最怕染塵俗，廿載湖山春睡足。聞說先生鬢仍綠，梅花時節寄書來。書來已屆桃花開，讀罷輒復思千回。蒲帆安得虞山買，南望喜當秋竹矮。

徐鏡秋太史

城根瞥見桃花紅，石橋西去尋詩翁。謂錢南園前輩。水亭却與雲林通，計自舟車判南北。兩年不接一行墨，夢中時見君顏色。田園荒蕪松菊存，燕飛只認王謝門。

汪瑟庵學士

青袍鵠立槐花黃，佐君課士彝倫堂。先生一目真十行，文星光奪皖江月。秉筆森嚴同秉鉞，更有何人敢請謁。桐城書屢寄梧門，詩法直欲從頭論。

蔣最峰學正

酒杯顛倒不離口，墨瀋淋漓常在手。寵辱於我夫何有，石經校畢長安居。長安貴人爭索書，得錢買醉歌聲粗。羊裘敝矣霜毫禿，天寒換米畫修竹。

唐陶山州牧

十年消受江南春，六如祠宇桃花新。一官瀟灑仍清貧，寄柯亭子槐陰茸。桴鼓無聞海寇輯，仙鶴一雙排闥入。請君吟嘯官閣扃，恐有魚龍海上聽。

李舒園明府

　　看書直如習主簿，作詩必學杜工部。一心洗盡腐儒腐，九面衡山得飽看。從前百姓今爲官，爲官安得人人歡。有書莫繫北來雁，白草茫茫隔雲棧。"百姓今爲官"，君舊句也。

杜海溪大令

　　清宦十年髮已禿，頗悔田園荒杞菊。歸去又恐食無粟，官貧乃益知民貧。荷齋秋草高於人，一燈黯淡苦吟身。柿葉題詩先寄我，兩漬苔痕上紙裹。

蔣秋竹_{知節}孝廉藕船大令

　　秋竹下筆務馳騁，藕船造句必新警。乃翁詩法各心領，興酣抒寫芝房歌。縱馬夜渡滹沱河，君家豪傑何其多。才子作官得收斂，我早願隨學擊劍。

郭祥伯秀才

　　胸中塊壘鬱不滅，心似水晶筆如鐵。名場時復遭蹉跌，寧失不工句必奇。無驚人語生何爲，江湖坐是清狂訾。山中著書亦大好，一事勸君須及早。

金手山秀才

　　半生工吟復善哭，說詩每就詩龕宿。酒酣爲我移新竹，跨鶴揚州又幾年。梅花樹底人翩翩，青山欲買仍無錢。不如樸被重北上，葛衫一襲鞋一緉。

張莫樓彤觀察

烏絲小楷寫冰詞,正是煤山散學時。歎息玉堂不得入,抱筆軍門去何急。前身乃是種花僧,歸來風雪荒寒仍。禪板蒲團理清梵,胸中留得光明燈。

張蘭渚師誠方伯

賦才卓犖聲摩空,雲旗繡斾乘春風。始知才大百事舉,藉爾詩書固吾圉。大行以西風俗淳,詩教猶不違先民。使者序詩具深意,轅門何啻鐘鏞陳。晉人選《山右詩存》,君爲作序。

孫淵如觀察

榜眼爲郎自君始,一臥江鄉胡不起。少年人已稱詩仙,中歲注意周秦篆。白髮蕭騷春夢杳,索債追捕那堪擾。山瑩水潔何容心,買到奇書眸子瞭。

張水屋州判

跨驢日走城南北,長安書畫爲君得。堂上賓客無時無,先生醉矣千花扶。黃金可憐視若土,一官又去聽衙鼓。劍閣馬蹄巫峽雲,丹青留待閒中補。

楊荔裳揆方伯

左手殺賊濺賊血,右手疾書指頭裂。天山莫辨況鬼人,此時那復區秋春。達人却有遺世想,吟聲時逐馬蹄響。今日挑燈起草仍,他年聽雨聊床儻。

陳春嘘昶大令

下筆偶似蘇東坡，豪情至老猶不磨。海上彈琴知者聽，斯人得志吾黨慶。關東民較江南淳，化之有術官斯親。多讀書自氣質變，鞭扑之下無良民。

石琢堂觀察

大廷對策名第一，上馬提戈下馬筆。見者詫爲飛將軍，豈知渠是苦吟身。畢竟讀書人可用，事來心輒分輕重。聽猿放鶴可無詩，手掣鐃歌媲雅頌。

桂未谷大令

冰斯絕技世罕見，六法而今君獨擅。樂府一似楊鐵崖，簪花騎象工詼諧。君官滇，羅兩峰爲畫《簪花騎象圖》。七十老人行萬里，仍自埋頭亂書裏。秋水浮將貫月槎，蠻烟濕透烏皮几。

顏運生大令

心齋讀書自有樂，陋巷風流恍如昨。吉金貞石費搜羅，籤排函列何其多。酒不傾樽客不起，新詩寫徧蕉窗紙。訟庭已斷鞭扑聲，梅花樹下清琴理。

錢梅溪上舍

梅花溪上三間屋，日漾東窗客猶宿。屋旁新起寫經樓，花開不見溪水流。白雲深處聞笑語，知是連番斫玉楮。別有奇情寄水仙，欲往從之隔江渚。

李書年觀察

人世誰能齊順逆，君改翰林，後屢膺遷擢。況君久作玉堂客。書生實有經邦策，桃花閒罷官垂簾。百姓偏説軍門嚴，兩年不得接一紙。猜或黃河鯉魚死，夢中却親君杖履。

魏春松觀察

讀書有暇便讀律，生人死人一枝筆。幾幾十得無一失，翩然跨鶴揚州回。逢人只説官塘梅，觀風今又向鄒魯。匹馬西涯踏春雨，一龕坐對山人語。君赴東訪余不值，壁間懸孟山人像，索筆書百餘言而去。

趙渭川 希璜 太守

十指槎枒出光怪，不分唐派與宋派。劌賢嘔心老未懈，斂才和我西涯詩。清磬泠然江月運，海峰四百三十二。峰峰都有君題字，擬築一庵峰頂睡。

馮魚山 敏昌 比部

少年五岳都遊徧，老向魚山磨鐵硯。蕭然有如僧退院，齊梁風格周秦腴。胸中別具造化罏，詠物當年偶遊戲。夫子乃抱昌歊嗜，每説鄙人識奇字。余有《詠物詩》二百四十首，君奇賞之。

凌仲子 廷堪 廣文

柳暗學宮白雲爛，桃花紅濕讀花案。坐聽幽禽春雨喚，譜錄讀從蘇米齋。橋門同賦許衡槐，典故正欲招君問。梅花江上絕春信，相逢仔細看雙鬢。

黃東塢旭大令

西江爭說黃解元，我早握手槐花門。淚痕今上青衫存，春官報罷先告我。說起前遊縈念頗，讀書只要能活人。蚩蚩盡是堯舜民，吾當誰與皋夔倫。

吳白庵廣文暨令兄退庵孝廉

嶔崎歷落真奇才，海南但遣梅花陪。梅花樹底酒千杯，萬里贈我幾行墨。借竹寫出古顏色，一事寄語阿兄知。逢人莫誦詩龕詩，龕中人今兩鬢絲。退庵喜向人稱余詩。

舒鐵雲孝廉

六朝文字三唐詩，能抉骨髓非毛皮。雄才見爾頭猶低，衣不禁寒食不飽。造物由來忌奇巧，多君愛看江頭雲。朝入鷗群暮鹿群，姓名只許漁樵聞。君寡交，人鮮知之者。

師荔扉大令

南園錢灃。詩友惟君在，收拾殘書去爲宰。老學蛾眉頗心悔，白岳風雨黃山松。可能到處支吟笻，馬鞍不及牛背穩。記得斜陽吹笛返，聽鼓人偏散衙晚。

孫子瀟孝廉

天真閣詩祇兩卷，君詩極富，艱於資，先刻兩卷。多少才人爲色變。我亦眼中未多見，青袍沾漬長安塵。歸去未肯輕依人，空山晝長書味永。老爾文章莫馳騁，江月無聲花竹冷。

劉金門學士

粵西銅鼓手親槎,泰岳今又秦碑摩。先生好古不泥古,瘦句稜稜出肺腑。昌言北地非正宗,却信西江有鼻祖。十年許贈翠一丸,愧余才盡筆聲乾。君和余詩有"持贈一丸翠"句。

鄭青墅大令

堂堂之陣正正旗,温柔敦厚詩人詩。黃河風大軍聲急,投袂提戈先馬立。丈夫例得裹尸還,誓不殺賊不生人。功成細譜太平謠,鏗鏘雅奏諧咸韶。

黃心盦山人

五湖賸爾老烟客,匿跡選樓操筆削。草鞋濕透巖阿青,葛衣涼濺魚蝦腥。茶竈筆床略安置,鷗群鷺侶多飄零。敲門報說寄詩到,掀髯出迎向詩笑。

趙偉堂大令

苔花黯淡湮秋井,蝴蝶空階抱寒影。鬖鬖白髮辭青山,十畝霜菘官閣閒。君官安肅地宜菘。賸字零縑燕市賣,殘衫破帽江鄉還。寄書屢訊盧溝雪,前度騎驢怨蹩躠。

樂蓮裳孝廉

十年酒醒揚州夢,二分明月江頭送。野人調笑豆花棚,樵譜漁經事事徵。鬼語鋪排《耳食錄》,秋聲搖撼讀書燈。頭聽掌故待君續,柯亭日午槐雲緑。君著《耳食錄》。

胡黃海廣文

好詩到口吟不絶，好官到手去如瞥。遊徧江南又嶺南，無山可茸梅花庵。豪情一半付流水，佳句多年貯石龕。白雲歸宿定何處，却恐飛同白鶴去。

賈素齋布衣

詩人已死君何與，碧血無烟葬詩處。秘書訪向天盡頭，奇情直挾波濤流。雲中偶逢採芝客，丹文緑字親相投。正恐詩魂埋不得，星斗之光江漢色。君有詩塚之舉。

劉芙初嗣綰孝廉

新詩脱口霏春花，故人欵戶翩春霞。自是珊珊有仙骨，修到梅花更明月。飄泊江湖又十年，青衫仍復詩龕謁。此筆搖向明光宮，定出奇氣丹霄衝。

呂叔訥星垣廣文

我昔逢君賣酒市，醉後駡人不識字。手携殘藁扣我門，衣間時帶秋雲痕。詩人海內從頭數，眼中只有洪稚存。與孫。淵如。一別長安今廿載，聞説疏狂猶未改。

王仲瞿孝廉

異書偏工收碎散，狂名嘖嘖九州滿。飛揚跋扈非奇才，豪傑多從閱歷來。白雲在天迹安託，空山無人花自開。霜雪盈頭老將至，一帆春水夕陽遲。

王春堂屯牧

鐵甲卸向寒雲裏,古寺秋燈檢故紙。騎馬夜出彰儀門,回頭屢看西涯水。黃鶴樓頭敢賦詩,白鷗江上同眠起。六韜多是書生書,君才誰復嘲空疏。

姚春木上舍

青衫短短三尺長,余識君,年纔十五六耳。翛然謁我彝倫堂。骨相不凡果天驥,萬馬誰敢爭低昂。鹽車之阨毋乃酷,蓋有天焉非人傷。大器晚成詎虛語,問君何事自期許。

蔣香杜孝廉

早歲金華牧羊客,一渡黃河髮半白。説詩坐熟花間堂,尋山踏破雲中屐。暫棄鉏犁情可憐,偶託樽罍事何益。半畝梅花半畝蔬,能免饑寒還讀書。

顧弢庵秀才

不畫梅花畫楊柳,君以畫柳得名。青山那堪離別久。筆頭洗去春明塵,詩味濃於京口酒。西山隨我踏秋雲,萬朵芙蓉落君手。老夫月下僧門敲,吟成好句無人鈔。余遊山諸作,皆君錄藁。

存素堂詩初集錄存卷十七

癸亥

樂 遊 詩
謝 薌 泉 儀 部

得酒不問錢有無,看花莫辨春模糊,方寸自現光明珠。萬古留此一枝筆,奇氣却從肝膈出,那管人間有得失。金山水瀁焦山雲,孤情只許江鷗群,詩成報與山僧聞。君遊金焦詩,爲江南人士所傳。

何 蘭 士 太 守

年未四十官已棄,膝下兒孫鬧如織,萬卷低昂任醒醉。近復寄與丹青中,嶺烟溪雨春溟濛,筆所到處愁能空。灤陽夜起陰符讀,朝行南山去射鹿,鐵弓搖搖上寒綠。

何 硯 農 民 部

方雪齋中新試帖,千佛名經衆賞愜,長安紙貴書一疊。秘省退直來何遲,瓦燈寒夢紫殘卮,正是賈島祭詩時。記得文淵同校字,石岫冰花耿寒翠,被人指作神仙吏。

英煦齋侍郎

交心難得從總角,鷗鷺翩然友鸞鶴,幽抱平生冰雪濯。行馬雖設東閣嚴,策蹇依舊趨堂檐,文酒跌宕無猜嫌。春訪豐臺秋退谷。舊遊猶記街南屋,詩成携就花陰讀。

吴衣園編修

武英喫飯文淵宿,三萬六千卷飽讀,贏得蕭然兩髩秃。春緑猶濃接葉亭,自鈔茶譜與魚經,紅日半窗人未醒。枕漱山房山更好,梨花一樹倚晴昊,擬築茅庵此間老。

周載軒侍御

略賣街頭小花竹,種向空階動春緑,白髮蕭疏書補讀。齹藤老屋低打頭,酒波墨瀋橫空流,醉後狂書力愈遒。笑我兩腕有鬼掣,却愛就君講點撇,晴窗時復藤繭裂。

張船山檢討

峨眉山月清茫茫,巴江流水秋浪浪,鬱積奇氣成文章。太白仙去東坡死,大筆淋漓屬吾子,玉堂人物那有此。病媼持扇求題詩,老顛高卧忘朝饑,東鄰饋酒吁何遲。

楊蓉裳户部

才高自下世有幾,數奇劉蕡差足擬,我輩登科真可恥。問年愧説吾爲兄,梅花獨爾修前生,澹懷孤影冰霜撑。案牘如山賊如沸,馬上一言百姓慰,老作史官修典彙。

吳山尊侍讀

殿上執筆千言奏，江上騎驢梅影瘦，酒痕狼籍污襟袖。樓頭玉笛吹玲瓏，歌聲悽惋盤雲中，髣髴鸞鳳翔春空。高齋就爾商競病，天寒不避北風硬，筆力凌虛老愈勁。

李墨莊主事

天風吹墮峨眉巔，海氣滌蕩心花妍，歸裝只載詩盈船。異方習俗入掌錄，老蛟嗅雨潑紅燭，不知門外秋草綠。昨年結伴遊東山，醉倒白石長松間，奇文許我從頭刪。

李滄雲京兆

遊戲翰墨見天性，睡起落花紅糝徑，脫手新詩故人贈。聽猿踏徧巫山頭，搏虎雄心老未休，一生南北隨車舟。愛煞丹青入骨髓，讀畫工夫比讀史，烟雨蒼茫論萬里。

王僧嶠侍御

陳檢討後吳祭酒，四六文章推鉅手，君於兩家無不有。舊聞鈔撮慙無稽，依經據史施金鎞，何人敢復加訶詆。朱衣何因爾我避，造物豈真工妒忌，北夢迢迢付掌記。

瑛夢禪居士

學佛學仙非本願，翰墨偶然破孤悶，一庵老矣誰尤怨。偶然興到畫山水，筆聲在空不落紙，雲烟飄飄十指起。近舒爪甲摹老鷹，四山落木秋稜稜，欲揩病眼看飛騰。

朱野雲山人

　　青鞋慣識白沙路,破廟荒庵古人墓,閱盡春花與秋樹。長安賣畫三十年,不曾收得我一錢,詩龕畫龕香火緣。山妻報說厨無粟,君自蕭然枕石宿,客來大叫設酒肉。

陳石士編修暨令姪王方主事雪香學士

　　清門吾及交三世,匪直少年取科第,人人都是珪璋器。大阮小阮登玉堂,秋曹下筆霏秋霜,君子之交滋味長。退食閉門高枕卧,萬卷奇書讀欲破,堂上猶聞督功課。

初頤園侍郎

　　耽詩却復章句鄙,工畫從不筆墨使,過眼雲烟心獨喜。讀書願學皋與夔,知無不言敢然疑,謂臣戇直臣奚辭。對客但與談風月,清話移時午烟歇,誰識嚴疆曾秉鉞。

莫韻亭侍郎

　　長篇全擬吳梅村,一氣奔放中胚渾,混花直溯崑崙源。詩家特喜開生面,艷妝炫服出相見,繪事何曾素爲絢?西風高柳秋聲哀,携酒日上黃金臺,誰把鐵板高歌來。

鳳仲梧孝廉

　　琴德在心書滿腹,始許十年不食肉,老傍秋燈耐苦讀。下筆不知有古人,直以造化爲陶甄,此才吾見猶逡巡。幽情每説住山好,天涯何處無幽草,但恐抽身難得早。

玉元圃寧員外

三寸毛錐一枝箭,五更下馬親洗硯,青山對面何曾見。史館機庭退直遲,偸閒猶自鈔唐詩,酸寒何減學堂時。一事羨君眞過我,兩郞氣象都磊砢,名成當不居君左。

張雨巖森太守

宦場閱歷十年久,老作長安貧太守,一官何日到君手。抱琴不肯人前彈,世間想是知音難,談深時復披心肝。馬上題詩憑驛遞,對我如何說學製,即此已徵君所詣。君曾由驛遞詩於唐陶山。

李漁衫懿曾明經

連黜有司不得意,雄才那肯爲俗吏,背人時墮千古淚。黃塵十丈污青衫,衆中早識君非凡,怪他世味殊酸鹹。我詩力欲芟蕪穢,君肯酒酣一編對,剪燭商量及繁碎。

曹定軒給諫

紫藤花下日月長,翠微山色吹滿床,老境頗薰知見香。幾杯濁酒寄歌哭,放曠之中見眞樸,諫草何曾教世讀。三舍重修君指陳,青衿墮淚黃槐門,辟雍鐘鼓何人論。尊甫慕堂前輩奏建辟雍。

馬秋藥光祿

詩筆何嘗卧犢強,宦情却比沙鷗涼,門前秋草如人長。湖上梅花別幾載,月色淒淸全未改,守梅老鶴知猶在。夢裏家山咫尺看,醒來放筆寫荒寒,明年歸去將閉關。

劉澄齋錫五侍讀

白玉堂前史成束，紫薇花下夜剪燭，二十年來筆全禿。西山好句傳江南，隨園下拜稱奇男，如何彌勒我同龕。隨園稱君及余。秋水迢迢一城隔，半年不到羅含宅，展圖望見君標格。余藏城南雅集圖，首即君像。

葉雲素繼雲舍人

丹綍永宣揮灑疾，五色雲中五色筆，漫比吟風與賦日。買盡人間未見書，秘文奧句勤爬梳，南山之獵北江漁。僻事屢欲從君問，無稽多恐遭嘲斬，幽禽不作人間韻。

盛甫山舍人

兩牛鳴地秋泥深，雨昏涼寫芭蕉林，閉門擁鼻工酸吟。藤床移近松庵綠，赤腳蓬頭清興足，午夢遲遲一枕續。作畫何心與俗諧，江梅山月據幽懷，胸中丘壑誰安排。

曹儷笙通政

妙語無獨必有偶，造物不過假君手，遂詫五丁闢二酉。長歌幽渺猿鶴音，短歌淒婉詩人心，薰風一曲諧瑤琴。白日驅車天上至。可能消盡烟霞志，載酒擬從君問字。

譚蘭楣光祥儀部

少年文章已老極，瘦蛟起舞萬牛力，天女原非世間色。山谷句。五陵豪氣都蠲除，寶劍換酒餘奇書，一官容得人蕭疏。病眼新揩擷荃蕙，南嶽歸來詩律細，健筆居然杜陵繼。

王春波山人

梨棗丹黃風自落，秋衣誰寄江南鶴，韭菜花繁人羹臛。香草美人彼一時，月明每觸湖湘思，鴻離鵠別君何之。未肯閉門抱羈獨，半領青衫一盂粟，能事年來受迫促。

胡雪蕉 永煥 水部

十年冷沒兼葭霜，琴瑟在御書在床，耳根浩浩松濤長。驢馱書篋船載酒，又折春明門外柳，醉倒堦前筆在手。生平愛讀王維詩，雪裏芭蕉夢見之，石交珍重冬心持。

吳玉松 雲 編修

老眼無花識奇字，手採湘蘭本無意，門下門生天位置。君佐褚筠心先生學幕，拔謝蘇泉卷，後蔣泉典試江南，君獲雋。翔步玉堂今白頭，棕鞋藜杖思前遊，野懷不減春江鷗。閉門最怕酬賓客，苔花隔斷子雲宅，我每衝寒騫驢策。

蔡生甫編修

草堂花落無車塵，冬心老子和如春，疲驢隘巷愁詩人。食盡黃虀三百甕，竹毛松脯山翁送，玉堂慣作江湖夢。一方鐵硯墨千螺，白髮蕭疏人共磨，我欲換字慚無鵝。

涂淪莊 以輈 主事

夜堂疏雨槐陰綠，欲睡猶燒兩寸燭，謄字殘篇為緝續。余詩君曾為編訂。我一詩成君每來，千紙掃盡秋陽隤，惡詩佳字人疑猜。余詩多君為代寫。城南近日疏樽酒，蟹紫菊黃何處有，烟寺淒涼餘萬柳。

陳旭峰助教

出門大星猶掛樹，烟水橫街不得路，三兩黃牛一白鷺。蕭然貧宦同孤僧，松花如雨沈秋燈，書聲滿耳呼不廳。破篋殘縑堆滿案，老眼看花能不亂，多少鴻文經點竄。

胡蕙麓大令

黃葉斜陽踏秋寺，山僧未起君先至，爲贖西涯墓門地。西涯墓地，君贖歸。盛事重開北海樽，紛綸古墨荷齋存，一字直欲千金論。君重刻北海碑嵌壁間，懸"古墨齋"扁於前楹。人間有此好縣令，吾當更代百姓請，勿僅誇張詩筆橫。

陳雲伯孝廉

定山堂筆無此健，定香亭裏名獨擅，詩格年來凡幾變。豈但文章光焰長，逸才奇氣誰頡頑，勁敵只有楊蓉裳。梧桐樹底邀君坐，西涯短句從頭和，妙義王裴未窺破。

同人集極樂寺胡雪蕉贈詩依韻

風雨蕭蕭屋數椽，被人誤指作神仙。病蟬吟苦吾方愧，孤鶴聲低世漫傳。幾樹斜陽黃葉寺，一湖秋水白鷗天。蒲團禪板蕭疏極，莫論前賢與後賢。

閒園種得萬林於，白柄長鑱退食餘。月氣涼生前夜雨，蘚花綠上故人書。酒懷不在舉杯處，詩味要參無字初。欲就高齋商競病，城根積潦屢回車。

極樂寺和韻

　　却病無良藥，看花有故人。愁方託樽酒，老益愛松筠。極目青山遠，搔頭白髮新。鉏犁吾棄置，望歲意偏眞。

慧聚寺拜裕軒、曹慕堂二先生祠

　　行過萬松更無路，清磬一聲秋殿住。病衲指言二老祠，遊人憩息爭題詩。拂苔先認碑間字，二老當年舊同事。鷗鷺無猜共起眠，梅花明月三生緣。滄江轉徙青山裂，惟有此心能不滅。石龕炯炯光明燈，靈旗翠羽神所憑。詩成欲就二老問，俗筆如何出遠韻。回頭雙鶴雲中翔，曳杖吾自循長廊。

陳原舒雪蕉圖爲胡水部賦

　　東綠犯雪威，新紅借冰色。未肯隨時移，回天倘有力。榮悴空山中，俯仰長自得。秋雲與舒卷，夜雨相掩抑。只有纏綿心，不愛風日蝕。雙鶴爾何來，翛然玆棲息。

歎逝詩二十首
袁子才太史

　　乾坤斂奇氣，腐儒守鉛槧。大樹忽飄零，蚍蜉肆搖撼。匪公自信深，後人議何敢。畢竟金碧光，不爲沙礫揜。

羅兩峯山人

長安大雪中,梅花寫斜插。三五泠澹人,就君究筆法。微雪簾底飛,春風吹恰恰。看竹慈恩寺,繫驢清水閘。在李公橋南。

汪雲壑贊善

詩成屹如山,酒國曠若海。愁來輒不禁,詩酒老頗悔。溫飽豈初願,何至屢凍餒。滇南萬里歸,瀟灑文章在。

江秋史侍御

日月送瀟灑,江山寄高曠。家具米芾船,風流馬融帳。白雲何所適,青山遂汝葬。可憐金薤書,弗入秘密藏。

程蘭翹學士

心境太清虛,腹笥却華贍。蘆簾終日垂,萬竹圍成墊。自守詩律嚴,那知酒波艷。一從賦玉樓,豈復人間念。

武虛谷大令

判古筆猶刀,看書眼如鑑。嶽嶽氣自奇,吶吶言母儳。半生受官累,老喜被山賺。探幽淨業湖,人鷗一波泛。

許石泉編修

官書夜猶勘,寺鐘午已繫。三年直清秘,百事付荒寂。幽元藉闡揚,謬誤荷指摘。醒吟思舊詩,惆悵山陽笛。

鮑雅堂郎中

紅綾餅許啖,慘綠衣誰識。讀書三十年,未得讀書力。偃蹇古梅花,受盡冰雪遏。惆悵春風中,不作桃李色。

徐閬齋州牧

弱水不可渡,秋湘放夜艇。孤懷馬上多,瘦影鷗邊迥。白月照心寒,春風吹夢醒。半生困凋瘵,萬事付酩酊。

邵二雲_{晉涵}學士

註疏日益繁,考證日益密。君能滙群流,源委指一一。語弗涉依傍,典必徵切實。秋聲不在指,却向指間出。

陸僕堂廉訪

鹽車困多時,雲路復中蹶。勉强買青山,蕭騷怨白髮。人咎志願奢,我惜才力竭。何不十年前,扁舟弄明月。

王葑亭太僕

筮仕已廿年,讀書只一閣。倉山置詩郵,謂袁子才。君爲司秘鑰。臭味雖不差,諍書却頻削。與袁論議不合,每以書規之。卓哉道義交,不徒重然諾。

范叔度太僕

大似落拓人,每膺艱鉅任。天外冰雪深,髑髏亦堪枕。獨餘忠愛心,退食氣殊凛。如何憂患身,倉卒受祆祲。君以賑災受疫氣不起。

李鳧塘_{驥元}中允

妙手工刻劃,奇情善刳剡。老境造平淡,半生事幽險。二十四泉篇,草堂手自檢。至今明湖水,猶受殘墨染。君《東遊詩》甚佳。

李介夫 如筠 編修

　　幽窗裂藤繭,夢破寫淒凛。覽兹句勁險,稱爾貌寒寢。老妻太解事,有詩誠來諗。君易簀,室人即收其所著錄藏之密,秘不示人,王安石有"密以詩來諗"句。吾恐精魄淪,人忌鬼亦懍。

龔海峰太守

　　梅花明月篇,取譬君文境。朱滄湄主試陝西,評君擬程"滿地皆梅花,何處著明月"文境似之,二語乃余詩也。吾謂句平淡,未足喻奇警。年衰百念滅,官久雙眼冷。去臘拜東坡,側聞語哀哽。去臘十九日拜東坡象於蓉裳齋中,猶及君説詩論文,不五日而君没。

王夢樓太守

　　海氣與蠻烟,蒼莽收筆下。抽簪三十年,林泉自瀟灑。皈衣繡佛前,華嚴經默寫。詩參書畫禪,風格似梅野。

陳花農 琪 詹事

　　緩步石龕來,馬聲止林外。我喜故人至,倒屐忘束帶。南嶽七十峰,芙蓉與紫蓋。宛委落餘青,陰森萬松檜。君督學湖南,半年而殁。

周霽原太令

　　錦綈裹異書,走謁勺西屋。深杯佇涼月,短衣掛斜竹。伊余兩眼青,及爾雙鬢綠。閒心負白鷗,壯志摧黃鵠。

袁雙榕大令

　　山奇在峰多,文奇在筆妙。鼓篋來橋門,三年共言笑。酒酣寫我詩,余詩成,君每爲代寫。字裏出危陗。病髮北風吹,離懷孤月照。

劉松嵐過訪不値留示新詩和韻

逢蒿雨後高於屋，水氣如雲路不通。怪爾白頭老詩客，八年重爲寫屏風。

坐破蒲團尚鈍根，一年一認雪泥痕。余頻年改官。而今擬築盤山屋，飽喫黃精自閉門。

宣和鸒研歌

道君昔御宣和殿，即墨侯封文繡院。龍尾池頭載石來，萬工留得幾方硯。至尊自署宣和人，御書刻石端禮門。柳外鶯歌聽百囀，腕間筆力迴千鈞。金衣半覆鶴鷗眼，玉几含毫興不淺。軍報燕雲戰馬馳，史書艮嶽靈芝產。太清樓下朝公卿，汝州馳奏麒麟生。十行手詔紀嘉瑞，上林春雨鳴倉庚。龍德宮中稱教主，此硯朝夕經摩撫。幽魄長留五國城，貞珉却返臨安府。淪落江湖數百年，宣和兩字人多憐。拂拭泥沙出光采，似有蟾蜍清淚在。君王徒事文房工，一任半壁山河空。至今紫塞臥秋草，慶雲長繞飛來峰。艮嶽慶雲峰今在三座塔。

范文正公石琴歌

雲膚鏤空石骨齦，落霞爲琴春波濯。內官捧出太清崿，龍圖老子班師歸。鬼章奏凱三軍威，宮門詔詐朱絃揮。天音閣開十事上，規模闊大氣骯髒。誰與阻者章得象，功高受賞朝廷恩。黃金百兩分軍門，清琴獨欲貽子孫。貢馬惟三琴則一，琴賜仲淹臣愧慄。世守勿替仲淹筆，西夏當年戰霧深。枯桐不可黴黃金，獨爾太璞情惜惜。客坐高堂想巖谷，楚峽猿聲巫峽續。細雨生寒在深竹，拜命携歸政事堂。戎衣何暇瑤琴張，一彈今日熏風長。

陸放翁藏東坡硯歌

坡仙一字值一絹，況乃當年手製硯。放翁愛讀斜川詩，此硯却是蘇門遺。萬里風烟雙鬢改，石交幸有陶泓在。草書學張行書楊，龍蛇入腕神飛揚。陸詩有"草書學張顛，行書學楊風，又有龍蛇入我腕"句。生平知己黃祖舜，書白二府誰能信。嚴陵山水臣拜嘉，九重詔對筆力誇。寶章閣下待制誥，歎息臣年已衰耄。良硯之利良田過，竈堂詩老詩真多。南園撰記翁負汝，東坡手澤自千古。後人見硯知翁心，南園記即南園箴。

石琴室聽泉

生平抱幽尚，所居厭塵俗。名園許臨眺，放眼入空綠。小憩石琴室，無絃理亦足。水聲何處來，泠泠興石觸。江海隨在有，千古自洄洑。不事疏瀹功，焉得秋氣蓄。涼沙白一汀，土花紅半谷。主人興不淺，平地起林麓。風蟬瘖不語，草蟲寒以縮。似聞天河傾，瀉作珠萬斛。虛堂傳皷鐘，別館應箏筑。此真是天籟，弗受人杅柚。尚際月明時，石琴皷一曲。天風振蕩之，吾當短歌續。

題陶然亭雅集圖送陳竹士 基

年年新雨後，此地一凭欄。秋已先人到，花寧禁佛看。才高多縱酒，謂戴金溪、張船山。詩好不宜官。誰向關河去，匆匆事馬鞍。

次樓村道中 因卜葬地

次樓老樹鬱蒼蒼,一路泉聲引興長。今日始知驢背穩,是日騎驢。頻年深悔馬蹄忙。白沙溪外過秋雨,黃葉村西尚夕陽。賈島祠堂半榛莽,却留新月照僧廊。

入孤山口

石屋八九家,斜陽三兩樹。寥落不成村,溟濛入山路。羨爾採樵人,竟隨飛鳥去。驢背望白雲,悠悠向何處。萬仞青插天,一線隙可度。山靈厭俗駕,面目肯輕露。低鬟媚晴昊,高髻擁寒霧。吾將學蟻行,前途曲折赴。

接待庵小憩

行觸碎石聲,隔溪鐘磬答。敗柳支作橋,只許一人踏。老僧如病鶴,負暄披破衲。自言三十年,茲庵遠客納。路仄花擁門,屋低苔上榻。四山惟一青,不受纖塵雜。清泉到處流,誰復携瓶榼。

發汗嶺

掩關日靜坐,筋力益形憊。意氣時自豪,歲月嗟已邁。宗岡曳杖來,爲了行脚債。石空蛇易藏,樹危猿不掛。前人踵來稅,後人頂已届。幾有傾覆危,豈止垂堂誡。要知造物奇,往往肖險隘。喘定目猶眩,沈病喜已瘥。

雲　梯

石斷天忽空，雲入綠無縫。大風挾人行，獵獵九霄送。生平局促懷，至此乃豪縱。殘霞一桁低，飛瀑四山動。鳥喧驚落花，鐘響定寒夢。笑彼古仙人，往來白鶴鞚。

兜　率　寺

濕翠散遠風，丹碧紛斜陽。僧寮如鳥巢，與樹同低昂。茲寺恰山半，磊磊居中央。魚板澹詩夢，笋脯餘寒香。海棠十畝花，倚破僧人房。三里松柏陰，宛轉成迴廊。禪榻支別院，步循新月光。

止宿文殊院

路轉聽梵橋，一松間十竹。傴僂松竹中，窈窕出佛屋。僧病怕迎客，山厨飯已熟。我愛繡木瓜，襆被樹下宿。蚊蚋秋不擾，鐘磬夜相續。幽淙漱石齒，時與殘夢觸。欲窮仙水源，隔溪虎飲綠。

觀　音　堂

北地看梅花，多在盆盎中。空山地脈暖，綠萼披秋風。此時雖無花，已不几材同。經霜自深碧，溅雨紛幽叢。僧去佛力護，吾謂靈氣鐘。勸僧加愛惜，未可虧人功。擬當雪後來，坐對千椒紅。寄詩鄧尉客，吾亦支吟筇。

摘星陀

空天不可上，兹陀天盈眎。望之何所見，一氣但青紫。倦輒憩石陰，衣邊落松子。萬磴歷已盡，一隙悵無倚。樵者雲中歸，遙遙天外指。我欲賈餘勇，霧雨溟濛起。巒岫倏不見，混混桑乾水。

雲水洞

板扉開復掩，石笋爭突兀。僧腰繫葫蘆，取水弗顛蹶。勸客少休息，燒火煮薇蕨。言自秋雨零，洞水適陡發。青蓮不可見，處處苔花没。草根翠易濕，石頭路尤滑。破樓敲晚鐘，松梢上新月。

華嚴龕

不聞五丁驅，却有巨靈迹。當年華嚴師，曾此爲窟宅。洞口吹來雲，散漫半山白。傳說花開時，騎驢有狂客。傾樽醉花陰，三日臥寒石。我亦看花人，何年一龕闢。

一斗泉

山骨不嫌瘦，姿態溉愈出。想當混沌始，磅礴具奇質。此泉潤澤之，永煥太古色。松留秦代雪，韭曝堯時日。鶴咳四山應，雲起千峰失。樓臺脚下斜，星斗髻邊直。我欲寫入詩，愧乏靈運筆。

中院尋天開寺遺碑

傳聞六聘山，霍原教授地。延佑虎兒年，勒碑天開寺。我來尋斷碑，賸幾蝕餘字。築場今打麥，登堂昔委贄。殷勤告牧童，此碑漫污漬。牧童但含笑，側身倚碑睡。

歸宿懷德草堂

暫息登頓勞，遂忘行旅苦。欲問某醉醒，不辨誰賓主。炊烟淡入雲，車聲遠疑艣。山近秋雨繁，林暗大星吐。

雲 居 寺

五步一梨花，十步一松樹。我來非春時，白鳥導前路。雖乏峰岫奇，却饒水竹趣。豆青肥可摘，柿丹圓似鑄。煨芋更煮筍，草草麥飯具。隱几聽泉聲，更益烟霞痼。

小西天石經堂

荒榛敗棘中，婉嫕見雲巘。翠拔峰棱棱，雪覆徑宛宛。土花紅入井，柳葉黃隔阪。嶔奇石經堂，創自隋静琬。從古願力堅，流傳必久遠。緇流尚知此，吾儒盍自反。

別懷德草堂留贈劉潛夫_{玉衡}秀才兼示徐竹厓_{夢陳}進士閆致堂孝廉

雲水無定蹤，金石有至性。我非山中人，而持頭陀行。百里致一畫，五日宿六聘。草堂本無塵，秋雨洗逾淨。籬花受風軟，盆石出水硬。深情託雞黍，虛懷商競病。

徐公慷慨人，閆子敦樸士。飛騰各有時，烟霞豈無意。水漫道元鄉，雲迷賈島寺。抵掌話深夜，勝讀房山志。煩君盧溝橋，爲我寋驢辂。楓葉與桃花，一年我一至。

發次樓村歷花梨坎抵戒臺宿

青山送馬蹄，紅日炙客背。車行七十里，仍復在山內。樹老秋葉稀，年深古廟廢。隔溪三兩家，一犬向人吠。掃石歇片時，水外鳥聲碎。峰翠宛宛接，嶺霧冉冉退。始知南山雲，不入北山隊。忽聞天半鐘，迢遞引吾輩。松借新月光，十分出姿態。鬢眉映微綠，衣袂染淺黛。禪榻何處支，捲簾松影對。

由戒壇抵潭拓寺

老槲染新霜，已紅三兩葉。初陽烘客衣，薄霧散馬鬣。漸覺孤村烟，濛濛隱山月。峰頭翠屢斷，洞口雲忽接。秋草臥鳥揵，菜花亂黃蝶。我來不憚煩，欲補從前缺。衲子款故人，蒸藜更烹蕨。一如溫故書，又似臨舊帖。事歷跬步閒，境習幽賞愜。諸客任登攀，我自竹廊歇。

猗玕亭新竹

朝撫戒臺松,暮倚岫雲竹。遂覺四山青,不及一窗綠。憶此三年前,我曾留信宿。病篠困渴泉,對客每羞縮。茲來重握手,爲我祛塵俗。清風託故人,萬徧看不足。

方丈院殘桂

上方一山梅,潭柘蒲院桂。北方殊罕見,地氣此獨異。巖谷得秋早,連日況新霽。不知何處香,暗襲人衣袂。僧缽飯味永,雲堂烟縷細。誰修鼻功德,禪扉半日閉。

潭柘午齋罷紆道西峰寺小憩仍宿戒臺

山鳥催客行,日斜隔溪喚。林杪別徑懸,草色一橋斷。樹圍茅茨密,雲撲馬頭散。荒寺烟火稀,石幡倒井畔。老狐睡松龕,饞鼠拱佛案。何人此布金,當年起危觀。清磬猶蕭疏,貝葉早壞爛。回頭月已墮,粥鼓響天半。

答韓桂舲_對廉訪

兩接湘南書,半年疏報謝。披圖故人遇,剪燭秋雨乍。愛君詩句清,想見政多暇。危樓一鐘送,高林萬葉下。遠山月已吐,百回吟未罷。香草遠難寄,徘徊念中夜。遲雲岳麓間,頭白一庵借。

抵戒臺重謁裕軒、慕堂兩先生祠堂

雙扉又向翠巖開，千樹斜陽滿院苔。鐘磬無聲蛩自語，雲霞有路鶴頻來。幾人濯足桑乾水，二老飯心般若臺。三面欄干重徙倚，松陰深處獨徘徊。

朱野雲畫小西天

峰頭黃葉掩，洞口白雲對。廢井秋無水，荒庵午不鐘。石奇蹲作虎，松老臥成龍。欲乞丹砂術，吾將勾漏從。

存素堂詩初集録存卷十八

癸亥

趙象庵鉽話雨山房看菊

菊性我不識，惟覺疏益好。豐臺賣花翁，造作無乃矯。下以青蒿接，上復黃葦繞。一如瀟灑人，束縛不堪擾。舍人愛菊花，此意殊了了。揣其意所至，霜前豫為保。花也無語言，獨恃託君早。氣味澹相與，風雨經多少。乃知清妙人，別自具襟抱。君方闢南園，行當補松篠。殘石一任攲，落葉不可掃。寒香引孤蝶，茶烟散歸鳥。我仍跨蹇驢，余偕君策蹇遊山。城南踏幽草。

亦粟僧閉户三年詩以示之

關佛我不能，佞佛我不敢。惟持清淨根，弗受塵壒染。幼曾讀儒書，遇事思奮勉。老年精力衰，萬物輒來撼。衲子江南客，筆墨頗研吮。魔障自內除，外緣不能感。三年住一庵，歷盡風雨慘。石龕冷鳥窺，香飯饞鼠噉。凍蘚雪中青，殘燈夜深颭。死生久矣忘，榮辱吾知免。望師峨眉巔，為我精廬選。

朱辛田滋年自江南乞余序其詩作此以報

十年憐舊雨，余于十年前獲讀君詩刻。千里寄新詩。宦久貧方好，山空老不知。夕陽漁網曬，春雨藥苗移。梁父吟成後，援琴和者誰。

著録吾何敢，性情君自研。書裁黃菊畔，夢落白鷗邊。正味淡彌旨，古今音不傳。抗懷扶大雅，真偽辨宜先。

東軒圖有序

乾隆丁未，安邑宋葆淳、順德張錦芳既爲翁覃溪學士合作瑞州東軒圖。后吳縣張塤監官倉，取蘇詩題泗州南山監倉東軒故事，亦顏其齋曰"東軒"。覃溪學士於西江使院賦詩寄之，適陽城張敦仁治高安，亦和其詩，并寫入此圖中。學士抵京持贈羅雨峰山人。山人殁，此圖流落市肆。今爲張畇所得，因倩遂寧張問安、問陶題紀其事，余亦繼作。

西涯夕烟暝，東軒阻寒夢。三復蘇齋句，秋懷瑞州送。舍人瘦銅。暨太史，藥房。宿莫增哀慟。陽城古愚。今循吏，術業吾取重。拈來舊約在，蘇齋詩有"三張舊約共拈來"句。寫出新詩共。三張繼三張，念陵得此卷，復倩亥白、船山題句。誰與狡獪弄。浮生易聚散，造物隱甄綜。精神寄絹素，楮墨救饑凍。苔蝕與塵漬，紙緑已無縫。勸君抱此圖，緩緩寒驢鞚。薄田買百畝，趁早松菊種。紅日掛茅檐，春酒曉開甕。

束軒圖詩成見幀尾有楊蓉裳截句一章戲效其體

蘇齋艷說蘇公事,詩夢淒清畫卷涼。他日東軒徵故事,前三張與後三張。

曾賓谷運使抵都

燕市鮮梅花,何處尋詩好?城北多酒樓,雪大行客少。蕭然一庵臥,清吟對松篠。故人別三年,恨不携手早。兩髯或未改,萬事可無擾。讀書力孔厚,寵辱付草草。愧我如蠹魚,往來故紙繞。隨身乏長物,史藁與詩藁。_{時奉纂《官史》及編校八旗人詩。}養疴宿西山,元白時壓倒。君倘負幽興,僧齋落葉掃。蒸梨更燒芋,一缽香飯飽。天寒晷刻促,驅車趁晴曉。短書觸遠夢,高林響獨鳥。

胡果泉觀察自粵東至

折柳送君行,看梅喜君至。梅花嶺南盛,君何不我寄。長安逢大雪,飲酒能無醉。想君閱世久,幾墮憂時淚。纏綿一片心,別有報稱事。憶昔通藉時,羨君年最穉。轉瞬三十年,齒牙半凋墜。朋儕聚散多,情懷今昔異。我幸作閒官,君勉爲置吏。他日西涯西,擬早茅茨置。君肯訪故人,當先屏從騎。闌入白鷗群,飲君半湖翠。

讀張古愚_{敦仁}刺史題畫詩

讀詩蘇米齋,_{覃溪先生齋名。}觀面接葉亭。_{衣園編修宅。}相思三十年,月落春雲停。君昔居草廬,淹雅習九經。治民無他術,黽勉遵先型。昨展東軒圖,數點匡廬青。搖筆勢凌漢,得句瀾翻瓶。有如巫峽猿,哀怨舟中聽。又如吹玉笛,酒人夢初醒。嗟我塵世人,乃獲天樂聆。迹象無可尋,獨餘清泠泠。

張念陵_昞大令屢訪不值作此招飲

燕市歌悲風,秦關唱古月。每入春明城,必先詩龕謁。看青幾角山,贏白半頭髮。人生無百年,禁得幾回別。寒花發顏色,泠酒助嗚咽。長安一夜雪,萬姓動歡悅。柴扉夜不扃,以待不速客。殘菊未斷黃,凍蘚猶餘碧。倘肯跨驢來,勿滑溪邊石。

王惕甫寄淵雅堂編年詩至

渣滓除已盡,字字出瘦硬。匪緣讀書精,安得行氣盛。憶昔芳草齋,挑燈商競病。深閨具魚菜,酒醱寒星映。隔墻招二何,硯農、蘭士。短李介夫。顛張船山。并。但知笑言永,鉅愁歲月更。自君買棹歸,吾道遂不振。江湖望白雲,霜雪改青鬢。撰述日益繁,德榮末由進。尚幸郭外山,扶杖春墟趁。七百二十寺,僧衲都我認。君臥梅花廬,一編寄情性。日高猶未起,柴門絕幣聘。生平厚期許,出處希賢聖。且留幾卷書,遙待後人評。

哭吳竹橋同年

今年兩寄詩,怪君不一報。方疑採藥忙,無瑕登山嘯。驚聞玉樓成,修文君應詔。從此少微星,頓掩人間耀。昔年駕扁舟,寒江隱漁釣。天際望紫雲,時復詩龕眺。烏絲押紅印,每隨雁飛到。至今懷袖間,清泠月孤照。生平著述富,下筆輒高妙。文去齊梁習,詩泯唐宋調。諸郎繼父志,當早遺集校。難弟今宗工,删修必得要。我願跋文尾,敢避續貂誚。迢迢千里隔,愧莫草堂弔。質言作哀誄,九原定狂笑。

題丁春水江帆圖

夢裏會稽遊,醒覺鬚鬢綠。江帆落秋影,烟雨耿心目。雲埋紅蓼村,舟隔黃茅屋。大雪正閉門,瞥見山陰竹。誰挽天河水,紙上任洄洑。歎息畫中人,園荒有松菊。長安住三載,裘敝髮又禿。美酒不能飲,奇書那堪讀。懷鄉阻遠道,寫圖寄歌哭。我負四方志,年華去已速。感君飄泊情,多我棲遲福。租田種秋藥,何必定食肉。

芝圃_{先福}方伯寄書并其家集至

聞名未覿面,室邇却人遠。翰墨信有緣,千里寄誠懇。上以先德述,繼乃餐飯勉。關河寸心阻,風雪尺書展。梅花江上開,古驛一枝翦。馬衝黃葉行,雁帶秋雲返。寒廬我高卧,何事慰孤寒。文史屬職業,歲月藉消遣。奉詔修輿圖,郡國利病闡。愧無顧公寧人。才,推測懼淆舛。桑梓採風謠,鈔撮敢云選。望君直諒友,補我聞見鮮。吹到廬山青,西涯春雨晚。他年屏騶從,綏踏柴門蘚。

冬夜讀敬庵_{德敏}詩

雨雪三年前,鮑子雅堂。清樽置。謂有老詩客,勸當厚屬意。且許圖詩龕,催我衝寒至。詎料君病作,時抱梅花睡。鮑子哦君句,不飲心輒醉。昨年鮑子亡,詩老何由侍。江風吹雁廻,寄到相思字。清籟響泠泠，蕭然警獨寐。令弟芝圖近爲君刻《清籟閣詩集》，寄余校定。空山一鶴鳴，凡鳥皆退避。疏放殆天性，孤冷世誰類。荒齋萬葉零，樓鐘雜幽吹。呼童撥爐火，自起翦燈穗。讀至憶鮑詩，石交君不愧。

索敬庵畫詩龕圖

我寫詩龕圖，已徧江南北。詩老室則邇，如何求不得。豈謂龕中人，古音英辨識。否或疑禪悅，縹緲難潑墨。我龕空迹象，我詩謝粉澤。但取中有餘，弗假外生色。亂竹屋角欹，醜石墙根踣。酒來便醉鄉，花開即香國。白髮不知老，青山何日息。真氣浮絹素，丹黃倍出力。能事敢促迫，幽興乘頃刻。雪晴窗几間，勿愁歲華逼。

静默寺訪玉達齋制軍

三年離別苦，一夕笑言親。風雨灤河夢，旌旗澤國春。荔支尋舊約，梅樹悟前身。圖繪乾坤手，如何倪米倫。

體國無休暇，吟成取自娛。門生代鈔寫，詩話徧江湖。我亦耽歌嘯，曾同對竹梧。蕭疏北窗下，歲月十年徂。

海氛都掃盡，百姓不知兵。任重安危繫，心虛智慧生。長林朝放馬，春雨夜聞鶯。豈識元戎帳，籌邊坐五更。

幾回入蕭寺，鐘磬晚風疏。殘雪映雙鬢，夕陽明半廬。知公能愛士，笑我只耽書。故紙鑽研透，艱難老蠹魚。

時還讀書齋飲杏酪同仲梧元圃

今年春雨時,山中住十日。杏花紅可愛,作詩曾紀實。轉眼快雪晴,書齋容促膝。杏漿飽飲我,勝啖石崖蜜。問君醖釀法,費盡幾人力。老饕僅一呷,不復思肉食。誰知有心人,俯首千村憶。茅茨捲隨風,洪流趨下急。室家且弗保,口腹安足恤。耰鋤把終歲,饑飽絕餘粒。我叨大官俸,素餐滋愧慄。翦燭剥江笋,圍爐爆園栗。豈謂救蒼生,賴此一枝筆。書生究何為,侈張身許國。停甌强下咽,潸然淚雙溢。

仲梧讀余西山詩招同夜話

眼中幽曠人,那得有三五。白髮各相望,青山無定所。深夜笑言共,草堂茗椀敍。高雲映一時,寒月照千古。疏籬隔積雪,數峰嫋嬾睹。夫君喜讀書,萬卷偷閒補。愧我日伏几,多營却寡取。詩以寫情性,翻受作詩苦。人笑柳生肘,我冀水投乳。秋風葛衣襲,逸典芒鞋舉。無心逐鷗鷺,忘形到爾汝。君肯北邙遊,明年待春雨。

寄懷王述庵侍郎

文獻東南望,風流湖海傳。夢迴盤馬地,心冷釣魚天。松菊存三徑,圖畫載幾船。北窗且高卧,消受好林泉。

奇才享清福,自古幾人能。老去繙書慣,貧來愛士仍。抱琴訪漁父,載酒約山僧。黃葉蕭蕭下,小樓紅一燈。

大谷山堂廢，謂夢文子侍郎。何人工苦吟。雲烟驚過眼，風雅妙關心。我近頹唐甚，公猶愛惜深。高山與流水，千載契幽襟。君早歲受知於文子侍郎，詩來，以侍郎期余。

江雁先春至，殷勤尺素貽。古人不可見，作者厚相期。月照山空處，梅開雪大時。況余有情性，能勿感心知。

極樂寺晚坐

步隨橋共轉，心以寺爲家。古殿書橫几，頹垣字隱紗。余屢年寺中所題詩，僧多粘壁間。鳥翻秋樹果，蝶戀夕陽花。我却支頤坐，西山看暮霞。

初顧園侍郎由滇旋都出壬戌歲除日重遊龍泉觀看梅詩索和此韻

閱世頭將白，逢山眼倍青。寺梅看幾度，江笛撚誰聽。酒畔無多客，天南只此亭。使君心似水，官閣不須扃。

萬里一天雪，兩迴孤寺春。客行續殘夢，花放識前身。久坐竟無月，清吟定有人。老僧原解事，不辨去來因。

此心無住著，隨在得翛然。況是山空處，兼之歲暮天。政閒聊遣興，詩澹欲參禪。笑問林和靖，妻梅又幾年。先生宦遊十年，不携眷屬。

梅花未余識，詩裏雅知名。把卷不堪贈，巡檐空復情。黃河何日渡，白石一生盟。竹外柴扉掩，還須倩鶴迎。

題張念陵龍門觀瀑長卷送之東湖

半生託鴻爪，千古此龍門。天上河聲壯，人間禹跡尊。清琴撫誰聽，奇字向余論。記立槐花雨，衣衫綠尚存。

此去紅梨在，夷陵第一花。久無人賞識，空復樹橫斜。江鳥催征騎，春風入晚衙。歐公舊題句，壁上可籠紗。東湖縣署有千葉紅梨花，歐公曾作歌。

馬秋藥爲其甥鎖成畫讀未見書齋圖并繫以詩乞和

宮史區六門，書籍乃其一。續修奉明詔，中秘許造跡。辨色目眯眩，望洋心惴慄。頗笑典春袍，千錢換一帙。三年校勘勤，落葉掃未畢。訛舛且不保，精義安能述。羨君願力深，萬卷自梳櫛。坐老秋樹根，殘縑消古日。聞說城東偏，寺墻詩寫密。藥翁近無事，薄醉輒放筆。寒菊及衰柳，歌嘯成故實。生也奉杖履，吟蹤每牽率。我欲製剡藤，招君執不律。緩踏東華雲，天上搜奇逸。

鞠見南純德刺史自江西至都貽近刻竹垞集并許購書

君從西江來，淵明詩飽讀。此老有性情，詩成故不俗。聞君政多暇，亦復耽松菊。近喜徵典故，奇書堆滿屋。亭林與竹垞，吾亦素推服。淺學悞奇字，經史苦莫熟。老儒擅箋釋，善本貽庠塾。君舉付剞劂，世將廢薄錄。人間未見書，搜討願相屬。一船風送急，梧陰夢春綠。

李右農觀察抵都

君昔住春明,青袍棲古廟。中夜起讀書,屢借佛燈照。長安自人海,風雨孰同調。每乘孤月上,詩龕聚吟嘯。壁蛩深淺鳴,鄰雞斷續叫。我貪奇句搜,君喜禿筆掉。當場逢勁敵,作氣逞攻剽。轉眼二十年,前事多可笑。詩人今循吏,政事播越嶠。搜剔雁宕奇,仍作錦囊料。此行最快意,東南肆登眺。民謂官長清,夾道奉輿轎。野田藜藿採,春溪魴鱮釣。我老坐荒齋,桐竹左右繞。書生昧世務,甘受迂闊誚。

壽楊蓉裳員外并寄荔裳方伯

人間最冷月,五十一回看。百戰歸關隴,千秋想杜韓。文章達中禁,兒女聚長安。又見春明柳,垂青到石欄。

阿弟憐余病,仙桑寄蜀西。山風鬆紙裹,江翠濕封題。野店梅同笑,春筵笋共携。感深藥籠物,省却幾刀圭。

歲暮懷人雜詠二十首_{有序}

<small>謂之雜詠者,補前所未及耳,或存或亡,或遠或近,不復分別云。</small>

鮑覺生中允

睡覺聞鐘磬,蕭然世慮忘。書生兼暮雨,花氣自空廊。煮飯儲松葉,熏衣借佛香。蒓鱸肯輕羨,滋味菜根長。

朱滄湄 文翰 主事

携我詩篇去,華山高處吟。數峰天外笑,十字夢中深。江月照從古,梅花開到今。多情原是累,誰喻寂寥心。余有"滿地皆梅花,何處着明月"句,君奇賞之。

阿雨窗撫軍

不接適圖書,梅花又歲除。倚松看殘雪,燒竹煮春蔬。老愈江湖遠,間仍筆墨疏。翠微尋舊約,篸笠更招余。邀余遊翠微兩次,皆爲雨阻。

伊墨卿太守

太守真風雅,朝雲墓肯修。誰來撲黃蝶,爾去跨青牛。書已西涯似,人原北海流。草堂春酒熟,介壽復何求。

錢南園 澧 副使

三十年前地,槐堂早綠陰。余居即先生三十年前下榻處。壁紗秋月照,楹帖古苔侵。世謂塵緣淺,吾知忠愛深。孤燈炯殘夢,無語酒頻斟。

王熙甫侍御

吟蹤侔二李,石桐、少鶴。篇法祖中唐。老以文爲命,窮猶古自狂。選樓行欲葺,君爲二李刻遺詩。諫草死仍藏。可有遺篇在,空山掩劍芒。

王子文秀才

清門賢子弟,東海老詩人。料理千秋業,安排五嶽身。才多原是病,老至不知貧。二十四泉水,清泠孰與倫。

周西麋明經

看冷西涯月，江帆一夕歸。詩非今日瘦，草是故山肥。星斗九天辨，龍蛇三館揮。揚州雖有鶴，不逐比雲飛。

方鐵船 元鶡 水部

樂府擬廉夫，幽燕氣象殊。_{君工樂府，多詠畿輔遺蹟。}官仍書劍狎，老益性情孤。破屋蔽風雨，新詩寫畫圖。水衡原自好，可賸酒錢無。

洪桐生 梧 太守

知君名姓早，二十五年前。白髮仍夷宕，青山未變遷。愛花原有癖，刊集恐無錢。五色不迷目，休矜衣鉢傳。_{王惕甫曾闈曾膺君薦，惕甫不執弟子禮，君亦不怪。}

玉聞峰侍郎

石經堂上坐，古碣日摩挲。種竹能全節，栽松不改柯。水清得魚少，樹大受風多。花事南園好，秋陰夢薜蘿。

吳个園 徵休 孝廉

扶杖青山看，無心逐野雲。江頭誰載酒，竹底每逢君。墨氣穿林出，漁歌隔水聞。幾回坐殘月，林雀語紛紛。

吳柳門鳳白 鷟 孝廉昆弟

江水年年到，如何書不來。偶教紅鯉誤，長被白鷗猜。門對雙溪柳，園增幾樹梅。時還把書卷，昆弟笑顏開。

許香嚴封君

江上荒苔色，東風綠到門。漁樵爭入市，花竹澹成村。詩夢春城續，茶烟月夕昏。茅庵隨意築，衹就白雲根。

王野梅_{堂開}孝廉

一庵秋入夢，萬里夜攤書。老未功名遂，貧宜故舊疏。守門寒有鶴，下箸晚無魚。松菊委榛莽，田間日把鋤。

方葆厓撫軍

海外更天外，關中與隴中。一身能砥柱，百戰向橫戎。堂構情偏切，田園念已空。畿南耆耉在，扶杖欲迎公。

金蘭畦_{光悌}廉訪

楞嚴讀萬徧，仍是宰官身。香草何曾碧，梅花不識春。孤情天所與，豪氣老來真。泰嶽雲飛動，層陰覆海垠。

黃小松刺史

草堂見歸雁，夢裏乍逢君。黃謄盧溝月，青多泰嶽雲。春燈照殘雪，樽酒對斜曛。身後零星墨，編排竟不聞。

葉琴柯學使

萬里傳佳句，梅花一樹春。_{近於初頤園處讀龍泉寺詠梅詩。}尋山曾幾度，翦燭共何人。日養丹砂氣，風銷綠綺塵。登樓應北望，雁帛久沉淪。

李小松<small>鈞簡</small>學使

　　許寄匡廬志，三年一紙無。梅花春驛遠，江月草堂孤。山谷有詩派，柴桑誰酒徒。心憐《懷麓集》，舊本半模糊。<small>君有重刻《懷麓堂集》之約。</small>

閒　　居

　　閒居甘寂寞，鳥雀散空林。只自繙殘帙，同誰理素琴。故人書緩答，春酒夜孤斟。爲念黄河水，曾無麥隴侵。

擁　　衾

　　豈無南畝志，翻愧北窗情。把筆每相笑，擁衾時自驚。雪殘松竈冷，星墮竹燈明。忽聽春禽語，來朝定曉晴。

話山同仲梧

　　無事轉頻約，忘機何遽還？每來君獨喜，深信我能閒。醫俗不須酒，怡情只有山。明年射雕去，隨爾玉門關。

曉　　起

　　曉日侵孤枕，瓶花照眼新。年衰惟愛睡，病久不知春。鼠飽跳從壁，鴉饑噪向人。柴門難徑掩，問字客來頻。

歲　晚

疏懶自天性,況當心迹違。月明僧不至,風定鳥還飛。春草來年綠,故人何日歸。紛紛貽雉兔,我却喜寒薇。

掩　關

松葉不曾掃,雪中還一青。竹斜時入户,梅小只宜瓶。凍雀午猶噪,酒人春未醒。山僧寄詩札,苦約粥魚聽。

晚　景

冷月無顏色,空庭獨立難。春星隔林大,山雪入城寒。樽酒何人共,唐花不耐看。平生愛芳草,真意足盤桓。

思　梅

世有梅花在,何年許我看？豈真墮塵俗,便不稱高寒。跨鶴縱無分,騎牛行自安。園桃與溪李,春事未闌珊。

採　藥

有意茯苓採,無心梵唄聞。林香散鴉背,溪影亂鷗群。春雨時兼雪,村烟遠蒂雲。登高極空闊,蒼翠鬱難分。

不寐

不知誰氣力，分緑入空林。梅自限南北，春原無古今。可憐亭上月，獨照壁間琴。不寐愁難却，看書擁破衾。

殘僧

照眼惟孤月，隨身有片霞。不堪踏芳草，只許折梅花。落日明寒石，春泉咽暗沙。人間鬪紅紫，不及爾袈裟。

就火

雪片東西漾，風光遠近春。誰知騎馬久，翻覺閉門新。有火吾猶冷，無衣汝太貧。家家有紅日，莫作向隅人。

小病

自昨窺明鏡，從今愛草廬。病方思蓄酒，貧轉欲抛書。堂淺時飛燕，溪深莫釣魚。柳條有長短，何日爾扶疏？

憶山

上方七十峰，峰盡是芙蓉。僧老不貪睡，天寒獨打鐘。春來梅吐氣，上方有梅花。雪後虎留踪。未必丹砂得，靈芝或偶逢。

窖花

竟從風雪裏，冷眼見桃花。燈下靜相對，酒邊紅半遮。春鶯聽隔歲，芳草夢誰家。獨有水仙子，翛然立白沙。

贈雁

此去定何意，寥空任爾飛。江湖隨處好，粱稻半生違。聲肯隨殘葉，身將傍夕暉。一樽好相待，應伴燕同歸。

燈下

明燈伴余久，不肯不花開。雪裏春先到，愁中酒易來。抽簪驚白髮，倒屣誤青苔。辛苦安吾分，殘書又幾堆。

送寒

隔城仍雪積，出戶已寒疏。柳色臨溪活，松聲入夜虛。僕知蓄春酒，兒喜買奇書。已報黃羊熟，隣家饋白魚。

北園

柳老何妨禿，桐孤不畏寒。客愁風雨共，春事酒杯寬。山色照人綠，林聲入夜乾。東隣知我起，欸戶索詩看。

守　歲

　　辛苦久終歲，冰霜華暫時。道心生暗室，春氣入殘卮。得趣不關酒，忘言忽有詩。勞勞還自笑，掉筆欲何爲？

朱素人移居圖歌

　　松樹街東烟水活，小石橋南林木闊。憶自松街移石橋，老屋前後西涯剖。西涯祖居小石橋，後移慈恩寺。山人愛煞鐘樓涼，葛衫坐我梧桐旁。疑眸撫卷似睡去，忽然大笑落筆狂。一輛牛車書萬卷，畫篋琴囊老鐵硯。零落菊花八九盆，殘壞青氈三兩片。恐我吟懷太寂寥，添出詩瓢更酒瓢。此外家具略點綴，純以意匠空中描。述敘且嫌物碎瑣，況復揮毫期貼妥。三里秋陰沁一心，山影蒼茫雲淡沱。葛洪曾畫移居圖，星霜剝蝕青模糊。採砂乞令世或有，朱生朱生此筆無。

奚鐵生畫山水歌

　　方薰既死岡第一，浙中近來無此筆。恐被丹黃損性靈，皴染不須借顏色。空中丘壑意匠爲，世上畫師豈能測。知己千里遠相寄，百餅黃金換不得。江嵐湖翠秋堂懸，我身疑置峨眉巔。白鹿一去三千年，歸來仍舐丹砂田。六月青天飛大雪，蓮花十丈空中結。孤雲直上鳥飛絕，大聲霹靂蒼厓裂。千錢斯買一烏牛，偷閒竟欲營西疇。却怕桃花阻歸路，清溪渡口無扁舟。不如仍宿山中樓，飯飽讀書何所求。

坡公生日同人集何氏方雪齋用公集李委吹笛詩分韻得飛界二字

坡公艤扁舟，坐對寒山暉。笛聲歇千年，白鶴仍南飛。茲來拜公像，孤調聆清微。公喜託漁翁，日坐蘆中磯。畫成笠屐圖，似自江頭歸。月上方雪齋，照見青簑衣。

公神自在天，求諸像已隘。即以文字論，誰能限以界。孤臣志忠孝，生平斥險怪。當年恐看煞，至今留佳話。如何百東坡，寫作屏風掛。我不辨真僞，入門先下拜。

立春日陳石士編修冒雪過訪贈家刻數種，并云茶菇一函入羹甚香冽，檢之則峨眉茶也，賦詩爲謝且索茶菇

故人如春風，飄然隨雪至。古書遠肯携，知我愛奇字。又恐腸久枯，搜句乏新意。茶菇實珍饈，殷勤老饕饋。路逢赤松子，仙乎狡獪施。攫彼峨眉英，換此匡廬翠。冷香散一室，幽人警清寐。山鹿與江魚，計較入肴蔌。菇也不到手，芳冽何由寄？得畫兼得石，此例古人遺。調水符勿庸，買菜翁不啻。詩成笑枵腹，無從徵故事。且欣雪掩廬，容我三日睡。

存素堂詩初集錄存卷十九

甲子

伯玉亭撫軍寄書稱述舊事兼以近詩委勘拉雜書此以報

　　縹緲不溺情,詩畫有至味。秀才與相公,何曾前後異。自家方寸安,四海蒼生庇。聞君尚寧靜,手掣數大事。河汾少怒波,恒霍鬱佳氣。豈知使君勞,獨在無人地。沉吟蟋蟀詩,秋堂警清寐。旌門明月高,俯仰松風吹。

　　敝廬城北偏,徐公此堂構。憶昔跨馬來,壺觴敘朋舊。廿年前,君偕菊溪中丞及余同飲於鏡秋齋中,今爲余所居。花光映鬢鬚,酒痕濕襟袖。不謂笑言永,翻成離別驟。可憐枝頭鳥,猶自喧春晝。故人各霄漢,顏色何由覯。剔盡燭花紅,新詩出蒼秀。

　　官高休縱酒,一時遊戲筆。君扈蹕木蘭,余寄詩有"官閒須縱酒,秋近最宜山"句。後晉巡撫,余改爲"官高休縱酒",君來書猶諄諄述及。君乃久不忘,此意有誰識。吁嗟道義交,片語長相憶。書來畧寒暄,反復前言述。定知百僚佐,各各矢忠直。蓘菲採下體,芻蕘獻一得。所以古皋夔,坐享熊羆力。

山右近人詩，我喜吳蓮洋。橫空寫清峭，奇氣凌太行。此後雄傑才，多在星辰旁。採風使臣職，敦厚追陶唐。勒成一代書，要須搜散亡。燕公大手筆，_{謂張蘭渚方伯。}校字煩中郎。_{謂蔡呂橋。}坐取澤州本，_{澤州李錫麟有《山右詩存》之刻。}補短而截長。誰謂山水音，不足升明堂。

顧子餘畫山水

生從京口來，尚未詩龕謁。閉門臥三日，先已思力竭。晨起笑向天，放筆勢飄忽。障翳掃殆盡，精神始入骨。新柳綠在空，不受水烟汩。水烟自澹沱，乃從寒竹發。雲霞取象遠，淡處愈超越。早知生胸中，奇氣原突兀。偶然借楮墨，乘興寫林樾。如何別已久，烏絲袖中沒。梅花三度開，獨看金焦月。

宋芝山松石圖

誰取堯階松，配以女媧石。真青不能變，撐映太古白。宋生性狂真，放筆寫胸膈。只自取瑰奇，那肯加色澤。遂覺九州烟，飄入秋堂夕。懸我素壁間，觀者無俗客。塵埃萬草木，誰及爾標格。此物世常有，此筆足愛惜。夜深風雨來，每有蛟龍迹。老爾空山中，將毋歎窮厄。

朱野雲畫山水

哀猿叫空峽，聲徹白雲裏。殘月墮空江，騷客舟中起。歲華去如瞥,感慨烏能已。蒼茫挹無盡,收拾入片紙。精神與之會,能事非腕指。寫山不寫山,寫水不寫水。炯炯方寸光,千里與萬里。石庵誰所闢,想自混沌始。一花開四時,歷劫不能死。朝尋桑苧翁,暮訪天隨子。雲中騎白鶴,海上跨赤鯉。不如坐此龕,無譽亦無毀。

孫少迂畫卷

有樹任橫斜,有石任錯雜。有堂任傾圮,有水任迤邐。出自詩人筆,遂不嫌重沓。頗覺四山青,遠近一窗納。幽人坐讀書,鮮花青上榻。綠漲前溪頭,時聞春雨颯。雨止桃花開,曳杖新月踏。澗底風泉聲,泠然林谷答。

朱素人畫山水

雲氣潏石根,筆力透紙背。看似不經意,意先具筆內。几席咫尺耳,何由辨明晦。却從千里外,以心爲進退。茫茫九州青,磊磊五嶽黛。驅遣入草亭,幽情萬古在。造物豈不巧,汝筆與之配。一似造物權,今爲汝所貸。我既獲茲圖,遨遊竟可廢。雨過竹窗晴,焚香悄相對。

馬秋藥畫山水

馬君疏放士,作畫特縝密。五朝三易藁,圖成懸秘室。自謂詩人爲,中固無俗筆。持以贈知己,非詩人不識。嗟我讀書少,落紙傷輕率。君乃惜之深,諷我萬卷畢。所以嵐翠外,秋樹寫有色。却恐巖谷中,十年臥不得。藥庵大自在,亦爲饑驅出。

張船山畫山水

顛張每作詩，思必超物外。畫從詩中生，那復着塵壒。畫山不畫峰，畫水不畫瀨。峰瀨豈不好，落筆防其太。但取己胸臆，坐與萬象會。謝盡皮與毛，手筆所以大。我敢託畫禪，祇自抒詩籟。把臂峨眉顛，舉酒蒼雪酹。

陳詩庭畫山水

錢公竹汀。遠寄書，稱述陳子畫。陳子持畫來，老梧秋葉敗。虛堂落江影，中有詩境界。波瀾久貯胸，富貴眼不掛。生平志山水，寫成肯輕賣？知己荷顧盼，俯仰斯爲快。一任幽草薰，甘受涼月曬。只恐春燕來，誤認杏花砦。

吳南薌畫卷

泠酒滴入胸，殘墨漬滿手。遂覺九州烟，一時皆我有。意中有所得，發揮憑臂肘。圖成掉頭去，任人自携取。幽情繫鶯燕，芳意憐梅柳。誰見桃花源，姑託輞川口。

王春波畫山水

誰取江南峰，障我西涯水。當年白石翁，留玆一丈紙。王生採其意，放筆烟雲起。烟雲非外至，都出胸臆裏。江綠望欲空，蓬蓬詩境擬。他年訪二泉，篋中當携此。

顧容堂畫卷

筆墨加一層,精神出百匝。大葉與粗枝,看去似拉雜。豈知遠近峰,樓閣空碧納。松直無棲蟬,檐危有怖鴿。南山雲不飛,北澗風初合。君肯携詩瓢,吾當理畫榼。

吴退庵畫卷

退庵詩最工,丹黄乃餘事。此畫即是詩,筆筆出秋氣。廊斜抱遠勢,亭欹擅幽致。天曠境與遠,塵隔夢自異。此皆君所得,而肯我相寄。何不入匡廬,爲寫三百寺。江濤與山翠,吟成幾千字。

題姚之麟爲陶怡雲浼悦畫雲山圖

青雲飛上天,白雲棲在水。方其未出山,同一無心耳。静者睇山色,適值雲初起。朝夕雖萬變,行藏匪二理。姚主好手筆,畫師盍喻此。高空寄澹沱,觸石乃奇詭。人間磊落姿,必從激厲始。林塘春雨過,轉眼詫紅紫。豈知醖釀功,祇存膚寸裹。未肯向蒼生,宛轉託知己。

生日雜感 正月十七日

積書苦太多,欲讀不能畢。退食詎無暇,既老惜精力。夜深燈未昏,勉盡兩三帙。古人邈難追,心理感相得。孝悌本天性,聖賢無異術。生平愧所學,賸此一秃筆。

兩腕有鬼掣,揮灑不由已。歌嘯取自怡,塗抹輒盈紙。詎料江湖人,嗜痂乃到此。梧門一片綠,森森秋玉比。投我古梅花,報之以蘭芷。日坐草堂中,放眼輒千里。

老妻臥在床,呻吟日三五。拘攣雖肢體,病實中肺腑。偃息已十年,誰能悉其苦。兒女非渠出,却能善事姥。半生弄筆硯,今乃計釜庾。饑寒倘不免,吾力何以努。

我兒十二齡,記誦苦不敏。上口遂齟齬,下筆頗遒緊。無心取遊戲,有志事研吮。人許肖乃父,我益增憂憫。此言冀弗驗,厚福要愚蠢。

滇南袁蘇亭,萬里寄書至。朋友以義合,本無南北異。酒食與徵逐,雲雨反覆易。我疚抱方深,日凜虛車愧。造物況忌名,貧病行且備。何日避巖谷,松根抱石睡。

時有山中僧,招我山中住。豈忘簪紱榮,無奈烟霞痼。行辦買山貲,松間數椽具。何苦石倉鑿,亦不古佛塑。但藏萬卷書,還種幾行樹。隴上逐烏犍,溪邊侶白鷺。胸中自有秋,誰作秋聲賦。

入春二十日,寒仍生敝裘。雪意橫四山,入夜風颼颼。有酒不能飲,何以驅新愁?坐聽笙歌音,來自鄰家樓。鄰家皆少年,賤子已白頭。但見月東上,不聞水西流。默默感年華,何意干王侯。

楊子貽我詩,剡箋及蒼石。詩句既清新,箋石亦堅白。敢不重君意,撫躬自愛惜。奈我性枯淡,恐難加色澤。便擬從今春,輒註劉伶籍。或者驅酒魂,入而盪詩魄。渣滓盡消除,精神漸充溢。朝餐雁宕

392

青,暮噉龍門碧。四海與九州,雪鴻要留迹。

袁蘇亭文楔白雲南詩寄劄至

萬里遺君詩,迄今三四年。頤圖自滇至,稱述蘇亭賢。而無覆我札,念此殊拳拳。去歲三月書,忽落春燈前。寒翠涴數層,中有梅花烟。時違易風雨,路遠多山川。朋友交有道,不貴言笑便。虛名忝叨竊,蹭蹬方自憐。推許毋乃過,益我尤與慾。矯矯南園句,一似孤鴻騫。遺詩我作序,今已新安鐫。逸者君補之,斑豹窺其全。閉門養心氣,筆力稍稍堅。合君所綴輯,吾為文以宣。

白石橋

水東萬柳圍,水西諸寺擁。净綠草根齊,遠黛山腰拱。茅茨三兩家,一竿酒旗聳。幽鳥那嫌孤,寒魚莫棄冗。杉檜卧墻陰,猶抱寒雪腫。蹔閒遂自矜,百事嗟不勇。早歲謝世憐,老寧怙佛寵。過眼優曇花,何如麥橫壟。

陳曼生詩龕圖歌

陳生畫筆即詩筆,除却奚岡誰與匹。秋窗潑墨風雨疾,騎驢夜入西涯門。歌聲直撼梧桐根,月魄下濯詩人魂。看罷詩龕忽大笑,一筆兩筆盡其妙,但寫精神不寫貌。

朱青立詩龕圖歌

山人作畫如作書,筆之起落皆憑虛。華嶽滄洲遊已徧,春明來寫詩人廬。純於空際出氣力,天地頓生好顏色。一花一竹隨手成,吐盡胸中幾升墨。

張南華鵬翀畫山水

蟠兹大古翠,鬱作千萬峰。秋影吹不滅,落地成芙蓉。南華擅仙才,奏賦明光宮。晴窗墨壺倒,筆意先凌空。鴫鳴寺有月,猿叫山無風。壞石雷所穿,洄洑流寒淙。陰慘混朝暮,窈窕移西東。香閟雲中花,響遲天外鐘。蒼茫萬景涵,總出才人胸。乃知艱險極,始許幽冥通。回視澗底雪,仍是堯時封。

奚鐵生畫

一片西湖山,新翠落瑤席。奚生好手筆,此尤見標格。移燈細把玩,江天出深碧。溪風答鐘磬,秋陰冷桐柏。茅齋亦人間,心閒境幽僻。架梁借瘦梅,鑿床選蒼石。他年泛秋槎,寒潮濯詩魄。載酒問奇字,先訪子雲宅。

次伯玉亭示諸牧令詩韻

下令屹若山,承流速於水。事之有本末,如花判萼蕊。網維上所操,百務具舉矣。良醫療沉疴,形察復脉視。鍼砭偶憑藉,疲癃乃振起。邪氣乘間入,調護烏容已。外觀不爲據,初平詎可喜。時當銷鋒鏑,率氏斷末耜。禮義生飽煖,盜賊亦人子。桁楊與刀鋸,區區那足恃。果能免饑寒,誰復求錦綺。蟋蟀鳴在堂,秋風歌樂只。鳥尚凜巢毀,牛且畏鞭撲。民固有室家,能勿慮傾覆。大臣握綱紀,小臣謹條目。念爾魚鮪淰,惕彼鷹鸇逐。良士惜羽毛,丈夫恥溝瀆。上自尊瞻視，下已知祗肅。上自裁浮夸，下已安樸屬。訟庭有落花，書案無停牘。情僞阻咫尺，忠信勝推鞫。稽古唐虞世，慎重選群牧。

旌旗列轅門，晴晝雲霞舒。擁座春烟稠，拂檐嘉木敷。庭懸徐孺榻，筵曳鄒陽裾。淡花晚始明，幽泉寒不枯。階草隨意長，榛棘矢必除。廣廈葺萬間，四顧徒愁吁。勿溺青山青，勿守愚溪愚。熙然引民物，俯仰遊華胥。清風衣袂生，古月松林儲。隔墙見竹孫，捲簾來燕雛。莊周夢爲蝶，惠子觀非魚。恐有澤中鴻，聲雜水畔鳧。防身苟如玉，請致綢繆芻。神明默昭假，何事懷椒楯。

那能舉一事，人人都稱好。循良日益多，姦宄日益少。使君靜無爲，衣帛復食稻。塵緣百不攖，惟以善爲寶。騎馬歷郭門，春綠原頭草。氣力民所靳，此意使君曉。勸農詩屢賡，語長筆敢掉。而我隔千里，白雲太行繞。舊業慚荒蕪，豪情歎枯槁。述作古今事，到手粗能了。鈴閣緬清嚴，恐致竿牘擾。讀書三十年，腹笥未曾飽。誨我望諄諄，淺學庶深造。

笪繩齋畫山水

笪氏江上居，讀書葺高樓。老樹經百年，那復雲烟稠。掞天一枝筆，曠代長貽留。乾坤不蕭寂，萬物爭雕搜。上極高山高，下窮流水流。偶然藉縑素，抒寫何綢繆。春草綠侵榻，新月明一鈎。拭塵與靜對，耳目移清幽。笑我簪紱身，未便從君遊。何日桃花開，簑笠隨魚舟。

笪繩齋仿閔貞畫

閔子擅真意,瓣香良獨難。笪氏家法承,放筆生蒼寒。俄頃春明城,烟竹千萬竿。水氣借半湖,秋影分一欄。眼前白鳥盡,意外青山寬。何不寫梅花,風雪催吟鞍。

王春波仿沈石田卷

昔年白石翁,潑墨圖秦園。人多羨其筆,灑落詩意存。王郎作客久,延佇思江村。忽曳三尺紙,放出千山奔。空外偶頓挫,綠漲林塘根。但聞松栝鳴,詎雜蜩螗喧。風濤起素琴,月魄沈清樽。尚欲乞王郎,爲我除嚚煩。樹老莫寫烟,草新莫寫痕。但以我所得,而溯彼之源。縱弗肖石田,真氣中胚渾。

萬廉山寫山谷今作梅花樹下僧詩意

煮石山農法,寫梅惟寫神。一片匡廬青,雪夢庵無塵。_{君號"雪夢庵主"。}放筆圖梅花,幻成千萬身。着我在花間,頓悟來去因。六月蒸炎暑,揮汗憑風輪。亦有松竹蔭,那得冰霜鄰。黯然太古色,一寒誰與親。我年僅五十,老蹇梅與倫。月魄鑒孤冷,石骨交嶙峋。不肯示姿態,寧復知冬春。

題華亭汪墨莊_鯤桃花潭水集後即送其歸

我詩雖未工,不喜皮與毛。我遊雖未遠,登眺意氣豪。心力倏已衰,萬事徒劬勞。羨君性堅忍,筆墨平生操。足迹徧湖海,幽怨兼風騷。跨驢走燕市,辛苦尋吾遭。時會難豫期,貧困誰能逃。桃花幾度春,汪子仍青袍。忽念故園中,三徑餘蓬蒿。揚州騎無鶴,廣陵觀有濤。隨柳聽兩鶯,對菊持霜螯。三百青銅錢,十日釀村醪。明月照醉醒,青山無低高。清言自然綺,短鬢何須搔。充君所造詣,可溯韋及陶。葆此清淨根,適與澹泊遭。僞體宜別裁,勿學寒蟲號。

萬廉山詩龕圖

飄來松隙風,吹出梅梢月。四山併一綠,寒欲濯毛髮。茅庵誰所葺,當是古時佛。君爲我作畫,奚爲此髣髴。或因六根淨,讀書塵妄滅。詩境證空明,筆端擅幽潔。人靜溪聲長,天高雲影絕。一庵心太平,萬里途曲折。竹籬插短短,便與人世隔。花開知屆春,石凍仍含碧。笑我忘機久,尚抱烟霞癖。

蔡研田本俊畫山水

衆山各有態,一水斜抱流。石烟夕陽變,林綠春陰稠。匪仿黃癭瓢,下筆原清遒。吾師謂友恭公。君子儒,家學宗魯鄒。君性時瀟灑,癖此丹黃幽。敲門索我詩,畫卷聊相酬。片紙袖中出,萬里蒼茫浮。懸掛素壁間,倏忽風颼飀。迢矚更冥討,勝泝滄江游。

題王椒畦畫

船山始作畫,乃學王椒畦。椒畦詩沖澹,畫亦超恒蹊。筆墨不留迹,皴染純天倪。諦觀僅咫尺,萬里從茲躋。獨坐春雨中,似有鶯亂啼。落花幾片飛,頓令樵徑迷。隱隱松梢頭,一痕新月低。吾欲招船山,重此清樽携。

邵雲巢玘詩龕圖

邵君隱吳山，不識盧溝橋。西涯湛空綠，取向胸膈澆。太史我放人，千里慰寂寥。此卷爲吳竹橋同年所寄。水不取浡潏，山不取岹嶢。老梅吐幽葩，寒柳舒烟條。一寸心光清，百丈塵氛消。何必入詩龕，始許詩龕描。野鷗未可逐，老鶴雲中招。

高泖漁玉階詩龕圖

高生始謁余，畫法猶弗精。兩年未相見，下筆迥風霆。賣畫住長安，車轍來公卿。此圖意境外，往往神采生。斷石没雲迹，長峽留猿聲。古月不擇地，照人心迹清。何必入空山，始有遺世情。誰能逐白雲，飄飄天際行。老漁具鮭菜，瀟灑柴門迎。吾當把耰鋤，辛苦梅花耕。

吳山尊詩龕圖

手操一枝筆，三十年不休。乃於讀書暇，乘興圖林丘。謂此即詩龕，詩龕何外求？余生喜夷宕，略比波間鷗。風來輒披襟，客至思登樓。所愧塵網羈，未豁江天眸。位置高雲中，身與天地浮。明月照我懷，白髮侵我頭。擬蓄酒千甕，還種花百疇。時時招君來，爛醉西涯秋。

送盛藕塘之官德安司馬

憶余掌成均，佳士得三盛。盛超然、盛木及君。一死一遠宦，留君商競病。君今去雲夢，造門再三請。吾聞七澤間，騷人擅吟詠。此行所切要，虛心理百姓。但恃儒術深，漫詡詩筆橫。暇或搜佚聞，西涯佐幽評。昔年試橋門，嘉君議論正。余於成均試士題爲"西涯論"，君樹議最正，拔冠多士。秋帆一水隔，嶽麓高雲映。先民遺矩矱，後人取藻鏡。莫謂職司閒，操縱讓守令。濯濯簪紱身，凜凜朝廷命。伊古名公卿，究心在初政。

孫淵如觀察重涖沔上，魏春松贈句云"義陵湯冢考原真，行部重來歷澤春。別有蒼生迎馬首，搨碑人與賣書人"，張船山補爲圖賦詩申其意

名碑與奇書，搜訪吾所愛。淹貫慚未能，鉛槧敢輕廢。君今任觀察，災黎宜恤賚。耳目稍壅蔽，害將被閭閈。澤中百萬鴻，哀鳴待招徠。魏侯歌以詩，用意蓋有在。知君讀書多，論古無窒礙。水經辯順逆，輿圖識向背。恢恢方寸心，直欲吞全岱。姑舉一二事，抒寫生平概。笑我真腐儒，終日一編對。幽情隨境足，壯懷逐年退。行且焚筆硯，入山理鋤耒。醫俗多種竹，醫貧多種菜。君肯騎馬來，坐我茅庵內？祇愁兩髩霜，難換數峰黛。

題查伯葵揆孝廉詩集

浙詩在國朝，作者稱極盛。海寧有查氏，文采後先映。阮公輶軒錄，吾曾著論評。不謂同時賢，詩筆乃爾橫。大宗擅典麗，初日取醇正。君能藉學力，抒寫已情性。兩家之妙兼，卻無兩家病。

空山守貧素，懷抱同幽蘭。榮悴難豫期，富貴非所歡。日逐雲水僧，碑字落青刓。梅花深雪間，天地如此寬。萬卷填蒲胸，寧復愁饑

寒。三日不出門，人將比袁安。

　　既不親拜揖，亦未通姓名。把君一卷詩，拳拳念生平。秦君小峴。自南來，因述君性情。三十猶青衫，髮白已數莖。三折肱誰憐，九轉丹不成。廣廈雖萬間，志士羞營營。莫舉古毛錐，棄等寒燈檠。

存素堂詩初集錄存卷二十

甲子

題羅兩峰畫梅爲陳雪香學士賦

鬱蒸苦難却,閉門十日餘。穉竹兩三叢,不能蔭階除。安得冰雪顏,撐映蓬蒿廬。學士素心人,示我梅花圖。聘也擅絕技,此筆今時無。着墨不在多,花幹皆扶疏。搖曳午窗間,頓覺炎氛徂。遠夢落江南,惆悵孤山孤。良田賃幾畝,種花明月鋤。

思元道人園中十詠
螺 旋 臺
循途步蒼莽,不覺身已高。寄語躁心人,何事空勞勞。

眺 松 亭
風雨落圓濤,夜深清夢淺。起來坐亭上,蒼翠人返眄。

丁 字 廊
昔遊丁字沽,頗得烟水趣。今看月轉廊,便欲抽帆去。

樊　學　齋

小人無遠志，半生喜農圃。如何五雲客，關心在晴雨。

笋　石

出土便凌雲，堅心又直節。荒蘚焉能污，天地清氣結。

葦　橋

未見烟水昏，但聞秋葉響。載酒欲從之，風露不可往。

舊　樹

巧質歎飄零，寧復任梁棟。要知閱世深，根節異凡衆。

井　亭

綿綿汲古心，朝暮愧緪短。風送轆轤聲，可以警衰懶。

松　棚

虬枝縛未安，鶴鳴聽已近。熱客誰肯來，此棚自風韻。

月　墀

明月最無私，照物不擇地。幽窗悄相對，分外出姿致。

哭程申伯_{維岳}同年

前年接君書，頗矜學力進。山中日月長，腕下風雨迅。鷗鷺無定踪，猿鶴有天性。催詩牘未發，君許爲搜羅江南遺詩。忽接委蛻信。聞君兩年中，霜雪齊上鬢。憂胡從中來，一蹶遂莫振。不惜肝腎摧，只求筆墨橫。幽花射人紅,涼燈入夜暝。塵網雖莫攖,古懷誰與證?我亦行自傷,塗抹日酬應。有如老蠹魚,破紙恣游泳。君死吾益孤,南望涕泣迸。

陶然亭接孫子瀟寄書并和
余三君詠即席報之

高官久不慕,好友時難忘。萬疊東南山,入夢青偏長。適遊陶然亭,一雁空中翔。剖緘反復吟,泠泠清肺腸。我作三君謠,非爲三君傷。三君負才久,寂寞歸江鄉。巖谷隱佳人,草木皆馨香。武陵清溪在,誰肯隨漁郎?此中積有書,定免秦火殃。借載一船歸,分置三閣旁。三君囊筆來,校勘奇文章。風亦吹我至,坐對秋蒼茫。

六月一日胡蕙麓招陪翁覃溪先生宛平
署中早飯,先生出拜文廟詩屬和次韻

中外頻年奉簡書,采蘭倦憶采芹初。青衫恩許官袍換,白髮涼分苑柳疏。數仞墻今作山仰,一區田好帶經鋤。雲麾碑後重題記,敢有何人此曳裾?

故人多在五雲邊,一度相逢一灑然。縣裏花開蜂蝶遠,水東雨過鷺鷗翩。山光几席今番接,詩話江湖幾輩傳。又爲詞林添故事,門生門下愧登筵。余時修《詞林典故》。

送李載園回任題朱野雲畫載書圖後

世間讀書人,多爲名利誤。循吏兹報最,蕭然託寒素。生平慎積蓄，陶書實滿庫。斯須不遠離，藉以慰朝暮。朱生好手筆，又夙諳掌故。漁洋載書圖，風流咫尺晤。青山何處無，白髮良可懼。誰謂龔黃流，而必鄙章句？慵下歎我衰，時復得佳趣。晨接南洲鴻，夕逐西涯鷺。

答韓旭亭

君本淡蕩人，而取幽閒樂。吳山幾百峰，蒼茫寄兩脚。心共嶺月高，影帶秋霞落。偶逢採樵人，跽請不死藥。先生笑語之，但勿被情縛。泉激萬竹響，林逼一星灼。濕翠暗上衣，新篇漸盈橐。珍重故人寄，再三拙句索。憶昔遊西山，我忝隨芒屩。每到險絕處，藤杖翻拋却。方寸自有主，外物奚假託。今又五六年，神明聞勝昨。笑我年五十，手足不聽約。一從遊興減，倍嫌詩筆弱。

答顧藕怡 仙根

蜩螗沸高樹，日受炎威侵。千錢買十竹，坐卧清涼尋。故人在空谷，千里相思深。烏絲遠寄將，中有泠泠音。此音勿他求，萬古同一心。輞川有聲畫，靖節無絃琴。覽君述作旨，匪僅希何陰。北方罕學者，吾自成吾吟。年衰進德難，辛苦書中蟫。前湖雨初過，禿筆秋森森。

張蘭渚方伯抵都

志乘煩君寄，鑽研愧我疏。黃河不相見，白髮竟何如。却病真無藥，消愁只有書。烏絲貯懷袖，珍重雁來初。

身閒心亦懶,無事怕開門。驟雨忽然過,小蟬時一喧。不知故人駕,已稅盧溝村。定欲去相訪,晤君何所言。

送方茶山_體出守

兩鬢忽侵雪,一官仍讀書。古今望蒼莽,民物念何如。萬本梅花樹,中間太守廬。南枝肯頻折,休道北鴻疏。

哭楊荔裳方伯

我知君工詩,不在覿面後。館閣各一官,良辰每孤負。橐筆去從軍,十年鞍馬走。政暇輒歌嘯,書卷未釋手。豪傑慮事深,疢疾積已久。大星夜西墜,妖風川北吼。阿兄嗜儒雅,立言期不朽。長安雖人海,遇我情獨厚。敦迫序君集,敢自匿衰醜?荒徼疆域分,百蠻情偽剖。生平數大事,靡不詩中有。當作奇書讀,詎止資談藪。

贈嚴麗生_{學淦}兼寄張水屋譚子受蜀中

聞君與姚生,_椿。髫歲入巴蜀。姚詩如岷江,奔放百川浴。君詩如峨眉,蒼秀萬峰矗。得天固已厚,於人豈無屬。姚也使氣雄,毋乃少迴洑。君乃持之固,一發仍涵蓄。博收復約取,身世閱歷熟。來看長安花,先訪慈恩竹。詩法論殷勤,交遊述往復。張譚我故人,苦為官縛束。各有一枝筆,搖撼川水綠。奇氣那能抑,往往託歌哭。寄語賢公卿,此輩不可辱。

《熙朝雅頌集》題後

英靈不淪没,中必有憑藉。經營閱歲時,主持實造化。我朝興東海,臣庶習騎射。浹洽三百年,文教遂揚播。鬱爲忠義氣,起衰更振懊。太古雄直音,不由萬卷破。方今執戟士,乃愛奇書借。森森幽燕筆,肯受脂粉涴。昔年元裕之,採詩國史佐。宇文吳蔡輩,增人幾涕唾。篇什傷寂寥,氣運付權挫。喬皇一代文,遠矣唐宋駕。薄材荷鉅任,十年忘坐卧。禿筆任軒昂,昏燈忍寒餓。掃塵狐跡憎,剔蘚虎氣怕。店廢蝸污墻,寺荒螢燭夜。朋儕笑迂腐,僮僕肆嘲罵。肱折術始精,血嘔志未惰。果蒙天鑒及,謂視周雅過。至道有所麗,虛名烏可嫁。文章變氣質,禮義講閒暇。區區補綴勞,庶幾無罪謝。三復《中州集》,秋蟲叫初罷。

徵修《熙朝雅頌集續編》再賦一詩

從來賢子孫,必念乃祖父。音容慨難接,文字可時睹。勃勃忠直氣,纏綿歷今古。周家設輶軒,漢室立樂府。采詩協律郎,宣播列鐘鼓。我朝雅頌音,鑑定由聖主。股肱喉舌司,烏能廢言語。要期本務敦,豈僅華藻取。薈萃成一編,十年費織組。英靈怳釋玆,精魄不淪土。善也寡學問,餘勇尚可賈。掛漏勢難免,從容待續補。詩教在人心,歷劫未朽腐。身死心不死,蒼茫託毫楮。雲霞出新鮮,天地與仰俯。聞知暨見知,各自喻甘苦。天章跽讀罷,小臣淚如雨。長安百萬家,誰弗念依怙。門限幾踏破,縑素約略數。何須開選樓,叢脞列千部。僞體爲別裁,拔十或得五。零箋敗簡中,的皪珠光吐。橐灰掃篋底,螢綠耿夜午。停杯略沉吟,揜卷起歌舞。肯讓元裕之,巍然作鼻祖。

西涯晚步

紆迴溪路轉，寂寞寺門空。惟有橋南柳，時搖岸北風。鷺飛人語外，秋在雨聲中。滿地皆芳草，誰爲採藥翁？

讀汪積山寒燈絮語示兒子桂馨

古人讀書法，日在無間斷。間斷之爲害，甚於書積案。少年事遊嬉，長始弄文翰。人休吾弗休，數年抵道岸。蘇公二十七，閉戶喟然歎。東方朔上書，厥稱盍披玩。四十四萬言，十年一以貫。循序必有成，偷閒是所憚。

寒蟬效劉勝，枯木同子綦。其人恂恂如，吾無所取之。曠覽天地間，何者非吾師？無甚關緊要，會心每在斯。癢極得搔爬，此樂誰相知？長史觀舞劍，筆法能生姿。他人豈未觀，未嘗一再思。常地與常物，翻嫌據爲私。夏蟲昧堅冰，坐受通儒嗤。

投杖起謝過，乘軒失逡巡。卜子暨端木，良友朝夕親。《顏氏家訓》篇，提命誠諄諄。智好問則聖，凡物皆有真。一字偶放過，疑惑留終身。無事看韻書，願亟誠齋遵。啓口羞勿憚，舉手勞豈辛。陶公不求解，別具胸懷春。

荒唐險怪文，不如豐腴好。刻峭所弗靳，精氣宜自保。寒者衣布帛，饑者食粱稻。在物了無累，於人則已寶。虛鋒與漲墨，弩力早除掃。與其玩唐花，不如駘階草。

觀書貫細心，更要耐長久。伊川每讀史，揜卷思妍醜。溫公通鑑成，當代推作手。一紙閱未終，茫然避席走。挾山異折枝，奈何弗深剖。

　　春誦復夏絃，抑揚乃有聲。八音弗配之，不可得性情。絃誦法絕傳，節奏所必爭。未許稍增損，乃能分濁清。可笑鹵莽流，心手徒營營。伸紙換筆墨，神智何由生？

　　考辯後箋疏，發明先證據。唐以後無子，小說取參互。秦漢訖唐宋，文章異旨趣。碑誌擅議論，尤足訂舛誤。歐公暨趙氏，亟亟金石注。不憚登陟勞，非取臨摹助。亦謂天地大，一物一理具。

　　唐仲言_{汝詢}。目瞽，李公起_峻。聲啞。耳治與目治，居然稱學者。聰明備爾躬，畏難事苟且。農夫棄耒耜，工人毀埴瓦。尚以賤目之，質勝豈不野？義理果內充，文辭詎外假？雷同勦襲輩，任他去擣揸。

哭丁郁茲_{履端}

　　恍惚十日前，猶讀君警句。如何驟入秋，敗葉隕高樹。君年未五十，蕭然同病鷺。可惜好手筆，無暇大禮賦。退衙日愁貧，坐悔簪紱誤。卓哉李開州，辛苦殘詩護。

石墨齋詩和覃溪先生_{有序}

　　　先生藏東坡《天際烏雲帖》，屢倩畫手寫意不肖，近得石屏如化工然，賦詩屬和。

天然詩境天然畫,幻落江湖七百年。今日蘇齋酬昔夢,依稀星月硯屏前。畫在詩先孰共論,篆烟一縷起雲根。人間不少倪黃手,雪浪原無斧鑿痕。

德勝門外看荷花

水氣并花氣,不能分淡濃。塵容愧相見,詩客悵難逢。映日自然好,揚舲不可從。野鷗飛又住,較我更疏慵。

山中

秋山連日雨,巖壑少塵埃。古寺微聞磬,深林尚積苔。猿偷山果去,鷗帶水雲來。爭怪林和靖,追隨鶴與梅。

偕佟秋帆明誠何蘭士訪李謙齋吉升于橋灣別墅

石路忽然斷,柳塘秋水明。潛魚知客至,馴鷺導人行。不雨松常翠,無風葦自聲。江鄉吾未到,塵夢此偏清。

橋灣即景同伊墨卿、何蘭士、朱野雲

秋夢連宵落釣磯,水村風景託依稀。過橋便與人間隔,紅蓼花邊白鷺飛。

止宿橋灣別墅

新柳如短竹,潑綠障斜日。沙路過秋雨,柴門閉深黑。早翻鷗鷺影,未辨水木色。荷花雖已殘,想見君子質。西風吹自涼,積潦污不得。煨芋更燒笋,半是湖田食。

橋灣十景

天　橋

雲路絕歸鳥,水漪搖斷虹。似欲跨孤城,飄渺橫秋空。蹇驟莫繋此,恐堕蘆花中。

柳　堰

峭風催客行,長條挽客住。如何踏塵馬,得及衝波鷺。漁郎舉手招,水深不可渡。

萬　綠　堂

榆槐拂雲高,苔蘚上階厚。中立數怪石,山勢蒼然有。難得白髪人,長日此飲酒。

心　遠　閣

高柳與短葦,蕭疏同一色。遠遠西山峰,嵐陰暗斜日。忽聞水際喧,舟行蓮葉北。

生　秋　舫

終年屋打頭,那識浮家樂。烟綠一分厚,衣衫一層薄。正恐熱客來,此境嫌冷落。

荷　風　榭

風來花不知,花氣風已送。緬維君子懷,時防薄寒中。浮緑掠衣袂，孤燈永詩夢。

艤　亭

水浮物亦浮，本不論小大。此湖僅十畝，舟行聲濺濺。艤向柳陰邊，一亭詩境外。

葦　間　廬

廬肯靠寒綠，廬面臨清流。誰謂廬中人，不如波上鷗？莊惠世豈無，濠濮空悠悠。

月　湖

我來適無月，聞説月時好。照花雖有情，未免憎人老。我背銀燭看，殘荷休懊惱。

釣　磯

與共把禿筆，不如把長竿。得魚小事耳，人心生喜歡。莫怪羊裘翁，六月風猶寒。

彈琴圖爲唐鏡海鑑作

我聞流水聲，輒作出塵想。幽人宣以琴，秋玉四山響。君從湘江來，何日湘江往。泊船嶽麓間，數峰青莽蒼。

題船山畫

客從青山來，青山不知處。秋猿只一聲，萬里踏雲去。

呂叔訥教諭寄白雲草堂集至侑以長札題其集後且奉懷也

老境取平淡,造詣今異昔。獨留奇怪氣,時向紙間發。白雲飛無心,青山老此客。廿年莫相見,夢落江村夕。忽枉尺素書,彷彿接几席。天末數知好,與君皆莫逆。_{謂洪稚存、孫淵如、趙味辛、王惕甫。}出處形跡判,衰遲都可惜。惟有磊落懷,萬古不能釋。文章雖小道,要自出胸臆。竊謂史有徵,百家取埤益。陸耀。書主謹嚴,徐斐然。編示綜覈。未若黃梨洲,精粗同擔搋。汪洋浩瀚中,而自適其適。譬如築大廈,必先百材積。廣文屬閒曹,固有化導責。願君屛窮愁,竭力事典籍。

贈汪研薌_{吴昉}

幼栖黃海雲,老眄白門月。天遣江南山,朝暮君迎謁。贏得詩滿囊,一官任飄忽。愛我性瀟灑,殷勤置笋蕨。秋齋絕塵壒,遠綠暗林樾。雖無朱絃瑟,言語自疏越。往事觸懷抱,澹交忘齒髮。斗米豈不欣,腰間有傲骨。丹砂亦可採,無術去城闕。倒君篋衍字,引我清興發。名篇絡繹在,奚弗早刮劂。山川出靈異,風霧歘駭勃。藤枝許獨携,萬磴肯中歇。

菇霄堂_{綸常}十年前以詩集寄余未有報也,適其鄉人張雨厓_{聖詔}道霄堂垂念鄙人甚殷賦贈

河汾鬱奇氣,往往鍾詩人。青生與蓮洋,得句掃纖塵。窮饑老不悔,高節秋嶙峋。茹翁繼二老,瀟灑稱天民。弗希簪紱榮,獨與魚鳥親。梅花生空山,寧復知冬春。幽客契孤芳,同此明月身。千里寄尺

素，十年愧逡巡。

寄南中同學

日月挽莫回，文章留萬古。楮墨易灰燼，精理中揚詡。唐以前無論，宋元明可數。蒼萃苟無人，不絶者如縷。輶軒費搜羅，丹鉛慎擇取。李昉。姚鉉。呂祖謙。蘇天爵。黃宗羲。別裁意各主。賤子奉明詔，《熙朝雅頌》補。例沿元裕之，義宗尹吉甫。交遊勢利見，禦之如禦蠱。勿令石淆玉，勿使今錯古。人勿區顯晦，地勿判齊魯。意在筆之先，氣爲理所輔。波臣巖穴客，聞風歌且舞。雍容士大夫，豈不思黼黻。

尺五莊招李廉訪長森朱棟觀察不至即席柬同年諸君

幾行鴨鸛鬧，一帶葭葦起。板扉白長閉，酒旗綠楊裏。石缺苔猶花，橋折魚自水。貴客招不來，幽人夕陽倚。

送伯玉亭制軍滇南

今日嚴疆使，當年侍從臣。讀書鹽鐵熟，愛物柳梅新。筆下慈祥氣，胸中浩蕩春。南人罷爭戰，夫子自綸巾。

從來山水窟，必有性情詩。春酒醉南月，梅花開北枝。百蠻畏風草，兩鬢任霜絲。匪敢耽文墨，教他敦厚知。

滇南有奇士，磊落總無前。公欲干戈熄，今宜禮樂先。人才發田畝，氣象鬱山川。自古調和手，關心是薦賢。

存素堂詩初集錄存卷二十一

甲子

次冶亭中丞見懷韻

尊酒年來勝會稀,幾回月落盼鴻歸。多公千里頻貽札,笑我三年不製衣。移竹西涯趁秋雨,校書東觀擁晨暉。人間尚有商平叔,未必遺山事總非。《中州集》創於平叔,《雅頌集》創於君也。

功業生平自信無,天教西抹與東塗。鏡中白髮時相見,畫裏青山可與娛。老境偏逢射雕手,酒場還逐鬬雞徒。濟南僚佐如余問,報説江淹筆未枯。

懷先芝圃方伯

又見南州雁,飛飛到草堂。烏絲耿奇字,落月滿秋梁。瀟灑容吾輩,句宣仗老蒼。當年韓與范,事業在封疆。

鄱陽一湖水,洗綠匡廬峰。風雨有時至,神仙不可從。誰携天外筆,寫此雲中蹤。當日柴桑老,悠然籬下逢。

西江詡宗派，恃彼性情真。益以太和氣，遂令湖海春。文章作餘事，清白念先人。蘭雪家風在，胸中豈有塵。

　　聯床傷去日，謂令兄敬庵。把袂約他年。鮭菜亭邊月，鷗波舫裏烟。讀書心自苦，種樹地宜偏。公欲蒼生問，吾當利病宣。

王惕甫寄新刻文集至

　　鐵夫散體文，頗自示謙抑。奇氣不可掩，勃勃紙上溢。支撐宇宙間，要賴此枝筆。理每透數層，意必從己出。譬如獅搏兔，遑遑用全力。後生寡學問，摶捨為充實。榮辱兩未忘，觸手傷荊棘。君與鷗鷺儕，空山日抱藤。十年臥雲水，萬卷填胸臆。姿態出天然，全不藉粉墨。人間桃李花，對此黯無色。惟有樗園竹，與君同孤直。我筆雖淺陋，心血拋不得。分日課童子，繕成數鉅帙。君宜任校勘，吾將付剖劂。

重陽前一日汪研薌招同人棗花寺探菊

　　明晨屆重陽，城中未見菊。詩客折柬招，尋秋至佛屋。我衰百事懶，幽曠輒心屬。翩然鷺與鷗，荒汀日追逐。淡雲不成影，高樹尚餘綠。海棠黯無花，寺中海棠，春時最盛，甲於京師。蕭槭隱殘竹。爾菊持晚節，兀傲霜雪觸。造物能遲之，不能使不馥。老僧解勸客，後會或重卜。北風行且大，齋房可止宿。流連夕陽罷，瓦燈夜深續。秀色餐許飽，吾方誡食肉。

菊既未花朱野雲欲景即作圖，張船山以無酒爲悵再賦此章

秋陰一片下城來，竹樹蕭疏菊未開。天許此花矜晚節，世推吾輩擅清才。樓臺有分成圖畫，風雨無緣入酒盃。煨笋燒豬余不辦，暫時閒暇遠塵埃。

研薌再以同字韻索詩

寄意襌枝忍草中，匪關黃菊與丹楓。秋來氣味何人領，老去情懷幾輩同。寧使筵前不持蟹，莫教澤畔尚棲鴻。諸公早奏匡時術，我借僧廬睡日紅。

題王荃心運河待閘圖

柳色長安五度青，故人踪跡半飄零。傷心野戍荒寒句，紙上秋聲不忍聽。卷中劉純齋觀察二絕句最佳，今純齋下世矣。

贈瞿菊亭頡

竹橋死兩年，邂逅交菊亭。和我採菊詩，逸響秋泠泠。梅花一卷樓，竹橋所居。殘墨多飄零。君肯搜佚亡，老成存典型。襆被來長安，問訊賤子名。未見風雨思，既見肝膽傾。十年讀古書，不克通一經。提挈三寸管，坐老槐花廳。髮禿餘曾撮，手顫羞娉婷。孤鴻抱遠志，焉肯眠沙汀。淒涼白雲白，瀟灑青袍青。斷續樓上鐘，晨暮敲人醒。

題思元道人畫竹

畫出烟稍數不清,湍飛石裂筆縱橫。西風一夜瀟瀟雨,紙上依稀聽有聲。

板橋籜石寫寒竹,未寫風烟先寫心。識得清涼拈取法,人間何處不秋陰。

題朱野雲畫寄潘厚甫_仁司馬_{時司馬訂北由之遊}

秋光最蕭槭,先感騷人心。暖暖白雲鄉,迢迢青楓林。空溪放孤舟,寒木收稠陰。淡懷誰與酬,一鶴偕一琴。詩境在眼前,乃索諸高深。秋草亦有色,秋蟲亦有音。

我非江湖人,北山有丘壟。可憐萬松楸,日抱戕賊恐。所賴官長賢,坐使姦宄悚。烟墨滋吐納,_{君工畫。}草木荷矜寵。明年春雨時,杏花紅蔽塚。草堂借半間,酬應删煩冗。

雪煉松氣厚,雲煉石骨堅。居庸內外罔,大行相鈎連。我隨飛鳥來,定欲巢其巔。蘚破滑須防,徑仄行丘顛。夕陽壓斜峰,林樾生暝烟。一燈紅趁人,惆悵僧廬偏。

哭杜海溪

杜侯無奇能,恂恂守樸拙。衙齋日讀書,五更燈不滅。酒盡瓦瓶倒,風勁紙窗裂。辛苦五字成,惝慌六丁掣。昨來西涯西,執手話凄切。夕陽撐秋樹，徘徊不忍別。歎息衣上塵，指點鬢邊雪。馬蹄去忽遠，鴻影飛竟絕。

題華嵒没骨山水

新羅山人畫，妙不憑筆墨。醞釀胸中深，落紙出秀特。淡雲多遠姿，秋樹鮮媚色。君昔遊楊州，一縑萬錢直。玲瓏館久荒，書畫塲誰憶。華堂歇管絃，旅客念衣食。一二技藝流，袖手長太息。此圖存人間，詎不藉有力？顧匪造絕詣，奚克免剝蝕。吾願學道人，返躬自省識。

題宋人贈行畫卷用卷中胡舜臣詩韻

殿上承新寵，關中賦勝遊。青山離別色，黃葉沴寥秋。雲木千年盡，川原一筆收。如何叢桂帖，原詩有"叢桂方招隱"句。不貯太清樓。

冬夜題王蓬心太守摹北苑瀟湘圖

太守生蒙山，乃署瀟湘翁。永州暢遊覽，蒼翠滋胸中。北苑瀟湘圖，齋閣留匆匆。詩境忽然開，落筆天無功。萬疊江上雲，半夜林外風。頓使人心魂，冥漠山靈通。蒹葭蔽寒汀，艫舳浮長空。古樂不可聞，好句難爲工。摩挲此圖畫，彷彿推孤篷。眼迷烟波烟，夢斷鐘樓鐘。

瑶華道人貽畫

身疲匹馬間，夢出飛鳥外。青山如故人，一年期幾會。春風堕泠雲,撐映草堂大。微陰積暝烟,暗泉響秋瀨。酒涼覺近竹,衣綠知染檜。着墨却不多,瀟然謝塵壒。林岫鬱蒼綠,草木待沾匄。萬卷書擁護,一字師倚賴。所慚拙觿詠,未時接襟帶。胸膈願滌蕩,沙礫略激汰。不飲誠惡客,酒愆或詩蓋。

題魯山木仕驥木明府扇頭自書格言爲陳石士編修作

太行兩循吏,并稱陸余師鎮堂先生。與魯。經術湛一世,文筆卓千古。吾師失病廢,縑素散如雨。魯侯賴甥賢,片楮慎携取。縣堂值炎夏,揮汗坐日午。搖管書筆端,字字攄肺腑。訟庭苔蘚深,書院蝴蝶舞。仁風一以扇,百草帖然俯。吾師亦有集,愧余缺綴補。倘付山木傳,作序煩駒父。

雪後吳荷屋榮光編修邀同鮑覺生中允、李雲華翃、吳美存其彥兩編修朱孝廉涂小集

雪斂四山色,夢破百禽語。掃徑淨風葉,洗觥酹雲侶。梅樹踰黃河,枝幹能幾許?不信南海春,中有太行阻。庭翠斜日動,午烟新茶煮。淡薄故園菌,遠勝秋江鱮。黃虀三百甕,期共泠官茹。

編次《詞林典故》留宿翰林院呈同事諸公

樹密燈火稀,天近星辰大。心定鐘磬餘,夢落湖海外。百年稽掌故,甄綜此其最。虛庭積苔蘚,壞櫝染塵壒。小史司鈔胥,計較如駔儈。我欲擇馬精,下筆時激汰。惟求理斯得,不使意爲害。朝廷留憲章,藝梓厚沾匄。誰與擅三長,潤色東里賴?

憶昔登瀛洲，庭花奪袍艷。十年我重來，青草古亭苦。卉木胥荒蕪，池塘少瀲灩。手植百桃柳，雲日映華贍。賡颺仰廷陛，提握俯鉛槧。孤衾擁寒夜，進退頗自念。玉堂真天上，慚愧枝巢占。一如聲曠僧，長年守佛坫。焚香更掃地，心敢生倦厭。老隸竊嘲笑，白髮筆如劍。朝餐進黄虀，識我舊屬厭。

翰林院十詠

登瀛門

突兀紅塵中，縹緲樓閣起。仙几隔跬步，一差便千里。我如守門鶴，翺翔不離此。

劉井

源豈導昆侖，派總通天池。綆短汲不深，心力恒竭斯。應制每有作，慚愧劉定之。

柯亭

吉士賦古柏，仰企學士迹。一日百匝行，歎息西涯客。寒月照杚槎，吾亦念今昔。

敬一亭

半空鳳鸞吹，四壁龍蛇蟠。那須載酒來，自有奇書攤。却笑老蠹魚，故紙無能鑽。

原心亭

後賢衮衮來，推我作前輩。天近五雲多，夜長一燈對。心跡翛然清，浮名老不愛。

清秘堂

簾閉秋影深，階擁水烟厚。夜來星辰氣，沉沈壓戶牖。仰瞻賢墨在，白日雷霆走。

寶善亭

憶余謁館師，鼓篋登斯堂。三揖更百拜，儒館風流長。庭樹綠依然，余髮今蒼涼。

瀛洲亭

天風送我來，天風吹我去。相逢看花人，不辨花開處。檢點神仙籍，姓名紙尾署。

成樂軒

天樂奏何年，華亭留妙墨。璀璘大星影，掩映五雲色。年來秋雨多，恐有苔花蝕。

狀元廳

幾回尋壁詩，紗碧籠春烟。階南手種花，對客增暄妍。瓢蕭兩鬢霜，曳履吟花前。

夢遊盤山得句醒足成之

層梯絕巘勢鈎連，不盡朝烟與暮烟。白髮相看餘兩鬢，青山一別又三年。風吹石裂松根直，雪壓峰低月影偏。那肯棲遲侶猿鶴，玉堂小謫亦神仙。

乙丑

元旦試筆

未遂巖棲志，仍然簪紱身。嘯歌隨意足，梅柳入年新。白髮橫侵鬢，青山笑冷人。江淹已才退，孤負玉堂春。

正月十七日張船山招同人集蜚鴻延壽草堂爲余作生日賦詩各以其字爲韻

月前拜東坡，未和蘇齋詩。強韻拈幾回，空自勞心脾。看燈紫陌歸，短札城南遺。知好釀金錢，戒旦春酒治。我年五十三，顏髮蒼白滋。及今不行樂，行樂將何時？凍梅伏瓦盆，新放三兩枝。涸迹風塵中，猶勝桃李姿。

幽齋絕管絃，曲院迴松杉。一桁西山青，風送層檐嵌。坐客皆詩流，佳句煩鐫鑱。我衰百不能，大嚼娛貪饞。殘葉響空壁，濁酒污朝衫。登車望林月，已在城頭銜。摩抄故人書，星斗翻雲函。杏花計日紅，細雨迷江帆。時以查梅史詩示坐客。

李松圃秉禮郎中寄韋廬近詩至

冷月一窗白，苦吟春不知。百年悵良晤，萬里寄新詩。此調世誰解，古人方與期。琴聲取清越，何必定朱絲。

孟麗堂觀乙山人寫余詩意成卷

吾詩鮮色澤,讀者多擯棄。山人嗜好殊,爲墮千古淚。昌歜亦凡材,性情有獨至。三日絶言語,四壁墨花墜。草堂僅咫尺,萬里走烟翠。河嶽果何術,驅遣入紙内。真宰苦逃匿,物象愁瑣碎。梧桐春雨深,挑燈悄相對。蕭然寢食忘,永夕吟嘯廢。純乎化工爲,全不藉粉黛。

孫春甫蘭枝舍人招同人集春酒堂
用查梅史詩句分韻拈得如字

四瀛與十嶽,大半歸樵漁。身入歡喜場,何在非吾廬。胸膈少芥蒂,跬步皆坦途。指數斗室中,團圞十酒徒。今日春酒堂,客夢移西湖。詩情借酒氣,狂叫招白蘇。門外柳條青,屋裏梅花孤。獨我與朱生,野雲。避酒如避逋。生也工潑墨,又能多讀書。笑我百念灰,寂寞成老夫。惟有朋友情,感觸猶紛如。佳句偶到眼,的皪千明珠。久欲勒一編,筆墨愁荒蕪。歎息西涯西,衰朽梧門梧。

查伯葵、屠琴塢各以詩集見貽

孤雁空悲鳴,春蟲誤幽響。閉門俗慮絶,彈琴古人仰。茶烟暝不飛,凍蘚緑初長。江鄉每客至,詩龕輒神往。眼明盧溝月,夢繞錢塘槳。奇氣遏不得,振衣視天壤。

送何蘭士太守之寧夏

寧夏古巖郡,即今烽火清。旌旗春鈌蕩,書卷日縱橫。黄犢長驅阪,青山半人城。使君何所事,風雨課民耕。

誰引黃河水,青銅峽裏流。人家買魴鯉,官市下羊牛。古雪朝明埭,春沙夜擁舟。管絃催客起,彷彿是蘇州。

勤苦見君性,非惟不愛錢。病蘇仍誡酒,畫好即參禪。春檻花爭發,山樓月自圓。此中少塵滓,過眼任雲烟。

梅花有斜幹,桂生多直枝。詎因人棄取,遂定物研媸。路遠空吹笛,心閒且賦詩。素綵吾自凛,珍重寄羊皮。

胡蕙麓蔚州書至述桑乾河泂書帖一箧

十年净業湖,聊騎尋秋花。墙頭遞新詩,不待朝開衙。訪古畏吾村,碑字親搔爬。零縑與壞帋,癖乃同嗜痂。宦囊太羞澀,書畫三五車。馬走桑乾河,白日愁黃沙。龍伯攫之去,冰立風交加。物聚必有散,侯也休咨嗟。蔚州太行麓,萬古青槎枒。中有寒松堂,環溪雲木遮。君時屏騶從,踏蘚來山家。當逢問字人,兼可詢桑麻。搜得異書歸,慎勿迷蒹葭。

贈一粟師

悟徹禪如春,文字乃可作。不然浮物耳,下筆皆穿鑿。粟師產湘陰,髫歲性恢拓。內行豈不事,恐被微名縛。薙髮心月庵,心月無住着。朝涉洞庭水,暮躡錢塘屩。排雲叫九閽,捫星拜三閣。詩偶雜仙心,僧不抱佛脚。林磬聽飄蕭,齋鼓慰寂寞。根從灌漑來,花向瞿曇落。净慈雲影鬖,春明日華焯。一龕絶依傍,三載暗尋摸。蒼苔繡袈裟，真香繚瓔珞。群魔俄頃滅，諸妄漸沉削。雪山廬許棲，風濤舟與泊。胸燈耿不滅，塵網那能絡。吁此精進才，吾黨望且却。昌黎送文暢，古懷寫磅礴。我雖鮮文藻，交遊性所樂。師也過從密，談笑見標格。米汁飲何堪，玉版參相約。准備春雨時，城南掘山藥。

萬壽寺晤冶亭制府話舊

　　春陰昨夜重，溪水一尺長。杏花猶未開，紅已四山仰。橋轉水聲大，林空寺門敞。寒竹不改綠，瀟瀟作雨響。我友持節來，雲堂話疇曩。萬物具懷抱，故人各天壤。畢竟狂簡流，環顧任吾黨。生平負直諒，議論取誠讜。蔬笋蒲貯胸，江湖快抵掌。午烟出檻遲，疏磬穿雲上。非開北海樽，早挹西山爽。

夢禪居士畫香雪山莊圖爲吳柳門題

　　畫山必是山，畫水必是水。即克肖厥形，而已失其理。夢禪非參禪，寂寞通畫旨。莽莽江頭雲，驅之入片紙。枒槎老梅樹，歷劫香不死。中有詩人廬，突兀梅花倚。林雪闇深綠，沙月發空紫。吳生獲茲圖，旅思蒼茫起。蓦時驢鞍卸，輒欲扁舟艤。春明萬柳條，倒插明鏡裏。年年二三月，聽鶯與釣鯉。吾宅枕湖上，梧竹陰上几。夢禪昔圖之，桃紅十度矣。灑掃鷗波亭，滌蕩墨壺滓。蜀箋買百幅，翠微寫剞劂。

萬　壽　寺

　　萬竹忽低池上風，水烟吹到寺門空。斜陽不管花開未，一角西山各自紅。

夢中遊山得大星掠鬢邊飛鳥度脚底句醒足成之

　　白鶴前導人，似解賓主禮。古佛坐無言，老僧去乞米。桃開秦時花，蘚雜堯年薺。松風響琴筑，石泉灑酒醴。天光谷口豁，露氣山骨洗。大星掠鬢邊，飛鳥度脚底。風雷獲梵筴，六丁不敢啟。

寄懷洪稚存編修

　　識面雖云遲，今已十六年。追送盧溝橋，_{君赴伊犁，余追送至盧溝橋。}從此音書捐。萬里艱苦閱，一生忠信傳。賢郎擅學問，父書讀能全。坐我梧竹間，話舊情纏綿。述翁健腰脚，登陟侔飛仙。朝脫虎阜屐，夜扣鶯脰舷。身隱青山多，睡飽紅日圓。生徒所餽遺，足供買酒錢。相逢同志人，笑樂不減前。沾吻便千鍾，叉手仍百篇。君歲今六十，洗斝東籬邊。黃花不愁貧，白髮應放顛。我少君七齡，哀憊空自憐。却憶柳陰底，同看西涯蓮。

桐陰詩思圖賦贈彭石夫_{壽山}秀才

　　憶昔種梧桐，高不及我門。轉眼四十年，樹老枝柯繁。彭生抱琴德，問字春風園。望古思蒼茫，寂寞忘語言。空天上明月，暗水流孤村。層雲蕩綠，中有詩人魂。生從揚州來，讀書梅樹根。茅庵此棲息，古香衣袂存。但勿失性情，格調姑弗論。字字出胸膈，一洗雕斵痕。拆我青玉枝，佐爾朱絃溫。

存素堂詩初集錄存卷二十二

乙丑

陶然亭雨集

雨洗黃塵去，花憎白髮來。厨烟尚雲壓，佛閣已風開。山色入新柳，衣香生古苔。此行鷗自喻，却被寺僧猜。

日夕雨止

清磬不知處，穿雲到上方。野花明廢寺，春樹艶斜陽。黃犢有時返，白鷗終日涼。脱巾坐林下，客轉笑僧忙。

題黃小松潊水圖爲陳孝廉_{希濂}賦

迢迢大雲山，淵淵椒石潭。寒翠深溟濛，中有梅花庵。陳君去鄉國，胸膈餘烟嵐。刺史筆墨超，寫此草木酣。懸我素壁頭，巖谷容遲探。金華宋學士，執鞭吾所甘。當日讀書樓，餐勝誰其堪。百年悵風雨，萬木秋鬖鬖。尺幅具遠勢，蹊徑幽人諳。憶接濟南書，桃花紅度三。揮涕念良友，扶病圖詩龕。_{小松三年前病中圖詩龕見寄。}

書桂未谷大令札後

小清涼館雨聲粗，七度藕花紅過湖。天外折梅寄京國，數行殘墨認模糊。

香巖寺小憩

枯僧少禪味，睡起石門開。任蝶花間去，看鷗烟外來。山雲總遮竹，春雨不生苔。酒店人喧語，家家打麥回。

乘月出德勝門

月似解詩意，依依照我行。林疏數星大，水近一燈明。衣食關生計，津梁念遠征。素餐真可愧，勝策是歸耕。

大樹庵

憶來此庵宿，二十六年前。大樹綠猶昔，老夫衰可憐。涼生昨夜雨，花認舊時烟。衲子指相笑，君誠嫩散仙。

淨業湖和彭石夫韻

兩鬢任長白，一湖仍舊青。馬蹄何處踏，鷗夢有時醒。寺竹逢人問，樓鐘隔水聽。涯翁已祠宇，殘墨却飄零。

大　覺　寺

行到臥雲處，石門過幾層。花殘仍見蝶，竹密不逢僧。放鶴人何往，騎驢我尚能。年年春雨後，一笠一青藤。

幽　村

匪是不能閒，村居易往還。月明且花看，鶴在莫門關。宦興如雲薄，詩情比石頑。櫻桃幾千樹，紅到畫眉山。

書吳蘭雪詩後

仙人吹玉笛，雲外有秋聲。明月每孤照，寒江無此清。鷗心如我澹，鶴骨自天成。昨共陶廬坐，高吟到五更。

同蘭雪夜話

揮毫擅神妙，一往性情深。崖石冰霜氣，湘絃山水音。愁邊寄香草，病後坐疏林。童子燒茶熟，微烟散竹陰。

慰　蘭　雪

愁苦轉親切，窮交從古多。不須學黃老，且復辨陰何。鴻鵠志終遠，蘭蓀氣自和。題殘幾紈扇，狂笑水雲窩。

小　病

軒冕不來過，心閒百病瘥。故人書漸少，老樹碧仍多。雨足聽蛙鬧，亭荒任雀羅。山翁贈紅藥，麥價近如何。

柬吴蘭雪

吳生吟冷詩，更欲爲閒官。官閒無人親，詩冷無人觀。身行半天下，襆被來長安。公卿多識君，掃榻爭傳餐。君謝膏粱腴，而就蔬笋寒。新詩日料理，千苦成一歡。不嫌松菊叢，笑比江湖寬。白鷗解君意，飛過菰蘆灘。布鞋踏春蘚，天際斜陽看。倦鳥思投林，驚魚遲上竿。湖灣風乍迴，止水生微瀾。進退會有時，趨避原無端。勸君姑吟詩，但勿摧心肝。夸驢遊西山，趁及櫻桃丹。

補輯康熙己未詞科掌錄寄阮芸臺撫軍

駑馬駕鹽車，昂首時激奮。蠧魚鑽故紙，那能脱塵坋。髫年讀書少，衰遲徒恚忿。雲水寫性情，文章守職分。天南故人札，諄懇勞下問。恭維制科興，煌煌垂大訓。如何百餘年，姓名半堙窣。殘書檢官府，斷字辨邑郡。孤燈耿明滅，匡床坐撼攎。十日不停披，百家資釀醖。始而芟蕪雜，繼且商聲韻。益敢等買菜，多轉嫌餽餫。賢者識其大，吾惟述舊聞。

書《敬業堂集》中山尼詩後應覃溪先生命

中山自有尼，斷非宋家女。宋女自有夫，悔翁殊莽鹵。敦厚旨有歸，激昂句無取。景會志宋墓，分明世系譜。及考公行略，歲月可悉數。豈公死十年，倉皇此詩補。比丘果何人，志略顯齟齬。卓哉覃溪老，存亡一一剖。宋公官川西，中遭飄泊苦。性命寄蠻叢，室家昧區處。悍卒即云梟，奚至盡豺虎。先生住水西，烏蠻戰伐睹。慷慨寄歌嘯，憂傷託毫楮。詩成慘不樂，姑作兒女語。深見亂離時，父母失恃怙。官長且如是，窮黎況羈旅。奈何宋玉稱，奈何萊陽舉。三復慎旃集，殘鴉噪昏雨。

孫雨卿_{肅元}畫山水

藻采從外生，精氣由內運。聰明不自刷，筆墨焉能奮？孫子工六書，丹青性所近。忽然自得之，落筆遠塵坋。人遂指天授，毫不關學問。豈知孫子胸，百家資釀醞。閒中見瀟灑，空處出情韻。乃知手筆超，必先屏聲聞。

新 柳 和 韻

水外烟痕染乍成，枝頭春雨又添聲。盧溝月只行人看，一半黃昏一半明。

折盡長條賸短條，草青一色認裙腰。玉堂花底春應接，直送詩人到退朝。

山客猶眠鳥亂啼，一枝濃到渌雲_{樓名}西。離亭有樹誰攀贈，萬里春風寄赫躧。

朱閒泉畫山水

　畫雖技藝流，俗客無能爲。厥旨參諸禪，厥趣通諸詩。君住西湖西，兩代稱經師。乃灑蒼玉烟，故紙憑空施。一角江南山，位置春明陂。水霧白瀲瀲，鬟髻青差差。無福飲山翠，坐使詩腸饑。君割芙蓉腴，拓我雲霞思。咫尺草堂間，倏忽天風吹。滿庭積明月，松菊猶未衰。

雨　後

　一雨便無塵，昏鴉噪向人。晚山意寥落，小竹氣清新，花少原宜病，書多不救貧。偶繙三兩卷，尚論覺情親。

清　梵　寺

　雨止客初到，鳥啼花亂開。風泉自蕭瑟，雲木與徘徊。携杖成孤往，題詩待別裁。齋堂鐘磬罷，又見燕飛來。

汪池雲方伯贈扇

　仰氏舊京稱雅制，先生詩扇我詩瓢。金陵瑣事今誰續，歎息人間無李昭。

再題中山尼詩後

　魏公嫁文姬，徒增蔡邕恥。當筵舞枯枝，憂悴潭州妓。元興誤題詩，世人猶稱美。又傳西山裔，落籍嫁小史。貝闕記事篇，明明有所指。新城持議正，詖詞痛詆訾。如何序查集，見乃不及此。忠厚有同情，古今無二理。君願有筆人，毋徒誇綺靡。

睡　起

睡起日初長，官閒病不妨。早蟬多遠韻，新竹有餘香。帽喜松間脫，衣憎雨後涼。老來看富貴，草露與燈光。

雨　過

驟玉過塵際，柴門時半開。捲簾雙燕入，隔水一鷗來。引客穿花徑，逢人問釣臺。得魚渾不管，林下且徘徊。

東坡黃州小像

讀書底事不封侯，陌上花開叱一牛。鶴去江空殘夢醒，酒痕狼籍記黃樓。

雪城轉餉詩孫子瀟屬賦

轉餉特常事，何煩重記述。太守志忠孝，生兒握史筆。粵昔判成都，巴勒布內逼。公乃從將軍，上馬日殺賊。兵出打箭爐，天地爲慘黑。擾攘萬民命，崎嶇萬里國。炊烟斷一夕，三軍多菜色。嶒岈雪城路，上下緪欹側。輾轉踏寒冰，人馬幾顛蹶。公實任勤劬，各各受撫恤。孰知造物巧，偏竭勞臣力。庭萱忍告瘁，奔喪竟無術。從車古有制，勉強事繶墨。傷哉孝子心，一慟遂不測。以手指肺腑，欲剖剖不得。高高帝恩厚，復還太守職。閱今十五年，小鳳梧岡陟。藉此三尺絹，表爾一生實。蕭蕭猿與鶴，如助三太息。回首望金沙，濕淚霑胸臆。

静嘯山房詩爲陳晴巖傳經賦

昔年尚書公，引疾歸田園。至今溪上春，指點山房存。峨峨雅山堂，蕞蕞歸雲門。萬柳蔽斜日，綠烟吹雨痕。昨宵一夜風，孤舟偎樹根。客去可讀書，客來可開樽。矧兹園主人，妙有賢子孫。特是三徑中，惟有松菊蕃。饑驅泊江湖，抛爾鶴與猿。六月北風涼，一夢來江村。

和蘭雪夜出三轉橋踏月遂至十刹海觀荷之作

三間矮屋一榻掃，坐臥其間吟不朽。吳生新從匡廬來，袖中但携彭蠡秋。日坐槐陰看明月，新詩萬態供冥搜。吳生愛月有月癖，踏月湖上登酒樓。酒樓之下萬香國，明月況被千花留。青鞋踏破古苔蘚，慈恩僧寺尋沈周。坐使老僧笑且詬，後人何苦前人求，幸有鷺絲導我步，又有星露涼我頭。此時非天即烟水，不知何地來扁舟。胸中奇氣吐不出，犬叫明月落酒甌。高柳亭亭作人立，大魚拍拍鳴葦洲。清泉可飲花可茹，長虹欲跨風颼颼。樓上鐘聲已五轉，人間醉客消百憂。勸君清狂且少歇，慎勿驚散沙間鷗。

偕陶季壽章漁歐陽磵東紹洛彭石夫
三汊河看荷用吳蘭雪韻

十刹海花看月下，三汊河花看雨後。雨後更比月下好，坐臥況有千株柳。紅雲萬朵水邊生，白鳥一雙花外守。葉陰得雨長參差，花事經旬開八九。沿河車馬去何急，野店蕭疏坐偏久。此花開謝不因人，造物豈真吾輩厚。山水情密富貴疏，坐使此花爲吾有。不然君家皆水鄉，生計家家種菱藕。落魄來看長安花，九澤三湘但回首。眼前行樂莫蹉跎，何必佳肴與美酒。吳生可憶積水潭，出水荷花先入手。黑頭早望取卿相，白髮誰知換衰醜。星霜彈指二十年，生死合離幾良友。縱筆君寧讓謫仙，和詩我仍稱漫叟。

和蘭雪題錢南園御史畫馬

我性更比驊騮野，氣概昂藏就羈絡。年來空厩歎衰遲，甘與駑駘同寂寞。錢侯畫馬惟畫骨，紙上精神猶奮躍。想當興酣落墨時，凜凜風霜有寄託。錢侯性耽酒與詩，不識人間高官爵。欲將肝膽報朝廷，那管骸骨填溝壑。下筆勃勃具生氣，金鞍珠勒都拋却。高高者柳巉巉石，亦爲此馬寫落泊。此馬原從天上來，陌上徘徊難立脚。奇才幾輩如郭隗，真賞那能遇伯樂。千金買骨聲價高，萬里行空氣象博。錢侯工吟畫馬歌，妙筆兼能寫秋鶴。余得所畫鶴爲人攫去。我昔拾從固紙堆，詩畫剥蝕皆不惡。遺集幸頓師子荔扉。刊，題詞茲有吳生作。我與錢侯商搉病，三十年前已心諾。雖然作記題幀端，只就存亡抒大略。吳生吳生好手筆，寫出錢侯心磊落。天陰雨驟亟捲圖，正恐乘風不能縛。

題蘭雪詩後

吳生詩特工，窮非詩之力。連日坐雨中，真氣發胸臆。從前幽艷句，至此變雄直。但覺一紙上，蕭䬃不是墨。十丈妙蓮花，一片明月色。閱詩數十家，獨取南園筆。題集兼題畫，心事爲寫出。嗟哉忠厚旨，世人那能識？但謂生消狂，安足比籍湜。豈知老博士，竟欲昌黎抑。即此畫馬歌，咄咄杜陵逼。未必槐街中，此人瘦半食。

既和蘭雪玩月看荷之章雨中復成此詩戲柬

明月如流水，可玩不可掬。荷花如高士，可近不可黷。君視淨業湖，直是一別築。夜夜行湖邊，鷗鷺紛相逐。殘僧苦燈燃，老漁怕舟覆。酒樓拒醉客，防同僵柳仆。河伯出奇計，黑雲遮林谷。苔蘚阻幽徑，晝夜雨斷續。坐使老博士，孤館日瞑目。忽然粉槎生，萬詩撐腸腹。千言一揮成，字字夏寒玉。老樹既扶疏，數峰乍膏沐。先生對之喜，願老此茅屋。乃知月與花，胸中秋氣足。西風一夜涼，高詠四山綠。

熱極適得快雨

蚊蚋譬小人，嚼人人弗覺。及至痛肌膚，又難施擒捉。所幸疏雨過，清風散庭角。松淨竹疏疏，綠天如帳幄。蒲葵扇可拋，披襟且騰踔。所以君子心，但自勤澡濯。不聞與不知，內驗平生學。

題蘭雪雨中看月詩後

後院看明月，前院墮疏雨。詩人遭遇奇，此境天所補。思議入變幻，方欲刻肺腑。陰晴換林谷，咫尺異聽睹。難得五寸管，題句必千古。倔強郊孟郊，排奡學韓愈。我謂魄力大，牢籠似杜甫。生也投筆笑，捉月向花舞。不計青衫濕，只要奇氣吐。

和蘭雪三汊河雨中看花之作

荷花出水萬人見，見花之人心目倦。冒雨看花君獨行，一頒青簑一瓦硯。紅日不出紅塵無，凉風習習如秋初。車行比水馬比箭，荷花注意在酒徒。藕根雪白藕英紫，酒徒不願食蓮子。但願花氣結爲雲，萬朵芙蓉秋不死。酒徒有病愁秋生，今從葉底尋雨聲。雨聲稍歇月已上，茅店疏籬交五更。

且園雨中作歌貽蘭雪

槐雲半頽丁香委，十日不雨花何恃。甘霖連宵落不止，蜀葵墙角數枝紫。老夫又怕踏蒼苔，手扶藜杖曳敝屣。蝸篆滿壁既迷目，蛙鼓半庭徒聒耳。青蟲墮地猶葉抱，黃蝶濕衣尚花倚。惟有門前數老梧，蟬聲不聞鳥聲喜。而我擁書數萬卷，日日埋頭搜故紙。東塗西抹取適意，奧奇往往闖諸子。作詩不復辨唐宋，總期思議出自己。遠自江湖近官府，謠諺謳謂一一擬。交遊首數蘭雪生，孫原湘與查伯揆。南榮掃除博士榻，青瓷甕射烏皮几。博士茶癖過盧仝，一飲七椀猶不已。清晨獨遊三汊河，便思吸盡西涯水。青山招客面前迎，黑雲催詩頭上起。腹中雷鳴饑欲死，衣上雨淋誰所使。友朋訕笑童僕皆，吳生之狂有如此。

思元道人招同蘭雪小集

道人闢園無百弓，道人種花無千叢。純以意匠發神巧，若遠若近天無功。臺不必高月可看，池不必深流可通。孤蟬抱葉足秋意，野鶴守門饒古風。亂螢滅燈出深竹，蒼鼠嗷碧跳長松。道人學道苦未足，攤書北面堅城攻。芻蕘往往矜一得，葑菲見採哀愚衷。東鄉吳生有道者，近日棲息詩龕中。看荷夜夜發狂興，驚散鷗鷺與漁翁。萬頃玻璃一明月，吳生醉倒湖橋東。寺僧扶起上驢背，飄然如駕吳江篷。歸舍無魚更無酒。一飲欲盡茶千鍾，衣緑尚疑萬蘆葦。燭紅猶認千芙蓉。天公一雨阻行客，吳生方自悲詩窮。拆束招遊事亦巧。收拾佳句排吟笻。我固癡懶老成癖。官閒尚爲世所容，吳生況復古狂直。疏籬清箄時遊從。四海九州幾明月，園中之月將無同。三更五更我不問，要與明月常相逢。

和陶季壽出德勝門看荷花歌

湖湘之水多於地，湖湘之花美人似。長安莽莽十丈塵，六月炎天暑難避。陶廬正好邀陶公，參差新竹雙梧桐。净業湖倚净業寺，春楊柳接秋芙蓉。德勝門外橋西轉，菜畦瓜徑清苔蘚。晨曦初漾山遠近，夜露猶濕水清淺。君等各各江湖居，垂竿日釣烟波魚。揭來冷眼窺行客，幾輩偷閒能讀書。看花了不關事業，片刻尋鷗與放鴨。但葆平時磊落心，勝泛蠻溪入巫峽。豈無車騎河干過，驅之驅之花奈何。勸君早作湖湘主，脫却朝衫換綠簑。

净業湖有感

鮭菜亭空夢迹陳，我隨鷗鷺踏湖漘。酒樓隔水密於樹，荷葉隨花高過人，事後空思歌舞盛。眼前誰與薛蘿親，鐘聲又響橋南寺，一角西山入眼新。

待月淨業湖

荷花出水作人立，柳樹來岸如牆圍。酒樓之下鷺鷥睡，酒樓之上蜻蜓飛。隔湖秋寺藏樹底，老僧捕魚時未歸。新月有錢不能賀，一痕穿破雙板扉。鮭菜亭前幾延佇，月橋猶是人全非。飲馬池頭誰飲馬，稻田蓮渚空依稀。我生進退取適意，何苦衣馬求輕肥。青山推月出湖上，擬築茅庵臨釣磯。

積水潭

海寺月橋尋已過，荷花不放老夫歸。白鷗認是貴人至，祇向潭西空處飛。

張船山爲王竹嶼_{鳳生}畫江聲帆影之閣圖，吳蘭雪賦詩感而有作

北人不作南人夢，江上輕帆任風送。船山之畫豁余眸，蘭雪之詩益余慟。秋水閣祇大如斗，我與阿翁初執手。二十年前積水潭，_{余與蔚亭及船山、蘭雪遊積水潭，今二十年矣。}荷花如舊人何有。玉樹交柯一枝折，_{謂香圃。}七字吟成句幽咽。至今遺集比斜川，當日抗行軾與轍。白下風光拋不得，青山仍作六朝色。有魚可釣酒可沽，如何容易去鄉國。手翦竹燈照窗紙，紙上秋烟吹欲起。筆墨化爲明月光，感人瀉入肝脾裹。我避炎歊如避仇，看荷日上河邊樓。江是白雲帆是樹，野人只似沙汀鷗。

酬陶季壽

秋氣滿天地,不入樓臺中。此身取瀟灑,何事辭蒿蓬。環顧吾故園,猶存石與松。偶然弄孤琴,泠泠引天風。昌黎没千年,誰復追高蹤。子乃一枝筆,奥抉幽微窮。身從衡山來,手刜岣嶁峰。新詩挺奇骨,削出青芙蓉。訪我西涯西,慨慕茶陵翁。議論數千言,磊落抒心胸。停車三汊河,日映荷花紅。唱酬誰最佳,蘭雪更磵東。愧我筆孱弱,思欲偏師攻。君提十萬師,將軍飛自空。一戰敗華陰,寧敢攖其鋒。我亦有丘壑,旦暮扶枯筇。清修萬竿竹,兀傲千尺桐。雨止酬清蟬,月上賡寒蛩。閉門日歌嘯,天或憐疏慵。

酬歐陽磵東過訪貽西涯詩

六一居士吾所尊,八百年後交公孫。公孫近宅沅水側,下筆時挾江濤奔。長安六月炎暑盛,寒士避熱常關門。而我家住城之北,市廛漸遠如山村。綠楊萬樹月橋接,碧潭百頃風荷喧。岸上祇見酒旗颭,水中惟許沙鷗翻。跨驢訪我過溪上,小雨滌蕩詩人魂。蒲羹松脂餐不得,浄綠初瀉葡萄樽。涯翁生平君所悉,此詩真能風教敦。安得傳寫徧江漢,湘水一洗茶陵冤。世謂劉謝去大好,六尺之孤誰所存。梁公祇知有社稷,何況顧命承前軒。朋友悖負尚不可,君臣有義寧無恩?方今人材楚最盛,懷麓堂集斯淵源。前後複沓宜釐正,一其體例芟其繁。昌明詩教事猶小,生平心迹宜細論。不然請看公弟子,師死幾輩遵遺言。

鶴意似聽詩蘭雪爲余題夢禪畫扇句也，項道存孝廉爲補圖屬余賦詩

延佇亦已久，徘徊仍獨行。秋來先有氣，詩外更無聲。此意太孤潔，何人知性情。只宜雲臥處，野鶴共平生。

贈王潤亭彬明府

王朗別廿年，執手成髯翁。聞君宰閩邑，生徒坐春風。冷眼看青山，日對千芙蓉。在山雲意逢，出山雲澤豐。王朗臥空齋，攤襟孤鶴從。蘭氣熏衣涼，荔影交檐紅。古琴聲何高，哀怨振長松。我亦蕭疏人，山綠填滿胸。安得航武夷，鼓枻尋仙蹤。

寄題龍山慈孝堂

天地心至仁，感孚及盜賊。請看鮑氏堂，巋然峙千尺。當年父若子，梟獍苦相逼。爭死而得生，出險至誠格。讀書廁士林，自負頗奇特。呼吸存亡間，幾人持定力。龍山五百年，清芬誦在昔。至今孤月明，猶照雙松黑。

息隱園五詠

鏡清幛碧之軒

一日不出門，便已塵世隔。鏡中心自清，幛外花全碧。色相苟能忘，何必在山澤。

樹芝館

採芝果何人，樹芝定此館。癯鶴比佳兒，但少梅花伴。一枝白雲中，踏雲我又懶。

吟青閣

山從六朝青，至今色不改。一杯明月光，借山抒磈磊。徃徃歌嘯聲，中有千古在。

欹屋

世路悲崎嶇，人情喻反覆。欹器古有誡，茲乃作欹屋。我心如水平，月斜幾竿竹。

竹風蕉雨之居

竹無風不韻，蕉無雨亦俗。翛然風雨中，掩映一天綠。東山上明月，高人秋睡足。

岳鄂王遺硯歌

<small>硯陰刻"持堅守白，不磷不緇"八字，爲岳王筆，下有謝疊山藏記，文文山銘，于忠肅、王文成題字，歸董思翁，今爲先芝圃方伯所得。</small>

宋室金甌歎殘缺，岳家石硯猶瑩潔。唾手燕雲細字書，小朝廷事那堪說。軍中檄用麻札刀，點筆磨墨王親操。雅歌投壺意瀟灑，東松題寺秋風高。持堅守白平生志，不磷不緇君子器。三字獄成莫須有，紫玉一團同播棄。橋亭石重謝枋得，玉帶生傳文信國。藏之銘之賴二賢，此硯遂同徙南北。文采風流畫禪室，堂堂于<small>忠肅</small>。王<small>文成</small>。大

444

手筆。紅羅幟上岳字標，精忠之氣硯寧銷。十七札皆帝所頒，病哭仰答黃龍山。三萬六千一百言，此硯不寫風波冤。金佗稡編珂也撰，未聞淚滴鸜鵒眼。想彼端方吏確犖，骨節玲瓏嗤艮嶽。濕翠染徧青原峰，詩成壓倒黃涪翁。

贈先芝圃方伯

聞説蕉園公，遺槀十七束。阨於黃州火，上帝取作籙。克家我方伯，搜訪善輯續。黃州題警句，靈心天啓沃。坐客皆斂手，超妙遠塵躅。東坡邀難及，斜川世久矚。雲中宛委書，剔翠煩屢屬。茲獲笑言共，重以車騎辱。衣上匡廬雲，一片西江綠。却餘下筆聲，洶浩吞巴蜀。静言約真率，繁文誡華縟。書生不解事，草堂秋睡足。頗憶湖海内，故人多建纛。萬姓胥得所，我更有何欲。衣慚范叔袍，飽愧太倉粟。蟋蟀自有聲，要難比黃鵠。貢諛我未能，皋夔我君勖。

秋雨夜坐

似聞聲在竹，旋看水平池。病後尋無藥，秋來賸有詩。濕螢兼葉墮，孤鶴隔花窺。明月凉應重，茶烟出檻遲。

明祭酒陳文定公畫像歌

氣節凜凜經術崇，十年不調官南雍。僵卧磵壑如孤松，歷仕仁宗與宣宗。君維明聖臣維忠，乃有建安西川翁。在朝濟濟稱恪恭，娼嫉曷獨施於公。朝廷豈真才勿庸，是有天意非人窮。四箴可書幣不通，閽竪何物能取容。襄城高宴千花叢，一飲且盡三百鍾。白雲在天明月東，醉眼不亂紅粧紅。畫像今日生春風，吾將拜倒詩龕中。

題黄左田爲王子卿所作畫

我生不識梅花樹,畫裏相逢徒慨慕。我生不辨江南天,夢裏相思四十年。兩個神仙各天上,烟水迷蒙輒惆悵。月落未落人寂寥,花開未開地幽曠。圓照寺悄鐘聲孤,月色如水梅花鋪。吟成只有溪鳥答,酒醉合倩山僧扶。白雲迢遞黄河隔,冰雪高寒濯詩魄。寫出於湖舊草堂,梅花與客同標格。此筆蕭疏空一代,觸景懷人感興廢。草色時餘楚澤陰,石根猶染秦時黛。我家近傍鷗波亭,捲簾飽看西山青。君肯灑墨圖爲屏,淨業湖水秋泠泠。

廣慈庵同己亭英貴太守夜話

枯僧化去三十年,佛閣燈焰青依然。二客對語倚禪榻,清磬相答聲聲圓。香厨斷續不滅火,坐久檐花開幾朵。生死江湖朋舊多,衰老猶存爾與我。君判川西兼領軍,使筆使劍徒紛紛。短鬢寒生破山雪,戰袍濕帶巴江雲。元戎年少兵符握,偏是青衫舊同學。不諳供帳逢迎工,但合蓉艼分別確。竭來翦燭秋庵涼,雨止滿地槐花黄。猛憶當時事科舉,滋味還是山中長。我每避嚚居此屋,一院清陰數竿竹。伏枕愛聽蟋蟀吟,閉門怕展韜鈐讀。

書吳蘭雪題錢南園畫馬歌後

御史畫馬不畫肉,筆所落處神已足。博士題詩非題詩,發洩一段胸中奇。詩成擲筆向天笑,俗子那能知其妙。分明御史自寫照,夭矯倬奇好材料。千金買骨世猶誚,吳生對此且歌嘯。天風浩蕩從西來,吹我湖上蓮花開。吳生踏月湖上回,青鞋布韤污秋苔。大呼良馬君子哉,恨不相逢御史陪。一時風義有千古,畫手紛紛安足數。人間徒重吳興紙,傲骨安能到如此。

答李怡庵_{如枚}榷使

囊輯《雅頌集》,徵及尊公詩。尊公撫滇南,方畧蠻夷知。作詩特餘事,宗派蘇黃遺。君今榷江關,先德憂弗滋。從客百事舉,孤寒尤念茲。使君坐中庭,口講手畫之。我嘗抱古經,不停松間披。豈無生徒列,空言招謗嗤。良材滿天下,採擇惟工師。廣廈果萬間,吾亦忘朝饑。

約鮑樹堂_{勛茂}小飲_{適携王惕甫書至}

客從邗上來,告我樗園事。吾輩弄文墨,斯人竟廢棄。鮑叔知我者,一樽共秋意。野水綠半城,斜陽媚孤寺。人與清風來,雨帶白雲至。酒戶約比鄰,詩卷壓歸騎。沙汀鷗自飛,何必驄馬避。在山與出山,士貴各有志。

題萬廉山梅花即寄廉山索畫

兩峰畫梅花,曾無一筆敗。廉山畫梅花,意在梅花外。風雪居長安,日召梅花債。兩峰長已矣,尺幅十金賣。今年夏酷熱,驕陽草堂曬。日臥松竹間,有風不暢快。千里江南春,枒槎北窗掛。廉山善治民,或即如作畫。瀟然退食暇,閉門寫幽怪。驛使肯相寄,敢以詩爲介。

送仰山鍾昌之貴州兼懷尊甫耐園伊湯安觀察

君家老詩翁,髫歲同筆硯。今雖志大行,猶日擁萬卷。方今黔以西,文教日於變。詩畫氣醞釀,可以息征戰。無事坐官閣,但揮白羽扇。君今買秋帆,彷復尋巢燕。酒情紅樹遠,詩境白雲羨。計日抵蠻州,梅花滿僧院。凍竹時出林,江魚定入饌。剪燭鈔翁詩,寄趁驛使便。

瑤華道人竹趣圖歌 時為道人校定詩集許作畫見酬

道人落筆有秋氣,秋雨瀟瀟寫竹意。門外紅塵十丈飛,階下綠雲三尺漬。千杯百杯道人醉,雨止未止道人睡。詩成殘墨猶在壺,放眼萬梢十指寄。書生寡營外務棄,愛向秋園弄寒翠。清泉繞屋聲不喧,黃葉滿林我獨至。何人領此蔬笋味,玉板參禪特遊戲。但求瀟灑傍溪山,不願杈枒拄天地。深宵剪燭讀奇字,高文典冊難強記。墻根暗火逗疏螢,巷口清風散歸騎。白石老翁真好事,移竹曾寫慈恩寺。沈石田曾爲李西涯寫慈恩寺《移竹圖》。北海而今缺酒樽,西涯誰肯圖荷芰。

送英己亭還酉陽州任 己亭太守銜

君從酉州來,還向酉山去。酉州江水天下無,酉山藏書貯何處。大禹事隔五千載,江花江鳥今猶在。與君相別曾幾時,兩鬢星星看都改。哀猿夜叫嘉陵西,大船小船飛渡溪。將軍下令賊穴搗,太守親手搥征鼙。風雨倏然弓刀鳴,死且不計何論生。前軍立掩白蓮壘,萬騎仍歸細柳營。議功太守膺異等,宛轉秋江泛烟艇。猛憶空山夜讀書,樓頭春夢風吹醒。桐鞋朝踏東華塵,釣絲夕理西涯綸。江亭聞笛各惆悵,淚痕猶漬青袍新。十七人中八叉手,庚子科留館十七人。未免高寒受獨久。三山望見不可登,此生只合漁樵友。五馬到日梅花開,一花開勸一銜杯。詩成編作劍南集,驛使和春同寄來。

高　　枕

萬竹逼人涼,蕭然身世忘。暗螢吹火碧,秋燕落泥香。夜靜心俱遠,官閒病不妨。閉門且高枕,安用沈蘇方。

憶　　舊

憶我兒童日,時時貧賤憂。江湖成遠夢,軒冕半同遊。白日何人繫,黃金不可求。夜深明月上,吹笛水邊樓。

送　　別

宦途難逆料,遠別易傷神。落日下高樹,衰年逢故人。夢長詩易好,酒淺話偏真。自古多愁客,時時猿鶴親。

西　　涯

西涯涯下水,長爲老夫流。一夜淒涼雨,前村遠近秋。如何今日酒,仍引去年愁。寄語乞詩者,吾將漁釣儕。

晚　　渚

晚渚白鷗涼,疏星帶水光。山多浮遠翠,樹只賸微黃。古寺月初冷，斷橋苔更香。樓鐘醒客夢，最是五更長。

獨　　立

白髮不能換，青鸞安可騎。風雲愁阻隔，花竹種參差。醫俗原無藥，娛情只有詩。可憐人睡後，扶杖立空墀。

月　　橋

坐殘月橋月，忽響鐘樓鐘。此地惟荒草，當年有碧松。酒樓誰繫馬，僧院又聞蛩。濃淡西山色，飛來第幾峰。

秋　　寺

玲瓏幾樓閣，明滅半烟雲。秋氣隨人至，泉聲到寺分。文章天上有，富貴夢中聞。悟得清微旨，胸中少垢氛。

空　　谷

不知空谷裏，別自有烟霞。斷水明蒼石，秋陰上野花。鶴飛松葉亂，蟬墜柳枝斜。笑語茅茨底，漁家共酒家。

山　　夕

耳喧泉萬道，目極柳千條。鶴與人爭路，溪將樹作橋。壯懷消筆硯，前路託漁樵。雨洗松間石，彈琴慰寂寥。

送友人還蜀

馬影入殘月,猿聲低暮鐘。風雷爭一水,烟雨失諸峰。黃菊行堪把,赤松安可從。梅花使君迓,官閣且扶筇。

書竹泉詩後

萬竹動參差,飛泉百道馳。野風秋水外,明月此君宜。老鶴飛空遠,孤琴出響遲。空舲憶猿嘯,哀怨似吟詩。

南唐澄心堂冰玉琴歌

棲隱廬山築仙館,帝臺春句諧簫管。南海遠獻龍腦漿,九十二種香盈囊。元日登樓賞春雪,圖書絲竹都稱絕。華堂清艷澄心題,當年誰此箴規遣。瑤琴本是鈞天物,北苑妝成南國拂。空山流水兩三聲,人間但覺風飆欻。琴背分明細字刊,保大二年製造官。玉堂晝永御詩下,金徽響播松風寒。飲香亭畔觀蘭日,紫雲夜擁十琴出。因其為丙冰玉名,臣億希正所甲乙。長春殿圮鶴空飛,小樓昨夜東風微。秣陵王氣漸消歇,振羽沈官不可揮。焦桐埋沒隨荒草,河山一角猶難保。元祐淳祐幾何時,泗水河南空見寶。慶亭愛菊兼愛琴,白髮黯黯情惛惛。讀書得間小見大,蒼茫萬古蘇齋心。霜竹寒松字遒勁,彌勒一龕今昔映。筆勢居然擬撮襟,字法直堪溯書聖。草堂寂寞秋烟昏,四壁猶有寒蛩喧。老人愛琴勝愛菊,灑墨手搦東籬根。

訪蓮龕繼昌夜話時蘭雪留宿齋中因讀近詩

無月水明夜,蘭雪句。此時秋在心。坐來螢火暗,不覺夜堂深。舊雨三年別,新涼兩鬢侵。莫嫌更漏短,高樹未星沉。

陶季壽約同人小集江亭

衝水車聲似放船,葦塘烟濕佛爐烟。尋巢秋燕驚時晚,避俗閒鷗占地偏。今日山光容我看,他年詩句定誰傳。柴桑家法沅湘客,倘許前賢護後賢。

江亭即事

一雨江亭萬綠收,半城烟樹極空浮。西風柳葉難青眼,北地蘆花易白頭。此會許誰詩壓卷,人生幾度酒盈甌。蟹肥菊瘦尋常事,何必重陽始感秋。

後竹趣圖歌

道人畫竹祇畫趣,觀者那能知其故。酒氣拂拂十指騰,秋烟漠漠空堂度。澹墨爭教乳鳳憐,暗香直被籜龍妒。槎枒底向胸中生,頓挫全從空處悟。頃刻玉板枯禪參,依稀菜把園官誤。草堂百事都不宜,冷宦十年何所慕。新笋成竿一丈雲,濃綠繞門三尺霧。涼天無月逗疏螢,破帙有風走殘蠹。盥手花氣熏燈前,回首粉香吹日暮。

和周希甫有聲太守見贈

莫漫相逢歎二毛，十年握手氣猶豪。梅花繞屋蠻雲冷，春酒浮樽海月高。詩筆已堪齊鮑謝，政書直欲壓蕭曹。南人不復愁征戰，陌上駈牛賣佩刀。

題合作詩龕圖有序

朱自庵覽奚鐵生所作圖，摹爲此卷。適鐵舟僧見而皴之，携示夢禪、甫山、間泉，益以松石水竹，野雲渲染，而素人色澤成幅。評詩者以羚羊掛角、無縫天衣爲極品，此又何減耶？賦詩以誌。

我生交畫師，約計十餘人。夢禪老居士，八十猶嶙岣。甫山最迂懶，當是倪瓚倫。朱家四昆季，六法皆精純。鐵舟乃緇流，下筆能通神。託迹春明城，來往詩龕頻。丘壑胸中滿，鷗鷺時相親。人中有顯晦，紙上無屈伸。咫尺茅庵中，倏忽秋無垠。豈是芙蓉花，萬朵凌高旻。妙手雖空空，詎廢染與皴。物外運以心，即物生鮮新。羚角何以掛，天衣誰所紉。化工不言工，工極翻失真。吾爲詩記之，猶恐烟墨淪。

八月初九日掃墓諸同人約遊湯泉明陵一帶期而不至惟定軒給諫偕往

掃墓擬獨行，同人約共往。古語無宿諾，此期竟可爽。獨有定軒老，時作出塵想。花竹愛蕭疏，山水情悒怏。隔夜整驢鞍，呼童携鶴氅。亦有斜川兒，令子隨往。奉以紅藤杖。敝廬久傾圮，野寺尚莽蒼。

乃藉清泠泉，滌去生平坱。三杯酒氣豪，萬古詩懷蕩。可惜謝<small>薌泉</small>。與吳<small>蘭雪</small>。平日誇骯髒。浪費賢醉錢，不辦尋山緉。

薊　　丘

積土成岡陵，乃有蜿蜒勢。百家列闠闠，京邑藉拱衛。我適驅車來，正當雨初霽。炊烟茅屋掩，秋樹孤城蔽。病僧睡松根，廢寺出雲髻。風高馬蹄縱，露冷蟲響細。農喜沽酒歸，日午柴門閉。

清 河 道 中

隴背驅烏犍，道旁拾紅秋。天然農樂圖，畫師寫不出。富貴吾所願，千求苦無術。只可隨漁樵，夷宕娛夙日。兵革早消歇，民物況安吉。草荒戰壘平，沙寒雁飛疾。惟有青山多，蒼莽赴詩筆。

湯　　泉

坋垢幾無垠，到此滌欲盡。秋陰散土花，細路吐石菌。老松幹曬脯，新竹亂抽笋。聞説五六月，荷氣山雲引。疑人江南村，詩才我亦窘。枕頭明月高，流水聲凄緊。

聖泉寺<small>在小湯山</small>

誰割白浮<small>山名</small>腴，擲此萬翠裏。峰岫散嵐靄，形勢列案几。流淙晝夜響，不識何年始。山骨鑿無縫，撫之有脉理。涓涓一滴泉，瀦爲千萬水。天風詎能凍，霜雪任填委。僧言桃柳樹，先春發青紫。何不買梅花，種向河之涘。

法雲寺在昌平城東南邵村

　　昔遊畫眉山，曾憩法雲寺。茲乃寶泉邊，北枕天壽翠。花竹雖數叢，門徑極幽致。客欲鈔碑文，僧已捉筆至。因述十三陵，規模資掌記。果凉散午炎，茶清醒晨醉。我喜草閣靜，正欲抱石睡。莽莽黃塵飛，乃爲投詩騎。

天　壽　寺

　　西出昌平城，北望天壽山。磊落十三陵，參差高下間。紅門接碑亭，迢遞排雪鬟。鑾石象八物，儼奉蓬萊班。黝黑萬松檜，蕪没千榛菅。翠岫爭岩峣，翹首非塵寰。惟有河水聲，不復流潺湲。王氣此忽盡，天意誠哉艱。成祖實叛背，負㞸良忝顏。遠避金陵門，來葬居庸關。峰頭只十三，此外皆汀灣。我朝禮遇隆，異代殊恩頒。採樵不敢入，石樹交暄妍。饑鼠下飲綠，秋禽飛啄烟。野花補斷橋，積葉湮寒泉。白晝日陰森，古殿風迴旋。鬼物與趨蹌，虎豹時蹁躚。蒼茫萬古胸，到此憂心煎。回首王公墳，壘然峙道邊。呼嗟科目流，乃不如中涓。王承恩墓在思陵側。

望居庸山不至

　　犖确石聲微，鴉軋車聲續。斜陽忽下林，老馬行且蹜。因念山邃險，路繞容車轂。蒼烟如水來，軍都山名。喜在目。若者溝溝厓，若者石峽谷。溪光與山色，滿貯詩人腹。從前戰伐場，今日明月屋。如何刀頭血，化作溪上菊。絶少寄書鴻，時逢帶箭鹿。西風黃葉灑，萬疊翠雲矗。

燕平書院

荒涼山館中，乃逢此亭榭。緑雲柳塘暗，明月竹窗暇。老馬怯長途，寒蛩入深夜。山中景幽怪，夢裏猶驚怕。宦興老年減，秋光半日借。睡起數殘星，聲聲黃葉下。

狄梁公祠_{余曾著《梁公論》}

春秋書賢者，我論公生平。若爲世儀表，公允唐廷英。有舉莫或廢，廟貌今崢嶸。寒蟲咽涼露，如聞歎息聲。我來踏黃葉，沙月檐頭明。照見野菊花，秋殿顔色矜。

劉諫議祠

登科者有愧，公論非譽之。上書詆時務，投筆安茅茨。乃垺昌黎公，異代尊爲師。古殿久零落，老樹仍離披。至今松檜枝，猶帶雲霞姿。我入昌平城，先訪諫議祠。斜陽下頹垣，荒草蕪空陂。徘徊短鬢搔，敗筆題秋詩。

沙河_{舊名鞏華城}

宛轉淶陵堰，淼漫車箱渠。沙河兼白河，脉絡皆温餘。石橋卧長虹，雲際風卷舒。沙來時落雁，沙去時見魚。小坐楓樹根，紅葉打我驢。豈無白髮翁，無意求奇書。霜栗貯一囊，秋菘藏半廬。謝彼鳳山鳳，且去漁陽漁。

贈昌平牧戴懷谷

西有幢幢水,北有溝溝巖。斗大昌平城,山水實不凡。日煊萬峰岫,霜勁千松杉。時坐衙齋中,老圃秋菘荠。遥知明月光,猶在樓西街。濁酒斟一壺,書開故人函。醉墨寫淋漓,綠濕芭蕉衫。

周載軒給諫出彈琴畫卷索詩

我昨題詩冰玉琴,澄心堂字筆畫深。一彈再鼓聲愔愔,高山流水誰知音。載軒自是柴桑客,白髮坐老松間石。人疑明月是前身,我道梅花此標格。西堂颯颯秋風生,蟋蟀不比鸞鳳鳴。夜窗飄蕭黃葉下,老梧黯淡青蟲行。淒清轉憶米顛句,詩中大有琴中趣。萬重山隔萬重雲,目極匡廬彭澤路。

唐伯虎寒林高士圖

黯黯者樹荒荒山,老子終日柴門關。草堂黃葉伴岑寂,斷橋活水流潺湲。乞砂採藥從誰始,果否神仙真不死。縹緲青天十二樓,蒼茫大海三千水。高士放浪烟霞中,讀書飲酒人所同。山風山雨年年換,那教陳迹留吾胸。忽對老梅長太息,似爾枒槎世豈得。無花益覺風淒涼,抱獨何妨月昏黑。唐生本是落魄人,時以絹素傳精神。自知榮悴關天意,不寫朱門富貴春。我每借詩論作畫,落筆先須除芥蒂。枝枝葉葉儘容刪,竹外水邊寄幽怪。

同人集韻亭侍郎齋中余以雨阻留宿

我每登斯堂,徘徊不能去。秋氣先客來,雨聲併一處。畫師四五人,各自寫心素。張顛船山。雖嗜酒,醉語雜詩趣。紅燈忽照壁,虛庭積寒霧。主人早投轄,黃葉悵歸路。林雅喑無聲,巷柝響不住。藤枝借風勢,夭矯西窗怒。幽淙漸漱石,濃綠不掛樹。我擁布衾坐,拳足比沙鷺。奔騰感歲晚,瀟灑送日暮。良朋得數輩,開樽便把晤。紙帳臥風烟,竹榻捫星露。黃菊與紫蟹,我更何所慕。埋頭故紙中,任人嗤老蠹。

再題寒林高士圖

閉戶詠新詩,不問塵世事。但覺溪頭梅,慘慘着綠意。白雲半隱樹,黃葉盡委地。時有打門人,載酒問奇字。明月未上樓,難辨水南寺。斷續鐘梵聲,驚醒沙鷗睡。此景最閒曠,吾欲尋詩至。借題小西涯,添寫萬荷芰。湖雨作晚涼,岸風醒薄醉。倚石發孤嘯,側耳聽松吹。

九月初八日止宿秋隱山房答吴蘭雪

風雨不作秋,出城訪寒菊。登山踐夙約,乃就秋齋宿。主人誠賢豪,客亦鮮塵俗。揚州自有花,匡廬豈無竹。但覺平生句,只欠西山綠。明月翠微頂,詩卷隨意續。蔬笋氣味好,忽勞携酒肉。

重陽日五更即起由太平莊抵翠微山甫曙

山情滿貯胸,伏枕不能寐。林風颯有聲,庭月欻西墜。驢鞍隔夜整,竹杖預期備。疏星炯在天,殘水綠於地。沙明辨遠村,樹密隱孤寺。稻田與漁莊,每觸江湖思。秋山媚佳客,高髻絢新翠。初陽四峰亂,微霜萬葉醉。我本瀟灑人,簪紱久欲棄。厭看長安花,松間時一至。閒居念陶公,高齋抱書睡。陶季壽約而未至。

三山庵次吳蘭雪韻

塵壒漸已遠,苔蘚侵我衣。寺門落山影,鳥噪人聲稀。乃有檐際喧,拓以林間霏。花氣閟一庭,磬響開雙扉。幽廊啓南榮,參差松竹圍。顏色自深淺,匪藉東峰曦。別此已四年,林綠猶依依。我思葆晚節,感物憐芳菲。日處紅紫中,焉能謝絆羈。五嶽不可到,三山焉肯違。芭蕉綠成天,楓柏紅吐微。笑他杜牧之,博士風堪希。拈花即詩境,擊鉢皆禪機。清狂嗤孟嘉,擲筆長歔欷。

隱寂寺次蘭雪韻

青天漸低境忽僻,回頭已失來時迹。怪樹訝從盤古植,白日曖曖風瑟瑟。我筆恨無一千尺,題詩焉敢污翠壁。黃葉如雲補石隙,不知是雲還是石。僧從葉底穿雲出,勸客且坐山之脊。幽澗無水野花碧,鐘磬不響齋堂寂。

龍泉庵次蘭雪韻

入門但覺松梧森,坐久乃知山落陰。老龍何年此樓伏,寒泉汩汩流至今。怪石倚階本蒼黑,近歲況復皴秋霖。僧雛移立補牆缺,遊客指是星精沉。博士愛泉識泉處,手撥黃葉松根尋。濃墨新詩寫粉壁,登樓擁鼻低徊吟。山靈對爾羨神妙,鈎月掩抑西山岑。涼潭不照霜鬢短,清磬忽度雲堂深。孤鳥喚醒下方夢,秋花傷盡人才心。君倘攜琴奏水調,千巖萬壑皆松音。

香 界 寺

香界太行支,有寺枕其股。舊雖稱平坡,萬山人仰俯。衆鳥飛欲絕,一鈴靜可數。莊嚴茲最勝,幽偏我所取。茅庵如扁舟,但少幾聲艣。湖波與山翠,依微藉手撫。<small>山亭望昆明湖,萬壽山如在其下。</small>落葉半尺深,乃不因風雨。孤松蔽斜日,野蔬散寒圃。嫣然紅蓼花,隔牆一枝吐。我欲過溪行,白雲蔽廊廡。

寶 珠 洞

山行無路阻絕壁,古樹根穿盤陀石。夕陽一片下盧溝,搖曳千千萬山碧。河聲直挾崑崙來,束之以山波陡回。猿聲鶴聲聚峰頂,遊人到此空徘徊。吴生讀書喜幽邃,使筆文場慣掉臂。踏實了無縮地法,行空似有摩天翅。黃葉以外皆白雲,下方鐘磬何所聞。鴻鵠拍江夢清遠,松櫪不響秋氤氳。白晝燒燈尋古洞,洞口蕭瑟西風送。土花得氣紅可憐,石乳生香森欲動。生平愛坐彌勒龕,世味酸鹹初未諳。玉泉瞥落甕山底,好從山北看山南。

次和蘭雪半幅精廬月中聞笛

山月依微吐松頂,松陰滿院孤烟暝。坐久滿身寒綠影,敗葉風送如歸潮。隔溪不見楓根橋,平林荒草秋蕭蕭。

半幅精廬對山起,十丈紅塵隔夜洗。暫時放眼入空明,往日填胸幾烟水。香山甕山落杯底,玉泉流出山之觜,詩聲泉聲振兩耳。

醉眼不管山花碧,殘酒淋漓雜殘墨。秋夢忽醒風外笛,萬里歸來臥寒石。老僧寂寞雲堂空,石鼎聊吟一笑逢,倔強我愧昌黎翁。

宿三山庵半幅精廬看月

看花不及看月好,看月只要登樓早。我宅差憾無書樓,辜負長安多少秋。登高直躡翠微頂,塵夢十年今始醒。把酒東堂松竹閒,茫茫者月蒼蒼山。白露橫空密如雨,黃葉驚風出林舞。洞簫宛轉雲中吹,神仙忽感飄零悲。搖步翻疑涉滄海,蘆花蕭瑟扁舟在。有客新從彭澤來,東籬飽看菊花開。鄱陽湖水明月色,去年此日芳樽側。身寄長安心戀家,夜深那不思天涯。勸君放筆寫奇句,山中重陽能幾度。

初十日五更即起雨聲不止曉晴始歸

月色尚掛眼,雨聲忽響樹。誰撮千萬峰,飄忽入寒霧。造物若有意,陰晴旦夕遇。殆使遊山人,徧領山中趣。停車楓林下,暫向白雲住。東風送初日,嵐翠照迴互。客散饑雅噪,葉落棲鴿怖。回頭語山僧,壁詩好籠護。

是日李春湖宗瀚學士招同人看菊余與蘭雪由翠微山冒雨趨赴余獨留宿

風露尚滿衣，花竹正出檻。學士雅好事，嘉會重陽展。博士惟高曠，看菊興不淺。昌雨西山歸，山色餘婉孌。酌酒花枝前，惆悵翠微晛。而我閉戶久，登峰增愧勉。朋舊結老成，話言具型典。今夜坐庭月，昨宵臥石蘚。江湖各有懷，我思在秋蠟。

存素堂詩初集錄存卷二十三

乙丑

季壽以李太守尺五莊圖索詩用季壽卷中和東坡送劉道原韻

　　荷花往日如人長，竹廊西去無殘陽。兩城之隔廿餘里，到此未免尋詩忙。今春客約看芍藥，繁華過眼嗟存亡。樓臺傾圮老松在，百尺猶堪誇倔強。暫時笑樂取適意，階花紅映櫻桃湯。十年日月送瀟灑，兩鬢黯澹餘秋霜。振衣每作出塵想，放筆無復題襟狂。良朋零落半天下，旗鼓往往逢當場。陶君江漢射雕手，欒鞭相見心徬徨。逸韻鏗鏘寫歸思，才人不遇徒悲傷。太守嚴居養風翮，九萬里路將翱翔。西粵疆域古奇險，大川綿亙山莽蒼。行空漫跨遼陽鶴，讀書學牧金華羊。笑我婆娑綠陰底，聽鐘長日棲雲堂。

曉行盧溝柬蘭雪

　　彳亍盧溝橋，殘月松梢掛。五字摩詰詩，一幅叔明畫。水暗星忽動，雲遲路轉隘。長嘯沙雁飛，早行山鳥怪。寺磬沉遠村，林葉紅半砦。馬上句重續，籬下酒初曬。陶公未可希，勉學西江派。

次蘭雪博士用東坡微雪南溪小酌韻同煦齋侍郎

　　殘年大有飄零感,準備圍爐借酒消。枕上遠鐘方破夢,溪頭新雪已平橋。寒衾雪濕增鄉思,深館風微遠市囂。怪底巡檐不招我,梅花香只兩三條。

再用前韻寄蘭雪

　　君別匡廬又三載,新愁拚向故人消。花明城北前朝寺,雪漫溪南小石橋。閱歷漸深書有味,性情能靜室無囂。數峰青間數峰白,凍柳昏烟幾萬條。

題畫山水

　　入山喜聽流泉聲,溪畔坐數山花明。昨往翠微值秋雨,黃葉滿地無人行。吳生_{蘭雪}。自恃腰脚健,攀盡風梢與霜蔓。羨他逐鳥梯高雲,笑我隨僧噉香飯。歸來滿胸貯山色,畫手何人能寫得。有客示我山水圖,山水之外餘筆墨。嶽嶽者石林林松,千巖萬壑秋芙蓉。谷口有花殘陽紅,嶺背築屋舟不通。樵夫牧豎虛無踪,只許老鶴襴裩從。飲酒一吸三百鍾,振衣直上千仞峰。石庵滴綠如江篷,延佇又恐來蛟龍,涼月送客歸墻東。

題煦齋侍郎紀夢篇即書夢禪畫卷後

　　玉堂春屬皆神仙,出夢入夢非偶然。夢禪寫夢意有託,尚書_{戴公}。

題句如參禪。天上金書誰辨識，身世恍置紫微側。七星的皪明霄東，一字扶搖照斗北。隔水微聞戛擊聲，橫空盡作金銀色。白雲飛處石橋阻，春風一陣花如雨。殿閣深沉路杳冥，仙子趨蹌寂無語。天道微茫不可知，人情變幻何足數。侍郎自是星精渝，濡染大筆排天門。閨中琴瑟日和樂，世上伉儷徒紛紜。老人七十坐無事，冰雪滿頭弄烟翠。畫出述離悩恱情，請從筆墨看遊戲。

題毛周花卉冊

南田筆法今誰繼，賸有春波<small>王霈。</small>與素人。<small>朱本。</small>我愛夢禪老居士，胸中別具十分春。<small>是册為夢禪所賞。</small>

忍將筆墨慰饑寒，為買秋菘畫牡丹。休說鉛華删未盡，世間幾個冷人看。

再題紀夢篇畫卷後

君非東方生，又非青田子。瑰詞寫荒誕，灑灑盡數紙。洞口桃全開，掩映樓臺紫。萬物如浮泡，一心比止水。雲亂山益奇，月明花更美。銀漢富波瀾，鈞樂辨宮徵。可解不可解，上帝默驅使。我謂悠忽語，李白夙最喜。夢禪工寫夢，而又喻禪理。為君證佐之，超哉蒙莊旨。

送楊雪帆<small>懋恬</small>觀察之任蕪湖

吾師德文莊，當日官漕帥。舊章率由之，楊公所心醉。文勤<small>彭。</small>習掌故，公政述詳備。後讀勤慤集，詩筆醇而肆。沖微靖節遺，兀岸

465

山谷嗣。寒燈燼十年，未獲窺奧義。觀察公哲孫，橐筆職清秘。皖江水潾溿，蕪湖闢凱歸。祥和氣濡染，草木亦蒼翠。至今吳越民，猶説先公治。使君旌斾來，將無乃祖似。

先月樓歌應雲悦道人命

登樓看月秋滿湖，秋水橫天月有無。樓中來往神仙徒，濕翠溟濛松梧亂。銀蟾瀉影朱檐半，人間烟暝兼葭岸。樓上讀書樓下酒，風露之外餘星斗。眼前誰是搜天手，三千瑤島吾徧遊。茲樓恨不居上頭，天風容易迴扁舟。烏鵲南飛蛩自語，玉簫聲隔梅花渚。孤鶴低頭悵無侶，今秋結伴翠微行。吳生蘭雪。坐愛山泉清，危石飛上猿猱驚。我疑生也挾修翎，豈知嗜奇性命輕。茅庵臥待明月升，放眼無限蒼茫情。回頭忽睹匡廬青，西園樓比西山亭。西園月較西山明，放筆試作西園銘。時邀蘭雪題册。

即席應雲悦道人教

欲到先月樓，我比月尤亟。自分隔霄漢，未易瞻顏色。豈知甫握手，轉若舊相識。爛爛碧王箋，許我灑敗墨。梅花白石間，風雪任捫陟。一語偶投契，肺腑期銘刻。但比號寒蟲，秋階暗蟬螂。青山容易買，白髮難再黑。

仇十洲湖亭消暑圖歌

書卷橫不滿一丈，六月薰風紙邊漾。江南衹有仇十洲，筆所未到神先王。湖亭四面皆荷花，荷花缺處漁人家。朝朝暮暮無住著，一船飄泊斜陽斜。十頃花光百壺酒，好句爭出詩人手。狂吟驚散沙汀鷗，晚涼瀉入石塘柳。今年避暑淨業湖，菱芡堆盤招酒徒。鮭菜亭空苔蘚漬，藜光橋圮田園蕪。蓮花博士吳蘭雪，世上好官都不屑。殘衫破帽坐月明，長嘯一聲蒼崖裂。我亦時上打魚舟，簑衣箬笠吾同儔。欲借畫工寫此意，畫工祇寫臺與樓。展對茲卷三太息，淮海風光喜初識。願執禿筆列座隅，刻畫長江萬里色。人生但含辭塵囂，水可釣兮山可樵。心中無暑到處好，老夫惆悵湖亭遙。

寄黃心盦

樗山有草堂，不識何年築。黃髯年五十，掃徑種松菊。愛詩如性命，求友徧川麓。我雖講習久，萬卷何曾讀。輒煩搜賸句，雕鏤上簡牘。聞君空山中，守身如守玉。雖耽湖海閒，豈不民物屬。東南我朋舊，大半建旗纛。果有濟時策，曷弗慮心腹。空言似無補，旁觀勝當局。但希杜甫狂，莫效唐衢哭。霜雪半頭白，煙水一竿綠。靠山多種梅，近水全栽竹。好趁木蘭舟，去噉胡麻粥。

先月樓和韻

牆陰騎馬愧登仙，苑柳宮花屢佇延。余三為學士，兩掌官坊，一掌官局，其地距樓皆近。每宿玉堂行月底，祇疑朱閣盡雪邊。雪晴泛酒人歸晚，松靜哦詩鶴聽偏。多少林鴉棲暝色，一蟾涼吐翠微先。

送董午橋 榮緯

慈仁寺裏五年前，妙墨狂文遠近傳。五年前君為余代書《佛像記》。賣字洛陽秋滿紙，尋詩城北雪漫天。青山載酒人爭羨，白髮簪花世共憐。此去江湖誇我健，旗亭畫壁有新篇。

臘八日葉琴柯招飲留宿齋中剪燭賦此

交情篤兩世,譜誼敦卅年。驄馬鳴柴門,冰雪時漫天。寒雲凍三尺,香粥流初筳。自問非酒徒,玉板參詩禪。繁華閱漸深,冷澹持彌堅。甕虀與園韭,錯雜春盤鮮。晚郭斜陽斜,高樹顛風顛。燭早西窗燒,榻已南榮懸。萬頃明月色,一屋梅花烟。誰謂斗室隘,不及秋嶽巔。

倪米樓自南中以吴南薌畫乞詩郭頻伽已先著墨作此奉懷兼寄南薌頻伽

米樓別十載,聞學益精進。每際槐花黄,高情勞遠訊。灑然絕萬物,抱琴甘饑饉。風濤豈不險,日月何其迅。忠信所可恃,百年等一瞬。草木與春永,頑石入山峻。白雲舒捲心,剪燭畫中認。

南薌在濟南,爲我圖秋園。秋氣生十指,澹妙倪黄論。睹兹雲木烟,如行苧蘿村。寥寂琴聲微,飄忽江濤喧。豈君胸膈中,別有經書存。抑或下筆時,吸盡千酒樽。掛我梅花廬,綠寒不可捫。

頻伽寄詩至,却在六月初。其時荷塘風,吹雨涼我廬。展吟字字清,吟罷還躊躇。挾此涉湖海,何故長齟齬。憂患志士多,禮節才人疏。且買五畝田,趁月梅花鋤。守門語孤鶴,入市煩蹇驢。招邀元鎮流,結伴爲樵漁。

畫　鶴

琴館簫台願不違，何心更向九皋飛。老來野性消磨盡，日守梅花傍釣磯。

臧孝子和貴詩

嶽嶽愛日居，淵淵拜經堂。鬈歲依阿兄，校字浙水旁。阮公人倫監，饔詁推二臧。無何芙蓉城，召子司文章。徒以母兄在，重爲死者傷。大節苟無虧，顏子非云殤。冗閒長樂老，百歲寧足慶。上帝計壽夭，不從枝葉量。三十年命短，千百年心長。勿炫朝露華，揮涕悲斜陽。

答喻東白_{宗崙}

雨濕秋燈昏，愁來不可遣。淨湖倡和詩，煩君訂訛舛。乃爲錯雜書，砥硈混鏐銑。好學弗遺近，從長肯匿善。月涼照欹斜，雲動共舒捲。自落吳生手，寶之如訓典。昨啓東平緘，徵引到拙蹇。蘭亭第二本，世猶奉冠冕。比玉當有珧，如肉分一臠。瘦影共梅花，墨香凍春蘚。

瑤華道人以盆梅侑畫見貽畫亦梅花也感其意賦詩

我身近來如梅瘦，我詩近來有梅臭。道人知我愛梅花，瓦盆紙卷紛橫斜。天寒斜日幽村遠，澹墨新詩氣深穩。梅雖老矣花仍鮮，茅屋頃刻生孤烟。守門老鶴悄無語,夜深只有涼蟾侶。

蓮花博士歌 有序

> 陸放翁夢一故人曰:"我爲蓮花博士,鏡湖新置官也,子能暫爲之乎,月給千壺酒,亦不惡也。"蘭雪今官博士,性喜蓮。今年夏遊淨業湖看花,得詩最多。楊蓉裳爲作《蓮花博士歌》,黃左田補圖。

月千壺酒良不惡,自有此官無此樂。蓮花博士陸放翁,散髮江湖秋夢薄。放翁當日憂心多,車塵爭奈仙人何。蝴蝶莊周喻言耳,放筆且作蓮花歌。五百年後東鄉吳,淨湖看月思鏡湖。一官到手總夷宕,橋門醉倒諸生扶。才叔長篇左田畫,借歸都向詩龕掛。花影搖將鮭菜亭,書聲聽到成均廨。四門三舍吾遊徧,石鼓摩挲秋雨院。月橋舊是酒入場,槐市今誇詩筆健。博士前身陸放翁,人間天上清樽同。西涯六月蓮花紅,家家畫汝爲屏風。我自手種龕前松,故人勸我騎蒼龍。

丙寅

元日過積水潭

年年騎馬踏京塵,誰職風潭自有春。岸雪消融溪水活,我來又作看花人。

初春即事

老豈遂忘世,病猶耽讀書。百年過一半,千載究何如。雪擁松根睡,風催柳色舒。向陽溪水活,人饌有鮮魚。

居　閒

居閒非就懶,能睡始忘貧。筆下漸無色,胸中時有春。溪橋隨意足,花柳入年新。何必江南路,家家有釣綸。

春　來

春來能幾日,凍樹盡啼鴉。坐石憐苔色,逢僧問杏花。山風吹雨過,林月上樓斜。我欲松堂宿,清宵鬭笋茶。

春曉行海甸道中

行到水窮處,萬峰猶在西。湖風上衣綠,沙月向人低。病退還騎馬,年衰怕聽雞。一聲雲裏磬,催我度寒溪。

贈　陳　晴　崖

我愛晴崖子,一生耽苦吟。奇書分日讀,春館閉門深。夢裏黃河遠,詩邊白髮侵。可憐韓吏部,容易孟郊尋。

正月十七日陶季燾以余生日邀同秦小峴、謝薌泉、楊蓉裳、吳蘭雪、陳石士集趙象庵蔗山園看梅李燾爲詩次韻

晨起僮僕走相賀,湖上春風吹綠破。老梅着花三兩枝,好友圍爐

六七個。麓山園即鷗波亭,笑我豈堪荷鋤佐。入門先有鶴來迎,騎馬回看月初墮。宿釀新生草木香,筆禿舊屬文章貨。日長漸覺書味永,屋小不愁花氣大。歌成全付玉琴彈,酒醒屢傍水仙坐。庭燭光搖留客宿,園蔬翠剪催奴課。四海兄弟長獨難,五十年華歡虛過。杏花開未問山僧,屈指雲堂再賡和。

戲柬吳蘭雪再疊前韻

時蘭雪留宿敝齋,促其校同人詩集。

買得奇書歸自賀,老屋一燈紙窗破。山裏殘梅賸幾枝,海內才人推若個。選樓終當讓君主,屈宋何妨暫曹佐。西廂日昃棠陰移,橋門風定槐花墮。禮法要爲我輩設,君近辦琉球學事。文章原是君家貨。字繁目奪燭光短,樓近夢攪鐘聲大。酒醒看雲溪上行,月明選石松邊坐。倪迂茶半桐樹洗,林叟吟罷梅花課。淨業湖頭六月時,萬荷風裏騎驢過。楊柳灣西屋數椽,移居詩定從頭和。時蘭雪欲借居西涯。

鄰人失火翌日蘭雪過問
因訂遊淨業湖三疊前韻

衆人皆弔君獨賀,垣衣屋瓦參差破。門外風初損柳條,階前雪尚埋竹个。校書盡日松關掩,手腕欲脫誰相佐。吳生近日疲應官,槐市歸來日西墮。斜行淡墨君長計,斷字零縑我奇貨。睡裏誰知詩境寬,醉中不辨酒杯大。慈恩寺裏杏花開,細雨溟濛湖閣坐。邀將畫手寫寒雲,付與山僧了清課。月橋一帶朱樓多,騎馬人從樓下過。羨他雙燕語呢喃,湖上新篇煩爾和。

唐寅溪山亭子卷

撥墨未一斗，幻成千百峰。一峰一層雲，滿翠爲幽淙。水流衆籟靜，雨過秋花紅。孤亭峙林表，萬緑生牆東。鶴鸐寂無語，聒耳惟杉松。晉昌有狂生，落筆如飛鴻。十笏桃花庵，頹敗斜陽中。詩思天際來，塵夢忽焉空。匪由手腕靈，全藉心神融。使之作文章，當不羞遷雄。何乃雜酒徒，餓死蒿萊宫。至今明月高，猶響寒山鐘。

秦小峴太常約同人作東坡生日越月補以詩

奉常漁海裔，千載懷坡公。臘月公誕辰，君適來粤東。設祀拜像側，如在蘇門中。杭州與惠州，君兩修公宫。配之以淮海，孝思何雍雍。今典奉常儀，厥制抗秩宗。朋儕聚三五，説禮相從容。梅花薦一枝，水白斜陽紅。吹簫奏短曲，聲逐靈旗風。誰謂公生平，未一遊居庸。公神任天地，北地南天同。

題韓桂舲方伯《還讀齋集》後

堅白貴自凛，磨涅非所知。言者心之聲，難得言無欺。字字出肺肝，一字一淚垂。側聞江漢間，黎庶多瘡痍。葉石豈未投，所恨無良醫。君既燭隱微，當早爲措施。莫僅託空言，使人抱渴饑。緬想還讀齋，短几南榮支。蘇公與杜公，顛倒夢見之。咀吮到骨髓，匪襲毛與皮。臨潁沉痛語，長沙危苦詞。直抉生平懷，告爾百有司。孰於州縣堂，大字鐫諸碑。

贈傅醫

長安無業兒,每藉醫爲活。本草尚未讀,人命焉能奪。高車與尤馬,聲勢相薦拔。傅君來廬山,對此心惻怛。生平九折肱,家傳有衣鉢。微茫肺臟辨,俄頃瘡痍割。胡乃欲爲官,迫切求釋褐。我今三十年,儒衣尚未脫。良醫比良相,勿致群言聒。

秦小峴招同謝薌泉、楊蓉裳、蔡式齋、陳石士、陶季壽集崇效寺看花次韻

忽雨忽風寒食天,太常洗盞罄房前。雲沉水檻生花氣,飯熟山厨帶石烟。一角斜陽隱雅背,半瓶殘酒掛驢肩。明霄蒼雲庵中去,看月煩僧借釣船。明日有玉泉山之遊。

寺中晚飯歸途有作

人到清明愛晝眠,馬嘶芳草鳥啼烟。日斜山影桃花外,風定溪聲竹榻邊。高樹春濤喧夜夜,老僧殘夢續年年。海棠無信沐惆悵,暫對清樽一放顛。

清明後一日出德勝門由三汊口抵海淀

東風刺衣透,春仲如冬初。雖有山桃花,到眼紅猶疏。言行三汊口,忽憶千雲姝。去歲六月時,藕花開滿湖。招邀二三子,冒雨漁船呼。夾堤兩行柳,跳水三寸魚。此樂何嘗忘,歲月忽已徂。所幸知己内,尚有陶與吳。朝唱或暮酬,吟興尚不孤。惟恨霜雪多,漸白吾髭鬚。

過帶綠草堂舊居有感

憶我五歲時，讀書居草堂。草堂僅三楹，花竹高出墻。後有五畝園，夾道皆垂楊。我幼苦尪弱，晨夕需藥湯。我母善鞠我，鞠我我病良。楚騷與陶詩，上口每易忘。老母涕泗橫，書卷攤我旁。一燈夜熒熒，落葉鐘聲長。至今老梧桐，猶賸秋陰涼。轉眼五十年，兒今毛鬢蒼。徘徊那忍去，幾度窺斜陽。故巢燕自飛，殘墨污空廊。

紫雲新院贈趙象庵

紫雲突兀飛，墮地爲衙齋。山中自有官，雞黍邀朋儕。但取仕官幽，何至林壑乖。舊竹短於童，新柳嬌如娃。松根積雪中，凍草蘇芳荄。春寒花木遲，心静風日佳。我自携詩瓢，君讀借僧鞋。

蒼 雪 庵

車行亂石中，軋軋似搖艣。高下歷數岡，山客許重睹。松栝韻漸清，桃杏紅乍吐。入門僧語熟，隔澗鶴聲苦。泉響四山應，苔破一亭古。禪房只十筍，遠近寄仰俯。墻缺雲任飛，留待花陰補。

妙因寺峰頂

頹寺寂無人，斜陽與荒草。峰頭極蒼翠，萬丈春風掃。攀蘿陟古徑，咫尺接晴昊。蒼茫一氣中，千家聲浩浩。但覺三山雲，直壓兩湖倒。微分斷橋柳，難辨平沙稻。樓臺經指點，盡入吾詩橐。白髮乞鑑湖，狂哉笑賀老。

景泰陵杏花

　　婀娜古道旁，老杏紅嫣然。上有景泰陵，車轍橫陌阡。昨日長官來，墳頭燒紙錢。七載典朝綱，千古悲荒烟。貞哉此杏花，撐映碑亭鮮。榛荆任蕪雜，雲木齊喧妍。孤臣碧血凝，霜雪寧能遷。摩挲不忍去，下馬澆寒泉。

普覺寺

　　到門兩池水，倚樓數枝杏。日走黃塵中，不識清涼境。雲飛山轉閒，水喧入自靜。澗風竹院疏，斜日蘿徑永。獨步杪羅林，濕翠滴衣冷。瘦篋下空階，疑是老僧影。

齋房看竹次蘭雪韻

　　一千竿竹陰蒲地，雲堂客至醒晨醉。坐久能教心骨涼，望深頓覺鬚眉翠。喫罷松茶笋蕨嘗，任他雙燕語空梁。即今春雨禪房夜，絕勝孤篷泛楚湘。

退谷

　　退翁非退翁，頗聞耽仕進。遺民而顯宦，霜雪欺老鬢。蕭條山谷中，深自抱悔吝。庚子消夏記，聊復託筆陣。世上書畫家，掩卷傷不愁。翁乃屏餘愛，坐閱春花燼。臺榭閱歲荒，雲烟過眼迅。櫻桃一樹無，繞亭但蒿蕆。

櫻桃溝石上聽泉

不見櫻桃花，但聞水石響。選石坐俄頃，澗水忽然長。平生厭箏琶，無術脫塵鞅。置身隘谷中，翻覺寸心廣。況有山水音，挾我詩情往。玉琴姑勿彈，松風已十丈。對面白雲飛，隔溪明月上。

五華寺

破瓦覆寒花，殘僧倚病樹。山泉松葉燒，留客煨山芋。涉險討水源，巾烏濕烟露。坦臥孤石上，細問來時路。尋詩托蹇驢，導行仗沙鷺。

石璫寺

老僧亦白鬚，持畚衣短褐。自言善種花，幾欲造化奪。問僧操何術，答以愛能割。手指西園內，桃花樹樹活。我日讀古書，恨未能綜括。到眼輒留戀，東塗復西抹。僧言雖粗淺，吾將當捧喝。

松堂

驅車梵香寺，厥右名松堂。萬濤自舒捲，一氣空低昂。中有太古陰，上無明月光。想當風雷過，半夜龍蛇翔。倏忽戰鬭音，變幻成笙簧。居人不敢窺，聲入肝膈涼。松花拾幾斗，燒水勸客嘗。石屋客我茸，定築松堂旁。

香山道中

太行之兒孫，居庸爲脉絡。放眼無遠近，披襟但清廓。中有數佛盧，庵寺昔營作。今屬上林苑，點綴以樓閣。清音藉山水，秀色謝雕鑿。騎馬從東來，風花頗不惡。沽酒杏花店，買魚綠楊郭。觀水念濠魚，聞鐘感遼鶴。前遊三十年，回首傷今昨。爲題漫與詩，勿爽林泉約。

步裂帛湖堤抵昆明湖

樓臺在天際，不禁遊者看。渺瀰湖水光，蕩我煩憂散。烟中白鳥呼，樹上幽禽喚。沿緣短草生，四顧愁無岸。波心大魚出，避人忽驚竄。欲歸路已失，前行橋又斷。忽從新綠底，一片春流亂。言是昆明湖，放眼窺浩瀚。始信裂帛水，僅此湖之半。由淺而得深，儒生貴淹貫。知足故常足，何必到江漢。

西方寺

寺既名西方，僧宜空諸有。米帖與歐書，墨雲不離手。花影上石欄，棋聲出松牖。胸滌玉泉水，塵煩謝已久。春寒兩湖月，風送千波柳。堤前曳杖來，曾得新詩否。

由堤上歷界湖桑苧玉帶諸橋至鏡橋而返得詩二首

春深花木房，水明桑苧村。斷雲没橋柱，古蘚生松根。緩步長短堤，不問東西園。但覺遠來風，吹綠衣上痕。波搖樹影破，任爾魚吐吞。有色每易壞，無著能常存。桃花與流水，二者當細論。

三山萬樹雲，兩湖一條水。鳥飛山影外，人在湖烟裏。蓬萊本仙境，問誰能到此。蒼茫古詩境，歷歷豁眸子。坡公海市遊，題句心獨喜。有若造物厚，大塊爲我起。笑余太局促，身未離鄉里。暨偷半日閒，一雪拘墟恥。

遊玉泉歸柬蘭雪兼寄薌泉、季壽

君遊爲看花，我遊爲賞春。和春比善士，時花如美人。趣味雖不同，寄託各有真。請看湖上風，吹綠波鄰鄰。明月有誰修，萬古常鮮新。側聞賀郊輩，終日勞吟呻。豈知一歡笑，早閱千苦辛。

即　　事

不爲看花到，聊因覓句行。湖烟衣上綠，林月鬢邊明。僧外松俱古，鷗邊水自清。過橋人語少，斷續只鐘聲。

記　所　見

春風最惱人，橫吹萬花落。詩人救無力，顛倒花下酌。豈知閱世深，容易感今昨。房前雙燕子，自愧衣襟薄。呢喃語夕陽，多恐置身錯。望望前溪邊，寒雲迷畧彴。

陶季壽招遊憫忠寺至江亭小酌

聞説海棠花，已被風吹壞。或者仗佛力，數枝永禪界。但可茗盌對，如何魚肉餒。君知我校書，閉户甚矣憊。充口黃虀薄，打頭白屋隘。放筆江亭中，一詩消百瘵。

題季壽紀遊詩後兼柬薌泉、蘭雪

飽讀玉泉詩，我意所欲出。而我不能言，仙乎君之筆。怪哉謝與吴，閉門苦著述。作詩儗作畫，十日又五日。

陶季壽招陪秦小峴、謝薌泉、劉澄齋、楊蓉裳、張船山、趙象庵、吴蘭雪、陳石士、葉仁甫、陶怡雲至憫忠寺遂遊崇效寺，余獨憩龍泉寺同抵江亭午飯得詩三首

憫忠寺裏花，百回看不厭。花好何足言，好友良可念。矧相藉砥礪，匪爲崇壇坫。文章特技藝，身心先靜驗。天光古殿深，人意禪房斂。竹間草亦閒，松外春自艷。鳥聲閡林樾，茶烟散茅店。

紅杏青松圖，藏弆棗花寺。拙師昔弄筆，朱錫鬯。王貽上。雅好事。後來淺學流，題句思附驥。卷已牛腰然，詩却續貂似。諸公託遊觀，海棠花底睡。我適過龍泉，乘暇討幽邃。鶴聲松院閉，花影雲堂棄。午鐘破樓響，殘僧生客避。孤蝶導前路，蕭然我獨至。

江亭峙東南，出門乃見之。僧指杏花間，飛飛者酒旗。舍車歷數阪，短葦青差差。此地我屢到，看山春最宜。高曠豈不佳，惟乏烟水姿。昨遊玉泉側，胸膈留風漪。安得湖山尾，置爾孤亭欹。坐雨秋在人，看月涼生屄。諸公臥紫雲，<small>趙象庵倉署名。</small>讀我江亭詩。

清秘堂記所見

船到瀛洲定幾回，天風吹去又吹來。柳條成縷槐成幄，都是老夫親手裁。

湖樓秋思卷子爲王海村作

我家净業湖，惟屆秋最宜。看山登酒樓，萬樹斜陽遲。下有紅蓮花，映水如胭脂。樓上看花人，薄醉哦新詩。風亭鷗不飛，月橋驢倒騎。可惜西泠雲，未濕吾衿襼。酒醒落殘夢，散入錢塘漪。安得駕扁舟，簑笠稱漁師。王郎住京國，偶觸蒓鱸思。低徊念故山，此意何人知。咫尺鮭菜亭，烟水春一陂。奚弗宿僧廬，暫息津梁疲。

畫樵

打頭星露壓肩雲，極目空山少見聞。孤鶴一聲松萬樹，綠涼深處又逢君。

題吳節母傳後

竹橋寄余書，盛稱項儒賢。歸美節母教，謂必文章傳。昨歲來京華，方辛酬酢便。屋榻尚未掃，倉促遊秦川。後從芙蓉<small>楊蓉裳齋名。</small>

館，讀君新著篇。字字出胸臆，創解無拘牽。今春甫握手，黯然清涕漣。手奉節母傳，求文以宣。拙塞余屢謝，孝子情彌堅。吾聞節母殂，距今五十年。項儒能固窮，竭力諸經箋。匪遵母教篤，曷克信好專。守節事豈一，教子成名先。願君通一經，一告家廟前。青燈照熒熒，項儒其勉旃。

書覃溪先生題法源八詠石刻詩後

前遊四十年，成詩七八篇。今歲始勒石，期會非偶然。詩老感今昔，留句僧廬懸。吹出古墨香，化作雲堂烟。春花早含愁，恐遜詩新鮮。半空竹柏音，藉爾鐘磬宣。我來叩齋房，弔古非參禪。緬維謝文節，曾此生命捐。欲葺三間祠，何日謀吉蠲。徒有瓌麗詞，_{吳穀人祭酒曾爲碑文}。末由金石鎸。百匝行墻陰，濕翠溟濛天。苔碣手摩挲，惆悵昏廊前。

送趙幽亭_{同岐}大令出宰安溪

文毅萬曆初，侃侃立朝右。上疏劾輔臣，廷杖放隴畝。閱後三百年，五世孫某某。秋帆下南康，春雲接曲阜。達人明德嗣，幽亭家法守。謁選來長安，騎馬西涯走。敦迫索陳句，_{余丁未年曾作《兒觥歸趙歌》}。殘稿半灰朽。感君忠孝心，剪燭沉吟久。君今宰安溪，絃歌行處有。文貞擅儒術，遺澤在人口。乘機利導之，勿事加擊掊。重葺松石齋，_{汝師公齋名}。滿斟兒觥酒。王弇州不作，餘子將誰偶。

三月晦日晨起訪鮑樹堂侍御泛舟潞河

未明先膏車，既駕天猶昏。出城二三里，烟水明城根。繫馬橋柱頭,犬吠籬笆門。使者如孤僧,枯坐經具繙。訝客不速來,倉卒陳魚飱。扁舟待葦間,搖盪清詩魂。自憐困塵埃,無夢尋江村。借此川雲光,綠我衣上痕。山色望雖遠,濕翠如可捫。萬柳隨一波,白舫清陰存。管絃既弗設,林際幽禽喧。殘春不可留,白日西峰吞。相約蓮花開,月底携芳樽。

是日葉琴柯侍御過訪不值留詩而去次韻

花氣溟濛晝亦昏,踐春今日合開樽。鷗閒於客長尋水,鶴瘦如童解候門。古巷定猜松樹換,余舊居松樹街,曾約君過飲。冷官要議柏臺尊。緣何愛續墻陰句,不惜宮袍漬墨痕。

存素堂詩初集錄存卷二十四

丙寅

王蓬心太守爲查映山給諫畫聽雨樓圖

　　雨聲今昔同,聽雨人易換。巋然百尺樓,不隨絃管散。宣南甲第高,萬樹春雲亂。賢哉映山老,西山終日看。暗涼襲襟袖,濕青落几案。竹烟與茶烟,林影中續斷。蕉綠窗忽明,燈紅夜及半。瀟瀟衆籟寂,擁衾念江漢。東樓議事處,騰有幽禽喚。何人拜跪地,疏風開酒幔。却憐得石軒,猶峙樓左畔。當年初白翁,題詩幾悲惋。今得王叔明,古綃寫一段。恨我詩龕圖,未煩君染翰。

答周聽雲鍔太守并寄西涯年譜

　　西涯近吾廬,夢見長沙公。尋徧畏吾村,廢墓斜陽中。攘臂剪荆棘,奮志修祠宫。凡公遺佚事,輯爲書一通。辯論考記之,余有《李文正論》、《王瓊雙溪雜記辨》、《西涯墓記》、《西涯考》等文。表白公隱衷。而我居長安,啾唧號寒蟲。千里聽雲館,尺素來清風。情溢於言外,其言無弗工。舉似懷麓堂,今昔將毋同。年譜久鏤板,擬寄具江篷。東南士大夫,使各知涯翁。何時與先生,醉看蓮花紅。西涯蓮花最盛。

485

肅武親王墓前古松歌

豈有吹簫不用竹，碣語分明我王屬。成都城塔毀，得石碣，有"修塔於一龍，拆塔張獻忠"語。又有"吹簫不用竹，一箭貫當胸"語，傳爲武侯筆。一百三十六營賊，爭向將軍馬頭哭。功成身殁何憂勞，毅魄上燭星辰高。獨有墳前老松樹，鬱勃時藉風悲號。枝幹周圍六十丈，礧砢未肯扶搖上。儼然廣廈萬間成，豈藉飛濤半空響。松山戰罷搜松材，此樹曾盟帶礧來。盤拏置學虬龍走，靈爽將疑幢蓋開。中間却有凌雲勢，兀傲不受鬼神制。百尺以上若樓箏，五步之内已綠閒。偃蹇畧比梅花枝，人世炎涼總不知。偶遭風雪皮肉壞，蒼髯翠鬣仍支離。辛酉年風雪甚橫，高枝微損。我來趨拜墓門側，一縷天光入松色。斜陽閃閃隱殘紅，白髮蕭蕭變深黑。韋畢不作誰能圖，王維之詩今有無。惟餘丞相祠堂柏，萬古崢嶸兩大夫。

由肅王墓抵那氏園小飲入城仍集肅邸南園

松涼既沁骨，松綠漸上衣。出園復入園，水風吹隔扉。南北溪一條，遠近花四圍。山坳起臺榭，對面濕雲飛。晴昏倏難辨，向昔時相遠。懶鶴林間棲，閒鷗沙上歸。石庵無太陽，中閉苔花肥。樓陰接樹影，不見西山暉。深恐城郭阻，惆悵蘆中磯。

騎馬踏斜陽，步步西山影。誰知玉河東，乃有雲林境。水竹忽參差，燈火辨俄頃。馬聲柳外驕，鶴意松邊靜。分明摩詰畫，尚未丹黃騁。一片真精神，隨入各自領。我有江湖思，却未識笭箵。借兹天上船，春夢到汝潁。萬里明月光，頓砭肌膚冷。

阿雨窗_{林保}中丞寄示修祀濬泉紀事詩題後兼懷韓桂舲方伯

　　山川賴明神,風氣轉大吏。維楚古雄邦,百材徵瑰異。修祀與濬泉,不是爭名地。陰陽弗愆忒,天人果一致。使者弗居功,賦詩曰紀事。我念湖湘間,邊徼最難治。蠻戶操戈矛,良民受罪累。瘡痍患既平,補救術斯備。術豈一而已,要期俯仰遂。撫軍坐堂皇,百僚悉承意。令下如山重,所難辨誠偽。昨披還讀齋,韓桂舲齋名。臨穎七百字。字字寫沉痛,一字一堕淚。載誦茲二詩,奧旨同幽秘。石壕篇悱惻,舂陵行懇至。想從南嶽南,民早蘇痿痺。君當謝賓從,暫停花下騎。九面薰風來,彈琴聽松吹。

聽雨樓即景

　　昔年聽雨處,今日讀書聲。吹笛人何往,看山句忽成。晚簾雙燕入,獨樹夕陽明。欲問東樓事,春雲滿地生。

　　晝憶叔明子,詩吟初白翁。百年真落葉,萬事總秋風。客夢短長換,酒杯深淺同。却增書萬卷,留貯屋西東。

答福蘭泉_慶中丞

　　側聞驚鳳吟,不諧蟲蚓唱。如何萬里風,一紙落天上。朗朗瓊琚詞,讀罷神爲玉。黔陽古蠻郡,夷民賴懲創。既令禮法遵,當使饑寒忘。大抵恩與威,并行斯主當。使君皋夔裔,蒼生仰清望。梅花開官閣,鼓聲息軍帳。牂牁緬治績,首推諸葛亮。明季郭子章,書生秉節仗。我朝宏毅公,克配漢丞相。公今撫此邦,青螺何多讓。載誦蘭泉詩,沈雄復高曠。閭閻所疾苦,寫出真情狀。笑我守章句,操斤比梓匠。猥蒙遠致詞,親切抒腑臟。展玩松石間,高歌氣夷宕。對月念湖海,未免聲悲壯。搔首睇西南,烟雨增惆悵。

朱野雲自江南來言今春遊焦山與墨卿憑眺謂不得與覃溪先生及余偕爲憾,覃溪先生賦詩,余亦同作索野雲畫金焦圖兼懷墨卿

朱生兩懷袖,仍貯金焦烟。手出揚州書,笑語詩龕前。東風吹濃綠,曾擊沙棠船。望雲生古愁,燒笋參行襌。孤月吐松頂,客倚松根眠。濯髮山氣清,觸耳鐘聲圓。遠夢散平林,茶味回新泉。我昔適郊坰,曾歷房與田。<small>謂上房、田盤諸山。</small>騎驢三日行,拚放桃花顛。細雨濕溟濛,却少春溜涓。松石各幽怪,北質而南妍。既無縮地法,又乏鞭橋鞭。朱生肯掉筆,造化將無權。蘇齋一縷香,頓落江亭邊。

答覃溪先生

金焦我未到,烟綠悄入夢。老襌詩畫參,遠道笑言共。騎鶴客身適,打槳遊興縱。似約盧溝月,推入梅花洞。谷雲黯黯長,山雨濛濛送。朱生返京國,濕翠壓囊重。頃刻丹鉛調,依稀狡獪弄。慘淡蘇齋句,往復陶廬誦。<small>余齋名。</small>固緣塵垢絕,要是懷抱空。江濤早息喧,坐聽春禽哢。

寄伊墨卿

聞君坐官衙,蕭疏似古刹。室任凉月入,窗憑秋竹戞。物來輒鑒

別，初非藉苛察。和易感人心，一時無險獪。獨於孤寒流，因材而振拔。政暇時揮毫，矯健霜中鶻。賦詩取瘦硬，亦不廢蜩螿。翹首望南雲，兩目重洗刮。

綠淨園感賦一詩贈舒桂舫德恒

徘徊綠淨園，惆悵城西路。不見種樹人，時逢手種樹。危橋斷石間，花影松陰互。翻覺舊樓臺，頓承新雨露。而我遊茲園，未免感今故。當年樗散材，曾邀君子顧。居然老鶴前，容與沙汀鷺。萬事如雲散，百年幾朝暮。

再贈桂舫

屋起松陰外，泉流竹樹中。野花争向日，孤鶴不趨風。酒到千愁散，詩成百感空。門前三徑好，只要剪蒿蓬。

冶亭書來奉答二律

天上黃河水，人間白髮臣。安危三省繫，憂樂一情真。老去功名薄，年來府庫貧。如何轉移法，不獨活斯民。

不繫舟中坐，盤桓數日間。札中語。暫依兒課讀，又學客看山。疏草宜親寫，遊詩莫盡刪。即今論文事，已足壓朝班。

和小峴大京兆移居詩四疊前韻

京兆移居衆賓賀，恨不才人詩戒破。小峴以蘭雪納姬輟吟，有破詩戒語。汪子乘興寫作圖，卷尾獨遺我一個。袖詩載酒早相送，分竹洗桐晚來佐。碧海收帆兩鬢蒼，官齋剪燭孤花墮。長髯健足臘三五，敝篋殘縑宛奇貨。愁貧只道故鄉好，話舊不知官職大。覓句時從月底行，愛涼夜向鷗邊坐。約遊淨業湖。笑我日踏東華壏，恰比殘僧了功課。學書學劍兩無成，荏苒年華五十過。長願陪君淨業湖，西涯雜詠從頭和。

贈梁石川德謙州牧

芭蕉林已空，書畫船何往。殘縑故紙中，當年寄清賞。我每讀遺集，風流緬疇曩。君今仕籍登，曷不爾祖仿。牧民無他術，不外教與養。念君爲民時，屢受縣官攘。民也今爲官，毋忘昔悒怏。濱州大海濱，魚鹽易生長。因勢而利導，奚煩法令强。獷悍雖弗免，化之以忠讜。不聞孔子云，舉直措諸枉。

野園詩爲明鏡溪善作

湫隘既不嫌，山水欣在目。堂構識遺澤，怵然對松菊。漸次瓦礫除，何必樓臺盡。十步五步間，身疑入林谷。先人手種花，今已成喬木。一亭蔭其下，四時雨露沐。杯酒娛弟昴，歌詠逮朋族。春風能風人，此語宜三復。治園治天下，因其勢已足。清光得庭月，生機驗園簌。所望南窗南，先補百竿竹。

贈嚴香甫鈺

善學王叔明，今有嚴香甫。相逢蕭寺中，兩鬢霜結縷。衙官不可爲，厭聽轅門鼓。飄然去湖海，卅載漁樵伍。賣畫作活計，閱盡羈棲苦。深杯破屋燈,孤枕長安雨。斜陽上短几,秋山一角補。卷驢訪京兆,訪秦小硯京兆,遂至詩龕。亟欲謀所主。京兆雖清貧,草堂少塵土。散髮榆柳間,奇氣庶幾吐。

題嚴香甫畫册十二首

春烟濕柳中,忽逐江聲去。花外有人家,黯黯山青處。

樹石半疏放,樓閣殊參差。緩步江村中,妙絕王維詩。

長林一夜雨,便復秋苔生。築亭綠陰底,酌酒山月明。

不知雪壓山,但聞泉落澗。延佇雙松間,誰復思遊宦。

松聲接水聲,何處參人語。老鶴不飛來,石橋卧沙渚。

居山愛白雲,坐竹看黃月。無人送酒來,秋陰濯毛髮。

雲樹入孤烟,江天失秋影。衆鳥不敢飛,我行萬松頂。

下筆枒杈生,匪直托梁棟。欲仿柯丹丘,却肖文徵仲。

老樹逾千年,風霆不能難。翻令畊烟人,驅之入指腕。

山中自有花,不着人間色。秋庵一枕凉,偓佺那比得。

古木寒無烟,一船流在水。黃葉覆我衣,白雲飛不起。

亂山夕陽底，不辨江干路。只有打包僧，待月倚松樹。

贈黃穀原原均

長安畫士稱三朱，野雲、素人、自庵。黃生賣畫來京都。促膝已覺氣瀟灑，下筆忽見雲模糊。結交只有嚴薇府，歷下亭邊聽秋雨。卸驢先訪淨業湖，百頃蓮花數聲艫。打門同醉西涯齋，蔬筍登盤苔上階。夜深誰遺鬼神入，床頭壁上生烟霾。二客據案各狂笑，放筆為之非意料。當場許吐胸中奇，大葉粗枝出神妙。望古我為人材愁，此畫何減寅與周。飄泊淮海同沙鷗，有才無命將焉求。清風明月隨處有，白雲在天筆在手。鶴可僅兮僧可友，我尚隨人呼漫叟。得錢便買菱與藕，三朱邀來同酌酒。

六月六日秦小峴招同人積水潭看荷花余不果赴

去年看荷三汊口，陶季壽。吳蘭雪。各有詩數首。今年看荷積水潭，京兆攜瓜還載酒。京兆自詡遊踪多，越湖湘浦晴無波。羅浮山影與離合，一船搖曳花婆娑。自從日下官衙住，户外苔青阻幽步。只有溪南鮭菜亭，藕花香裏藏鷗鷺。散衙清曉簾雲開，尋詩客半披簑來。我正閉門辨奇字，枵腹不敢陪鄒枚。城北風光月橋好，三朱都寫西涯藁。瀟灑嚴香甫。黃穀原。兩畫師，放筆直欲全壓倒。草堂竹榻粗安排，梧桐秋雨鳴空階。半尺瓦燈三尺絹，芙蓉萬朵生幽齋。我當煮酒邀君至，尋徧潭西幾蕭寺。乘興為文以記之，當作長安名勝志。

積水潭即事

黃蝶白鷗相間飛，蟬聲多處水聲微。散衙騎馬橋頭過，笑我偷閒坐釣磯。

疏柳高槐各受風，石陰涼處繫孤篷。盟鷗放鴨平生願，只厭門前花太紅。

陪劉金門侍郎、秦小峴京兆、陳伯恭太常、施琴泉學士、查小山郎中、吳蘭雪博士、黃穀原山人積水潭看荷花歸憩海氏園抵詩龕小飲

修史志溝洫，儒生易聚訟。緩步驗畚口，滙通義斯重。涓流一滴耳，乃爲濟漕用。淮南十萬艘，陸續官倉送。茲來看荷花，百頃綠無縫。中有千娉婷，綽約補其空。白鷗湖外飛，鳴蟬林際鬨。蘆葦皆作聲，驚醒老漁夢。

槐蔭與苔色，映我衣衫綠。掃石坐釣磯，午涼生水木。騎馬踏官街，日嫌炎熱觸。偷閒訪佛廬，觀水到漁屋。道左誰氏園，出墻萬竿竹。何須問主人，客來皆不速。茶瓜冷沁心，勝飽花豬肉。徘徊擬重至，相期梨棗熟。

我家老梧桐，久爲風雨壞。今年補種之，高僅等黃稗。雖有石纍纍，見者不下拜。槐榆亭四遭，免受夕陽曬。難得同心客，杯酒此閒話。百年嗟已半，江湖詎吾隘。奚爲古烟翠，曾未兩眼掛。招邀數畫師，鑿空詩龕畫。世將參畫禪，我但了詩債。

六月九日拜西涯墓二首

驅車大慧寺，言拜西涯墓。西涯嗣雖絶，至今留掌故。年年六月九，問道枯柳樹。地名。山人朱野雲。繪遺像，留界寺僧護。當時憂國心，隱然生絹素。魚菜且不具，高官果何慕。生平水竹思，後人誰領悟。將軍號威武，惜哉祇旦暮。

塚人墓大夫，先賢丘壠掌。軒軒京兆公，秦小峴。涯翁山斗仰。兹地隸宛平，君宜永禋饗。桃花千樹紅，竹樹三畝廣。門前開一池，春韭秋菘長。山僧任住持，燕雀禁來往。嚴鈺黃均。今文周，補圖愜幽賞。堂額題懷麓，上尉茶陵想。

答張舸齋

昔人論鷗波，文福享爲至。高官未忍却，乃受清流議。文筆豈不工，終有富貴氣。君肯狎漁樵，瓢笠隨所寄。山水太幽險，漁樵罕到地。哀猿早歇聲，老鶴亦潛避。先生曳杖來，題詩紀其事。手挾一枝筆，心化萬峰翠。星斗傍巾舄，雲霞攪夢寐。君鄉孤冷人，多愛抱山睡。秋江冷。雍南何。後，海門實無愧。鮑野雲。顧子餘。及王柳村。張寄槎。各有著書意。遺籍幸可徵，京口耆舊志。《京口耆舊志》採自《永樂大典》，今庋金山閣中。

書徐直生寅亮侍御艾湖春泛卷子後

烟水果貯胸，隨時可寄託。心不爲形役，妻子即梅鶴。眄想艾陵湖，春風綠楊郭。人向鏡中行，船從天上落。書卷在眼前，百愁都拋却。側聞志士語，先憂而後樂。方今河與湖，紛起争強弱。因勢利導之，必當有先著。潘公及靳公，成法良不惡。仔細繪成圖，奏進文淵閣。上以答皇心，下以奠民瘼。

嚴香府詩龕圖

老手圖詩龕，只用三五筆。況君秋睡足，晴窗好風日。飲酒雖不多，酒氣從指出。喬松取醜枝，怪石留敗色。桐竹尚弱稚，椏生實有力。古人論畫品，最重者秀逸。君師王叔明，天機故四溢。從此空山中，當築一石室。倪懶取疏簡，黃癡尚闊實。我學陶宗儀，安排數錦帙。願彷南村圖，一一寫纖悉。

黃穀原詩龕圖

徵仲官翰林，曾受姚淶謗。四友齋業説，竹垞辨誣妄。至今吳門客，爭學文家樣。僞體日益多，紛紛逗意匠。畫骨乃天成，俗手坐惆悵。黃生大癡裔，胸襟本高曠。凡幾閲輩流，心知所尊尚。興到腕隨之，但覺其奔放。豈知落紙後，筆筆出醖釀。雖屬古人與，實是造物貺。黃生曰不然，吾擴諸肺臟。吾還語黃生，慎勿徵仲抗。

吳八磚詩龕圖

君知我怕俗，畫此竹繞屋。又知我愛凉，畫此雲滿堂。此堂此屋中何有，朝起讀畫暮飲酒。野童當鶴守柴門，凉月一蟬噪高柳。先生抱病三十年，藉口玉版參枯禪。客來只可辦蔬笋，買魚市脯嗟無錢。吳家弟昆皆玉樹，獨有此君如野鷺。不肯隨人作熟官，放筆自寫烟霞趣。黃陵廟前剛雨過，邯鄲谷口秋風多。畫竹君誠文與可，題詩我懷蘇東坡。

合作詩龕畫會卷子

故人聯袂清風來，殘雨猶滴詩龕開。狂孟麗堂。踏破空廊苔，筆花落紙心疑猜。東鄰睡足嚴香老，香府。紅日三竿說太早。浙西有客學冬花，朱聞泉。邗上三朱夢春草。野雲、素人、滌齋。黃生黃生穀原。真太癡，灑墨便是無聲詩。吳子八磚。衙官怕官熱，湘竹爲我圖風枝。瑰奇更羨姚太史，伯昂。一片秋雲墮十指。太倉家法賸二王，甬亭、梅亭。粗枝大葉張風子。水屋。舍人盛甫山。水部汪浣雲。各閉門，伏几追寫梅花魂。卷尾丹鉛付渲染，譬如鴻爪須留痕。我自展向月橋讀，喬松怪石生平熟。何處種梧何處竹，草閣荒涼不可宿。階蟲啾唧樓鐘續，黃生自起剪秋燭，解衣磅礴坐寒綠。

滙通祠

翠磴盤紆接蘚墻，落星石桃岸雲蒼。殘荷斷港自秋水，疏柳荒陂空夕陽。鷗夢何須問南北，蟬聲容易判炎涼。月橋廢宅今餘幾，古月年年照屋梁。

文五峰畫上海顧氏園亭册
玉浤館

既圖雅好齊，復寫玉浤館。北楹花竹紛，南榮賓客滿。商量到閣帖，與會託酒椀。石情希米顛，畫趣師倪懶。攝山老農畫，吾見亦已罕。此幅縝密中，筆筆見蕭散。

薔薇幕

天風半夜吹,紫霞忽落地。遥想載酒人,月明執筆待。西樓錦被堆,徒自誇明媚。韻友在幕中,酬酢皆韻事。苔砌接清陰,槿籬足春睡。誰云畫不真,黃蝶隔墻至。

漱玉泉

莫謂隱士泥,足以壯屐聲。掘井必及泉,君子懲處名。抱彼一勺水,曷取詩瓢盈。爲洗談天口,辯説聞鏗鏗。流泉繞花去,餘響猶瑽瑢。待月坐石頭,心迹真雙清。

春雨亭

不種竹千竿,那聞雨半夜。起來視石上,多是寒苔穵。微風散杏花,爲補石間罅。虛廊揭聲緊,何必雨聲借。耽幽伏净几,弄筆娱清暇。雷電幸勿來,恐此龍蛇化。

滌煩磯

有仙即有煩,煩豈人能絶。果弗爲形役,滌之心已潔。此磯非江干,何勞布帆設。朝惟竹石侣,暮免波濤齧。時復把一竿,終日清流閲。羨魚退結網,從不因人熱。

續元閣

楊雄草太元,從之者侯芭。從義續太元,友之者文嘉。伯仁嘉也弟。匪敢文章誇。舍人評事官,僅僅如風花。奉身閣上居,任爾議塗鴉。釋文考異書,舊本藏誰家?

静龕

我亦有詩龕,所苦不能静。近來厭酬應,行當萬事屏。衰痺入兩腕,作字如松瘦。可憐清秘官,無人代陳請。羨君好身手,揮灑中書省。白雲飛不高,只傍梅花影。

月榭

月自不擇人,人請月長視。月明萬緣寂,入山從兹始。今日山忽青,明日山忽紫。古月有定輝,人心異悲喜。徘徊松蒼間,誰是天隨子。嗟我有時盡,惟月無時死。

潛虯

晦明相倚伏,達者能先知。虯爲龍之屬,喻松象尤宜。樓陰亘天半,萬綠空離奇。盤旋不得出,遠勢仍之而。妙手但寫意,刪却葉與枝。蹈實乃翻空,此是無聲詩。

瑩心亭

人心本矙然,蔽之斯憒亂。止水無驚波,爾室即道岸。對月三杯空,當風萬卷爛。何如坐草堂,方寸自湔盥。沙外白鷗猜,林際幽禽喚。百年胸臆間,留此春一段。

晴暉樓

鉛槧事徵逐,鈔録何時休。所願樓中暉,日日薰斯樓。書攤烏皮几,茶注青甆甌。百番硬黃紙,不污寒具油。萬杵尚未終,望爾斜陽留。倏忽西南峰,濕翠窗間浮。

化雲峰

疊石爲危巒,眼前增突兀。豈知磊塊材,原具玲瓏骨。天風從頂來,陰陽辨恍惚。但覺凉翠滿,別自有林樾。誰移西浴霞,頓掩東堂月。躡衣造其巔,萬景入溟渤。

雪舫

昔日玉山堂,柯丹丘。趙子昂。曾題標。此惟雪舫名,款署文三橋。想當冰雪情,二客同清寥。傍石盡松檜,依竹皆芭蕉。天空墮灑星,地隙餘詩飄。打門餽茯苓,云是南山樵。

玉澗

足踏微有聲,目辨竟無色。十丈清凉雲,催人留不得。石庵松葉埋,日月到此黑。山果磊落紅,隔水望迷惑。乃知咫尺間,亦自具通寒。莫恃玉山行,朗朗無顛躓。

石梁

我昔役灤陽,青石染最險。茲梁玉澗連,一石一松撐。夕陽不下山,先入桃花崦。僧定粥魚起,人亂歸鴉閃。吳淞恨未到,獲此慰余慊。奚以報雪蕉,遺詩當勘檢。此冊爲胡雪蕉物,雪蕉歿,其子見遺,許以勘檢遺集報之。

訪徐浣梧道人不值留紙乞畫詩龕圖

白雲墮地秋廬凉,雙梧之側青鸑翔。仙人咳唾皆文章,丹徒畫者張寶巖。與顧。子餘。二客究爲山水誤,子乃超然講元素。磊落一段胸中奇,世人不辨翻猜疑。而我解是無聲詩,夕陽滿院苔花碧。暫倚長松坐危石,爐火無烟墨流席。百年舊紙煩君圖,語君但寫孤情孤,十日五日何須乎。用筆要粗心不粗,興到自爾塵埃無。高高明月隨君呼,盈盈美酒隨君沽。一醉切莫浮江湖,詩龕待爾傾千壺。

寄酬張寶嚴_崟

丹徒張氏詩人多,力行堂集玉書。曾觀摩。後從論山鮑之鐘。講詩法,知君工畫兼工哦。飲酒空山少儔侶,時與明月同婆娑。古寺無人落花滿,先生醉枕長松柯。夜深孤鶴守其側,涼螢萬點秋堂過。筆猶在手墨猶濕,刻劃詭怪成峨嵯。十日五日非所計,千里萬里理則那。春鴻叫天白雲下,淋漓一紙浮黃河。荒陂寒綠霜氣緊,密林層巘蟲聲訛。醇意移將京口酒,幽情寫出西涯莎。徵詩徒取蚯蚓鬧,藏篋又恐蠨蛸窠。日置案頭望顏色,明窗老眼青銅磨。

蘭韻山房詩贈盧蔗香_{擇元}明經

自我老梧朽,門前半樗櫟。今秋雨較多,稺梧勤洗滌。綠陰及我肩,頭角森然覿。月明坐其下,石隙蘚花剔。湘江隔千里,美人何處覓。遠韻契微尚,棐香慎剖析。窗明數行墨,夜定一聲笛。屋角殘漏轉,花外清露滴。老鶴吟九皋,寒蛩叫四壁。幽客抱孤琴,與花同寂寂。涉江步京國,且對萬蘆荻。垂釣西涯西,日夕芙蓉摘。

送于益亭_{裕德}同年之楚雄太守任

未官先給札,君舉京兆,曾蒙御試。垂老又看花。鸚鵡能言語,猺獞自室家。春薇一溪水,夜雨滿山茶。南徼今雄郡,詩書意可嘉。

爲吳子野_{大冀}題黃穀原畫兼示孟麗堂

黃生移榻雙槐軒，暗綠上几風蟬喧。評詩讀畫客三五，竹燈未剪秋堂昏。子野生平愛朋友，朝出鮮魚暮芳酒。世上原無縮地符，人間大有談天口。檐花簌簌苔花香，雨聲不止鐘聲長。黃生擲筆孟生笑，墨氣上撜星雲光。石谷南田又百年，畫手紛紛誰定傳。達官勢去無人憐，富貴過眼真雲烟。一縑價值千銅錢，二生自信工夫專。案上鐵硯磨將穿，功名棄如敝屣然。吁嗟乎，此軒今即虹月船。

黃瀞懷_鑑雲泉圖

黃子工六法，頗識秦漢字。秋涼叩我門，一卷出幽秘。雲氣天上飛，泉聲花裏至。整襟坐危石，澹宕得詩意。當其蘊蓄深，外緣皆屏棄。靈心託山水，孤行絕勢利。我讀高士傳，每墮藪行淚。濡墨題卷尾，姑且等賓戲。

福蘭泉中丞次韻見酬再疊前韻

朋友以義合，原不藉酬唱。願聞皋與夔，賡拜虞廷上。昔年讀帝典，展卷神先王。萬里置詩郵，例匪由君創。日閱萬人海，腐儒獨未忘。品詩如判訟，字字求切當。一燈東閣紅，詎肯矜門望。梅花伴清夢，明月入秋帳。取懷既敦厚，體物復瀏亮。竹下偶開樽，松間屢停杖。何以雲霞姿，甘作山澤相。明禮古君子，尊貴愈退讓。雖由性和平，實是識超曠。況玆黔山水，旦夕千百狀。精鍊必巧冶，妙斲斯良匠。危辭庶僚奉，書紳及刻臟。退食居閒軒，筆墨助豪宕。_{放翁句}家乘自裁定，_{宏毅公事實君手勤成書}純麗而沉壯。俯仰念今昔，霜露異忻悵。

天空山和韻

濛濛天空山，終古青紫絢。誰植石千根，放出雲滿院。徒令行路人，延佇兩目眩。小憩采芝庵，明月照空殿。

哭何蘭士太守

甲辰初識君，青衫辟雍殿。隔歲役灤陽，已乘水部傳。寂寥一僧寺，割作兩家院。洗琖共饗飱，閉門同筆硯。膠漆遂相合，金石矢不變。姓名九重知，飛揚令人羨。玉樓召何遽，奪我邦之彥。性情高比雲，去住瞥如電。或謂酒中傷，或謂憂內煎。君固通畫禪，胡爲太迂狷。君年四十一，我年五十四。長君十三年，而墮哭君淚。携手遊西山，夷宕夕陽寺。我時發險韻，君乃一一次。超然出世語，哀感亦已至。傳播江湖間，多謂韓孟類。特訝君壯盛，人世奚厭棄。豈真大迦葉，別自具慧智。天竺優曇花，生滅皆遊戲。

題初侍郎陳翁傳後

陳氏忠節遺，蚶山時讀書。鄉人從之遊，一燈風雨餘。晝長溪水生，山靜松花徐。生爲太平民，可樵亦可漁。乃聞漳泉間，近世多狂且。好勇而鬭狠，大吏難驅除。安得玉湖老，帶經來此鋤。君子詠道周，孤士吟秋廬。盎盎廚下酒，茁茁園中蔬。子孫曳衣裳，翁媼歡林間。蕭然一秀才，勝彼千吏胥。

八月廿四日樊學齋道人招同謝薌泉、徐星伯(松)遊大覺寺過海甸別墅小憩

勞生安得閒，得閒亦其偶。聯騎出郭門，秋光遂我有。荒水晴一陂，名園廠十畝。寒蛩暗壁叫，老鶴孤丹守。小坐意飛動，選勝凭欄久。悠然山在心，何必杯到手？

黑龍潭觀泉

百泉滙一潭，泠泠沁詩骨。尚未接青山，已先窺白髮。倚樹坐頃刻，頓覺清興發。暗綠襲衣袂，野香散薇蕨。攀蘿躡雲級，捫蘚讀石碣。欲藉松根眠，今夕悵無月。

大覺寺憩雲軒晚坐

夕陽下西嶺，叢不響陰壑。歸雲無定蹤，隨意卧山閣。暗泉咽危石，孤磬出秋籜。勞生亦已卷，得地思立脚。霜氣上籬菊，風味足園藿。富貴豈不佳，達人安淡泊。

領要亭

忽觀雲中山，知坐松間廬。萬象入寥闊，一徑開林間。悠然領其要，譬如讀奇書。聰明具我心，延佇秋堂虛。雨止竹陰涼，風定泉聲疏。詩境本無言，泊然思古初。

尋明水院遺址不得

三院在遼時，皆以水得名。大覺清水改，法雲香水更。明水址茫昧，頹敗無一楹。荒涼瓦礫場，激射斜陽明。暗穴狐鼠據，山果猿猱爭。濕翠落苔蘚，寒霧迷榛荆。妝閣今麥壟，付與耕夫耕。偶拾舊釵鈿，粉黛猶迴縈。殘碑何處尋，黯淡秋烟生。

勝 果 寺

丹陽未下山，紅葉已滿樹。風栗檐下墮，霜柿草間露。既欲討烟翠，遂不惜跬步。梯巖雲滿身，躡徑水穿屨。僧厨熟香飯，客館煨山芋。欲登城子山，愧無濟勝具。

望城子山未至

彈丸城子山，蕞爾欣在日。飛鳥阻寒雲，老馬止斜谷。匪是懼深險，抑以誠貪黷。譬如美衣食，畧具亦已足。優遊厭飫之，得少斯爲福。茲遊雖倉卒，頗能愜幽矚。留待二三月，杏花紅似燭。散漫隨春鷗，再來水軒宿。曾登此峰頂，高抱衆山綠。

八月廿八日拜漁洋先生生日
於蘇齋即題秋林讀書圖後

尚書歿已九十年，讀書卷子今猶傳。林間黃葉作秋語，重結詩境詩龕緣。紅橋吟嘯矜新句，北渚風懷託烟樹。聽雨西窗又一時，弟兄跂脚商今故。結駟當時俠少場，耻居王後劉_{公翰}。程_{周量}。汪。_{苕文}

504

西川織錦擅天巧,性情之外無文章。停雲家法寫生手,江村圖罷圖秋柳。依稀池館似揚州,涉獵圖書問誰某。濟南新築石帆亭,刻畫至今山骨青。展卷蘇齋禮公象,白日杲杲秋泠泠。蘇齋參透羼提妙,萬古千潭一月照。語言文字盡從刪,先生拈花我微笑。

再用汪鈍翁葉訒庵二先生韻

溟濛天氣澹成詩,船泊空舲峽裏時。激起濤音大魚聽,彈琴何必定朱絲。

碧雲紅樹成千古,漁弟樵兄恰兩人。落葉漫空秋夢醒,烟霞以外恐無鄰。

秦小峴夢中得句云"廗風導我入花徑,山月照人開竹房"。次日偕吳蘭雪遊極樂寺,謂似余作因衍爲七古二章,時重陽前一日

廗風導我入花徑,松閣沉沉閉秋磬。幽禽下啄孤烟暝。西山浮翠衣袂涼,看碑笑煞鈐山堂,致君無術空文章。寺碑嚴嵩撰。才人自古傷微賤,富貴到手性情變,老矣吾將焚筆硯。

山月照人開竹房,山泉迸石穿雲堂。白髮羞對黃花黃,夢中句果何人造?搜索枯腸那能到,取譬將無阿所好。故山聽雨秋分明,話舊長安百感生,浩蕩肯負江鷗盟。

再用前句成二小詩題寺壁

旛風導我入花徑,水鳥避人藏寥汀。黃葉漫天僧不見,閉門自誦法華經。

山月照人開竹房,青苔繡壁佛燈涼。窗西簌簌松花響,仙鶴一雙飛過墻。

九日冒雨訪吴蘭雪

城南南去路三叉,扉掙雙柳博士家。萬里長風吹白髮,一天疏雨放黃花。讀書空羨秋林好,時携漁洋山人秋林讀書圖。借畫仍嫌古寺賒。擬尋朱野雲於憫忠寺作畫不果。門外有山都不管,閉門終日對煎茶。

黃穀原小西涯雜憶畫册爲彭石夫題有序

石夫襆被過江,甫抵都,介其鄉人朱野雲謁余於西涯老屋,出文字相質,情誼甚洽。逾月,業驟進,因掃榻留宿,適兒子無課讀師,遂館焉。今三年矣。一日,出《小西涯雜憶詩》八章,乞余勘定,并屬黃子穀原繪圖裝册。余乃盡和之,并述其緣起,俾好事者形諸詠歌云。

坡市典琴

彈琴情固佳,典琴事亦雅。黯淡空山中,黃葉打屋瓦。携向橋南行,泠泠水風野。知音既難得,孤懷向誰寫?憶我帶綠堂,倚門雙梧檟。幽禽噪暝烟,那堪重繫馬。

僧寮課讀

晨飯約殘僧,寒幃伴孤月。鐘聲警幽夢,夜半度清樾。幾輩載酒人,獻此山中蕨。誰騎揚州鶴,去釣松江鱖。石洞風微微,雲堂春兀兀。天機自淡泊,壯心敢消歇?

河津待渡

南望雲氣微,行行故山遠。河聲落天上,勢挾秋雁返。孤帆不可渡,千檣隔沙堰。烟亭草樹明,一徑斜陽晚。濡滯豈本願,凡事期安穩。捷足者先登,君子志高蹇。

岱麓停車

山情久貯胸,兩眼忽萬綠。秋聲在高樹,詩夢到深竹。石徑走宛宛,落葉響簌簌。欲就白雲臥,但恐星斗觸。斜日下雁昔,西風上馬足。采藥澗邊行,導人雪色鹿。

春明卷驢

跨鶴去邗江,卷驢來盧溝。北地無梅花,隘巷風颼颼。明月涼在天,青山西入樓。燕市多酒徒,悲歌誰與酬?可憐萬柳條,都倚橋柱頭。迎人還送人,了無離別愁。

詩龕問字

龕裏本無人,詩中正有我。江湖儘浩蕩,風雨總淡沱。君鄉吳嘉紀,漁洋最許可。黃葉打酒瓢,閒雲載詩舸。手指揚州月,坐看秋林墮。古懷託金石,前緣證香火。

葦塘垂釣

我亦打魚人,生平愛葭葦。涼月下松根,簑笠坐沙觜。此時論萬物,逝者惟流水。子能處物外,便不著泥滓。亂鴉散樓角,一鷗立船尾。始知天色明,身在蓮花裏。

梧館聽鐘

道心生晚年,塵慮消午夜。悚然發深省,喜君共清暇。高樓峭風送,雙梧濕雲下。砌蟲工唱酬,河蛙善怒罵。淮王過載酒,樊遲請學稼。酸鹹味不同,青藍久斯化。

韻蘭草堂圖爲周生笠賦

吳人論詩畫,吾獨愛沈周。詩境取沖澹,畫旨探深幽。今復得周子,蕭散衡門秋。雲山蒼莽來,溪水東西流。坐冷明月天,耕破梅花疇。一室無長物,蘭韻終年留。吾嘗築詩龕,突兀西涯頭。海内名畫師,卷軸紛相投。羨煞李賓之,移竹慈恩樓。安得白石翁,放筆摹丹丘。

樊學齋道人招遊大覺寺後屢以五言相示且多見懷感賦

詩情淡彌佳,山懷老益壯。惟慚筋力衰,未獲登臨暢。叨陪遊騎出,一路秋峰傍。言尋三院基,高木餘莽蒼。樓閣半荒蕪,瓦石早飄蕩。歸然大覺寺,寺爲清水院舊址。護持佛力杖。入門竹風引,過橋花氣漾。迸石流水聲,短長雜梵唱。領要亭孤聳,憩雲軒幽曠。安得抱書來,十年壁相向。白髮雖瓢蕭,春山足夷宕。野鶴有時飛,不到九天上。詩骨他年青,杏花紅處葬。道人自治生壙於山下,故近詩有"他年詩骨青"句。

積大令乞菊於毓吏部不得而致憾余賦詩調停之兼柬趙舍人

春明養菊家,南趙象庵。而北積。慶亭。近來詩龕側,花繁吏部宅。毓秋客。今年花尤佳,壓倒元與白。入宮必見嫉,美醜那須覈。然聞尹避邢,相妬還相惜。何至因一花,兩人遂割席。爵祿皆可辭,愛花情莫釋。如我太疏散,過眼取清適。既無陶令興,又鮮米顛癖。欲倩我調停,當以花例石。余藏宣石數十,吏部乘余外出移去。

哭陸鎮堂師

憶吾始生時,師下榻吾宅。吾叔吾叔祖,執經侍几席。嗣應京兆試,家君同入格。時維庚辰秋,通家稱莫逆。越歲海淀西,帶綠草堂闢。善也方九齡,抱書得親炙。散學獨留余,哦句桐陰夕。依違二十載,小子幸通籍。龍頭屬老成,大廷同對策。吾衣尚慘綠,師髮已半白。同年小錄出,佳話傳嘖嘖。官既内外殊,心敢遠近隔?師治縣晉陽,政行儼公奭。一病胡弗起,蒼雪纏古柏。始僅及枝幹,久漸傷氣脈。風雨正滿城,吾師竟易簀。吾師精文章,沉潛玩周易。往來順逆間,豈不自尋繹。世事徵盛衰,人心驗損益。哲人必有後,君子重遺澤。

秋夜

寒色入秋夜,道心生晚年。窺書猶有鼠,噪樹早無蟬。詩夢白雲外,鐘聲黃葉邊。明晨訪支遁,莫負菊花天。

重陽日雨燈下作

滿城盡風雨,小閣暫支筇。菊影燈前瘦,詩情酒後慵。河渠書未續,軍旅事何從。只有安心法,沈沈聽暮鐘。

瑤華道人許作詩龕圖擬賦詩速之適以詠菊新篇見貽次韻

詩龕參畫禪,吾家秘密藏。天光入新齋,能發諸塵相。二語見《楞嚴》。道人冰雪姿,弄筆恣閒暢。十年不出戶,經卷寄清向。丹青見興趣,何事久推讓?飲酒必盈斗,墨污竃下養。乃藉九華菊,新篇寫高抗。把箋輒意與,未讀已神王。自揣遜風格,所喜同棲尚。對花暫停杯,前言幸毋忘。佳話播江湖,百和附一唱。江湖名手皆為詩龕作圖。倒樽秋籬底,眼明心瞻壯。竹堂瞑將夕,澹月松梢上。

答友人近況

生平愛羅含,近欲師蔣詡。蓬蒿任荒野,松菊獨媚嫵。天寒木石瘦,家貧庭院古。重以多病身,逢迎實所苦。打頭屋不嫌,跂脚事可數。擁茲書萬卷,竹燈坐秋雨。猛憶同學人,衮衮登臺府。既已心力瘁,民猶未安堵。河海待疏瀹,盜賊宜鎮撫。文章即經濟,生平自期許。方寸抱隱憂,何以答聖主。白髮散成絲,青山夢如縷。容與梅花間,碧天新月吐。

吾拙一章效東野體

天空樹益高，人貧心易感。暗冰聳硯背，殘酒泥壘坎。偶吟輒囁嚅，每食必顧頷。架有飼蟬書，厨無聚蠅糝。僅至肆訕誚，客來少阿匼。冷菊依風籬，孤松拂霜荽。遠山色戎戎，秋燈影澹澹。世方慕登瀛，吾拙寧抱槧。

張少白宜尊欲爲詩龕圖審其義而後命筆詩以述意

詩龕本無龕，天地一詩境。要從筆墨外，神會而心領。然後藉筆墨，當場妙思騁。十日或五日，成功在俄頃。老樹勿着花，空山只寫影。竹石取欹斜，樓閣忌修整。大抵秋士廬，最宜出幽冷。頓挫必氣疏，沉鬱乃味永。詩禪即畫禪，端居發深省。

乞徐浣梧畫松

生平愛松樹，爲其堅多心。畫諸屏障間，斗覺神蕭森。韋偃不可遇，此事誰堪任？徐子神仙流，採藥行松陰。歸來悟畫旨，折節師張崟。筆法得盡窺，松幹尤嶇嶔。我有一匹絹，煩寫松堂深。月抱空中烟，鶴流天外音。

瑶華道人作詩龕圖侑以詩次韻奉酬

奇書秘笈存無幾，只賸新詩貯滿龕。校向月樓風樹底，胸中畢有古今涵。

施粉調鉛興未闌，繪聲伎倆本來難。何人悟得無聲旨，倚着梅花袖手觀。

閉門那肯抗黃塵，松菊蕭條見性真。醉墨江湖傳已徧，長安覓個釣魚人。

橐筆騷壇敢自矜，空山木葉北風乘。沈家竹子文家水，東閣題襟愧未能。

朱野雲畫茅齋獨坐圖爲周肅夫賦

未肯入深山，何人共往還？雨堂雙燕入，草閣一身閒。秋閉竹逾放，花開門自關。壁蟲聽悽切，池水忽潺湲。

已是宰官身，如何託隱淪？作詩必出已，成事不因人。地僻鷺鷗狎，天寒松菊親。明湖好烟水，此去定知津。

汪浣雲水部爲畫詩龕圖侑以詩賦謝

蒼莽益空闊，解衣奇氣生。筆先純是意，讀罷寂無聲。老樹寒雲活，高天晚照明。不堪聽鴻雁，頓觸寄書情。

漁樵萬命侶，詩畫兩參禪。百事老來盡，千秋誰與傳？爇香倪懶閣，載石米顛船。端坐梅花底，校君冰雪篇。

我宅傍湖開，湖風萬樹摧。酒樓隔林見，詩客踏冰回。孤寺落疏磬，斷橋生古苔。沙堤春草色，漸漸上衣來。

柬吳蘭雪

江上簑衣慣,宮袍瘦不支。鶴閒防有病,君懶坐無詩。放眼輕同輩,看花折幾枝。匡廬松石好,莫忘採靈芝。

柬陶琴坨

月隱萬松頂,清光君早知。閒庭欣獨往,寒夜每吟詩。千里茅齋共,<small>謂周肅夫</small>三更旅夢遲。西山看晴雪,先與考僧期。

冬日

老至書仍讀,寒來火漸親。馬雖嫌櫪短,犬不厭家貧。雪壓青山矮,梅僧白髮新。凍雲石橋滑,已有墮驢人。

冬夜

不見雁飛還,柴門盡日關。年衰心易足,詩老句難刪。一飽無餘事,三更對遠山。棲鴉驚落葉,片月下林間。

冬曉望翠微山

萬雅爭曉日,一犬吠寒籬。古樹雲橫抹,荒天雪倒吹。愁多人易老,春近草先知。回首翠微色,依依似舊時。

贈徐浣梧

京江徐道士,畫學陸探微。採藥白雲塢,釣魚春水磯。林深仙鶴導,潭静毒龍依。回首茅山翠,濛濛尚在衣。

史館偶作

五里西華路,天風捲白沙。到遲憐瘦馬,歸晚傍昏雅。事僻心難數,書多眼易花。些須增掌故,已足傲張華。

樊學齋中作

樊學齋中坐,翛然絕點塵。梅真清似我,鶴亦懶如人。日短詩情歛,天寒酒味醇。畿南秋雨大,凍餓念吾民。坐間語。

贈鄧介齋守和

博通諸子書,餘事及堪輿。郭璞言多驗,張華業豈疏。庭梧仍許種,階竹畧教除。辨晰陰陽理,昭昭若啓予。

十載笑言違,廬山秋在衣。三杯情黯淡,兩鬢雪依稀。高樹凍雲少,晚花晴日微。沙堤荒草色,春到便芳菲。

史官三十年,人羨玉堂仙。手戰怕書楷,眼花如坐烟。秃毫埋作塚,逸事勒成編。未必非文獻,江湖孰與傳。

文章老益奇,此語幾人知。來聽西涯雨,同吟北夢詩。林紅春寺掩,月黑水亭欹。静掃詩龕榻,從君問險夷。

大覺寺晚坐

坐月待僧歸,茶堂未掩扉。粥香鐘忽響,木落雁初飛。出石水聲急,在山雲氣微。東華踏塵客,此夕蹔忘機。

冬曉訪蔣爰亭<small>予蒲</small>侍郎即贈

寒霧壓城低,高槐古巷齊。堂虛幽客至,窗破冷禽啼。道氣閒方覺,詩心老不迷。當年栽竹地,一半白雲棲。

偏是宰官身,多君耐得貧。曉風聞煮笋,晴雪看垂綸。山静寺逾古,歲寒梅自春。詩龕託彌勒,還怕溷烟塵。

不是無人地,方能養道根。一花寄微笑,萬馬任長奔。風定鐘聲起,燈明夜氣昏。東鄰即蕭寺,坐石許重論。

聞說上方山,茅庵起數間。昨年秋雨大,徧地石花斑。萬竹水邊野,一梅僧外閒。黃精合親採,同踏碧溪灣。

西涯曉晴

寒鐘打五更,倚枕待天明。愁自雪中盡,春從詩裏生。墻低雅語熟,水近鶴聲清。童子開門去,孤舟門外橫。

讀張司業詩

官貧升復況,匪是託山林。秋氣入毛髮,澹懷空古今。百年雙淚眼,五字一生心。大壑梅花底,容他擁鼻吟。

讀賈長江詩

拚與世沉浮,何心簪紱求。殘年消五字,長夜續千愁。風斂鶴聲苦,月涼驢皆秋。不逢韓吏部,誰識此僧幽。

讀主客圖懷李松圃松嵐

年年草春綠,日日水東流。永夜把吟卷,一燈明竹樓。因懷湖海客,各抱古今愁。爲問祭詩夕,誰來主客酬?

石桐今已矣,南北兩松翁。仕隱身雖異,靜閒心每同。河聲聽獨往,山色看能空。惆悵梅花使,烏絲寄雲篷。

贈李春湖學士

學士書名重,誰知詩筆新。千秋圖主客,五字出精神。讀罷味彌永,想多情逼真。只堪碧梧底,撥雪自吟呻。

程素齋 邦瑞 請刻拙集詩以辭之

虛名折厚福,名固天所忌。韓蘇且不免,區區敢怨懟。拙詩無可名，名重尤足累。少年鮮學問，刮磨僅文字。科第倖獵取，靦顏列高位。輾轉三十年，愜心無一事。風月偶嘲弄，時過輒散棄。豈知湖湖問，有人入掌記。真假遂參半，毀譽果交至。貧居寡酬應，筆墨當遊戲。那得萬鴻雁，一一松間寄。程子憐我窮，挑燈爲編次。將欲梨棗災，毋乃昌歇嗜。杜陵詠廣廈，白傳歌大被。嗚呼此功德，有如掩枯骴。

贈陳晴巖

菊殘三徑荒，秋士最淒涼。邀客論詩法，逢僧問藥方。病餘書味永，貧久道心強。何事想思甚，梅花在故鄉。

贈蔣香杜

松菊定全荒，携家去故鄉。何時得愁少，每日爲詩忙。梅小託微契，酒深客薄狂。定知寒月上，猶共話僧房。

遣悶

極目雁飛遥，無人慰寂寥。風偏欺老樹，雪不壓寒條。病久防春至，愁多借酒消。呼童掃林葉，取共竹皮燒。

僧寺晚步

星斗一天橫，柴門正晚晴。青山誰共往，白髮此閒行。僧定蟲篇語，燈昏月自明。水仙花下坐，笑爾太淒清。

示鄧介齋近況

寺鐘晨尚敲,笋味出寒庖。冰淺鷗爭啄,松高鶴不巢。雪餘課僮掃,詩就付僧鈔。近日安心法,焚香讀一爻。

採藥

尋鐘入翠微,寒色閉林扉。採藥白雲裏,過橋黃葉稀。殘僧抱佛睡,野鶴見人飛。借問漁翁宅,猶經數釣磯。

曉起

永夜發長吟,疏鐘度遠林。匪綠詩境熟,還是道根深。款戶來寒衲,開簾墮病禽。隔城看山色,凍翠接層陰。

飯罷

心閒進退輕,飯罷又詩成。窗外惟聞鳥,人間只愛晴。凍莎含雪細,亂石帶雲平。咫尺荒園內,春風管送迎。

禮烈親王骹箭歌

鳴鏑笴長三尺六,挽百石弓發中鵠。不用寸鐵能殺人,英姿凜凜瞻遺鏃。烈王大戰薩爾滸,十三萬兵氣消阻。若論拔箭詔酬勳,用丘行恭事。此箭應蒙載盟府。夜深斫陣斐芬峰,箭聲響逼刀聲空。魚皮步又示安雅,焦桐毒鐵馬足雄。轅門令下殷如雷,將軍較射弓親開。

山頭瞥見大星落，帳外驟聞孤雁哀。彤弓既載嘉賓喜，祖宗手澤貽孫子。馬死尚欲傳其生，謂克勒馬圖。箭在烏容弗圖紙。藏諸家廟如共球，金僕石努難與儔。烟塵掃净四方謐，此箭風過時颼颼。

跋

此吾師自乾隆庚子春迄嘉慶丙寅冬録存詩也，詩得二千餘首。綜閲者金匱楊員外芳燦、昭文孫庶常原湘，録存者東鄉吳學博嵩梁、海寧查孝廉揆，校字者壽山，鼇定而刊者春堂王屯牧墉也。

吾師出入翰林三十年，性情冲澹，行端質厚。爲詩高潔簡質，不矜錘煉，而有非錘煉所能到者。或累月不握筆，興之所至，日或數作，或十數作。詩之富，人共知之；而詩之精深奧窔，或未盡知也。山自癸亥夏侍几席，詩成，輒命録稿。論者謂長篇浩瀚，短章矜貴；詠古之作閎議，獨抒懷人之作深情并揭，登臨紀事之作天心月脅。筆之超曠，皆足以達之，蓋能合陶、韋、杜、蘇而一之者也。

先是，涇上吳孝廉文炳敦請全集付梓，師却之。厥後阮中丞元刻於廣州，吳庶子鼐、陶明府章潙刻於京師，黃布衣承增刻於淮陽，皆非全本。師蓋不知也。去年夏，春堂自楚北書來，娓娓千言，請任剞劂之役，師答書不許。程素齋邦瑞自揚州來，乞刻全集，賦詩辭之。

一日，春堂自數千里外，專健足來都門，秘致山書，索《存素堂詩》，其意誠且堅。山慨然曰："春堂其古豪俠、食德而弗忘報者耶？其忠篤出於天性，慕道嚮義，以聖賢爲指歸者耶？"爰取向所鈔吳學博、查孝廉廣選定詩二大册與之，曰："録存者，非全集也。"與之而不敢禀命於師者，知師不欲以詩顯也。昔李文饒《一品集》刊之暮年，説者多有散佚之憾，蓋孜孜於勛業故耳。師今年五十有五，思日贊襄惟恐不逮，猶暇詩乎哉？朱石君相國嘗戲謂師爲李西涯後身。而西涯建樹多在館閣,師真無愧於西涯者,則以兹編爲《一品集》之嚆矢可也。

　　嘉慶十二年歲次丁卯上元日,受業彭壽山謹識

跋

　　墉，武人也，不善讀父書，効力樞曹。受業於陳梅垞師，師入直日，多提命。少暇，出顏、柳、山谷墨刻，謂："字臨此，詩則師時帆先生，渠不僅爲詩仙也，經師人師，爾速北面。"退請蔣君最峰先道意，旋執贄，幸侍詩龕。日見沖澹恬退之性，忠孝節義之章，皆本諸温柔敦厚，以身教不徒以言教也。迨承乏安州，兢兢奉持。歷十載，略自謹而漸諳父書，皆詩龕誨授之力也。

　　夫吾師求己之心有深焉者，報國之志有大焉者，心與志形諸詩，而不肯以詩隘，故名公巨卿亟請梓行，未允。墉奔走數千里外，不獲朝夕辟咡，欲梓以便誦，而師堅不許。爰託同門彭石夫潛寄其錄存者，恭校再三，乃登梨棗。謝上蔡懼烏頭，力去；墉豈惟懼之，且感頌烏頭不忍一日忘云。

　　　　　　　　　　　　　　　　江西受業王墉恭跋